ULRIKE SCHWEIKERT

Das kastilische Erbe

Buch

Seit ihrer Kindheit sieht Isaura fremdartig gewandte Frauen aus längst vergangenen Zeiten in ihren Träumen, die sie nicht zu deuten versteht. Bis sie eines Tages auf ein altes Buch stößt, dessen mysteriöse Verfasserin sich »La Caminata« nennt. Die Worte erscheinen Isaura seltsam vertraut, und sie ist fasziniert von der Geschichte der jungen Hofdame Jimena, die im 15. Jahrhundert an der Seite von Isabel von Kastilien lebte.

Plötzlich bekommt Isaura unerwartet Post aus Spanien: Sie hat von einer ihr bis dato völlig unbekannten spanischen Großtante ein Landhaus im kastilischen Tordesillas geerbt. Gemeinsam mit ihrem Mann Justus will sie dorthin fliegen, um ihr Erbe in Augenschein zu nehmen, doch kurz vor der Abreise erfährt Isaura, dass Justus sie betrügt. Tief verletzt macht sie sich allein auf den Weg nach Kastilien, das Buch der geheimnisvollen »Caminata« im Gepäck. Kaum in dem kleinen historischen Städtchen angekommen, häufen sich merkwürdige Begebenheiten: Isauras Träume scheinen sich in die Wirklichkeit zu drängen, immer öfter hat sie beängstigende Visionen und muss erkennen, dass das jahrhundertealte Geheimnis der »Caminata« eng mit ihrem eigenen Schicksal verknüpft ist …

Autorin

Ulrike Schweikert arbeitete nach einer Banklehre als Wertpapierhändlerin und studierte Geologie und Journalismus. Sie ist eine der erfolgreichsten und meistgelesenen deutschen Autorinnen historischer Romane. Ulrike Schweikert hat ein besonderes Talent dafür, faszinierende Frauenfiguren zum Leben zu erwecken, was sie in diesem Roman erneut unter Beweis stellt. Ulrike Schweikert lebt und schreibt in der Nähe von Stuttgart.

Von Ulrike Schweikert bereits erschienen

Das Siegel des Templers (36992) · Die Dirne und der Bischof (37453) · Die Herrin der Burg (37239) · Das Kreidekreuz (37240) · Das Antlitz der Ehre (37242) · Das Vermächtnis von Granada (0398, geb. Ausgabe)

Ulrike Schweikert

Das kastilische Erbe

Roman

blanvalet

MIX
Papier aus verantwortungsvollen Quellen
FSC® C014496

Verlagsgruppe Random House FSC® N001967
Das für dieses Buch verwendete FSC®-zertifizierte Papier
Holmen Book Cream liefert Holmen Paper, Hallstavik, Schweden.

1. Auflage
Taschenbuchausgabe Oktober 2014 im Blanvalet Verlag, München,
einem Unternehmen der Verlagsgruppe Random House GmbH

Umschlaggestaltung: www.buerosued.de
wr · Herstellung: sam
Satz: Uhl + Massopust, Aalen
Druck und Einband: GGP Media GmbH, Pößneck
Printed in Germany
ISBN: 978-3-442-37241-6

www.blanvalet.de

Für meine Freundinnen Margareta Blankenbach
und Jenny Djadavjee und für meinen geliebten
Mann Peter Speemann

Castromina
Pisuerga
Arlan
Dueñas
Medina de Ríoseco
Zamora
Toro
Duero
Valladolid
Tordesillas
Madrigal de las Altas Torres
Eresma
Arévalo
Adaja
Segovia
Ávila
Kgr. Portugal
Cordillera Cen
Mad
Tajo
Toledo
Córdoba
Sevilla
Guadalquivir
N
W
O
S

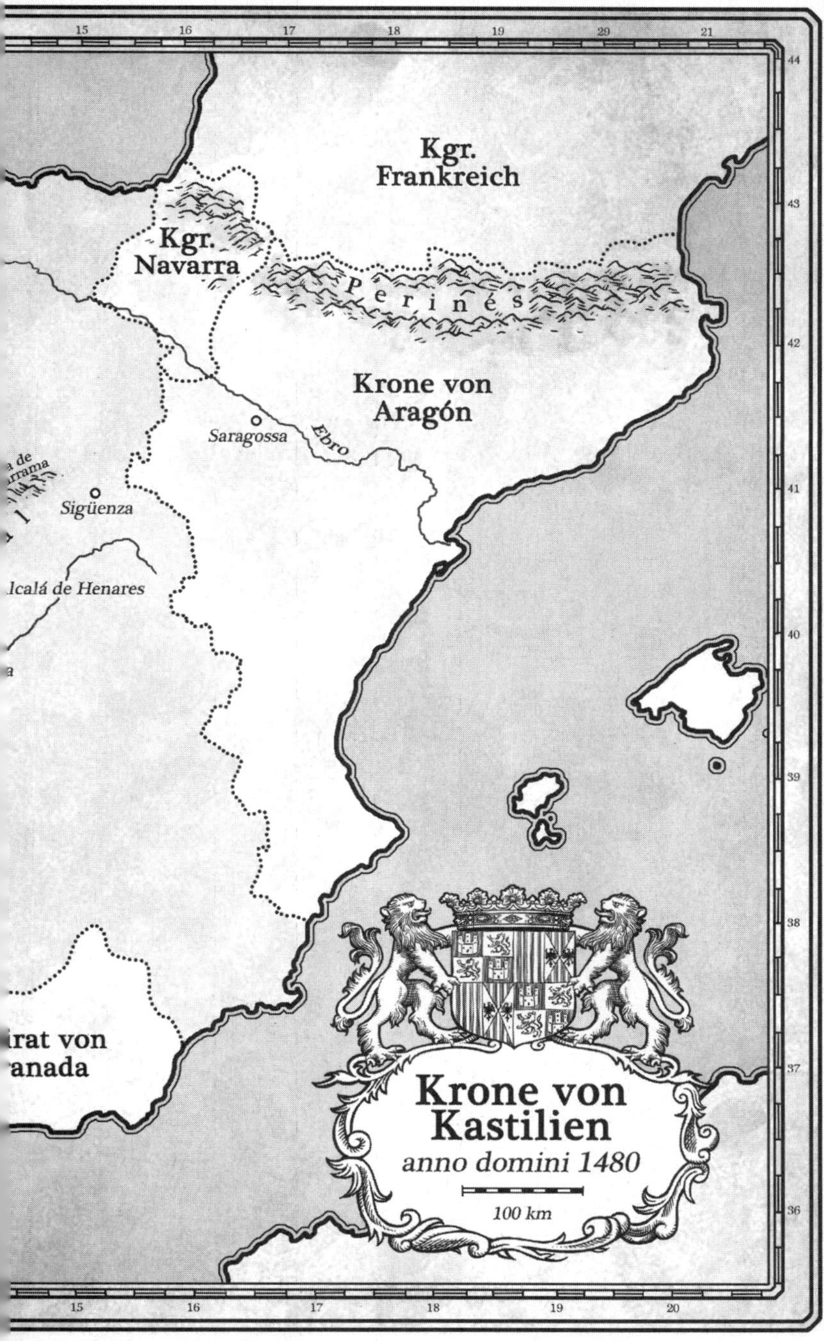

Kgr. Frankreich
Kgr. Navarra
Perinés
Krone von Aragón
Saragossa
Ebro
Sigüenza
Krone von Kastilien
anno domini 1480
100 km

Prolog: Die Gefangene

Es war dunkel. Isaura wusste das, dazu musste sie nicht die Augen öffnen. Auch wenn es draußen sicher längst Tag war, um sie herum herrschte tiefste Finsternis. Es war wie ein Albtraum, der ewig währte und der niemals enden würde. Sie hatte aufgehört, die Tage zu zählen, die Wochen, Monate, Jahre. Es war heiß hier drinnen, so stickig, dass jeder Atemzug schwerfiel, als habe sich die Luft in eine zähe, wabernde Masse verwandelt.

Isaura ließ die Lider geschlossen und lauschte. Draußen war es still. Der morgendliche Gesang von Vögeln erklang nur in ihrer Erinnerung. Und auch der Klang schwerer Stiefel, die draußen vor der Tür auf und ab schritten, war nur ein Nachhall in ihrem Geist. Keine Schritte, keine Stimmen. Nur die Stille, die sie zusammen mit der Finsternis umschloss.

Da rauschte kaum hörbar das Leinen, das auf der anderen Seite des Raumes zurückgeschlagen wurde. Das Bett knarzte, als sich der Körper darin aufrichtete. Es war Isaura, als könne sie sehen, wie die Frau sich erhob und in die Mitte des Zimmers trat. Jung und schön war sie in ihrer Erinnerung. Die Röcke des Gewands, seit Tagen nicht mehr abgelegt, raschelten. Nach einigen Schritten blieb sie stehen, den Blick auf den Teil der Schwärze gerichtet, in dem sich irgendwo die Tür verbergen musste.

»Kann ich etwas für Euch tun?«, hörte Isaura ihre eigene Stimme, die seltsam fremd klang. Rau, alt und verbraucht.

»Ich kann nichts hören«, flüsterte die andere. »Draußen ist niemand.«

Sie trat mit schwankendem Schritt näher heran, sodass der Geruch des schon viel zu lange nicht mehr gewaschenen Körpers Isaura umhüllte. Der edel bestickte Stoff des nun schweißdurchtränkten Gewands strich an ihrem Bett entlang. Dann spürte sie eine Hand auf der ihren.

»Öffne die Tür!«, hauchte die Stimme in der Schwärze, und die schmale Hand zitterte auf der ihren.

»Ihr wisst, dass ich das nicht tun sollte«, gab Isaura ebenso leise zurück, dennoch erhob sie sich und ging, ohne auch nur zu zögern oder irgendwo anzustoßen, quer durch den Raum zur Tür. Das Rascheln des edlen Gewands folgte ihr. Isaura umfasste die Klinke mit beiden Händen. Noch immer waren ihre Augen geschlossen. Ganz langsam drückte sie die Klinke herunter und sah in ihrem Geist, wie sich ganz von selbst der Schlüssel drehte, der von außen im Schloss steckte. Und mit einem leisen Seufzen gab die Tür nach.

Frische, kühle Luft umhüllte die beiden Frauen und strich liebkosend über ihre erhitzte Haut. Isaura konnte einen Laut der Erleichterung nicht unterdrücken. Sie trat zur Seite. Bodenlange Röcke streiften die ihren. Als der erste Lichtstrahl des Morgens die Gestalt erfasste, zerfloss das Bild der schönen jungen Frau mit ihrer reinen, weißen Haut, die die Finsternis gnädig in ihrer Erinnerung bewahrt hatte.

Das helle Licht war ohne Gnade. Es traf eine alte Frau. Ihre Haut war schlaff geworden, das Haar farblos. Ihr Körper, der früher als elfengleich besungen worden war, konnte nur noch mager genannt werden. Und auch ihr Gang hatte sich verändert. Vorbei waren die Zeiten, da sie sich elegant im Tanz hätte drehen können. Das zunehmend schmerzende Hüftleiden machte ihren Gang eckig und schwerfällig. Doch am schlimmsten traf Isaura ihr Blick. Nichts war von dem Strahlen geblieben, von dem Lebensmut und dem Liebreiz. Nichts von dem kecken Funkeln oder dem weichen Schimmer, der so viele verzaubert hatte.

Isaura sah eine gebrochene Frau den Gang entlanghumpeln, bis zur Balustrade, von der aus man die Weiten des Flusstales überblicken konnte. Das ungewohnt helle Licht ließ Isaura blinzeln. Mit etwas Abstand folgte sie der schwarz gekleideten Frau die Galerie entlang, bis sie stehen blieb, den Blick sehnsuchtsvoll auf das glitzernde Wasser gerichtet, und auf das saftig grüne Gras am Ufer. Die faltigen Hände umspannten das Geländer. Nur ihr Zittern verriet, was in Geist und Herz der stolz aufgerichteten Gestalt vor sich ging. Kein Laut der Klage kam über ihre Lippen, doch ihr allumfassender Schmerz umgab Isaura wie eine Wolke und trieb ihr Tränen in die Augen. Sie spürte, wie sich feuchte Bahnen über ihre Wangen zogen, über die kühl der Morgenwind strich.

Ein durchdringendes Klingeln ließ sie hochschrecken. Isaura riss die Augen auf. Was war das? Wo war sie? Die Frau, das alte, düstere Gemäuer und der Fluss waren verschwunden. Isaura blinzelte. Verstört blickte sie sich um und versuchte zu begreifen, was sie sah.

Sie saß in ihrem Bett. Das Licht des Morgens drang in warmen Farbtönen durch den zugezogenen Vorhang. Von draußen drang gedämpft der Straßenlärm einer erwachenden Stadt zu ihr herauf. Die Anzeige ihres Weckers zeigte 6:30. Verschwunden waren der düstere Palastbau und mit ihm die Frau, deren Schicksal ihr Herz schmerzen ließ. Isaura presste sich beide Handflächen gegen die Brust und lauschte dem schnellen, unruhigen Schlag ihres Herzens, der sich nur langsam beruhigen wollte. Dann glitt ihre Hand zu ihrer Wange, die nass von Tränen war.

Schon wieder dieser Traum. Schon wieder diese Frau, deren trauriges Los sie nachts wieder und wieder verfolgte. Isaura hatte aufgehört zu zählen, wie oft sie ihr schon erschienen war. Doch wer war diese Frau? Was war ihr widerfahren, und warum kehrte sie immer wieder zu ihr zurück? Isaura zog die

Beine an und umschlang ihre Knie. Sie presste ihr Gesicht in die Bettdecke und wischte sich die Tränen aus den Augen.

Warum ging ihr diese Geschichte so nah? Und warum fühlte es sich stets so echt an, dass sie sich an jede Kleinigkeit erinnern konnte? Nicht nur an das, was sie um sich sehen konnte. Das Gefühl jedes Stoffes unter ihren Fingern, all diese fremden Geräusche und Gerüche. Alles war nah und lebendig und doch auch weit weg und verwirrend.

Noch einmal quäkte der Wecker, und Isaura brachte ihn mit einem Schlag zum Schweigen. Sie warf die Decke zur Seite und sprang aus dem Bett. Sie war daheim in ihrem Schlafzimmer in ihrer Wohnung in München. Dies war ihre Zeit und ihr Leben. Isaura schob den Traum energisch beiseite. Für so etwas hatte sie jetzt keine Zeit. Erst einmal einen Kaffee kochen und vielleicht eine Semmel von gestern aufwärmen. Oh ja, mit der frischen Erdbeermarmelade, die sie vergangenes Wochenende gekocht hatte. Und vorher eine heiße Dusche, um richtig wach zu werden, ehe sie sich später auf den Weg zur Redaktion machen würde.

Das war ihr Leben. Das war die Wirklichkeit.

Doch sosehr sie sich auch bemühte, der gebrochene Blick der Frau folgte ihr und ließ sich nicht vertreiben.

Kapitel 1

München, März 2012

»Isa, wo bleibst du? Ich muss los!«

Sie wankte in die Küche und rutschte auf den Barhocker vor der Theke, wo sie gewöhnlich das Frühstück einnahmen. Heute standen dort nur zwei große Tassen mit Milchkaffee und eine Schüssel Kekse. Sie griff mit zitternder Hand nach dem Henkel der Tasse, hielt aber mitten in der Bewegung inne und wandte den Blick ihrem Mann zu, dessen Augenbrauen ein Stück nach oben gewandert waren. Sie hörte seine Gedanken, ohne dass er die Worte aussprach, und sah sich mit seinem Blick, der langsam an ihr herabglitt: über das ungekämmte Haar, das ihr in alle Richtungen abstand, und das fleckige Gesicht hinab zu ihrem alten Morgenmantel, den sie sich rasch über den Schlafanzug gestreift hatte. Sie sah fürchterlich aus!

Isaura spürte, wie sich das Rot der Flecken in ihrem Gesicht intensivierte, als wäre sie ein Teenager, den man mit einem einzigen kritischen Blick aus dem Gleichgewicht bringen konnte.

»Was ist?«, fragte sie und wusste, dass ihre Stimme aggressiv klang. Das Knurren der Tigerin, die sich durch eine gehobene Braue provoziert fühlt.

»Du hast nicht gut geschlafen«, sagte Justus. Es war eine Feststellung, keine Frage. Es musste heute wirklich schlimm um sie stehen, wenn es sogar ihm auffiel, obwohl er in Eile war.

»Stimmt«, bestätigte Isaura. »Es war wieder dieser Traum.«

»Ein Albtraum?«, hakte Justus nach und griff nach seiner Kaffeetasse. Mit der anderen Hand angelte er sich zwei Kekse.

Isaura überlegte. »Nein, eigentlich ist es kein Albtraum.«

»Nein, überhaupt nicht«, gab Justus mit einem Mund voller Kekskrümel zurück. »Deshalb stöhnst und weinst du auch immer oder schreist und strampelst die Decke weg!«

Isaura schwieg und trank einen Schluck Kaffee.

»Oder hat sich das inzwischen etwa geändert?«, hakte Justus nach und nahm sich noch zwei Kekse.

Isaura hob die Schultern. »Ich weiß nicht. Aber zumindest störe ich dich nicht mehr damit.«

Justus wandte den Blick ab. »Ich brauche meinen Schlaf, sonst kann ich nicht arbeiten«, brummte er, und dieser missmutige Zug, der ihr jedes Mal das Herz schwer werden ließ, schlich sich wieder in seine Miene.

Isaura nickte nur stumm. Sie selbst hatte es vor einem Jahr vorgeschlagen, eines der beiden Arbeitszimmer in ein zweites Schlafzimmer für Justus umzuwandeln, damit sie ihn mit ihren Träumen nicht mehr weckte. Damit sie ihm mit dieser immer wiederkehrenden Geschichte nicht mehr auf die Nerven fiel!

Es war ihr, als schmecke der Kaffee ein wenig salzig, nach den heißen Tränen so vieler Nächte ohne Trost. Isaura schluckte. Justus war ein viel beschäftigter Mann mit einem verantwortungsvollen Job. Er brauchte seinen Schlaf. Und es war nichts Ungewöhnliches, dass Paare in einer langjährigen Beziehung sich für getrennte Schlafzimmer entschieden. Das war überhaupt kein Grund, beunruhigt zu sein.

Aber Isaura war beunruhigt. Nicht nur des Traums wegen. Da war noch etwas anderes, das sie nicht fassen konnte. Oder nicht fassen wollte? Was war es, das wie ein unsichtbares Gift aus jeder Ritze kroch und sie heimtückisch umwaberte? War es nur die Gewohnheit, die sich nach den Jahren zunehmend ausbreitete? Justus leerte seine Tasse und stellte sie an den Rand der Spüle.

»Wenn ich es nur greifen und verstehen könnte«, murmelte Isaura und wusste selbst nicht, ob sie damit die schleichende Veränderung ihrer Ehe meinte oder den bedrückenden Traum, der sie mit solch zäher Beharrlichkeit verfolgte. Sie sah ihrem Mann in die Augen und öffnete den Mund, blieb aber stumm, als sie seinen abwehrenden Ausdruck sah.

Justus hob die Hände und wich einen Schritt zurück. »Wir reden später, wenn ich zurück bin. Dann kannst du mir alles erzählen. Den ganzen Traum, wenn du dich noch an ihn erinnerst. Aber nicht jetzt. Ich bin spät dran.« Er machte zwei schnelle Schritte auf sie zu und hauchte ihr einen flüchtigen Kuss auf das ungekämmte Haar. »Wir sehen uns am Freitag«, rief er schon im Hinausgehen. »Mit dem Essen brauchst du nicht zu warten. Ich weiß nicht, wie spät es wird. Ich rufe dich von unterwegs an.«

Die Wohnungstür klappte. Mit einem Knall zerbarst Justus' Kaffeetasse auf dem Fliesenboden. Isaura schloss gequält die Augen. Sie fühlte sich zu ausgelaugt, um aufzustehen und die Scherben aufzuheben. Sie konnte sich auch nicht dazu aufraffen, sich von ihrem Barhocker zu erheben, ins Bad zu gehen und sich ein wenig herzurichten. Sie trank nicht einmal ihre Tasse leer. Sie saß nur da, während die Zeit verfloss.

»Burn-out«, hatte ihre Freundin Aline gesagt und ihr zu einer Kur oder zumindest zu einem ausgiebigen Urlaub geraten.

»Am besten schnappst du dir Justus und machst mit ihm drei Wochen Urlaub auf einer winzigen Insel in den Tropen, wo man gar nichts anderes tun kann, als seine Ehe mit viel Sex wieder in Schwung zu bringen«, waren ihre Worte gewesen, begleitet von einem vielsagenden Augenrollen. Doch Isaura dachte weder an eine Kur noch an einen Urlaub. Sie sah wieder die fremde und inzwischen doch so vertraute Frau in ihrem strengen, düsteren Gewand vor sich stehen, der Blick von Schmerz verdunkelt. Nun brannte eine einzelne Kerze in dem sonst nur von Finsternis erfüllten Raum. Das Licht huschte flackernd über das bestickte Mieder und die steifen Röcke bis hinunter zu den Schuhspitzen, die unter dem Saum hervorlugten. Sie sah jedes Detail so deutlich, dass sie glaubte, mit den Fingerspitzen über die kunstvollen Stickereien streichen zu können.

Isaura sprang auf und lief ins Bad. Rasch duschte sie sich und zog sich an. Ihr langes, dunkelbraunes Haar band sie lediglich zu einem Zopf zusammen. Dann schnappte sie sich ihre Aktentasche und lief aus dem Haus. Wenn sie sich beeilte, dann war sie so früh in der Redaktion, dass sie noch vor der Morgenbesprechung ins Archiv gehen konnte, dem sich eine kleine Bibliothek anschloss. Sie hatte das Regal und die Buchrücken der Wälzer vor Augen, in denen sie als Erstes nachsehen wollte. Später würde sie an ihrem Schreibtisch noch ein wenig im Internet stöbern können. Vielleicht erfuhr sie dann wenigstens, aus welcher Zeit die Frau in ihrem Traum stammte. Oder gar, in welchem Land sie gelebt hatte.

Wenn sie denn gelebt hatte.

Isaura ließ sich in den Sitz ihres Wagens gleiten. Den Zündschlüssel schon in der Hand hielt sie inne. Sie horchte in sich hinein. Ja, sie war sich sicher. Diese Frau hatte gelebt und ein schweres Schicksal erduldet.

»Isaura? Bist du hier?«

Obwohl ein Teil ihres Geistes den Ruf durchaus vernommen und verstanden hatte, antwortete sie nicht. Sie saß an einem der schmalen Tische, die sich an der Fensterseite des Archivs an der Wand entlangreihten, und starrte auf die Seite eines aufgeschlagenen Buchs, die ein bestimmt schon mehrere Hundert Jahre altes Gemälde zeigte. Eine Frau starrte ihr aus dunklen Augen entgegen, und Isaura starrte zurück. Stumm und bewegungslos saß sie da und erwiderte den in Öl und Farbe gebannten Blick.

»Isaura?«, rief die Stimme noch einmal, dann tauchte Sven, einer der Praktikanten des Zeitungsverlags, zwischen zwei deckenhohen Regalen auf.

»Da bist du ja!«, rief er mit Empörung in der Stimme. »Warum antwortest du denn nicht? Ich suche dich überall.«

Langsam, wie unter Zwang, hob Isaura den Kopf und sah ihn an.

Sven war groß und dürr. Sein rotes Haar stand ihm meist nach allen Seiten vom Kopf ab, und seine weiße Haut war an jeder Stelle – soweit Isaura das beurteilen konnte – mit Sommersprossen übersät.

»Was ist? Was hast du da?«

Sven trat näher und betrachtete ebenfalls das Gemälde, das die ganze linke Seite einnahm. »Unbekannte Schöne«, las er den Titel darunter. »Spanien, erste Hälfte des sechzehnten Jahrhunderts. Machst du jetzt was über Spanien?«

»Kann sein«, gab Isaura ausweichend zur Antwort und richtete ihren Blick wieder auf das Bildnis, das sie aus irgendeinem Grund magisch anzog. Es war nicht die Frau aus ihren Träumen, das war ihr sofort klar. Im Gegensatz zu dem Bildnis hatte diese viel feineres, dunkelblondes Haar, und ihre Augenfarbe war heller. Die Dame auf dem Bild hatte dunkles Haar, das wie Kastanien schimmerte, und braune Augen. Auch die Gesichtszüge unterschieden sich ganz eindeutig, und dennoch konnte Isaura sich nicht von dem Bildnis losreißen, das sie mit so viel Ernst und Traurigkeit direkt anzusehen schien. Lag es nur daran, dass das Gewand, das die Frau trug, dem in ihrem Traum ähnelte? Ja, das wäre möglich gewesen. Warum hatte sie den strengen geometrischen Stil der frühen spanischen Hofmode nicht gleich erkannt?

Sven drängte sich noch ein Stück näher und beugte sich ebenfalls über das Buch. »Sie sieht dir ähnlich«, sagte er und musterte mit gerunzelter Stirn erst das Bild und dann seine Kollegin.

Der Bann war gebrochen. Isaura lachte. »Ja, ich habe damals im – wann war das noch gleich? – in den ersten Jahren des sechzehnten Jahrhunderts dem Hofmaler Modell gesessen. Es kommt mir vor, als sei es gestern gewesen. Und ich sage dir, das Kleid war höllisch unbequem!«

Sven grinste breit. »Ja, so sieht es auch aus. Ein wenig unnatürlich, nicht wahr? Als wären die Proportionen irgendwie verschoben.« Er hob die feinen, rötlichen Brauen und legte den Kopf ein wenig schief. »Oder war nur der Maler nicht der Talentierteste?«

Isaura lächelte noch immer, schüttelte aber den Kopf. »Nein, das würde ich so nicht sagen. Es ist zwar nicht mein Spezialgebiet, doch ich meine mich zu erinnern, dass die spanische Mode eine recht steife und unbequeme Sache war, die auf die natürlichen Körperformen nicht allzu viel Rücksicht nahm. Selbst Männer mussten eine Art Korsett tragen.«

Sven klopfte sich auf seine schmächtige Brust. »Na, viel einzuschnüren gäbe es bei mir nicht.«

Isaura knuffte ihn in den Arm, als sie sah, wie sein Blick an ihr hinaufwanderte. »Untersteh dich, einen Kommentar abzugeben, was man bei mir einschnüren könnte oder nicht!«

Sven grinste breit. »Ich werde mich hüten. Und nun komm! Ich soll dich nämlich schnellstmöglich zur Redaktionssitzung schleppen. Alex ist schon ein wenig ungehalten, um es mal vorsichtig zu formulieren.«

Isaura sah auf ihre Uhr. »Oje, so lange wollte ich gar nicht hierbleiben. Ich fürchte, ›ungehalten‹ trifft die Sache nicht ganz.«

Sie sprang auf. Sven klappte das Buch zu und machte Anstalten, es zu der Lücke im Regal hinter ihnen zurückzubringen, doch Isaura riss es ihm aus der Hand und stopfte es in ihre Aktentasche.

»Man darf die Bücher hier nicht ausleihen«, protestierte Sven.

Isaura reckte sich ein wenig, um wenigstens annähernd so groß wie der junge Mann zu sein, und übte sich an einem überheblichen Blick. »Das weiß ich auch. Aber ich muss nachher noch etwas nachsehen, ehe ich es zurückbringe.«

Sven hob die Schultern und machte sich auf den Weg zur Tür. »Deine Sache«, murmelte er.

Schweigend gingen sie nebeneinanderher den Gang entlang. Sven hielt ihr die schwere Metalltür auf, die den Archivteil des Hauses von den Redaktionsbüros trennte.

»Woher kommt eigentlich dein Name?«, fragte er plötzlich. »Isaura. Habe ich vorher noch nie gehört.«

Isaura blieb stehen. »Ja, das ist ein ungewöhnlicher Name. Als Teenager habe ich dazu mal Bücher gewälzt und rausgefunden, dass er sich von ›Isaria‹ ableitet, dem lateinischen Namen eines Gebiets in Kleinasien. Ein alter, spanischer Vorname. Weiß der Himmel, wieso meine Großmutter ausgerechnet diesen Namen für mich ausgesucht hat – das behaupten jedenfalls meine Eltern. Leider ist mir zu spät eingefallen, sie danach zu fragen. Sie ist vor einer Weile gestorben.«

»Das tut mir leid«, meinte Sven ein wenig verlegen.

Sie zuckte nur mit den Schultern und öffnete die Tür zum Konferenzraum.

Isaura rutschte auf ihren Platz. Die Chefredakteurin unterbrach ihren Vortrag nicht, doch der Blick, den sie Isaura zuwarf, ließ ein anschließendes Donnerwetter erahnen. Die Uhr an der Wand zeigte ihr, dass sie eine halbe Stunde zu spät war. Wie hatte das nur passieren können? Sie war doch nur kurz in der Bibliothek gewesen, um einen Blick in die Bücher über historische Mode zu werfen. Und dann war sie auf dieses Bild gestoßen.

Sie konnte das Buch förmlich spüren, das in ihrer Tasche unter dem Tisch steckte. Es schien Wärme auszustrahlen und zu pulsieren, als sei es lebendig und könne seinen Herzschlag über das Leder der Tasche auf ihre Beine übertragen.

Nein, korrigierte sich Isaura in Gedanken. Nicht das Buch, das Bild! Die Frau auf dem Bild mit den rätselhaft traurigen Augen.

»Irgendwelche weiteren Themenvorschläge? Isaura?«

Sie blinzelte und konnte ihren Blick nur mit Mühe auf die Chefredakteurin fokussieren. Es fühlte sich an, als würde sie jemand unvermittelt aus einem Traum reißen. Dieses Ziehen tief in der Brust und die Schwere, die sie wie Gewichte am Grund des Traums zu halten versuchte. Ein schmerzhaftes Sich-Wehren.

»Isaura!«

»Ja?«

»Hast du überhaupt zugehört?«

Sie schwieg. Das war Antwort genug. Was sich nun in Alex' Miene zusammenbraute, war mehr als nur eines ihrer gewöhnlichen Donnerwetter, die sie in regelmäßigen Abständen über ihre Redakteure entlud.

»Ich will dich nachher in meinem Büro sprechen«, sagte sie gepresst, und ihre zusammengekniffenen Augen verhießen nichts Gutes. Dennoch blieb ihre Stimme ruhig, als sie die Frage wiederholte.

»Ich möchte von jedem Themenvorschläge für unsere neue Reportagenreihe. Wir können auch größere Komplexe einplanen, die dann in mehreren aufeinanderfolgenden Heften verschiedene Aspekte eines Themas beleuchten.«

Isaura nickte, doch ihr Kopf schien ein einziges schwarzes Loch zu sein, das keinen vernünftigen Gedanken hergab. Abgesehen vielleicht von Grübeleien über geheimnisvolle Frauen aus vergangenen Jahrhunderten, die durch ihre Träume spukten. Aber das war wohl kein Thema für das neue Heft.

»Ich denke noch darüber nach«, murmelte Isaura und hoffte, der Blick würde endlich einen ihrer Kollegen ins Visier nehmen. Da meldete sich Sven zu Wort und erlöste Isaura von dem inquisitorischen Blick ihrer Chefin.

»Ja?«

»Wir könnten etwas Historisches machen«, stieß er hervor und sah Beifall heischend in die Runde, doch die meisten schüttelten nur ablehnend die Köpfe oder lächelten herablassend.

»Historisch«, grunzte Hans-Dieter, der älteste unter den Redakteuren, den Isaura am wenigsten mochte. »Was für ein mitreißender Vorschlag, und so detailliert durchdacht!«

Linda murmelte etwas von »verstaubt«. Dennoch hakte Alex nach, ohne dass man ihrer Stimme entnehmen konnte, was sie darüber dachte.

»Spanien«, stieß Sven ein wenig atemlos hervor. Vielleicht bereute er bereits, dass er alle Aufmerksamkeit auf sich gezogen hatte. Isauras Dankbarkeit konnte er sich jedenfalls für diese ritterliche Tat sicher sein. Sie beschloss, ihn in der Pause zu einem Kaffee einzuladen.

»Spanien?«, wiederholte Alex. »Und weiter? Welche Zeit?«

»Oh nein«, stöhnte Linda. »Franco, Faschismus, die ganze alte Leier.«

»Nein!«, wehrte Sven ab. Der Junge ließ sich nicht unterkriegen. »Weiter zurück. Fünfzehntes oder sechzehntes Jahrhundert.«

Isaura wusste, was ihn auf diesen Einfall gebracht hatte, der nichts anderes war als ein Versuch, sich anständig aus der Affäre zu ziehen. Sie sah in den fragenden Gesichtern der Kollegen, dass keiner eine rechte Vorstellung von dieser Zeit hatte, und selbst Alex schien sich nicht sicher, was sie von diesem Vorschlag erwarten konnte. Auch Isaura hatte nur eine vage Idee. Schlagwörter wie Reconquista, Inquisition, Judenvertreibung, Eroberung von Granada, Christoph Kolumbus und die Entdeckung Amerikas fielen ihr ein. Und das Bild einer unbekannten Frau in einem strengen, dunklen Kleid der frühen spanischen Hofmode.

Isaura betrat nach einem kurzen Klopfen das Büro der Chefredakteurin. Alex war nicht einmal zehn Jahre älter als sie, dennoch schaffte sie es zuweilen, dass sich Isaura in ihrer Gegenwart wie ein Kind fühlte, das von einem Erwachsenen gerügt wurde. Es kam ihr sogar der Verdacht, dass Alex diese strenge, schmale Brille nur besaß, um sie ein Stück die Nase herunterschieben und dann mit diesem eisigen Blick über den Rand schauen zu können, der selbst die Hartgesottenen unter ihnen verlegen stottern ließ, die einige Jahre mehr als die Chefin auf dem Buckel hatten.

»Schließ die Tür und setz dich!«

Isaura versuchte eine freundlich-unbeschwerte Miene zu wahren und zog sich einen Stuhl heran. Stumm wartete sie, bis Alex den Stapel Papiere beiseiteschob, nachdem sie ihn in unglaublichem Tempo durchgesehen hatte. Ja, sie war mit ihren vierzig Jahren schon die Richtige auf diesem Posten, den ihr nicht wenige neideten. Dann richtete sich der Blick auf Isaura, als wolle er bis in die letzten Tiefen ihrer düsteren Geheimnisse vordringen. Isaura widerstand dem Bedürfnis, unruhig auf dem Stuhl herumzurutschen. Stattdessen erwiderte sie den Blick. Endlich sprach Alex die Frage aus, die Isaura bereits in ihren Augen gelesen hatte.

»Was ist eigentlich mit dir los?«

»Ich war im Archiv, etwas nachschauen, und da habe ich die Zeit vergessen«, entschuldigte sich Isaura. »Es tut mir leid, dass ich zu spät gekommen bin. Es wird nicht wieder vorkommen.«

Alex wischte ihre Erklärung mit einer ungeduldigen Handbewegung beiseite. »Das meine ich nicht. Oder zumindest nicht nur das. Du vergisst Termine, hältst Zeiten nicht ein, bist abwesend und …«, sie hielt inne, und Isaura hatte die seltene Gelegenheit zu erleben, dass ihre Chefin um Worte rang, die doch sonst ihre Verbündeten und ihre schärfsten Waffen waren.

»Du gefällst mir nicht«, sagte sie schließlich. »Schau nur in den Spiegel, wie du aussiehst.«

»Danke für das aufmunternde Kompliment«, gab Isaura sarkastisch zurück.

Alex schüttelte unwirsch den Kopf. »Das ist kein Spaß. Du bist blass, hast Ringe unter den Augen und wirkst unkonzentriert, und das schon seit einer ganzen Weile. Ist etwas vorgefallen? Hast du Ärger mit deinem Mann? Oder etwas anderes, das dich quält? Du kannst doch mit mir reden!«

Isaura überlegte. Quälte sie etwas? Außer dass Justus sich gegen Kinder entschieden hatte, wogegen sie sich ein Kind in ihrem Leben durchaus vorstellen konnte? Zumindest meinte er, es sei jetzt nicht der rechte Zeitpunkt. Doch wann glaubte er, würde dieser kommen? Wenn er keinen Stress mehr haben würde? Wann könnte das sein? Mit sechzig, wenn er aus dem Job aussteigen wollte? Isaura war jetzt zweiunddreißig. Wie lange wollte oder konnte sie warten?

Aber nein, das war nicht das, was an ihr zehrte. Glaubte sie jedenfalls. Und Justus? Eheprobleme – abgesehen von ihrer voneinander abweichenden Meinung zum Thema Kinder? War da etwas? Sie sahen einander nicht mehr so häufig. Die gemeinsamen Unternehmungen schrumpften. Natürlich. Justus war geschäftlich viel unterwegs, und sie lebten seit mehr als zehn Jahren zusammen. War es da nicht natürlich, dass das Feuer nachließ und zu einer behaglichen Glut zusammenschrumpfte? Sie führten eine gute Ehe! Es gab nichts, das ihr Sorgen bereiten sollte.

Wirklich?

Ja!

Dann waren es nur diese Träume, die sie quälten? Die ihr so sehr zusetzten, dass ihre Arbeitsleistungen darunter zu leiden begonnen hatten?

Was für ein Blödsinn!

»Es ist nichts Ernstes«, wiegelte Isaura ab. »Ich habe nur

die letzte Erkältung verschleppt und bin ein wenig urlaubsreif. Ja, ich sollte mit Justus wegfahren, nur wir beide, um mal wieder Zeit für uns und unsere Beziehung zu haben«, fügte sie eingedenk des Rats ihrer Freundin Aline hinzu.

Bei dem Wort Urlaub verzog Alex das Gesicht. So recht wollte sie nicht einsehen, wozu ein Mitarbeiter so viele Tage Urlaub im Jahr benötigte. Sie selbst verbrachte die meisten ihrer Urlaubstage in der Redaktion.

»Wann? Und an wie viele Tage denkst du?«, hakte die Chefredakteurin vorsichtig nach.

Isaura hob die Schultern. »Ich weiß noch nicht. Ich muss erst mit Justus darüber sprechen, wie lange er sich losreißen kann und wohin er fahren möchte.« Sie erhob sich, ehe Alex noch ein paar unangenehme Fragen einfielen.

»Ich sag dir dann Bescheid. Im Moment ist die Redaktion ja gut besetzt«, fügte sie hinzu, was Alex gezwungen war zu bestätigen.

»Und ich lass mir was für die Reportagen einfallen«, versprach Isaura. Sie deutete Alex' Nicken als ihre gnädige Entlassung und schlüpfte aus dem Zimmer, ehe ihre Chefin es sich anders überlegte.

»Und? Wie war es?«, erkundigte sich Sven, als sie an ihren Schreibtisch zurückkehrte. »Den Kopf hat sie dir offensichtlich nicht abgerissen.«

Isaura ignorierte diese Bemerkung. So vertraut war sie mit dem Praktikanten nicht, dass sie seine Neugier befriedigen wollte. Sie setzte sich an ihren Schreibtisch und lud einen der Artikel, an denen sie arbeitete.

Sven seufzte. »In Ordnung. Ich hab's verstanden. Das geht mich nichts an.«

Er stand auf und kam zu ihr herüber. Isaura unterdrückte den Impuls, ihn anzufauchen und an seinen Platz zurückzuschicken.

»Und, bist du schon mit deiner Spanienreportage weitergekommen?«

Sven stöhnte. »Erinnere mich nicht daran! Das war das Einzige, was mir spontan in den Sinn kam. Ich habe keine Ahnung, was ich jetzt daraus machen soll. Wenn mir kein guter Ansatz einfällt, dann rammt mich Alex ungespitzt in den Boden. Ich und ein geschichtliches Thema! Mann, was habe ich mir dabei nur gedacht!« Er hielt inne und sah Isaura eindringlich an.

»He, das wäre doch was für dich. Du müsstest dich da auskennen. Du hast doch schon solche Geschichten gemacht. Also, wenn du willst, dann überlasse ich dir die Idee.«

»Ganz selbstlos und großzügig!«

Sven grinste. »Aber klar doch. Weil du es bist.«

Und ehe sie noch ablehnen konnte, flüchtete er zurück an seinen Schreibtisch.

Isaura entschied sich noch für einen Abstecher in die Münchner Fußgängerzone, ehe sie sich auf den Nachhauseweg machte. Es war empfindlich kalt, und der Frühling ließ sich noch nicht so recht erahnen, daher beschleunigte sie ihren Schritt und steuerte direkt die riesige Buchhandlung an, an der sie so selten vorbeiging, ohne wenigstens einen kleinen Besuch zu wagen, und aus der sie genauso selten ohne mehrere Neuerwerbungen wieder herauskam. Zuerst bummelte sie ein wenig an den Tischen mit den gerade frisch erschienenen Romanen entlang, dann trieb es sie in die Ecke mit den Biografien. Sie dachte gar nicht so recht darüber nach, doch ihre Hand griff zielsicher nach einem Buch mit dem Titel »Isabella«. Sie drehte das Buch um.

»Eine außergewöhnliche Frau – eine große Königin«, stand in fetten Buchstaben auf der Rückseite über dem Text, der den Inhalt des Buchs kurz anriss.

Wieder Spanien, natürlich. Es hatte ihr die ganze Zeit im

Kopf herumgespukt. Isabella die Katholische hatte von 1451 bis 1504 gelebt. Sie war Königin von Kastilien und León und mit Ferdinand, dem König von Aragón, verheiratet gewesen. Ja, richtig, unter ihrer Herrschaft war die Reconquista zu Ende geführt und Granada erobert worden. Während ihrer Herrschaft war Kolumbus nach Amerika gesegelt, und das Goldene Zeitalter Spaniens hatte begonnen.

Isaura nahm die Biografie und gleich noch ein zweites Buch über die katholischen Könige und ihre Zeit mit zur Kasse und bezahlte. Sie wollte schon gehen, als eine junge Verkäuferin sie ansprach.

»Interessiert Sie das Thema? Ich meine, möchten Sie noch mehr darüber wissen als die Dinge, die man in den üblichen Abhandlungen über die spanischen Könige und ihre Zeit findet? Sie sind doch Journalistin, nicht wahr?«

Isaura nickte.

»Wollen Sie über das Thema schreiben?« Die Frau sah sie eindringlich an.

Isaura antwortete ausweichend. »Ich habe mich noch nicht entschieden. Ich möchte erst einmal einen Überblick bekommen.«

Die junge Frau nickte. »Gut, aber wenn es Sie in seinen Bann gezogen hat, dann habe ich eine Empfehlung für Sie. Schauen Sie einmal im Antiquariat Collmann vorbei und fragen Sie nach dem Buch der ›Caminata de la edad‹.« Sie reichte ihr eine Karte mit einer Adresse irgendwo in Sendling.

Isaura bedankte sich und verabschiedete sich höflich, allerdings ohne die Absicht, dem Rat zu folgen. Die beiden Bücher in ihrer Tasche waren als Lektüre über das Thema sicher mehr als ausreichend, falls sie überhaupt etwas damit anfangen wollte.

Sie fuhr nach Hause, wärmte sich das Gratin vom Vortag auf, goss sich ein Glas Weißwein ein und zog sich damit auf das Sofa zurück. Im Fernsehen kam wieder einmal nichts, das sie interessiert hätte. Frustriert schaltete sie den Apparat wieder aus, nachdem sie zweimal durch alle Programme gezappt hatte. Sie ging in die Küche, ließ sich einen Milchkaffee aus der Maschine und kehrte mit der Büchertüte zum Sofa zurück. War es nicht ein wenig voreilig gewesen, gleich zwei Bücher über die sogenannten katholischen Könige zu kaufen? Allein der seltsame Titel stieß ihr sauer auf. Wollte sie sich damit befassen? Fast ein wenig unwillig schlug sie die Biografie »Isabella« auf und begann zu lesen.

Kapitel 2

Arévalo, 1458

Es würde einer der wichtigsten Tage in ihrem Leben werden. Das hatte ihr keiner gesagt, doch irgendwie konnte sie es spüren. Obwohl sie sich nicht gern ankleiden und frisieren ließ und mit ihrem Gezappel die Magd bis in den Wahnsinn treiben konnte, stand Jimena heute wie erstarrt da, bis alle Bänder geschnürt und alle Haken geschlossen waren, und sie ließ es sogar zu, dass ihr üppiges schwarzes Haar sorgfältig geflochten und aufgesteckt wurde. Die Tür öffnete sich, und Dominga de Lucena trat ein. Im Gegensatz zu dem des Mädchens war ihr Haar von einem warmen Kastanienton, der von den ersten grauen Strähnen durchzogen wurde; ihre Züge waren schmaler und strenger, doch denen des Kindes durchaus ähnlich. Sie war eine groß gewachsene Frau und fast ein wenig zu schlank, um noch als schön zu gelten. Jetzt, da sie Mitte dreißig und das Weiche, Mädchenhafte aus ihrem Gesicht verschwunden war, konnte man sie fast als hager bezeichnen, doch das störte sie nicht. Die Zeit, in der sie sich um die Blicke von Männern Gedanken gemacht hatte, war längst vorbei.

An ihrer Hand führte sie ihr jüngstes Kind, die erst dreijährige Teresa. Das Mädchen hatte das gleiche kastanienbraune Haar wie die Mutter und dunkle Augen, die es jetzt weit aufriss und sich neugierig, aber ohne Furcht in dem fremden Palast umsah.

»Nun, Jimena, bist du so weit?«, fragte Dominga das Mädchen und sah sie mit diesem Blick an, der bis in ihre tiefsten Gedanken zu dringen schien, um jedes noch so kleine, finstere Geheimnis ausfindig zu machen. Davon war das Kind jedenfalls überzeugt.

Jimena knickste artig, was sie nur selten vor ihrer Tante tat, und nickte. »Aber ja, Tía Dominga. Und ich werde mich anständig benehmen, wenn wir ihr vorgestellt werden.« Sie sah mit ernstem Blick zu ihrer Tante auf, deren strenge Miene nun von einem Lächeln erhellt wurde.

»Das darf ich wohl von dir erwarten!«, sagte sie, doch ihre Stimme klang freundlich. »Du bist jetzt sieben Jahre und damit alt genug, deine erste Stellung bei Hof anzunehmen.«

Jimena nickte. Ja, auch die Söhne der *Hidalgos* und des übrigen niederen Adels waren bestrebt, in diesem Alter an einem der Höfe eine Stelle als Page einzunehmen und einem großen Herrn zu dienen, um später zum Schildknappen aufzusteigen, ehe sie sich die eigenen Sporen als Ritter verdienten. Ihre Gedanken wanderten zurück nach Sevilla und zu ihrem Vetter Ramón, den sie so sehr verehrte. Der Abschied war ihr schwergefallen, doch hier in Arévalo gab es keinen Platz für ihn. Er würde sich einen anderen Grande suchen müssen, um ihm zu dienen und für ihn zu kämpfen. Konflikte und kriegerische Auseinandersetzungen zwischen dem Königshaus und den mächtigen Adelsfamilien des Landes, bei denen man sich beweisen konnte, gab es genug. Man musste dabei allerdings nicht nur ein großes Geschick im Umgang mit Waffen an den Tag legen, sondern auch über ein politisches Gespür verfügen, um rechtzeitig zu bemerken, wann der Wind sich drehte und es für Leib und Leben und das eigene Vermögen ratsamer war, auf ein anderes Pferd zu setzen. Sonst konnte es ganz schnell vorbei sein, was auch Dominga de Lucenas erster Gatte bitter erfahren und mit seinem Leben hatte bezahlen müssen. Das war schon etliche Jahre her, noch ehe König Juan II. starb und sein Sohn aus seiner ersten Ehe mit Maria von Aragón –

Enrique – zum König von Kastilien ernannt worden war. Mit ihrer zweiten Heirat war es Dominga gelungen, ins Umfeld des Hauses Trastámara zurückzukehren, doch nun hatte der Tod auch ihren zweiten Gemahl dahingerafft, und die Witwe war gezwungen, ihre jüngste Tochter und ihre verwaiste Nichte, die sie bei sich aufgenommen hatte, selbst durchzubringen.

»Ihre Hoheit lässt bitten«, verkündete einer der Diener und verschwand dann sogleich wieder. War es Nachlässigkeit oder Absicht, dass er es den Neuankömmlingen aus dem fernen Sevilla überließ, den Saal zu finden, wo Isabel von Portugal, die zweite Gattin des verstorbenen Königs Juan II., sie erwartete? Dominga sah die beiden Kinder ernst an.

»Nun, dann lasst uns gehen und Ihrer Hoheit unsere Aufwartung machen.«

Jimena versuchte den Gesichtsausdruck ihrer Tante nachzuahmen, raffte ihr neues Kleid, damit sie nicht in den Saum trat, und folgte ihr durch einen langen, dunklen Gang und eine Treppe hinunter. Ein kalter Luftzug strich um die Ecken und fuhr ihr unter ihren Rock, dass es sie fröstelte.

Der königliche Palast von Arévalo war ein uraltes, düsteres Gemäuer im maurischen Mudéjarstil. Die einst roten Ziegel waren im Laufe der Zeit vom Zahn der Verwitterung angenagt und dunkel verfärbt worden. Zwei mächtige Türme ragten abweisend zu beiden Seiten der Hauptfassade auf. Die Flügel des Palasts umfassten einen rechteckigen Hof, der im Winter Schutz vor dem eisigen Wind bot, der dann durch die Gassen der Stadt fegte, und im Sommer eine Oase des Schattens war, den die brütende Sonne niemals vollständig vertreiben konnte. Es gab unzählige düstere und meist feuchte Gemächer, ebenso dunkle Gänge und Kammern, einen großen Saal und mehrere andere Räume, in denen sich dereinst die Mitglieder der *Cortes* getroffen hatten, wenn der König sie einberufen hatte, um sich zu beraten oder – was häufiger der Fall war – die Erhöhung und den Einzug von Sondersteuern von den Vertretern der wichtigsten Städte wie Burgos, Toledo und Valladolid, Ávila und Segovia oder auch Córdoba und Sevilla absegnen zu lassen. Heutzutage war der alte Palast nur noch der Witwensitz der einstigen Königin, den ihr Stiefsohn Enrique ihr überlassen hatte, um dort mit ihren beiden Kindern zu leben.

Sie folgten einem weiteren Flur, der sie zu einer zweiten Treppenflucht führte. Dominga blieb stehen und sah sich ein wenig ratlos um, da wehte der Klang einer scharfen Stimme zu ihr herüber. Dominga verzog das Gesicht zu einem grimmigen Lächeln und folgte mit den beiden Mädchen an der Hand der zunehmend unangenehmen Stimme bis zu einem Saal. Ein Diener öffnete ihnen mit einer Verbeugung die mit kunstvollen Schmiedearbeiten verzierte Tür. Mit kritischer Miene sah Jimena sich um.

Der Saal war weiträumiger als die Kammern und Gänge, die sie bisher vom Palast gesehen hatte, doch nicht minder düster. Zwar waren die Mauern mit einigen Wandbehängen verziert, doch diese waren von Alter und Ruß genauso dunkel wie die Wände, die sich an die Zeit, da sie einmal weiß getüncht worden waren, sicher nicht mehr zurückerinnern konnten. Die Fenster an der rechten Längsseite waren klein, sodass nur wenig Tageslicht hereinsickerte, und, wie in Burgen üblich, mit kleinen Sitznischen in die dicken Mauern eingelassen. Das Kind ließ den Blick weiter durch den Saal schweifen, bis zu dem großen Kamin in der gegenüberliegenden Wand. Dort standen zwei thronartige Sessel mit hohen geschnitzten Lehnen, die ziemlich unbequem aussahen. Auf einem niedrigen Tisch boten einige Schalen süße Mandeln und Konfekt und allerlei kandierte Früchte an. In der Ecke schloss sich ein mit dicken Teppichen und Kissen belegter Diwan an, wie er in keinem maurischen Haus fehlen durfte, der aber genauso bei Juden und Christen ganz besonders in der Gegend von Sevilla, ja, im ganzen Süden des Landes beliebt war.

Dort auf dem Diwan saßen einige Damen in ihren langen weiten Röcken, die sich unter den geschnürten Miedern bauschten, gemütlich im Schneidersitz. Jimena sah auch zwei Mädchen, die kaum älter waren als sie selbst, und einen Jungen von etwa fünf Jahren.

Jimena ließ ihren Blick zu der keifenden Frau hinüberwandern, die längst nicht so alt war, wie ihre Stimme vermuten ließ. Vielleicht um die dreißig? Dennoch kam sie ihr wie eine alte Frau vor, und das nicht nur, weil sich bereits Linien der Verbitterung in ihr Gesicht gegraben hatten. Da war noch etwas, das das Kind nicht recht fassen konnte. Jimena starrte sie an, konnte aber aus ihren Gefühlen nicht recht schlau werden. Das also war die Witwe König Juans II., Isabel von Portugal.

Das Opfer der Schimpftirade, die immer noch andauerte, war offensichtlich das junge Mädchen, das mit gesenktem Kopf vor ihr auf dem Boden kniete und dessen einfaches Gewand dafür sprach, dass sie niemand von Bedeutung war. Auf dem zweiten Sessel saß ein Geistlicher in einer aufwendig bestickten Robe, die ringgeschmückten Hände vor der Brust gefaltet, den Blick ebenfalls auf das Mädchen gerichtet. Nun allerdings sah er zu den Neuankömmlingen auf. Forsch ging Dominga bis in die Mitte des Saals, wo sie stehen blieb und in einen tiefen Knicks versank. Jimena tat es ihr gleich. Nur die kleine Teresa blieb mit steifem Rücken stehen, den Blick unverwandt auf die Frau mit der Furcht einflößenden Stimme gerichtet. Diese verstummte nun und richtete ihre Aufmerksamkeit mit einem Ausdruck auf die Frau und die beiden Mädchen, der deutlich machte, dass sie keine Ahnung hatte, wer sie waren und was sie hier in ihrem Saal zu suchen hatten.

»Doña Dominga de Lucena mit Tochter Teresa und Jimena de Morón aus Sevilla«, stellte sich die Tante mit klarer Stimme vor, worauf sich nun auch die Augen der Damen auf dem Diwan auf sie richteten.

»Ihre Hoheit war so freundlich, nach uns zu schicken.«

Noch immer sah die Königinwitwe ein wenig verwirrt und abweisend drein. Der Geistliche beugte sich vor und flüsterte ihr etwas zu. Endlich stieg so etwas wie ein Lächeln in ihrer Miene auf und erhellte ein wenig das abgehärmte Gesicht mit dem streng zurückgekämmten Haar, das fast vollständig von einem schwarzen Spitzenschleier verhüllt wurde.

»Ach ja, ich erinnere mich. Tretet näher, Doña Dominga. Euer Ruf ist Euch bis nach Arévalo vorausgeeilt. Der Pater sagt zwar, unser Leben läge allein in der Hand des Allmächtigen, aber es kann nicht schaden, sich eine weise Frau an seinen Hof zu holen, nicht wahr?«

Jimena sah, wie der Kirchenmann den Mund verzog und die Lippen aufeinanderpresste, bis sie kaum mehr zu sehen waren. Er war ganz offensichtlich nicht derselben Meinung und von Domingas Ankunft in Arévalo alles andere als erfreut. Dies entging der Tante ganz sicher nicht, doch sie ignorierte den Pater und folgte stattdessen der Aufforderung der Witwe.

Das Mädchen musterte die Gattin des toten Königs eingehend. Etwas Seltsames ging von ihr aus, das hatte Jimena gleich gespürt, aber sie hätte nicht genau sagen können, was sie störte. Waren es die ein wenig fahrigen Bewegungen oder die so rasch wechselnden Gefühle, die sich in ihrer Miene widerspiegelten und die nicht so recht zu ihren Worten passten? Es war ihr, als müsse sie sich von der Hand ihrer Tante befreien und bis zur Tür zurückweichen, nur um mehr Abstand zwischen sich und diese Frau zu bekommen, in deren Nähe sie nicht sein mochte.

Der Druck um ihre Finger verstärkte sich. Natürlich waren Dominga ihre Gefühle nicht verborgen geblieben. Es gab einfach nichts, das ihrer Tante entging!

Das Opfer der lautstarken Rüge machte sich mit eingezogenem Genick unauffällig davon. Jimena hielt ihren Blick weiterhin auf Isabel von Portugal gerichtet. Tiefe Enttäuschung breitete sich in ihr aus. Und auch Verwirrung. Sie hatte gedacht, dieser Tag würde ein ganz wichtiger in ihrem Leben sein. Dass sie jemanden kennenlernen würde, der ihr Leben und vielleicht das der ganzen Welt um sie herum würde ändern können. Und nun starrte sie diese seltsame Frau auf dem Thronsessel an. Die Königinwitwe war zwar ungewöhnlich und strahlte etwas Bedrohliches aus, doch wichtig war sie nicht, das konnte Jimena spüren.

Nein, du musst nicht an dir und deinen Sinnen zweifeln. Wie so oft vernahm sie die Stimme ihrer Tante in ihrem Geist. *Warte ab, Jimena. Lerne Geduld zu haben! Das ist eine Tugend, derer du noch bedarfst.*

Geduld! Was konnte daran schon eine Tugend sein? Doch sie hütete sich, der Tante zu widersprechen.

Plötzlich ging eine Veränderung mit der Königinwitwe vor sich. Ihr Blick richtete sich auf Teresa, die mit ihren kindlichen Rundungen und den üppigen kastanienfarbenen Locken in ihrem neuen Gewand ein Bild von süßer Unschuld abgab. Huldvoll sprach sie das Kind an, doch Teresa blieb stumm und starrte die hohe Dame nur aus weit aufgerissenen Augen an.

»Will es mir nicht antworten?«, hakte die Hoheit nach, und nun war wieder dieser scharfe Klang in ihrer Stimme. Dominga legte schützend den Arm um die Schultern ihrer Tochter.

»Verzeiht, Hoheit, doch sie spricht nicht. Noch nicht.«

»Wie alt ist denn das Kind? Es muss bereits um die drei Jahre alt sein«, wunderte sich die Königinwitwe.

Dominga nickte. »Ja, doch sie hat bisher noch kein Wort gesprochen und wird es in den nächsten Jahren auch nicht tun.«

Interesse glomm in den Augen der Frau auf, und sie beugte sich ein wenig nach vorn, um das Kind besser sehen zu können. Ließ etwa die Kraft ihrer Augen bereits nach?

»Spricht sie stattdessen mit den Geistern? Ist sie Euer Medium?«

»Geister?«, brummte der Geistliche und schüttelte missbilligend den Kopf. »Sie wird vom Teufel besessen sein. Man sollte ihr die Dämonen austreiben!«

Dominga erwiderte kriegerisch seinen Blick und schob ihre Tochter schützend hinter sich.

»Ein Exorzismus? Das wird nicht nötig sein, Exzellenz! Meine Tochter ist nicht besessen. Sie ist stumm!«

»Nun denn«, murmelte er und wandte seinen Blick ab. Er schien Jimena fast ein wenig enttäuscht. Vielleicht hätte er gern ein paar Dämonen aus ihrer kleinen Cousine ausgetrieben. Jimena wusste nicht, wie so etwas vor sich ging, doch sie ahnte, dass es nicht angenehm war, und fühlte sich erleichtert, dass ihre Tante dies verhindert hatte.

Auch das Interesse der Hoheit schwand und richtete sich nun auf Jimena.

»Und du, Kind? Kannst wenigstens du sprechen?«

Jimena erinnerte sich daran, was ihre Tante ihr eingeschärft hatte, und knickste erneut. »Aber ja, Hoheit«, antwortete sie, ohne allerdings die Augen niederzuschlagen, was man ihr eigentlich gesagt hatte. Ein wenig trotzig sah sie die Frau an, die sich so seltsam benahm.

»Und wie alt bist du?«, fragte sie weiter.

»Sieben Jahre, Hoheit«, antwortete Jimena brav und schluckte alle frechen Bemerkungen herunter, die ihr in den Sinn kamen. Sie durfte ihre Tante nicht in Verlegenheit bringen, auch wenn sie nur zu gern gesehen hätte, wie die alte Königin reagieren würde.

Lass es sein!

Ich mach es ja gar nicht!

Ich weiß. Du bist ein braves Kind – meistens.

Jimena musste ein Kichern unterdrücken. Ehrlich war ihre Tante wenigstens.

»Sieben Jahre«, wiederholte Isabel von Portugal und ließ den Blick zu dem Diwan wandern. »Das trifft sich gut. Du wirst ab heute meiner Tochter Isabel dienen und sie begleiten.«

Jimena folgte ihrem Blick und erstarrte. Sie hatte das Mädchen bislang nicht beachtet. Es war auf den ersten Blick so unscheinbar. Ihre Haut war blass, die Züge mit den fast farblosen Augenbrauen und der Stupsnase nichtssagend, und auch ihr Haar war dünn und so farblos, wie man es hier in der Gegend selten fand. Kein Blond, das in der Sonne golden erstrahlte, nur eine blasse Farbe wie von Flachs. Und doch erstarrte Jimena und riss ihre dunklen Augen weit auf. Das Mädchen wandte sich ihr zu und erwiderte aus seinen blassblauen Augen den Blick mit einer solchen Kraft, dass Jimena die Luft anhielt.

Da war etwas, das sie fast greifen konnte. Sollte das etwa die Begegnung sein, der sie entgegengezittert hatte?

Ja, dein Gefühl hat dich nicht getäuscht, sprach die Tante in ihrem Geist. *Isabel, die große Königin. Sie wird die Welt verändern, aber sprich nicht darüber!*

Jimena ging auf das Mädchen zu, unsicher, wie sie sie begrüßen sollte. Ihr Vater war immerhin König gewesen, und sie war eine Infantin, wenn auch keine Kronprinzessin. Jimena knickste auch vor ihr.

»Doña Isabel«, begann sie zögernd und wurde sogleich von einer der Frauen unterbrochen.

»*Serenísima Infante Isabel – durchlauchtigste Infantin Isabel* heißt das!«, doch die Tochter der Königinwitwe winkte ab und sah mit freundlichem Blick Jimena an, die ein wenig stotternd fortfuhr:

»Es ist mir eine Ehre, Eure Bekanntschaft zu machen und Euch dienen zu dürfen.«

Das Mädchen aus dem königlichen Geblüt der Trastámara nickte ihr mit einem huldvollen Lächeln zu und reichte ihr feierlich die Hand.

»Die Freude ist ganz auf meiner Seite, Doña Jimena de Morón«, sagte sie, so als habe sie den Satz viele Male geübt, doch dann lächelte sie ganz offen und fügte leise hinzu: »Ich freue mich so, dass du da bist. Es ist hier meist nicht sehr lustig, aber das wird sich ändern, wenn wir Freundinnen werden. Das hier ist übrigens Beatriz, meine bisher einzige Freundin im Palast. Ihr Vater, Don Pedro de Bobadilla, ist der Verwalter des Schlosses und der Burg drüben auf der anderen Seite der Stadt. Und das dort ist mein jüngerer Bruder Alfonso, mit dem man rein gar nichts anfangen kann!«

Jimena begrüßte auch den Jungen, der ihr die Zunge rausstreckte, und dann das zweite Mädchen, deren Kleidung man nicht ansah, dass sie nur die Tochter eines Palastverwalters war, was aber eher daran lag, dass Isabel für eine Infantin ungewöhnlich schlicht gekleidet war, das Haar nur nachlässig frisiert. Und sie trug nicht einmal Schmuck.

Während Alfonso wie seine Schwester blass und unscheinbar wirkte, war Beatriz ein hübsches Mädchen mit rundlichem Gesicht, vollen Lippen und üppigem, dunklem Haar.

Jimena spürte die Vorbehalte, die Beatriz empfand, als sie den Gruß erwiderte. Sie musterte die Neue, doch unter die Neugier mischten sich auch Eifersucht und die Furcht, sie könne ihr den Platz an Isabels Seite streitig machen.

»Wir werden uns gut verstehen«, behauptete Jimena in diesem festen Tonfall, von dem sie trotz ihrer jungen Jahre schon wusste, dass er andere Menschen überzeugte.

»Ja, das werden wir«, stimmte ihr Beatriz zögernd zu, befand es dann aber für notwendig zu betonen, dass sie für alle Ewigkeit Isabels beste Freundin sei und ihr niemals von der Seite weichen werde.

Jimena runzelte die Stirn. Irgendetwas blitzte in ihr auf, und ehe sie sich sicher war, was für eine Ahnung sie gestreift hatte, sagte sie: »Nein, das stimmt nicht, du hast Angst und wirst sie verlassen.«

»Du lügst! Wie kannst du so etwas behaupten?«, rief das Mädchen empört.

Zum Glück griff Tante Dominga ein, ehe sie es noch schlimmer machen konnte. Sie dankte für die Ehre, empfangen worden zu sein, verneigte sich noch einmal vor der Königinwitwe und verließ dann den Saal, die beiden Kinder fest an der Hand.

Sie schwieg, bis sie die Kammer erreichten, die man ihnen zugewiesen hatte, und die Tür hinter ihnen geschlossen war.

»Du musst vorsichtiger mit deiner Zunge sein«, sagte sie ruhig, doch Jimena zitterte vor unterdrücktem Schluchzen.

»Es ist aber wahr!«, stieß sie leidenschaftlich aus. »Ich konnte es plötzlich sehen, richtig deutlich sehen!«

Dominga seufzte, kniete sich auf den Boden und zog das Kind in ihre Arme.

»Ich weiß, mein Liebes, ich weiß. Die Gabe entwickelte sich auch bei dir, und deshalb musst du lernen, deine Zunge zu hüten, und dir stets ganz genau überlegen, was du sagst und was du lieber für dich behältst, denn sonst könnte das sehr schlecht für dich enden!«

Jimena wollte widersprechen, doch ein kläglicher Zug schlich sich in ihre Miene.

»Ich weiß es nicht«, sagte sie ein wenig weinerlich. »Das kann ich nicht sehen.«

»Deine eigene Zukunft?«, fragte Dominga, obgleich sie genau wusste, was das Kind ängstigte. »Ja, das ist so. Auch ich kann nicht in mein eigenes Schicksal blicken, und ich sage dir, es ist auch nicht immer angenehm zu spüren, was anderen Menschen widerfährt. Gerade wenn sie einem lieb und teuer sind und man gern alles tun würde, um ein böses Schicksal abzuwenden.«

Jimena riss die Augen auf. »Kann man das denn?«

Nun war Schmerz in Domingas Augen zu lesen. »Ich weiß es nicht, mein Kind, ich weiß es nicht. Auch ich bin nicht allwissend und kann manches Mal nur stumm zusehen, wie das

Rad des Schicksals sich weiterdreht, wie es die Menschen mit sich reißt, sie emporhebt oder hinabschleudert und manche gar zermalmt.«

Darüber musste Jimena erst einmal nachdenken. Sie ließ sich von ihrer Tante auskleiden und schlüpfte in ihrem langen Nachthemd zu Teresa in das breite, bequeme Bett, in dem noch genug Platz für Dominga blieb.

»Ich darf also gar nichts sagen? Auch nicht zu Isabel? Nur ein ganz kleiner Hinweis, dass sie sich keine Sorgen machen braucht, weil sie nachher Königin sein wird?«

»Nein! Auf gar keinen Fall! Sie wird es beizeiten erfahren. Alles wird sich fügen, und sie wird eine große Königin sein!«

Jimenas Blick schien sich nach innen zu richten, dann nickte sie. »Ja, das wird sie, doch ich spüre viel Leid, wenn ich an sie denke.«

»Du scheinst verwundert. Warum? Denkst du, das Leben der Könige ist immer nur Freude? Nein, mein Kind. Sie leiden ebenso, wenn auch an anderen Dingen. Sie müssen keinen Hunger erdulden und sich nicht fragen, wo sie am Abend ihr müdes Haupt hinbetten, noch, wie sie ihre Kinder satt bekommen, doch leiden müssen auch sie. Das hat Gott der Herr in dieser Welt wohl so eingerichtet.«

»Warum?«, verlangte Jimena zu wissen.

Dominga überlegte. »Vielleicht, um den Menschen vor zu viel Hochmut zu bewahren? Doch nun schlaf. Es war ein langer Tag.« Sie küsste ihre Nichte auf die Stirn und zog ihr die warme, weiche Decke bis ans Kinn, um die Zugluft abzuhalten, die durch das alte Gemäuer strich.

Jimena schloss die Augen und begann ruhig zu atmen. Dominga wollte sich gerade abwenden, da erhob das Kind noch einmal seine Stimme.

»Wirst du es der Stiefmutter des Königs sagen?«

»Was, mein Kind?«

»Dass ihr Geist sich verwirrt.«

Dominga seufzte tief. »Also hast du auch das bemerkt.« Sie schüttelte den Kopf, als drücke tiefe Sorge sie nieder. »Doch um deine Frage zu beantworten: nein! Natürlich nicht. Was glaubst du wohl, was passieren würde, wenn ich dem Hof verkünde, Isabel von Portugal sei dabei, den Verstand zu verlieren und in geistige Umnachtung zu versinken?«

Jimena setzte sich noch einmal auf und kaute nachdenklich auf ihrer Lippe, so als erwarte Dominga eine richtige Antwort auf diese Frage.

»Vielleicht würden sie uns wieder fortschicken«, sagte sie schließlich. »Wenn die Königin den Verstand verliert, dann braucht sie dich vielleicht nicht mehr. Oder kannst du sie heilen?«

Dominga schüttelte den Kopf. »Nein, das liegt leider nicht in meiner Macht. Ich werde ihre trüben Tage voller Traurigkeit und Tränen ein wenig aufhellen können, doch heilen kann ich sie nicht.«

»Das wird Isabel nicht gefallen«, überlegte Jimena. »Dann sollte ich ihr wohl auch davon nichts erzählen?«

»So ist es, mein Kind, und nun schlaf!«, wiederholte Dominga und blies die Kerze auf der Kleidertruhe aus.

Beatriz' Befürchtungen sollten sich als unbegründet erweisen. Die drei Mädchen verstanden sich bereits nach den ersten Tagen prächtig. Zuerst zeigten Isabel und Beatriz der neuen Gefährtin jeden Winkel des alten Palasts bis in die Kellergewölbe hinunter, die verwinkelt, feucht und dunkel waren – ein idealer Ort, um Verstecken zu spielen. Bei schönem Wetter gingen die Mädchen in den kleinen Garten hinauf, doch zu Jimenas Überraschung hatte auch keiner im Palast etwas dagegen einzuwenden, wenn die Mädchen durch die Stadt streiften. Man schickte ihnen zwar meist eine Magd mit, die ein wenig gelangweilt, doch immerhin mit so viel Abstand hinter ihnen hertrottete, dass sie sich ungestört unterhalten konnten, und die den Kindern keine Vorschriften machte. Meist war auch die kleine stumme Teresa in ihrem Kielwasser zu finden, da die Königinwitwe kaum mehr von Dominga lassen wollte und sie täglich stundenlang in ihren Gemächern beanspruchte. Jimena hatte nur eine vage Vorstellung von dem, was sie von ihr verlangte, denn die Talente ihrer Tante waren vielfältig. Sie verstand sich auf heilende Kräuter und deren Zubereitung in allerlei Tinkturen, Tropfen und Pasten, sie kannte sich mit den Sternen aus und mit dem Aderlass, und sie verfügte über die ganz speziellen Kräfte, die man nur noch bei wenigen Menschen – vor allem Frauen – fand. Immer wieder musste sie der Königin die Karten legen und ihr irgendetwas erzählen, was sie zu hören wünschte. Dass man aus diesen kleinen, bunten Bildkarten etwas Sinnvolles herauslesen konnte, bezweifelte Jimena, doch wenn Isabel von Portugal es so wollte?

So blieb es meist Jimena überlassen, sich um die kleine Teresa zu kümmern, was aber weder sie noch die anderen beiden Mädchen störte. Da das Kind stumm war, plapperte es nicht dazwischen und belästigte sie nicht mit Fragen oder eigenen Wünschen. Sie war auch sonst keine Belastung, da sie nicht weglief, sondern meist in der Nähe saß, den Blick unverwandt auf die älteren Mädchen gerichtet, die Augen weit aufgerissen. Es war, als könne sie jedes Wort verstehen und würde sich jeden Satz für alle Ewigkeit merken. Es war fast ein wenig unheimlich. Doch meist vergaßen die Mädchen fast, dass sie überhaupt mit dabei war. Isabels Bruder Alfonso dagegen ließ sich nur selten bei den Mädchen blicken. Meist sahen sie ihn nur am Abend, wenn sich alle unter dem strengen Blick der Königinwitwe in der Halle trafen. Was er den Tag über so trieb, wusste Jimena nicht, und es interessierte sie auch nicht besonders. Er hatte einen eigenen Lehrer, einen Dominikanermönch, der ihn unterrichtete, und wohl auch eigene Spielkameraden.

Arévalo war keine große Stadt, sodass man nicht fürchten musste, die Mädchen könnten verloren gehen. Die von hohen Mauern umgebene Stadt hatte die Form eines Dreiecks, auf dessen ein wenig emporgereckter Spitze die Mauern des *Castillo* aufstiegen. Zu ihren Füßen flossen die beiden Flüsse Adaja und Arevalillo zusammen und boten der Stadt mit ihren steilen Uferböschungen einen natürlichen Schutz. Die Ostseite der Stadt, wo sich am Plaza del Real der Palast erhob, war dagegen mit einer doppelten Mauer aus Millionen durch Mörtel fest miteinander verbundenen Ziegelsteinen und einem Graben geschützt. Auch die meisten Häuser und Kirchen waren aus Ziegeln gebaut, da es hier auf der Hochebene zwischen dem Gebirgszug der Cordillera Central und dem Tal des Duero an Steinen mangelte, die als Baumaterial geeignet gewesen wären.

Fünf Tore, die nachts stets sorgfältig verschlossen und zu jeder Stunde bewacht wurden, führten in und aus der Stadt, um das Leben der Christen, Juden und Mauren, die hier zusammenlebten, zu bewachen. Natürlich stellten die Christen den Hauptteil der Bevölkerung, und sie nahmen auch die meisten wichtigen Posten der Stadt ein, doch Arévalo nannte nach Ávila die größte Judería ihr Eigen, was nicht zum Nachteil der Stadt schien, sondern ihren Wohlstand mehrte. Außerdem traf man, wie überall, auf die langen Gewänder und leuchtenden Turbane der Mauren, die sich meist als gefragte Baumeister, Künstler und Meister allerlei Handwerks beliebt machten. Natürlich gab es auch Differenzen und manche unschöne Szene des Neids, doch meist war das Stadtleben von Geschäftigkeit geprägt, die in Harmonie besser gedieh als im Streit, das wussten die Händler und Handwerker aller drei Religionen sehr wohl.

Jimena liebte es, durch die Stadt zu streifen und in das bunte Leben der Gassen einzutauchen. Ab und zu besuchten sie auch Beatriz' Vater in der Burg, scherzten mit den Wachmännern auf dem Turm oder in den Wehrgängen oder ließen sich in der Küche mit Süßigkeiten verwöhnen. Wenn die Nacht hereinbrach, ließ der Burgvogt die Kinder von einem seiner Männer zum Palast zurückbringen, wo sie sich der Tradition gemäß im Saal einzufinden hatten, wenn das Nachtmahl serviert wurde, und man sich danach unterhielt oder einem Spielmann lauschte, bis es Zeit wurde, ins Bett zu gehen. Manches Mal zeigten auch Gaukler oder andere fahrende Leute ihre Kunststücke. Sie schluckten Feuer, tanzten mit Schwertern oder hatten Tiere bei sich, die die Mädchen entzückten oder schaudern ließen. Am liebsten jedoch mochten die Mädchen den Mauren Ibn al-Mansûk, der allein schon mit seinen dichten weißen Augenbrauen, dem langen, weißen Bart und den durchdringenden dunklen Augen, mit denen er unter seinem Turban hervorblickte, eine eindrucksvolle Persönlichkeit darstellte. Und dann erst seine Geschichten!

»Bitte, erzählt uns vom großen Cid«, baten die Mädchen beispielsweise, wenn sie wieder eine seiner Heldengeschichten hören wollten.

»Aber bleibt bei der Wahrheit«, mahnte die alte Königin mit strengem Blick.

»Ich erzähle stets die Wahrheit«, gab der maurische Geschichtenerzähler zurück. »Nur dass nicht jeder die gleiche Wahrheit liebt. Welche wollt Ihr heute hören? Die, in der Rodrigo Díaz de Vivar als christlicher Held für seinen König Sancho streitet? In der sich der Ritter dem unerbittlich vorrückenden Yûsuf ibn Tâshufîn entgegenstellt? Oder die, in der as-Sayyid, wie wir ihn nennen, heldenhaft für den maurischen Fürsten al-Mu'tamin von Saragossa kämpft? Oh ja, er hat eine herausragende Söldnertruppe aufgestellt und seinen christlichen Widersachern einiges an Kopfzerbrechen beschert.«

Isabel von Portugal war empört, doch der Geschichtenerzähler kicherte nur und wandte sich wieder an die Mädchen, die mit weit aufgerissenen Augen an seinen Lippen hingen.

»Der große Cid heiratete übrigens ein Mädchen deines Namens. Jimena Díaz, die Tochter des Grafen von Oviendo.«

»Erzählt uns von ihr!«, rief Beatriz und klatschte in die Hände. »War sie ein schönes Mädchen? Hat sie sich in den Cid verliebt?«

Und von da an verließ die Erzählung die politischen Klippen, die zu Unmut auf der einen oder anderen Seite hätten führen können, und wandte sich der hohen Kunst der Minne zu, bei der es weniger um die Wahrheit und mehr um den Eindruck ging, den die Geschichte bei seinen gebannt lauschenden Zuhörerinnen zurückließ.

So verliefen sechs Jahre in Jimenas Leben in Ruhe und in Eintracht mit ihren Freundinnen Beatriz und Isabel, bis eines Tages ein Bote vom Hof König Enriques IV. aus Segovia eintraf und den Frieden der Kinder störte.

Kapitel 3

Segovia, 1464

Es war einer der milden Frühlingsabende in der Weite der Tierra de Campos, doch wie immer war es in dem alten Palast in Arévalo kühl und feucht, sodass jeder für ein Feuer im Kamin dankbar war. Das Mahl war bereits vorüber, und die Mädchen zogen sich auf den Diwan zurück, wo sie sich leise unterhielten und sich unter der Anleitung einer der Damen an ihren Stickmustern versuchten. Während sich Isabel und Beatriz redlich bemühten, die feinen Stiche gleichmäßig aneinanderzusetzen, war Jimena nicht bei der Sache. Ihr Blick glitt immer wieder zur Tür, und ihre Gedanken eilten hinaus in die anbrechende Nacht.

»Was ist mit dir?«, erkundigte sich Isabel, der die Unruhe der Freundin nicht verborgen blieb.

Jimena seufzte tief. »Ich habe diese Stunden hier auf dem Diwan immer geliebt.«

»Ja, und?«, fragte Beatriz, ohne von ihrer Stickerei aufzusehen. Dreizehn Jahre zählten die jungen Mädchen nun und mussten sich daran gewöhnen, schon bald zu den Frauen zu gehören.

»Ich fühle mich so seltsam traurig, als wenn dies unser letzter gemeinsamer Abend hier wäre«, platzte Jimena heraus, ehe sie sich über ihre eigenen Gedanken im Klaren war.

»Was? Wie kommst du denn auf solch einen Einfall?«, hakte Isabel nach, die immer sehr wachsam wurde, wenn ihre Freundin etwas Merkwürdiges sagte. Beatriz behauptete zwar, das würde sie nur tun, um sich wichtig zu machen, doch Isabel schien tiefer blicken zu können, und es war ihr offensichtlich bewusst, dass meist mehr hinter solch kryptischen Worten steckte.

Jimena sah zu ihrer Tante Dominga hinüber, die, wie so oft, neben der Königinwitwe saß. Sie fing den Gedanken auf und antwortete, ohne den Blick zu heben.

Ja, es stehen Veränderungen an. Es werden noch heute Abend Besucher in Arévalo ankommen.

»Was für Besucher?«, erkundigte sich Jimena und bemerkte erst, als Beatriz nachhakte, dass sie die Worte laut ausgesprochen hatte.

»Es kommt Besuch? Das ist doch nichts Besonderes, oder?«

Nun ruhte auch Isabels Nadel in ihrem Schoß. »Weißt du, wer uns besuchen wird?«, fragte sie leise. »Jemand Wichtiges?«

Doch ehe sich Jimena darüber klar geworden war, meldete einer der Diener seine Exzellenz, den Erzbischof von Toledo, Alfonso Carrillo de Acuña, und dessen Neffen, Juan Pacheco, den Marquis von Villena.

Isabel stieß Jimena in die Seite und raunte: »Du wusstest es! Wieder einmal vor allen anderen. Also entweder hast du gelauscht oder du bist eine Hexe wie deine Tante.«

»Meine Tante ist keine Hexe!«, widersprach Jimena, deren Aufmerksamkeit sich den beiden Männern zuwandte, die von der sichtlich überraschten Königinwitwe begrüßt wurden. Sie hatte an diesem Abend ihre klaren Stunden und wirkte zwar älter, als sie war, aber würdig. Ungeachtet dessen hatte Jimena mit ihrer Ahnung am Abend ihrer Ankunft auf dem Schloss recht behalten. Der Geist Isabels von Portugal verfiel zusehends. Mal stieß sie wie eine Furie auf jeden herab, der sich in ihre Nähe wagte, und keifte, dass man es durch den halben Palast schallen hörte, dann wieder versank sie in tiefe Trauer, sprach nicht, aß nicht und schien bereits in einer anderen Welt zu wandeln, wo selbst Domingas aufmunternde Worte und Kräutertränke sie nicht mehr erreichen konnten.

Doch heute schien alles gut, und die Stiefmutter des Königs lächelte die Männer huldvoll an, die sich ehrerbietig vor ihr verbeugten.

»Exzellenz, Marquis, welch freudige Überraschung! Was könnte es für einen Grund geben, Euch in mein bescheidenes Heim nach Arévalo zu führen?«

Die Frage war durchaus berechtigt. Der Erzbischof war vermutlich der mächtigste Kirchenmann im Reich und dazu des Königs Beichtvater, und der Marquis zählte zu den engsten Vertrauten bei Hof, der vielleicht am längsten an König Enriques Seite stand – hatte er ihm doch schließlich bereits als Page gedient. Während der Erzbischof bereits ergraute und die fünfzig sicher schon hinter sich gelassen hatte, befand sich der Marquis im besten Mannesalter. Neugierig musterte Jimena die beiden Männer. Sie konnte spüren, dass sie in ihrem Leben noch eine wichtige Rolle spielen würden, doch ob zum Guten oder zum Schlechten wusste sie nicht zu sagen.

Der Erzbischof trug ein Gewand, wie Jimena noch keines gesehen hatte, so prachtvoll und verschwenderisch verziert wallte es ihm bis zu den Füßen. Und trotz der Weite des leuchtend roten Stoffes konnte sie den üppigen Leibesumfang des Kirchenmannes erahnen, der dem Essen und Trinken offensichtlich nicht abgeneigt war und die Askese anderen überließ. An seinen kurzen, dicken Fingern prangte neben seinem Bischofsring noch weiteres wertvolles Geschmeide. Eine schwere Kette ruhte auf seiner Brust. Seine Haltung und sein Blick sprachen davon, dass er sich seiner Macht und seiner Stellung durchaus bewusst war und sie für gottgegeben und gerecht hielt. Er genoss dieses Leben, und er würde alles dafür tun, sich diese zu erhalten und dabei sein Vermögen zu mehren.

Jimena war sich nicht sicher, ob sie ihn mochte. Vertrauen

sollte man ihm jedenfalls nicht zu sehr, fand sie, denn sie ahnte, dass seine Loyalität vor allem sich selbst galt und er durchaus bereit war, sich neuen Bedingungen mit viel politischem Geschick anzupassen.

Ganz sicher war sie sich dagegen, dass sie den Marquis von Villena nicht mochte! Während aus der Miene des Erzbischofs zwar sein Ehrgeiz und eine gewisse Härte zu lesen war, so gab es in ihr durchaus auch einen freundlichen Zug, was die des Marquis völlig vermissen ließ. Sein Gesichtsausdruck war nur kalt und berechnend. Für einen Augenblick ruhte der unstete Blick aus seinen kleinen, schwarzen Augen auf Jimena, und es durchfuhr sie, als habe ein Schwall Eiswasser sie getroffen. An sich hätte man in ihm einen anziehenden Mann in der Blüte seiner Jahre sehen können. Das schwarze Haar und sein Bart waren sorgfältig gestutzt, sein eng anliegendes Wams mit den weiten, bauschigen Ärmeln war prachtvoll und ließ einen kraftvollen Körper erahnen. Sein Gesicht war vielleicht ein wenig scharf geschnitten, und die Linien, die sich um den Mund und auf der Stirn eingegraben hatten, sprachen nicht gerade davon, dass er häufig lächelte. Nein, dies war ein gefährlicher Mann, den man sich nicht zum Feind machen sollte. Von dem man sich besser fernhielt! Und während Jimena seine Charakterzüge lesen konnte, ahnte sie auch, dass sie ihm noch häufiger begegnen würde, als ihr lieb sein konnte, und dass diese Treffen nicht angenehm werden würden – für sie nicht und vor allem nicht für Isabel!

Doch der Abend brachte noch eine Überraschung, die Jimena nicht vorausgeahnt hatte. Plötzlich stand der junge Mann von etwa achtzehn Jahren in der Tür zum Saal, verneigte sich und meldete den beiden hohen Gästen, dass die Pferde versorgt und ihre Gemächer bereit seien. Dann erst wandte er sich Dominga zu, die neben der Königinwitwe gestanden hatte und ihn mit einem Gesichtsausdruck begrüßte, den Jimena noch nie bei ihr gesehen hatte. Es war reines

Glück, und als der junge Mann sie ein wenig schüchtern umarmte, glänzten gar Tränen in ihren Augen. Was ihre Miene allerdings nicht zeigte, war Überraschung. Vermutlich hatte sie es, wie vieles mehr, in ihren Träumen gesehen.

Da endlich erkannte ihn auch Jimena. Ramón! Ihr Vetter Ramón, Tante Domingas Erstgeborener. Seltsam, wie lange sie nicht mehr an ihn gedacht hatte, dabei war er der Held ihrer frühen Kinderjahre gewesen, mit dem sie gespielt und der sie auf seinen Armen herumgeschleppt hatte. Doch das war jetzt ein halbes Dutzend Jahre her. Er war ein Knabe gewesen, als sie in Sevilla voneinander Abschied genommen hatten. Während sie mit seiner Mutter und seiner Schwester nach Arévalo gereist war, hatte er sich zum Hof des Königs aufgemacht, um dort eine Stellung und ein Auskommen zu erlangen. Offensichtlich war ihm das gelungen. Seine Haltung und seine Kleidung ließen darauf schließen, dass er nicht gerade ein einfacher Pferdebursche war. Gehörte er etwa schon zu den Rittern des Königs?

Ramón befreite sich aus der Umarmung seiner Mutter und trat ein wenig verlegen zurück, ehe er den Blick durch den Saal schweifen ließ, bis er an der Gruppe von Mädchen hängen blieb. Zuerst verharrte er auf Beatriz, die vielleicht die Hübscheste war, wie Jimena mit einem Anflug von Neid dachte. Isabel streifte er nur mit einem kurzen Blick und fixierte dann Jimena, ehe er sich Teresa zuwandte. Für einen Augenblick dachte sie, er würde zu ihnen kommen, um zumindest seine Schwester in die Arme zu nehmen, doch zu Jimenas Enttäuschung verbeugte er sich nur aus der Ferne und verließ dann den Saal, vermutlich um sich um die Vorbereitung ihrer weiteren Reise zu kümmern.

Jimenas Ahnung wurde zur Gewissheit. Der Besuch der Männer bedeutete ihren Abschied von Arévalo. Natürlich waren die hohen Herren nicht gekommen, um Jimena zu holen. Für sie interessierte sich keiner. Nein, König Enrique, der zurzeit in seinem *Alcázar* in Segovia weilte, hatte seine beiden Vertrauten nach Arévalo geschickt, um seine Stiefschwester und deren jüngeren Bruder an seinen Hof zu holen, wie die Königinwitwe kurz darauf der erstaunten Isabel mitteilte.

»Er will dir und deinem Bruder eine gute Erziehung angedeihen lassen«, fügte sie ein wenig spitz hinzu, und Jimena hörte zwischen den Zeilen ihren Ärger darüber, dass der Stiefsohn ihr anscheinend nicht zutraute, dies bereits selbst in ausreichendem Maße getan zu haben.

»Wozu sollte das denn nötig sein?«, schimpfte Beatriz leise, als sich die Königin wieder an ihre Gäste wandte und man die Mädchen nicht weiter beachtete.

»Um mir und Alfonso das beizubringen, was ein Infant aus königlichem Geblüt können und wissen muss, um ihn vorteilhaft an einen anderen europäischen Hof zu verheiraten«, erklärte Isabel nüchtern, die sich offensichtlich keinen kindlichen Sentimentalitäten über die Absichten ihres Halbbruders hingab.

Beatriz machte eine wegwerfende Handbewegung. »Was wir als Ehefrauen können müssen, wissen wir längst.«

Aber auch nicht mehr, fügte Jimena in Gedanken hinzu, der die kritischen Worte ihrer Tante Dominga noch in den Ohren klangen. Jimena war in den vergangenen Jahren mit Beatriz bei Isabels Unterrichtsstunden anwesend gewesen und hatte sich oft gewundert, wie nachlässig die Ausbildung der Infantin gehandhabt wurde. Sie konnte gerade so lesen und schreiben und ein wenig rechnen, doch mit Latein hatte sie sich kaum befasst. Die meisten Stunden hatte der Franziskanerpater, der sie unterrichtete, ihrer christlichen Erziehung gewidmet, um ihr den Glauben, das Gebet und die Evangelien nahezubringen. Eine gründliche Erziehung konnte man das nicht nennen, und es war ganz sicher keine Vorbereitung auf das höfische Leben gewesen, das sie nun erwartete. Sie alle, fügte Jimena in Gedanken hinzu und unterbrach Beatriz'

Jammern, die bei dem Gedanken, sich von ihrer Freundin Isabel trennen zu müssen, außer sich vor Trauer schien.

»Hör auf zu heulen«, sagte sie ein wenig barsch. »Wenn du einen Abschied betrauern musst, dann den von deinen Eltern!«

»Was?« Beatriz starrte Jimena mit großen Augen an.

»Wir werden mit Isabel nach Segovia reisen.«

Beatriz schnappte nach Luft. »Bist du dir sicher?«

Jimena nickte, und auch Isabel bestätigte die Behauptung. »Jede Dame der Gesellschaft hat ihre Frauen. Ihr werdet meine Hofdamen in Segovia sein!«

Beatriz umarmte sie stürmisch, und auch Jimena lächelte ihr zu.

»Es kommen aufregende Zeiten auf uns zu«, sagte sie, und Isabel nickte, auch wenn sie noch nicht einmal ahnte, *wie* aufregend sie sein würden!

Die drei Mädchen hatten in dieser Nacht kaum geschlafen, und so traten sie am anderen Tag ihre Reise übermüdet und doch aufgeregt an. Der Abschied zwischen Isabel und ihrer Mutter war kühl. Heute wirkte sie wie eine alte Frau und zog sich hinter einer abweisenden Miene zurück, vielleicht um ihren Schmerz nicht zu zeigen, wohl wissend, dass sie ihre Kinder nun nicht mehr allzu oft zu Gesicht bekommen würde. Einsam würden ihre Tage sein in diesem düsteren Gemäuer, und ihr Verstand würde sich immer mehr in seine eigene Welt zurückziehen.

Isabel bewahrte Haltung, obwohl zu spüren war, dass auch ihr der Abschied nicht leichtfiel. Dafür flossen bei ihrem Bruder ein paar Tränen, die er mit einer hastigen Bewegung von den Wangen wischte. Ein Junge von zehn Jahren weinte nicht! Und ein Infant aus dem Hause Trastámara schon gar nicht!

Obwohl die Königin protestierte, bestand Dominga darauf, ihre Nichte zu begleiten, und so nahmen sie natürlich auch Teresa mit. Sie war inzwischen neun Jahre alt, wirkte aber jünger, was vielleicht daran lag, dass sie nach wie vor stumm blieb und ihre Umgebung nur aus großen wachen Augen betrachtete. Sie machte sich nur selten bemerkbar, blieb stets im Hintergrund, sodass man ihre Anwesenheit oft schlichtweg vergaß. Dennoch mochte Jimena ihre Cousine und achtete stets darauf, dass die Jungen, die ab und zu mit Alfonso spielten, sie nicht ärgerten. In ihrem Blick konnte Jimena die Dankbarkeit lesen, und ab und zu schien es ihr, als könne sie ihre Gedanken auffangen. Teresa liebte ihre ältere Cousine mit einer Kraft, die Jimena fast ein wenig unheimlich war und sie immer wieder mahnte, für das Wohlergehen der stummen Teresa zu sorgen, vor allem, wenn deren Mutter nicht in der Nähe weilte.

Segovia lag zwei Tagesmärsche von Arévalo entfernt. Mit einem schnellen Pferd hätte man die Strecke sicher auch an einem Tag bewältigen können, doch der Tross, der vom Erzbischof angeführt wurde und immerhin zwei Dutzend Menschen, Pferde und einige Lastesel zählte, kam kaum schneller als ein Wanderer voran, sodass sie die Nacht in einem Gehöft verbrachten und am anderen Tag weiter in Richtung Süden auf Segovia zu zogen. Die Mädchen saßen jeweils auf einem Zelter mit ausgeglichenem Gemüt. Zu Isabels Ärger trotteten die Tiere nur mit gesenktem Kopf dahin und nahmen keine Notiz von der Last auf ihrem Rücken.

»Ich werde meinen Bruder um ein feuriges Pferd bitten«, grollte Isabel.

»Warum denn das, Doña Isabel?«, erkundigte sich Ramón, der neben den Mädchen auf einem herrlichen großen Fuchs ritt, dessen Feuer man in seinem Blick erahnen konnte. »Ist Euer Zelter kein angemessenes Pferd für eine Dame?«

Sie zog schmollend die Lippe hoch. »Für alte Frauen und Kirchenmänner vielleicht«, sagte sie und warf einen begehrlichen Blick auf Ramóns prächtiges Ross. »Das wäre nach meinem Geschmack!«

Ramón lachte. »Das ist kein Reisepferd, das ist ein Streitross! Und ich sage Euch, Ihr würdet Euch schnell beschweren, wenn Ihr den unbequemen Trab meines Rosses in Eurem Sattel für Damen ertragen müsstet. Es beherrscht den Zeltgang nicht und würde Euch ganz schön durchschütteln.«

»Ja, aber es kann bestimmt wundervoll galoppieren!«, widersprach sie mit einem Glitzern in den Augen.

»Oh ja, ganz sicher, von Arévalo bis nach Segovia, sodass Ihr in wenigen Stunden bei Hof eintreffen würdet – allerdings in einem Zustand wie ein reitender Bote am Ende seines Tages!«

Jimena spürte den Zorn in Isabel aufsteigen. »Untersteht Euch, über mich zu spotten, Don Ramón. Ihr glaubt wohl, dass ich solch ein Pferd nicht reiten kann. Ich werde Euch das Gegenteil beweisen, und dann müsst Ihr mich um Verzeihung bitten und mich zu einem Jagdritt begleiten!«

Ramón deutete eine Verbeugung an. »Mit Vergnügen, *Alteza,* Ihr könnt über mich verfügen.« Doch sein Grinsen verriet, dass die ehrerbietigen Worte nicht ganz ernst gemeint waren.

»Ich werde es ihm schon zeigen«, brummte Isabel missmutig vor sich hin, und Jimena glaubte ihr. Bisher waren sie nur ab und zu auf den kleinen Pferden von Beatriz' Vater geritten, wenn er mit den Mädchen einen Ausflug vor die Stadt unternommen hatte. Doch so ein heißblütiges Ross war etwas ganz anderes. Auch in Jimena stieg Begehren auf, als sie sah, wie Ramón zur Spitze des Zuges vorgaloppierte, doch leider hatte sie keinen königlichen Bruder, den sie um solch ein Geschenk bitten konnte. Sie seufzte und sah zu Beatriz, die nur den Kopf schüttelte.

»Nein, ich würde mich nicht für zehn Goldstücke auf solch ein Teufelsvieh setzen«, sagte sie.

Sie näherten sich ihrem Ziel, der Königsstadt Segovia, in der der König, wie in so vielen Städten seines Reiches, einen *Alcázar* besaß. Doch der Palast von Segovia war nicht nur irgendeiner unter vielen. Er zählte zu den prächtigsten, in denen sich der König gern aufhielt, und er enthielt die Schatzkammer des Reiches. Schon lange bevor die Stadt vor ihnen auftauchte, erhoben sich die schneebedeckten Berge der Sierra de Guadarrama weit in der Ferne vor ihnen in den blauen Frühlingshimmel. Sie war ein Teil der lang gezogenen Cordillera Central, die das Hochland von Kastilien in Ost-West-Richtung zerschnitt und deren Überquerung für die Zugtiere vor den Karren der Händler viel Mühe und Schweiß bedeutete. Während es für Reiter und Wanderer zahlreiche Wege über die Berge gab, waren die Karrenwege gezählt und bedeuteten meist einen längeren Umweg, wenn man beispielsweise von Toledo, der Stadt des Erzbischofs, an den Hof von Segovia oder gar weiter nach Valladolid oder Burgos reisen wollte. Jimena ließ sich vom bequemen Schritt des Zelters im Sattel hin- und herschaukeln, den Blick voller Erinnerungen auf die hohen Berge gerichtet. Wie lange lag es nun schon zurück, dass sie voll Hoffnungen, aber auch mit ein wenig Angst in der Brust von Sevilla nach Arévalo gereist waren, um ein neues Leben zu beginnen? Nun also fing wieder ein wichtiger Abschnitt an, der nicht so ruhig und beschaulich verlaufen würde wie ihre Jahre im alten Königspalast der kleinen Stadt. Nun traten sie ins Zentrum des Geschehens, in den Brennpunkt von Macht und Intrigen, wo man so leicht zwischen den Fronten zermalmt werden konnte, wenn man nicht achtgab, mit wem man sich anfreundete und wen man sich zum Feind machte.

Sie ritten einen sanften Hügel hinauf, und die Pferde beschleunigten ein wenig ihren Schritt, ohne dass man sie antrieb. Jimena war in Gedanken versunken und bemerkte erst, dass Ramón sich zu ihr hatte zurückfallen lassen, als er zu sprechen begann.

»Pass auf und richte deinen Blick geradeaus«, sagte er, als die Pferde die letzten Schritte des Hügels erklommen. Jimena wollte schon fragen, was er ihr zeigen wollte, als sie unwillkürlich die Luft anhielt. Sprachlos betrachtete sie das Panorama, das sich unter ihr ausbreitete, und blieb stumm, bis der Erzbischof am Kloster der unbeschuhten Karmeliterinnen anhalten ließ, um sich und den anderen Reisenden einen letzten Trunk zu gönnen, ehe sie in die Stadt einritten. Jimena blieb auf ihrem Zelter sitzen und konnte sich an der Königsstadt Segovia, die sich vor ihr ausbreitete, kaum sattsehen. Ähnlich wie Arévalo war die Stadt in dem spitzen Dreieck des Zusammenflusses zweier Gewässer entstanden: Der Río Clamores floss hier in den Río Eresma, der ein tiefes Tal in den felsigen Hügel gefressen hatte, auf dessen nördlicher Schulter das Kloster der Barfüßerinnen und einige weitere Konvente und Einsiedeleien erbaut worden waren, während sich auf der südlichen Seite die Stadt erhob.

Ramón blieb an Jimenas Seite und lenkte ihre Aufmerksamkeit auf einige Türme und Gebäude, die über die Dächer der Häuser und über die Stadtmauer ragten, die den ganzen Hügel in einem ovalen Ring umschloss, um dann zu der wie eine Klippe aufragenden Westspitze der Stadt anzusteigen, aus deren felsigem Grund der Palast emporwuchs. Direkt dahinter, auf dem schmalen Grat, der den *Alcázar* mit der Stadt verband, erhob sich die Kathedrale mit ihren spitzen Türmen. Doch gegen den königlichen Palast verblasste der kirchliche beinahe.

»Wie herrlich, wie majestätisch, wie erhaben«, hauchte Jimena.

Ramón nickte ernst. »Ja, das perfekte Symbol der königlichen Macht, aber leider nur ein trügerischer Schein.«

Seine Cousine sah ihn fragend an, doch er winkte ab und war nicht bereit, seine für sie rätselhaften Worte zu erklären.

»Zerbrich dir nicht deinen hübschen Kopf«, sagte er lässig. »Vielleicht wirst du irgendwann wissen, was ich gemeint habe, wenn du lange genug im Umfeld des Hofs lebst und Augen und Ohren offen hältst. Doch es ist ganz sicher nicht an mir, solche Gedanken laut auszusprechen. Das könnte mir nicht gut bekommen, wenn falsche Ohren es vernehmen«, fügte er leiser hinzu. Damit hatte er zwar erst recht Jimenas Neugier geweckt, doch er wechselte mit Nachdruck das Thema und begann von dem anderen Wunderwerk der Stadt zu sprechen, das, ihren Blicken noch verborgen, auf der anderen Seite zu finden war.

»Warte nur ab, bis du es zu Gesicht bekommst«, sagte er. »Du meinst deinen Augen nicht trauen zu können! Das Aquädukt ist ein wahres Wunderwerk der Baukunst, das die Römer vor vielen Hundert Jahren geschaffen haben, als sie Hispanien beherrschten. Leider sind nicht mehr alle Bogen erhalten, doch noch immer bringt es genug Wasser über das Tal hinweg auf den Hügel hinauf, um all die Menschen im Palast und in der Stadt zu versorgen.«

Erzbischof Carrillo rief zum Aufbruch, und der Zug setzte sich wieder in Bewegung. Langsam ritten sie den gewundenen Weg in das tief eingeschnittene Flusstal hinab. Die Karren rumpelten in einigem Abstand hinter ihnen her. Sie passierten den Río Eresma und folgten dann dem ansteigenden Pfad den Hügel entlang, bis sie auf der Ostseite der Stadt das große Tor erreichten. Jimena argwöhnte, man hätte durchaus auch ein näher am Palast gelegenes Tor benutzen können, doch der Erzbischof und der Marquis wollten vermutlich nicht auf den Zug durch die Stadt verzichten, wo jeder der Bewohner sie sehen und ihre prachtvollen Pferde und Gewänder bewundern konnte. Und vielleicht war es auch eine Art Triumphzug – um die Beute des Siegers zu präsentieren?

Ein kalter Schauder rann ihr über den Rücken. Waren Isabel und ihr Bruder so etwas Ähnliches? Die Beute der Mächtigen, die was beabsichtigten? Sie unter ihrer Aufsicht zu haben? Ein Druckmittel zu besitzen?

Das war Unsinn. Der König war noch nicht sehr alt, und er war Vater einer gesunden Tochter, die sein Erbe antreten konnte.

Und dennoch würde einst Isabel auf dem Thron sitzen, davon war Jimena nach wie vor überzeugt. Nur leider lag der Weg, den sie bis dahin würde beschreiten müssen, noch in völligem Dunkel. Sosehr sie sich auch bemühte, sie konnte nichts sehen. Nur eine Ahnung stieg in ihr auf, dass es ein steiniger Weg sein würde voller Dornen, Ängste und Leid.

Hatte dies mit den beiden Männern zu tun, die ihnen stolz voranritten und die Huldigung der Menschen entgegennahmen, die ihnen in den Gassen eilig Platz machten?

Ramón unterbrach ihre Überlegung. »Und? Ich hoffe, du bist von dem erstaunlichen Bauwerk des Aquädukts beeindruckt!«

Jimena warf einen Blick zurück auf die riesigen Bogen, die anscheinend ohne Mörtel aus großen Blöcken zusammengefügt worden waren – mit einer unschönen Lücke allerdings, die notdürftig durch eine Holzkonstruktion überbrückt wurde.

»Ein Überbleibsel der Rückeroberung der Stadt von den Mauren«, erklärte Ramón die Zerstörung.

»Das ist aber schon einige Jahre her«, meinte Jimena und hob erstaunt die Brauen. »Hat denn keiner der christlichen Könige es fertiggebracht, die eingefallenen Bogen wieder aufzubauen?«

Ramón hob die Schultern. »Offensichtlich nicht.«

Isabel wird das Aquädukt wieder aufbauen lassen, kam es ihr unvermittelt in den Sinn, doch dieses Mal war sie so umsichtig, die Worte nicht auszusprechen.

Nachdem sich die Ankömmlinge aus Arévalo von ihrem Ritt erholt, sich erfrischt und angemessen eingekleidet hatten, kam ein Bediensteter des Hofs, um sie abzuholen und zum König zu führen. Der wünschte seine Halbschwester und ihren Bruder zu begrüßen und wollte sie und ihre Begleiter bei Hof willkommen heißen. Es erstaunte Jimena ein wenig, dass die Aufforderung ausdrücklich auch Isabels jungen Damen und Alfonsos Pagen galt. Wie freundlich vom König, sie selbst zu begrüßen! Gespannt folgte sie mit Beatriz und Teresa an ihrer Seite Isabel, die ihnen mit nahezu königlicher Haltung voranschritt und die Unsicherheit und Ängste, die vermutlich nur Jimena oder ihre Tante spüren konnten, hinter einer Miene freundlichen Interesses verbarg.

»Ich bin ja so gespannt, wie er aussieht«, wisperte Beatriz. Jimena nickte zustimmend. Sie stellte ihn sich ein wenig wie Carrillo vor, würdig, machtvoll und auch etwas skrupellos. Vom Aussehen vielleicht eher wie der Marquis. Einfach nur prachtvoll in den knielangen Gewändern, die kraftvollen Beine von schimmernden Seidenstrümpfen umhüllt. Die Schuhe vielleicht mit Edelsteinen besetzt. Ja, so würde er auf seinem Thron sitzen und ihnen huldvoll zulächeln, wenn sie sich vor ihm verbeugten.

Die Realität unterschied sich so sehr von ihrer Vorstellung, dass Jimena nur mit Mühe einen Ausruf der Verblüffung unterdrücken konnte, als sie den Thronsaal betraten.

Als Erstes fiel ihr Blick auf den leeren Thronsessel, und für einen Moment dachte sie, der König sei noch nicht anwesend. Sie bemerkte den Mann, der lässig im Schneidersitz auf dem Diwan saß, wohl, doch sie beachtete ihn nicht weiter. Neben den anderen anwesenden Damen und Herren des Hofs wirkte er seltsam fehl am Platz, so ungepflegt und nachlässig er in lange, maurisch anmutende Gewänder gekleidet war. Doch als sie hinter dem Erzbischof und dem Marquis eintraten, sprang er auf und kam ihnen mit ausgestreckten Armen entgegen.

»Ah, Exzellenz, Ihr seid zurück, und auch Ihr, Marquis,

mein guter Freund«, rief er und strahlte über sein von einem ungepflegten rötlichen Bart bedecktes Gesicht. Auch sein Haupthaar war von rötlicher Farbe und viel zu lang. Erzbischof Carrillo lächelte ein wenig steif und streckte ihm die Hand entgegen, damit er den Bischofsring küssen konnte.

»*Majestad*«, erwiderte er zu Jimenas Überraschung mit einer Verbeugung, die jedoch nicht besonders tief ausfiel. »Hier bringen wir Euch, wie versprochen, Eure liebe Schwester und Euren Bruder und ihr Gefolge.«

Dieser ungepflegte Mann mit den wenig einnehmenden Gesichtszügen, der krummen Nase und den zu lang geratenen Armen war also König Enrique IV., der mit neunundzwanzig Jahren dem Vater der drei Geschwister, Juan II., auf den Thron gefolgt war. Er war vermutlich ein paar Jahre älter als seine Stiefmutter Isabel von Portugal, die in ihrem düsteren Palast in Arévalo saß, und somit um fünfundzwanzig Jahre älter als seine Halbschwester Isabel, die er nun herzlich begrüßte und in seine Arme schloss. Dann drückte er Alfonso an seine Brust, der das im Gegensatz zu Isabel gar nicht begrüßte. Jimena musste ein Kichern unterdrücken, als sie seine Miene des Abscheus auffing, mit der er die Küsse seines Bruders quittierte.

»Wie schön, dass ihr endlich da seid!«, rief der König fröhlich. »Bleibt ab nun an meinem Hof und fühlt euch frei, mir alles zu sagen, was ihr zu eurem Glück begehrt!«

Dann wandte er sich zu Jimenas Überraschung an das Gefolge seiner Geschwister. Er begrüßte jeden Einzelnen von ihnen und ließ sich ihre Namen nennen. Er erkundigte sich nach dem einen oder anderen Familienmitglied, das er kannte, und machte ganz den Eindruck, als sei ihm jeder Einzelne wichtig genug, dass er sich bemühte, sich seinen Namen und sein Gesicht zu merken.

»Doña Jimena, welch Freude, in Zukunft eine so schöne junge Dame an meinem Hof zu wissen«, sagte der König freundlich, als er ihre Hand berührte. Verlegen schlug Jimena die Augen nieder. Ein Kompliment war nicht zu verachten, doch sie wusste auch schon, dass es als Mädchen selten von Vorteil war, zu sehr die Aufmerksamkeit eines hohen Herrn zu erregen, der keine Heiratsabsichten hegen konnte.

Zaghaft sah sie wieder auf, nur um sich vom Blick des Königs gefangen zu finden, der sie noch immer mit sichtlicher Freude betrachtete. Ja, mit reiner Freude, musste sie zu ihrer Überraschung feststellen. Da war keine Lüsternheit, kein verschlagenes Sehnen nach dem Verbotenen. Es war, als lege er seine Seele offen vor ihr bloß, und Jimena musste ihren ersten Eindruck, den sein wenig einnehmendes Äußeres verschuldet hatte, von Grund auf revidieren.

Diesem Herrscher war Dünkel fremd. Er war herzlich und freundlich und versuchte, den anderen zu gefallen, was von diesen weidlich ausgenutzt wurde! Jimena ließ den Blick über die anwesenden Höflinge schweifen, und sie hatte plötzlich die Vision, in einen Schwarm Geier geraten zu sein, die sich rücksichtslos um einen Kadaver balgten. Nein, diese Männer und Frauen dankten dem König seine freundliche Art nicht. Sie umschmeichelten ihn nur, um den größtmöglichen Vorteil für sich selbst daraus zu ziehen. Jimena schenkte dem König einen traurigen Blick. Nein, in dieser Welt bekam es einem als Herrscher nicht gut, wenn man zu weich und zu freundlich war und wenn man sich nach Harmonie sehnte, statt Konflikten entschlossen entgegenzutreten.

Kapitel 4

München, März 2012

Es war einer dieser nassen, kalten Frühlingsabende. Isaura saß in eine Decke gewickelt auf dem Sofa, einen Becher heißen Tee in den Händen, und fröstelte dennoch. Es war bereits dunkel geworden, aber sie hatte kein Licht eingeschaltet. Die Straßenlaternen verliehen den Vorhängen einen warmen Schimmer, und ab und zu strich das Scheinwerferlicht eines vorbeifahrenden Wagens über den orangeroten Stoff. Sobald das Motorengeräusch verebbte, war nur noch das Ticken einer Uhr zu hören.

Sie war allein. Justus würde erst morgen zurückkommen können. Wieder einer dieser einsamen Abende, die unendlich langsam und zäh wie Honig verstrichen. Und dennoch fühlte sich Isaura seltsam erleichtert. Niemand sah sie an. Keiner hob fragend die Brauen und erhoffte eine Antwort, die sie nicht geben konnte oder nicht geben wollte. Sie musste mit niemandem reden. Sie konnte sich ganz ihren stetig kreisenden Gedanken ergeben. Ob das gut für sie war, darüber wollte sie allerdings nicht nachdenken.

Isaura hatte das Buch, das sie aus dem Redaktionsarchiv entwendet hatte, aufgeschlagen auf den Knien liegen, doch obgleich es so dunkel im Zimmer war, dass sie das Gemälde nicht mehr erkennen konnte, stand ihr jede Einzelheit vor Augen, und sie spürte den Blick der unbekannten Frau auf sich ruhen. Sven hatte gesagt, sie sehe ihr ähnlich.

So ein Blödsinn!

Isaura knipste das Licht an, legte das Buch zur Seite und trat in den Flur hinaus, wo sie sich in dem großen Spiegel betrachtete. Ein schmales, weißes Gesicht starrte ihr entgegen. Das sonst so volle kastanienbraune Haar hing ihr schlaff über die Schultern herab. Ihre Augen waren ebenfalls von einem rötlichen Braun und von dichten Wimpern umrandet. Die sorgfältig gezupften Brauen erhoben sich in einem kühnen Schwung unter ihrer Stirn. Eigentlich ein schönes Gesicht, das Justus viele Jahre zum Schwärmen gebracht hatte, und dennoch in diesem Moment nur ein trauriger Anblick. Ihre Haut schien geradezu durchscheinend geworden zu sein, obwohl sie der Typ war, der bereits im Frühling einen von ihren Freundinnen stets beneideten sonnengebräunten Ton annahm. Nun ahnte sie sogar die pochenden Adern an ihren Schläfen.

War sie etwa krank? War das vergangenen Monat doch nicht nur eine einfache Erkältung gewesen? Trug sie einen dieser heimtückischen neuen Viren oder Bakterien in sich, von denen die Nachrichten so genüsslich berichteten?

Nein. Sie litt weder an der Vogel- noch an der Schweinegrippe oder an EHEC oder wie die Kandidaten der vergangenen Jahre alle geheißen hatten. Es war etwas anderes, das an ihr zehrte. Aber was?

Isaura kehrte ins Wohnzimmer zurück, ehe sie sich eingestehen musste, dass Sven mit seiner Aussage recht hatte. Ja, sie sah der ernst blickenden Frau auf dem Gemälde mehr als nur ähnlich. Es schien, als habe man Isaura in ein historisches Gewand gesteckt und auf Leinwand gebannt. Wie seltsam.

Um sich von dem Gedanken abzulenken, griff sie nach dem Stapel Post, den sie vorhin nur auf die Garderobenkommode gelegt hatte, und nahm ihn mit ins Wohnzimmer. Sie klappte das Buch mit einer energischen Bewegung zu, kuschelte sich wieder auf dem Sofa zurecht und zog die Decke über ihre Beine.

Achtlos sah sie die Briefe durch. Rechnungen und Werbesendungen, eine Ansichtskarte von ihrer Freundin Tina, die auf den Malediven Urlaub machte. Der letzte Umschlag war größer und schwerer, das braune Papier mit einer schwungvollen Handschrift bedeckt. In ihrem Magen kribbelte es schon wieder, als sie den Brief näher an die Lampe hielt, um zu sehen, woher er kam. Eine spanische Briefmarke.

Spanien? Schon wieder! Das Gefühl in ihrem Magen wurde zu einem Schlingern, als sie die Adresse des Absenders entzifferte. Eine Kanzlei in Segovia, Junta de Castillia y León. Sollte ihr das etwas sagen? Sie hatte nur eine vage Vorstellung von Kastilien, dem alten Königreich im Zentrum Spaniens. Ein Hochland stand ihr vor Augen. Eine weite Ebene mit kargen Weiden, so weit das Auge reichte, und Tausende von Schafen, die im Frühling nach Norden und im Herbst in Richtung Süden vorüberzogen.

Sie war nie dort gewesen. Vermutlich hatte sie im Fernsehen irgendwann eine Reportage gesehen, deren Bilder ihr Gedächtnis nun preisgab. Das beantwortete aber noch nicht ihre Frage, warum eine Kanzlei in Kastilien ihr einen Brief schickte. Bedächtig öffnete Isaura den Umschlag und entfaltete ein halbes Dutzend Papiere, von denen die meisten in Spanisch oder, richtiger gesagt, in Kastilisch gehalten waren – so viel zumindest konnte sie erkennen, selbst wenn dies nicht zu den Sprachen gehörte, die sie beherrschte. Sie musste das eine oder andere Wort aufgeschnappt haben. Vielleicht in ihren Urlauben, die sie früher mit den Eltern auf den Kanaren verbracht hatte. Egal. Jedenfalls sprach sie nicht so viel Spanisch, als dass sie die Briefe oder vermutlich eher Dokumente verstanden hätte. Isaura blätterte weiter, bis sie auf ein Anschreiben des Anwalts stieß, das glücklicherweise in Englisch abgefasst war.

Sie las ihren Namen und dann die etwas umständlich formulierten Sätze, die mehr zu dem blumigen Sprachstil eines

Spaniers passten als zu dem eines nüchternen Engländers. Dennoch war die Botschaft klar. Es ging um eine Erbschaft. Wer war gestorben? Der Name sagte ihr nichts. Eine Verwandte? Isaura klappte ihr Netbook auf und gab das Wort sicherheitshalber in das elektronische Wörterbuch ein. Wenn sie das Schreiben des Anwalts also richtig verstand, dann war die vor einer Woche verstorbene Carmen Rodriguez de Sola ihre Großtante gewesen, die ältere Schwester ihrer Großmutter mütterlicherseits. Diese Frau, von deren Existenz sie nicht einmal gewusst hatte, hinterließ ihr irgendetwas, und der Anwalt forderte sie mit diesem Schreiben auf, nach Segovia in seine Kanzlei zu kommen, um die nötigen Papiere zu unterzeichnen, die ihr erlaubten, die Erbschaft anzutreten. Um was es sich dabei handelte, davon schrieb er in dem Brief nichts. Vermutlich konnte man es aus den anderen Dokumenten entnehmen, wenn man genügend Spanisch verstand.

Isaura blätterte die Unterlagen noch einmal durch, bis sie auf ein Foto stieß. Auf der Rückseite stand in feinen steilen Lettern ›Carmen Rodriguez de Sola‹. Es war ein altes Schwarz-Weiß-Foto, das mit den Jahren vergilbt war. Der Tracht nach zu schließen konnte es ein Hochzeitsbild sein. Wann war es gemacht worden? Isaura hob das Foto näher an die Augen, um die Jahreszahl zu entziffern. 1937? Vor fünfundsiebzig Jahren? Himmel, wie alt war diese Großtante denn geworden? Isaura suchte die Unterlagen durch, bis sie ein Geburtsdatum fand. 1919. Carmen Rodriguez de Sola war dreiundneunzig Jahre alt geworden. Ein stolzes Alter. Wieder fragte sie sich, warum ihr niemand in der Familie von dieser Großtante erzählt hatte? Isaura rechnete nach. Sie war fast zwanzig Jahre älter gewesen als ihre Großmutter. Waren die Schwestern gar nicht zusammen aufgewachsen und hatten keinen Kontakt miteinander gehabt? Umso erstaunlicher, dass Carmen nun ihre unbekannte Großnichte als Erbin eingesetzt hatte.

Als eine der Erben, korrigierte sich Isaura. Sie wusste ja nicht, wer noch alles in diesem Testament bedacht worden war. Und auch nicht, was sie geerbt hatte. Jedenfalls schien der Anwalt zu erwarten, dass sie deswegen nach Spanien reiste.

Isaura zog ihr Netbook heran und rief eine Karte von Spanien auf. Kastilien. Sie ließ den Finger über den Bildschirm wandern, bis sie fand, was sie suchte. Hier, nördlich der zentralen Bergkette, die das Hochland ungefähr in Ost-West-Richtung zerschnitt, lag Segovia.

Sie konnte nach Madrid fliegen und sich einen Mietwagen nehmen. Und dann vielleicht ein paar Tage durch das Land reisen. Kastilien, das Land der Burgen und Festungen. Vielleicht würde sich Justus ebenfalls für diese Reise erwärmen. Hatte sie nicht entschieden, dass ihnen ein gemeinsamer Urlaub guttun würde? Warum nicht das eine mit dem anderen verbinden? Spanien im Frühling? Das hörte sich nicht schlecht an. Sie tippte »Segovia« in die Suchmaschine ein und betrachtete die Bilder, die ihr auf dem Monitor angezeigt wurden. Das riesige römische Aquädukt, die Kathedrale mit ihrer Kuppel und den unzähligen Strebebogen und Türmchen und dann, auf der Spitze der aufragenden Steilklippe, der *Alcázar*, der alte Königspalast, der im rötlichen Abendlicht wie ein Märchenschloss aus Cinderella anmutete.

Isaura spürte, wie ihr Herz schneller schlug. Eine seltsame Erregung erfasste sie. Ja, sie würde nach Kastilien reisen, mit oder ohne Justus. Und sie ahnte nicht nur, sie wusste es mit klarer Bestimmtheit, dass dies keine gewöhnliche Reise werden würde, die man als ganz nett eine Weile in Erinnerung behielt und dann ohne Bedauern vergaß. Nein, dies würde eine Reise in ihre eigene Geschichte werden, zu einem ihr unbekannten Teil ihrer Familie und eine Reise zu sich selbst.

Isaura war in München geboren und aufgewachsen. Sie war ein Einzelkind, das ihre Eltern vielleicht fast ein wenig zu sehr umsorgt und beschützt hatten. Sie hatte eine schöne, sorglose Kindheit erlebt, zumindest bis zu dem Tag, als ihr Vater bei einem Unfall ums Leben gekommen war. Dreizehn Jahre alt war sie gewesen, doch sie erinnerte sich noch heute an jede Einzelheit dieses Tages, als ein Polizist ihnen die Nachricht überbracht hatte. Ihre Mutter hatte ihm völlig ahnungslos die Tür geöffnet, doch Isaura wusste bereits, ehe er den Klingelknopf berührte, dass etwas Entsetzliches geschehen war. Sie hatte in der Nacht zuvor geträumt, wie ihr Vater in den Pyrenäen in eine tiefe Schlucht stürzte. Sie hatte seinen zerschlagenen Körper vor sich gesehen und war von ihren eigenen Schreien erwacht. Die Mutter hatte vergeblich versucht, sie zu beruhigen, und alles als einen Albtraum abgetan, doch Isaura hatte es besser gewusst. Die Ankunft des Polizisten war lediglich die Bestätigung dessen gewesen, was sie in ihrem Traum gesehen hatte. Seither waren sie nie wieder in den Ferien nach Spanien gereist.

Nach dem Tod ihres Vaters war die Großmutter zu ihnen gezogen, und ihre Mutter hatte sich eine Arbeit gesucht. Isaura hatte ihre Großmutter geliebt. Sie war es gewesen, die ihre Tränen getrocknet hatte, wenn Isaura wieder einmal weinend aus einem Albtraum aufgeschreckt war. Sie hatte Isaura viel gelehrt, doch über ihre ältere Schwester hatte sie nie gesprochen. Nun war auch ihre Großmutter schon seit vielen Jahren tot, und ihre Mutter lebte zurückgezogen in ihrer eigenen Welt in einem Sanatorium außerhalb von München, obwohl sie noch nicht einmal sechzig Jahre alt war!

Isaura dachte über die bevorstehende Reise nach. Eine Reise, die vieles aufwühlen konnte. Der Gedanke beunruhigte sie. War es klug, so viel mehr über sich selbst zu erfahren? Die Schlüssel zu den versperrten Toren zu suchen, die sie so sorgfältig vergraben und vergessen hatte? Sie hatte einen langen Weg zurückgelegt, um ihr eigenes Gleichgewicht zu finden. War sie im Begriff, dies leichtfertig aufs Spiel zu setzen?

Isaura betrachtete ihr Spiegelbild in dem nun verdunkelten Monitor. Sie hatte ihr Gleichgewicht doch längst verloren, und es gelang ihr nicht einmal mehr, eine akzeptable Fassade aufrechtzuerhalten. Vielleicht war die Zeit gekommen, die Schlüssel zu suchen und die Türen ihrer Seele wieder zu öffnen.

Es war noch nicht einmal neun, doch wie nicht anders zu erwarten saß Alex bereits an ihrem Schreibtisch. Für eine Journalistin unerhört früh!

Isaura klopfte und trat ein. Alex hob kurz den Blick und arbeitete dann in ihrer üblichen Geschwindigkeit einen Stapel Papiere durch. Wie gelang es ihr nur, in diesen wenigen Augenblicken auch nur einen Eindruck davon zu bekommen, um was es sich bei diesen Schreiben handelte? Isaura sah ihr fasziniert zu, bis sie innehielt.

»Was gibt es?«

»Ich habe noch mal darüber nachgedacht. Ich glaube, ich brauche wirklich eine Auszeit, um ein wenig Abstand zu bekommen und mich nachher wieder richtig reinknien zu können.« Sie holte tief Luft. »Also am besten sofort, und wenn es möglich ist, drei oder vier Wochen. Ich habe noch zehn Tage Urlaub aus dem letzten Jahr, den wir doch bis Ende März nehmen sollen«, fügte sie rasch hinzu, als sie sah, wie Alex die Luft anhielt.

»Und, wisst ihr schon, wohin es gehen soll?«, fragte die Chefredakteurin ein wenig gepresst.

»Spanien, genauer gesagt Kastilien.«

Alex legte den Kopf schief. »Ach, Kastilien. Hat Sven dich auf diese Idee gebracht? Zugegeben, mein erster Gedanke gestern war, da hat wieder einer den Mund aufgemacht, ehe er sein Gehirn eingeschaltet hat, doch dann musste ich gestern Abend immer wieder über den Vorschlag nachdenken. Ich habe ein wenig gegoogelt, und je mehr ich gelesen habe, desto besser fand ich die Idee. Mir schwebt eine Reportage über mehrere Hefte vor: ›Das goldene Jahrhundert der katholischen Könige, die finstere spanische Inquisition, der Kampf um Granada und das Schicksal der Juden, die Spanien verlassen mussten.‹ Ja, ich könnte mir vorstellen, dass das richtig zieht.«

Isaura nickte. Ihre Gedanken glitten wieder über das karge Hochland, das sie nie gesehen hatte und das ihr dennoch so deutlich vor Augen stand. Erst als sie Alex' Strahlen bemerkte, war ihr klar, dass diese einen Hintergedanken hegte.

»Ich meine eine große Reportage, die so richtig Hand und Fuß hat. Mit Recherchen vor Ort.«

»Aha«, sagte Isaura, der klar war, was als Nächstes kommen würde.

»Wenn du eh nach Spanien willst, dann würde ich sagen, du übernimmst die Geschichte. Lass dir Zeit. Sieh dir alles an, was du für lohnend hältst. Was sagst du?«

»Ich dachte, ich mache mit Justus richtig Urlaub«, gab Isaura zurück, obwohl ihr klar war, dass die Sache für Alex bereits beschlossen war. Und so wunderte sie sich auch nicht über deren wegwerfende Handbewegung.

»Ach, das könnt ihr verbinden. Ihr fahrt ein wenig durch die Gegend, seht euch die wichtigen Sehenswürdigkeiten an, führt ein paar Gespräche an den richtigen Orten und geht dann abends schön essen. Ich würde auch nicht nachfragen, wenn auf deiner Spesenabrechnung Doppelzimmer auftauchen. He, und deinen Flug würde die Redaktion auch übernehmen. Ist das nicht besser, als nur Urlaub zu machen?«

Isaura wusste nicht, ob sie lachen oder sich ärgern sollte. »Ein ›Nein‹ wirst du wie üblich nicht akzeptieren, also nehme ich den Auftrag an und sehe zu, was ich machen kann. Ich behalte mir aber vor, den ein oder anderen privaten Tag einzuschieben, den du dann von meinem alten Urlaub abziehen kannst.«

»In Ordnung.« Alex nickte und zog den Ordner für die Themenplanung der Hefte heran. »Dann wäre das geklärt. Wann können wir den ersten Teil reinnehmen? In das Maiheft oder erst im Juni?«

»Woher soll ich das wissen? Ich habe ja noch nicht einmal mit der Vorrecherche begonnen«, protestierte Isaura. »Was weiß ich, wie schnell ich vor Ort etwas finde und ob das die Geschichte wirklich trägt?«

Alex hob nur die Schultern. »Du bist Profi. Du machst das schon. Also, ich plane den ersten Teil im Mai ein, sagen wir sechs Seiten mit einer Fotostrecke – ach ja, nimm dir eine ordentliche Ausrüstung mit und bring mir gute Bilder. Ich will nachher nicht noch einen Fotografen runterschicken müssen.«

Isaura erhob sich und salutierte. »Verstanden, Chefin. Dann schreib ich mal meine Artikel fertig und schau nach einem Flug.« Mit gemischten Gefühlen verließ sie das Büro.

»Was machst du für ein Gesicht?«, erkundigte sich Sven, als sie an seinem Schreibtisch vorbeikam. »Schlechte Nachrichten?«

Isaura hielt inne und überlegte. »Nein, eigentlich nicht. Höchstens vielleicht für dich. *Ich* soll die Spaniengeschichte machen. Sorry.«

Sven riss die Augen auf. »Mein Vorschlag hat Gnade vor Alex' Augen gefunden? Ich fass es nicht. Dabei war das …«

»… nur ein Schnellschuss, der nicht ernst gemeint war? Ich weiß. Aber nun hat sie Gefallen daran gefunden, und ich reise zur Recherche nach Spanien.«

»Mensch, das ist ja großartig. Ich wünschte, ich könnte dich begleiten.« Sie hörte den sehnsüchtigen Klang in seiner Stimme.

»Das geht nicht«, sagte sie schnell. Sie mochte Sven zwar, doch nicht so sehr, dass sie wochenlang mit ihm durch Spanien reisen wollte. Außerdem hoffte sie noch immer, dass es eine Art Urlaub für sie und Justus werden könnte.

»Ich weiß«, gab Sven zurück. »Keine Rosinen für die Praktikanten und Volontäre.«

Isaura lächelte ihn an. »Genau. Für sie gibt es nur hartes Brot, damit sie ja nicht auf die Idee kommen, Journalismus sei ein Zuckerschlecken.«

Sven grinste. »Du sagst es.« Mit einer Grimasse wandte er sich wieder seinem Artikel zu, an dem er seit drei Tagen feilte.

Auf dem Heimweg beschloss Isaura einen Abstecher nach Sendling zu machen, um das Antiquariat aufzusuchen, das die junge Buchhändlerin ihr empfohlen hatte. Wie waren ihre Worte gewesen?

»... wenn es Sie in seinen Bann gezogen hat ...«

Ja, das traf die Sache recht gut. Isaura wollte mehr erfahren, und der Tipp machte sie neugierig. Sie suchte sich einen Parkplatz und machte sich auf den Weg zu der auf der Visitenkarte genannten Adresse. Bald schon stand sie in einer unscheinbaren Nebengasse vor dem Schaufenster, dessen Auslage allen Klischees über Antiquariate genau entsprach. In keiner erkennbaren Ordnung waren unzählige Bücher neben- und übereinandergelegt, die weder ihre Themen noch ihr Alter oder ihr Wert miteinander verbanden. Zwischen den beiden Schaufenstern des Ladens führte eine verwitterte Holztür mit trüben Glaseinsätzen ins Innere. Eine altmodische Glocke ertönte, als sie die Tür aufstieß. Isaura fühlte sich in ihre Kindheit zurückversetzt. Genauso hatte sie sich Michael Endes Buchladen vorgestellt, in dem Bastian die »unendliche Geschichte« mitgehen ließ. Und auch der Besitzer, Herr Collmann, der an einem Schreibtisch saß und kurz mit einer gebrummten Begrüßung von seiner Lektüre aufblickte, hätte sich durchaus in der »unendlichen Geschichte« sehen lassen können.

»Kann ich Ihnen helfen, oder wollen Sie sich nur mal umschauen?«

Er war klein, rundlich, mit fast kahlem Schädel und einer runden Brille auf der Nase. Vielleicht hatte auch er das Buch in seiner Jugend unzählige Male gelesen und war nun ein Teil der Geschichte geworden? Isaura unterdrückte das aufsteigende Lachen und erkundigte sich stattdessen nach dem Buch, das die Verkäuferin ihr genannt hatte.

»Ich interessiere mich für Königin Isabella von Spanien«, sagte sie.

Herr Collmann nickte, und Isaura hatte den Eindruck, er schenke ihr nun seine ganze Aufmerksamkeit. Er schlug das Buch zu und erhob sich.

»Ich habe mir schon eine Biografie und ein Werk über die Zeit der katholischen Könige gekauft, aber man gab mir den Rat, mich bei Ihnen nach einer …«, sie dachte nach und legte die Stirn in Falten, »nach einer ›Caminata‹ oder so zu erkundigen.«

Der Antiquar nickte mit einem Lächeln.

»›La Caminata de la edad‹ – ein Pseudonym, verstehen Sie? Ja, es ist ein interessantes Werk, das muss ich sagen. Ich habe mich sehr viel damit beschäftigt, und dennoch sind noch so viele Fragen offen.«

Er ging davon und kam nach einigen Minuten mit einem ledergebundenen Buch zurück, das recht alt sein musste. Isaura kannte sich da nicht aus, doch zu ihren Lebzeiten war es sicherlich nicht gedruckt worden.

»Darf ich fragen, wie Sie von diesem Buch erfahren haben? Nicht zufällig von einem Fräulein Collmann in einer gewissen Buchhandlung am Marienplatz?«

Isaura verstand. »Ihren Namen weiß ich nicht, doch es war eine junge Buchhändlerin, die mir Ihre Karte gab.«

»Meine Enkelin«, sagte er mit einem gewissen Stolz. »Sie ist von dem Thema genauso besessen wie ich – sehr zum Leidwesen ihrer Mutter. Sie verbringt mehr Zeit bei mir im Laden, als es ihren Eltern recht ist.« Er hielt inne. »Entschuldigen Sie, ich wollte Sie nicht mit Familiengeschichten langweilen. Hier ist das Buch, nach dem Sie fragten.« Behutsam, als sei es sein größter Schatz, reichte er ihr den Wälzer. Isaura schlug die erste vergilbte Seite auf.

»Wer ist diese Caminata?«, fragte sie und blätterte vorsichtig weiter.

»Das ist eines der großen Geheimnisse. Ich konnte nie herausfinden, wer sich hinter diesem Pseudonym verbirgt. Ja, ich weiß nicht einmal, ob es eine Frau oder ein Mann ist, allerdings würde ich auf eine Frau tippen, einfach nach der Art, wie detailliert sie ihre Beobachtungen beschreibt. Und da kommen wir gleich zu dem nächsten großen Geheimnis, das ich bisher nicht lüften konnte. Wann wurde dieses Buch geschrieben? Es klingt in seiner Sprache recht modern und ist daher auch gut zu lesen. Dennoch wird man immer wieder dazu verführt zu glauben, man habe es mit einer Augenzeugin zu tun, die als Chronistin die Ereignisse direkt vor Ort festhält.«

»Zeichnet nicht gerade das einen guten Romanschriftsteller aus?«, warf Isaura ein.

Herr Collmann nickte. »Ganz sicher, nur stellt sich mir die Frage: Ist es denn ein Roman? Darüber wurde in meinen Kreisen viel und sehr kontrovers diskutiert, das kann ich Ihnen versichern. Das Werk unterscheidet sich von den üblichen Biografien und Abhandlungen über diese Zeit, das werden Sie schnell merken, wenn Sie sich mit dem Thema genauer befassen. Aber woher stammen die Unterschiede und diese Fülle von Detailinformationen? Gibt es eine Quelle, die allen anderen verschlossen war? Ist es nur die Fantasie einer Romanschriftstellerin, oder haben wir es mit einer Augenzeugin zu tun, deren Werk über die Jahrhunderte überliefert und gedruckt wurde?«

»Das kann man nicht feststellen?«, wunderte sich Isaura.

Der Antiquar hob die Schultern. »In diesem Fall gibt es

keine Einigung. Eines jedenfalls ist sicher, aus unseren Tagen stammt die Autorin nicht, selbst wenn ihre Sprache das vermuten lässt. Dieses Exemplar, das Sie in Händen halten, wurde 1873 gedruckt, und es gibt noch ältere Ausgaben, von denen ich leider noch keine in meinen Besitz bringen konnte.«

Isaura schlug das Buch zu und gab es ihm mit Bedauern zurück. »Dann ist es sicher sehr wertvoll.«

Herr Collmann nickte. »Ja, und ich gebe es auch nicht aus der Hand. Wenn es Sie aber interessiert, dann hätte ich noch einen günstigeren Nachdruck, den ich selbst vor einigen Jahren in einer überschaubaren Auflage in Auftrag gegeben haben.« Wieder verschwand er im Hinterzimmer und kam mit einer unauffälligeren Version des Buchs zurück, nach dem Isaura begehrlich ihre Hand ausstreckte. Obgleich der Antiquar auch für diese Ausgabe fast hundert Euro verlangte, hatte sie sich längst entschieden. Sie musste das Buch dieser geheimnisvollen Caminata haben! Isaura folgte dem Ladenbesitzer zu seiner altmodischen Kasse und bezahlte. Er wickelte das Buch sorgsam in Seidenpapier ein und schlang eine Schnur um das Päckchen, ehe er es ihr reichte.

»Kommen Sie wieder, wenn Sie es gelesen haben – ich meine, nur wenn Sie möchten. Wenn Sie das Bedürfnis haben, darüber zu reden. Es werden Ihnen viele Fragen kommen, und manches Mal werden Sie ungläubig den Kopf schütteln. Und dennoch wird es Sie nicht mehr loslassen. Und wenn Sie die letzte Seite umgeblättert haben, wird alles ein wenig anders sein als zuvor.«

Wieder musste Isaura an die unendliche Geschichte denken und lächelte.

»Also ein richtig magisches Buch, wenn auch ohne Glücksdrachen?«

Der Antiquar erwiderte ihr Lächeln und schüttelte dann mit Bedauern den Kopf. »Nein, Glücksdrachen scheint es im alten Spanien nicht gegeben zu haben, aber vermutlich mehr Magie, als Sie und ich uns vorstellen können.«

Isaura verließ den Laden und eilte zu ihrem Wagen zurück. Sie konnte es kaum abwarten, bis sie endlich daheim war und einen ersten Blick in das Buch werfen konnte.

Kapitel 5

Segovia, 1464

Es war für Jimena nicht einfach, sich an das neue Leben im *Alcázar* von Segovia zu gewöhnen. Einerseits war der Palast herrlich und so prächtig, dass Jimena manches Mal nur staunend umherschlenderte und sich nicht sattsehen konnte. Anderseits unterschied sich das Leben hier von ihren behüteten Jahren in Arévalo so sehr, dass sie sich immer wieder ertappte, wie sie sich nach dem alten, dunklen Palast zurücksehnte. Hier war alles so verwirrend. So empörend! Entgegen allem, was ihre Tante ihr an Tugenden beigebracht hatte!

Sie waren erst drei Tage in Segovia, als Dominga am Abend ihre Tochter und ihre Nichte zu sich in ihr gemeinsames Gemach rief. Ihre Miene war ernst, und Jimena konnte ihre Besorgnis spüren.

»Was ist denn passiert?«, erkundigte sie sich.

»Nichts, noch nichts, mein Kind«, gab Dominga mit einem Seufzer zurück.

»Dann wird bald etwas passieren?«, hakte Jimena nach. »Du sorgst dich doch nicht ohne Grund.« Plötzlich schrak sie zusammen. »Nein!«, rief sie. Die Erkenntnis traf sie wie ein Schlag. »Du verlässt uns?«

Dominga nickte und seufzte noch einmal. »Ich muss zurück nach Arévalo. Ich habe es Ihrer Hoheit versprochen.«

Jimena stieß einen Schrei aus und klammerte sich an ihre Tante. »Ich kann hier nicht allein bleiben. Nimm mich wieder mit nach Arévalo.«

Dominga nahm sie in die Arme und streichelte ihren Rücken, dennoch klang ihre Stimme streng. »Du weißt, dass du Unsinn redest. Dein Platz ist hier. Du gehörst zu Isabels Damen, und du wirst ihr treu zur Seite stehen!«

Jimena nickte unter Tränen. »Ja, aber ich fürchte mich hier, wenn du nicht da bist.«

Wie gern hätte sie die tröstenden Worte gehört: »Es gibt nichts, wovor du dich fürchten musst, mein Kind«, doch ihre Tante sprach sie nicht aus. Sie hatte Jimena noch niemals belogen, dennoch wünschte sie sich heute, sie würde es tun.

»Unsinn, mein Kind«, widersprach Dominga. »Die Wahrheit ist immer besser als eine Lüge. Du kannst es schaffen, wenn du deinen Sinnen vertraust und überlegt handelst. Misch dich nicht in Dinge ein, die dich nichts angehen. Die große Politik ist nicht deine Sache. Noch nicht. Im Augenblick musst du Isabel dienen und die Augen offen halten, mehr nicht. Alles andere wird auch ohne dein Zutun dem Weg seines Schicksals folgen. Und außerdem werde ich Ramón bitten, ein Auge auf meine Mädchen zu haben, damit ihnen nichts geschieht.«

Beim Gedanken an ihren Cousin hellte sich ihre Miene ein wenig auf. Doch dann stutzte sie. »Du willst Teresa auch hierlassen? Tu das nicht. Das ist kein Ort für sie.«

Domingas Lippen wurden zu einem Strich und drückten deutlich ihren Unmut aus. Weil Jimena recht hatte, oder weil sie an der Entscheidung ihrer Tante zweifelte?

»Ich kann sie nicht mitnehmen. Wer sollte sich in Arévalo um sie kümmern? Du weißt selbst, dass sich der Zustand der Königin verschlechtert. Ich werde viel Zeit an ihrer Seite verbringen müssen. Nein, Teresa ist bei dir besser aufgehoben.«

Das stumme Mädchen, das den Wortwechsel aufmerksam verfolgt hatte, nickte und trat an Jimenas Seite. Vertrauensvoll schob sie ihre Hand in die der Cousine. Würde sie dieses Vertrauen jemals enttäuschen? Jimena lauschte in sich hinein, doch zu ihrer Beunruhigung konnte sie keine Antwort auf diese Frage finden. Und so reiste Dominga ab und ließ die Mädchen am Hof von König Enrique zurück.

Bald schon hatte Jimena Gelegenheit, den König, der so gar nicht ihrer Vorstellung entsprach, näher kennenzulernen. Bei Hof war ein ständiges Kommen und Gehen, und Jimena war von der Vielzahl der Leute verwirrt, deren Namen sie meist nicht einmal kannte. Sie wusste nicht, woher sie kamen, was sie hier zu suchen hatten und was sie den ganzen Tag über taten. Am Abend jedoch lud der König alle seine Gäste zu Speis und Trank in den großen Saal, den man auch den Galeerensaal nannte, nach der hölzernen Decke, die an einen umgedrehten Schiffsrumpf erinnerte. Katharina von Lancaster, Enriques Großmutter, hatte ihn hier einbauen lassen. Der alte Saal war ihr vielleicht nicht prächtig genug gewesen oder der Palast überhaupt zu klein, sodass sie den Bau erweitern und umgestalten ließ. Die alte Halle schloss sich noch immer auf der Nordwestseite des großen Hofs an, nur dass ihre spitzbogigen Doppelfenster nun nicht mehr über das Tal des Río Eresma hinauszeigten, sondern hinüber in den daneben erbauten Galeerensaal, an den sich in Richtung Nordosten, auf die Spitze der Burg zu, der prächtigste Saal des Palasts und dann die Gemächer des Königspaars anschlossen, die Jimena natürlich nicht zu Gesicht bekam.

Nach dem Essen, wenn die Tafel abgetragen war, ließen sich die Gäste auf den prächtig bestickten Polstern und Kissen der Diwane nieder, die sich entlang der Wände reihten, tranken, fütterten sich gegenseitig mit Süßigkeiten, scherzten und ließen sich von des Königs Musikern oder anderen Künstlern, die zu Gast bei Hof waren, unterhalten.

Isabel hielt sich stets ein wenig von den anderen fern, und das war Jimena nur recht. So saßen die vier Mädchen meist auf einem Diwan nahe der Tür und beobachteten mit wachem

Blick, was im Saal des Königs vor sich ging. Die Sitten erstaunten sie, und sie stießen sowohl Isabel als auch Jimena ab, die im Sinne strenger Moral erzogen worden waren. Je mehr die Nacht vorrückte und je mehr Wein durch die Kehlen floss, desto ausgelassener wurde die Stimmung und desto lockerer wurde der Umgang zwischen den Geschlechtern – und das meist nicht zwischen den Eheleuten! Die Mädchen beobachteten, wie die Männer des Königs ungeniert mit den Hofdamen schäkerten. Ein junger Don fütterte die kaum siebzehnjährige Maria mit Trauben und schenkte ihr immer wieder Wein nach. Sie dankte es ihm mit schmachtenden Blicken, bis er sich plötzlich erhob und auf das Portal zuschlenderte. Unter der offenen Tür wandte er sich noch einmal um und warf ihr einen Blick zu, als wollte er sie mit Haut und Haaren verschlingen. Das Mädchen errötete und kicherte. Kaum war ihr Verehrer verschwunden, erhob auch sie sich, schüttelte ihre Röcke und verschwand ebenfalls.

»Ich hoffe nur für sie, dass sie sich ohne Umwege in die Gemächer der Damen begibt«, sagte Beatriz und zog eine Grimasse des Abscheus.

»Ich fürchte, das wird sie nicht tun«, gab Jimena leise zurück. Sie hatte eine Welle von Begehren empfangen, als die Dame an ihnen vorbeirauschte.

»Nein, ich fürchte, das dumme Geschöpf läuft direkt in sein Unglück«, stimmte Isabel zu und nippte an ihrem Pokal, der nur mit Wasser gefüllt war. Jimena und Beatriz achteten zwar darauf, sich nicht zu sehr am Wein zu berauschen, doch Isabel verzichtete ganz darauf und blieb trotz mancher Spöttelei stets bei Wasser.

»Wie kann sie nur so etwas tun?«, schimpfte Beatriz leise. »Sie muss doch wissen, dass er sie nicht heiraten kann!«

»Oh, Doña Maria ist nicht die Einzige hier, die nicht mehr als Jungfrau die Ehe eingehen wird«, erklang plötzlich eine näselnde Stimme, die die Freundinnen herumfahren ließ.

»Darf ich mich setzen? So viel junges Blut auf weichen Kissen, da kann ich einfach nicht widerstehen!«

Isabel schenkte ihm einen kalten Blick, schickte ihn aber nicht weg. »Wenn Ihr es wünscht, Don Angelo.« Offensichtlich kannte sie ihn – im Gegensatz zu Jimena, die keine Ahnung hatte, wer der junge Mann war, der sich so unverschämt zwischen sie drängte.

Isabel übernahm es, sie einander vorzustellen. »Don Angelo ist der zweitgeborene Sohn des Grafen von Benavente«, sagte sie.

»Und ganz bestimmt kein Engel«, fügte der Grafensohn mit einem entwaffnenden Grinsen hinzu. »Eher das schwarze Schaf der Familie, das sich weder für eine Laufbahn als Kirchenmann noch für den ehrenvollen Tod eines Ritters auf dem Schlachtfeld erwärmen kann.«

»Ach, und was bevorzugt Ihr dann?«, erkundigte sich Beatriz spitz. »Wein, Weib und Müßiggang am Hof des Königs?«

Sein Lächeln wurde noch breiter. »Ja, das auf alle Fälle. Es ist nicht nur bequemer. Es ist auch deutlich unterhaltsamer.«

Gegen ihren Willen musste Jimena lachen. Neugierig betrachtete sie den jungen Mann mit dem einnehmenden Gesicht, der ein modisches Wams mit Goldknöpfen über einem Hemd mit bauschigen Ärmeln und einer kaum knielangen Hose trug. Er war nur mittelgroß, aber schlank. Seine Seidenstrümpfe waren blütenweiß und umspannten wohlgeformte Waden, die vermuten ließen, dass er sich doch nicht nur dem Müßiggang hingab.

»Ja, lacht Ihr nur, Doña Jimena, das steht Euch viel besser zu Gesicht als die moralische Abscheu im Antlitz Eurer Freundin. Ihr seid hier bei Hofe! Man muss sich einfach amüsieren, schon allein, um den König zum Dank für seine Großzügigkeit mit fröhlichen Gesichtern zu umgeben, selbst wenn er selbst zur Laute greift und wir seine melancholischen Lieder über uns ergehen lassen müssen, die er genauso liebt wie einsame Waldspaziergänge.«

Die Grimasse, mit der er seine Worte kommentierte, brachte selbst Beatriz und Isabel zum Lachen, was sie aber nicht davon abhielt, ihn zu rügen.

»Wie könnt Ihr hier in seinem Saal so respektlos von unserem König sprechen!«

Der junge Mann hob die Schultern. »Ach, hier nimmt keiner ein Blatt vor den Mund, daran hat er sich längst gewöhnt und verübelt niemandem etwas. Hauptsache, alle seine Gäste fühlen sich wohl. Seht Ihr, wie er lächelt?«

Sie folgten seinem Blick und sahen zum König, der sich neben seine Tochter Juana gesetzt hatte, die mit ihrer Kinderfrau ebenfalls noch im Saal weilte. Die Infantin lächelte zum König auf. Trotz ihrer erst drei Jahre konnte man schon erkennen, dass sie ihm nicht ähnlich sah, was Jimena in diesem Moment noch für einen Glücksfall für das Kind hielt. Sein Haar war im Gegensatz zu dem des Königs dunkel und dicht und begann sich bereits in sanfte Locken zu legen. Auch ihre Augen waren dunkel, und ihre Nase war gerade und eher ein wenig zu kurz. Ihre Glieder schienen wohlproportioniert. Ja, ein hübsches, vielversprechendes Kind, doch Jimena spürte eine Aura des Leides um sie. Das Leben würde es nicht gut mit ihr meinen. Was für ein Glück, dass das Kind davon noch nichts ahnte, sondern fröhlich über die Späße seines Vaters lachte.

Da fiel ihr ein, dass sie die Mutter noch gar nicht kennengelernt hatten.

»Wo ist eigentlich die Königin?«, erkundigte sich Jimena. »Wir hatten noch nicht die Ehre, ihr unsere Aufwartung zu machen.«

»Ach ja, die jetzige Gemahlin unseres Königs«, wiederholte der Höfling gedehnt. »Sie weilt seit vielen Monaten an einem anderen Ort, an dem keiner vom Hof sie zu Gesicht bekommt, doch wenn man den Gerüchten glauben darf, wird sie bald an den Hof zurückkehren. Ich vermute einmal, sobald sie wieder in ihre Kleider passt.«

Jimena runzelte die Stirn und dachte darüber nach, was die rätselhaften Worte bedeuten konnten. »Sie bekommt ein Kind?«

Der Höfling hob abwehrend die Hände. »Nicht offiziell zumindest. Das sind lediglich Gerüchte.«

»Aber ich verstehe nicht«, meinte Isabel, die genauso irritiert blickte wie die anderen Mädchen. »Wenn die Königin schwanger ist, muss man das doch wissen! Enrique hofft doch sicher auf einen Sohn.«

»In diesem Fall hofft er vermutlich gar nicht, aber das ist vielleicht nichts, worüber sich die jungen Damen den Kopf zerbrechen sollten.«

Eine unglaubliche Respektlosigkeit! Isabel sog scharf die Luft ein. »Don Angelo, Ihr wagt es, die Königin der Unzucht zu bezichtigen?«

Doch der Höfling war wenig beeindruckt. »Das ist ein offenes Geheimnis«, entgegnete er schlicht. »Seht Ihr den Don, der dort beim König steht? Das ist der Graf von Ledesma, Don Beltrán de la Cueva, der Favorit der Königin.«

Jimena sah die beiden Männer miteinander plaudern. Der König sah ihn mit solch vertrauensvollem Blick an, dass sie sich nicht vorstellen konnte, dass diese ungeheuerliche Behauptung auch nur ein Körnchen Wahrheit enthielt.

»Er ist der Vertraute des Königs!«, sagte sie daher fest. »Das kann man spüren, wenn man sie nur miteinander reden sieht.«

Der Höfling nickte. »Aber ja, ich habe nichts Gegenteiliges behauptet. Dennoch steht er auch der Königin nahe – und ich meine damit sehr nahe! Ihr müsst doch nur einen Blick auf das Kind werfen. Es ist ihm wie aus dem Gesicht geschnitten!«

Nun war es an den anderen, ihre Überraschung hinter einem Aufkeuchen zu verbergen. Nun ja, auch der Graf hatte dunkle Augen und dunkles Haar, aber das traf ebenfalls auf die Königin Juana von Portugal zu, wie Isabel wusste. Sie hatte sie anlässlich der Tauffeierlichkeiten gesehen, als sie selbst Patin der kleinen Juana geworden war.

»Das ist richtig«, musste Don Angelo zugeben. »Und der König hat sie vor allen Höflingen als seine Tochter anerkannt, als sie vor drei Jahren im *Alcázar* von Madrid das Licht der Welt erblickte. Insofern braucht es keinen zu kümmern, wer nun ihr wahrer Erzeuger ist.«

Isabel schüttelte noch immer fassungslos den Kopf. »Ich wundere mich, dass mein Bruder Euch noch nicht Eure lästerliche Zunge herausgeschnitten hat!«, sagte sie scharf.

Der junge Mann lachte. »Ach, so etwas würde er nie tun. Er ist ein gutmütiger Mensch, der gern mit allen in Frieden und Eintracht lebt. Was er sich – unter uns gesagt – auch gern etwas kosten lässt. Nein, er hat lediglich ein wenig Pech mit den Frauen. Seine erste bekam er ja bereits im zarten Alter von elf Jahren angetraut. Blanca II. von Navarra, die Tochter des alten Fuchses Juan II. von Aragón. Nun ja, den Vollzug der Ehe haben die beiden dann angeblich anlässlich seines fünfzehnten Geburtstages nachgeholt – zumindest wurde dieses Ereignis im Volk gefeiert. Dass dem nicht so war, hat der König nach zwölf Jahren Ehe genauso öffentlich verkündet, um die Ehe mit dem Argument – Königin Blanca sei noch immer so jungfräulich wie bei ihrer Geburt – vom Papst annullieren zu lassen.«

»Ich weiß nicht, ob ich das alles hören will«, murmelte Isabel, doch ihre Freundin Beatriz widersprach mit einem Glitzern in den Augen.

»Ich schon. Man muss doch wissen, woran man ist. Und wenn alle darüber reden, dann ist es besser, man weiß Bescheid und zieht aus dem Getuschel nicht die falschen Schlüsse.«

»Nun denn, Don Angelo, wie geht die Geschichte weiter?«

»Blanca nahm alle Schuld auf sich und zog sich nach Aragón zurück, worauf Enrique die fünfzehnjährige Schwester Alfons' V. von Portugal heimführte. Doch auch hier musste das Volk fast sieben Jahre warten, bis sich der Leib der Königin Juana endlich wölbte, daher will ich der hohen Dame auch keine Vorwürfe machen, und man sollte nicht so genau nach dem Erzeuger fragen. Den König freut es, dass er eine Tochter hat. Ist das nicht das Wichtigste?«

Jimena fragte sich, ob der Günstling des Königspaars wirklich Vater der kleinen Juana war und ob der König davon wusste, ja, ob dies vielleicht gar mit seinem Wissen und Einverständnis geschehen war, um dem Volk und dem Land endlich doch noch einen Erben präsentieren zu können. Vielleicht konnte er ja keine Kinder zeugen? Oder wollte er es nicht?

Sie fing einen Blick auf, den er dem Marquis von Villena zuwarf. Er war so voll von Begehren, ja, von Zärtlichkeit, dass sich Jimena auf die Lippen biss. War das möglich? Dass der König Männer bevorzugte? Eines war jedenfalls sicher, falls der Marquis dem Drängen des Königs nachgab, dann lediglich aus Machtkalkül. In seinem Blick lag eine Kälte, die Jimena schaudern ließ.

Doch selbst wenn Enrique sich zu seinem eigenen Geschlecht mehr hingezogen fühlte, war das kein Grund, dem Schlafzimmer der Königin dauerhaft fernzubleiben. Mit solchen Gelüsten stand er nicht allein. Man konnte trotz allem auch ein guter Ehemann sein. So viel wusste Jimena bereits über das Leben, trotz ihrer Jugend.

»Dann wird der König das zweite Kind auch anerkennen, das die Königin zur Welt bringt?«, erkundigte sie sich, noch immer mit den ungeheuerlichen Neuigkeiten ringend.

Don Angelo schüttelte den Kopf. »Das wird nicht möglich sein. Er ist in der fraglichen Zeit nicht einmal in die Nähe seiner Königin gekommen. Nein, das würde ihnen nicht einmal der gutmütigste Pfaffe abnehmen. Der Königin bleibt nichts anderes übrig, als das Kind anderweitig unterzubringen und dann an den Hof zurückzukehren.«

So hatte Jimena viel zum Nachdenken, als sich die Mädchen zu ihren Gemächern aufmachten. Beatriz ging mit Teresa schon einmal vor, da der jüngeren bereits die Augen zufielen. Jimena wartete auf Isabel, die noch mit einem der Höflinge sprach. Der Mann war gut und gern um die vierzig und eher als unauffällig zu bezeichnen. Jimena achtete nicht auf ihr Gespräch. Sie hing ihren Gedanken nach und folgte den beiden in größerem Abstand, als sie den Saal verließen und durch die alte Halle in den nächtlichen Hof traten. Es war kalt, und am samtschwarzen Himmel glitzerten ein paar Sterne.

Isabel fröstelte und ließ sich von ihrem Begleiter ihr dünnes Umschlagtuch um die Schulter legen. Sie dankte ihm, doch die Worte blieben ihr im Hals stecken, als seine Arme sich um sie schlossen und er sie an sich zog. Sie drehte den Kopf weg, ehe er ihren Mund küssen konnte, und versuchte sich aus seiner Umarmung zu winden.

»Lasst das, Graf, das ist ganz und gar ungehörig!«

»Was bist du nur für ein trübseliges Kind?«, entgegnete er, ohne sie loszulassen. »Du trinkst Wasser statt Wein und frierst allein in einem großen Bett?«

»Ganz sicher lieber, als das Eure zu teilen«, fauchte Jimena dem Grafen ins Gesicht. Wie eine Furie ging sie auf ihn los.

»Nehmt sofort Eure Hände von ihr. Ihr vergreift Euch an der Schwester des Königs!«

Der Graf ließ Isabel los und trat mit erhobenen Handflächen zurück.

»Was für ein Geschrei wegen nichts! Ich wollte ihr ja nur ihre einsame Zeit ein wenig vertreiben. Es ist nicht nötig, ein solches Aufheben zu machen. Wenn Ihr nicht wollt, dann eben nicht. Es gibt hier bei Hof genug junge Damen, die mein Angebot nicht zurückweisen werden.«

»Dann wendet Euch an diese und lasst uns in Zukunft unbehelligt«, schimpfte Jimena. Sie legte den Arm um Isabels Schultern und führte sie rasch davon.

»Es war meine Schuld«, sagte sie leise. »Ich hätte nicht allein mit ihm aus dem Saal treten dürfen.«

»Wenn, dann war es meine Schuld, dass ich meine Pflicht als deine Dame vernachlässigt habe«, widersprach Jimena reumütig. »Aber ich hätte es nicht für möglich gehalten, dass sie sich selbst an die Schwester des Königs herantrauen.«

»Bei dem traurigen Vorbild, das er ihnen gibt?« Isabel seufzte. Sie ließ sich von Jimena beim Auskleiden helfen. Diese wartete noch, bis Isabel unter der wärmenden Decke lag, dann nahm sie die Kerze von der Kommode und trat in das kleine Nebengemach, in dem Teresa und Beatriz bereits schliefen.

Das Prickeln ihrer Handflächen verriet ihr, dass sie nicht allein in dem düsteren Hof war. Für einen kurzen Augenblick fürchtete Jimena, es könnte einer dieser aufdringlichen Höflinge sein, doch dann merkte sie am Rhythmus ihres Herzschlags, dass sie diese Begegnung nicht fürchten musste, noch ehe sie sein Gesicht erkannte. Sie waren erst ein paar Wochen bei Hof, und doch hatte dieses verwirrende Leben sie so in seinen Bann gezogen, dass sie meinen konnte, schon eine halbe Ewigkeit hier zu sein. So viele neue Gesichter, so viele Bilder und Gedanken, die auf sie einstürmten, so viel Pracht und Schein und so viel Lüge und Verderbtheit in einem einzigen prächtigen Palast! Sie sah mit klopfendem Herzen zu dem jungen Mann auf, der sich ihr in den Weg stellte.

»Doña Jimena«, sagte er höflich und verbeugte sich.

»Ramón!«, gab sie entrüstet zurück. »Du wirst doch jetzt nicht etwa in diesem Ton mit mir reden wollen?«

Er lächelte, und seine Augen strahlten. »Nicht, wenn du mir die Vertrautheit unserer Kindertage weiterhin gestattest.«

»Warum nicht?«, rief sie noch immer ein wenig empört.

»Weil du inzwischen eine junge Dame bist, die schon bald ans Heiraten denken wird, und nicht mehr der ungezogene Fratz, der stets auf meinem Rücken reiten wollte.«

»Das ist richtig, denn von nun an reite ich auf dem Rücken einer wundervollen Schimmelstute. Sie ist aus dem Stall des Königs, und Isabel hat sie mir geschenkt!«, berichtete Jimena, um die ungewohnte Befangenheit zu überwinden, die in ihr aufstieg.

»Kannst du sie denn schon reiten?«, erkundigte sich Ramón, der das Tier offensichtlich kannte. Er schritt langsam neben ihr her über den dunklen Hof.

»Ja, schon, aber noch nicht so gut wie Isabel ihren prächtigen Rapphengst«, gab Jimena widerstrebend zu. »Aber ich werde es schnell lernen!«, fügte sie hinzu und setzte eine so entschlossene Miene auf, dass Ramón lachte.

»Das glaube ich sofort, wenn du noch den gleichen Dickkopf hast, mit dem du schon als Kind alles durchzusetzen wusstest. Und damit das auch so schnell geht, wie du dir das erhoffst, biete ich dir gern meine Hilfe an. Ich gelte als ein guter Reiter, und du darfst dich getrost in meine Hände geben.«

Jimena freute sich über sein Angebot, war aber nicht ganz sicher, ob sie es annehmen wollte. Einerseits gefiel ihr die Vorstellung, dass er seine kostbare freie Zeit mit ihr verbringen wollte, anderseits hätte sie gern erst den stolzen, sicheren Sitz erlernt, den Isabel so wundervoll beherrschte, ehe sie sich ihm noch einmal auf einem Pferderücken präsentierte.

Warum?

Er sollte von ihr beeindruckt sein!

Sie war von ihrem eigenen Wunsch überrascht. So ein dummer Gedanke! Ramón war nur ihr Cousin.

»Also gut, dann ist das abgemacht«, sagte sie und reichte ihm die Hand, um den Vertrag zu besiegeln. »Du bringst mir das Reiten bei, bis alle sagen, ich könne noch besser reiten als Isabel.«

Wieder lachte er auf. »Was für ein frommer Wunsch, liebe Cousine. Du willst die Schwester des Königs übertrumpfen? Mit so etwas sollte man stets vorsichtig sein. Man kann sich schneller Feinde schaffen, als man sich umsehen kann. Und wehe, man ist erst einmal in Ungnade gefallen! Merke es dir gut, meine liebe Kleine: Königliche Hoheiten mögen nichts weniger, als von anderen übertrumpft zu werden.«

»Isabel ist nicht so!«, rief Jimena überzeugt.

Ramón hob nur die Augenbrauen.

»Du glaubst mir nicht? Sie ist nicht nur klug, sie ist auch gerecht und niemals launisch. Und das liegt nicht daran, dass noch keiner weiß, dass sie einst auf König Enriques Thron sitzen wird. Sie wird eine große Königin sein, weise und gerecht!«, fügte sie in ihrem Überschwang hinzu. Sie hielt erst inne, als sie Ramóns Gesichtsausdruck sah. Jimena biss sich auf die Lippen. Zu spät. Wieder einmal war ihre Zunge mit ihr durchgegangen, obwohl sie sich schon so oft vorgenommen hatte, immer erst nachzudenken, ehe sie sprach.

Dieses Mal griff Ramón nach ihren Händen, doch es war alles andere als zart.

»Wie kommst du auf solch einen Gedanken? Hat Isabel das gesagt oder einer ihrer Vertrauten?«

»Nein, nein«, wehrte Jimena ab. »Das würde sie nie tun. Sie verschwendet keinen Gedanken daran.«

»Aber irgendwie musst du doch auf den Einfall gekommen sein. Hast du ein Gespräch mit angehört?«

»Nein!«, stieß Jimena hervor und entwand ihm ihre schmerzenden Hände.

Ich habe es selbst gesehen. Isabel wird nach ihrem Bruder den Thron von Kastilien besteigen, hätte sie sagen können, doch das tat sie nicht. Er hätte ihr vermutlich eh nicht geglaubt, obwohl er doch von seiner Mutter hätte wissen müssen, dass es Frauen in ihrer Familie gab, die über ungewöhnliche Gaben verfügten.

Ramón ließ nicht locker. »Gibt es hier im Palast noch eine Verschwörung, die Isabel auf den Thron bringen will?«

»Nein! Vergiss einfach, was ich gesagt habe«, sagte Jimena fest, dann drehte sie sich um, raffte ihre Röcke und lief die Treppe hinauf, die sie eben erst heruntergekommen war. Ramón folgte ihr nicht. Er sah ihr nur nach, bis sie seinen Blicken entschwand.

Erst später, als Jimena in ihrem Bett lag, kam ihr Ramóns letzter Satz wieder in den Sinn:

Gibt es hier im Palast noch eine Verschwörung?

Hatte er es so gemeint, wie er es gesagt hatte? *Noch* eine Verschwörung? Jimena lauschte in sich hinein, doch es wollten keine Bilder zu diesen Worten in ihr aufsteigen. Dennoch beschloss sie, der Sache nachzugehen und sich unauffällig umzuhören. Und dieses Mal würde sie sehr genau auf ihre eigenen Worte achten, das schwor sie sich!

Kapitel 6

Segovia, 1464

Die warmen Tage schienen endgültig vorüber zu sein. Jimena träumte noch von den rasanten Ritten auf dem Rücken ihrer Schimmelstute über die abgeernteten Felder der Hochebene oder hinauf in die Eichenwälder am Fuß der Berge, deren weißer Schneemantel nun von Tag zu Tag länger wurde. Natürlich war Isabel auf ihrem Rapphengst stets mit von der Partie gewesen. Sie war eine tollkühne Reiterin, und Jimena empfand immer ein wenig Eifersucht, wenn Ramón dies mit so etwas wie Ehrfurcht in der Stimme erwähnte. Dabei hatte sich Jimena durchaus gemacht und saß nun aufrecht und sicher im Sattel der Stute, die man ganz bestimmt nicht als zahmen Zelter bezeichnen konnte. Manches Mal kam ihr der Verdacht, Ramón würde Isabel gerade deshalb so loben, weil er um ihre Schwäche für ihn wusste. Aber sie hätte sich lieber die Zunge abgebissen, als auch nur ein Wort darüber verlauten zu lassen. Sie wollte ihm imponieren, dieses anerkennende Lächeln in sein Gesicht zaubern, von dem ihr so wundervoll warm wurde. Und so ritt sie nur noch häufiger und wilder bei den Jagden mit, bis selbst Don Angelo sie bat, sich ein wenig zurückzuhalten.

»Nicht, dass Ihr das Wild verschreckt, verehrte Doña Jimena – nein, haltet ein, ich nehme es zurück«, rief er lachend, als er sah, wie sie unwillkürlich die Fäuste ballte. »Ich sorge mich um Eure Gesundheit. Es wäre zu schade, wenn Ihr Euch Euer schwanengleiches Genick brechen würdet.«

»Spart Euch Eure Schmeicheleien«, fauchte sie und ließ ihn einfach stehen, obgleich es ihr nie gelang, ihm lange böse zu sein.

Das schlechte Wetter hielt an, und so trafen sich die Mädchen – wenn sie keinen Unterricht hatten – immer häufiger in ihrem Lieblingsraum der Burg, der Bibliothek, die der Vater der königlichen Geschwister, König Juan II., im Laufe seines Lebens aufgebaut und erweitert hatte. Nach dessen Tod hatte Enrique die Bücher nach Segovia bringen lassen. In diesen Raum zogen sich die Mädchen nun zurück und ließen sich von den fremden Welten der Geschichten und Legenden verzaubern. Zumindest Isabel und Jimena liebten es, sich stundenlang in die Seiten der Bücher zu versenken; Beatriz hatte meist schon bald genug, langweilte sich aber mit Anstand. Was Teresa dachte, wusste Jimena nicht. Ihre Cousine war ihr ein Rätsel. Sie strahlte stets diesen freundlichen Gleichmut aus. Genügte es ihr, nur zu beobachten und zuzuhören? Seit einiger Zeit blätterte auch Teresa immer häufiger in einem Buch. Konnte sie denn lesen? Sie war stets bei den Unterrichtsstunden anwesend, auch wenn man sich nicht um sie kümmerte, doch vielleicht hatte sie manches mitbekommen. Jimena beschloss, mit ihr Schreiben zu üben. Dann würde Teresa sich ihnen mitteilen können. Warum war sie nicht schon früher auf diesen Einfall gekommen? Teresa war längst alt genug.

Alfonso und die jungen Damen wurden in Segovia regelmäßig unterrichtet. Enrique schien es ernst damit zu meinen, seinen Geschwistern eine gute Erziehung zukommen zu lassen, und so beauftragte er einen Dominikaner und einen Franziskanerpater, den Infanten alles Nötige beizubringen. Während Isabel und ihre Freundinnen dem Unterricht gern beiwohnten und die beiden Pater mit Fragen quälten, war Alfonso nicht so sehr begeistert, seine Reit- und Fechtstunden gegen einen Platz am Schreibpult einzutauschen.

Er hatte sich von einem lästigen, quengelnden Kleinkind zu einem aufgeweckten Jungen entwickelt, der bereits sein Schwert zu führen wusste. Ja, eines Abends, als sich Isabel in einem der dunklen Höfe wieder einmal ihrer Haut erwehren musste, stürmte er auf den Mann zu, der vom Alter her gut und gern sein Vater hätte sein können, riss sein Schwert aus der Scheide und richtete die Spitze auf den Hals des dreisten Höflings, der die Unverschämtheit besaß, seine Schwester zu belästigen.

»Ich stoße Euch die Klinge in den Hals, Graf, wenn ich Euch noch einmal in der Nähe meiner Schwester erwische!«

Jimena, die ihm gefolgt war, konnte ihn für seinen Mut und seine Entschlossenheit nur bewundern. In seinem Blick stand der feste Entschluss, seinen Worten Taten folgen zu lassen, was offensichtlich auch dem Grafen nicht entging. Er schwor hoch und heilig, Isabel nicht mehr zu behelligen, und eilte rasch davon. Alfonso ließ das Schwert zurück in die Scheide gleiten. Seine Miene sprach deutlich davon, wie sehr er mit sich zufrieden war, die Tugend seiner Schwester erfolgreich verteidigt zu haben. Nun allerdings ging er zu weit, als er sie harsch rügte und vorschlug, sie solle nach Einbruch der Dunkelheit ihr Gemach nicht mehr verlassen.

Schnell musste er einsehen, dass seine Schwester genauso willensstark war wie er und dass sie – auch wenn sie dankbar war, dass er in dieser brenzligen Situation für sie eingetreten war – sich nicht von ihrem jüngeren Bruder bevormunden lassen würde.

»Ach, wie stellst du dir das vor? Ich bleibe von nun an der Tafel des Königs fern und lasse mir mein Nachtmahl in meinem Gemach servieren?«

»Wenn es die einzige Möglichkeit ist, deine Tugend zu bewahren, ja!«

»Vergiss es!«, zischte seine Schwester. »Ich mache genau das, was ich für richtig halte.«

Sie funkelten sich einige Augenblicke an, dann trennten sich die Geschwister mit dem gleichen zornigen Blick und einem aufgewühlten Gemüt.

Doch nicht nur die jungen Mädchen mussten auf der Hut sein und hatten unter den Avancen der Granden und der *Hidalgos* zu leiden. Zu ihrer Erbitterung musste Jimena feststellen, dass in diesem Sündenbabel nicht einmal Kinder vor den Zudringlichkeiten der Höflinge sicher waren.

Es war an einem regnerischen Nachmittag, der in einen kühlen Abend überging, als die Mädchen wieder einmal in der Bibliothek des verstorbenen Königs saßen, versunken in fremden Welten, die sie so gefangen nahmen, dass sie nur ungern aus dieser Welt aufzutauchen bereit waren. Selbst Beatriz hatte eine herzzerreißende Liebesgeschichte entdeckt, die sie immer wieder aufseufzen ließ. Teresa saß dicht neben ihrer Cousine, den Blick ebenfalls auf die beschriebenen Seiten gerichtet. Jimena merkte, dass sie immer wieder fröstelnd die Schultern hochzog.

»Ist dir kalt?«

Das Mädchen nickte.

»Soll ich dir mein Tuch geben?«

Entschlossen stand Teresa auf und schüttelte den Kopf. Sie zeigte auf die Tür und deutete mit den Fingern an, sie werde in ihr gemeinsames Gemach gehen, um sich einen Umhang zu holen. Jimena nickte und vertiefte sich wieder in ihr Buch. Die Tür klickte.

Was für eine unglaubliche und tragische Geschichte! Der heldenhafte Ritter Roland, der über die Pyrenäen zog, um die Ungläubigen zu bekämpfen. Sie hielt den Atem an, als er in einen Hinterhalt der wilden Basken geriet und seine tapferen Männer einer nach dem anderen ihr Leben lassen mussten. Roland stieß noch in sein Horn, dann musste auch er sterben, von unzähligen Schwertstichen niedergestreckt.

Jimena sah von dem Buch auf. Sie war aufgewühlt von Gefühlen des Zorns und Entsetzens. Ein wenig verwunderte sie ihre eigene Reaktion. Nun ja, das war eine eindringliche Geschichte gewesen, doch hatte sie schon viele andere gelesen, die nicht minder spannend und grausam gewesen waren, aber solch eine starke Reaktion hatte sie noch nie verspürt.

Plötzlich fiel ihr auf, dass Teresa noch nicht zurückgekehrt war. Hatte sie nicht nur ein Tuch holen wollen? Oder hatte Jimena ihre Gesten missverstanden? Doch warum sollte sie sich um diese Zeit noch vor dem Nachtmahl allein in ihr Gemach zurückziehen wollen? Fühlte sie sich vielleicht nicht wohl? Entschlossen klappte Jimena das Buch zu und erhob sich. »Ich gehe nachsehen, wo Teresa bleibt.«

»Ja, vielleicht hat sie sich im Palast verlaufen«, scherzte Beatriz, doch Jimena sah sie ernst an.

»Wer weiß«, sagte sie leise und spürte dann, wie ihr unvermittelt kalt wurde, und das hatte nichts mit der Zugluft zu tun, die durch die Ritzen strich. Ein Schrei erscholl so durchdringend in ihrem Kopf, dass ihr Geist zu bersten drohte. Jimena riss die Tür auf, raffte ihre Röcke und rannte los. Die Treppe hinunter, den Flur entlang, um die Ecke und weiter in solch fliegender Hast, dass ihre Füße kaum mehr den Boden zu berühren schienen. Noch eine Treppe. Sie keuchte, als sie um die Ecke flog und dann unvermittelt anhielt. Die Tür zu Isabels Gemach stand offen, und sie konnte die Stimme eines Mannes hören, der hier ganz sicher nichts zu suchen hatte. Ob er nach Isabel Ausschau gehalten hatte oder dem Mädchen gefolgt war, tat nichts zur Sache. Jimena stürzte ins Zimmer. Sie sah mit einem Blick, dass die kleine Teresa in arger Bedrängnis war. Der Ärmel ihres Gewandes war zerrissen. Mit Panik in ihrem Blick versuchte sie sich den groben Männerhänden zu entwinden, die sie auf das Bett zu drängen versuchten. Ihr Mund war in einem stummen Schrei geöffnet.

»Lasst das Kind los, oder Ihr werdet es bereuen, je geboren worden zu sein!«, schrie Jimena den Mann an, der mehr als einen Kopf größer und vermutlich doppelt so breit war wie sie. Sie hatte keine Ahnung, wer er war, aber das interessierte sie auch nicht. Es gab niemanden, dem es zustand, sich an dem stummen Mädchen zu vergreifen, das gerade einmal zehn Jahre alt war! Sie schlug ihm mit den Fäusten auf den Rücken und ließ jeden Fluch auf ihn einprasseln, der ihr einfiel. Verblüfft wandte er sich zu ihr um.

Die Wut schien in Jimena zu explodieren. Es fühlte sich an, als würde etwas in ihr bersten. Sie schrie, und der Mann schrie ebenfalls.

Vor Überraschung? Vor Zorn? Vor Schmerz?

Es war ihr egal. Sie war nur zornig und wollte ihn wie einen Wurm im Staub sich winden sehen.

Es war Schmerz, stellte Jimena erstaunt fest. Er fiel auf die Knie und schlug sich die Hände vors Gesicht. Sie sah, wie sie sich rot färbten. Blut sickerte zwischen seinen Fingern hindurch.

Jimena starrte fassungslos den großen Mann an, der nun wimmernd am Boden kauerte. Auch Teresa, die sich zuerst in eine Ecke geflüchtet hatte, kam nun langsam näher, den Blick voller Staunen auf ihren Angreifer gerichtet.

»Was ist denn hier los?«

Die Stimme ließ die beiden Mädchen herumfahren. Der Mann am Boden wimmerte noch immer.

»Don Angelo«, keuchte Jimena. »Was habt Ihr hier zu suchen?«

Der junge *Hidalgo* hob die Schultern. »Ich hatte so das Gefühl, dass hier nicht alles so ist, wie es sein sollte. Aber was ist mit Don Rodrigo?«

»Er hat versucht, sich an meiner kleinen Cousine zu vergreifen!«, rief Jimena, und die Empörung schlug noch einmal wie eine Woge über ihr zusammen. Der Mann stöhnte vor Pein.

»Das hätte er nicht tun sollen«, gab Don Angelo in aufreizend ruhigem Ton zu. »Doch was habt Ihr mit ihm gemacht?«, erkundigte er sich und sah Jimena mit hochgezogenen Brauen an. »Habt Ihr ihm einen Dolch in die Brust gerammt?«

»Unsinn!«, zischte sie. »Ich habe ihn lediglich angeschrien und ihm gesagt, er solle seine Finger von ihr nehmen. Nun ja, ein wenig verflucht habe ich ihn auch«, gab Jimena trotzig zu.

»Und woher kommt das ganze Blut?« Don Angelo ging in die Hocke und zog die rot verschmierten Hände von Don Rodrigos Gesicht.

Der starrte ihn aus weit aufgerissenen Augen an. In seinem Blick standen Angst und Schmerz. Noch immer quoll ihm Blut aus der Nase und aus den Ohren und tropfte auf sein aufwendig besticktes Wams, ansonsten schien er unverletzt.

»Erhebt Euch, Don Rodrigo«, herrschte ihn der jüngere Höfling an, »und reißt Euch zusammen!« Seine Stimme klang verächtlich, und auch Jimena konnte nun, da ihr Zorn in sich zusammengefallen war, nur noch Verachtung für den Mann empfinden.

Don Angelo aber grinste. »Ihr habt mir gar nicht gesagt, dass Ihr eine so schlagkräftige Rechte habt. Oder ist die Linke Eure bessere Schlaghand, Doña Jimena? Da muss ich in Zukunft ja direkt vorsichtig mit meinen Frechheiten sein, damit ich eines Tages nicht auch so zugerichtet werde«, spottete er.

Jimena aber schüttelte den Kopf. »Ich habe ihn nicht geschlagen. Nicht ins Gesicht. Ich weiß genauso wenig wie Ihr, was geschehen ist!«

Der bullige *Hidalgo* schnaubte wie ein Kampfstier und versprühte Blut, sodass Jimena und Don Angelo zurückwichen. Anklagend hob Don Rodrigo die Hand und zeigte auf Jimena.

»Hütet Euch vor diesem Weib«, stieß er hervor. »Sie ist eine Hexe!«

Dann wankte er hinaus und ließ die drei anderen sprachlos in Isabels Gemach zurück.

Teresa trat zu ihnen und schmiegte sich an ihre Cousine.

»Dir ist nichts geschehen«, hauchte Jimena, »dem Herrn im Himmel und seinen Engeln sei gedankt!«

»Dem Herrn im Himmel?«, wiederholte Don Angelo und wiegte den Kopf hin und her. »Ich habe noch nie davon gehört, dass er seine Engel schickte, eine Frau vor der Gewalt eines Mannes zu bewahren.«

»Ihr lästert Gott!«, warf ihm Jimena vor, doch sie konnte die Empörung nicht fühlen, die sie in ihre Stimme legte.

»Nein, ganz sicher nicht. Ich bin nur für Gerechtigkeit. Daher sage ich, Doña Jimena sei Dank! Oder etwa nicht? Ich habe von den Kräften gehört, über die Eure Tante Dominga verfügt. Ist es möglich, dass auch in Euch mehr steckt, als man zuerst erahnen möchte?« Er sah sie neugierig an.

»So ein Unsinn!«, zischte Jimena, packte Teresa an der Hand und zog sie hinter sich her aus dem Gemach. Don Angelo folgte ihr und schloss die Tür.

»Unsinn, soso«, murmelte er und ging mit einem Kopfschütteln davon.

»Ja, Unsinn!«, bekräftigte Jimena, mehr um sich selbst davon zu überzeugen und die Stimme zu übertönen, die plötzlich in ihrem Geist erklang.

Ja, du bist eine Hexe, und deine Kräfte werden noch wachsen!

Fast ein wenig grob zerrte sie Teresa hinter sich her zur Bibliothek zurück. »Du wirst in Zukunft in meiner Nähe bleiben«, sagte sie barsch, doch Teresa lächelte.

Niemand wird wagen, noch einmal Hand an mich zu legen.

Jimena starrte ihre Cousine an. War das etwa deren Stimme in ihrem Geist? Das war doch nicht möglich!

Und da die Stimme nun stumm blieb, konnte sie sich einreden, sich das alles nur eingebildet zu haben. Allerdings schienen die Worte der Wahrheit zu entsprechen. Zumindest kam es Jimena in den folgenden Tagen so vor, als würden die Höflinge ihnen respektvoller begegnen oder gar einen Bogen um sie machen. Gut! Denn auf solche Aufmerksamkeiten konnte sie gut und gern verzichten!

Ende des Monats kehrte die Königin nach Segovia zurück. Jimena war neugierig, Juana von Portugal kennenzulernen, über deren Lebenswandel solch böse Gerüchte kursierten. Sie war sich nicht sicher, ob sie das Getuschel nicht als Verleumdung abtun sollte, und hoffte, eine Antwort zu finden, wenn sie der Königin erst einmal in die Augen sehen würde.

Strahlend schön und in bester Laune fand sie eine schlanke, modisch gekleidete Herrscherin vor. Ihre Wangen waren rosig, die Augen blitzten vor Übermut. Sie trug ein golden schimmerndes Brokatgewand mit weitem, glockenförmigem Rock, unter dessen ärmellosem Oberteil ihr Schnürmieder zu sehen war und die bauschigen Ärmel ihres Hemds hervorquollen. Ihr üppig dunkles Haar war kunstvoll geflochten und unter einem zarten Schleier aufgesteckt.

Hatte sie wirklich erst vor wenigen Tagen oder Wochen irgendwo heimlich das Kind ihres Geliebten zur Welt gebracht? Jimena konnte sich das nur schwer vorstellen. Dennoch war da auch dieser Trotz in ihrem Blick, wenn sie ihren Gemahl betrachtete, an dessen Seite man sie nur selten sah. Und dann dieses Strahlen, wenn Don Beltrán de la Cueva den Saal betrat. Sie war in ihn vernarrt, das konnte jeder sehen, und auch in seinem Blick lag Begehrlichkeit. Jimena schüttelte den Kopf. Was für eine Verwirrung.

Falls Jimena gehofft hatte, mit der Rückkehr der Königin würde in Segovia wieder die Tugendhaftigkeit Einzug halten, dann hatte sie sich mehr als getäuscht. Im Schatten der Königin kam ein ganzes Dutzend edler junger Damen mit an den Hof, deren Augen nur so vor Abenteuerlust blitzten, sodass das Treiben an den Abenden nur noch wilder wurde. Zu Jimenas Erstaunen schien nun auch der König an den Wechselspielen der Paare Gefallen zu finden. Er begann ganz offen Catalina de Santoval den Hof zu machen, eine der höchsten Damen der Gesellschaft, wie Jimena von Don Angelo erfuhr. Er war wieder einmal bester Laune und amüsierte sich prächtig mit der Komödie, die Abend für Abend im prächtigen Saal des *Alcázar* aufgeführt wurde. Doch der König hatte einen Mitbewerber um die Gunst der Dame: Alonso de Córdoba, und so wandelte sich die Komödie zur Tragödie. Jimena konnte Eifersucht spüren. Ein ganz neues Gefühl, das den König überwältigte und ihn zu einer unbedachten Tat verführte.

Es fiel Jimena bereits am Morgen auf, dass Alonso de Córdoba nirgends zu sehen war und Doña Catalina ein verquollenes Gesicht hinter einem dünnen Schleier verbarg. Dieses Mal war es Ramón, der ihr die ungeheuerliche Nachricht brachte. Der König hatte Alonso de Córdoba des Hochverrats anklagen und ihn verhaften lassen. Nur wenige Tage später rollte der Kopf des Adeligen, der es gewagt hatte, dieselbe Frau zu begehren wie der König.

Jimena war schockiert, und so manch einer bei Hof bewegte sich nun mit einer gewissen Vorsicht. Zumindest für eine Weile hütete man in Anwesenheit des Königs seine Zunge. Zu Jimenas Erstaunen spürte sie nun so etwas wie Respekt bei den Höflingen, die die gutmütige Großzügigkeit des Monarchen stets mit Spott und Verachtung quittiert hatten. Jimena dagegen fühlte eine tiefe Enttäuschung – so als habe der König sie selbst verraten und ein Versprechen, das er ihr gegeben hatte, gebrochen. Sie hatte ihn gemocht, ihn, den ungepflegten, hässlichen Monarchen mit den linkischen Bewegungen und dem schüchternen Lächeln, dessen skurrile Vorlieben den Höflingen nur ein Kopfschütteln entlockten. Sie mochte die melancholischen Weisen, die er seiner Laute entlockte, und sie hätte nichts dagegen gehabt, ihn auf seinen einsamen Wanderungen durch die Wälder zu begleiten.

Wie passte die eifersüchtige Reaktion zu dem König, den sie zu kennen glaubte? Wollte er sich auf diese Weise Respekt bei seinen Höflingen verschaffen, die die Infantin Juana inzwischen hinter vorgehaltener Hand als »Beltraneja« bezeichneten, um damit zu zeigen, dass sie von der Vaterschaft Don Beltráns, des Grafen von Ledesma, überzeugt waren? Und sie gaben dem König den wenig schmeichelhaften Beinamen »el impotente«.

Es wunderte Jimena kaum, dass die Leidenschaft des Königs für Doña Catalina nicht sehr lange anhielt. Sie kam zufällig vorbei, als der König eindringlich auf Erzbischof Carrillo einredete und vorschlug, Catalina zur Äbtissin des Klosters Dueñas zu ernennen. Es war klar, dass er sie zwar vom Hof entfernen, anderseits aber sicherstellen wollte, dass kein anderer Mann in ihre Nähe kam. Jimena spürte Zorn in sich aufsteigen, der dem des Erzbischofs in keiner Weise nachstand, jedoch eine andere Ursache hatte.

Am Abend wurde ihr auch klar, warum Enrique die Dame so rasch von seinem Hof verwiesen wissen wollte. Die Königin hatte eine neue Hofdame! Ein wunderschönes Wesen mit glutschwarzen Augen und wallend schwarzem Haar, das alle anderen Damen zu überstrahlen schien: Guiomar de Castro, die Tochter des portugiesischen Grafen von Monsanto. Der König begann ihr den Hof zu machen, und eingedenk des Schicksals von Don Alonso de Córdoba hielten sich die anderen Männer von ihr fern. Die Dame schien auch nicht abgeneigt, dem Drängen des Königs nachzugeben, doch da ging das Temperament der Königin mit ihr durch. Es war an einem kalten Abend Mitte November, als die Sache außer Kontrolle geriet. Zuerst schien es ein ganz normaler Abend in der Halle des Königs zu werden. Jimena saß mit den Freundinnen und Don Angelo auf dem Diwan nahe der Tür, während sich die

Königin mit ihren Damen und natürlich mit ihrem Favoriten Don Beltrán umgab. Der kümmerte sich gerade um die kleine Juana, der eine gewisse Ähnlichkeit mit ihm nicht abzusprechen war. Oder sah sie nur ihrer Mutter ähnlich? Jimena gelang es nicht, die Frage zu beantworten. Sie bemerkte nur am Rande, dass der König Guiomar zu sich rief. Mit kessem Blick und schwingenden Röcken tänzelte sie auf ihn zu. Ihre ganze Körperhaltung war ein einziges Versprechen.

Plötzlich sprang die Königin auf und stieß einen Schrei aus. Ehe sich auch nur einer von seinem Erstaunen erholt hatte, stürzte sie mit gerafften Röcken auf Guiomar zu und schlug der Landsmännin ihren Fächer so hart in ihr makelloses Gesicht, dass er zerbrach. Die junge Frau schrie vor Schreck und Schmerz. Blut rann ihr über die Wangen. Sie schlug die Hände vors Gesicht und rannte kreischend hinaus. Mit offenen Mündern starrten die Damen und Herren ihr nach. Die Königin aber stampfte mit dem Fuß auf und warf ihrem Gemahl einen kriegerischen Blick zu. »Ich dulde sie nicht länger bei Hof!«, schrie sie und rauschte dann ebenfalls hinaus.

»Was für ein herrlicher Skandal«, kommentierte Don Angelo verzückt.

Jimena funkelte ihn an. »Ach, das Leid anderer gefällt Euch?«

Der Höfling zuckte mit den Schultern. »Meint Ihr etwa, ich müsste mit einem der Beteiligten Mitleid haben? Weshalb? Haben sie nicht allesamt das Drama heraufbeschworen?«

Der Gerechtigkeit halber musste sie ihm zustimmen. »Ja, das könnte man alles vermeiden, wenn jeder seinem ihm angetrauten Ehepartner treu wäre.«

»Was für eine überaus langweilige Vorstellung«, kommentierte der unverbesserliche Don Angelo. Dann aber wurde seine Miene ernst. »So unterhaltsam das alles war, ich fürchte, dies könnte zum Anlass genommen werden, die alten Portugalfeindseligkeiten wieder aufflammen zu lassen.«

»Was? Ihr meint, weil die Dame aus Portugal stammt oder die Königin? Das kann nicht Euer Ernst sein. Das hat doch nichts mit der Politik von Kastilien oder Portugal zu tun.«

Doch der Höfling sollte recht behalten. So leichtfertig er sich manches Mal gab und so beißend sein Spott auch sein mochte, er war ein kluger Kopf und mit dem Ränkespiel der Politik erfahren. Was er allerdings nicht hatte vorhersehen können, war, dass sich unerwartet noch eine weitere Partei zusammenfand, die die alten Lästereien über den König und die Rolle des Grafen von Ledesma in der Königin Bett wieder aufnahm und diese Frage der Moral zu einer der hohen Politik erhob. Sollte wirklich Don Beltrán de la Cueva der Vater von Juana sein und nicht der König, dann wäre sie auch keine Infantin und noch weniger Anwärterin auf den Thron! Ganz offen wurde sie nur noch »La Beltraneja« genannt, um den Wahrheitsgehalt der Behauptung zu unterstreichen.

Und der König? Er lächelte nur und unternahm nichts gegen die Verschwörer, die die Schlinge auslegten und dann begannen, sie zuzuziehen. Ein von führenden Vertretern des Adels in Burgos ausgestelltes Papier wurde präsentiert, in dem der König bezichtigt wurde, das Reich seinem Günstling Beltrán de la Cueva auszuliefern, der das Kind der Königin gezeugt habe, und das daher enterbt und aus der Thronfolge ausgeschlossen werden müsse.

Beatriz lachte, als Isabel ihr davon erzählte, doch die Freundin fuhr sie ungewohnt schroff an.

»Das ist überhaupt nicht lächerlich. Das ist ein gefährliches Komplott, das einem Staatsstreich nahekommt!«

Jimena sah sie ungläubig an. »Das kann ich nicht glauben.«

»Aber ja, Erzbischof Carrillo hat mir das Schreiben gezeigt. Ich wollte meinen Augen nicht trauen, was für Vorwürfe ich dort geschrieben fand. Sie werfen dem Grafen von Ledesma nicht nur Undankbarkeit und Gottesverachtung vor. Sie behaupten, er würde den König unterdrücken und wolle die Granden zwingen, Juana als Prinzessin anzuerkennen, was sie aber nicht sei. Außerdem wird er bezichtigt, mir und meinem Bruder Alfonso nach dem Leben zu trachten!«

»Was?« Jimena stieß ob der Ungeheuerlichkeit der Anschuldigung einen Schrei aus. Sie mochte den Grafen. Er war ein edler Mann, und selbst wenn er der Favorit der Königin sein sollte oder der des Königs oder sogar der Favorit beider, so war er doch von einer Zurückhaltung und Diskretion, die ihn angenehm von den vielen Wüstlingen bei Hof unterschied und von deren lautem, derbem Auftreten, das Jimena so abstieß.

»Das wäre Hochverrat, und er würde wie der unglückliche Don Alonso de Córdoba den Kopf verlieren, wenn es zu einer Anklage käme! Weiß er denn davon? Wir müssen ihn warnen!«

Jimena war schon an der Tür, als sie bemerkte, dass Isabel nicht mit ihr kam. Sie drehte sich zu der Halbschwester des Königs herum. »Glaubst du das etwa? Dass der Graf gegen euch intrigiert und euch nach dem Leben trachtet?«

Isabel zögerte, dann schüttelte sie den Kopf. »Dennoch wäre es jetzt nicht klug, wenn man mich mit dem Grafen zusammen sähe. Wer weiß, was Enriques Gegner daraus konstruierten.«

Jimena stimmte ihr zu. »Sind es denn Enriques Gegner oder die Gegner des Grafen? Oder die Anhänger deines Bruders, von denen ich nicht einmal wusste, dass es sie gibt?«

Erst als sie es aussprach, wurde ihr klar, wer von der ganzen Sache am meisten profitieren sollte: Isabels jüngerer Bruder Alfonso, der dann nicht nur königlicher Spross sein, sondern auch Kronprinz und Nachfolger König Enriques werden würde.

»Meinst du, Alfonso weiß davon?«, fragte sie vorsichtig.

»Du wolltest wohl fragen, ob mein Bruder etwas mit diesem Komplott zu tun hat«, entgegnete Isabel scharf. »Er ist elf Jahre alt!«

Jimena wehrte ab. »Nein, das wollte ich nicht fragen. Natürlich würde er keine solchen Intrigen spinnen, doch wer weiß, vielleicht ist einer der Verschwörer an ihn herangetreten und hat ihm ein wenig Gift ins Ohr geträufelt, um ihn für die Sache zu gewinnen.«

»Ich werde mit ihm reden«, sagte sie. »Und du such Graf von Ledesma. Wir müssen ihn zumindest warnen.«

Jimena fand den Grafen, der über die Vorgänge durchaus informiert war. Er versuchte ihre Befürchtungen mit einer freundlichen Miene zu zerstreuen, doch sie spürte seine Furcht.

»So wie es aussieht, werde ich wohl, um die Gemüter zu besänftigen, auf die Würde des Großmeisters des Santiago-Ordens verzichten und diese unserem jungen Infanten Alfonso überlassen müssen«, sagte er mit einem verzerrten Lächeln.

»Wenn das nur alles ist, was Ihr durch dieses Komplott verliert!«, entgegnete Jimena, deren Sorge er nicht zerstreuen konnte. »Wollt Ihr nicht lieber den Hof verlassen und Euren Gegnern ein wenig aus dem Weg gehen, bis sich die Sache beruhigt hat? Ich fürchte, Ihr könnt nicht damit rechnen, dass der König zu Euren Gunsten ein Machtwort spricht und die Verräter zur Rechenschaft zieht.«

»Die Granden von Kastilien und vornweg Erzbischof Carrillo und der Marquis de Villena? Ich bitte Euch, Doña Jimena, wann hat der König je ein Machtwort gesprochen und seine Meinung gegen Widerstände vertreten?«

Es klang bitter, und Jimena verstand ihn. Ja, der König war ein liebenswürdiger Mann, aber nicht mehr. Sein Bedürfnis nach Harmonie machte ihn zu einem schwachen Monarchen, den der mächtige Adel in der Hand hatte, und nun hatte dieser beschlossen, nicht nur Privilegien und höhere Renten aus ihm herauszupressen.

»Dann versprecht mir wenigstens, dass Ihr auf der Hut seid und es Euren Gegnern nicht zu leicht macht«, bat Jimena, ehe sie sich auf den Rückweg in Isabels Gemächer machte, wo sie die Freundin völlig aufgelöst vorfand.

»Was ist denn geschehen? Nun sprich doch!« Aber Isabel war nicht in der Lage, ihr zu antworten. Jimena spürte Übelkeit in sich aufsteigen. Um die kühle, stets überlegte Isabel in solch tiefe Verwirrung zu stürzen, bedurfte es einiges. Sie wollte sie gerade drängen, ihr mehr zu erzählen, da stieg ein Bild vor ihr auf. Ein Junge, der sich wehrte, ein kräftiger Mann, der ihn auf ein Pferd zerrte. Männer mit Waffen auf Pferden, in dunkle Mäntel gehüllt in raschem Galopp. Sie hörte den Schrei des Knaben: Es war Alfonso!

Und sein Entführer? Mit zitternder Stimme bestätigte Isabel, was Jimena gesehen hatte.

»Juan Pacheco de Villena hat meinen Bruder Alfonso entführt! Er behauptet, ihn in Schutzhaft nehmen zu müssen, um ihn vor Don Beltrán in Sicherheit zu bringen. Ha, wie durchsichtig seine Absichten doch sind! Er will ihn als Geisel, um den künftigen König in seiner Hand zu haben, sobald Enrique diese Urkunde unterzeichnet und Juana damit enterbt. Und ich sage dir, er wird unterschreiben und sich ihrem Druck beugen!«

Dem konnte Jimena nicht widersprechen. Weder an der Schwäche des Königs noch an den finsteren Absichten des Marquis de Villena konnte auch nur der geringste Zweifel bestehen. Doch etwas anderes quälte sie. Wenn der Plan der Verschwörer aufging, dann sollte Alfonso den König beerben. Warum aber sah sie in ihren Wachträumen Isabel auf dem Thron? Und hatte nicht auch Tante Dominga gesagt, sie würde eine große Königin werden? Was also sollte mit ihrem Bruder passieren? Doch sosehr sich Jimena auch konzentrierte, sie konnte die Bilder nicht herbeizwingen. Sie ahnte tief in ihrem Herzen, dass er sterben musste, aber wann und warum?

Sie sah Isabel mit traurigem Blick an. Nein, das gehörte zu den Dingen, die sie lieber nicht erzählen wollte.

Kapitel 7

München, März 2012

Isaura wartete, bis sie am Abend daheim war, ehe sie Justus auf seinem Handy anrief. Sie hatte wieder in dem Buch der geheimnisvollen Caminata gelesen. Die Erlebnisse der jungen Jimena am spanischen Königshof hatten Isaura so gefesselt, dass sie eine Weile brauchte, um aus der Vergangenheit ins richtige Leben zurückzukehren. Sie schüttelte sich, als müsse sie einen Rest von Schläfrigkeit vertreiben, ehe sie bereit war, sich auf Justus zu konzentrieren.

Es war Freitag und schon recht spät. Vermutlich war er auf dem Rückweg. Er hatte gesagt, er würde sich melden, doch sie konnte es nicht abwarten, ihm von der unerwarteten Erbschaft zu erzählen und der Idee, mit ihm nach Spanien zu reisen. Hoffentlich konnte er so kurzfristig freinehmen. Normalerweise liebte er solche Überfälle nicht, doch Isaura hoffte, dass Spanien im Frühling ihn locken würde. Der Kälte hier entfliehen. Vielleicht mit einem offenen Wagen durch schöne Landschaften fahren. Irgendwo, wo es ihnen gefiel, anhalten und ein Picknick genießen, am Fuß einer mittelalterlichen Burg oder in einem Olivenhain. Es war ihr, als könne sie bereits spüren, wie die Sonne warm über ihre Haut strich.

Es klingelte recht lange, und sie wollte schon wieder auflegen, als Justus endlich dranging. Er klang ein wenig atemlos.

»Isa, ach, du bist es. Ich sagte dir doch, dass es spät wird.«

»Ja«, sagte sie gedehnt. »Ich wollte mich ja nur mal melden. Was denkst du denn, wann du da sein wirst? Bist du überhaupt schon unterwegs?« Sie lauschte auf die Geräusche im Hintergrund. Unterdrücktes Lachen. Ein Klirren wie von Gläsern. »Es hört sich nicht so an, als seist du im Auto. Wo bist du denn, und wann kommst du heim?«

»Was soll das? Ich habe doch gesagt, ich melde mich. Willst du mir nachspionieren?« Er klang verärgert.

Isaura zuckte zurück. Was sollte diese Frage? Sie hatte doch nur überlegt, wann er daheim sein könnte, um mit ihm über Spanien zu sprechen.

»Nein«, gab sie gekränkt zurück. »Warum sollte ich? Darf es mich nicht interessieren, wann du wieder da bist?«

Eine Weile herrschte Stille zwischen ihnen. Sie hörte nur wieder dieses Lachen einer Frau und unterdrücktes Gemurmel. Dann erklang Musik. Wo war er? In einem Restaurant? Unterwegs ein Halt an einer Raststätte? Nein, es müssten mehr Stimmen zu hören sein, und auch die Musik passte nicht. Zu romantisch für eine Raststätte.

»Was glaubst du denn, wann du da sein wirst?«, wiederholte Isaura und versuchte das zunehmende Unbehagen zu unterdrücken.

»Spät. Nicht vor Mitternacht. Warum?«

»Ich wollte noch etwas mit dir besprechen.« Es ärgerte sie, dass es bettelnd klang wie bei einem Kind.

»Können wir das nicht aufs Wochenende verschieben?« Wieder diese Frauenstimme. Dieses Mal klang sie näher. Drängender. Justus legte die Hand auf das Mikro seines Handys. Isaura hielt den Atem an. Sie spürte einen kalten Schauder, der ihr den Rücken herabrann, und fühlte, wie sich ihre Nackenhaare aufstellten. Sie wusste nicht warum, doch innerhalb weniger Augenblicke war sie schweißgebadet.

»Isa? Ich muss jetzt auflegen. Geh ins Bett und warte nicht auf mich. Wir reden später.«

Ohne eine Antwort abzuwarten, legte er auf. Sie erwartete

ja gar nicht, dass er ihr zum Abschied einen Liebesschwur ins Ohr säuselte – das hatte er schon lange nicht mehr getan –, aber so?

Das Telefon noch in der Hand, taumelte Isaura zurück, bis sie mit dem Rücken gegen die Wand stieß. Erst kam der Schmerz, dann eine Welle von Zorn. Sie umklammerte das Telefon, als wollte sie es zerbrechen. Neben ihr kippten drei der teuren Rotweingläser aus dem Regal und zerschellten auf dem Boden.

Nein, das durfte nicht wahr sein. Das passierte nur den anderen, nicht ihr.

Sie konnte nicht einmal genau sagen, woher der Gedanke kam und warum sie sich so sicher war. Sie hatte seine Treue nie infrage gestellt. Woher kam das nun plötzlich?

Isaura stand reglos da, den Rücken fest gegen die Wand gepresst. Sie starrte auf das Telefon in ihrer Hand, das sie noch immer umklammerte, als wollte sie es erwürgen. Ohne dass sie es wollte, drückte sie auf die Wahlwiederholungstaste und hob es ans Ohr. Was sollte sie ihm sagen? Wie die Gefühle ausdrücken, die ihr die Luft nahmen? War sie etwa völlig übergeschnappt und warf ihm grundlos etwas vor? Was gab es schon für Beweise? Keine! Nicht einmal einleuchtende Indizien. Warum nur ließ sich die Überzeugung nicht mehr vertreiben?

Es klingelte dreimal, dann wurde abgehoben. Isaura setzte gedanklich bereits zu einer Entschuldigung an, als die Frauenstimme, die sie vorher nur im Hintergrund gehört hatte, sich meldete.

»Sie schon wieder? Hat Justus sich nicht klar ausgedrückt? Sie sollen ins Bett gehen und nicht auf ihn warten! Was ist daran denn nicht zu verstehen?«

Isaura blieb die Luft weg. Sie wusste nicht, was sie auf diese Frechheit erwidern sollte. Da erklang Justus' Stimme.

»Sandy, war das mein Handy? Was machst du denn? Ich

habe dir doch gesagt, du sollst nicht drangehen, wenn es klingelt!« Er klang zornig. Kein Wunder.

»Ja, das hast du, aber deine Frau will nicht auf dich hören und stört uns weiterhin.«

Sie hörte ihn nach Luft schnappen. »Es ist Isaura?«

»Ja, oder hast du noch mehr Ehefrauen?«

Er riss ihr das Telefon aus der Hand. »Isa?«

Sie legte auf und warf das Telefon weg, als hätte es sie gebissen. Mit schwankendem Schritt kehrte sie zum Sofa zurück und ließ sich in die Polster fallen. Gedankenfetzen wirbelten durch ihren Geist, doch sie war nicht in der Lage, sie festzuhalten, zu ordnen und weiterzuverfolgen. So saß sie nur da und atmete schwer. Isaura wollte es einfach nicht glauben. Es kamen ihr nicht einmal Tränen, denn wenn sie jetzt anfing zu weinen, dann hätte sie akzeptiert, dass dieser Irrsinn Realität war. Unstet huschte ihr Blick durch das Wohnzimmer, das ihr plötzlich so fremd vorkam. Was hatte sie hier verloren? Das war nicht mehr ihr Zuhause. Das war nicht mehr der Ort glücklicher Stunden zusammen mit Justus. Ihr Blick irrte umher und blieb dann an dem Bildnis der unbekannten Frau aus dem fernen Spanien einer anderen Zeit hängen. Ihr Blick war ihr wie ein Spiegel, und sie erkannte die tiefe Kränkung und das Leid in ihm wieder. Was war ihr widerfahren?

Sicher war ein Mann für ihren traurigen Blick verantwortlich, dachte Isaura und schalt sich dann selber. So ein Unfug. Das war nur ein altes Gemälde, das nichts mit ihr zu tun hatte. Vermutlich sah die Frau ihr nicht einmal ähnlich. Sie hatte sich da in etwas hineingesteigert. Doch solange sie sich Gedanken über das Bild machte, musste sie wenigstens nicht an Justus denken und darüber, was dieses unsägliche Telefonat für sie und ihre Ehe bedeutete.

So saß sie da und brütete vor sich hin, bis sie kurz nach Mitternacht Schritte im Gang draußen hörte und den Klang des Schlüssels im Schloss. Dieses Geräusch, das sonst freudige Erwartung in ihr ausgelöst hatte, ließ sie nun wie unter Schmerzen zusammenzucken. Er trat in den Flur, legte Schlüssel und Handy in die Schale, hängte seine Jacke auf. Die Tür klappte, der Sicherheitsriegel wurde vorgeschoben. Dann hörte sie seine Schritte auf dem Weg zur Küche. Er öffnete den Kühlschrank und schenkte sich etwas zu trinken ein. Isaura hörte, wie er trank und dann das leere Glas in die Spüle stellte. Wie immer. Der Handgriff mehr, um es gleich in die Spülmaschine zu räumen, war ihm zu viel. Wie oft hatten sie sich darüber gekabbelt. Wie kindisch und sinnlos war dies jetzt geworden.

Die Schritte wieder im Flur, bis sie unvermittelt verharrten, vermutlich als er den Lichtschein im Wohnzimmer entdeckte. Überlegte er nun, lieber gleich ins Bett zu gehen und sich zumindest heute Nacht vor der drohenden Aussprache zu drücken? Oder sollte er es doch lieber hinter sich bringen? Dass er überhaupt in Erwägung zog, sich gleich in sein Bett zurückzuziehen und zu schlafen, war unfassbar. Isaura jedenfalls würde kein Auge zumachen können. Männer dagegen schafften es irgendwie, häusliche Probleme zumindest für einige Zeit beiseitezuschieben und in Ruhe zu schlafen.

Isaura stand langsam auf und ging auf die Tür zu, blieb aber, ehe sie sie erreichte, mitten im Zimmer stehen. Er verharrte noch immer vor der geschlossenen Wohnzimmertür. Hatte er die Hand bereits auf der Klinke und suchte nach einem Ausweg, um dem Unvermeidbaren zu entgehen? Isaura wusste, dass Justus Beziehungsaussprachen hasste und sie mied wie der Teufel das Weihwasser, doch wie sollte sie ihm diese ersparen? Erwartete er etwa, dass sie darüber hinwegsah und so weitermachen würde wie vorher? Nein, so etwas konnte nicht einmal er denken.

Die Klinke senkte sich, und die Tür glitt langsam auf. Justus machte einen halbherzigen Schritt, sodass er genau im Türrahmen stand.

»Oh, du bist noch wach«, sagte er leise und versuchte sich an einem überraschten Tonfall.

Wenn es nicht so traurig wäre, würde sie lachen. Hatte er wirklich gehofft, sie würde seinen Anweisungen folgen und zu Bett gehen?

Sie starrte ihn nur stumm an. Es war an ihm, sich zu erklären.

Nervös trat Justus von einem Fuß auf den anderen. Seine Verlegenheit ließ ihn zehn Jahre jünger erscheinen. Isaura betrachtete ihren Mann, als würde sie ihn zum ersten Mal sehen. Justus war groß, gut gebaut und noch immer schlank. Sein regelmäßiges Tennistraining und das Joggen zahlten sich aus. Fünfunddreißig Jahre war er jetzt alt, auch wenn er gerade nicht so wirkte. Sein blondes Haar war dicht und leicht gewellt, seine Augen von tiefem Blau, Gesicht und Arme meist leicht gebräunt. Ja, ein attraktiver Mann, dessen charmantes Lächeln viele Jahre nur ihr gegolten hatte. Hatte sie es als zu selbstverständlich hingenommen? Hatte sie sich nicht genug um ihre Ehe bemüht? Alle ihre Fragen mündeten in einem einzigen Wort:

Warum?

»Es ist spät. Wir sollten ins Bett gehen. Was immer du besprechen willst, das hat auch Zeit bis morgen.« Er machte Anstalten, sich zurückzuziehen.

»Wer ist sie?«, brach es aus Isaura heraus.

Justus wiegelte halbherzig ab. »Eine Kollegin, Sandy. Es tut mir leid. Das hätte sie nicht tun sollen. Sie hat wohl zu viel getrunken.«

»Das ist nicht die Frage«, fiel ihm Isaura ins Wort. »Ist sie nur deine Kollegin oder deine Geliebte?«

Er rang um Worte, was streng genommen bereits die Antwort war. Isaura spürte, wie ihre Knie weich wurden, doch sie wollte keine Schwäche zeigen. Sie konzentrierte sich auf ihren Zorn. Zwei weitere Weingläser kippten um und zerbarsten. Die Scherben mischten sich unter die anderen, die Isaura nicht weggekehrt hatte. Sie kniff die Augen zusammen und atmete tief durch, um ihre Stimme fest klingen zu lassen.

»Ist es etwas Ernstes?«, fragte sie. »Geht das schon länger?«

Wieder brachte er kein Wort heraus und sah sie stattdessen an, als sei er derjenige, dem man böses Unrecht getan und den man bis tief in die Seele verletzt hatte.

»Müssen wir das jetzt besprechen?«

»Ja, zum Teufel! Wann denn sonst?«, schrie Isaura. »Wenn du mir das nächste Mal vorlügst, du seist geschäftlich unterwegs, und dich derweil mit deiner Geliebten amüsierst?«

Nun stieg auch ihm Zornesröte ins Gesicht. »Jetzt ist es aber genug! Du weißt, dass ich das nicht leiden kann, wenn du unsachlich und beleidigend wirst. Benimm dich wie eine erwachsene Frau!«

Natürlich, er fühlte sich in die Ecke gedrängt und wollte seine Schuld nicht eingestehen. Da war es besser zurückzuschlagen. Dennoch waren die Worte für sie wie eine Ohrfeige.

»Ach ja? Und wie benimmt sich eine erwachsene Frau deiner Meinung nach korrekt, wenn sie von ihrem Mann betrogen wird? Wie in den vergangenen Jahrhunderten? Großmütig darüber hinwegsehen? So tun, als habe man nichts erfahren, und demütig darauf warten, ob der Gatte einen irgendwann verlässt oder nicht?«

»Mit dir kann man nicht sachlich reden«, gab Justus zurück und wandte sich ab. »Ich gehe jetzt schlafen, und wenn du wieder vernünftig bist, dann können wir darüber sprechen.«

Und nach diesen Worten ging er tatsächlich davon. Isaura dachte, sie bekäme keine Luft mehr. Sie schloss die Augen und presste die Lippen zusammen, um nicht laut zu schreien. Mit einem Knall zersprangen zwei Porzellanfiguren, die Justus ihr von irgendeiner Reise mitgebracht hatte. Seine Schlafzimmertür fiel hart ins Schloss, dann war es still, und Isaura hörte wieder nur die Uhr. Sie tappte zum Sofa zurück und ließ sich in die Polster fallen. Die Augen weit aufgerissen, saß sie die ganze Nacht da, während die Zeit langsam mit dem gleichmäßigen Ticken der Uhr verstrich.

Es war Samstag. Noch nicht einmal acht Uhr. Sie saßen stumm vor ihren Milchkaffeetassen, doch sie rührten sie nicht an. Justus sah übernächtigt aus, was Isaura fast mit Erleichterung feststellte. Er war also doch nicht so abgebrüht, dass dies alles spurlos an ihm vorbeiging. Wie sie selbst nach dieser Nacht aussah, wollte sie gar nicht wissen. Sie hatte seit gestern keinen Blick in den Spiegel geworfen. Sie trug noch ihre Kleidung vom Vortag und hatte sich weder gewaschen noch gekämmt. Ihr Haar hing ihr zerzaust über die Schultern herab.

»Und?«, begann sie müde. »Bist du nun bereit, meine Fragen zu beantworten?«

Justus nickte nur stumm und starrte in seinen Kaffee.

»Geht das schon lange? Ist es etwas Ernstes?«, wiederholte Isaura ihre Worte.

Justus hob die Schultern. »Nein, nicht sehr lange. Ich bin da halt irgendwie reingerutscht.«

Aha. Völlig unschuldig und ohne auch nur die Möglichkeit, ›Nein‹ zu sagen. Isaura sprach es nicht aus. Stattdessen fragte sie: »Liebst du sie?«

»Nein, ich weiß nicht so recht. Dazu kenne ich sie nicht gut genug.«

Isaura unterdrückte die bösen Worte, die ihr auf der Zunge lagen.

»Und wie soll es nun deiner Meinung nach weitergehen? Du kannst nicht alles haben. Du musst dich entscheiden.«

»Das ist mir auch klar«, gab Justus heftig zurück. »Ich wollte dir nicht wehtun.«

Isaura presste die Lippen zusammen.

Ja, deshalb hast du mich heimlich betrogen. Das war natürlich angenehmer. Was für ein Missgeschick, dass es herausgekommen ist!

Sie sprach auch das nicht aus, stattdessen wiederholte sie: »Wie soll es jetzt weitergehen? Wirst du mit ihr Schluss machen?«

Justus nickte halbherzig. »Das muss ich ja wohl, nicht wahr?«

»Und dann? Meinst du, dann ist alles vergeben und vergessen, und wir leben weiter, als sei nichts geschehen?«

Er wurde schon wieder zornig. »Ich habe einen Fehler gemacht, und es tut mir leid. Willst du unsere Ehe dafür einfach so wegwerfen?«

Isaura schüttelte den Kopf. »Nein, so einfach wegwerfen will ich sie nicht. Schließlich habe ich mehr als zehn Jahre fest daran geglaubt. Aber einfach so wegwischen kann ich das auch nicht.«

»Und was schlägst du dann vor?«, fragte Justus nach einer Weile und trank von seinem Kaffee, der bestimmt schon kalt war.

»Ich wollte ursprünglich etwas ganz anderes mit dir besprechen«, begann Isaura mit einem traurigen Auflachen, als sie an ihre Pläne dachte. Gemeinsame Urlaubspläne für eine Ehe, von der sie nun nicht mehr wusste, ob sie noch zu retten war.

»Was denn?«, erkundigte sich Justus, und sie hörte die Erleichterung über den Themenwechsel in seiner Stimme.

»Ich fahre für einige Wochen nach Spanien.«

»Was? Warum denn das?«, gab Justus erstaunt zurück.

Isaura hob die Schultern. »Ich soll für eine umfangreiche Reportage recherchieren, und außerdem habe ich irgendetwas von einer Großtante geerbt und soll dort einen Anwalt aufsuchen.« Sie machte eine Pause, ehe sie hinzufügte: »Ursprünglich dachte ich, wir fahren zusammen und nehmen uns einige Tage nur für uns. Ich dachte, das würde unserer Beziehung guttun. Na ja, vielleicht war ich mit diesem Einfall ein wenig zu spät dran.«

»So kannst du das nicht sagen«, protestierte Justus. »Ich war immer glücklich mit dir.«

»Warum dann?«

Er zuckte nur stumm mit den Achseln. »Willst du denn immer noch, dass ich mitkomme?«, erkundigte er sich schließlich, als er den kalten Kaffee geleert hatte.

Isaura hob die Schultern. »Ich weiß es nicht. Ich glaube nicht. Vielleicht ist es besser, wenn wir uns erst jeder für sich besinnen und uns klar darüber werden, was wir wirklich wollen.«

»Und dann?«

»Dann, wenn wir uns beide von ganzem Herzen für unsere Ehe entscheiden, dann können wir es noch einmal versuchen.«

War er erleichtert, dass sie ihn nicht drängte mitzukommen? Isaura wusste es nicht. Jedenfalls akzeptierte er den Vorschlag ohne Einwände und fragte nur: »Wann fliegst du?«

Isaura schob die Kaffeetasse von sich und rutschte von dem Barhocker. »Sobald ich einen Flug bekomme.«

Sie buchte für den nächsten Tag einen Flug nach Madrid und zog sich dann ins Bad zurück, fest entschlossen, es erst wieder zu verlassen, wenn der Spiegel ihr bestätigte, dass sie wie ein Mensch aussah, den nicht gleich jeder fragte, was ihr denn Schreckliches zugestoßen sei. Danach schloss sie sich in ihr Zimmer ein. Sie nahm die beiden Bücher hervor. Zuerst schlug sie das Bild der Frau auf und erwiderte so lange ihren Blick, bis es ihr vorkam, als würde sie ihr zublinzeln. Dann widmete sie sich wieder der Caminata und ihrem Leben an Königin Isabellas Seite. Sie las den ganzen Tag, bis ihr die Augen zufielen. Dann begann sie einen Koffer und ihre Reisetasche zu packen. Ein wenig wahllos stopfte sie von Sandalen und Sommerkleidern bis zum Winterpulli und derben Wanderschuhen alles in den Koffer. Sie wusste nicht, wie lange sie bleiben würde. Es war Frühling in Spanien, doch vielleicht konnte es auch dort zu dieser Jahreszeit noch kalt werden. Die Berge der zentralen Gebirgskette waren recht hoch, und selbst Segovia lag auf über eintausend Meter über dem Meeresspiegel.

Es folgten ihr Waschbeutel, das kleine Notebook, Block und Stifte, Aufnahmegerät und natürlich ihre Fotoausrüstung. Zuletzt nahm sie die Bücher zur Hand. Sie wickelte die »Caminata« fast liebevoll wieder in das Seidenpapier, das der Antiquar benutzt hatte, und legte sie in ihre Reisetasche. Dann wog sie den Bildband über Kostümgeschichte in der Hand, den sie ungefragt beim Verlag hatte mitgehen lassen. Entwendet! Noch wurde er nicht vermisst – zumindest hatte sie nichts davon gehört –, doch das war nur eine Frage der Zeit. Sie müsste das Buch vor ihrem Abflug zurückgeben. Ja, am besten es unauffällig zurückstellen, dann konnte sie sich auch die Entschuldigung sparen.

Nur noch ein Blick auf das Bild!

Isaura schlug es auf und saugte sich geradezu an dem fremden und doch so vertrauten Gesicht fest. Sie schwankte, dann schlug sie das Buch mit einem Knall zu und steckte es ebenfalls in ihre Reisetasche. Wenn sie aus Spanien zurückkehrte, war immer noch Zeit, es der Redaktion zurückzugeben. Jetzt war sie noch nicht bereit, sich von ihm zu trennen.

Kapitel 8

Valladolid, 1464

Die Gräben zwischen den mächtigen Granden zogen sich durch ganz Kastilien und bis hinunter nach Andalusien. Sie wurden immer tiefer, und schon konnte man Befürchtungen hören, die Konflikte könnten in einen Bürgerkrieg ausarten. Nicht, dass man die Jahre von Enriques Herrschaft als friedlich bezeichnen konnte. Nein, das herausragende Merkmal war eher die Willkür, mit der die adeligen Herren auf ihren Ländereien schalteten und walteten, und die Unsicherheit, der das arme Volk ausgesetzt war. Es gab niemanden, an den sie sich in ihrer Not hätten wenden können. Nicht nur, dass sie wegen der Steuern und Abgaben für ihre Herren ausbluteten; ohne die starke Hand eines Königs, der für alle die gleichen Rechte und Gesetze durchsetzte, ließ sich das eigene Recht nur noch mit Gewalt erkämpfen. Mal war es die Verzweiflung bitterer Armut, mal die Gier nach leichter Beute, jedenfalls schossen bewaffnete Banden wie Pilze aus regenfeuchtem Boden.

Dennoch tat der Adel nichts, um die Situation zu verbessern und für mehr Sicherheit im Land zu sorgen. Ganz im Gegenteil! Sie bekämpften sich gegenseitig und versuchten – jeder Clan für sich – mehr Macht und Ländereien an sich zu reißen. Eine starke königliche Hand war von den meisten nicht gewollt. Sie hatten Enrique ausbluten lassen, bis der König nur noch eine leere Hülle auf dem Thron war, und nun suchten einige nach einem anderen schwachen König, den sie an ihren Fäden tanzen lassen konnten. Nicht nur der Clan um den Marquis de Villena und Erzbischof Carrillo von Toledo beteiligte sich an dem Komplott, auch Fadriquez Enriquez, der Admiral von Kastilien, dessen Tochter mit dem machtbesessenen alten Juan II. auf dem benachbarten aragonischen Thron saß, war mit von der Partie.

Vorerst aber saß der König noch auf dem Thron, aber so, wie es aussah, hatte der Marquis de Villena mit der Geisel in seiner Hand den besten Stich gemacht. Er riss das Amt des Großmeisters des mächtigen Ritterordens von Santiago an sich, während der ihm verhasste Graf von Ledesma sich auf seinen Gütern in Sicherheit brachte. Immerhin nahm der König dem verräterischen Admiral Valladolid ab und siedelte mit dem Hof in den dortigen Palast um, der mitten in der geschäftigen Stadt aufragte. Auch Isabel und ihre jungen Damen folgten dem König in die drei Tagesreisen nördlich von Segovia gelegene Stadt und richteten sich im Königspalast ein, der nicht ganz so prächtig und beeindruckend war wie der auf dem Felssporn über Segovia.

»Wir waren eh viel zu lange in Segovia«, verkündete der König bei ihrem ersten Mahl in Valladolid heiter.

Anders als in manch anderem Königreich, in dem sich eine Stadt des Landes als Hauptstadt und dauerhafter Königssitz aus den anderen hervorgehoben hatte, war es in Kastilien noch immer üblich, dass der König mit seinem Hof von einem Ort zum anderen zog, um sein Reich zu regieren und zu verwalten, Recht zu sprechen und Missstände bereits im Keim zu ersticken. – So zumindest lautete die Theorie.

Falls Isabel und ihre Freundinnen gehofft hatten, der König werde, nachdem er dem Admiral Valladolid genommen hatte, seinen Gegnern weiterhin die Zähne zeigen, so wurden sie enttäuscht. Enrique unterschrieb die Forderung, Juana von der Erbfolge auszuschließen, weigerte sich aber, sie als unehelich zu bezeichnen. In diesem Punkt blieb König Enrique hart: Juana sei seine leibliche Tochter! Und sie solle einst den Thron besteigen – als Gemahlin des neuen Erben Alfonso! Außerdem entschädigte er seinen Freund Don Beltrán für den Verlust des Großmeisterpostens, indem er ihn zum Herzog von Albuquerque machte, was mit dem Besitz von nicht unerheblichen Ländereien und ein paar nicht zu verachtenden Burgen verbunden war.

Juan Pacheco de Villena schäumte, obgleich er sich den Löwenanteil gesichert hatte und der Erbe sich in seinen Händen befand. Auch Erzbischof Carrillo und der Admiral waren nicht zufrieden. Sie fühlten sich von Pacheco hintergangen, der die Entführung des Thronerben vermutlich so nicht mit ihnen abgesprochen hatte. Und auch seine neue Großmeisterwürde schmeckte ihnen nicht. Sie machte ihn zu mächtig und störte das Gleichgewicht der Kräfte. Nein, die Sache war nicht wirklich glücklich für die Beteiligten verlaufen, und so zogen sie sich erst einmal zurück, hüllten sich in Schweigen und schmiedeten neue Pläne.

»Was wird als Nächstes passieren?«, fragte Isabel, ohne von jemand Bestimmtes eine Antwort zu erwarten. Sie hatte sich vorerst mit der Lage abgefunden, und da sie zumindest nicht um das Leben ihres Bruders fürchten musste, konzentrierte sie sich darauf, die Schritte der Akteure genau zu beobachten. Jimena kam nicht umhin, ihren scharfen Verstand zu bewundern, mit dem sie ihre Schlüsse zog.

Doch nicht alle Granden waren auf der Seite des Grafen von Villena und für Alfonso als neuen Thronerben. Auch Juana hatte auf ihrer Seite Streiter, die in ihrer Enterbung einen Staatsstreich sahen. Wenn der König sie als sein leibliches Kind anerkannte, nun, dann war sie auch die rechtmäßige Erbin, und niemand durfte sich darüber hinwegsetzen!

Die Mächtigsten, die auf ein stabiles Herrscherhaus pochten, waren die Granden vom Clan der Mendoza, allen voran der Marquis de Santillana. Sein vierter Sohn, Pedro Gonzáles de Mendoza, Erzbischof von Sigüenza, eilte zum König, um ihm den Rücken zu stärken, oder auch um zu verhindern, dass Enrique leichtfertig noch mehr Dokumente unterzeichnete, die Juan Pacheco de Villena ihm vorlegte, der auch in den Augen der Mendozas viel zu mächtig geworden war – vor allem jetzt als Großmeister des Santiago-Ordens. Dieser Ritterorden war nicht nur der mächtigste im Land mit den meisten Ländereien und dem größten Vermögen. Der Großmeister verfügte über ein eigenes Heer gut bewaffneter und hervorragend ausgebildeter Ritter, meist jüngere Söhne adliger Herren, denen es nicht an Mut fehlte. Das war gefährlich! Sehr gefährlich!

Jimena lernte den Kirchenmann vom mächtigen Clan der Mendoza durch Zufall kennen, als sie unvermittelt aus einer Tür trat und mit dem Erzbischof zusammenstieß. Sie war so tief in Gedanken gewesen, dass sie einen Schrei ausstieß und vermutlich gestürzt wäre, hätte er sie nicht aufgefangen.

Sie erkannte ihn erst, als er sie losließ, einen Schritt zurücktrat und sich vor ihr verbeugte. »Verzeiht, ich wollte Euch nicht erschrecken. Ich hoffe, Ihr seid unversehrt, Doña?«

»Jimena de Morón«, stellte sie sich vor. »Danke der Nachfrage, Exzellenz. Es ist wohl eher an mir, mich zu entschuldigen. Ich war zu sehr in meinen Gedanken versunken und habe nicht achtgegeben.«

Als Erstes fiel ihr seine Stimme auf. Der Bischof hatte eine wundervolle tiefe, samtige Stimme, mit der er seine Gläubigen zweifellos in seinen Bann zog, wenn er sich noch dazu herabließ, selbst die Messe zu lesen und das nicht seinen Kaplänen überließ, wie so viele mächtige Kirchenmänner. Darüber gab sich Jimena keiner Illusion hin. Wer in der Kirchenhierarchie aufgestiegen war oder – was wahrscheinlicher war – aufgrund seines Namens und des Einflusses seiner Familie einen hohen Posten übernommen hatte, den kümmerten die Sorgen und das Seelenheil der kleinen Leute nicht.

Was sie davon hielt, hatte sie ihren Freundinnen mehr als einmal voller Verachtung gesagt, doch der Bischof, der ihr jetzt gegenüberstand und sie noch immer aufmerksam ansah, gefiel ihr wider Willen. Und das lag nicht nur an seiner einnehmenden Stimme! Auch sein Äußeres und sein angenehm höfliches Auftreten taten das ihre dazu. Jimena betrachtete ihn mit Wohlgefallen. Er mochte zwischen fünfunddreißig und vierzig Jahre alt sein, hatte angenehm markante Züge und einen offenen Blick, in dem sie keine Verschlagenheit finden konnte wie bei dem Marquis de Villena, und auch nicht das inzwischen fast krankhafte Machtstreben, das Erzbischof Carrillo ausstrahlte, wobei auch Erzbischof Mendoza der Ehrgeiz nicht fremd war. Sie konnte spüren, dass er Großes erreichen wollte und auch erreichen würde.

»Seid Ihr auf dem Weg in den großen Saal, Doña Jimena? Dann darf ich Euch meine Begleitung antragen?« Der Bischof bot ihr den Arm, und nach einem kurzen Zögern legte sie ihre Hand auf den seidigen Stoff seines Ärmels, um neben ihm die Treppe in den Hof hinunterzuschreiten. Sie konnte beruhigt mit ihm gehen. Er würde die Gunst der Stunde nicht für unzüchtige Angebote ausnützen, das konnte sie spüren, obwohl er sicher kein Mann war, der die Gesellschaft des weiblichen Geschlechts nicht schätzte. Überhaupt war er ein gut aussehender Mann mit kräftigen Armen und vermutlich auch Beinen, den sie sich fast besser mit dem Schwert in der Hand auf einem Streitross vorstellen konnte als an einem Altar. Er gehörte jedenfalls nicht zu den vollgefressenen, fetten Kirchenleuten, die sich in einer Sänfte durch die Gassen tragen ließen. Aber er war auch kein Asket, der die Freuden des Lebens verachtete – auch nicht die, die die Kirche ihm eigentlich verwehrte. Dennoch war er ein Mann von Ehre, und Jimena war überzeugt, dass er seine Macht nicht missbrauchen würde, um sich eine Frau gefügig zu machen. Nein, er konnte vermutlich unter so vielen wählen, dass er so etwas nicht nötig hatte.

So plauderten sie über Nichtigkeiten, während er sie zur großen Halle führte. Durch die weit geöffneten Flügeltüren konnte Jimena sehen, dass der König und die meisten seiner Gefolgsleute, die ihn nach Valladolid begleitet hatten, bereits an der Tafel Platz genommen hatten und die ersten Speisen aufgetragen wurden.

»Der König wird es uns nicht verübeln, dass wir zu spät kommen«, sagte Erzbischof Mendoza mit einem Lächeln.

»Der König nimmt nie jemandem etwas übel«, erwiderte Jimena düster und schnitt eine Grimasse.

Der Bischof sah sie ein wenig erstaunt von der Seite an. »Ihr scheint das zu bedauern? Ist das nicht eine Tugend?«

»Vielleicht, aber keine, die einem König gut bekommt«, entgegnete sie, obgleich sie nicht wusste, ob es klug war, mit dem Kirchenmann, den sie doch gar nicht kannte, so offen zu sprechen.

»Die Granden tanzen ihm auf der Nase herum, verraten und verleumden ihn, doch der König will nur Frieden und Harmonie und wirft dafür seinen Feinden noch Geld und Güter hinterher.«

»Frieden und Harmonie«, wiederholte der Bischof und ließ die Worte nachklingen. »Was für schöne und seltene Güter in dieser Welt, Doña Jimena. Haltet Ihr sie nicht auch für erstrebenswert?«

»Aber natürlich, Exzellenz, doch die Harmonie, die der König sich durch Geld und Nachgiebigkeit erkauft, steht auf tönernen Füßen und ist nur Blendwerk, wenn dafür draußen im Land Gewalt und Willkür immer heftiger um sich greifen, weil sich die hohen Herren mit ihren Gefolgsleuten gegenseitig zerfleischen. Der König müsste ein Machtwort sprechen und dem Einhalt gebieten, statt zu lächeln und jedem Streit auszuweichen!«

Unvermittelt blieb der Bischof stehen. Er griff Jimena an die Schulter und drehte sie zu sich herum, sodass das Licht der Fackeln an den Wänden auf ihr Gesicht fiel. Ernst erwiderte sie den Blick des Kirchenmannes. Schließlich sagte er:

»Wie erstaunlich! Einen solch scharfen Verstand und so viel Weitsicht und politisches Verständnis im Kopf einer so jungen Dame zu finden. Doña Jimena, ich glaube, es ist gut, sich Euren Namen zu merken. Es würde mich freuen, wenn wir uns noch öfter begegnen.«

»Das werden wir«, platzte sie heraus. Als sie sah, wie er die Brauen hob, fügte sie rasch hinzu: »Ihr bleibt doch noch eine Weile in Valladolid, nicht wahr?«

Der Bischof wiegte den Kopf. »Das kommt darauf an. Auch ich sehe die Entwicklung mit Sorge und würde gern sehen, dass diese verschwörerische Farce bald ein Ende hat. Dass der König endlich zur Vernunft kommt und die, die sein Vertrauen nicht verdient haben, in ihre Schranken weist. Doch ich weiß nicht, ob ich die Hoffnung hegen kann, dass sich alles zum Guten wenden und die Infantin Juana zu ihrem Recht kommen wird.«

Dieses Mal war Jimena auf der Hut und sagte ihm nicht, dass zwar eine Frau König Enriques Thron erben, doch dass es nicht Juana sein würde – sei sie nun seine leibliche Tochter oder nicht.

Zu Jimenas großer Freude war auch Ramón mit nach Valladolid gekommen. Er wartete am zweiten Morgen nach dem Frühmahl auf sie und bot an, die jungen Damen durch die Stadt zu begleiten, falls ihnen der Sinn danach stünde, Valladolid kennenzulernen.

Beatriz klatschte begeistert in die Hände, und auch Isabel hatte nichts dagegen einzuwenden. Jimena strahlte ihn an.

»Was für ein wundervoller Gedanke.«

Die jungen Damen hüllten sich in ihre warmen Umhänge, um sich vor dem feuchten, kalten Wind zu schützen, der vom Río Pisuerga herüberwehte. Jimena hakte sich bei ihrem

Cousin unter und ging mit ihm voran, während sich Isabel und Beatriz immer wieder ein wenig zurückfallen ließen. Teresa war wie immer der stumme Schatten an Jimenas Seite. Sie war so selbstverständlich neben ihr, dass sie sie beinahe vergaß. Jimena fühlte ihr schlechtes Gewissen und schenkte dem Mädchen ein Lächeln, das es dankbar erwiderte. Dann aber zog die fremde Stadt ihre Aufmerksamkeit wieder auf sich. Was für ein geschäftiger Ort, dachte Jimena. So viele Menschen und Karren zogen durch die Gassen. Ein buntes Gewirr von Gewändern, ein Gemisch aus Einheimischen und Fremden. Dort leuchtete ein Turban aus der Menge, da eilte ein Jude in seinem schwarzen Gewand vorbei, einige Bettelmönche in ihren Kutten aus ungebleichter Wolle querten die Straße. Die Mädchen mussten einer Sänfte ausweichen, hinter deren Vorhängen eine hohe Dame oder ein mächtiger Herr verborgen saß. Zwei Reiter in Rüstungen und Waffenröcken, das Schwert an der Seite, preschten auf ihren Streitrössern die Straße entlang, doch Jimena kannte die Wappen auf den Schabracken nicht. Vielleicht waren sie auf dem Weg zum König, oder sie gehörten zu einem der Granden, die in Valladolid einen Stadtpalast besaßen. Überhaupt wurde dies zu einer Mode, die mehr und mehr um sich griff. Immer mehr Granden begannen, sich neben ihren wehrhaften Burgen draußen auf den Landgütern Stadtpaläste bauen zu lassen, die durch ihre Pracht und ihren Luxus die Stellung der Adelsfamilie verdeutlichten. In diesen neuen Bauwerken ließ es sich viel bequemer leben als in den alten, zugigen Gemäuern, die oft noch aus der Zeit stammten, da die Mauren über Kastilien geherrscht hatten.

Ramón zeigte den jungen Damen das königliche Kloster von San Benito, das von Juan I. auf den Resten des alten maurischen Palasts gegründet worden war. Sie traten in die Kirche, um sich vor dem kalten Wind zu schützen und sich ein wenig aufzuwärmen, doch auch hier war es unangenehm feucht und kalt, und so gingen sie weiter, vorbei am Palast des Erzbischofs und anderen Palästen, die adeligen Herren gehörten und deren Fassaden in ihrer Pracht miteinander wetteiferten.

Während Jimena an Ramóns Arm frisch einherschritt und ihr weder der flotte Marsch noch der kalte Wind etwas ausmachten, fielen Isabel und Beatriz immer weiter zurück. Jimena versuchte, nicht auf Beatriz' Gejammer zu hören. Ihr war kalt. Ihr taten die Füße weh. Sie verlangte nach einem wärmenden Trunk.

Jimena dagegen wollte immer nur so weitergehen, ihren Arm dicht an den ihres Begleiters gedrückt, sodass sie seine Wärme durch den Stoff spüren konnte. Sie wusste, dass sich ihre Wangen gerötet hatten und dass das nicht nur an dem kalten Wind lag, der ihr unter die Röcke fuhr. Es war so schön, Ramón wieder einmal für sich zu haben. Wie sehr vermisste sie ihre gemeinsamen Ausritte in die Wälder am Fuß der Sierra de Guadarrama. Seit Alfonsos Entführung waren sie nicht mehr zusammen draußen gewesen. Ständig hatte er etwas zu tun und eilte mit einem Auftrag mal hierhin, mal dorthin, wobei Jimena nur eine grobe Vorstellung davon hatte, was er genau tat und wer ihm seine Befehle erteilte. Vielleicht war es nicht viel anders als früher. Die Männer übten den Umgang mit dem Schwert und anderen Waffen, sie ritten auf die Jagd oder begleiteten als bewaffnete Schutztruppe einen Kirchenmann, einen Adeligen oder eine Dame auf einer Reise. Niemand wagte sich in diesen Zeiten ohne Schutz auf die Landstraße! Zu viele Strauchdiebe trieben sich herum, gierig darauf wartend, jede günstige Gelegenheit beim Schopf zu ergreifen. Doch in Begleitung von Ramón und seinen Kameraden konnte man sich sicher fühlen, davon war Jimena überzeugt!

Sie sah ihn verstohlen von der Seite an.

Er sah gut aus! Und er war nicht nur kräftig, sondern auch schnell und wendig, das wusste sie.

Wie gern hatte Jimena ihn früher beobachtet, wenn er sich mit den anderen Jünglingen im Kampf übte. Sie hatten miteinander gerungen, mit Stangen oder Holzschwertern gefochten oder den Umgang mit einem Messer geübt, das Ramón aus mehreren Schritten Entfernung in eine Holzscheibe schleudern konnte. Sie sah ihn in ihren Gedanken mit freiem Oberkörper vor sich, und die Vorstellung trieb ihr die Röte ins Gesicht. Sie senkte rasch den Blick, bis sich Ramón ihr wieder zuwandte. Sie schwelgten gemeinsam in schönen Erinnerungen und lachten zusammen, dass es ihr ganz warm ums Herz wurde, als wäre der Winterwind plötzlich verstummt.

»Ramón, warte!«, rief Beatriz und zerbrach die schützende Hülle ihrer trauten Erinnerungen. »Ich habe keine Lust mehr! Ich laufe keinen Schritt mehr weiter. Ich will mich aufwärmen!«

Sie umrundeten gerade den *Convento de las Descalzas Reales*. Ramón, Jimena und Teresa, die wie immer alles klaglos über sich ergehen ließ, blieben stehen und warteten, bis Isabel und Beatriz zu ihnen aufgeschlossen hatten.

»Vielleicht dürfen wir bei den Schwestern eintreten und sie um einen warmen Wein bitten«, schlug Jimena vor.

»Oder wir klopfen dort auf der anderen Seite der Straße an die Tür«, meinte Ramón. »So weit wird es Doña Beatriz bestimmt noch schaffen.«

»Wem gehört dieser Palast?«, erkundigte sich Isabel. Sie betrachteten das sich wehrhaft darbietende Anwesen, das mit einer Mauer umgeben war und von einem Turm bewacht wurde, die beide schon sehr alt wirkten. Der Mudéjarstil des *Palacio* ließ vermuten, dass zumindest Teile des Gebäudes bereits unter der Herrschaft der Mauren erbaut worden waren, die die Stadt hundert Jahre lang in ihrer Hand gehalten hatten, bis König Alfonso el Bravo sie ihnen im Jahr 1074 wieder entriss. Doch seit jenen heldenhaften Jahren war die Reconquista nach und nach eingeschlafen, und noch immer herrschte ein maurischer Emir von der Alhambra aus über Granada, geduldet von einem schwachen kastilischen König, der sich damit begnügte, Tribut von den Nasriden einzufordern.

»Ja, wer wohnt hier?«, wollte auch Beatriz wissen.

»Es ist das Haus von Juan de Vivero, dem Vizconde von Altamira«, gab Ramón bereitwillig Auskunft, als er die Damen auf das Tor zuführte.

»Was ist mit dir, Jimena?«, erkundigte er sich, als sie unvermittelt auf der Straße stehen blieb und die Augen weit aufriss.

»Der Palast, die Hochzeit …«, stotterte sie fassungslos.

Ramón umfasste ihren Arm und zog sie weiter, ehe sie von einem Fuhrwerk erfasst oder niedergeritten wurde.

»Was für eine Hochzeit?«, fragte er. »Du bist ja völlig außer dir!«

Auch Isabel, Beatriz und Teresa sahen sie neugierig an.

Jimena schüttelte heftig den Kopf, um die Bilder, die auf sie einstürmten, zu vertreiben. Oder sie zumindest zu ordnen, damit sie sie verstand.

Es war dieser Palast, kein Zweifel, und die Stimmung war wie zum Zerreißen gespannt. Da war unterdrückte Angst, aber auch Erleichterung und Freude über den großen Tag.

Wessen großer Tag? Sie sah einen jungen Mann, kaum siebzehn Jahre alt, mit feierlicher Miene der Braut die Hand halten. Wer war das? Jimena war sich sicher, dass sie ihn noch nie gesehen hatte. Etwa der Hausherr hier? Der Vizconde de Vivero? Nein, das ergab keinen Sinn.

Sie konnte die Braut nicht erkennen, deren Gesicht von einem Schleier verhüllt war, doch der Kirchenmann, der die Trauung vornahm, war ihr gut bekannt: Es war der Erzbischof Carrillo von Toledo. Und auch eine der Personen im Hintergrund kannte sie: seinen Mitverschwörer, den alten Admiral von Kastilien, Fadriquez Enriquez.

Da lüftete die Braut den Schleier. Jimena schloss die Augen und stöhnte auf.

Sie spürte den Druck an ihrem Ellenbogen, und nun drang auch Ramóns Stimme zu ihr durch. »Ist dir nicht gut? Kann ich irgendetwas für dich tun?«

Jimena wurde sich der fragenden Blicke bewusst, die auf ihr ruhten. Sie versuchte sich an einem Lächeln.

»Nein, alles in Ordnung. Mir ist nur ein wenig kalt. Lasst uns fragen, ob der Vizconde einen Becher Wein für uns übrig hat.«

Sie machte sich von Ramón los und trat forsch auf das Portal zu, um anzuklopfen.

Es war der Vizconde höchstpersönlich, der die Gäste in Empfang nahm und ihnen rasch eine Erfrischung bringen ließ. Er unterhielt sich freundlich mit Isabel – immerhin war sie die Halbschwester des Königs – und bot an, die jungen Damen mit Sänften in den Palast zurückbringen zu lassen. Beatriz hätte das Angebot gern angenommen, doch Isabel lehnte ab. Man habe die Gastfreundschaft des Vizconde bereits zur Genüge strapaziert.

Juan de Vivero verbeugte sich elegant vor der Infantin.

»*Alteza,* es ist mir eine Freude, Euch zu dienen. Verfügt über mich, wann immer Ihr mich braucht.«

Und zu aller Überraschung kniete er nieder und küsste ihr die Hand. Isabel behielt die Fassung.

»Ich danke Euch, Vizconde«, sagte sie ernst, wobei ihre etwas ratlose Miene davon sprach, dass sie sich nicht vorstellen konnte, worin der Edle ihr würde behilflich sein können.

Jimena warf ihm einen Blick zu. Verfolgte Vivero wie Carrillo und der Marquis von Villena seine eigene Politik? War er dabei, seine ganz eigene Intrige gegen den König zu spinnen? Nein. Der Edle wirkte selbst über seine Tat erstaunt und kam ihr nun fast ein wenig verlegen vor.

Vielleicht war dies einer jener seltenen Momente gewesen, in denen die Menschen eine Ahnung davon überfällt, was das Schicksal auf seinen verschlungenen Wegen plant, doch wie so oft fehlte es dem Geist an Offenheit, um nach den Nebelfetzen zu greifen und sie zu verstehen. Jimena jedenfalls war überzeugt, dass der Vizconde dieses Versprechen, das er Isabel so unerwartet gegeben hatte, hier in seinem Haus einlösen würde. Irgendwann. Wenn die Pfade des Schicksals Isabel wieder hierherführen würden.

Es war kurz nach Weihnachten, als Isabel mit der erstaunlichen Nachricht zu ihren Freundinnen in die Bibliothek kam, dass Erzbischof Carrillo und auch der Admiral Fadriquez Enriquez an den Hof zurückgekehrt waren.

»Ah, dann hat er wohl davon erfahren, dass der König Truppen ausheben lässt? Sieh einer an. Der verehrte Bischof hat es wohl mit der Angst zu tun bekommen.«

»Na, dann sollte der König keine Zeit verlieren, sie verhaften und wegen Hochverrats köpfen lassen«, schlug Beatriz ungerührt vor.

»Du weißt genau, dass er das nicht machen wird«, entgegnete Isabel fast ein wenig ungehalten.

»Nein, er wird sich Honig um den Mund schmieren lassen und ihnen ihren Verrat verzeihen«, kommentierte Jimena. »Und womöglich wird er ihnen ihre reumütige Rückkehr mit ein paar zusätzlichen Renten belohnen.«

»Das kann er nicht machen«, widersprach Isabel hilflos, doch beide wussten, dass dies gar nicht so unwahrscheinlich war.

Und richtig, der König ließ sich überreden, die Truppen wieder zu entlassen, die er gegen seine aufbegehrenden Granden ausgehoben hatte. Carrillo wusste genau, dass dem König jede bewaffnete Auseinandersetzung ein Gräuel war, und so rannte er mit seinen süßen Worten von Versöhnung wieder einmal offene Türen ein. Der König wollte einfach daran glauben!

Ja, er war so erfreut, dass seine Granden ihn um Verzeihung

baten und ihm wieder Treue schworen, dass der Erzbischof von Toledo sich als Lohn für seine reumütige Rückkehr über ein Lehen der Stadt Ávila und den Sold für eintausendvierhundert Lanzenkrieger freuen durfte, und der Admiral bekam die Stadt Valladolid zurück, die Enrique ihm in seinem ersten Zorn entzogen hatte.

Isabel war empört. Sie lief in ihrem Gemach auf und ab und konnte sich gar nicht mehr beruhigen.

»Wie kann er nur?«, rief sie immer wieder. »Merkt er denn nicht, wie falsch die Reue ist? Sie reiben sich doch nur vergnügt die Hände und haben nun den Rücken frei, die nächste Intrige auszuarbeiten.«

Jimena nickte düster. »Ja, und dein Bruder ist immer noch in der Hand dieses widerlichen Marquis!«

»Vielleicht hat der König deshalb nachgegeben? Um das Leben seines Erben nicht zu gefährden?«, meinte Beatriz.

Isabel und Jimena schüttelten einmütig die Köpfe. »Carrillo hat sich mit Villena entzweit. Der Marquis hat ihn betrogen, daher schlägt er sich nun wieder auf die Seite des Königs«, meinte Isabel.

Jimena stimmte ihr zu. »Ja, so ist es. Nun freuen sich der Erzbischof und der Admiral über die Großzügigkeit des Königs und lachen über seine Einfalt und seine Dummheit!«

Isabel stimmte ihr zu. »Ich fürchte, das war nur der Anfang, und es wird böse enden! Warum ist er nur so blind?«

Doch vielleicht war der König nicht ganz so blind, wie seine Halbschwester befürchtete. Er ließ sie am nächsten Tag zu sich rufen und eröffnete ihr, dass sie zusammen mit seiner Gemahlin und seiner geliebten Tochter Juana nach Segovia zurückreisen würde.

»Ich habe bereits Anweisung gegeben, deine Sachen zu packen«, sagte er.

»Was? Jetzt? Mitten im Winter?«, fragte sie erstaunt. Es herrschte Eiseskälte, und immer wieder jagten Sturmwinde

Schnee über die Ebene. An den Ufern der Flüsse wuchsen die Eisränder. Das war keine Zeit, um tagelang über Land zu reisen!

Der weiche Gesichtsausdruck, mit dem er sie ansah, brachte Isabel sichtlich aus der Fassung. »Ich weiß, liebe Schwester, und es tut mir leid, dass ich dir und auch den anderen Damen Unannehmlichkeiten bereiten muss, doch ihr werdet morgen in aller Frühe abreisen. Ihr könnt in Sänften reisen und euch so viele warme Decken und Felle mitnehmen, wie ihr möchtet. Ich lasse Boten vorreiten, dass Euch überall ein angemessener Empfang und ein gutes Quartier vorbereitet wird.«

Isabel fiel ihm ins Wort, doch wie üblich nahm der König an dieser Ungezogenheit keinen Anstoß.

»Ich brauche keine Sänfte mit Fellen. Ich werde reiten. Ihr solltet wissen, dass ich nicht so zartbesaitet bin. Doch ich frage mich, warum Ihr es so eilig habt, mich von Eurem Hof zu entfernen.«

Jimena hörte, wie Beatriz die Luft anhielt. Auch sie spitzte die Ohren und fixierte den König mit zusammengekniffenen Augen, damit ihr nichts von seiner Reaktion entging.

Er sah seine Schwester mit Erstaunen und vielleicht auch ein wenig Schmerz an.

»Entfernen? Aber nein«, protestierte er. »Ich habe dich gern um mich. Dich und meine Familie, doch es gibt eben auch Zeiten, da man sich trennen muss. In Segovia weiß ich meine Lieben in Sicherheit.«

Isabel sagte eine ganze Weile nichts mehr, und auch Jimena musste den letzten Satz erst einmal verdauen.

Er wollte sie in Segovia in Sicherheit bringen. Vor wem? Nun, das war nicht schwer zu erraten. Der König war also nicht so ahnungslos, wie sie befürchtet hatte, und traute weder Carrillo noch dem Admiral.

Isabel knickste vor ihrem Bruder. »Dann bitte ich Euch,

mich jetzt zu entschuldigen. Ich werde mich darum kümmern, dass wir rechtzeitig reisefertig sind.«

»Ich danke dir, Isabel«, sagte der König, und es klang ein wenig wehmütig.

Kapitel 9

Ávila, 1465

Der Winter verstrich, und irgendwann hielt endlich auch am Fuß der Sierra de Guadarrama der Frühling Einzug. Die jungen Damen freuten sich über jeden wärmenden Sonnenstrahl, der ihnen erlaubte, die warmen Umhänge abzulegen und Kopf und Schultern wieder nur mit einer Spitzenmantilla zu bedecken. Sie schlenderten durch die Gassen oder ritten in Ramóns Begleitung durch die lichten Wälder, die sich in leuchtendem Grün zu schmücken begannen.

Doch lange währte das milde Wetter nicht. Schon stieg die Sonne höher und begann gnadenlos vom blauen Himmel zu brennen. Der Wind trocknete die weite Ebene im Norden aus und trieb den Staub vor sich her, der die Kehle ausdörrte und in den Augen brannte. Und so zogen sich die Menschen, die nicht gezwungen waren, mit ihrer Hände Arbeit ihr Brot zu verdienen, in die schattigen Höfe ihrer Häuser zurück und warteten beim sanften Plätschern eines Brunnens und dem Gesumme der Insekten, bis am Abend das Brennen des Tages nachließ.

Auch Isabel und ihre Begleiterinnen liebten es, diese Stunden in einem der Höfe des *Alcázar* zu verbringen, meist mit einer Handarbeit oder mit einem aufgeschlagenen Buch in den Händen.

Den König bekamen sie in diesen Monaten nur selten zu sehen. Im Land brodelte es, und er reiste von einem Ort zum anderen, ohne dass er etwas erreichte. Zumindest konnten

Jimena und ihre Freundinnen aus den Nachrichten, die sie erhielten, nicht schließen, dass die eine oder andere Seite die Oberhand gewann. Alfonso befand sich noch immer in der Gewalt des Marquis, und Jimena wusste, dass Isabel sich um ihren Bruder sorgte, auch wenn sie nur selten davon sprach.

Es war nach der Sommersonnwende, als sich Ramón den jungen Damen mit einer Miene näherte, die wichtige Neuigkeiten versprach.

Jimena legte ihre Handarbeit beiseite. »Was gibt es, Ramón?«

»Oh, vielerlei Gerüchte erreichen Segovia«, sagte er ausweichend.

Jimena zog ärgerlich die Brauen zusammen. »Wenn du etwas weißt, das mehr ist als ein Gerücht, dann sag es uns!«

Ramón seufzte. »Du nimmst uns jede Spannung. Du wärst eine lausige Geschichtenerzählerin.«

Seine Cousine fiel ihm ins Wort. »Geht es um Geschichten, die uns die Zeit vertreiben sollen, oder um Neuigkeiten?«

Ramón machte ein missmutiges Gesicht. »Du kannst einem jeden Spaß verderben, verehrte Cousine, aber gut, wenn ihr nur die blanken Tatsachen hören wollt: Der Marquis de Villena ist zurück!«

Isabel runzelte die Stirn. »Was heißt zurück?«

»Er hat seine Burg in Belmonte verlassen und ist mit großem Gefolge nach Ávila gereist.« Er machte eine Pause und sah in die Runde.

Während Beatriz ihn nur fragend ansah, sogen Isabel und Jimena scharf die Luft ein.

»Und Carrillo?«, hakte Isabel nach, doch Ramón grinste und ließ sie ein wenig zappeln.

»Was hat das mit Carrillo zu tun?«, wollte Beatriz wissen, die es gar nicht leiden konnte, wenn sie wieder einmal die Einzige war, die nichts verstand.

»Der König hat ihm Ávila überlassen, als er an Weihnachten reumütig an den Hof zurückkam, erinnerst du dich nicht?«

»Schon«, sagte Beatriz gedehnt.

»Ja, und nun empfängt der Erzbischof von Toledo den Verräter Villena in Ávila«, ergänzte Ramón.

»Ich ahne Schlimmes«, murmelte Jimena. Ramón nickte.

»Ja, ich auch, denn der Marquis hat nicht nur viele Granden an seiner Seite wie den Grafen von Plasencia oder den von Benavente, er hat noch jemand anderen im Gepäck, dem vermutlich eine nicht unbedeutende Rolle zugedacht ist.«

Isabel sprang auf. Das Buch, in dem sie gelesen hatte, fiel polternd zu Boden.

»Er bringt Alfonso mit?«

Ramón nickte wieder. »Ja, so ist es. Und er soll mit großen Ehren in Ávila empfangen werden, hat man mir versichert.«

Jimena und Isabel sahen einander an. »Herr im Himmel, was kann er nur vorhaben?«, fragte Isabel leise.

»Ich vermute, nichts, das uns gefallen könnte, und noch weniger dem König«, meinte Jimena. »Ich fürchte gar, der König wird seine Großzügigkeit zu Weihnachten bitter zu beklagen haben.«

»Ja, hätte der König Carrillo nur gleich den Kopf abgeschlagen, dann bräuchte er nun keinen weiteren infamen Verrat zu befürchten«, rief Beatriz wild, und ihre Augen blitzten.

»Er ist der Primas von Kastilien«, gab Isabel zu bedenken. »Der höchste Würdenträger der Kirche. Den kann selbst ein König nicht einfach hinrichten lassen.«

»Nicht einmal für Hochverrat?«, widersprach Beatriz.

»Das vielleicht schon«, gab Isabel unsicher zu und hob ein wenig hilflos die Schultern. »Aber was nützt es, wenn wir uns Gedanken darüber machen? Der König ist vielleicht der Einzige unter den Granden, der das Evangelium ernst nimmt und immer wieder die Hand zur Versöhnung reicht, statt Auge um Auge zu fordern.«

»Es sei denn, jemand wagt ein Auge auf die Dame seiner Wahl zu werfen. Da kann selbst er zum Scharfrichter werden«, murmelte Beatriz und erntete von Isabel einen scharfen Blick.

»Wir wissen alle, dass er damit nicht recht gehandelt hat, aber das ist jetzt nicht das Thema. Die Frage lautet: Haben sich Carrillo und der Marquis ausgesöhnt, und was bedeutet das für Alfonso und für den König?«

Sie rauschte davon und war auch am Abend während des Mahls ungewöhnlich schweigsam. Jimena konnte spüren, wie es in ihr arbeitete, und fast fürchtete sie die Entscheidung, die hinter der entschlossenen Miene reifte. So war sie im Gegensatz zu Beatriz nicht sonderlich erstaunt, als Isabel vor dem Zubettgehen verkündete:

»Ich will meinen Bruder sehen und mit ihm sprechen!«

»Ich kann mir nicht vorstellen, dass der Marquis Alfonso nach Segovia bringt«, meinte Beatriz, die ihr beim Auskleiden half.

»Nein, das denke ich auch nicht«, bestätigte Isabel.

»Sie will nach Ávila reisen«, erklärte Jimena, als Beatriz sie erstaunt ansah.

»Das ist ein Scherz«, vermutete die Freundin.

Jimena schüttelte mit einem Seufzer den Kopf. »Nein, das ist ihr bitterer Ernst.«

»Ach, und du glaubst, man würde uns so einfach gehen lassen?«, konterte Beatriz. »Selbst wenn der König nicht da ist, wird keiner der anwesenden Granden so leichtfertig sein, dir Geleit nach Ávila anzubieten. Und die Königin brauchst du auch nicht zu bitten. Sie ist dir zwar nicht gerade in Liebe verbunden, aber sie würde sich nicht den Zorn des Königs aufs Haupt laden, indem sie dich geradewegs in die Höhle des Löwen – will sagen: des Erzbischofs – marschieren lässt.«

»Ich habe auch nicht vor, jemanden zu fragen, der es mir verbieten würde«, gab Isabel zurück.

Jimena nickte. »Das habe ich mir fast gedacht. Auf mich jedenfalls kannst du zählen.«

»Was? Wir sollen heimlich nach Ávila reisen? Das sind zwei Tagesmärsche!«, rief Beatriz und wich entsetzt zurück.

»Du musst ohnehin hierbleiben«, bestimmte Jimena, »und auf Teresa aufpassen, bis wir zurück sind.«

Teresa, die den Wortwechsel wieder einmal aufmerksam verfolgt und offensichtlich auch verstanden hatte, griff nach Jimenas Hand und sah sie flehend an.

»Nein, du kannst nicht mitkommen«, lehnte diese ab. »Dominga würde es mir nicht verzeihen, sollte dir etwas zustoßen.«

Was ihre Tante überhaupt von diesem verbotenen Vorhaben halten würde, darüber dachte sie lieber nicht nach. Beifall finden würde es jedenfalls nicht, das war Jimena klar, aber war es nicht ihre Pflicht, an Isabels Seite zu bleiben, ganz gleich, wie gefährlich ihr Plan war?

Es wäre deine Pflicht, sie davon abzuhalten!, flüsterte eine innere Stimme, die sie sich zu überhören bemühte. Wer war sie schon, dass sie der Infantin hätte Vorschriften machen können? Und außerdem lockte das Abenteuer. Was würde sie in Ávila erwarten?

Und so reisten am nächsten Morgen zwei einfach gekleidete Mädchen auf schäbigen Zeltern gen Westen, die Gesichter hinter ihren Schleiertüchern verborgen. In den Klöstern an ihrem Weg bekamen sie zu trinken und ein einfaches Mahl und fanden auch ein hartes Nachtlager. So erreichten sie unbehelligt am Abend des zweiten Tages die Stadt Ávila.

Was für eine wehrhafte Ansiedlung! Staunend ritten die beiden jungen Mädchen in gebührendem Abstand an der Nordseite der Stadt entlang. War Jimena bereits Segovia uneinnehmbar erschienen, so war Ávila eine einzige Festung. Die Mauer war hoch und mächtig, aus festem Stein errichtet und mit Mörtel zusammengefügt. Jimena konnte die Zinnen nicht zählen, hinter denen ein Wehrgang rund um die Stadt führte. Und dann erst die Türme! In regelmäßigen Abständen, kaum ein paar Dutzend Schritte voneinander entfernt, ragten die halbrunden Türme hervor, sodass die Bogenschützen jeden Winkel außerhalb der Mauer mit ihren Pfeilen bestreichen konnten. Nein, hier hatte kein Feind auch nur die leiseste Chance, lebend mit einer Sturmleiter nahe genug an die Stadtmauer heranzukommen. Selbst der Chor der Kathedrale am höchsten Punkt im Osten der Stadt war mit in die Mauer eingebunden, sodass das Gotteshaus seinen Anteil an der Verteidigung der Stadt hatte.

»So viele Türme«, hauchte Jimena, als sie die Nordwestecke der Stadt erreichten, wo die Mauer in einem rechten Winkel nach Süden abbog und die Schmalseite der Stadt dem Ufer des Río Adaja folgte, bis sie dann wieder nach Osten bog, um bis zur Kathedrale hin anzusteigen. Jimena ließ den Blick an der fast endlosen Reihe von Türmen entlangwandern.

»Es müssen an die hundert sein«, sagte sie fassungslos. »Wer hat diese Stadt so gut befestigen lassen? Die Mauren können es nicht gewesen sein, denn sonst wäre sie noch immer in ihrer Hand.«

Isabel schob ihren Schleier beiseite und lächelte. »Da hast du wohl recht. Soviel ich weiß, war es König Alfons VI., der nach der Eroberung der Stadt die Mauer erbauen ließ. Oder zumindest damit anfing. Ich denke mir, dass doch einige Jahre verstrichen waren, bis all diese Zinnen und Türme standen.«

Jimena nickte, ohne den Blick abzuwenden, doch dann nahm sie auf der Brücke unten am Fluss etwas wahr, das sie ablenkte.

»Sieh nur die Reiter dort. Kannst du das Wappen erkennen?«

Isabel kniff die Augen zusammen.

»Es sind die Ritter des Alcantaraordens mit ihrem Großmeister, und dahinter, würde ich sagen, reitet der Graf von Paredes mit seinem Gefolge.«

»Wollen wir uns ihnen nicht ganz unauffällig anschließen?«

Isabel zog ihren Schleier wieder übers Gesicht und trieb ihren fahlen Zelter an, der sich in gemütlichem Tempo auf den Weg machte. Dennoch erreichten sie das Ende des Zuges, ehe er im düsteren Tor unter der Stadtmauer verschwand. Rechts und links standen Wächter, die aber keinen aus dem adeligen Gefolge ansprachen, sodass die beiden jungen Mädchen unbehelligt in die Stadt gelangten. Neugierig folgten sie dem Zug der Ritter und ihrer Begleiter die ansteigende Straße hinauf, bis über ihnen die Kathedrale aufragte. Dort auf dem Platz wartete eine große Menschenmenge, die von einigen Bewaffneten an den Rand gedrängt wurde. Ein Raunen lief von einem Mund zum anderen, als sich die Tore endlich öffneten. Aus dem Portal der Kathedrale trat der Erzbischof von Toledo, gefolgt vom Marquis de Villena, der einen Knaben am Arm führte, der alles andere als glücklich aussah. Hinter ihnen reihten sich die anderen Edlen und allerlei Geistlichkeit ein. Der Großmeister ließ sich vom Pferd gleiten und wurde vom Erzbischof mit freundlicher Miene begrüßt. Nun wurden einige prächtige Pferde herangeführt, und sowohl der Erzbischof als auch der Marquis de Villena stiegen auf. Einer der Edlen half Alfonso auf ein mächtiges Streitross mit silbernem Zaumzeug und einem herrlich verzierten Sattel. Dann stiegen die anderen Edlen auf und bildeten einen Zug, in den sich auch der Großmeister mit seinen Rittern einreihte. Das Volk würde ihnen zu Fuß folgen.

Jimena suchte Isabels Blick. Sie ahnte, dass die Freundin sich nur mit Mühe zurückhalten konnte, nicht zu ihrem Bruder zu stürzen, doch Isabel beherrschte ihre Gefühle und sagte fast kühl: »Wir sollten die Pferde irgendwo unterstellen und uns dann ansehen, was sich Carrillo und Villena für eine Schurkerei ausgedacht haben.«

Jimena nickte, glitt vom Pferd und half dann Isabel beim Absteigen. Sie führten die Tiere ins nächste Gasthaus und ließen sie für ein wenig Kleingeld in den Stall bringen. Dann eilten sie zum Platz der Kathedrale zurück, wo sich der Zug der Menge gerade in Bewegung setzte. Die schwirrende Anspannung, die die Menschen in Atem zu halten schien, lag wie Blei in Jimenas Magen. Was um alles in der Welt hatten sie vor?

Ohne aufzufallen mischten sich die beiden unter das Volk, das sich hinter den Edlen und den Kirchenmännern einreihte, die nun hoch zu Ross die Stadt durch ein anderes Tor verließen. Bald sahen sie das Ziel des seltsamen Umzugs. Es war ein mächtiges Gerüst, auf dem sie einen Thronsessel erkennen konnten, auf dem bereits eine Gestalt Platz genommen hatte.

Isabel schlug die Hand vor den Mund, um einen Aufschrei zu unterdrücken. Was war denn das? Jimena erkannte schnell, dass es sich hier nicht um einen Menschen, sondern lediglich um eine Art riesige Puppe handelte. Wen sie darstellen sollte, konnte keinem verborgen bleiben, denn die Statue hatte nicht nur einen prächtigen Umhang über den Schultern, sie trug auch eine Krone auf dem Kopf und hielt das königliche Zepter in der Hand. Vor ihnen saß das Abbild König Enriques IV. Das wurde ja immer seltsamer.

Der Zug hielt an, und die Edlen überließen ihre Pferde den Knechten. Der Erzbischof vertauschte seine Rüstung mit einem Messgewand und bestieg das Gerüst, wo er begann, die Messe zu lesen. Stille senkte sich über das gespannt wartende Volk. Als Carrillo geendet hatte, führte der Marquis de Villena Alfonso heran. Von irgendwoher erscholl der Ruf »Hoch lebe König Alfonso!« Die Menschen sahen einander irritiert an, dann begannen einige, den Ruf aufzunehmen.

Isabel und Jimena tauschten Blicke. »Du glaubst doch nicht, dass Enrique etwas zugestoßen ist?«, raunte Isabel, und Furcht schwang in ihrer Stimme.

Jimena schloss die Augen und lauschte in sich hinein. »Nein, das glaube ich nicht. Er lebt. Aber ich bin überzeugt, er hat keine Ahnung, was hier gerade vor sich geht.«

Ein ganz in Schwarz gekleideter Ritter stieg auf das Gerüst und entrollte ein Pergament. Mit lauter Stimme begann er zu lesen.

»Dies sind die Sünden und Verbrechen, die Enrique IV. an seinem Land und seinem Volk begangen hat«, verkündete er und zählte dann die abenteuerlichsten Vorwürfe auf, sodass Jimena der Mund tonlos aufklappte. Das Volk begann zu raunen, doch niemand wagte es, den Ritter zu unterbrechen, der seinen Vortrag mit den Worten beendete: »Und daher ist Enrique IV. nicht mehr unser König.«

Bei diesen Worten trat Erzbischof Carrillo zu der Figur und riss ihr die Krone vom Haupt. Der Marquis von Villena wand das Zepter aus ihren Händen, und der Graf von Plasencia nahm ihr das Schwert. Nun näherten sich der Großmeister von Alcantara und die Grafen Benavente und Paredes. Zu dritt rissen sie die Figur von ihrem Thron und schleuderten sie zu Boden.

»Nieder mit dir, du Elender!«, schrien sie, während Diego López de Zúniga ihm Fußtritte versetzte, als sei er ein räudiger Straßenköter.

Isabels Schrei ging in dem der Menge unter. Carrillo führte den völlig fassungslosen Alfonso heran und drückte den Knaben auf den Thron. Er setzte ihm die Krone auf das Haupt und reichte ihm Zepter und Schwert, dann riefen die Ritter und Kirchenmänner den neuen König von Kastilien aus. Alfonso saß wie erstarrt da, unfähig, sich auch nur zu rühren, geschweige denn zu wehren. Jimena war sich sicher, dass er nichts von alldem vorher gewusst hatte.

Sie tippte Isabel an, die wie versteinert dastand und den Blick nicht abwenden konnte. »Komm, lass uns gehen«, raunte sie ihr zu.

Isabel schüttelte den Kopf. »Ich will mit meinem Bruder sprechen«, sagte sie störrisch.

Jimena verstärkte den Griff um ihren Arm. »Das kannst du später, wenn sich die Wogen geglättet haben, doch jetzt müssen wir erst einmal abwarten, wie der König und das Land auf diesen Umsturz reagieren. Enrique muss nun zu den Waffen greifen und gegen diese Tat vorgehen! Und da wäre es nicht gut, wenn du dich hier zusammen mit den Verrätern zeigst. Er könnte denken, du bist auf ihrer Seite. Ich will mir nicht ausmalen, was das für Folgen für dich haben könnte! Außerdem glaube ich, dass sie dich nicht wieder gehen lassen würden, wenn sie dich erkannt hätten. So leicht muss man diesen Verrätern nicht noch einen Trumpf in die Hände geben.«

»Und Alfonso? Was wird mit Alfonso geschehen?«, begehrte sie auf.

»Er ist das Opfer, so oder so«, musste Jimena zugeben. »Wenn er nun König wird, bleibt er für lange Zeit eine Marionette von Carrillo und dem Marquis. Wenn Enrique um seine Krone kämpft und siegen will, muss er ihn stürzen.«

Isabel stöhnte, doch Jimena strich ihr beruhigend über die Hand.

»Du kennst doch den König. Er ist kein Brudermörder. Er weiß, dass Alfonso ein unschuldiger Knabe ist und nur eine Geisel, die man auf den Thron gesetzt hat. Er wird ihm nichts antun – und vermutlich ist es gar nicht schlecht, wenn er in Zukunft dafür sorgt, dass Alfonso in seiner Nähe bleibt. Schließlich hat er ihn als seinen Erben anerkannt. Und solange La Beltraneja enterbt bleibt, ändert sich daran nichts.«

Isabel starrte noch immer zu dem Gerüst hinauf, wo ihr Bruder mit unglücklicher Miene auf dem Thron saß, die viel zu schwere Krone auf dem Kopf. Sein Blick war auf die geschändete Königsstatue zu seinen Füßen gerichtet, und es kam Jimena vor, als habe der Junge Tränen in den Augen. Vielleicht bekam er langsam eine Ahnung davon, was dieser Tag für ihn, für seinen Halbbruder Enrique und für das ganze Land bedeuten konnte.

»Es wird Krieg geben«, sagte Jimena leise. »Ein hässlicher Krieg, in dem der Bruder gegen den Bruder kämpft, der Nachbar gegen den Nachbarn. Und am Ende wird das Land in Trümmern liegen, und die Menschen werden in ihrer Not Hunger leiden. Und dann wird der Tod mit schwarzen Schwingen über die ausgebrannten Dörfer ziehen und nach denen greifen, die sich dem Krieg glücklich entronnen glaubten.«

Isabel schauderte. »Sprich nicht so. Noch können wir hoffen, dass es nur eine Farce war. Die Farce einiger machthungriger Männer, die die Krone an sich zu reißen versuchen und kläglich damit scheitern. Man wird sie verurteilen und vergessen!«

Jimena schwieg. Sie sah zu Carrillo hinauf, der die Arme zum Segen erhoben hatte. Nein, so schnell würde die Geschichte des Erzbischofs von Toledo nicht zu Ende gehen. Er würde ein Spieler auf der großen Bühne bleiben und noch viele Jahre ihre Wege kreuzen, im Guten und im Schlechten. Sie konnte es nicht erkennen. Dafür sah sie ein anderes Gesicht. Bleich und ausgemergelt mit dem Schimmer des Todes in den weit aufgerissenen Augen. Jimena schüttelte den Kopf, um das Bild zu vertreiben.

Plötzlich spürte sie eine Hand auf der Schulter und fuhr herum. Jimena blinzelte und glaubte, ihr Geist würde sie narren, doch der Klang der so lange vermissten Stimme wischte alle Zweifel beiseite.

»*Tía!*«, stieß sie hervor. »Wo kommst du denn her?«

»Aus Arévalo, woher sonst?«, antwortete Dominga mit ihrer tiefen, ruhigen Stimme. »Der Königinwitwe geht es nicht gut. Ihr Geist verliert sich in der Finsternis.«

»Und was machst du hier?«, hakte Jimena nach, obgleich

sie die Antwort ahnte. Sie stöhnte. »Du bist unseretwegen gekommen. Du hast es gesehen.«

Dominga nickte. »Ja, und nun wird es Zeit, dass ihr nach Segovia zurückkehrt.«

Ihre eindringliche Stimme erfasste auch Isabel, die ihren Blick endlich von ihrem Bruder löste und Jimenas Tante höflich begrüßte. Sie fragte nicht, wie es möglich war, dass sie von ihrer heimlichen Reise wusste und bereits jetzt in Ávila eingetroffen war, wo doch Arévalo kaum näher lag und die Strecke nur unter größter Anstrengung an einem Tag bewältigt werden konnte.

Dominga bahnte den Mädchen einen Weg durch die immer dichter werdende Menge, wobei sie nicht wie andere ihre Ellenbogen benutzte oder sich gegen die Menschen drängte, um einen Durchgang zu schaffen. Sie schritt einfach langsam dahin, und die Menge schien sich vor ihr zu teilen wie das Rote Meer vor Moses. Erstaunlich! Wie machte sie das nur?

Sie schwiegen, bis sie den Menschenauflauf hinter sich gelassen hatten und durch die nun ausgestorbenen Gassen der Stadt schritten.

»Was wird nun weiter geschehen?«, fragte Jimena.

Dominga schüttelte den Kopf. »Ich kann es noch nicht klar sehen«, behauptete sie. Doch vielleicht wollte sie die Mädchen nur nicht beunruhigen oder scheute sich, vor Isabel zu sprechen, die die weise Frau und Sterndeuterin ihrer Mutter mit einem seltsamen Blick bedachte.

»Man kann nicht in die Zukunft sehen«, sagte Isabel fest.

»Und warum nicht?«, begehrte Jimena auf.

»Weil die Zukunft nicht vorherbestimmt ist. Wir sind alle in Gottes Hand, aber es liegt an uns, was wir aus den Gaben machen, die Er uns gegeben hat. Nur wenn wir uns zurücklehnen und uns in unser Schicksal ergeben, dann wird es über uns herfallen und uns verschlingen.«

Es lag so viel Tatendrang in ihrem Blick, dass Dominga und Jimena nicht das Bedürfnis hatten, ihr zu widersprechen.

So holten sie die Pferde aus dem Stall, wo auch Dominga das ihre untergestellt hatte, und machten sich auf den Rückweg. Dominga begleitete die Mädchen. Sie wollte nicht nur ihre Tochter nach so langer Zeit wiedersehen. Sie ahnte, dass der König nach Segovia eilen würde, sobald er von dem Streich gegen ihn erfuhr, und sie wollte wissen, wie er reagieren würde. Oder hoffte sie sogar, seine Entscheidung beeinflussen zu können? Jimena war sich nicht sicher. Ihre Tante gehörte nicht zu den Beratern des Königs, dennoch konnte sie sich gut vorstellen, dass Dominga Kräfte besaß, mit denen sie ihn zu lenken vermochte, vielleicht ohne dass er sich dessen bewusst wurde.

Kapitel 10

Segovia, März 2012

Isaura stand auf einer kleinen Brücke, die über den Río Eresma führte, und ließ den Blick den Berghang bis zu seiner höchsten Erhebung im Westen hinaufwandern, wo sich auf einer steilen Felsklippe über dem Zusammenfluss zweier Gewässer der königliche *Alcázar* erhob. Wie der Bug eines Schiffes ragte die Spitze in das Tal hinein. Von dort zogen sich zu beiden Seiten die wehrhaften Mauern in einem geschlossenen Ring um den gesamten Berg, von nur wenigen Toren unterbrochen und an seiner Ostseite durch das mächtige römische Aquädukt mit dem Hügel der Vorstadt verbunden, den Isaura von ihrem Standpunkt allerdings nicht sehen konnte.

Es war noch früh am Morgen. Ein kühler Wind fuhr in Böen durch das Flusstal und ließ Isaura frösteln. Dann erhob sich die Sonne und tauchte den *Alcázar* in goldenes Licht, sodass er mit seinen runden Türmen und den spitzen Dächern wie ein märchenhafter Palast erstrahlte. Isaura traten Tränen in die Augen, und es war ihr, als habe sie diesen Anblick viel zu lange vermisst – dabei war dies ihr erster Besuch in der alten Königsstadt Segovia.

Obwohl ihr kalt war, blieb sie reglos stehen und sah den Schatten zu, wie sie den felsigen Berghang hinabwanderten, der sich in mehreren Stufen als natürliche Mauer erhob.

Früher war der Hang nicht so bewaldet gewesen, dachte Isaura und wunderte sich über diesen Gedanken.

Sie musste weiter. Die Kanzlei aufsuchen und nach der

Hinterlassenschaft ihrer Großtante fragen, die sie hierhergeführt hatte.

Noch ein letzter Blick, dann stieg Isaura wieder in ihren Wagen, den sie am Flughafen in Madrid gemietet hatte.

Sie hatte nach ihrer Auseinandersetzung mit Justus noch am selben Tag gepackt und bereits am Sonntagnachmittag einen Flieger bestiegen, der sie direkt nach Madrid gebracht hatte. Es war ihr klar, dass dies einer Flucht gleichkam. So dringlich waren weder die Erbschaft noch die Reportage für den Verlag.

Nein, etwas anderes trieb sie an. Nur keine Zeit zum Nachdenken lassen. Allein die letzte Nacht war eine Qual gewesen; Isaura hatte sie schlaflos in ihrem Bett verbracht. Justus war am Samstag nach ihrem Gespräch verschwunden und erst so spät wiedergekommen, dass sie ihn nicht mehr gesehen hatte. Er hatte offensichtlich auch kein Bedürfnis gehabt, das Thema noch einmal zur Sprache zu bringen, denn er hatte sich in sein Schlafzimmer zurückgezogen, ohne noch einmal bei ihr hereinzusehen, was er sonst immer getan hatte, wenn er spät nach Hause kam.

Isaura schob die Gedanken beiseite und konzentrierte sich auf die Straßen und den Verkehr, was in Spanien auch sehr ratsam war! Das musste Isaura bereits erfahren, kaum dass sie das Flughafengelände verlassen hatte. Man musste forsch fahren, sonst hatte man hier verloren. Vorfahrtsregeln waren höchstens Richtlinien und keinesfalls so absolut zu sehen wie in Deutschland. Doch irgendwie schien es zu funktionieren.

Eine zweite Sache waren die Dörfer. Man kam nichts ahnend auf der gut ausgebauten Landstraße auf ein Dorf zu und glaubte, dass einen die freundliche Stimme aus dem Navigationsgerät über eine Hauptstraße auf direktem Weg hindurchleiten würde, nur um sich dann in einem Gewirr von engen Gassen wiederzufinden, aus dem es kein Entrinnen zu geben schien. Einbahnstraßen und Verbotsschilder, an die sich offensichtlich nur Touristen hielten, führten einen kreuz und quer durch die Ortschaft. Zwischen Müllcontainern und Steinpollern musste man versuchen, den Wagen ohne Kratzer in die engen Einmündungen zu bekommen, und landete dann zuweilen in einem Hinterhof ohne Wendemöglichkeit. Vielleicht beobachteten ein paar struppige Katzen die Versuche, den Wagen schadlos wieder rückwärts auf den rechten Weg zu bringen. Menschen sah man in diesen Orten nur vereinzelt. Oft konnte man sie an einer Hand abzählen. Einsame Gestalten, meist Männer, in dunklen, verschlissenen Kleidungsstücken, der Rücken gebeugt, das schüttere Haar ergraut. Die jungen Menschen hatten die Dörfer, die ihnen keine Zukunft boten, längst verlassen.

Nach ihrer Erfahrung mit den Gassenlabyrinthen der Dörfer war es Isaura nicht danach, die Altstadt von Segovia mit dem Wagen zu erkunden. Sie steuerte den großen Parkplatz im Schatten des Aquädukts an und setzte ihren Weg zu Fuß fort. Es ging steil den Berg hinauf auf die Mauer zu und dann durch eine Lücke, wo einst eines der Stadttore gestanden haben musste, ins Innere des Mauerrings. Neugierig sah sich Isaura um, immer wieder einen Blick auf die Karte werfend, die die Dame der Touristeninformation ihr in die Hand gedrückt hatte. Ihr wurde schnell klar, dass diese nur eine sehr grobe Annäherung an die wahren Verhältnisse war und dass es entweder unmöglich war, dem Gewirr der unzähligen verwinkelten Gassen auf einer Karte gerecht zu werden, oder dass sich einfach niemand wirklich Mühe gegeben hatte. So orientierte sich Isaura an dem immer wieder auftauchenden Turm der Kathedrale und ab und zu an einer der breiteren Straßen, deren Name tatsächlich in der Karte auftauchte.

Nach längerer Suche fand sie die Kanzlei von Señor Campillo Fernández in einer schmalen Gasse in der Nähe der Kathedrale, die einst zur Judería, dem alten Judenviertel, gehört hatte.

Isaura blieb stehen und sah sich um. Kein Mensch war zu sehen. Ein Gefühl von Trauer beschlich sie, das plötzlich in Entsetzen umschlug. Ihr Blick saugte sich an einer Häuserecke fest. Was war das? Etwas Braunrotes rann zäh die Wände herab und floss über das von Unrat bedeckte Pflaster. Ein metallischer Geruch stieg ihr in die Nase und bereitete ihr Übelkeit. Isaura schüttelte den Kopf und trat ein wenig ängstlich näher, doch da war nichts. Ihre Augen hatten sie getäuscht. Der nicht mehr ganz weiße Verputz blätterte von der Wand, doch sonst war nichts zu sehen, und auch der Unrat auf dem Straßenpflaster war verschwunden. Seltsam. Verwirrt drehte sie sich um ihre eigene Achse. Da entdeckte sie an einem der Häuser das Schild der Anwaltskanzlei, worüber sie den Vorfall erst einmal vergaß.

Das Haus war nicht besonders breit und hätte dringend einen neuen Anstrich benötigt. Nein, diese Kanzlei gehörte sicher nicht zu den stark frequentierten großen Häusern, die mit spektakulären Fällen eine Menge Geld verdienten. Isaura betätigte den altmodischen Klopfer in Form eines Löwenkopfs. Eine ältere Dame mit grauem Dutt und einer Brille mit dicken runden Gläsern auf der spitzen Nase öffnete ihr. Ihr Tonfall war freundlich, als sie Isaura fragte, was sie für sie tun könne: »*Señora, qué desea usted? Le puedo ayudar en algo?*«

»*Perdone,* aber ich spreche kein Spanisch. Mein Name ist Thalheim. Isaura Thalheim aus München. Señor Campillo hat mir geschrieben.« Sie holte den Brief aus ihrer Tasche und hielt ihn der Dame hin. Diese schob erst ihre Brille zurecht, dann erhellte ein strahlendes Lächeln ihr faltiges Gesicht.

»*La Señora Thalheim de Alemania!*« Und dann folgte ein Wortschwall, den Isaura als eine überschwängliche Begrüßung interpretierte. Sie verstand nur ihren Namen und den Namen ihrer verstorbenen Großtante, daher nickte sie.

Die alte Dame machte eine einladende Handbewegung,

also folgte ihr Isaura in ein kleines Vestibül und dann eine steile Treppe hinauf. Sie nahm in dem ihr angebotenen Ledersessel Platz und sah sich neugierig um, während die alte Dame hinauseilte, um dem Anwalt Bescheid zu geben.

Das Haus war sicher sehr alt, die Wände schief, die Fenster klein, sodass man vermutlich den ganzen Tag das Licht einschalten musste. Die Einrichtung dagegen war gediegen, wenn auch nicht gerade neuwertig. Den Parkettfußboden hätte man abschleifen und neu versiegeln müssen, um seine Schönheit wieder zur Geltung zu bringen. Und auch die schweren dunklen Möbel aus verschiedenen Epochen waren abgestoßen, die Polster auf den Sitzflächen durchgesessen. Dennoch oder vielleicht gerade deshalb strahlte der Raum eine beruhigende Sicherheit aus und machte es leicht, der Kanzlei sein Vertrauen zu schenken. So viel Erfahrung schien das Haus zu versprechen.

»Buenos días, Señora Thalheim. Encantado! Sehr erfreut«, begrüßte sie der Anwalt und erkundigte sich nach ihrem Wohlergehen: *»Cómo está usted?«*

»Bien, gracias«, sagte sie, ihre wenigen Worte Spanisch zusammensuchend. Sie schüttelte dem Anwalt die Hand. Er war so alt, wie die Umgebung es erwarten ließ: Das Gesicht faltig und voller Altersflecken, das Haar fast weiß und ein wenig schütter, doch hielt er sich sehr gerade. Der Blick aus seinen grauen Augen war aufmerksam und der Händedruck fest. Er trug einen dunklen Anzug mit einer korrekt gebundenen Krawatte.

»Kommen Sie mit mir in mein Büro, Mrs Thalheim, dort können wir alles in Ruhe besprechen«, sagte er zu Isauras Erleichterung ins Englische wechselnd.

Er geleitete sie über einen düsteren Flur in ein größeres, helleres Zimmer, dessen Fenster zu einem von hohen Mauern umgebenen Garten hinauszeigten. Isaura trat ans Fenster und sah auf den Springbrunnen und die zierlichen Bänke im

Schatten alter Bäume herab, die ihr erstes zartes Frühlingsgrün zeigten.

»Wie schön!«, sagte sie spontan. »Man ahnt gar nicht, dass sich solche Schätze hinter den abweisenden Mauern verbergen.«

Der Anwalt nickte. »Ja, viele sagen, sie empfänden es als beklemmend, den engen Gassen zwischen den hohen Mauern zu folgen.« Er hob die Schultern. »Es ist eben das Erbe unserer Vorfahren. Der Platz im Schutz der Stadtmauern war kostbar und musste vielen Menschen als Wohnraum dienen. Ihn für breite Straßen zu verschwenden ist eine Erfindung der Moderne.«

»Und doch hat man sich kleine Oasen der Erholung gebaut«, meinte Isaura, die noch immer in den Garten hinuntersah.

Der Anwalt lächelte. »Ja, das haben die Spanier von den Mauren gelernt. Kein Haus ohne einen schattigen Innenhof mit Wasserspielen und Blumen, um die Seele zu erquicken.«

Er nahm an seinem Schreibtisch Platz und bot Isaura den Sessel davor an. Erst als sie sich gesetzt hatte, nahm er einen abgegriffenen Ordner zur Hand und schlug ihn auf.

»Wie schön, dass Sie so schnell kommen konnten«, begann er. »Ich weiß, dass Sie Ihre Großtante Carmen nicht persönlich gekannt haben, ja, vielleicht nicht einmal von ihrer Existenz wussten.«

Isaura nickte. »Ja, so ist es. Ich bedaure das und verstehe auch nicht recht, warum nie jemand von ihr gesprochen hat.«

Ein wissender Blick trat in seine grauen Augen, doch er sagte nur: »Dafür wusste Carmen sehr gut über Sie Bescheid und hat Ihren Lebensweg mit Interesse verfolgt.«

»Wirklich? Aber warum hat sie sich dann nie bei mir gemeldet?«

Señor Campillo hob die Schultern. »Das war ihre Entscheidung, die ich nicht infrage zu stellen habe.«

Isaura schwieg und dachte eine Weile darüber nach. Der Anwalt ließ ihr Zeit. Er schien es nicht eilig zu haben.

»Kannten Sie sie gut?«, fragte sie schließlich.

Señor Campillo überlegte, ehe er ihr antwortete. »Ich kannte Ihre Großtante viele Jahre… Jahrzehnte, und ich mochte sie sehr. Aber ob ich sie gut kannte, das ist eine Frage, die ich mir selbst schon gestellt habe. Ich fürchte, ich muss dies verneinen, auch wenn es mich ein wenig traurig stimmt. Sie war eine große Frau – groß an Geist, Herz und Verstand. Doch sie war auch eine geheimnisvolle Frau, die sich niemals in die Karten schauen ließ und jeden auf Abstand zu halten verstand. Sie lebte zeit ihres Lebens allein, obgleich es ihr in ihrer Jugend nicht an Verehrern gefehlt hatte.«

»Sie war nicht verheiratet? Aber ich dachte, das Foto, das Sie mir geschickt haben, sei ein Hochzeitsfoto gewesen.«

Der Anwalt schüttelte den Kopf. »Nein, zumindest nicht ganz. Sie war zu Gast auf der Hochzeit meines älteren Bruders. Damals habe ich sie kennengelernt.«

Der Seufzer verriet Isaura, dass sie zu mehr für ihn wurde als nur zu seiner Klientin – später, rechnete sie sich aus. Damals musste er in ihren Augen noch ein Kind gewesen sein. Er war gut und gern zehn Jahre jünger als ihre Großtante, was allerdings bedeutete, dass auch er schon Mitte achtzig und eigentlich längst im Ruhestand sein musste. Isaura hatte Muße, ihn zu betrachten, während er seinen Erinnerungen nachhing. Doch dann rief er sich zur Ordnung und senkte den Blick auf die Papiere in seinem Ordner – das Testament, wie Isaura vermutete.

»Da Carmen Sie als ihre Alleinerbin eingesetzt hat, müssen wir uns nicht mit einer Erbenversammlung und einem offiziellen Termin zur Testamentseröffnung aufhalten«, sagte er. Isaura schnappte nach Luft.

»Alleinerbin? Ich meine, hatte sie denn keine anderen Verwandten?«

Der Anwalt hob die Schultern. »Vielleicht. Aber ich denke, es ist Tradition in ihrer Familie, sich eine würdige Nachfolgerin zu suchen und ihr dann alles zu überlassen. Ich vermute einmal, dass Carmen sie in Ihnen gefunden hat, sonst hätte sie dieses Testament nicht gemacht und noch drei Tage vor ihrem Tod bestätigt.«

»Drei Tage vor ihrem Tod?«, wiederholte Isaura. »Was für ein Zufall. Oder war sie so schwer krank, dass man es absehen konnte?«

Der Anwalt schüttelte den Kopf. »Nein, krank war sie nicht. Ich kann mich überhaupt nicht daran erinnern, dass sie jemals krank gewesen wäre. Sie war eine energische Persönlichkeit und immer mit prächtiger Gesundheit gesegnet. Sie hat mich an diesem Tag sogar hier in Segovia in meiner Kanzlei aufgesucht! Dabei wäre ich natürlich zu ihr gekommen, wenn sie mich angerufen hätte. Aber nein, so war sie. Lieber reiste sie stundenlang über Land. Aber um ihre Frage zu beantworten – ein Zufall war das nicht. Sie wusste, dass ihre Zeit abgelaufen war und dass sie sterben würde, und da wollte sie sich noch einmal versichern, dass auch nach ihrem Tod alles nach ihren Wünschen laufen würde.«

Er lächelte wehmütig, und Isaura bedauerte, dass sie diese Frau nicht hatte kennenlernen dürfen.

»Ja, Sie wären prächtig mit ihr ausgekommen«, bestätigte Señor Campillo, als habe er ihre Gedanken gelesen. Dann senkte er den Blick wieder auf das Testament.

»Wie ich schon sagte, sind Sie Alleinerbin, was immer das auch bedeuten mag. Reichtümer dürfen Sie jedenfalls nicht erwarten, keine Konten, Sparbücher oder Wertpapiere. Ja, ich bin mir nicht einmal sicher, ob Ihre Großtante jemals so etwas besessen hat.«

»Ich erwarte gar nichts«, sagte Isaura schnell. »Nur vielleicht, sie wenigstens im Nachhinein noch ein wenig kennenzulernen.«

»Das werden Sie«, prophezeite der Anwalt. »Sie haben doch ein wenig Zeit mitgebracht, um sich das Haus anzusehen und einige Tage zu bleiben?«

»Ihr Haus?«, hakte Isaura nach. »Hier in Segovia?«

Der Anwalt schüttelte den Kopf. »Nein, in der Nähe der kleinen Stadt Tordesillas im Nordwesten von hier, auf direktem Weg ungefähr hundert Kilometer entfernt. Kennen Sie sie? Oder haben Sie zumindest schon einmal von ihr gehört?«

Isaura schüttelte den Kopf. »Nicht, dass ich wüsste.«

»Der Vertrag von Tordesillas, der die Welt in zwei Hälften schnitt?«

Noch einmal musste Isaura verneinen. »Es tut mir leid. So genau habe ich mich mit spanischer Geschichte nicht befasst, aber ich bin gerade dabei, dies nachzuholen. Wollen Sie mir ein paar Worte dazu sagen? Dann lese ich es später genauer nach.«

Der Anwalt nickte. »Es war Ende des fünfzehnten Jahrhunderts. Spanien und Portugal wetteiferten als Seemächte miteinander und sandten ihre Schiffe aus, um neue Welten zu entdecken und sie sich untertan zu machen. Das führte zu Konflikten, wie Sie sich denken können, und so teilte Papst Alexander VI. die Welt zwischen den beiden katholischen Mächten dieser Zeit auf.«

»Alexander VI.?«, hakte Isaura nach. »Der Borgiapapst?«

Señor Campillo nickte. »Sie sind ja doch nicht so unwissend. Ja, Roderic Llançol i de Borja, der schillerndste der Renaissancepäpste und ein skrupelloser, machtbesessener Herrscher. Jedenfalls schlossen Portugal und Spanien 1494 in Tordesillas den Vertrag, der die Welt in einer Linie von Pol zu Pol aufteilte. Sie liegt bei 46° 37' westlicher Länge, etwa 1770 Kilometer westlich der Kapverdischen Inseln. Alle Gebiete westlich davon standen Spanien zu – so also das von Kolumbus entdeckte Amerika. Während Afrika und Asien an die Portugiesen fiel. Diese Linie erlaubte den Portugiesen dann allerdings auch noch, Brasilien zu besetzen, weshalb man auch heute dort noch portugiesisch spricht – und nicht spanisch, wie im Rest von Süd- und Mittelamerika.«

Isaura machte sich einige Notizen und nahm sich vor, weitere Details zu recherchieren. Das war doch etwas für ihre Reportage. Als sie ihren Stift weglegte und das Notizbuch zuklappte, das sie stets in ihrer Handtasche trug, kam der Anwalt auf das Testament zurück.

»Das Anwesen Ihrer Familie liegt also, wie gesagt, bei Tordesillas am Ufer des Duero.«

»Anwesen?«, wiederholte Isaura. »Was verstehen Sie darunter? Sagten Sie nicht vorhin, meine Großtante habe dort ein Haus besessen?«

»Ja, ein Haus, in dem sie und einige Generationen vor ihr gewohnt haben. Dann gibt es noch das alte Herrenhaus, das allerdings nicht mehr in bewohnbarem Zustand ist, und so einige Nebengebäude, einen alten Turm und, nun ja, eben die Ländereien, die heute noch dazugehören. Aber machen Sie sich davon keine zu großen Vorstellungen. Land ist hier in der Hochebene nicht viel wert, und ihre Vorfahren waren gezwungen, das meiste in Notzeiten zu veräußern. Mehr als ein paar Hektar sind nicht geblieben.«

»Ein paar Hektar«, echote Isaura, der das alles über ihre Vorstellungskraft ging. Was hatte sie erwartet? Ein paar persönliche Gegenstände einer alten Dame, an der ihre Erinnerungen hingen? Ja, vielleicht.

Der Anwalt schob ihr einen Grundriss zu und zeigte ihr die einzelnen Gebäude. Dann nahm er eine Straßenkarte und zeichnete ihr ein, wie sie zu dem Anwesen gelangen konnte.

»Wenn Sie von Segovia aus die Autobahn Richtung Valladolid nehmen und dann auf der Höhe von Portillo nach Westen abbiegen, sollten Sie in zwei Stunden dort sein.« Er schob ihr über den Schreibtisch einen Bund Schlüssel zu, der so groß war, dass er kaum in ihre Handtasche passte.

»Und nun?«, fragte Isaura, die sich ganz erschlagen fühlte. In ihrem Kopf rauschte es. Das war alles so unwirklich.

»Nun fahren Sie erst einmal hin und sehen sich alles in Ruhe an. Bleiben Sie, so lange Sie möchten. Und wenn Sie sich entschieden haben, ob Sie das Erbe annehmen, dann kehren Sie hierher zurück und unterschreiben die Papiere. Wobei ich betonen möchte, dass sich Carmen am Ende ihres Lebens nichts mehr gewünscht hatte, als dass Sie alles übernehmen.«

»Natürlich nehme ich das Erbe an«, rief Isaura, doch der Anwalt hob die Hände.

»Sehe Sie es sich erst einmal an. Besitz kann auch eine Belastung sein – vor allem hier in Spanien. Glauben Sie nicht, dass Sie so ein Anwesen hier leicht verkauft bekommen.«

»Das habe ich auch nicht vor«, sagte sie entrüstet, doch er lächelte milde.

»Ja, das hoffe ich für Carmen und für Sie. Lassen Sie sich nicht gleich entmutigen, und verbringen Sie die ersten Nächte lieber in einem Hotel in der Stadt, bis Sie sich eingewöhnt haben. Es wird Ihnen zu Anfang alles vielleicht ein wenig beängstigend vorkommen.«

Isaura wehrte ab und erhob sich. »Ich bin kein ängstlicher Mensch, Señor Campillo.«

Er folgte ihrem Beispiel und trat hinter dem Schreibtisch hervor. »Es war ja auch nur ein Vorschlag.«

Zögernd sah Isaura den Anwalt an.

»Ja? Kann ich noch etwas für Sie tun?«

Sie hob die Schultern. »Ich weiß nicht. Es ist vielleicht eine seltsame Frage, aber wissen Sie, ob ich schon einmal hier war? Ich meine nicht in Ihrer Kanzlei, nein, aber in Kastilien, in Segovia. Vor langer Zeit, vielleicht als Kind, sodass es mir bisher entfallen war.«

Der Anwalt sah sie aufmerksam aus seinen hellen Augen an. Ja, beinahe wachsam, kam es ihr vor. »Wie kommen Sie auf diesen Gedanken?«, fragte er vorsichtig.

Isaura hob die Schultern. »Das ist schwer zu erklären. Es kommt mir alles so vertraut vor, als hätte ich es schon einmal gesehen.« Sie rang nach Worten. »Es ist ein Gefühl, als würde ich nach einer Ewigkeit heimkommen.« Sie lachte verlegen. »Ich weiß, das klingt ein wenig albern. Aber hat meine Großtante Carmen vielleicht einmal erwähnt, dass ich als Kind zu Besuch war oder so?«

Señor Campillo schüttelte mit einem Ausdruck von Bedauern den Kopf.

»Nein, Carmen war es nicht vergönnt, Sie kennenzulernen, obgleich es stets ihr größter Wunsch war. Wie ich Ihnen bereits sagte, hat sie Ihren Lebensweg aus der Ferne beobachtet und immer wieder von Ihnen gesprochen.«

»Dann verstehe ich das nicht«, murmelte Isaura und schüttelte verwirrt den Kopf. »Dieses Gefühl … Ich meine, ich bin schon viel gereist, aber das habe ich noch nie an einem fremden Ort empfunden.«

Der Anwalt schwieg. Was hätte er darauf auch erwidern sollen? Isaura riss sich zusammen, schenkte ihm zum Abschied ein Lächeln und bedankte sich. Sie reichten einander die Hände, und er brachte sie bis zur Tür.

»Ach, was ich Sie noch fragen wollte: Woran ist meine Großtante denn gestorben?«, fragte Isaura, als sie bereits in der Gasse stand.

»Ein Unfall«, gab der Anwalt Auskunft und schüttelte mit einer Grimasse den Kopf. »Sie fiel von einer Leiter, als sie einer Katze vom Baum helfen wollte, und brach sich das Genick. Wenigstens hat sie nicht gelitten.«

Dann ist es also doch nur ein Zufall gewesen, dass sie drei Tage vor ihrem Tod ihren Anwalt aufgesucht hat, um das Testament zu bestätigen, dachte Isaura, als sie wieder bei ihrem Wagen anlangte. Schließlich hatte sie nicht wissen können, dass sie drei Tage später von einer Leiter fallen würde, oder?

Kapitel 11

Segovia, 1466

Der König reagierte auf den Verrat, wie Jimena es befürchtet hatte: unentschlossen, traurig, resignierend.

»Nackt und bloß bin ich auf die Welt gekommen, und gleichermaßen wird mich die Erde wieder in Empfang nehmen«, sagte er und schüttelte ob der Ungeheuerlichkeit fassungslos den Kopf. Er ballte nicht die Fäuste, und er griff auch nicht zum Schwert. Wären sich seine Gegner einig gewesen und hätten sie nicht schon am Tag nach der Proklamation begonnen, sich wie räudige Hunde um die besten Knochen zu streiten, wäre Kastilien für Enrique verloren gewesen.

Doch die Uneinigkeit seiner Gegner gab den Verbündeten, die dem rechtmäßigen König noch geblieben waren, Zeit, Truppen auszuheben. Allen voran marschierte Beltrán de la Cueva mit einem Heer von fünfzehntausend Bauern und fiel vor seinem König auf die Knie. Enrique war gerührt und ließ sich aus seiner Lethargie reißen. Er stellte sich an die Spitze seines Heeres und marschierte gegen die Rebellen, die sich angesichts der Stärke der Truppe kleinlaut zurückzogen. Sie setzten Carrillo als ihren Anführer ab, und einer nach dem anderen wechselte um Verzeihung heischend wieder auf Enriques Seite.

Doch falls Isabel wie ihre Freundin Beatriz blutrünstig nach Villenas Kopf gelechzt hatte, so wurde sie wieder einmal enttäuscht. Man konnte Enrique nicht ändern, und wieder erlag er dem Gift, das der Marquis ihm ins Ohr träufelte.

Er bot einen Landfrieden an, wenn der König seine Truppen entlasse. Nur zu gern bereit, für den Frieden alles zu geben, legte der König seine Trümpfe aus der Hand. Stolz zog der Marquis mit seinem Gefolge im *Alcázar* ein und wurde von Enrique wie der verlorene Sohn empfangen. Dominga zog sich resigniert wieder nach Arévalo zurück, während Beatriz ihrer Verbitterung lautstark Luft machte.

»Ich kann es nicht fassen! Gibt es denn keinen, der den Mut hat, seinen Dolch zu führen, um den König endgültig von dieser Schlange zu befreien?«

»Rede nicht so«, herrschte Isabel die Freundin ungewohnt barsch an, obgleich Jimena vermutete, dass sie ähnliche Gedanken hegte. Doch falls sie dachte, es hätte nicht schlimmer kommen können, dann täuschte sich Isabel.

Es war ein Morgen im Frühling 1466, als Jimena mit einem Schrei aus ihrem Bett auffuhr.

»Was hast du denn?«, murmelte Beatriz schlaftrunken und schälte sich aus ihren Linnen. »Ist etwas passiert, oder hast du wieder einmal nur schlecht geträumt?«

Heute wird etwas passieren, dachte Jimena, sagte es aber nicht. Sie wusste, was Beatriz von solchen Vorhersagen hielt.

Es war am späten Vormittag, als Enrique nach seiner Schwester schicken ließ. Ihre jungen Damen folgten wie immer in ihrem Schatten und blieben dann respektvoll an der Tür stehen, während der König Isabel mit freundlichem Lächeln zu sich winkte. Isabels Miene wirkte dagegen eher angespannt, was vermutlich an der Anwesenheit von Juan Pacheco de Villena lag und noch mehr an dessen selbstgefälligem Grinsen, das nichts Gutes verhieß. Und so ließ die Hiobsbotschaft auch nicht lange auf sich warten. Kaum hatte sich Isabel gesetzt, begann der König von den glücklich beigelegten Zerwürfnissen zwischen dem Marquis und ihm zu sprechen.

»So weit soll es nie wieder kommen!«, beschwor er. »Von

nun an soll das Haus Trastámara mit dem von Villena nicht nur in Freundschaft und Vertrauen verbunden sein.«

Jimena spürte, wie ihr schlecht wurde, und auch Isabel schien Böses zu ahnen.

»Ich habe meinem Freund dem Marquis vorgeschlagen, dass ich dich, liebe Schwester, seinem Bruder Don Pedro zur Frau gebe.«

Er sah Isabel an, als habe er ihr eben ein wundervolles Geschenk gemacht und erwarte ihren stürmischen Dank. Isabel jedoch zeigte keine Spur von Freude. Jimena konnte spüren, wie es in ihr arbeitete.

»Don Pedro? Meint Ihr Don Pedro Girón Pacheco, den Großmeister von Calatrava?«

Die Männer nickten. Isabel konnte ihr Entsetzen nicht mehr verbergen. »Er ist ein uralter Mann«, stieß sie hervor.

»Nun übertreibe nicht«, widersprach der König. »Er ist noch nicht einmal fünfzig!«

»Und ich bin fünfzehn Jahre alt!«, rief Isabel außer sich.

»Das ist nicht von Belang«, versuchte sie der König zu beschwichtigen. »Er ist ein einflussreicher Mann. Er ist Großmeister und nennt weite Ländereien und zahlreiche Burgen sein Eigen. Jedenfalls halte ich ihn für einen geeigneten Ehemann für meine Schwester.«

»Ach ja?«, begehrte Isabel auf. »Ich dachte, Ihr könntet Euch nicht entscheiden, ob ich in das Königshaus von Portugal einheirate oder gar dem Bruder des französischen Königs gegeben werde. Und nun ist ein Don Pedro gut genug?«

Jimena sah, wie peinlich der König berührt war, doch im Fall dieser Ehe war er nicht bereit, so schnell nachzugeben.

»Du stehst hier unter meinem Schutz, und daher wirst du auch meine Anweisungen befolgen«, sagte er ungewöhnlich streng. »Und nun geh in dein Gemach. Ich will dich erst wieder hier in der Halle sehen, wenn du bereit bist, dich zu benehmen, wie ich es von dir verlangen darf!«

Isabel sprang auf und rannte mit gerafften Röcken aus dem Saal. Jimena, Teresa und Beatriz folgten ihr. Oben in ihrem Gemach warf sie sich auf ihr Bett und brach in Tränen aus. Jimena konnte sich kaum erinnern, wann sie Isabel je hatte weinen sehen, doch diese Nachricht raubte ihr die Fassung.

»Natürlich weiß ich, dass ich irgendwann heiraten muss und dass königliche Töchter das Band zu den Königshäusern anderer Länder sind«, sagte sie nach einer Weile schluchzend, »aber diesen alten Großmeister will ich nicht!«

Beatriz setzte sich neben sie und streichelte ihre Schulter. Dann trat ein Ausdruck wilder Entschlossenheit in ihre Miene.

»Ich weiß nicht, was Gottes Ratschluss sein wird, aber ich würde diese Heirat nicht erlauben!«

Sie zog ihren kleinen Dolch zwischen den Falten ihres Kleides hervor. »Eher bringe ich diesen Don Pedro eigenhändig um, als dass ich diese Sünde zulasse!«

»Das darfst du nicht tun«, schluchzte Isabel. »Der Marquis würde dich vierteilen lassen.«

Ehe Beatriz ihre Entschlossenheit bekräftigen konnte, mischte sich Jimena ein. »Ja, ein Dolch in deiner Hand ist nicht das Richtige. Es muss einen anderen Weg geben, diese Hochzeit zu verhindern.«

Sie lief hinaus und verließ den *Alcázar*. Den ganzen Tag wanderte sie durch die Stadt und zerbrach sich den Kopf, wie man Isabel vor dieser Ehe retten konnte. Es war einfach falsch, das wusste sie, und irgendetwas musste geschehen.

Ihre Wut wuchs mit jedem Augenblick, bis sie glaubte, ihr Kopf müsse zerspringen. Ausgerechnet ein Pacheco! Wie konnte der König seiner Schwester so etwas antun? Wie konnte er sich und dem Reich so etwas antun?

Am Abend erfuhren sie mit Schrecken, dass der Bräutigam bereits auf dem Weg nach Segovia war, um seine Braut und die sicher nicht kleine Mitgift in Empfang zu nehmen. Isabel kämpfte mit ihrer aufsteigenden Panik, die sie zu übermannen drohte. Sie rührte ihr Essen nicht an und fand die ganze Nacht keinen Schlaf. Auch Jimena konnte nicht einschlafen und konzentrierte sich mit aller Macht auf den einen Gedanken: Don Pedro durfte nicht in Segovia eintreffen. Diese Hochzeit durfte nicht stattfinden! Es war ganz gut, dass niemand in ihre Gedanken sehen konnte, denn vor mancher Vorstellung schrak sie sogar selbst zurück.

Würden sie am Ende gar doch zu einem Dolch greifen müssen, um Isabel zu befreien? Nein! Das Schicksal konnte einen anderen Weg wählen! Sie hoffte und betete, dass sie recht behalten würde.

Es verwunderte Jimena nicht, dass ihre Tante Dominga zwei Tage später plötzlich im großen Hof stand, als sie mit Isabel, Teresa und Beatriz vom Frühmahl kam. Sie stürzte auf ihre Tante zu, um sie zu umarmen, hielt aber ob der ernsten Miene inne.

»Du weißt es schon«, sagte sie. »Ja, natürlich. Warum sonst bist du gekommen?«

Dominga umarmte sie und schloss dann ihre Tochter in die Arme. Noch immer sagte sie kein Wort, sondern musterte die vier jungen Mädchen mit dieser rätselhaften Miene, die Jimena nicht zu deuten wusste.

»Lasst uns ein Stück spazieren gehen«, sagte sie leise. »An einen Ort, wo wir ungestört sprechen können.«

Jimena wartete, bis sie außer Hörweite waren. »Wie hast du von der geplanten Hochzeit erfahren?«, platzte sie heraus. »Deshalb bist du doch gekommen, nicht wahr? Du musst sie verhindern«, drängte sie. »Wenn jemand das kann, dann du!«

In ihrer Stimme klang so viel Zuversicht, dass sie auch in Isabels Augen Hoffnung aufleuchten sah.

»Könnt Ihr das wirklich?«, fragte sie leise. »Ich muss gestehen, ich habe vieles für Humbug gehalten und denke, dass so manche, die sich weise Frau, Astrologin oder Kartenlegerin nennen, nur die Leichtgläubigkeit der Menschen ausnutzen. Aber Ihr seid nun schon so lange am Hof meiner Mutter... Bitte, sagt mir ehrlich, habt Ihr diese Kräfte, von denen man nur hinter vorgehaltener Hand spricht?«

Dominga schwieg, bis sie im Schatten eines ausladenden Baumes innehielt und sich zu Isabel umdrehte.

»Ihr werdet Don Pedro nicht heiraten müssen«, sagte sie in einem Ton, der keinen Zweifel ließ.

Isabel und Beatriz seufzten beide aus tiefer Erleichterung. Vielleicht hatte Beatriz gebangt, ihren Schwur doch noch mit Blut einlösen zu müssen?

»Was hast du vor?«, wollte Jimena wissen, doch Dominga schüttelte den Kopf.

»Nichts. Ich wollte euch nur sagen, dass ihr nicht länger bangen müsst, doch schweigt still! Es wird nicht mehr lange dauern, bis die Nachricht den Hof erreicht. Dann tut überrascht, selbst wenn ihr die Neuigkeit nicht bedauert.«

Mit diesen rätselhaften Worten trat Dominga den Rückweg zum Palast an. Den Mädchen gelang es nicht, auch nur einen Satz der Erklärung aus ihr herauszuholen. So waren sie alle in Aufruhr, den sie nur mühsam unterdrücken konnten, bis am Abend ein von Schweiß und Staub bedeckter Bote in den Hof ritt, vom Pferd sprang und nach dem König und dem Marquis rufen ließ.

Beatriz, die gerade auf dem Weg in die Gemächer gewesen war, um Isabel ihren Fächer zu holen, machte kehrt und lief zu den Freundinnen zurück. Sie traten gerade in den Saal, als der Bote vor dem König und dem Marquis de Villena die schicksalsträchtigen Worte ausstieß:

»Don Pedro ist tot!«

»Wie kann das sein?«, rief der Marquis. »Wie kommst du dazu, so etwas zu behaupten? Er ist auf dem Weg nach Segovia, um seine Hochzeit zu feiern!«

Der Bote schüttelte erschöpft den Kopf. »Nein, ja, ich weiß. Ich gehörte zu dem Gefolge des Großmeisters. Wir waren vor zwei Tagen gerade dabei, uns ein Nachtquartier in einem Kloster am Wegesrand zu suchen, als Don Pedro der Tod ereilte. Es gab keine Vorzeichen. Er war nicht leidend. Und dennoch starb er ganz plötzlich unter Krämpfen und Schmerzen. Ich war dabei«, fügte der Bote leise hinzu und schauderte, als ihn die Erinnerung erfasste. »Er schrie und wand sich. Blut schoss ihm aus der Nase und den Ohren, dann brach er zusammen und starb.«

Betroffenes Schweigen im Saal. Nur Beatriz lächelte zufrieden, bis Isabel ihr in die Rippen stieß. Da senkte sie den Blick, doch noch immer umspielte ein Lächeln ihren Mund.

»Deine Tante hat recht behalten«, frohlockte Beatriz, als die Freundinnen in ihr Gemach zurückkehrten. »Aber woher konnte sie das wissen, noch ehe der Bote in Segovia eintraf?«

»Sie ist eben wirklich eine weise Frau mit besonderen Kräften«, sagte Isabel, die noch immer schwer atmete, als habe sie eine schwere Last auf den Schultern getragen.

Beatriz blieb stehen und senkte die Stimme. »Ja, mit besonderen Kräften«, wiederholte sie. »Meint ihr, sie hat es nur vorausgesehen? Oder könnte es sein, dass sie nachgeholfen hat?«

»Sie war nicht dort. Das hätte der Bote sonst sicher berichtet«, widersprach Isabel ein wenig ungehalten.

»Ich spreche hier auch nicht von einer kalten Klinge oder einem Tröpfchen Gift im Becher«, fuhr Beatriz unbeeindruckt fort. »Ich spreche von ihren ganz besonderen Kräften, die vielleicht so stark sind, dass sie einen Menschen aus der Ferne töten kann.«

Ihr Blick wanderte zu Jimena, die ein wenig gezwungen auflachte. »So ein Unsinn!«, sagte sie nur, doch die Worte der Freundin entfachten einen Sturm in ihrem Geist. Unter einem Vorwand verabschiedete sie sich und verließ den Palast. Im Schutz der Dunkelheit wanderte sie an der Stadtmauer entlang. Sie war so in Aufruhr, dass sie die Röcke raffte, um weiter ausschreiten zu können.

Hatte Beatriz etwa recht? Hatte ihre Tante ihre Kräfte benutzt, um in das Rad des Schicksals einzugreifen? Besaß sie überhaupt diese Macht, einen Mann aus der Ferne nur mit der Kraft ihrer Gedanken zu töten?

Jimena konnte sich das nicht vorstellen, und doch … Was gab es sonst für eine Möglichkeit? War es ein Giftanschlag gewesen? Durch einen gedungenen Mörder, der sich in das Gefolge des Großmeisters eingeschlichen hatte? Auf wessen Befehl? Wer außer Isabel hatte ihm den Tod gewünscht? Nein, verbesserte sie sich. Isabel hatte lediglich darum gebetet, ihn nicht heiraten zu müssen. Sein Leben hatte sie ihm nicht nehmen wollen.

Nein, solch finstere Gedanken hatte nur sie selbst gehegt. Jimena blieb unvermittelt stehen.

Das war nicht möglich!

Nein?

Hatte sie ihn nicht genau so sterben sehen, wie der Bote es beschrieben hatte? Sie konnte ihn sich in Schmerzen winden sehen und das Blut, das ihm aus Nase und Ohren drang.

Ja, gut, sie hatte es gesehen. Sie hatte schon viele Dinge gesehen, die dann so geschehen waren. Das hieß nicht, dass sie selbst die Schuld daran trug.

Und doch breitete sich ein mulmiges Gefühl in ihr aus. Es war, als müsse sie sich vor sich selbst fürchten. Trug sie Kräfte in sich, von denen sie nichts wusste und die sie nicht beherrschte? War sie eine Gefahr für andere?

»Unsinn!«, sagte sie laut, doch da stand ihr das Bild jenes Mannes vor Augen, der sich an Teresa vergriffen hatte. Wie ihr Zorn in Wellen über ihr zusammengeschlagen war und wie der Mann in Pein aufgeschrien und sich gewunden hatte. Blut war aus seiner Nase und seinen Ohren geflossen.

Was hatten sie über Jimena gesagt? Sie sei eine Hexe? Sie

sah auf ihre Hände herab, und es war ihr, als könne sie das Blut, das sie vergossen hatte, auf ihrer Haut spüren.

»So ein Unsinn«, sagte sie noch einmal, doch es klang selbst in ihren Ohren nicht überzeugend. Kläglich traf den Ton schon eher.

»Sprichst du neuerdings mit dir selbst?«

Jimena fuhr herum und starrte Ramón entgeistert an. Dann stieg Empörung in ihr auf. »Du verfolgst und belauschst mich? Was fällt dir ein?«

Ramón verbeugte sich und bat lächelnd um Verzeihung. »Ich habe dich zufällig hier draußen gesehen, ja, und da habe ich mich gefragt, was du hier so allein um diese Zeit machst? Oder störe ich dich bei einer Verabredung?« Er sah sich hastig um, doch es schien niemand außer ihnen hier draußen unterwegs zu sein.

»Und wenn es so wäre?«, konterte sie und stemmte die Hände in die Hüften.

»Dann müsste ich mich entschuldigen und mich zurückziehen, denn ich weiß, es geht mich nichts an. Anderseits bin ich dein Vetter und könnte dich in strengem Ton auffordern, nicht gegen die guten Sitten zu verstoßen. Ja, das sollte ich vermutlich tun, denn ich hätte keine ruhige Minute mehr bei dem Gedanken, dass du einem Galan solch ein nächtliches Treffen gewährst.«

»So besorgt um meine Tugend?«

Er seufzte tief und stieß dann hervor: »Die Eifersucht würde mich zerfressen. Ich könnte nicht mehr für meine Handlungen garantieren.«

»Oh weh, würdest du gar das Schwert ziehen?«, wollte Jimena wissen, die sich wider Willen geschmeichelt fühlte.

»Wer weiß?«

»Nun, dann ist es ja gut, dass ich dir versichern kann, dass ich nichts dergleichen vorhabe. Ich brauche einfach ein wenig frische Luft und Ruhe, um meine Gedanken zu ordnen.«

»Und dazu musst du den Palast um diese Zeit verlassen? So etwas ist für eine junge Dame nicht ungefährlich!«

Jimena schnaubte abfällig. »Ach, du meinst, so gefährlich, wie sich allein und unbewaffnet in den Gängen und Höfen des *Alcázar* herumzutreiben?«

Verlegen sah Ramón zu Boden.

»Du hast vermutlich recht. Glaube mir, ich bin über diese lockeren Sitten nicht erfreut, doch was könnte ich dagegen tun, wenn all die Granden und selbst der König und die Königin so leichtfertig handeln? Die Tugend ist in den königlichen Palästen leider kein hohes Gut mehr.«

»Nein, wirklich nicht«, stimmte ihm Jimena zu und setzte ihren Weg an der Stadtmauer entlang fort. Ramón passte seinen Schritt dem ihren an und ging so nah neben ihr, dass er sie fast berührte. Es war ihr, als könne sie seine Wärme durch den dünnen Schal spüren, den sie sich um die Arme gelegt hatte.

»Möchtest du auf den Turm hinaufsteigen und über die Mauer sehen?«, fragte er und deutete auf die schmalen steinernen Stufen, die sich vor ihnen emporwanden.

»Warum nicht? Wenn wir von den Wächtern nicht gerügt werden.«

»Es ist niemand oben«, versicherte Ramón. »In friedlichen Zeiten sind nicht alle Stadttürme besetzt.«

»Friedliche Zeiten«, schnaubte Jimena. Sie raffte ihre Röcke und stieg vor ihm die Treppe hinauf, die sich bis auf die Plattform hinaufwand. »Wir haben mehr als genug Unruhen im Land, und es gärt unter der Oberfläche. Glaubst du, Erzbischof Carrillo und der Marquis von Villena haben klein beigegeben und sind von nun an treue Gefolgsleute des Königs? Ich jedenfalls kann das nicht glauben. Immerhin haben sie nach wie vor Alfonso in ihrer Gewalt – oder unter ihrem Schutz, wie sie es nennen. Es spricht zwar keiner mehr über diese kuriose Krönung in Ávila, dennoch ist er der Thronfolger, sollte König Enrique etwas passieren.«

Ramón betrat hinter ihr die Turmplattform, von der sie einen weiten Blick über das nächtliche Flusstal hatten.

»Glaubst du, der König ist in Gefahr?«, nahm Ramón ihre letzten Worte auf.

Jimena überlegte. Sie schloss die Augen und ließ ihre Gedanken kreisen, doch sie konnte den König nicht sehen.

»Ich weiß es nicht, ich glaube nicht, dass ihm unmittelbar Gefahr droht«, sagte sie nach einer Weile. Sie hob die Lider und sah, wie Ramón nickte. Er zog ihre Worte nicht in Zweifel. Glaubte er, sie habe die gleichen Kräfte wie seine Mutter? Sie verfüge wie Dominga über das Gesicht?

Tust du das denn nicht?, erklang eine erstaunte Stimme in ihr, und da sah sie ihn: König Enrique auf seinem Totenbett. Jimena zuckte zusammen. Nein, kein Blut, keine Wunde durch einen heimtückischen Dolchstoß. Ausgezehrt sah der König aus.

»Nein, keine Gefahr durch seine Widersacher«, wiederholte sie leise, »aber alt werden wird der König dennoch nicht.«

Ramón legte ihr seine Hand auf den Mund. »Psst, so etwas darf man nicht sagen, selbst wenn es die Wahrheit sein sollte. Mit solchen Prophezeiungen macht man sich keine Freunde – zumindest nicht beim König und seinen Anhängern.«

Jimena sah ihren Cousin ernst an. »Auf welcher Seite stehst du, tief in deinem Herzen?«

»Auf der Seite des Königs natürlich«, stieß er fast ein wenig wild hervor. »Und auf der Seite seiner rechtmäßigen Erbin, der man auf infame Weise den Thron rauben will.«

»Du meinst, La Beltraneja sollte die Thronerbin sein?«

»Nenn sie nicht so! Sie ist die Infantin Juana, die Kronprinzessin!«

Jimena wiegte den Kopf hin und her. »Vielleicht, vielleicht auch nicht. Wir werden es nie mit Sicherheit sagen können. Die Königin ist keine Heilige!«

»Das habe ich auch nicht behauptet. Ich bin nicht blind, und ich sehe wohl, dass es viele bei Hof gibt, die ihr Lager nicht nur mit ihrem Angetrauten teilen, dennoch ist es nicht an uns, über den König und die Königin zu urteilen. Wenn König Enrique sagt, Juana sei seine Tochter, dann steht keinem das Recht zu, dies zu bezweifeln und ihr den Thron zu stehlen.«

Sie schwiegen beide und sahen über das Tal hinaus, wo mit den Schatten verschmelzend der Río Eresma rauschte. Die Klöster und Einsiedeleien am gegenüberliegenden Talhang lagen bereits im Dunklen. Im Westen konnte man den Konvent der barfüßigen Karmeliterinnen erahnen, gegenüber lag das neue Kloster El Paral, das König Enrique hatte erbauen lassen. Auch hier ruhten die Mauern dunkel und schweigend unter ihnen. Sicher waren die Schwestern und Mönche bereits zu Bett gegangen, mussten sie doch bereits wenig nach Mitternacht wieder aufstehen, um das erste Lob des neuen Tages für Gott den Herrn zu singen. Wie so vieles hatte der König auch das neue Kloster unter den Schutz des Marquis von Villena gestellt, der nun sein Wappen an dem noch unvollendeten Portal anbringen ließ.

Jimena wandte den Blick ab. Nein, sie wollte jetzt nicht an den Marquis denken und daran, wie er auf Don Pedros unerwarteten Tod reagieren würde. Zumindest vorerst war die Gefahr gebannt, das Haus Villena noch enger an das von Trastámara zu binden. Doch Jimena musste sich nicht ihrer Gabe bedienen, um zu wissen, dass Juan Pacheco de Villena dies nicht auf sich beruhen lassen würde. Er und Carrillo wollten mehr Macht! Und dazu war ihnen jedes Mittel recht.

Bilder von Verrat und Streit huschten durch ihren Geist, von blutigen Kämpfen und von Tod. Nein, sie wollte das nicht sehen. Sie wollte vergessen! Doch das stand nicht in ihrer Macht.

Jimena und Ramón standen nebeneinander und sahen in

den Sternenhimmel, dessen Glanz sich vertiefte. Der heiße Wind, der die Bewohner des Hochlandes im Sommer plagte, war angenehm mild geworden und umschmeichelte die beiden jungen Menschen, die sich plötzlich so befangen fühlten. In Jimena stieg ein Verlangen auf, das sie nicht kannte. Sie hatte das Bedürfnis, sich an ihn zu lehnen, seine Haut zu fühlen. Die Nähe allein genügte ihr nicht mehr. Sie wollte sich an diese Brust schmiegen und seine Arme fest um sich spüren.

Wie ungehörig! Sie kämpfte gegen den Wunsch an und ballte die Hände zu Fäusten.

Hoffentlich kann Ramón meine verbotenen Gefühle nicht spüren. Er ist ein Mann und sicher nicht so sensibel, dass er diese Schwingungen empfängt. Ich müsste vor Scham im Boden versinken.

Und dennoch verlangte ein anderer Teil nichts mehr, als dass er fühlen mochte, was in ihr vorging, und sie in seine schützenden Arme nahm. Sie fühlte sich so schwach und hilflos. Die vielen düsteren Ahnungen vergifteten ihren Geist und drückten ihr Gemüt nieder, sodass sie glaubte, die Last allein nicht mehr tragen zu können. Sie atmete so schwer, dass es wie ein Seufzer klang.

»Was ist?«, fragte Ramón leise. »Siehst du die Sterne? Es sind mehr, als ein Mensch zählen kann. Sie sind tröstlich in der Nacht und leiten unseren Weg, wenn alles andere Licht verlischt. Sieh dort drüben, der Blasse dort unter dem hellen Bild des Bären, das ist der Nordstern. Er verharrt Nacht für Nacht an dieser Stelle und leitet den späten Wanderer, damit er nicht von seinem Weg abkommt. All die anderen Sterne schweifen in einem weiten Bogen über das Firmament. Ein ewiger Reigen, Nacht für Nacht, Jahr für Jahr.«

Jimena fragte nicht, woher er das wusste. Dominga war Sterndeuterin, hatte ihren Kinder schon von klein an den nächtlichen Himmel gezeigt und sie die Bedeutung der Sterne gelehrt. Es war auch nicht wichtig, was er sagte. Es genügte ihr, seiner leisen Stimme zu lauschen, in der, wie sie glaubte, ein zärtlicher Ton schwang.

Weil er bei den Worten an seine Mutter dachte? Oder weil sie an seiner Seite stand?

Wieder verkrampften sich ihre Hände, und sie spürte, wie sich die Haut über ihren Knöcheln spannte.

Eine warme Hand legte sich um ihre geballte Faust. Jimena zuckte zusammen.

»Was ist mit dir? Du bist so angespannt, dass ich spüren kann, wie du innerlich zitterst. Was bereitet dir solches Unbehagen? Willst du nicht darüber sprechen?«

Jimena schüttelte stumm den Kopf, denn sie war sich nicht sicher, was ihr Mund sagen würde, wenn sie ihm erlaubte, sich zu öffnen.

Mit sanfter Gewalt öffnete er ihre Faust und hob ihre Hand, als wolle er sie sich näher betrachten.

»Eine so zarte Hand sollte sich nicht zur Faust schließen. Das ist Aufgabe unserer groben Männerhände.« Er hob ihre Hand noch ein Stückchen höher, dann küsste er ihre Handfläche und jede ihrer Fingerspitzen. Jimena erschauderte, und ein schwaches Stöhnen entschlüpfte ihren zusammengepressten Lippen.

»Zürne mir nicht«, sagte er kaum hörbar und klang dabei so unglaublich traurig. »Ich bin ein Narr, doch wenn mein Blick wachsam und mit Eifersucht jedem deiner Schritte folgt, dann ist es nicht der des Bruders, der ich für dich sein sollte. Verzeih mir, Jimena, und übe Nachsicht, denn es gelingt mir nicht mehr, diese Gefühle zu verjagen.«

Er spürte, wie sie zu zittern begann. Erschrocken ließ er ihre Hand los.

»Nein, nein, ich schwöre dir, du hast nichts von mir zu befürchten. Ich bin Manns genug, über dich zu wachen und meine Ehre nie zu vergessen.«

»Du bist ein Dummkopf, Ramón«, stieß Jimena aus, ohne

es zu wollen, doch er verstand nicht. Er sah sie nur fragend an. Nun war sie es, die nach seinen großen, rauen Händen griff und seine Finger zärtlich küsste.

»Jimena«, stotterte er. Dann zog er sie in die Arme und presste sie mit einer Kraft an seine Brust, dass ihr der Atem stockte. So hielt er sie, bis sie glaubte, ersticken zu müssen, doch dann schob er sie von sich. Er beugte sich herab und verschlang ihr Gesicht mit seinem Blick, ehe sich seine Lippen auf die ihren senkten.

War seine Umarmung stürmisch und kraftvoll gewesen, so war der erste Kuss zärtlich, ja beinahe schüchtern. Zumindest begann er so, bis Jimena ihre Arme um seinen Hals schlang und ihn an sich zog.

Kapitel 12

Ávila, 1468

Jimenas Ahnungen trogen sie nicht. Der Marquis de Villena und Erzbischof Carrillo wussten auch ohne eine Eheschließung ihren Einfluss auf den König zu verstärken. Nur wenige Monate nachdem der Tod Bräutigam Don Pedro dahingerafft hatte, eröffnete der Erzbischof Isabel mit einem triumphierenden Lächeln, er freue sich, sie von nun an ebenfalls an seinem Hof in Ávila begrüßen zu dürfen.

Isabel winkte ab. »Ich habe nicht vor, Euch mit meiner Anwesenheit zu belästigen«, sagte sie kühl.

Das Lächeln des Erzbischofs wurde breiter. »Aber nein, verehrte Isabel, wie könntet Ihr mir lästig fallen? Außerdem werden mich meine Pflichten häufig nach Toledo rufen, sodass wir uns nicht allzu oft persönlich sehen können.«

Isabel wollte sich abwenden, doch er griff nach ihrem Arm und hielt sie auf. Ohne sich um das zornige Funkeln in ihren Augen zu kümmern, fuhr er mit honigsüßer Stimme fort:

»Der König ist ebenfalls der Meinung, es wäre gut, wenn ich Euch in diesen unsicheren Zeiten in meine Obhut nähme. Und solange mich meine Pflichten von Euch fernhalten, wird mein verehrter Neffe, der Marquis von Villena, sich um Euer Wohl kümmern.«

Jimena konnte sehen, wie es Isabel bei diesem Namen schauderte.

»Gebt Euch keine Mühe«, sagte sie kalt, obgleich die Wut die Oberhand zu gewinnen drohte. »Ich werde mit meinem

Bruder Enrique sprechen und dieses Missverständnis aufklären.«

Sie riss sich los und stolzierte davon. Doch in diesem Punkt blieb der König unnachgiebig und wollte nicht einsehen, wie falsch sein Schritt war. Natürlich stimmte es ihn unglücklich, seine Schwester zu verärgern, dennoch musste sie ihre Truhen packen lassen und mit ihrem kleinen Gefolge in den Palast nach Ávila ziehen. Ihr einziger Trost war, dass sie ihren Bruder Alfonso dort wiedersah.

Zu Jimenas großer Freude bat Ramón den König, die Damen begleiten zu dürfen, und Enrique gewährte die Bitte. Natürlich schickte er seiner Halbschwester noch ein Dutzend Bewaffnete, einige seiner Höflinge und ein paar der Damen mit, sodass sie mit einem kleinen Hofstaat in Ávila eintraf, wie es für eine Infantin aus dem Hause Trastámara angemessen war.

Der Erzbischof, der sie persönlich empfing, sagte nichts dazu. Er wies ihr nur einen der Seitenflügel zu, in dem auch ihr Bruder mit seinen Lehrern und seinen Dienern wohnte. Dann reiste er ab, und der Marquis von Villena übernahm im Palast das Zepter.

Jimena konnte ihm nicht vorwerfen, die Infanten oder ihr Gefolge schlecht zu behandeln, dennoch wurden die Worte, die er an sie richtete, stets von einer unangenehmen Kälte umweht, und in seinem Blick stand etwas, das sie schaudern ließ. Jimena bemühte sich viele Nächte lang zu ergründen, was der Marquis im Schilde führte, doch in diesem Fall ließ ihre Gabe sie im Stich. Jimena wünschte, Dominga würde kommen, doch seit Don Pedros Tod hatte sie nichts mehr von ihr gehört. Sie konnte nur vermuten, dass sie sich weiterhin im düsteren Palast von Arévalo um Isabel von Portugal kümmerte und sich bemühte, ihren Geist zumindest ab und zu von der zunehmenden Finsternis, die ihn umschloss, zu befreien.

Sie hatte gehofft, Dominga würde auftauchen und verhindern, dass Erzbischof Carrillo und der Marquis von Villena Isabel als Geisel nahmen, denn wie auch immer der König oder der Erzbischof es beschönigend nannte, es war nichts anderes, und das war Isabel wohl bewusst.

Jimena hoffte vergebens, und so führten die Freundinnen ihr Leben im Palast von Ávila weiter, wo es sich kaum von den Gewohnheiten in Segovia unterschied. Wenigstens war Don Angelo mitgekommen und unterhielt sie mit seiner scharfen Zunge. Er war ein aufmerksamer Beobachter und zog oft Schlüsse, die Jimena erstaunten, die sich aber oft als wahr herausstellten.

Lediglich die Bibliothek ihres Vaters vermisste Isabel schmerzlich, doch als sie vor dem Erzbischof bei einem seiner kurzen Besuche davon sprach, ließ er sofort einige Kisten voller Bücher aus Segovia holen und engagierte zwei gelehrte Dominikanerpater aus dem Kloster der Stadt, die sie in den alten griechischen Klassikern unterrichteten und begannen, Alfonso und die jungen Damen Latein zu lehren. Während sich Isabel und Jimena in die Studien stürzten, suchten Beatriz und Alfonso stets nach einer Möglichkeit, sich dem Unterricht zu entziehen.

Teresa war nach wie vor der stumme Schatten an Jimenas Seite. Aufmerksam verfolgte sie den Unterricht und las in den Büchern, die die Kirchenmänner ihnen gaben. Jimena war überzeugt, dass Teresa inzwischen genauso gut lesen konnte wie sie selbst und auch das Lateinische mit ihnen lernte, doch das Mädchen vermied es nach wie vor zu schreiben – zumindest wenn es darum ging, ihren Gedanken Ausdruck zu verleihen. Nein, da schrieb sie lieber Psalmen oder alte Minnegesänge in ihrer feinen Schrift ab und verzierte die Blätter mit bunten Malereien, von denen Bruder Diego ganz entzückt war.

So verstrich die Zeit, und es vergingen manches Mal Wochen und Monate, bis Isabel und ihre Freundinnen Nachricht darüber erhielten, was draußen im Land vor sich ging. Meist waren es beunruhigende Nachrichten. Jimena kam mehr als einmal der Verdacht, dass der Erzbischof versuchte, die Neuigkeiten möglichst von ihnen fernzuhalten. Das Land war zerrissen, und die Machtkämpfe gingen mehr oder weniger offen weiter. Am meisten zu leiden hatte, wie immer bei den Konflikten der Großen, das einfache Volk, dessen Männer leichtfertig geopfert wurden und dessen Hab und Gut konfisziert, gestohlen oder als Sondersteuer von ihrem jeweiligen Lehensherrn eingezogen wurde. Denn nicht ganz Kastilien und León standen unter der direkten Herrschaft des Königs. Jedes dritte Dorf und jeder dritte Acker unterstand einem anderen Herrn, der auf seinen Ländereien schalten und walten konnte, wie es ihm beliebte. Und dann gab es natürlich die riesigen Ländereien der Kirche, der mächtigen Klöster und der großen Ritterorden, deren Großmeisterposten so sehr begehrt waren. Allen voran der Santiago-Orden zu Ehren des heiligen Jakobus, zu dessen Grab in Santiago de Compostela jährlich Tausende Pilger zogen. All diese Ländereien unterstanden nicht der Krone, und die Adelsherren – ob weltlich oder kirchlich – warfen ihr Geld und ihre Macht mal in die eine, mal in die andere Waagschale, je nachdem, von welcher sie sich die größeren Vorteile versprachen. So wechselten die Bündnisse ihre Richtung wie die Wetterfahne auf dem Dach.

Und Enrique? Er blieb weiter unentschlossen. Er belohnte stets all jene, die zu ihm kamen und ihm Treue schworen, und scheute sich, gegen die Verräter mit Waffengewalt vorzugehen. Es hätte eine unbeschwerte Zeit sein können, wenn sich Jimena nicht so sehr nach Ramón gesehnt hätte. Monate vergingen, bis sie ihn wiedersah, doch es ergab sich kaum eine Gelegenheit, ungestört miteinander zu sprechen, geschweige denn verstohlene Küsse zu tauschen. Dabei verlangte es sie so sehr danach, sich an ihn zu lehnen, seine Arme um sich zu spüren und seine heißen Küsse auf ihrer Haut und ihren Lippen. Auch in Ramóns Blick konnte sie Sehnsucht lesen, wenn sie sich in der Halle oder in einem der Höfe begegneten und er flüchtig ihre Hand streifte. Andere Paare waren weniger schüchtern und lebten ihre verbotenen Sehnsüchte mehr oder minder öffentlich in dunklen Nischen des Palasts aus, doch sowohl Jimena als auch Ramón scheuten sich, die Regeln des Anstands einfach beiseitezuschieben.

So kam der Tag des Abschieds wieder einmal viel zu schnell. Mit Tränen in den Augen versprach Jimena, jeden Tag zu zählen, bis sie sich endlich wieder in den Armen liegen würden.

Sie musste lange zählen! Ach, warum konnten sie nicht einfach zusammen sein? In mancher Nacht lag sie wach und weinte um die verlorene Zeit, die sie nebeneinander aber nicht miteinander verbracht hatten. Sie hatten ihre kostbare Zeit einfach ungenutzt verfließen lassen. Sie war ihnen zwischen den Fingern zerronnen, und nun blieben Jimena nichts als Erinnerungen an seine Berührungen und seine Küsse. Doch nicht nur die Sehnsucht nach Ramón raubte Jimena immer wieder den Schlaf. Albträume suchten sie heim und ließen sie schweißnass aus dem Schlaf schrecken.

Im Frühsommer 1468, Isabel und Jimena hatten bereits ihren siebzehnten Geburtstag gefeiert, verstärkten sich Jimenas böse Träume. Immer wieder nahm der Tod an ihrem Bett Platz, und der Druck auf ihrer Brust ließ sie kaum mehr atmen. Schweißnass erwachte sie immer häufiger in der Nacht und konnte dann lange keinen Schlaf mehr finden. Sie wusste, dass der Tod nicht in den Palast gekommen war, um sie selbst zu holen, doch das Wissen um das Unausweichliche machte es nicht leichter. Jimena verlor den Appetit, sie wurde blass und so mager, dass selbst Beatriz es bemerkte und sie misstrauisch musterte.

»Was ist mir dir? Lass mich deine Stirn fühlen, ob du dir vielleicht ein Fieber eingefangen hast.«

Jimena wich ein wenig verärgert zurück. »Nein, es ist nichts.«

Doch Beatriz blieb hartnäckig, bis sie ihr gestattete, die Hand auf ihre Stirn zu legen.

»Nein, kein Fieber«, bestätigte Beatriz. »Was ist es dann?« Sie überlegte, dann hellte sich ihre Miene auf. »Ah, ich weiß es. Es ist der Kummer unglücklicher Liebe, der dich verzehrt.«

»So ein Unsinn!«, zischte Jimena, obgleich sie das nicht ganz von sich weisen konnte, selbst wenn es nicht der Grund für ihre schlechten Träume und ihre Appetitlosigkeit war.

Beatriz sah triumphierend zu Isabel, die mit einem Buch in der Hand in der Fensternische saß. »Wann ist Ramón abgereist?«

»Vor vier Wochen ist er nach Segovia zurückgekehrt«, sagte sie, ohne von ihrem Buch aufzusehen.

»Aha«, meinte Beatriz. »Und seit wann verweigert Jimena das Essen und seufzt im Schlaf?«

»Das weiß ich nicht«, antwortete Isabel ausweichend.

»Das eine hat mit dem anderen nichts zu tun«, rief Jimena fast ein wenig zu wild. »Ramón ist mein Vetter!«

Doch Beatriz konnte man in solchen Dingen nicht täuschen. Sie lächelte wissend und schwieg. Nun aber sah Isabel von ihrem Buch auf und blickte mit ernster Miene zu Jimena hinüber.

»Ich hoffe, er kehrt gesund wieder. Ich habe gehört, der Schwarze Tod habe nun auch in Segovia Einzug gehalten. Wie man sagt, ist der König mit seinem Gefolge deshalb nach Madrid abgereist.«

Beatriz hob verächtlich die Lippen. »Was will er denn in diesem Dorf, wo es kaum mehr gibt als ein paar Rinderhirten?«

»Und einen *Alcázar«*, ergänzte Isabel schmunzelnd.

Beatriz schnaubte. »Ich habe ihn ja noch nicht gesehen, aber nach dem, was die anderen Damen bei Hof erzählen, kannst du ihn nicht mit dem Palast hier oder gar mit Valladolid oder Segovia vergleichen.«

»Darum geht es im Augenblick auch nicht«, mischte sich Jimena mit ernster Miene ein. »Es geht dem König und seinem Hof darum, dem umherschleichenden Tod zu entrinnen, der von Dorf zu Dorf wandert. Überall Elend und Hunger in diesen Jahren, in denen der Krieg den einen Teil der Felder zerstört und die Dürre den anderen! Da fällte es dem Tod leicht, seine Sichel zu schwingen und reiche Ernte zu halten!«

Die jungen Frauen schwiegen und dachten über Jimenas Worte nach. Noch konnten sie hoffen, dass Ávila und seine Bewohner verschont bleiben würden, doch schon eine Woche später erreichte die Hiobsbotschaft den Palast: Zwei Reisende waren in einer Herberge an der Pest verstorben.

Nun ging es sehr schnell. Immer mehr Häuser meldeten erst das Fieber und dann den Tod. Riesige Gruben wurden vor der Stadt ausgehoben, um die Toten aufzunehmen, die in der brütenden Sommerhitze die Pestilenz auszudünsten schienen.

»Wir sollten ebenfalls nach Madrid gehen oder sonst irgendwohin, wo wir in Sicherheit sind«, drängte Jimena, obgleich sie wusste, dass das Schicksal seine Hand bereits ausgestreckt hatte, um sein Opfer zu ergreifen und es zu zerstören. Sie schickte Isabel zum Marquis de Villena, der selbst bereits seine Truhen gepackt hatte, um sich auf seine Festung Belmonte im Südosten des Landes zurückzuziehen, doch sie stieß auf taube Ohren.

»Dann nehmt uns mit nach Belmonte«, bat Isabel, »wenn Ihr uns schon nicht nach Madrid reisen lasst.«

»Ah, Ihr würdet Euch freiwillig in die Höhle des Löwen begeben? Belmonte ist für seine Festungsmauern berühmt!«

Der Marquis de Villena lächelte, doch es war kein angenehmes Lächeln. Jimena wich unwillkürlich vor der kalten Verschlagenheit zurück. Isabel jedoch straffte den Rücken und sah ihm fest in die Augen.

»Ja, das würde ich, wenn wir dort vor dem Schwarzen Tod sicher sind«, gab Isabel zurück. »Ihr wisst vermutlich, dass zwei der Wächter, ein Küchenmädchen und einer von Alfonsos Pagen erkrankt sind? Und ich fürchte, keinem von ihnen ist noch zu helfen.« In ihre Miene trat ein verächtlicher Ausdruck. »Bedenkt es wohl, Marquis. Was nützen Euch Eure königlichen Geiseln, wenn die Pest sie dahinrafft?«

Juan Pacheco grinste. »Das ist natürlich ein Argument, dem ich nichts entgegenzusetzen habe. Ihr wisst, dass Carrillo toben wird, wenn ich Euch mitnehme? Aber ja, warum nicht? Er selbst verschanzt sich hinter den Mauern seines Landguts in Alcalá de Henares und meidet Toledo, solange dort der Tod wütet. Ja, vielleicht ist er mir sogar dankbar, wenn ich Euch nach Süden schaffe.« Er hob die Brauen und sah Isabel an, die nur stumm dem herausfordernden Blick standhielt.

»Gut, dann geht in Euer Gemach und packt, was Ihr nicht entbehren könnt. Wir reisen morgen bei Tagesanbruch.«

Isabel nickte steif und presste ein Wort des Dankes heraus, dann wandte sie sich brüsk ab und ging davon. Ihre Damen folgten ihr, um die Reisekisten fertigzumachen, doch es war bereits zu spät. Als Isabel in das Gemach ihres Bruders trat, um ihm von der bevorstehenden Reise zu berichten, sah er sie aus fiebrig glänzenden Augen an.

»Mach dir keine Sorgen, Schwesterchen«, sagte er mit einem Lachen. »Es ist nichts Ernstes.«

Es war das letzte Mal, dass sie ihn lebend sehen sollte. Obwohl Isabel tobte, gestattete man ihr nicht mehr, in die Nähe ihres Bruders zu kommen. Jimena schlich sich ein paarmal zu ihm, um Isabel von seinem Zustand zu berichten, doch die Nachrichten, die sie brachte, waren alarmierend und machten die schlimmste Ahnung bald zur Gewissheit: Es war die Pest, und sein Zustand verschlechterte sich stündlich. Natürlich ließ man die besten jüdischen Ärzte kommen, die es bei Hof gab. Enrique schickte seinen eigenen Leibarzt, um den

Halbbruder zu retten, doch vergeblich. Auch die Gelehrten standen dem Schwarzen Tod hilflos gegenüber.

»Du darfst nicht mehr zu ihm gehen«, beschwor Beatriz die Freundin, als Jimena sich wieder zum Krankenlager aufmachen wollte. »Sonst verlieren wir auch noch dich.« Sie senkte die Stimme, damit Isabel sie nicht hören konnte. »Denn für Alfonso gibt es keine Hoffnung mehr, nicht wahr?«

Jimena zögerte mit ihrer Antwort. »Hoffnung gibt es immer«, sagte sie dann ebenso leise, »doch es wird ein Wunder Gottes nötig sein, um ihn jetzt noch zu retten.«

Beatriz nickte und bat noch einmal: »Bleib hier. Er hat seine Ärzte und die Nonnen, die ihn voller Fürsorge pflegen.«

Jimena versuchte in sich hineinzuhören. Sie sah zu Teresa hinüber, selbst überrascht, dass sie den Rat ihrer stummen Cousine suchte. Wie immer hatte Teresa zugehört und nickte ihr nun zu. Wieder einmal fragte sie sich, ob auch Teresa mit dem Gesicht gesegnet war und mehr sehen konnte als andere Menschen. Nun jedenfalls lächelte sie und nickte Jimena aufmunternd zu. Ja, sie hatte recht. Obgleich Jimena ihre eigene Zukunft nicht sehen konnte, war sie sicher, dass sie nicht in diesen Tagen in Ávila an der Pest sterben sollte. Nein, sie würde Isabel noch ein weites Stück auf ihrem Lebensweg begleiten.

»Du musst dich nicht sorgen, Beatriz«, sagte sie, »meine Zeit ist noch nicht gekommen, und deine auch nicht.«

Noch in derselben Nacht, am 5. Juli im Jahre des Herrn 1468, starb Alfonso, der Thronfolger von Kastilien, im Alter von fünfzehn Jahren einen qualvollen Tod.

Jimena fragte sich später oft, ob sie etwas hätte tun können, um das Schicksal von seinem Weg abzubringen. Hätte sie früher auf Isabel und damit auf Villena oder Carrillo einwirken sollen, Ávila zu verlassen? Hätte es etwas genutzt? Wäre er dann verschont geblieben?

Doch wie hätte das gehen sollen? Seit sie Isabel als Kind zum ersten Mal gesehen hatte, wusste sie mit einer Sicherheit, die ihr Angst machte, dass sie den Thron besteigen und eine große Herrscherin werden würde. Aber schloss das nicht mit ein, dass Alfonso sterben musste?

Er hätte ebenfalls enterbt werden können, wie Juana, La Beltraneja. Aber aus welchem Grund? Weil er nicht der leibliche Sohn Juans II. war? Das war lächerlich. Vielleicht, weil Isabel die Ältere war? In Kastilien waren – anders als beim Nachbarn Aragón – Infantinnen nicht aus der Erbfolge ausgeschlossen. Dennoch kamen auch die Prinzessinnen in Kastilien nur dann zum Zug, wenn es keinen männlichen Thronerben gab.

Jimena seufzte. Sie konnte es drehen und wenden, wie sie wollte, für Alfonso war am Ende immer ein früher Tod zu erwarten. Das Schicksal hatte so entschieden.

Und dennoch fühlte sie sich ein wenig schuldig. Allein ihres Wissens wegen.

Isabel reagierte gefasst auf die Nachricht vom Tod ihres Bruders. Sie hatte sich vermutlich in den vergangenen Tagen mit dem Unabwendbaren abgefunden. Nun stand sie da, mit trockenen Augen, den Rücken durchgedrückt, das Haupt hoch erhoben.

»Möge der Herr im Himmel seiner Seele gnädig sein«, sagte sie mit fester Stimme und tröstete dann Beatriz, der die Tränen über die Wangen rannen. Jimena war es, als könne sie eine Krone auf Isabels Haupt schimmern sehen. Ja, das war eine Königin, die vor ihr stand und den Schlag des Schicksals mit Würde und Stärke ertrug. Es würde nicht der letzte sein, den sie erdulden musste, und noch viele Jahre würde sie an der Härte der Welt wachsen müssen. Jimena unterdrückte den Impuls, auf die Knie zu sinken und Isabel die Hand zu küssen, doch zu ihrer Überraschung trat Teresa heran, um genau das zu tun.

Isabel nahm die Huldigung mit einem freundlichen Lächeln entgegen und zog dann Teresa in ihre Arme. »Wir werden dennoch immer Freundinnen sein«, sagte sie und küsste sie auf beide Wangen.

Beatriz sah ein wenig verwirrt von einer zur anderen, dann verstand sie.

»Du bist jetzt Thronerbin«, hauchte sie. »Isabel, du wirst Königin von Kastilien!«

Isabel nickte mit entschlossener Miene. »Ja, so ist es, und ich schwöre dir, ich werde nicht zusehen, wie das Schiff weiterhin auf den Abgrund zusteuert. Ich werde das Ruder herumreißen und dem Land Frieden und Wohlstand schenken.«

»Und wie willst du das anstellen?«, erkundigte sich Beatriz neugierig, doch Isabel schwieg, vermutlich, weil sie darauf noch keine Antwort wusste.

»Ich werde alles anders machen als Enrique«, sagte sie nur leise und ließ sich dann ihre Trauerkleidung anlegen, um am Sarg von ihrem Bruder Abschied zu nehmen.

Es wunderte keinen, dass nun, nachdem keine weiteren Krankheitsfälle in Ávila gemeldet worden waren, der Erzbischof von Toledo keine Zeit verlor und die Abgeschiedenheit seines Landguts aufgab, um nach Ávila zu reisen. Zwei Wochen nach Alfonsos Tod traf er mit großem Gefolge ein, stolz wie immer und verschwenderisch gekleidet. Er ließ Isabel sogleich zu sich rufen. Doch die Prinzessin nahm sich Zeit, ließ sich erst umkleiden und schritt dann gemächlich mit ihren Damen hinunter in den Saal, um den Primas von Kastilien zu begrüßen.

Er lächelte, denn er verstand sehr wohl, was sie ihm damit sagen wollte. Ja, er ließ sich sogar herab, den Kopf zu neigen, ehe er ihr seinen Ring zum Kuss reichte.

»Nun, *serenísima Infante, durchlauchtigste Infantin?*«, sagte er mit einem provozierenden Blick und lachte auf, als er das Aufblitzen in ihren Augen sah. »Entschuldigt, Hoheit, ich meine natürlich *Princesa y Primera Hererera,* oder wäre es Euch lieber, wenn ich Euch mit *Majestad* ansprechen würde oder mit *Reina Isabel?«*

Jimena nickte. Der Erzbischof verstand es, schnell auf den Punkt zu kommen. Darauf war er also aus. Wollte er die Farce von Ávila wiederholen und Enrique noch einmal symbolisch von seinem Thron stoßen, um dann ebenso widerrechtlich Isabel zu krönen? *Reina Isabel* – Königin Isabel – wie merkwürdig das klang!

Aber Isabel hatte offenbar mit einem solchen Vorhaben gerechnet, denn sie zeigte keine Überraschung, als sie widersprach: »Nein, denn diese Anrede gebührt mir nicht. Ich habe hier ein Schreiben vorbereitet, das Ihr bitte an meinen Bruder, den König, weiterleitet.«

Sie reichte ihm den noch nicht versiegelten Brief, sodass Erzbischof Carrillo einen Blick darauf werfen konnte. Was er las, gefiel ihm nicht, das konnte Jimena an den zusammengepressten Lippen erkennen.

»So, Ihr habt Euch also entschlossen, Euren Bruder in seinem Amt zu bestätigen und ihn Eurer Treue zu versichern«, sagte er abfällig.

»Ja, denn Enrique ist der rechtmäßige König Kastiliens. Doch sollte der Herr im Himmel ihn einst zu sich rufen, dann werde ich mich der großen Aufgabe stellen, dem Land eine gute Königin zu sein«, fügte sie stolz hinzu.

Carrillo sah wieder auf den Brief herab und las die letzte Zeile, mit der Isabel unterzeichnet hatte:

»Isabel, durch die Gnade Gottes Prinzessin und legitime Erbin der Königreiche Kastilien und León.«

Ein Lächeln umspielte seine Lippen und wurde dann breiter. »Ja, das ist deutlich, und damit kann man etwas anfangen. Ich bin froh, dass Ihr so vernünftig seid, Euer Recht nicht leichtfertig wegzuwerfen und mit Füßen zu treten, denn ich muss Euch sagen, dass nach dem Tod Eures Bruders Alfonso die Rufe nach der Beltraneja als Erbin des Reiches wieder lauter werden. Allen voran die Mendozas mit dem Marquis de Santillana. Sie treten für die Sicherheit in der Erbfolge und für einen starken König ein und sind fest entschlossen, ihre ganze Macht in die Waagschale zu werfen.«

»Die nicht zu verachten ist«, säuselte Isabel, doch der Erzbischof ging nicht auf ihre Worte ein. Seine Miene hatte sich bei dem Gedanken an seine Erzwidersacher verdüstert.

»Sie träufeln dem König mit ihren Schlangenzungen Gift ins Ohr, doch ich versichere Euch, wir werden nicht zulassen, dass er seine Tochter wieder als Erbin benennt.«

Jimena fand es interessant, dass der Erzbischof Juana als des Königs Tochter bezeichnet hatte. Vermutlich war das nicht mit Absicht geschehen, doch das verriet, dass er selbst nicht sicher war, wer das Mädchen gezeugt hatte. Aber darum ging es schließlich nicht. Hier ging es nur darum, wer mehr Macht im Reich besaß. Und da Carrillo Isabel in seinen Händen hatte, war er bestrebt, sie in seinem Sinne zu formen und dann auf den Thron zu bringen, wo er seinen Einfluss natürlich fortzuführen gedachte. Doch in Jimena wuchs die Gewissheit, dass er mit Isabel kein so leichtes Spiel haben würde wie mit ihrem jüngeren Bruder Alfonso. Er war ein Kind gewesen, als er in Carrillos und Villenas machtgierige Hände gefallen war, Isabel dagegen war eine junge, selbstbewusste Frau, die noch dazu über einen ausgeprägten Willen verfügte.

»Was immer auch geschieht, ich werde treu an deiner Seite bleiben, *Alteza,*« schwor ihr Jimena auf Knien, als sie wieder in ihrem Gemach waren. Isabel zog die Freundin hoch und küsste ihre Wangen.

»Ich weiß, Jimena. Ich vertraue dir und Beatriz wie niemandem sonst. Was auch kommen mag, wir werden es gemeinsam durchstehen, und am Ende wartet Gottes Lohn auf uns, wenn er uns zu sich ruft, um uns zu sagen, dass wir es recht getan haben.«

Beatriz seufzte. »Wie kannst du dir da nur so sicher sein? Denkt nicht jeder, er habe Gott auf seiner Seite?«

Isabel hob die Brauen. »Zweifelst du an mir?«

Beatriz schüttelte den Kopf. »Nein, ich bin nur manches Mal verwirrt. Natürlich stehe ich zu dir und werde dir immer dienen.«

Jimena fühlte ein Brennen im Hals, und Übelkeit stieg in ihr auf. Sie konnte Isabels Enttäuschung spüren, als sei es ihre eigene Pein. Ja, vielleicht war es ihr eigener Schmerz, den sie über den Verrat empfand, den zumindest Isabel nicht hatte kommen sehen. So war es Jimena, als müsse sie Beatriz' Treueschwur widersprechen, doch sie presste die Lippen fest aufeinander, damit die Worte ihr nicht entschlüpften. Wie hätte sie die Freundin einer Handlung bezichtigen können, für die sie sich noch gar nicht entschieden hatte? Vielleicht gab es ja einen Weg, das Ganze zu verhindern. Vielleicht würden noch Jahre ins Land gehen, ehe sie diesen verhängnisvollen Entschluss fasste? Jimena wusste es nicht. Was sie allerdings noch viel mehr bedrückte, war die Frage, wie es überhaupt zu diesem Verrat kommen sollte. Was lauerte dort in den Schatten ihrer Zukunft, das Beatriz so sehr verängstigte, dass sie ihren Schwur brechen und Isabel den Rücken kehren würde? Jimena sah zu Isabel hinüber, die so stolz und voller Tatendrang war und noch nicht wusste, wie dornig ihr Weg werden würde.

Kapitel 13

Tordesillas, März 2012

Es dämmerte bereits, als Isaura sich Tordesillas näherte, einer unbedeutenden Kleinstadt am Ufer des Río Duero, der sich als breiter Strom durch das Tal wälzte. Während das Ufer auf der Südseite kaum ansteigend in eine weite Ebene überging, erhob sich die Stadt auf dem Prallhang, der Außenseite des kurvigen Flusslaufs, in steinernen Stufen mehrere Dutzend Meter über den Strom. Wie in so vielen kastilischen Orten ragten zahllose Kirchtürme über den Hausdächern auf. Es erstaunte Isaura immer wieder, wie viele oft riesige Kirchen und Konvente es in den mittelalterlichen Dörfern und Städten gegeben hatte, die meist ja wesentlich kleiner gewesen waren als die Orte heutzutage. Die Zahl der Mönche und Nonnen musste einen erheblichen Anteil der Bevölkerung ausgemacht haben. Wovon hatten sie nur gelebt? Von Almosen? Vielleicht, doch vermutlich nur die Bettelorden, wenn überhaupt.

Von ihrer Hände Arbeit? Wohl kaum. Eher der Arbeit ihrer Laienbrüder und -schwestern, die die Ländereien des Konvents bestellten. Aber irgendwoher musste die Kirche diese ja bekommen haben. So viele Stiftungen?

Isaura fuhr über die Brücke zum Nordufer des Duero und warf einen Blick auf die von der Abendsonne angestrahlte Kulisse. Sie würde sich die Stadt am nächsten Tag genauer ansehen. Jetzt drängte es sie, das Anwesen, das die unbekannte Großtante ihr vererbt hatte, noch bei Tageslicht in Augenschein nehmen zu können. Sie fuhr auf einer schmalen Straße nahe dem Fluss nach Westen, bis sie zu der Abzweigung kam, die der Anwalt ihr beschrieben hatte. Eine mächtige abgestorbene Pappel ragte in den Abendhimmel. Dahinter konnte sie durch braunes Schilf hindurch das Wasser des Duero erkennen, der sich in einer seiner Schleifen wieder der Straße näherte. Isaura bog in den Feldweg ein. Langsam fuhr sie weiter. Der Weg war nur notdürftig befestigt und so ausgefahren, dass sie vorsichtig um tiefe Löcher und Furchen herumkurven musste. Sie passierte zwei verlassene Bauernhäuser, die kaum mehr als Hütten waren. Dann tauchte eine Mauer vor ihr auf, die auf der einen Seite bis hinunter zum Fluss führte und sich auf der anderen um einen Hügel wand. Das rostige Gittertor stand offen, also fuhr sie weiter. Rechts tauchte die Ruine eines runden Turms auf, zu dessen Füßen sie zwischen einigen noch kahlen Bäumen weitere Mauerreste erkennen konnte. Dann weitete sich der Weg unvermittelt zu einer breiten Auffahrt, hinter der sich ein großes graues Gebäude erhob, dessen Baustil Isaura nicht recht einschätzen konnte. Es war aber bestimmt vier- oder fünfhundert Jahre alt und in einem schlechten Zustand. Die leeren Fenster starrten sie traurig an. Wilder Wein wand sich an den Mauern empor. Das Dach schien an einigen Stellen eingebrochen. Das also musste das Herrenhaus sein, von dem der Anwalt bereits gesagt hatte, dass es nicht mehr bewohnbar war. Reste eines Mauerrings sprachen davon, dass es noch zu einer Zeit erbaut worden sein musste, als es tunlichst geboten war, sein Hab und Gut gegen umherziehende Marodeure zu schützen, selbst wenn es in dieser Gegend vermutlich keine Maureneinfälle mehr gegeben haben sollte. So genau wusste Isaura das nicht. Auch ein Punkt, dem nachzugehen sich lohnen würde.

Sie folgte dem immer schmaler werdenden Pfad und fuhr durch einen kleinen Pappelhain, dessen dürre Blätter vom Vorjahr im Abendwind wisperten. Der Weg wurde noch unebener und machte dann eine Biegung, um dann durch ein

Tor zu verschwinden. Die beiden Holzflügel standen offen und hingen ein wenig schief in den Angeln. Vorsichtig ließ Isaura den Wagen über die Schwelle holpern und hielt dann in dem kleinen ummauerten Hof, in dessen Hintergrund sich ein Häuschen aus grobem Naturstein erhob. Auch dieses schien schon mehr als ein Jahrhundert Wind und Wetter zu trotzen. Das Dach wirkte wettergegerbt und hing ein wenig durch. Und dennoch strahlte das alte Haus einen eigentümlichen Charme aus. Isaura parkte den Wagen und stieg aus. Die Sonne berührte bereits den Horizont und ließ ihre letzten Strahlen über den mit Flusskieseln gepflasterten Hof streichen, dessen Nordseite die Hausfront einnahm. Im Osten und Süden, wo der Blick über die niedrige Mauer bis auf den Fluss reichte, der träge in seinem Bett dahinfloss, hatte ihre Großtante einen Garten angelegt, der sorgfältige Pflege und viel Ausdauer erkennen ließ. Selbst zu dieser Jahreszeit konnte man eine bunte Mischung aus Blumen, Kräutern und Gemüse erahnen, die Beete sorgfältig von kleinen Wegen begrenzt, sodass er in seinen geometrischen Formen an einen Klostergarten erinnerte. Dahinter ragten einige knorrige Obstbäume auf, die einen Hauch von erstem Grün zeigten. Auf der Westseite erhob sich – ein wenig zurückversetzt – eine baufällige Scheune, an die sich zwei Schuppen lehnten. Einer der beiden diente offensichtlich als Garage. Isaura konnte durch die halb geöffnete Tür einen alten Wagen sehen.

War Carmen in ihrem hohen Alter noch selbst gefahren? Vermutlich. Wie sonst hätte sie diesen einsamen Hof jemals verlassen können? Sie musste doch zumindest ab und zu nach Tordesillas gekommen sein, um ihre Einkäufe zu erledigen. Dass sie es geschafft haben mochte, sich hier draußen völlig selbst zu versorgen, konnte sich Isaura nicht vorstellen, obgleich sie bei ihrem ersten Rundgang auch einige leere Hühner- und Hasenställe fand.

Es dämmerte bereits, als Isaura mit dem großen Schlüsselbund in den Händen vor der Haustür stehen blieb. Der zweite, den sie probierte, passte. Zaghaft schob sie die Tür auf und trat in den düsteren Eingangsbereich. Fast ein wenig ehrfürchtig ließ sie den Blick schweifen: Ein paar ausgetretene Arbeitsschuhe mit grober Sohle, an denen noch der rote Lehm aus dem Garten klebte, eine leere Milchkanne und eine Blechschüssel standen neben der Fußmatte, daneben ein wackliger Stuhl mit einem Stiefelknecht, darunter ein paar Holzpantinen. Isaura schob die Tür hinter sich zu. Sie kam sich wie ein Eindringling vor und hatte das Bedürfnis, sich bemerkbar zu machen.

Großtante Carmen? Ich bin da! Isaura, deine Großnichte aus Deutschland! Wo bist du? Ich freue mich, dich endlich kennenzulernen. Darf ich eintreten?

Es kam kein Laut über ihre Lippen. Wozu auch? Wer würde ihr noch antworten können? Der Gedanke an die verpasste Chance trieb ihr Tränen in die Augen. Sie wischte sie nicht ab, sondern öffnete die Tür, die in den Wohnraum führte. Als sie die Klinke umfasste, zuckte sie zurück. Es war ihr, als würde eine warme Hand ihre Finger berühren. Eine Stimme erklang in ihrem Geist.

Du musst dich nicht grämen, Isaura. Deine Eltern wollten es so, und ich habe mich auch nach ihrem Tod daran gehalten. Jetzt aber ist die Zeit gekommen, da wir uns kennenlernen dürfen.

Isaura sah sich hastig um, doch es war niemand zu sehen. Sie stand allein unter der Tür zwischen dem Eingang und dem Wohnzimmer, und nur der Wind fuhr mit einem Seufzen um das Haus.

»Sei nicht albern!«, rügte sie sich und trat forsch ein. Vom hinteren Teil des Wohnraums führte eine Holztreppe nach oben unters Dach, links öffnete sich eine Tür in eine geräumige Küche mit einer Speisekammer auf der Nordseite und einer steinernen Treppe, die in den Keller hinunterführte.

Der Boden war mit ausgetretenen rötlichen Terracottafliesen ausgelegt, der Herd war riesig, wurde mit Holz beheizt und stammte vermutlich noch aus Carmens Jugendzeit. Daneben stand ein Gasherd, der noch die Sechzigerjahre gesehen haben musste. Der rechteckige Spülstein unter dem Südfenster, das zum Hof hinauszeigte, verdiente seinen Namen noch und konnte kaum jünger sein als der alte Ofen. Immerhin hatte sie einen Kühlschrank besessen, der im Augenblick glücklicherweise leer war. Irgendjemand hatte ihn nach ihrem Tod vermutlich ausgeräumt und ihn und die anderen Geräte ausgesteckt. Wobei es hier nicht allzu viel gab, das einen Stromanschluss benötigte!

Isaura gefiel vor allem die Sitzecke unter dem zweiten Fenster der Küche, das nach Westen wies und ein Stück des rosa verfärbten Abendhimmels zeigte. Dies war offensichtlich Carmens Lieblingsplatz gewesen: ein stabiler quadratischer Holztisch mit einer Eckbank und einem bequemen Sessel an der Wand. Kunstvoll bestickte Kissen lagen auf der Bank, ein Nähkörbchen und ein zweiter Korb mit einem Strickzeug aus dicker, warmer Wolle daneben. Vielleicht eine Jacke oder ein Pullover für den Winter, der hier im Hochland von Kastilien anscheinend kälter und rauer war, als es sich Isaura bisher vorgestellt hatte.

Ein Poltern draußen ließ sie zusammenfahren. Dann war ein leises Tippeln auf dem Holzboden im Wohnzimmer zu vernehmen. Isaura spürte ganz deutlich, dass sie nicht mehr allein im Haus war.

»Ist da jemand?«

Zaghaft ging sie zur Tür und schaltete das Licht ein. Ein großer getigerter Kater sah aus grünen Augen zu ihr auf.

»Mann, hast du mich erschreckt«, rief sie erleichtert und ging in die Hocke, um ihn zu streicheln. Misstrauisch wich er ein Stück zurück, kam dann aber näher, als sie still mit ausgestreckter Hand wartete. Schließlich rieb er vertrauensvoll seinen Kopf an ihrem Knie und ließ sich bereitwillig kraulen.

»Hast du Großtante Carmen gehört?«, fragte sie das Tier, das zwar recht groß war, nicht aber besonders gut genährt.

Der Kater maunzte. Egal, was dies bedeuten sollte, es war auf alle Fälle eine Aufforderung, ihm etwas zu essen zu geben.

»Warte. Ich will mal sehen, ob ich etwas für dich finde.«

So etwas wie Katzenfutter fand sie in Carmens Speisekammer nicht, dafür jede Menge Eingemachtes: Marmelade, Obst und sauer eingelegtes Gemüse. Außerdem gab es Zwiebeln, Kartoffeln und eine Kiste mit bereits schrumpeligen Äpfeln und einen ganzen getrockneten Schinken, der an einem Haken von der Decke hing. Es roch intensiv nach allerlei Kräutern. Isaura legte den Kopf in den Nacken und betrachtete staunend die unzähligen trockenen Bündel, die neben dem Schinken an der Decke befestigt waren.

Mit einem Maunzen brachte sich der Kater wieder in Erinnerung. »Ja, ja, ich habe dich nicht vergessen!«

Sie ging hinaus zu ihrem Wagen und holte die Kiste mit den Lebensmitteln, die sie unterwegs eingekauft hatte.

»Dann wollen wir mal essen!«, schlug sie vor, während sie dem Kater Milch in eine Schale goss. Sie selbst öffnete sich eine Flasche Rotwein, schnitt frisches Brot auf, viertelte sich einige Tomaten und öffnete eine Dose Oliven. Da sie ihm nichts anderes anbieten konnte, teilte sie brüderlich ihren gekochten Schinken mit dem hungrigen Tier und schnitt sich selbst ein paar Scheiben von Carmens Ibericoschinken ab, der ganz köstlich schmeckte. Der Kater fraß alles auf, trank seine Milch und rollte sich dann auf einem der Kissen auf der Eckbank zusammen. Isaura schenkte sich noch ein wenig Wein nach und setzte ihren Erkundungsgang durch das Haus fort. Das dauerte nicht allzu lange, denn groß war das Häuschen nicht. Die zweite Hälfte des Erdgeschosses nahm das

Wohnzimmer mit seinen spärlichen Möbeln und einem Kachelofen ein. Unter der Treppe gab es eine wohl nachträglich eingebaute Toilette. Na, immerhin musste man nachts nicht zu einem Häuschen in den Hof! Das obere Stockwerk lag unter dem Pultdach und beherbergte ein winziges Arbeitszimmer, ein ebenfalls später eingebautes Bad, das kaum moderner war als die Küche, und eine spartanische Schlafkammer mit einem kleinen Fenster zum Hof hinaus. Durch die Neigung des Dachs konnte man nur auf dieser Seite aufrecht stehen. Über dem Bett zog sich die Decke fast bedrückend tief herab.

Isaura zog das Bett ab und suchte in den beiden alten Bauernschränken und einer noch älteren Truhe nach Bettwäsche. Wieder kam sie sich wie ein Eindringling vor. Welches Recht hatte sie, in Carmens Wäsche zu wühlen?

Sie fand altes, steifes Leinen, sorgfältig geplättet, das man weitervererbte und für die Töchter in einer Aussteuertruhe sammelte, bis es so weit war, dass sie das Haus verließen, um mit dem Ehemann einen eigenen Hausstand zu gründen. Doch Carmen hatte nie geheiratet. Isaura beugte sich noch einmal über die Truhe und nahm ein Holzkästchen heraus. Es war mit wunderschönen Intarsien geschmückt und von ihrer Großtante sicher in Ehren gehalten worden.

War ihre Ehelosigkeit für die Familie ein Problem gewesen, oder für Carmen selbst? Hatte sie darunter gelitten? War es zu diesen Zeiten gar als Schande angesehen worden? So viele Fragen, die ihr keiner beantwortete.

Sie sind auch nicht wichtig, säuselte eine Stimme wie ein leichter Windhauch. *Auf die entscheidenden Fragen wirst du Antworten finden.*

Dieses Mal erschreckte sie nicht. Sie lauschte und hörte den Wind, der stärker geworden sein musste, um die Ecken heulen. Isaura spürte, wie sich die Härchen in ihrem Nacken aufstellten. Sie hatte wieder dieses Gefühl, nicht allein zu sein, und dieses Mal kam das sicher nicht von dem Kater, der satt und zufrieden in der Küche schlief.

Ein wenig eilig verließ sie das Schlafkämmerchen und ging, das Kästchen unter dem Arm, die Treppe hinunter und in die behaglich erhellte Küche zurück. Auf dem Weg schob sie noch den schweren Riegel der Haustür zu, der sicher schon eine Ewigkeit nicht mehr benutzt worden war – so unwillig, wie er sich bewegen ließ. Vermutlich hatte ihre Großtante Carmen dies nicht für notwendig erachtet. Isaura jedenfalls gab der vorgeschobene Riegel ein Gefühl von Sicherheit. Sie zog auch die schweren Vorhänge vor jedem Fenster zu, die hier weniger der Privatsphäre dienten als vielmehr gegen die Zugluft schützen sollten, denn wirklich dicht war keines dieser Fenster!

Isaura setzte sich wieder zu dem Kater auf die Eckbank und stellte das Kästchen vor sich auf den Tisch. Sie betrachtete es eine ganze Weile, ehe sie es öffnete. Sie legte ihre beiden Handflächen auf die Seiten. Das Holz fühlte sich warm an und vertraut. Ihre Haut begann zu prickeln. Isaura spürte, wie ihr Atem schneller ging. Selbst der Kater hob den Kopf und sah sie intensiv aus seinen grünen Augen an, so als ahnte selbst er, dass nun etwas geschehen würde. Isaura hielt inne.

Geschehen? Was sollte denn geschehen, wenn sie den Deckel dieses Kästchens öffnete?

»Vielleicht springt mich gleich eine Giftschlange an«, scherzte sie, um die Beklemmung zu überspielen. »Was meinst du, Kater?«

Der Angesprochene blinzelte kurz und fixierte dann das Kästchen.

»Wollen wir es wagen?«

Der Kater maunzte und sprang auf den Tisch. Er stieß mit der Nase gegen den Deckel.

»Dann ist wohl eher eine Maus darin«, meinte Isaura und klappte den Deckel auf.

Ein Schmuckkästchen. Wie sie vermutet hatte. Was sonst?

Und dennoch hatte sie kurz ein Gefühl der Enttäuschung. Hatte sie wirklich etwas Spektakuläres erwartet? Vielleicht hatten diese Schätze Großtante Carmen sehr am Herzen gelegen, und sie hatte ab und zu hier an dieser Stelle abends im Lampenschein gesessen und sie betrachtet. Behutsam nahm Isaura das erste Stück aus der Truhe und faltete das schwarze Samttuch auseinander, mit dem es umwickelt war.

Ein Ring. Ein goldener Reif mit einem Rubin und zwei Perlen. Alt. Sehr alt vielleicht. Isaura wollte nicht darüber nachdenken, wie viel er wohl wert sein mochte. Das tat nichts zur Sache. Dies war Familienschmuck, der ihr überlassen worden war, um ihn zu bewahren, nicht um ihn zu Geld zu machen.

Das nächste Stück war ein Armreif, ihm folgten zwei Ketten und ein Haarschmuck, eine Anstecknadel und noch zwei Ringe. Weiter unten fand sie in einem Kästchen fein verarbeiteten Silberschmuck, der allerdings schwarz angelaufen war und dringend gereinigt werden sollte. Als Letztes hob sie ein flaches, quadratisches Kästchen heraus, das der Machart der Truhe entsprach. Wieder dieses Herzklopfen und das Kribbeln in den Handflächen. Der Kater maunzte und schlug unruhig mit dem Schwanz. Verschlossen stellte es Isaura vor sich auf den Tisch. Sie goss sich noch ein Glas Wein ein und trank einen Schluck, ehe sie es mit feierlicher Miene öffnete.

»Nein, wie schön«, entfuhr es ihr. »Siehst du das, Kater? Was für ein Schatz!«

Es war eine Kette, oder besser gesagt: ein Collier aus einer doppelten Reihe in Gold gefasster Perlen, unterbrochen von großen Rubinen, unter denen jeweils eine tropfenförmige Perle hing. Da lag es in seinem Bett aus Samt und funkelte im Lampenschein. Ehrfurchtsvoll strich Isaura mit den Fingerspitzen darüber. Was für ein wundervolles Schmuckstück! Auch dieses schien schon sehr alt zu sein und befand sich vermutlich seit vielen Generationen im Besitz der Familie. Und nun gehörte es ihr.

Isaura lauschte in sich hinein. Es fühlte sich gut und richtig an. Ja, es war, als wäre etwas, das sie verloren hatte, zu ihr zurückgekehrt.

Plötzlich begann sie zu zittern. Es fing in den Fingerspitzen an, mit denen sie über das Geschmeide strich, und setzte sich über ihren ganzen Körper fort. Ihr wurde schwindelig, und Isaura musste kurz die Augen schließen.

Zu viel Wein, dachte sie. Natürlich. Das war sie nicht gewohnt, und die Flasche war inzwischen zu drei Vierteln geleert. Außerdem hatte sie tagsüber zu wenig gegessen. Sie atmete tief durch, um den Schwindel zu vertreiben. Ein Wirbel aus Farben kreiste hinter den geschlossenen Lidern. Dann wurde es dunkel und seltsam still. Sie konnte den Wind nicht mehr hören und auch nicht das Schnurren des Katers. Aus der Dunkelheit löste sich eine schattenhafte Gestalt, die auf sie zuging. Nein, sie entfernte sich von ihr, und sie selbst schritt hinter ihr her. Wer konnte das sein? Lange, schwere Röcke rauschten über den Boden.

Sie war es. Nun erkannte Isaura die Frau an ihrem Gang und ihrem Geruch, der ihr so vertraut geworden war. Wie viele Nächte hatten sie schon geteilt? Allerdings im Traum und nicht, solange sie wach am Tisch gesessen hatte!

Es musste doch am Wein liegen. Warum hatte sie so viel getrunken?

Wenn es ihr nur gelingen könnte, die Augen zu öffnen. Dann wäre der Spuk vorbei.

Sie folgte der Frau im schwarzen Gewand. Plötzlich blieb sie stehen. Von irgendwoher strich der Schein einer Lampe oder Kerze über sie. Sie drehte sich um und sagte irgendetwas, das Isaura nicht verstand. Ihr Blick glitt vom Gesicht der Frau hinab zu ihrem Hals, um den ein wunderschönes Geschmeide hing: ein goldenes Collier aus zwei Reihen Perlen und Rubinen, an denen tropfenförmige Perlen befestigt waren.

Isaura stöhnte und riss die Augen auf. Ihr Blick saugte sich an dem Schmuckstück vor sich fest. Es war genau dasselbe, wie es die Frau in ihrem Traum trug. Die dunkle Königin, wie sie sie inzwischen nannte. Sie konnte es nicht fassen.

»Das kann nicht sein«, sagte sie fest und sah den Kater an, der aufrecht auf dem Tisch saß. Seine Schwanzspitze zuckte unruhig hin und her.

»Dafür muss es eine Erklärung geben!«

Isaura kaute auf ihrer Lippe, ohne einen Blick von der Kette zu wenden. Sie versuchte sich zu erinnern, ob sie in einem ihrer früheren Träume diese Kette schon einmal bemerkt hatte. Sie war sich nicht sicher. Die Frau in Schwarz hatte Schmuck getragen, ja, aber diesen?

Isaura atmete geräuschvoll aus. Natürlich. Sie hatte das Collier gesehen und sich an die Zeit erinnert gefühlt, aus der die Gestalt ihrer Träume stammte, und dann hatte ihr Unterbewusstsein ihr einen Streich gespielt und die Traumgestalt mit diesem Schmuck ausgestattet. So einfach war das!

»Nicht wahr?«, fragte sie den Kater. »Es lässt sich alles ganz natürlich erklären.«

Der Kater maunzte und schlug weiter unwillig mit dem Schwanz, während Isaura wie verzaubert mit den Fingerspitzen über die Perlen und die makellosen Rubine strich. Das Collier war ihr so lieb, so vertraut, als habe sie es lange vermisst, und nun endlich war es zu ihr zurückgekehrt.

Blödsinn! Als ob sie jemals solch einen Schatz besessen hätte.

Plötzlich zuckte sie zurück und sprang auf, als habe sie der Schlag getroffen. Der Kater erschrak und sprang mit einem Fauchen vom Tisch. Ja, sie hatte diesen Schmuck schon einmal gesehen. Oder narrte sie jetzt ihre Erinnerung?

Isaura hetzte in den Windfang hinaus, wo noch immer ihr kleiner Koffer und die Reisetasche standen. Sie kniete sich nieder und öffnete mit zitternden Händen den Reißverschluss der Tasche. Fieberhaft wühlte sie in ihren Sachen, bis sie das Buch zu fassen bekam.

Ein Hauch von schlechtem Gewissen erfasste sie, als sie das aus der Bibliothek des Verlags entwendete Buch hervorzog und damit in die Küche zurücklief. Mit zitternden Händen legte sie es auf den Tisch und schlug die Seite auf, die sie bereits viele Stunden betrachtet hatte. Die Frau mit den traurigen Augen sah sie an, doch Isauras Blick glitt tiefer und blieb an dem Geschmeide hängen, das die Unbekannte um den Hals trug. Ihre Knie gaben nach, und sie sank auf die Eckbank. Dort verharrte sie wie zur Salzsäule erstarrt, den Blick auf das Collier gerichtet, das die Frau auf dem Gemälde um den Hals trug. Der Kater sprang wieder auf den Tisch und setzte sich neben das Buch. Auch er schien das Bild zu betrachten. Dann erhob er sich und tippelte zu der Schmuckschachtel hinüber. Er berührte die wertvolle Kette mit der Nase und begann zu schnurren.

»Du meinst auch, dass es dieselbe ist? Aber wie könnte das sein?«

Sie überlegte. Nun ja, wenn es so alt war, dann war es schon möglich, dass es diese unbekannte – vermutlich adelige – Dame im sechzehnten Jahrhundert getragen hatte, und danach musste es irgendwie in den Besitz der Familie gelangt sein. War diese Frau auf dem Gemälde etwa eine ihrer Ahninnen? Kam daher die Ähnlichkeit, die Sven festgestellt hatte und die auch Isaura nur schwer leugnen konnte? Das wäre eine Erklärung. Immerhin wusste sie nun, dass die Wurzeln seitens ihrer Mutter in Spanien zu suchen waren.

Ja, das war eine Möglichkeit. Nicht wahrscheinlich, aber doch immerhin möglich.

»Oder jemand kannte dieses Bild und hat den Schmuck nur kopiert«, sagte sie laut, worauf der Kater maunzend protestierte. Isaura lachte. Die Anspannung fiel von ihr ab.

»Ach, diese Idee gefällt dir nicht? Findest du es spannender, wenn wir annehmen, dass dieses Geschmeide über Generationen in unserer Familie weitergegeben wurde, nur um heute in meine Hände überzugehen?«

Der Kater kam zu ihr und stieß mit seinem Kopf gegen ihren Arm. Laut schnurrend rieb er sich an ihrem Ärmel und forderte sie auf, ihn zu kraulen, was Isaura bereitwillig tat.

»Na, wenn du meinst. Dann lass ich dir deinen Willen. Ich finde die Geschichte auch sehr schön.«

Sie goss sich den Rest der Flasche ins Glas und trank den Wein, während ihr Blick abwechselnd auf dem Gemälde und auf dem Collier ruhte. Dann erhob sie sich und schloss das Kästchen und das Buch.

»Ich sollte jetzt zu Bett gehen«, sagte sie zu dem Kater und merkte selbst, wie schwerfällig ihre Zunge sich bewegte, was das Tier aber vermutlich nicht störte.

»Willst du wieder hinaus, oder kommst du mit mir hoch? Weißt du, daheim in meiner Wohnung in München würde mir keine Katze ins Schlafzimmer kommen, geschweige denn eine, die ich kaum ein paar Stunden kenne. Aber heute Nacht wäre ich froh, wenn du mir Gesellschaft leistest.«

Ein Teil ihres Geistes spottete darüber, dass sie sich mit einem Kater unterhielt, doch der Rest war von einer Flasche Rotwein angenehm benebelt. Behutsam trug Isaura das Buch und das Kästchen nach oben und holte dann ihren Koffer. Der Kater begleitete sie bereitwillig und legte sich dann ans Fußende ihres Bettes, wo er sich noch ein wenig das Fell schleckte und dann zufrieden die Augen schloss.

»Man könnte fast meinen, du hast mich verstanden«, murmelte Isaura, ehe ihr die Augen zufielen und sie in ihre Träume hinabglitt, die sie wieder in das finstere Gemach führten, das sie mit der dunklen Königin teilte.

Kapitel 14

Ávila, 1468

Der Vertrag vom 18. September 1468 ging als der Pakt von Toros de Guisando in die Geschichte ein, und die Beteiligten aus den verschiedenen Adelshäusern unterließen nichts, um die Worte des Königs im ganzen Land zu verkünden. Wieder einmal triumphierte der Erzbischof von Toledo, der nun all seine Macht in die Waagschale warf, um Isabels Ansprüche zu unterstützen. Jimena wusste nicht, was hinter den verschlossenen Palasttüren verhandelt worden war, das Ergebnis jedenfalls wurde in schwarzer Tinte niedergeschrieben und von König Enrique IV. unterzeichnet und gesiegelt. Noch einmal enterbte er seine Tochter Juana vor aller Welt und setzte seine Halbschwester Isabel als seine rechtmäßige Thronerbin ein. Die Königin schäumte und machte ihm die Hölle heiß, doch der König entfloh allen Vorwürfen und zog sich in die Wälder zurück – zur Jagd oder zu seinen einsamen Spaziergängen, die seine Höflinge mit Kopfschütteln bedachten.

Doch nun, da Isabel von einer unbedeutenden Infantin zur Kronerbin von Kastilien aufgestiegen war, drehte sich auch das Ehekarussell wieder, und von allen umliegenden Ländern meldeten sich Gesandte, die einen Vorschlag zu unterbreiten hatten. Portugal stand genauso auf der Liste der Anwärter wie Frankreich, und selbst England meldete Interesse an. Doch Isabel lehnte jeden Vorschlag, den der König ihr übermitteln ließ, höflich, aber bestimmt ab. Enrique war alles andere als erfreut und ließ die Vermittler hinhalten. Vielleicht hoffte er,

Isabel könne es sich noch anders überlegen. Zwingen konnte er sie nicht, jedenfalls nicht, solange sie unter Carrillos Schutz stand und er ihrer nicht habhaft werden konnte. Seinen Missmut konnte er ihr daher nur über seine Boten übermitteln und hoffen, dass sie seine Briefe las und sich ihren Inhalt zu Herzen nahm.

»Ich werde auf keinen Fall einen dieser alten Männer heiraten, die er mir aussucht«, schimpfte sie und fügte dann ruhiger hinzu: »Eine solche Ehe muss gut überlegt werden. Jetzt geht es nicht nur um mich. Jetzt geht es auch um das Wohl Kastiliens.«

Carrillo unterstützte sie in ihrer Meinung, doch Jimena hatte den Verdacht, dass er bereits an eigenen Plänen wob, die vielleicht ebenso wenig Isabels Zustimmung finden würden. Vorläufig jedenfalls unternahm er keinen Versuch, Isabel mit diesem Thema unter Druck zu setzen. Ja, er bestärkte sie gar darin, weder nach Frankreich noch nach England die Hand auszustrecken. Von den weniger mächtigen Ländern und den aus ihnen stammenden Anwärtern ganz zu schweigen.

Aber dann war da noch Alfons V. von Portugal, der bereits seit seinem sechsten Lebensjahr offiziell auf dem Thron saß. Inzwischen zählte er sechsunddreißig Jahre und gehörte für Isabel verständlicherweise schon zu den alten Männern, die sie auf keinen Fall heiraten wollte. Da es aber eine mächtige Partei unter den Adeligen gab, die Portugal nahestanden, ja, von dort kamen oder enge verwandtschaftliche Beziehungen hatten, wäre diese Verbindung taktisch klug gewesen und hätte Kastilien gegen Frankreich im Norden und Aragón im Osten gestärkt. Doch Isabel blieb hart. Vorerst zumindest. Sie hatte sich den Thronanspruch gesichert, alles andere wollte wohl überlegt sein.

Dass Isabel zufrieden war und Carrillo geradezu in Hochstimmung, konnte keinen wundern. Die Stimmung des Marquis von Villena dagegen schon.

»Habt ihr ihn gesehen?«, erkundigte sich Beatriz leise, als sich die Freundinnen am Abend mit ihren Handarbeiten auf einem Diwan niedergelassen hatten. »Er war so zornig, dass seine Augen rot sprühten, wie die eines Dämons, und aus seinen Ohren dunkler Rauch aufstieg.«

Wider Willen musste Isabel lachen, auch wenn sie sich bemühte, Beatriz strafend anzusehen. »Du übertreibst, liebe Freundin.«

»Nein, so kam es mir vor, und ich frage mich, was ihn dermaßen in Zorn versetzt haben könnte.« Beatriz lächelte zufrieden.

»Es scheint dir zu gefallen, Juan Pacheco in solcher Stimmung zu wissen«, meinte Isabel, ohne von ihrer Stickerei aufzusehen.

»Aber ja!«, gab Beatriz zu. »Er ist der widerlichste Kerl, der mir je untergekommen ist, und alles, was ihn ärgert, kann für mich nur Anlass zur Freude sein.«

»Das kommt darauf an, wessen Interessen er im Augenblick vertritt«, gab Jimena zu bedenken. »Setzt er sich für Isabel ein, oder ist er mit König Enrique oder mit Juana und den Portugiesen im Bunde? Sollte er noch auf unserer Seite stehen, dann könnte sein Zorn auch Ärger für Isabel bedeuten.«

Beatriz biss sich auf die Lippen. »Du hast recht. Daran habe ich nicht gedacht. Ich war einfältig und habe mich von meiner kindischen Abneigung leiten lassen.«

Isabel wehrte ab. »Ich versichere dir, meine Abneigung gegen den Marquis de Villena ist mindestens ebenso groß, und ich bin gespannt, was ihn zu einem schnaubenden Dämon werden lässt. Gespannt und ein wenig beunruhigt«, fügte sie leiser hinzu.

Sie verstummte, als sie die Stimme des Erzbischofs durch die geschlossene Tür hörten, die zu seinen Gemächern führte. Sie war nicht nur ungewöhnlich laut, auch diesen zornigen Tonfall kannten sie von Carrillo nicht.

»Der Dämon?«, flüsterte Beatriz und runzelte die Stirn.

Isabel nickte. »Ja, ich denke, er ist es, der unseren sonst so kalten Kirchenprimas in Rage versetzt.«

»Ist das jetzt gut oder schlecht?«, fragte Beatriz ebenso leise hinterher.

»Jedenfalls streiten sie sich nicht über eine Lappalie«, meinte Jimena, der es so vorkam, als würde die Luft im Palast immer heißer werden. Sie brannte. Kleine Flammen züngelten auf. Ein Feuer, das eine tiefe Verbundenheit verbrannte? Eine Verbundenheit aus Verwandtschaft, Freundschaft und ehemals gleichen Zielen?

Nun brüllte der Marquis. Die Antwort des Erzbischofs war nicht leiser und auch nicht weniger feindselig. Die Tür wurde aufgerissen, und der Marquis de Villena stürmte heraus. Mit riesigen Schritten durchquerte er den Saal, in dem unvermittelt jedes Gespräch verstummte. Die Geistlichen, aber auch die Höflinge des Erzbischofs und manche Dame sahen Juan Pacheco hinterher, der geradewegs auf den Diwan zustürmte, auf dem sich Isabel mit ihren drei Freundinnen niedergelassen hatte. Jimena kostete es Mühe, vor dieser Welle des Zorns nicht zurückzuweichen. Ja, so unpassend hatte Beatriz den Marquis gar nicht beschrieben. Er kam ihr tatsächlich wie ein Abgesandter der Hölle vor, der mitten in einem flammenden Inferno stand, das nur sie sehen konnte. Natürlich würdigte er die Hofdamen keines Blickes. Seine dunklen, tief liegenden Augen fixierten Isabel.

»Was wünscht Ihr, Marquis?«, erkundigte sie sich mit bewundernswerter Haltung. Nichts ließ erkennen, dass sein Auftritt sie vielleicht einschüchterte.

Der Marquis schnaubte. »Seid Euch bewusst, dass Ihr heute einen mächtigen Verbündeten verloren habt, *Alteza*«, sagte er, und das »*Alteza*«, das spanische Wort für »Hoheit«, klang wie ein Fluch. »Bedankt Euch bei Eurem Primas, dem starrsinnigen Narren.«

»Ich höre aus Euren Worten, dass Ihr Euch nun verabschieden wollt«, entgegnete Isabel mit vor Kälte klirrender Stimme. Diese herablassende Haltung hatte sie eingeübt, vermutete Jimena, die sie dafür nur bewundern konnte. Dass es die Wut des Marquis nicht besänftigte, wunderte keinen, und das war auch nicht beabsichtigt. In seinem Gesicht pulsierten rote Flecken, als er sich zu ihr herabbeugte.

»Fürchtet Euch, Isabel«, zischte er so leise, dass es die anderen Höflinge nicht hören konnten. »Fürchtet Euch, denn ich werde dafür sorgen, dass Ihr niemals den Thron von Kastilien besteigen werdet!«

»Ob ich einst über das Land herrsche oder nicht, liegt in Gottes Hand und ganz sicher nicht in der Euren«, entgegnete Isabel. »Ihr könnte jetzt gehen, Marquis!«

Er starrte sie noch einen Augenblick hasserfüllt an, dann wandte er sich ab und stürmte hinaus. Alle Anwesenden starrten ihm nach. Es dauerte eine ganze Weile, ehe zaghaft die ersten Gespräche wiederaufgenommen wurden.

Beatriz holte tief Luft und schüttelte sich, als sei sie eben aus einer Erstarrung erweckt worden. »Dem hast du es gegeben!«, frohlockte sie, dann aber wurde ihre Miene ernst. »Ich fürchte, nun hast du dir einen Feind fürs Leben geschaffen.«

Isabel winkte ab. »Hier geht es nicht um Freundschaft oder Feindschaft. Hier geht es nur um Macht und die ehrgeizigen Ziele des Marquis, die der Erzbischof irgendwie empfindlich gestört zu haben scheint. Ich bin gespannt, was vorgefallen ist.«

Das aber würde vermutlich immer ein Geheimnis zwischen Carrillo und seinem Neffen bleiben. Isabel sprach den Erzbischof zwar auf den Vorfall an, als sie wenig später neben ihm an seiner Tafel saß, doch Carrillo wiegelte ab. Natürlich konnte er die Auseinandersetzung, die jeder im Palast mitbekommen hatte, nicht abstreiten, doch wie es dazu gekommen war, wollte er nicht sagen.

»Er ist mit meinen Entscheidungen nicht einverstanden«, sagte er lediglich. »Das muss Euch nicht beunruhigen, *Alteza.*«

»Nein?«, widersprach Isabel. »Er war ein mächtiger Verbündeter, der nun vermutlich Juanas Ansprüche unterstützen wird.«

»Er ist ein gefährlicher, machtgieriger Mensch, der seine Farben dort aushängt, wo er sich einen persönlichen Vorteil verspricht«, korrigierte Carrillo. »Auf die Treue solch eines Verbündeten ist kein Verlass, und vermutlich würde er ohnehin mehr Gefahr als Hilfe für Euch bedeuten.«

Spricht er von Villena oder von sich selbst?, fragte sich Jimena, die sich vorbeugte, damit ihr kein Wort entging, doch der Erzbischof spürte ihren Blick und sah unwillig zu ihr hinüber. Rasch widmete sich Jimena wieder den köstlichen Speisen, denn das musste man dem Erzbischof lassen: Er legte Wert auf eine vorzügliche Küche.

»Zerbrecht Euch nicht mehr den Kopf«, sagte er nur noch an Isabel gewandt. »Genießt das Mahl, und dann geht hinauf in Eure Gemächer und lasst Eure Reisetruhen packen.«

Isabel sah ihn überrascht an. »Wir werden reisen? Wohin denn? Und warum?«

»Ich bringe Euch und Euer Gefolge morgen nach Ocaña«, gab der Erzbischof Auskunft. Die letzte Frage ließ er allerdings unbeantwortet, und Jimena konnte nur vermuten, dass es irgendwie mit dem Streit zusammenhing. Wollte er Isabel in Sicherheit bringen? Aber warum gerade nach Ocaña, dieser Ansiedlung in der Provinz Toledo? Verfügte Ávila nicht über eine der besten Stadtmauern des Reiches?

Die Freundinnen rätselten den ganzen Abend darüber, fanden aber keine Erklärung, die sie hätte zufriedenstellen können.

Ihre Abreise verzögerte sich, da am Morgen eine Abordnung des Königs eintraf. Zu Jimenas Überraschung und Freude befand sich Ramón unter den Begleitern des königlichen Boten. Es kostete sie fast übermenschliche Kräfte, ihm nicht entgegenzulaufen und sich ihm in die Arme zu werfen. Jede Minute wurde zur quälenden Ewigkeit, bis sie sich endlich heimlich ohne die prüfenden Blicke der anderen treffen konnten. Jimena verbarg den hastig geschriebenen Zettel in ihrer Hand und bat Isabel, sich eine Weile entfernen zu dürfen. Die sah ihre Freundin mit diesem wissenden Blick an, nickte aber und fragte nicht weiter. Jimena war ihr dankbar. Sie ließ Teresa bei den anderen zurück, holte sich ein Schleiertuch, mit dem sie ihr Gesicht verbergen konnte, und verließ den Palast.

Die Wachen am Tor hielten sie nicht auf und fragten auch nicht. Am Hof des Erzbischofs war es um die Moral nicht viel besser bestellt als am Hof des Königs, und so war es nichts Ungewöhnliches, dass Frauen auch zu später Stunde ein- und ausgingen.

Jimena folgte der Gasse an der Stadtmauer entlang. Vor ihr ragte das breite, gedrungene Mauerwerk der Kathedrale auf, das die Leichtigkeit anderer Gotteshäuser vermissen ließ. Viel besser fügte es sich als Teil der Stadtfestung in den Mauerring ein, der mit seinem Wehrgang auch den Chor umfasste. Es wurde schon dunkel, als Jimena den Platz vor der Kathedrale betrat, den prächtige Adelspaläste umstanden. Die Nordseite begrenzte der Konvent der Dominikaner. Jimena ging auf das Portal der *Capilla de Mosén Rubí* zu, unter dem eine dunkel verhüllte Gestalt auf sie wartete. Sie spürte, dass es Ramón war, und ließ sich in seine Arme ziehen. Er sagte kein Wort und küsste sie mit solcher Leidenschaft, dass auch sie jede Formulierung vergaß, die sie sich zur Begrüßung überlegt hatte. Nein, sie musste nicht in Worte fassen, wie schmerzlich sie ihn vermisst und wie sehr sie sich jede Stunde nach ihm gesehnt hatte. Ihre Körper drückten dies besser aus, als jedes Wort es hätte tun können. Jimena fühlte, wie heiße Wogen in ihr aufstiegen und verbotene Wünsche einsamer Nächte freispülten. Sein heißer Atem wurde rascher, und sie konnte seine Leidenschaft wie einen feurigen Strom durch seine Adern pulsieren sehen. Es erschreckte sie ein wenig, doch noch mehr sehnte sie sich danach, ihn zu ihrem Lager zu führen und alle Schranken niederzureißen.

Was Isabel dazu sagen würde? Oder Dominga? War sie etwa auch nicht besser als all die anderen Damen bei Hof, die ihren Leidenschaften nachgaben, wie es ihnen gerade gefiel?

Oh nein, das hier war Liebe! Die tiefe, ewig währende Liebe, die man nur einmal in seinem Leben empfand. Keine flüchtige Lust, kein Zeitvertreib, kein Spiel der Macht, auf das man sich für ein begehrtes Geschmeide oder für irgendwelche Gefälligkeiten einließ.

Und dennoch war es eine verbotene Liebe, die nicht von Gott gesegnet war und die es ohne einen Dispens des Papstes auch nicht werden würde. Ihre Verwandtschaft war zu nah, als dass sie einfach zum Altar hätten schreiten können.

Jimena hätte ihn von sich stoßen und ihn darauf hinweisen müssen. Stattdessen presste sie sich noch enger an ihn und erwiderte seine Küsse mit gleichem Hunger. Endlich lösten sie sich voneinander, und beide brauchten ein wenig Zeit, um zu Atem zu kommen.

»Wie geht es dir?«, fragte Jimena, während sie sich an ihn schmiegte. »Was hast du all die Zeit getan? Die vielen Monate, die mir Tag für Tag zur Ewigkeit wurden.«

»Ja, eine Ewigkeit der Einsamkeit folgte der anderen«, antwortete Ramón, während er zärtlich über ihre Wangen und ihren Hals strich.

»Ich habe Tag für Tag an dich gedacht und mich nach dir gesehnt, während meine Hand das Schwert des Königs führte und mein Leib seine Pferde ritt, mein Arm seine Beute für ihn jagte und mein Mund Nachrichten überbrachte. Doch nichts davon war wichtig. Nichts brachte Freude in mein Herz, solange du von mir getrennt sein musstest.«

Wieder zog er sie an sich und küsste sie.

»Ich habe jede Nacht von dir geträumt. Nur die Erinnerung an unsere Küsse hat mich durch den Tag gebracht.«

Das Portal der Kapelle öffnete sich, und ein Dominikanermönch trat heraus. Die beiden fuhren schuldbewusst auseinander, doch der Mönch beachtete sie gar nicht. Er schritt in seinem weißen Habit und dem ebenso weißen Skapulier an ihnen vorbei, die Kapuze tief ins Gesicht gezogen. Ein wenig verlegen sahen die beiden erwischten Sünder einander an.

»Lass uns ein Stück gehen«, sagte Ramón leise und griff nach ihrer Hand. Schweigend gingen sie durch die nun dunklen Gassen, bis er Jimena in einen versteckten Garten führte, dessen Büsche bis an die Stadtmauer reichten. Hier zog er sie auf eine verwitterte Bank und küsste sie wieder. Dann schob er sie von sich und sah sie ernst an.

»Wir müssen zum Palast zurück. Du solltest deine Sachen packen, denn wir werden morgen in aller Frühe abreisen.«

Jimena nickte. »Aber ja, der Erzbischof hat es uns bereits gesagt.«

Ramón runzelte verwirrt die Stirn. »Was hat er gesagt?«

»Dass Isabel nach Ocaña gehen wird, wobei ich noch immer nicht verstehe, warum. Kann dieser Ort sicherer sein als ein Palast hinter den Mauern Ávilas?«

Ramón schüttelte den Kopf, doch das bezog sich nicht auf die Sicherheit des Palasts.

»Nein, du verstehst nicht. Ich bin gekommen, um dich zu holen. Es ist nicht von Belang, ob Isabel hierbleibt oder irgendwo sonst hingeht. Du musst sie verlassen und mit mir kommen.«

Jimena rückte von ihm ab und sah ihn an, als habe er den Verstand verloren. »Ich soll Isabel verlassen? Das ist doch wohl ein Scherz! Ich habe Isabel meine Treue geschworen und werde diesen Schwur niemals brechen. Ich diene Isabel, der großen Königin von Kastilien, und ich bin bereit, mein Leben für sie zu geben!«

»Königin von Kastilien?«, wiederholte Ramón mit düsterer Stimme. »Das wird sie nicht werden, denn das Erbe steht ihr nicht zu. Du bist im Unrecht, wenn du dich auf ihre Seite stellst. Sie ist nichts weiter als eine Thronräuberin, und das weißt du auch. Juana ist die Tochter von König Enrique, und sie allein hat Anrecht auf die Krone von Kastilien!«

Jimena fühlte den Schmerz, der sie entzweite. »Ach, Ramón, es ist mir gleich, wer nun der wahre Erbe ist. Enrique hat Isabel anerkannt und Juana bereits zweimal enterbt.«

»Du weißt, wie das zugegangen ist«, unterbrach Ramón zornig. »Sie haben den König gezwungen.«

Jimena nickte. »Ja, und warum konnten sie das tun, obgleich er doch so ein friedliebender und herzensguter Mensch ist? Weil er eben gerade deswegen ein schlechter Monarch ist und Gift für sein Land, das sich immer mehr entzweit und zerfleischt. Isabel mag nun die legitime Erbin sein oder nicht, jedenfalls – das versichere ich dir – wird sie eine gute Königin sein, die das Land mit starker und gerechter Hand aus der Finsternis führen wird.«

»Das kannst du nicht wissen«, widersprach Ramón.

»Dann frage Dominga. Deine Mutter hat es ebenfalls gesehen.«

Ramón machte eine ungeduldige Handbewegung. »Auch Dominga ist nicht allwissend, und ich werde auf keinen Fall eine Thronräuberin unterstützen, die sich in allem dem König widersetzt.«

Nun wurde Jimena zornig. »Ach, nur weil sie die alten Männer nicht heiraten will, die ihr Bruder ihr vorschlägt?«

»Sie muss sich seinem Rat beugen«, beharrte Ramón.

»Nein, sie kann und muss selbst wählen, denn ich weiß, dass ihre Entscheidung überlegt und klug sein wird!«

»Dann sollte sie wenigstens zu Erzbischof Carrillo auf Distanz gehen und sich unter die Obhut des Königs begeben.«

Jimena schwieg, denn sie war sich nicht sicher, ob Isabel

überhaupt die Freiheit hatte, dies zu entscheiden. Carrillo würde sie nicht einfach ziehen lassen. Er wollte seinen Einfluss auf die zukünftige Königin sichern, nachdem er dem jetzigen König den Rücken gekehrt hatte.

Ramón rückte wieder näher und nahm ihre Hände. »Komm mit mir, egal, wie Isabel sich entscheidet. Das ist ihre Sache, aber du gehörst zu mir, und wir beide dienen unserem König.«

Jimena entzog sich ihm. »Du weißt, dass ich das nicht kann. Einen Schwur darf man nicht brechen.«

»Auch nicht, wenn man damit auf der falschen Seite steht?«, widersprach er.

»Es ist die richtige Seite«, beharrte Jimena. »Und ich hoffe, dass du das bald erkennen wirst. Du wirst immer eine offene Tür finden.«

Sie erhoben sich und verließen den dunklen Garten, der mit seinen duftenden Büschen und tiefen Schatten so einladend für ein Stelldichein zweier Liebenden war, doch Ramón und Jimena berührten sich nicht, als sie nebeneinander herschritten. Es war, als baute sich eine unsichtbare Mauer zwischen ihnen auf, die sie nicht durchdringen konnten. Schweigend passierten sie den Platz vor der Kathedrale und folgten der Stadtmauer bis zum Palast. Wieder ließen die Wachen sie eintreten, ohne auch nur eine Frage zu stellen. Vor der Treppe, die zu Isabels Gemächern und denen ihres Gefolges führte, blieben sie stehen. Ramón hob den Blick, in dem Jimena Trauer, aber auch Zorn erkennen konnte.

»Es ist deine Entscheidung«, sagte er. »Ich werde warten und dich gern nach Segovia begleiten, wenn du bis dahin noch hier bist.«

Und ohne sie noch einmal zu berühren, drehte er sich um und ging davon. Jimena fühlte den Knoten in ihrer Brust, und ein fast übermächtiger Drang zu weinen stieg in ihr auf, doch sie ballte die Fäuste, und ihre Augen blieben trocken.

»Dann lebe wohl, Ramón«, hauchte sie in die Nacht. »Ich wünsche dir, dass du deine Entscheidung nicht bitter bereuen musst.«

Mit gerafften Röcken rannte sie die Treppe hinauf und versuchte jeden Gedanken aus ihrem Geist zu verbannen, der ihr flüsternd von dem erzählte, was Ramón erwartete. Nein, sie wollte es nicht erfahren, denn sie ahnte, dass sie die Gewissheit noch schwerer ertragen würde als ihre Trennung im Zorn. Sie wollte es nicht wissen, sondern sich wie jede andere verlassene Frau mit dem Balsam der Hoffnung trösten.

Kapitel 15

Ocaña, 1468

Ocaña war nicht mit Ávila zu vergleichen und auch nicht mit Segovia oder Valladolid. Jimena verstand nicht so recht, was der Erzbischof mit diesem Umzug bezweckte, außer vielleicht, dass der Ort südlich der Bergkette und damit näher bei Toledo lag, wo der Einfluss des Erzbischofs größer war als der des Königs, der unter dem Einfluss der Mendozas immer mehr Anhänger gewann. Zwar wechselten einige der wichtigen Adelsfamilien wieder einmal die Fronten, dennoch sprach auch in Ocaña manch Mann von Adel vor, wie Gonzalez de Chacón oder Gutierre de Cárdenas, um Isabel seiner Gefolgschaft zu versichern. Auch Juan de Vivero, den sie bereits in seinem Haus in Valladolid kennengelernt hatten, kam nach Ocaña. Allen gemein war allerdings, dass sie nicht zu den mächtigen Granden gehörten. Der einzige Grande, den Carrillo eines Tages mitbrachte, war der Admiral von Kastilien, Fadriquez Enriquez, dessen Tochter Joana mit König Juan II. von Aragón verheiratet war.

Als sie zum Saal hinuntergingen, um den Gast zu begrüßen, flüsterte Don Angelo, der noch immer mit Isabels Gefolge reiste, Jimena und Beatriz zu:

»Ich sage Euch, wenn es eine Frau auf dieser Welt gibt, die es in ihrer Machtgier und ihrer Skrupellosigkeit mit dem Marquis von Villena aufnehmen kann, dann ist es Joana, die Tochter des Admirals. Hierin passt sie ganz wundervoll zu ihrem Gemahl«, lästerte der Don weiter, den es offensichtlich nicht störte, dass ein Teil seiner Familie wieder einmal die Fronten gewechselt hatte und nun dem Marquis de Villena die Treue hielt. »Der alte Juan ist bestimmt schon siebzig und fast blind, doch jeder fürchtet sich vor seinem aufbrausenden Zorn, und keiner wagt es je, ihm zu widersprechen.«

»Er ist nicht nur König von Aragón«, unterbrach Isabel. »Er ist auch König von Sardinien und durch seine erste Ehe ebenfalls König von Navarra. Außerdem ist er ein Trastámara!«

»Was natürlich viel mehr zählt als sein jähzorniges Wesen«, kommentierte Beatriz und erntete dafür einen strafenden Blick.

Die Damen traten ein, und die Gäste begrüßten Isabel. Jimena betrachtete misstrauisch den Admiral, der sich so bereitwillig an den Intrigen Villenas und Carrillos gegen den König beteiligt hatte. Zu ihrer Überraschung fand sie ihn nicht so verabscheuungswürdig wie Villena. Und er weckte auch nicht ihr Misstrauen wie Carrillo, in dessen Anwesenheit ihre Sinne stets wachsamer waren. Sie traute ihm nicht und war stets auf der Hut. Man musste auf jedes seiner Worte achten und sein Mienenspiel deuten, um die Wahrheit hinter seinen oft so schmeichelnd klingenden Reden zu ergründen, denn ihm ging es, wie dem Marquis, stets um seinen eigenen Vorteil.

Das traf vermutlich auch auf den Admiral zu, wie eben auf fast jeden Adeligen Kastiliens, dennoch strahlte er etwas aus, das Jimena sympathisch war. Er war ein alter Mann, dessen gebräunte, faltige Haut von einem ereignisreichen Leben sprach. Sein Haar war weiß, und die dunklen Augen blickten aufmerksam und klug umher. Sein Lächeln war offen und freundlich. Jimena spürte, dass auch Isabel ihn mochte. Gemeinsam mit ihm war Gutierre de Cárdenas gekommen. Zu Jimenas Enttäuschung zogen sich die Männer mit Isabel in einen anderen Raum zurück, sodass die Freundinnen nichts von dem Gespräch mitbekamen.

Es war bereits Zeit, sich für die abendliche Tafel umzukleiden, als Isabel sehr nachdenklich in ihr Gemach zurückkehrte.

»Was ist?«, erkundigte sich Beatriz neugierig. »Worum ging es? Was wurde gesprochen?«

Jimena hätte für ihre Neugier eigentlich eine Rüge erwartet; stattdessen lächelte Isabel rätselhaft.

»Oh, das Übliche«, sagte sie abwinkend. »Heiratskandidaten. Der schreckliche König Juan II. von Aragón hat einen Sohn, müsst ihr wissen.«

»Oh nein, wieder so ein hässlicher Alter?«, vermutete Beatriz, die zu rechnen begann, wie alt der Sohn dieses Siebzigjährigen wohl sein konnte.

Isabels Lächeln vertiefte sich. »Nein, du irrst. Es ist der Sohn aus seiner zweiten Ehe. Und alt ist er nicht.«

Sie zog eine Miniatur aus der Tasche und reichte sie den Freundinnen. Die drei jungen Frauen beugten sich über das zarte Bild, das das Porträt eines jungen dunkelhaarigen Mannes zeigte, der ein wenig jünger sein musste als Isabel selbst – zumindest zu dem Zeitpunkt, als das Gemälde entstanden war.

»Das ist der Sohn Juans II.?«, hakte Beatriz ein wenig ungläubig nach.

Isabel nickte. »Ja, und der Enkel des Admirals. Fernando heißt er. Und? Wie findet ihr ihn?«

»Er sieht ganz hübsch aus«, gab Beatriz gnädig zu. Jimena aber schwieg. Es durchfuhr sie wie ein Blitz. Ja, dieses Gesicht hatte sie schon einmal gesehen. In ihren Tagträumen im Haus von Juan de Vivero in Valladolid. Die Hochzeit. Das Gesicht des Bräutigams. Er war es also, der an Isabels Seite herrschen sollte. Jimena betrachtete das Bildnis. Sie wusste nicht, ob Isabel an seiner Seite glücklich werden würde, doch sie hätte es ganz sicher schlechter treffen können.

»Und? Wie lautet deine Antwort?«, erkundigte sich Beatriz.

»Sie wird ihn heiraten«, entschlüpfte es Jimena, ehe sie es verhindern konnte.

Isabel nickte. »Ja, ich denke, das ist die richtige Entscheidung. Der Erzbischof und der Admiral haben mir über die neuesten Entwicklungen auf der anderen Seite berichtet. Die portugiesische Partei stellt sich hinter La Beltraneja und will ihr auf den Thron helfen. Daher brauchen wir eine ausgleichende Macht, und die finden wir im Osten in Aragón. Fernando wird den Thron erben – vermutlich schon bald, wenn wir bedenken, wie alt der König ist.«

»So, das ist also die Meinung des Erzbischofs«, stellte Jimena fest. »Und wie denkst du selbst darüber? Willst du Fernando von Aragón heiraten?«

Isabel nahm das Bildnis und sah eine Weile schweigend auf die Gestalt herab, die ernst zu ihr heraufblickte. Ein wenig unsicher hob sie die Schultern.

»Ich bin jetzt siebzehn. Wie lange kann ich dem Verheiratetwerden noch entgehen? Ich werde irgendwann einen Gemahl an meiner Seite brauchen, und ich liefere mich ganz sicher nicht an jemanden aus, der mich beherrschen will und mir das Zepter aus der Hand windet. Ich werde die Königin von Kastilien sein und mich niemals unterordnen.« Sie machte eine Pause und rang nach Worten. »Vielleicht ist es richtig, den Blick nach Osten zu wenden und Kastilien durch Aragón zu stärken, und vielleicht kann dies der Mann sein, der mich unterstützen wird, statt gegen mich zu kämpfen.« Wieder schwieg sie und drehte die Miniatur in ihrer Hand. »Vielleicht werden wir nicht nur zusammen herrschen. Vielleicht werden wir uns auch lieben.«

Es waren drei Wochen vergangen, seit Isabel ihr Einverständnis gegeben hatte, mit Juan II. von Aragón Kontakt aufzunehmen, um die Bedingungen einer Eheschließung mit seinem Sohn Fernando auszuhandeln. Der Erzbischof wusste, dass es wichtig war, die Sache vertraulich zu halten, da im Land die Vorbehalte gegen den Nachbarn im Osten groß waren, zumal mehr und mehr einflussreiche Leute der portugiesischen Partei zuneigten. Jetzt war es wichtig, die Sache möglichst zügig voranzutreiben, damit nichts dazwischenkam.

Jimena schlief schlecht in dieser Nacht. Sie wälzte sich von einer Seite auf die andere. Wilde Träume quälten sie. Sie sah ein Heer, das sich auf einem Hügel sammelte und dann auf eine Stadt zumarschierte. Dann befand sie sich plötzlich im Thronsaal des Königs in einem seiner Paläste. Sie konnte nicht erkennen, wo es war. Nicht in Valladolid und auch nicht in Segovia. Doch das war nicht wichtig. Der König war ungewöhnlich zornig. Er erhob die Stimme und schrie in seiner Wut.

Das wird sie nicht wagen! Ich verbiete es ihr. Sie hat sich meinen Befehlen zu fügen. Ausgerechnet mit Aragón will sie sich verbünden.

Sein Zorn strich wie der brennende Atem eines Drachen über Jimenas Haut. Dann starrte sie in die hasserfüllten Augen des Marquis de Villena.

Nein, das dürft Ihr Euch nicht bieten lassen, Majestät. Sie ist zu weit gegangen. Ihr müsst dafür sorgen, dass diese Ehe nicht zustande kommt. Holt sie zu Euch! Wenn sie nicht freiwillig kommt, dann zwingt sie dazu. Ich stelle Euch meine Männer zur Verfügung. Der Erzbischof von Sevilla ist auf Eurer Seite und wird von Süden her ein zweites Heer schicken. Ehe Carrillo weiß, wie ihm geschieht, habt Ihr Isabel in Euren Händen und könnt ihr ein für alle Mal einbläuen, dass sie Euch zu gehorchen und keine eigenmächtigen Entscheidungen zu treffen hat.

Jimena hielt vor Anspannung den Atem an. Die widersprüchlichsten Gefühle zuckten über des Königs Gesicht. Da rangen seine Enttäuschung und der Zorn mit seinem versöhnlichen Wesen, das alle so gut kannten. Auch Juan Pacheco schien zu befürchten, die harmoniebedürftige Seele des Königs könne die Oberhand gewinnen. Daher drängte er darauf, sofort die Truppen zusammenziehen und losmarschieren zu dürfen.

Ehe die in Ocaña wissen, dass Ihr von der geplanten Hochzeit Wind bekommen habt, sind wir schon über die Cordillera marschiert und stehen vor den Toren des Palasts. Ocaña ist nicht Ávila! Wir werden keine Schwierigkeiten haben, Isabel herauszuholen, und der Erzbischof von Sevilla wird mit seinen Männern Carrillos Truppen beschäftigen, bis Ihr Isabel sicher in Euren Händen habt.

Der König zögerte und rang die Hände.

Ich habe ihr vertraut. Sie ist meine Schwester, klagte er, dann sah er dem Marquis de Villena in die Augen. Er straffte den Rücken. Seine Stimme war zwar leise, doch Jimena konnte jedes Wort verstehen.

Tut, was Ihr für notwendig haltet, Marquis. Doch gebt acht, dass meine Schwester wohlbehalten an meinem Hof eintrifft.

Jimena riss die Augen auf. Sie war mit einem Mal hellwach. Was war das gewesen? Nur ein Traum? Oder hatte sie wirklich eine Reise über die Berge nach Norden gemacht, wo der Marquis den König aufstachelte, ein Kriegsheer gegen seine Halbschwester zu schicken?

Jimena war überzeugt, dass dies nicht nur ihrer blühenden Fantasie entsprang. Dieses Gespräch hatte es gegeben, die Frage war nur: wann? Wie viele Tage lag es schon zurück? Wann würde der Marquis de Villena seine Männer in Marsch setzen? Oder sollten sie gar die Berge bereits überschritten haben?

Jimena konnte es nicht sagen, doch auf alle Fälle musste sie etwas tun. Und es war Eile geboten! Mit einem Satz sprang sie aus dem Bett und lief aus der Kammer, die neben Isabels Gemach lag. Sie eilte die Treppe hinunter in den Hof, ohne zu wissen, was eigentlich ihr Ziel war. Jimena blieb mitten im Hof im Mondlicht stehen. Die Panik, die sie im Schlaf erfasst hatte, flaute ab, und ihr Geist begann kühl, ihr Fragen zu stellen. Wem konnte sie vertrauen? Wer konnte etwas tun? Und was? Es war mitten in der Nacht. Wer würde ihr Glauben schenken und begreifen, wie dringlich es war zu handeln?

War es denn wirklich so dringlich?

Jimena horchte in sich hinein. Sie lauschte ihrem rasch schlagenden Herzen, das immer schneller zu galoppieren schien, als wolle es sie antreiben.

Ja, es war dringend! Jimena grübelte noch immer, an wen sie sich wenden sollte, als sie plötzlich Geräusche hörte. Der Hufschlag von schweren Kriegsrössern draußen in den Gassen, der sich rasch näherte. Überraschte Rufe, schlaftrunkene Stimmen.

War es etwa schon zu spät? Kam der Marquis mit seiner Truppe, um Isabel zu entführen? Jimena griff nach ihrem Messer, das sie selbst unter ihrem Nachtgewand verborgen trug. Ach, wie sinnlos war diese Geste!

Da erklang eine laute Männerstimme von draußen.

»Öffnet das Tor! Macht schnell!«

Noch nie war Jimena so erleichtert gewesen, diese Stimme zu hören!

Schon näherten sich Schritte, und die Torflügel schwangen knarrend beiseite. Pferde trabten in den Hof des Palasts, der mehr einem befestigten Gehöft glich denn einem prächtigen *Alcázar*.

»Eure Exzellenz, dem Himmel sei gedankt, dass Ihr kommt!«, rief Jimena mit sich überschlagender Stimme und rannte auf den Erzbischof zu, der sich aus dem Sattel gleiten ließ. Sie hätte ihn kaum wiedererkannt in seiner schimmernden Kriegsrüstung, in der er nun einem Ritter glich, nicht einem Bischof. Carrillo dagegen musterte die junge Frau, die auf ihn zustürzte, erstaunt. Jetzt erst wurde Jimena bewusst, was für ein seltsames Bild sie abgeben musste, mitten in der Nacht im mondbeschienenen Hof, nur mit ihrem dünnen Nachthemd bekleidet, einen Dolch in ihrer Rechten.

Hastig knickste sie vor dem Erzbischof. »Verzeiht den ungebührlichen Auftritt, Exzellenz, doch es geht um eine Sache größter Dringlichkeit.«

»Das scheint mir auch so, Doña Jimena. Sprecht!«

Jimena sah zu den Männern hinüber, die nun ebenfalls von ihren Pferden stiegen. Auch sie waren alle in schwerer Rüstung und mit Schwertern, Lanzen und Armbrüsten bewaffnet, als wären sie auf einem Kriegszug. In dem Lärm der stampfenden Hufe und den Rufen der Männer nach den Knechten, die sich um die Tiere kümmern sollten, achtete niemand auf sie. Sie trat näher an den Erzbischof heran und sagte mit leiser Stimme:

»König Enrique schickt den Marquis de Villena mit einer Streitmacht über die Berge, um sich Isabels zu bemächtigen. Er hat von der geplanten Hochzeit mit Fernando de Aragón erfahren und ist erzürnt. Er will diese Ehe mit allen Mitteln verhindern!«

Der Erzbischof sagte nichts, dabei war sich Jimena sicher, dass er ihre Worte vernommen hatte. Er sah sie nur an, ließ seinen Blick langsam bis zu ihren nackten Füßen hinabwandern, die unter ihrem Hemd hervorlugten, und sah ihr dann mit ausdrucksloser Miene in die Augen. Ein strenger Zug formte sich um seinen Mund.

»Woher wisst Ihr das? Ihr könnt davon eigentlich keine Kenntnis haben. Das ist unmöglich!«

Jimena wand sich. Die Frage war berechtigt. Konnte sie sich ihm anvertrauen? Er war ein Mann der Kirche, der Frauen wie ihre Tante Dominga und sie selbst ablehnen musste. Ihre Kräfte passten nicht zu der reinen Lehre der katholischen Kirche!

Sein Gesicht kam noch näher. »Die einzige Möglichkeit,

die mir einfällt, ist, dass Ihr mit dem Verräter im Bunde seid, der die Nachricht so schnell über die Berge zum König trug!«

»Nein!«, rief Jimena entsetzt, obgleich ihr klar wurde, dass der Erzbischof es sich gar nicht anders erklären konnte.

»Nein«, wiederholte sie. »Das müsst Ihr mir glauben. Ich habe Isabel Treue geschworen und würde sie niemals verraten.«

»Dann sagt mir, wie es kommt, dass Ihr davon wisst!«

Er bannte sie mit seinem Blick, aus dem es kein Entrinnen gab. Wie eine Schlange ihr Opfer lähmt, ehe sie zum tödlichen Biss vorschnellt.

Jimena konnte nicht anders. »Ich habe es gesehen.«

»Gesehen? In Euren Träumen? In einer Vision?«

»Nennt es, wie Ihr wünscht, Exzellenz, aber ich weiß, dass es wahr ist.«

Der Erzbischof nickte. »Habt Ihr das öfter, Doña Jimena? Solche Gesichte, wie man es nennt?«

»So dann und wann«, gab sie widerstrebend zu.

»Und was meint Ihr«, fragte er mit so sanfter Stimme, dass in Jimena die Alarmglocken schrillten, »wer sie Euch schickt? Sind es Gottes Engel oder eher die Dämonen des Teufels?«

»Ich kenne mich mit solchen Dingen nicht so gut aus, Eure Exzellenz«, gab Jimena schroff zurück. »Das ist Euer Gebiet, doch wenn mir diese Träume eingegeben werden, um Isabel vor ihren Häschern zu bewahren, dann werden sie wohl kaum von einem Boten der Hölle stammen!«

»Ein gutes Argument«, stimmte ihr der Erzbischof mit noch immer sanfter Stimme zu. »Ich glaube, wir müssen uns einmal ganz in Ruhe unterhalten. Nur wir beide!«

Jimena lief es bei dieser Vorstellung eiskalt über den Rücken. Sie nickte nur stumm.

»Jedenfalls kann ich Euch bestätigen, dass Eure Träume Euch die Wahrheit gesagt haben«, fuhr er nun ein wenig lauter fort. »Deshalb bin ich hier. Meine Spione haben mir berichtet, dass der Marquis de Villena mit einer Streitmacht die Cordillera überschritten hat und nun vermutlich nicht einmal mehr einen Tagesritt entfernt ist. Wir müssen sofort aufbrechen und Prinzessin Isabel in Sicherheit bringen.«

»Wohin?«, wollte Jimena wissen.

Der Erzbischof lächelte sarkastisch. »Ich meine, es wird Zeit, dass die Infantin Isabel wieder einmal ihre Mutter besucht, findet Ihr nicht auch? Und nun lauft und weckt sie auf, dass sie sich reisefertig macht. In einer Stunde brechen wir auf.«

Jimena verbeugte sich knapp und lief dann die Treppe hinauf zu den Gemächern, die sie mit Isabel und den anderen Mitgliedern ihres kleinen Hofstaats bewohnte. Während Isabel und Beatriz noch schliefen, traf sie Teresa hellwach an. Sie hatte sich bereits angekleidet, und es wunderte Jimena nicht, dass sie ihr robustes Reisekleid und derbe Schuhe trug. Sie sah ihre Cousine mit diesem aufmerksamen Blick an, der vermuten ließ, dass es nicht viel gab, das dem stummen Mädchen entging. Nun, als Jimena zu ihr trat, hob sie fragend die Augenbrauen.

»Wohin? Nach Arévalo. Carrillo will Isabel im Palast ihrer Mutter in Sicherheit bringen, damit sie nicht in die Hände des Marquis und damit in die ihres Bruders fällt, der von ihren eigenmächtigen Heiratsplänen nicht erfreut ist.«

Teresa überlegte, dann nickte sie, sah aber nicht gerade glücklich aus.

»Was ist? Fürchtest du dich vor der langen Reise über die Berge? Es ist noch recht kalt, und auf dem Pass liegt sicher noch Schnee. Ja, ich denke, es wird eine unbequeme Reise werden.«

Teresa schüttelte heftig den Kopf und machte eine wegwerfende Handbewegung. Das unwirtliche Wetter schien sie nicht zu schrecken. Was dann? Jimena überlegte. Teresa griff nach ihren Händen. Ihr Blick wurde noch eindringlicher, und plötzlich war es Jimena, als könne sie eine Stimme in ihrem Geist hören, die sie noch nie vernommen hatte. Eine mädchenhafte, doch sehr ernste Stimme.

Ist Isabel im Palast ihrer Mutter wirklich in Sicherheit? Wer könnte sie dort schützen, wenn Villena seine Truppen von Ocaña abwendet und wieder nach Norden führt? Carrillo ist dann weit! Seine Männer sind damit beschäftigt, den Erzbischof von Sevilla abzuwehren.

Jimena klappte vor Erstaunen der Mund auf. Sie hatte nicht über ihren Traum gesprochen. Woher also konnte Teresa von der Gefahr bis hin zu Villenas Truppen und seinen Verbündeten aus Sevilla wissen?

Natürlich! Teresa war Domingas Tochter. Warum sollte nicht auch sie über die ungewöhnlichen Kräfte verfügen, die nur in der weiblichen Linie einiger weniger Familien im Land weitervererbt wurden?

Teresa nickte. Vielleicht hatte sie Jimenas Gedanken mitverfolgt. Dann wandte sie sich ab und trat mit energischem Schritt ans Bett. Sie griff Beatriz an die Schulter und schüttelte sie so unsanft, dass die Freundin mit einem Schrei auffuhr. Verwirrt sah sie sich im dunklen Zimmer um.

»Was ist?«, fragte sie blinzelnd und rieb sich die Augen. »Ist etwas geschehen?«, erkundigte sie sich mit einem Gähnen.

»Ja, Isabel ist in Gefahr, und wir reisen noch in dieser Stunde ab«, sagte Jimena, ohne auf den Ausruf des Entsetzens zu achten. Dann ging sie nach nebenan in Isabels Gemach, um die Prinzessin zu wecken. Doch deren Schlaf war entweder nicht so fest wie der ihrer Freundin Beatriz, oder sie verfügte über bessere Instinkte. Jedenfalls fand Jimena sie mit einem Tuch um die Schultern neben dem Bett vor. Furcht stand in ihrem Blick.

»Was ist geschehen?«, fragte auch sie, doch in ihrer Stimme schwangen weder Verwirrung noch die Ahnungslosigkeit mit, die Beatriz so oft umgab.

»Villena steht mit seinen Männern im Auftrag deines Bruders kurz vor der Stadt«, sagte Jimena knapp.

Isabel fragte nicht, woher sie das wusste. Sie nickte nur und sah sich nach ihren Kleidern um. »Wohin werden wir gehen?«, fragte sie, während Jimena ihr in ein warmes Reisegewand half.

Kaum eine Stunde später waren die Damen zum Aufbruch bereit. Carrillo selbst half Isabel auf den Zelter. Die Pferde, die sie und Jimena bei ihren Ausritten benutzten, waren für den Zug über den Pass nicht geeignet. Vielleicht würden sie sie später nachholen lassen, doch nun gab es Wichtigeres. Sie mussten sich beeilen, damit sie nicht mit ihrem kleinen Zug nahezu ungeschützt dem Marquis in die Arme liefen. Der Erzbischof schwang sich in den Sattel und gab das Signal zum Aufbruch. Schweigend ritten sie einer nach dem anderen in die Nacht hinaus. Ein paar Bürger, die der Hufschlag der Pferde in den Gassen geweckt hatte, lugten aus Fenstern oder Türen, Hunde bellten, doch niemand ließ sich sehen. Als sie das Stadttor hinter sich gelassen hatten, nahmen die Bewaffneten Isabel und ihre Damen in die Mitte und bildeten schützend einen Ring um sie, während Carrillo noch immer mit seinem Hauptmann den Zug anführte. In kurzen Abständen kehrten seine Späher zurück, um ihm zu berichten, dass die Straße frei war und sie keinen Hinterhalt zu befürchten hatten.

Jimena sah sich um. Sie konnte nur Teresas Gesicht in der Dunkelheit erkennen, so nah ritt ihre Cousine neben ihr. Sie war gefasst und aufmerksam wie immer, hegte aber keine Furcht. Beatriz dagegen strahlte eine solche Nervosität aus, dass Jimena ihre Züge nicht zu erkennen brauchte, um zu spüren, dass die nächtliche Flucht sie ängstigte und aus der Fassung brachte. Isabel dagegen wirkte ruhig und bemühte sich, Haltung zu zeigen. Sie schaffte es gut, ihre Ängste zu unterdrücken und vor den Männern zu verbergen. Vermutlich konnte nur Jimena fühlen, was in ihr vorging.

So ritten sie schweigend durch die Nacht. Eine bleiche Mondsichel erhellte ihren Weg. Ein kalter Wind glitt von den Bergen herab und ließ die Frauen frösteln, doch keine von ihnen klagte, nicht einmal Beatriz. Zuerst ging es stetig nach Westen, und je weiter die Nacht fortschritt, desto eisiger wurde es. Endlich erwachte der Tag, doch die Hoffnung auf die wärmenden Strahlen der Sonne verschwand schon bald hinter düsteren Wolken. Am späten Nachmittag erreichten sie Toledo und konnten sich im Palast des Bischofs aufwärmen, doch noch ehe die Nacht verstrichen war und es wieder hell wurde, brachen sie auf und ritten auf die Berge zu, die sich im Norden über ihnen erhoben. Ihre Gipfel waren noch schneebedeckt. Ab und zu rissen die Wolken auf und gaben einen kurzen Blick auf die schroffen Felsgrate frei, dann hüllte wieder dichtes Grau die Bergkette ein, an deren Hängen sich die Pferde in weiten Schleifen aufwärts mühten. Die Wolken schienen immer tiefer herabzudrücken, bis sie die Reisenden verschluckten und in kalten Nebel hüllten. Es begann zu nieseln, und die Frauen duckten sich unter ihren warmen Wollumhängen, die schwerer und schwerer wurden, je weiter sie den verschlungenen Pfaden in die Berge folgten. Sie trafen auf keine Menschenseele. Der Erzbischof wollte wohl sichergehen, dass keiner vom Weg der Thronerbin erfuhr, und ließ den Hauptmann einen Pfad fernab der üblichen Handelsroute wählen.

Der Regen wurde stärker, und schon fühlten die Reisenden die Nässe, die die bereits kalten Glieder weiter auskühlte, doch sie konnten nichts weiter tun, als die Zähne zusammenzubeißen und weiterzureiten. Dann mischten sich Flocken unter den Regen, und bald schritten die Pferde über den frisch verschneiten Pfad, der nicht mehr lange zu erkennen sein würde. Stunden verstrichen, und der Tag neigte sich bereits dem Ende zu, als sie die erste Bergkette überwanden und in ein breites Hochtal abstiegen. Der Hauptmann führte sie zu einer Klause, in der ein paar Mönche ihr kärgliches Dasein fristeten. Die Brüder der Einsiedelei begrüßten die Reisenden und überließen den Frauen ihre harten, kalten Lager, doch zumindest hatten sie ein Dach über dem Kopf und konnten sich an einer heißen Suppe wärmen. Beatriz weinte stumm, aber sie klagte nicht. Es gab nichts, durch das sie ihre Lage hätten erleichtern können. So drückten sich die vier jungen Frauen eng aneinander und wärmten sich, so gut es ging. Sie schliefen kaum in dieser Nacht, obgleich ihre Körper der Ruhe bedurften. Selbst Jimena, die gern und viel ausritt, hatte das Gefühl, jeder Knochen und jeder Muskel in ihrem Leib würden schmerzen, und der erholsame Schlaf wollte nicht kommen. Zu hart und kalt war ihr Lager. Die Männer draußen vor der Hütte, deren hinterer Teil in eine natürliche Höhle überging, hatten es noch schlechter und harrten im Schneeregen unter den wenigen windschiefen Kiefern aus.

Vier Tage waren sie unterwegs, bis endlich die Mauern von Arévalo vor ihnen auftauchten. Beatriz brach vor Erleichterung in Tränen aus, und auch Jimena war froh, sich endlich aufwärmen und ihre nassen Kleider wechseln zu können. Als Isabel sich vom Pferd helfen ließ, war sie die Einzige, die den Eindruck machte, als habe ihr die Strapaze dieses viertägigen Ritts nichts anhaben können. Ihre Haltung, als sie ihre Mutter begrüßte, war so stolz wie in der Nacht ihres Aufbruchs in Ocaña, und auch später verlor sie – im Gegensatz zu Beatriz – nicht ein einziges Wort der Klage über die Unbill ihres Ritts.

Ja, sie ist eine wahre Königin und würdig, ihr Land zu führen, dachte Jimena.

Kapitel 16

Tordesillas, März 2012

»*Hola! Hola Señora!*«, erklang eine weibliche Stimme aus dem Hof.

Isaura hatte sich gerade einen Tee aufgebrüht, als sie den Ruf vernahm. Sie eilte in den Flur, schlüpfte in die Holzpantinen ihrer Großtante und öffnete die Haustür. Eine alte Frau und ein junges Mädchen standen im Hof. Die Frau hatte die Siebzig sicher schon überschritten. Die Strähnen, die unter ihrem schwarzen Kopftuch hervorlugten, waren grau, das Gesicht war wettergegerbt und faltig. Auch ihr Rock, die Jacke, Strümpfe und die groben Schuhe, die sie trug, waren schwarz. Das Mädchen dagegen, das kaum fünfzehn sein mochte, trug Jeans und eine bunte Bluse, obwohl ein kalter Wind von Norden her über die Hochebene wehte. Ihr Haar war schwarz und dicht und ihre Augen so eindringlich und dunkel wie die der alten Frau.

»Buenos días, Señora«, grüßte diese. Es folgte ein weiterer Schwall spanischer Worte, die Isaura nicht verstand. Nur den Namen ihrer Großtante konnte sie heraushören. Die alte Frau trat auf sie zu und ergriff ihre Hände. Sie hatte raue, abgearbeitete Finger, gekrümmt von der vielen Arbeit und vom Rheuma. Sie beugte sich vor und küsste Isauras Handrücken, wobei sie nicht aufhörte zu reden. Dann machte sie gar Anstalten, sich hinzuknien, doch Isaura hielt sie fest.

»Nein, nein«, sagte sie verwirrt. Sie konnte sich das Verhalten der Alten nicht erklären. Oder war so etwas hier in der

Gegend bei einem Kondolenzbesuch üblich? Vorsichtig entzog ihr Isaura ihre Hände.

»Ich spreche kein Spanisch«, sagte sie und fügte »*lo siento*«, hinzu. Das hatte sie als den spanischen Ausdruck für »Das tut mir leid« in ihrem kleinen Sprachführer gefunden.

Nun trat das Mädchen vor, legte den Arm um die Alte und wandte sich zu Isauras Erleichterung in Englisch an sie.

»Das ist meine Großmutter Maria Pilar, und ich heiße Mercedes. Mercedes Martinez Luengo. Wir sind Carmens Nachbarn. Unser Haus liegt kaum einen Kilometer den Pfad entlang in dieser Richtung.« Sie nickte vage gen Westen.

Isaura streckte ihr die Hand entgegen. »Sehr erfreut. Mein Name ist Isaura Thalheim. Ich bin Carmens Großnichte.«

Mercedes nickte. »Ja, das haben wir uns gedacht. Deshalb sind wir gekommen, um Ihnen unser Beileid auszusprechen. Meine Großmutter freut sich sehr, dass Sie gekommen sind. Sie ist untröstlich über Carmens Tod.«

Isaura nickte. »Ja, der Tod hinterlässt immer eine Lücke. Aber immerhin hat sie ein stolzes Alter erreicht und konnte bis zum Schluss allein hier leben.«

Mercedes machte eine Handbewegung, als sei das nichts Besonderes. »Sie war nicht einmal hundert Jahre alt«, sagte sie. »Wir haben nicht damit gerechnet, dass sie uns jetzt schon verlassen würde.«

Isaura wunderte sich. Wurden die Leute hier im Hochland Kastiliens so alt? Es schien ein kärgliches, hartes Leben auf dem Land zu sein, das sich wohl nicht zu sehr von dem in früheren Jahrhunderten unterschied – wenn man von den Großgrundbesitzern absah, die mit ihren Maschinen riesige Flächen bearbeiteten und vermutlich einen Lebensstil pflegten, der sich kaum von den Stadtbewohnern unterschied. Für die alten Leute in ihren Gehöften dagegen oder in den winzigen Häusern, die sich in den Dörfern aneinanderdrückten, war das Leben hier draußen sicher kein Zuckerschlecken.

Isaura spürte, wie Großmutter und Enkelin sie betrachteten. Der Blick aus den dunklen Augen war so eindringlich, dass es sie schauderte.

»Carmen hat Sie doch als ihre Erbin eingesetzt, nicht wahr?«, sagte Mercedes unvermittelt.

Isaura nickte, obwohl ihr die Direktheit der Frage reichlich seltsam erschien.

»Ja, Großtante Carmen hat mir ihr Anwesen und das Haus vermacht«, bestätigte Isaura.

»Und, haben Sie sich schon entschieden, ob Sie ihre Nachfolge antreten?«, fragte das Mädchen und verwirrte Isaura damit noch mehr.

Ihre Großmutter sagte etwas in scharfem Ton, worauf Mercedes die Augen niederschlug. »Es tut mir leid. Großmutter sagt, ich solle Sie nicht drängen. Es ist eine große Aufgabe, die man nicht leichtfertig übernimmt. Das will wohl überlegt sein.«

Isaura kam zu dem Schluss, dass es die sprachliche Barriere sein musste, die sie einander nicht verstehen ließ. Sie erkundigte sich höflich, ob sie die Damen zu einer Tasse Tee einladen dürfe. »Kaffee habe ich leider nicht, aber Brot und Schinken, wenn Sie möchten.«

Die Nachbarinnen wehrten ab. »Nein, danke. Ich habe übrigens den Kühlschrank geleert und die verderblichen Lebensmittel mitgenommen«, gestand Mercedes, als wäre ihr das peinlich. »Wir wussten nicht, wann die Erbin kommt. Deshalb haben wir auch die Hühner und Hasen mit unseren zusammen untergebracht. Wir bringen sie Ihnen gleich wieder, wenn Sie möchten.«

Isaura wehrte ab. »Aber nein. Behalten Sie sie. Ich weiß ja gar nicht, wie lange ich bleibe.«

Da hob die Alte die Arme und begann zu lamentieren. Mercedes gelang es kaum, sie zu beruhigen.

»Was ist los?«, fragte Isaura erschrocken.

»Sie fürchtet, dass Sie fortgehen und alles verkaufen. Das dürfen Sie auf keinen Fall tun!«, erklärte Mercedes und sprach dann wieder mit ihrer Großmutter, der Tränen in den Augen standen, doch langsam wurde sie ruhiger und richtete ihren Blick hoffnungsvoll auf Isaura.

»Ich habe ihr versichert, dass Sie so einen Frevel auf keinen Fall begehen würden«, erklärte Mercedes. »Wie könnten Sie? Carmen hat Sie sicher mit Bedacht ausgewählt. Sie wusste immer genau, was sie tat. Sie war eine der wenigen großen Frauen, die es noch gibt, aber das wissen Sie ja sicher selbst. Wie sonst sollten Sie ihr Erbe antreten?«

Und mit diesen Worten verabschiedete sie sich. Die Alte deutete noch eine Verbeugung an, dann humpelte sie am Arm der Enkelin davon, dem Pfad nach Westen folgend, wo ihr Zuhause lag.

Sie ließen eine völlig verwirrte Isaura zurück, die grübelnd mehrere Tassen Tee trank und die seltsame Begegnung ausführlich mit dem Kater besprach, der ihr nach einem kurzen Morgenspaziergang in der Küche wieder Gesellschaft leistete.

Die Merkwürdigkeiten setzten sich über den Tag hinweg fort. Isaura hatte nun Muße, das Haus genauer zu untersuchen, und stieß neben einem Lager aus Kräuterpasten und allerlei kleinen Fläschchen auf ein ganzes Regal voller seltsamer Bücher. Sie konnte sie nicht lesen, denn keines war in Deutsch oder Englisch verfasst, doch waren die meisten auch nicht in Spanisch geschrieben. Manche davon schienen sehr alt. Es waren Handschriften in Latein dabei, in Arabisch und Hebräisch, soweit sie das beurteilen konnte, und alte gedruckte Werke mit fleckigen Ledereinbänden und vergilbten Seiten, die ebenfalls viel Zeit hatten verfließen sehen. Was waren das für Zahlen und Zeichen? Medizinische? Mathematische? Astrologische? Zahlentabellen und Skizzen von Mensch und Tier, mit Linien durchzogen, aber auch Abhandlungen über allerlei Pflanzen und die Herstellung von Medizin. Das würde die Kräuter, Pasten und Fläschchen erklären. Vielleicht war ihre Tante so etwas wie die Dorfheilerin gewesen, zu der die Menschen mit all ihren Wehwehchen kamen und die sie dann mit Warzen- und Rheumapflastern, Kräuterbädern und allerlei Heiltees versorgte, die halfen oder auch nicht. Vielleicht hatten ihre Nachbarinnen dieses Vermächtnis gemeint?

»Nein!«, rief Isaura energisch und schreckte damit den Kater aus seinem Mittagsschlaf, den er sich auf der Bank vor dem Haus gönnte. »Nein, das könnt ihr euch abschminken. Ich werde hier ganz sicher nicht die Stelle des Kräuterweibleins einnehmen und um Mitternacht bei Vollmond Kräuter zupfen, um ihnen ihre Heilkräfte zu entlocken.«

Bei der Vorstellung musste sie lachen. Sie sah zu den von rotem Lehm verschmierten Holzpantinen an ihren Füßen herab, die wiederum in ein paar dicken Wandersocken steckten, und seufzte.

»Siehst du, Kater, die Wandlung beginnt schleichend. Als Nächstes ziehe ich mir vielleicht eine der Kittelschürzen über und binde mir ein Kopftuch um. Dann ist meine Verwandlung zum Kräuterweiblein nicht mehr aufzuhalten. Vielleicht sollte ich doch unsere Hasen und Hühner zurückfordern.«

Der Kater gähnte und drehte sich auf die andere Seite.

»Sehr hilfreich bist du«, schimpfte Isaura und nahm nun auch noch die Scheune und die Schuppen näher in Augenschein.

Am Nachmittag machte sie sich auf den Weg nach Tordesillas. Sie wollte ihre Vorräte ergänzen und sich ein wenig in der kleinen Stadt umsehen, die einst Zeuge einer so wichtigen historischen Entscheidung gewesen war. Isaura fand einen Supermarkt, lud sich zwei Kisten voll mit Lebensmitteln und Haushaltsartikeln und verstaute sie im Wagen. Dann suchte sie sich nahe dem Plaza Mayor in einer Seitengasse einen Parkplatz und schlenderte los. Es war ein kühler Nachmittag, und der böige Wind trieb dicke graue Wolken von Westen heran. Obwohl sie eine Jacke übergezogen hatte, fröstelte sie und überlegte sich, ob sie sich nicht in einem der kleinen Läden einen Schal kaufen sollte.

So viel also zu den milden Frühlingstagen in Spanien, dachte sie. Na, wenigstens regnete es nicht. *Noch nicht*, korrigierte sie mit einem Blick in den Himmel.

Es waren kaum Leute auf der Straße, und als sie den Plaza Mayor betrat, konnte sie niemanden mehr entdecken. Sie trat auf den quadratischen, gepflasterten Platz und blieb dann in der Mitte stehen, um den Blick schweifen zu lassen. Das Geviert war von einer geschlossenen Häuserfront umgeben, wie man es ähnlich in Spanien wohl an vielen Orten finden konnte. Auf der Südseite spannte sich das *Ayuntamiento*, wie das Rathaus hier hieß, über die Gasse San Antolín – im unteren Stock, wie die Häuser rundherum, mit einem von einfachen, runden Steinsäulen getragenen Arkadengang, darüber zwei Stockwerke in kräftigem Gelb gestrichen, unterbrochen von hölzernen Sprossenfenstern. Ein flaches Giebeldach erhob sich mit einem Dachreiter darüber, den eine Uhr und eine Krone zierten. Im stürmischen Wind wehten Fahnen, die an der schmiedeeisernen Balustrade des Balkons im ersten Stock befestigt waren.

Isaura drehte sich langsam im Kreis, den Blick starr geradeaus gerichtet. Ein seltsames Gefühl stieg in ihr hoch. Wieder dieses Vertraute, diese Empfindung des verlorenen Sohns, der nach langer Zeit heimkehrt – nun ja, vielleicht eher die der verlorenen Tochter. Schattenhafte Gestalten huschten am Rand ihrer Erinnerung entlang. Sie schoben sich in ihr Blickfeld, doch wenn sie ihr Augenmerk auf sie zu richten versuchte, war dort niemand zu sehen.

Isaura blieb stehen, den Blick auf die Uhr des Rathauses geheftet, ihre Aufmerksamkeit aber am Rand ihres Bewusstseins schweifend. Da waren sie wieder! Frauen in langen, dunklen

Kleidern, eine Spitzenmantilla auf dem aufgesteckten Haar, die ihnen bis über den Rücken fiel. Männer in verwaschenen, weiten Kitteln über engen, strumpfartigen Hosen. Ein hoch beladener Karren rumpelte vorbei. Zwei Mönche passierten den Platz in ihren langen Kutten aus ungebleichter Wolle. Sie entdeckte auch einen Juden in einem langen, weiten Gewand, unverkennbar mit den Schläfenlocken. Dann ein Hauch kräftiger Farben. Ein bauschiges, rotes Ärmelpaar, das aus einem engen Wams quoll, über Hosen, die bis zum Schenkel reichten und seltsam ausgestopft wirkten. Ein Barett mit einer Feder auf dem Kopf. Daneben schritt ein bärtiger Mann in einem langen, orientalisch anmutenden Gewand, einen Turban auf dem Kopf.

Unwillkürlich wandte Isaura den Kopf, um die Männer anzustarren, doch da war niemand. Der Platz war noch immer wie ausgestorben.

Was ging hier vor sich? Sie war hier auf diesem Platz und doch nicht hier. Nein, das stimmte nicht. Es war der Platz, doch sie hätte nicht sagen können, zu welcher Zeit. Jahrhunderte schienen miteinander zu verschmelzen.

Was für ein Unsinn! Alles drohte ihr zu entgleiten. Ihr Verstand protestierte. Wie sollte sie das aushalten, ohne verrückt zu werden?

Isaura begann zu laufen. Sie hetzte unter dem Rathaus hindurch und lief die Gasse San Antolín entlang. Sie achtete nicht darauf, wohin sie rannte, ihre Beine bewegten sich wie von selbst, und ihr Geist wollte nur noch den lauernden Schatten entfliehen, die ihr unheimlich waren, auch wenn die Leute einen durchaus friedlichen Eindruck gemacht hatten. Doch was wollten sie von ihr, und wie ließ sich so etwas erklären?

Vage nahm Isaura einen rötlichen Turm wahr, der zu einer Kirche gehörte, deren Schiff aus fast blendend weißem Stein gebaut war. Die beiden Glocken oben im Turm begannen zu läuten. Isaura blieb auf dem Platz vor der Kirche stehen und atmete keuchend ein und aus. Der Klang holte sie in die Wirklichkeit zurück. Was tat sie hier eigentlich? Sie rannte am hellichten Tag wie eine Furie durch eine spanische Stadt, weil sie ein paar schattenhafte Gestalten zu sehen geglaubt hatte?

So etwas hatte sie schon einmal erlebt. Vor vielen Jahren, als sie mit ihren Elten in den Ferien nach Spanien gefahren war, bevor ihr Vater in den Pyrenäen den Tod fand. Irgendwo im Norden in einer Stadt mit einer Kathedrale. Isaura konnte sich nicht genau erinnern. Sie hatte lange nicht mehr daran gedacht, doch nun fiel es ihr wieder ein. Diese schattenhaften Gestalten, die sie stumm umringten und die nur sie sehen konnte.

Ein Gefühl von Peinlichkeit stieg in ihr hoch. Was war nur mit ihr los? Sie war nicht mehr sie selbst, die kühle, überlegte Journalistin, deren scharf formulierte Artikel so hoch gelobt wurden. Alex hatte recht gehabt: Sie musste sich ernsthaft fragen, was mit ihr los war.

Das fragst du noch?, erklang eine Stimme in ihrem Geist. *Dein Mann hat dich betrogen, und du bist bis nach Spanien geflohen, weil du den Gedanken nicht ertragen kannst und dich davor drückst, dich dem zu stellen, was das für dich bedeutet!*

Blödsinn! Alex hatte ihr diese Frage gestellt, bevor sie das mit Sandy herausgefunden hatte. Allein den Namen zu denken löste ein Gefühl des Ekels in ihr aus.

Und wenn ihr Unterbewusstsein es bereits geahnt, bevor dieses Telefonat es an den Tag gebracht hatte? War das vielleicht doch der Grund für ihre ständige Unruhe gewesen, für die Träume, aus denen sie immer wieder verstört hochgeschreckt war?

»Blödsinn!«, sagte sie dieses Mal laut und energisch und wandte sich von den bohrenden Fragen ab. Sie war nicht geflohen. Sie war im Auftrag ihres Verlags in Spanien, weil sie eine Reportage schreiben sollte. Eine Serie, die wichtig für das

Magazin war. Weil Alex ihr vertraute und sie nach wie vor für eine brillante Journalistin hielt, die mit spannendem Material zurückkehren würde, unwiderstehlich aufbereitet, sodass die Leser nach der ersten Folge das Erscheinen des nächsten Hefts kaum würden erwarten können.

Träumerin!

Isaura ignorierte den Einwurf und richtete ihre Aufmerksamkeit nachdrücklich auf ihre Umgebung. Sie stand auf einem länglichen Platz unterhalb der Kirche. Zwei Schilder wiesen zum *Museo de San Antolín* und zum *Casa del Tratado*, dem »Haus des Vertrags«. War in diesem eindrucksvollen Gebäude jener legendäre Vertrag geschlossen worden, von dem ihr der alte Anwalt in Segovia erzählt hatte? Vermutlich. Der Plaza Mayor mit seinem Rathaus war wohl jüngeren Datums. Auf der anderen Seite schweifte der Blick über Hausdächer den steilen Uferhang bis zum Duero hinunter, der von einer steinernen Brücke mit fast einem Dutzend Bogen überspannt wurde.

Es wurde Zeit, dass sie sich wieder ihrer Arbeit zuwandte! Entschlossen trat Isaura durch die Tür, deren Schild zum *Museo del Tratado de Tordesillas* wies und wo es außerdem ein Fremdenverkehrsbüro gab. Isaura ließ sich mit einem Stadtplan und gut gemeinten Vorschlägen für eine Besichtigungstour ausstatten, ehe sie sich ein wenig im Museum umsah.

Als sie wieder auf den Platz hinaustrat, hatte sich der Himmel bedrohlich zugezogen, und auch der Wind hatte noch weiter zugenommen und fuhr in eisigen Böen auf sie herab. Frierend zog Isaura ihre Jacke enger, dennoch schlug sie nicht den direkten Weg zu ihrem Wagen ein. Sie wollte noch einen Blick auf das Kloster werfen, das ihr die Señora im Touristenbüro so warm ans Herz gelegt hatte. *Convento de Santa Clara* las Isaura auf ihrer Karte. Ein ehemaliger königlicher Palast, der auf Wunsch der damaligen Königin zu einem Klarissenkloster umgewandelt worden war. Außerdem gab es noch zwei weitere Konvente, fünf Kirchen, ein altes Pilgerhospital und drei Einsiedeleien. Isaura schüttelte den Kopf. Es war schwer, sich das Leben in der Zeit vorzustellen, als die Kirche, ihre Ländereien und ihre Macht einen wesentlichen Teil des Landes und des Lebens der Menschen ausgemacht hatten. Nein, so viel Heiligkeit wollte sie sich nicht antun. Vorerst stand nur das Klarissenkloster auf ihrer Besuchsliste. Weit konnte es nicht sein. Isaura sah zum Himmel auf. Es sah schon recht bedrohlich aus.

Ach was, nun war sie schon einmal hier, da wollte sie sich wenigstens vergewissern, ob das Kloster sich als lohnend für eine genauere Untersuchung anbot. Wenn sie Glück hatte, würde der Regen noch eine Weile warten. Und wenn nicht? Pech gehabt. Mehr als nass werden konnte sie nicht. Dann würde sie nachher in ihrem Häuschen den Kachelofen einheizen und es sich zusammen mit dem Kater in wohliger Wärme gemütlich machen.

Ihr Häuschen! Der Klang gefiel ihr und ließ sie lächeln, während sie sich mit ausladenden Schritten nach Osten wandte. Sie gelangte in eine Art Garten mit breiten Plattenwegen zwischen eingefassten Beeten, mit Rosenbogen, hübschen altmodischen Laternen und einigen Bänken, von denen aus man den Blick über den Duero genießen konnte. *Jardines del Palacio,* »Palastgärten«, stand auf ihrer Stadtkarte.

Ein Donnerschlag zerriss die Luft. Isaura zuckte zusammen. Vielleicht war das doch keine so gute Idee, und sie sollte ihren Ausflug lieber auf einen anderen Tag verschieben. Sie blieb stehen und beschloss umzukehren und nach Hause zu fahren.

Nach Hause? Ihr Geist und ihr Herz meinten nicht die Wohnung in München, in der sie sich erst nach vielen Monaten heimisch gefühlt hatte. Nein, ihr Herz sehnte sich nach dem windschiefen, alten Häuschen mitten in Kastilien.

Die Luft flirrte vor Spannung, und Isaura wurde von einer

Welle von Gefühlen erfasst, derer sie sich nicht erwehren konnte. Wie der peitschende Sturmwind rissen sie sie mit sich. Die dunkle Königin. Der ihr so feindselig erscheinende Palast. Das Zimmer, das fast immer im Finstern lag oder nur vom Licht einer flackernden Kerze erhellt wurde. Sie hörte ein Kind leise vor sich hin weinen und sah in das traurige, ihr aus so vielen Nächten vertraute Gesicht. Dann schrie die Frau auf. Sie stand nun draußen an der Balustrade der die Burg wie ein Wehrgang umgebenden Galerie. Zwei Männer packten sie an den Armen. Eine Frau keifte auf sie ein, doch die dunkle Königin wehrte sich mit allen Kräften. Isaura schnitt es ins Herz. Sie wollte eingreifen, doch sie tat es nicht, und sie schämte sich dafür. Die Männer in ihren farbenprächtigen Uniformen schleiften die Tobende mit sich. Isaura hörte wieder das Kind weinen, dessen Hand sie plötzlich in der ihren spürte. Auch sie wurde rüde aufgefordert, in die Gemächer zurückzukehren. Sie spürte einen Stoß im Rücken und nahm das Kind, das nun voller Angst aufschrie, schützend in ihre Arme. So ergab sie sich in ihr Schicksal und ließ sich den Gang entlangtreiben. Die schwere Tür fiel hinter ihnen zu und warf sie in die Finsternis ihres ewigen Gefängnisses zurück.

Ein Blitz sprang von einer Wolke zur nächsten und raste dann mit einem Zischen zur Erde. Der Donnerschlag folgte ihm und ließ den Boden erzittern. Isaura fiel auf die Knie und schrie. Ein Schmerz breitete sich in ihrem Innern aus, der sie zu zerreißen drohte.

Da barsten die schwarzen Wolken, und der Regen prasselte auf sie herab. Wieder blitzte es, und der Donner dröhnte. Isaura hatte das Gefühl, ihre Haare würden zu Berge stehen. Sie kauerte sich zusammen und barg das Gesicht in den Händen. So verharrte sie, während Wind und Regen mit eisigen Fingern an ihr zerrten. Ein Schluchzen schüttelte ihren Körper, und ihre Tränen vermischten sich mit dem Wasser des Regens, der sie längst bis auf die Haut durchnässt hatte.

Kapitel 17

Madrigal de las Altas Torres, 1469

Während zögerlich der Frühling Einzug hielt, blieb die Stimmung im Land weiterhin eisig. Der Marquis von Villena schäumte, weil ihm seine Beute so knapp entwischt war, und er brauchte eine ganze Weile, bis er herausfand, wohin Isabel gegangen war. Inzwischen war sie zusammen mit ihrer Mutter und deren Hofstaat nach Madrigal de las Altas Torres gezogen, einem kleinen Marktflecken eine knappe Tagesreise im Westen, in dessen *Alcázar* Isabel vor siebzehn Jahren das Licht der Welt erblickt hatte. Der Palast, den sich ihr Vater Juan II. als Sommerresidenz hatte erbauen lassen, bestand wie die meisten Häuser im Ort, ja, wie die meisten Gebäude auf der ganzen weiten Ebene, aus roten Ziegeln und zeigte alle Schönheiten des Mudéjarstils, den die maurischen Handwerker zu einer feinen Kunst entwickelt hatten. Doch das war nicht der Grund, warum sie sich jetzt hier befanden. Wie der Name der Stadt bereits andeutete, war Madrigal de las Altas Torres von einer starken Mauer und einhundert Türmen umgeben, aus Millionen von Ziegelsteinen und Tonnen von Mörtel, von unzähligen Händen vor mehr als zweihundert Jahren aufgebaut. Nur Ávila konnte sich einer wehrhafteren Mauer rühmen. Vier mächtige Stadttore beschirmten die Straßen in die Stadt. Sie wurden jede Nacht sorgfältig verschlossen und von Bewaffneten bewacht. Doch weder die Mauern noch die Tore und Türme waren es, die den Marquis de Villena davon abhielten, sofort nach Madrigal zu eilen und die Stadt zu belagern. Der König schwankte mal wieder und konnte sich nicht durchringen, den Palast seiner Stiefmutter anzugreifen. Es kostete Juan Pacheco wochenlange Arbeit und seine ganze Überredungskunst. Er warf seinen ganzen Einfluss in die Waagschale und ließ nichts unversucht, den König noch einmal davon zu überzeugen, dass er mit Gewalt gegen seine Schwester vorgehen müsse.

»Sie wird zur Vernunft kommen und sich meinem Ratschlag beugen«, behauptete der König hartnäckig und sandte einen Brief nach dem anderen nach Madrigal. Isabel antwortete jedes Mal höflich und wohlüberlegt, doch sie ließ sich nicht zu dem Versprechen hinreißen, von ihren Plänen Abstand zu nehmen, den Thronfolger von Aragón zu heiraten. Dennoch war Enrique zuversichtlich, dass sie zur Einsicht kommen würde. Er pries ihr den Portugiesen an und malte ihr die Vorteile aus, die aus einer Verbindung mit ihm und seinem Land für Kastilien erwachsen würden.

»Nur dass es für mich kein Vorteil ist, mit einem Mann verheiratet zu werden, der mein Vater sein könnte, das will er nicht einsehen«, erboste sich Isabel und zerriss den Brief ihres Bruders.

»Das ist in seinen Augen nicht wichtig«, wagte Jimena zu entgegnen.

Isabel nickte. »Ja, ich weiß. Solche Überlegungen stehen einer Infantin nicht zu, deren eigenes Wohl hinter dem des Landes zurückstehen muss.«

»Du bist aber nicht nur irgendeine Infantin, die man als Heiratspfand für das Wohlwollen eines Nachbarn gibt«, erinnerte sie Jimena. »Du bist die Thronerbin von Kastilien, die selbst entscheiden muss, was für das Land gut und wichtig ist. Und wenn du sagst, dass dein Bündnispartner im Osten liegt und nicht im Westen, dann muss Enrique dies akzeptieren, selbst wenn er jetzt noch König ist.«

Isabel seufzte tief. »Bin ich das denn? Die Thronerbin, die

einst über Kastilien herrschen wird? Oder wird es mir wie meinem Bruder Alfonso ergehen? Wenn mich keine Krankheit dahinrafft, dann vielleicht die Klinge eines Dolchs oder ein Becher Gift, den meine Feinde mir reichen.«

»Bei der Menge mächtiger Feinde, die du hast, wüsste ich nicht, worauf ich wetten sollte«, bestätigte Beatriz düster, doch Jimena fuhr ihr ins Wort.

»Rede keinen Unsinn! Isabel wird Königin, daran gibt es keinen Zweifel. Und wenn es dich beruhigt, werde ich in Zukunft jeden Becher vorkosten, den man dir reicht!«

Isabel griff gerührt nach ihren Händen. »Danke! Deine Zuversicht lässt auch meine Zweifel klein werden. Ich fürchte mich nicht! Alles wird so, wie es uns vorherbestimmt ist. Es gibt keinen Grund, mit dem Schicksal zu hadern.«

»Noch nicht«, murmelte Beatriz düster.

Bei ihrer Ankunft in Arévalo sah Jimena auch endlich ihre Tante Dominga wieder. Die schloss ihre Tochter Teresa und ihre Nichte in die Arme, war aber besorgt wegen der Umstände, die sie nach Arévalo trieb.

»Haben wir denn Grund zur Sorge?«, erkundigte sich Jimena.

Dominga versenkte sich in ihre Gedanken und schüttelte dann den Kopf, mahnte aber – wie Carrillo – die Königinwitwe, den Hof nach Madrigal des las Altas Torres zu verlegen. Zum Glück hatte der Verwirrten das unverhoffte Wiedersehen mit ihrer Tochter Isabel einen lichten Moment beschert, sodass sie einwilligte, in den alten Sommersitz ihres Gatten umzuziehen. Ihr Haushofmeister Gómez Manrique veranlasste alles Nötige, sodass sie bereits am nächsten Tag abreisen konnten. Dominga begleitete sie. Die rasch gealterte Königin klammerte sich immer wieder an ihre Hand und sah sich furchtsam um, wenn sie wieder einmal vergaß, dass sie selbst den Umzug befohlen hatte, oder wenn sie nicht erkannte, wo sie sich gerade befand. Dann schwankte sie zwischen panischer Angst und Wutanfällen. Doch meist zog sie sich nur in ihre eigene geistige Welt zurück und verfiel in eine traurige Mutlosigkeit, aus der auch Isabel sie nur schwer wieder zurückholen konnte. Dominga half, so weit es in ihren Kräften stand, beruhigte sie, wenn sie weinte oder schrie, und heiterte sie mit Musik oder Kräutertränken auf, wenn sie der Lebensmut zu verlassen drohte.

»Ach, es ist schlimm mit ihr geworden«, sagte Isabel und blinzelte die Tränen weg, die ihr in die Augen zu steigen drohten. »So schrecklich kam es mir in meiner Erinnerung nicht vor.«

»Ihr habt recht«, bestätigte Dominga, ohne es zu beschönigen. »Der Zustand Eurer verehrten Mutter hat sich verschlechtert, und es gibt kein Zurück. Ihr Geist verfällt. Es ist, als würde sie Stück für Stück in eine uns unbekannte Finsternis abtauchen.«

Isabel nickte mit gequälter Miene. »Manches Mal habe ich Angst, sie könnte sich während ihrer Anfälle etwas antun.«

Wieder stimmte Dominga zu, dass diese Möglichkeit bestand. »Sie weiß dann nicht, was sie tut, und ist sich der Folgen nicht bewusst.«

»Ja, gerade deshalb!«, rief Isabel und griff nach Domingas Händen. »Ihr müsst bei ihr bleiben, bitte! Wenn sie schon ihren Geist und ihre Gesundheit verliert, darf sie nicht auch noch ihre unsterbliche Seele zerstören. Bedenkt, sie würde niemals Gottes Herrlichkeit schauen dürfen, wenn sie selbst Hand an sich legt und ihr Leben beendet. Dann wäre ihr das Paradies für immer verwehrt.«

Jimena sah, dass Dominga die schroffen Widerworte, die ihr auf der Zunge lagen, herunterschluckte. Stattdessen versprach sie, dass sie auf die Königin achten und das Schlimmste verhindern werde.

»Ihr dürft nicht von ihrer Seite weichen«, beschwor Isabel sie. »Versprecht es mir!«

Widerstrebend leistete Dominga den Schwur. Jimena wartete, bis sie mit ihrer Tante und Teresa allein war, ehe sie sie auf ihre Bedenken ansprach.

»Wolltest du die Königin verlassen?«

Dominga nickte. »Zumindest für die Zeit einer Reise.«

Jimena sah ihre Tante neugierig an. »Eine Reise? Wohin denn? In unsere alte Heimat nach Sevilla?«

Sie wusste, noch ehe Dominga den Kopf schüttelte, dass sie falschlag. »Nein«, sagte sie langsam, »du wolltest nach Osten reisen, nicht wahr? Nach Aragón!«

Die Ältere neigte zur Bestätigung den Kopf. »So ist es. Es wird Zeit, dass die Dinge in Bewegung geraten. Man muss den König und seinen kriegstreiberischen Marquis vor vollendete Tatsachen stellen, ehe noch ein Unglück geschieht.«

»Enrique würde Isabel nie etwas antun. Ich konnte nur Güte in seinem Herzen erkennen.«

»Das schon«, gab Dominga zu, »doch der König ist zu wankelmütig und lässt sich von falschen Freunden zu leicht beeinflussen.«

Jimena seufzte. »Ja, das stimmt, und dem Marquis de Villena traue ich jede Schandtat zu. Aber müssen wir uns wirklich sorgen? Ist Isabels Weg nicht vorherbestimmt? Ich habe ihr gekröntes Haupt in vielen Nächten gesehen.«

»Ich auch, mein Kind«, gab Dominga zu. »Dennoch ist das, was wir sehen, nicht unabänderlich. Man darf sich nicht darauf ausruhen. Vielleicht wird es nur dann so kommen, wenn wir die Zeichen rechtzeitig erkennen und das Richtige tun! Vielleicht sehen wir deshalb diese Dinge, um dafür zu sorgen, dass sie eintreffen.«

»Und wenn wir versagen?«, rief Jimena entsetzt.

Dominga hob nur stumm die Schultern.

Darüber musste Jimena erst einmal nachdenken. »Wer sind

wir, dass wir glauben, in das Rad der Geschichte eingreifen zu können?«, fragte sie nach einer Weile leise.

Dominga trat auf sie zu und nahm ihre Hände in die ihren. »Hast du das nicht bereits getan?«

»Ich? Du meinst, ich hätte das Schicksal beeinflusst? Wie sollte mir das möglich gewesen sein? Ich bin nur ein Mädchen, das seiner Königin dient.«

»Du hast ihr einen Dienst erwiesen. Einen großen Dienst, und damit vielleicht das Schicksal, das vom Kurs abzukommen drohte, in die richtige Richtung gelenkt!«

»Ich?« Jimena riss die Augen auf. »Du scherzt mit mir.«

Dominga schüttelte nachdrücklich den Kopf. »Unterschätze deine Kräfte nicht. Du hast für Isabel getötet, und das weißt du auch.«

Jimena blieb ihr Protest im Hals stecken. »Don Pedro«, hauchte sie. »Aber wie kann das sein? Ich habe ihn ja nicht einmal gesehen.«

»Du meinst, nicht so wie bei jenem Höfling, der sich an Teresa vergreifen wollte?«

Nein, es sollte sie nicht wundern, dass Dominga auch davon wusste. Aber die Sache mit Don Pedro? Jimena wollte sie einfach nicht wahrhaben.

»Wenn ich etwas getan habe, dann nicht mit Absicht«, wehrte sie ab. »Obwohl ich natürlich froh bin, dass Isabel nicht diesen alten Mann aus dem Clan der Pachecos heiraten musste«, räumte sie ein.

Dominga setzte sich auf die Steinbank in der Fensternische und winkte Jimena zu sich. Teresa nahm sich ein Kissen vom Bett und setzte sich im Schneidersitz zu ihren Füßen, ihr Blick wie immer aufmerksam, damit ihr nichts von der Unterhaltung entging.

»Du sagst, du hast es nicht mit Absicht getan? Das ist nicht wahr! Es war durchaus in deiner Absicht, alles zu tun, um diese Eheschließung zu verhindern. Nein, widersprich mir nicht. Was ich dir glaube, ist, dass du es nicht kontrollieren konntest, denn du trägst die Kräfte zwar in dir, doch sie sind nicht deinem bewussten Willen unterworfen. Noch nicht! Und genau da müssen wir ansetzen. Du wirst von heute an bei mir lernen, mit den Kräften, die dir Mutter Natur gegeben hat, umzugehen und sie bewusst und willentlich einzusetzen.«

Jimena straffte den Rücken und wich ein wenig zurück. »Ach ja? Damit ich in Zukunft willentlich und bewusst morden kann?«

»Wenn es notwendig ist«, gab Dominga scharf zurück. »Jedenfalls ist es besser, du bist dir deiner Fähigkeiten bewusst, als dass du deine Kräfte deinem Unterbewusstsein überlässt, das in seinem Zorn sehr zerstörerisch sein kann! Wenn du in einem Anfall von Wut jemandem schadest oder ihn gar tötest, ist es für Reue zu spät. Denn eines muss ich dir gleich sagen: So mächtig unsere Kräfte auch sein können, Tote wiederzuerwecken steht nicht in unserer Macht. Wir können Leiden lindern und oft heilen, und wir können manches Mal sehen, wie viel Zeit einem Menschen noch bleibt, das ist alles. Hat der Tod seine Beute jedoch erst einmal zu sich geholt, dann ist es für uns zu spät. Vergiss das nie.«

Jimena sah ihre Tante nur starr an. Die Vorstellung, die Kräfte, die sie in sich spürte, zu beherrschen und einzusetzen, schreckte sie und war doch gleichermaßen verlockend.

»Gut«, gab sie schließlich nach. »Lehre mich, wie ich die Macht gebrauchen kann. Vielleicht sollten wir dann zusammen dafür sorgen, dass der Marquis de Villena keinen Schaden mehr anrichten kann!«

Dominga lächelte. »Ich werde dich unterrichten, mein liebes Kind, aber der Marquis wird nicht unser Opfer sein. Der Tod streckt bereits seine Hand nach ihm aus. Er wird nicht mehr lange der quälende Dorn im Fleisch sein.«

»Und dann wird sich Enrique wieder mit Isabel versöhnen?«, hakte Jimena begierig nach.

Dominga schüttelte den Kopf. »Nein. Kannst du es denn nicht sehen?«

Jimena schloss die Augen und konzentrierte sich darauf, das Bild des Königs heraufzubeschwören. Da saß er auf seinem Diwan, die Beine locker untergeschlagen. Wie so oft trug er ein bequemes, weites Gewand, das ihn wie einen Mauren hätte aussehen lassen, wären da nicht die weichen Gesichtszüge mit der langen, krummen Nase und dem rötlichen Haar gewesen. Ein fast trauriges Lächeln lag auf seinem Gesicht, als seine Finger über die Saiten seiner Laute strichen und ihr eine melancholische Melodie entlockten. Doch was war das? Es kam ihr vor, als schwebe eine schattenhafte Wolke über dem Haupt des Königs. Fleischlose Finger reckten sich und griffen gierig nach ihm. Entsetzt riss Jimena die Augen auf.

»Der Tod!«, stieß sie hervor. »Er greift auch nach dem König!« Schon einmal hatte sie es gesehen und nur wieder verdrängt.

Dominga nickte. »Ja, Enrique ist kein langes Leben beschert. Doch noch müssen wir ihn und seinen Widerstand ernst nehmen und dafür sorgen, dass Isabel und Fernando zusammenkommen. Je schneller sie verheiratet sind, desto besser. Ich weiß nicht, ob Enrique Isabel wirklich einsperren lassen würde, sollte er sie in seine Hände bekommen. Wir dürfen nichts riskieren, was ein Treffen der beiden Brautleute verhindern könnte.«

»Das sich beide so bald wie möglich wünschen, sagt zumindest Don Gutierre de Cárdenas.« Jimena runzelte die Stirn. »Wobei ich mir nicht sicher bin, ob er nicht übertreibt, wenn er behauptet, das Volk würde Fernando mit offenen Armen aufnehmen und sich hinter ihn und Isabel scharen.«

»Da übertreibt er ganz sicher!«, stimmte ihr Dominga zu. »Die meisten Familien von Adel, die Macht und Einfluss besitzen, sind Aragón gegenüber ablehnend gestimmt, wenn nicht sogar feindselig. Es gibt wesentlich mehr, die Portugal zuneigen. Und dass Portugal einen Zusammenschluss von Kastilien und Aragón mit allen Mitteln zu verhindern sucht, ist verständlich. Daher ist Eile geboten und eine gewisse List. Fernando kann nicht einfach mit seinem Gefolge nach Kastilien reisen und mit der Thronerbin des Landes vor den Altar treten. Außerdem gibt es da noch Juan II.« Dominga rollte vielsagend mit den Augen.

»Was ist mit ihm?«, erkundigte sich Jimena. »Ich weiß, dass der König von Aragón alt und fast blind ist und dass er als tyrannisch gilt, aber er muss diesen Plan doch befürworten! Was könnte seinem Sohn denn Besseres passieren?«

»Wenn man davon ausgeht, dass der Weg zum Thron von Kastilien über Isabels Hand führt, dann hast du recht, und genau davon gilt es ihn zu überzeugen. Du wirst deine ganze Kraft brauchen«, fügte sie warnend hinzu. »Er ist ein alter, starrsinniger Fuchs, der stets seine eigenen Intrigen spinnt. Stelle alles infrage und sei wachsam!«

Das musste Jimena erst einmal verdauen. »Ich? Was meinst du damit?«, fragte sie schließlich und fühlte sich plötzlich ungewohnt verzagt.

Dominga beugte sich vor und sah sie eindringlich an. »Du wirst mit Don Gutierre de Cárdenas, Don Alonso de Palencia und Don Gonzalez de Chacón nach Aragón reisen und dem König die Mitgift übergeben, die Erzbischof Carrillo bereitgestellt hat. Und dann bringt ihr den Prinzen wohlbehalten zu seiner Braut! Es ist an dir, Gefahren rechtzeitig zu erkennen und ihnen auszuweichen!«, schärfte Dominga ihr ein.

»Warum ich?«, begehrte Jimena auf. »Ich bin noch nicht so weit. Du bist die mächtige, weise Frau, nach der selbst Könige schicken. Du solltest gehen.«

Dominga schnitt eine Grimasse. »Ja, das würde ich, hätte ich nicht Isabel meinen Schwur geleistet. Aber vielleicht ist es jetzt an der Zeit, dass du dich bewährst und den Lauf der

Geschichte um diesem entscheidenden Schritt voranbringst. Schau nicht so ängstlich. Ich würde es nicht zulassen, wenn ich zweifeln müsste. Ich werde dir alles, was du wissen musst, beibringen, ehe ihr aufbrecht. Und am besten fangen wir gleich damit an. Verschließe die Tür. Es wäre nicht gut, wenn unversehens jemand hereinkäme und sehen oder hören könnte, was nicht für seine Augen und Ohren bestimmt ist.«

Jimena lernte schnell. Dominga lehrte sie unglaubliche Dinge und brachte sie jeden Tag erneut zum Staunen. Nein, sie hatte nicht einmal einen Hauch einer Ahnung gehabt, wozu ihre Tante fähig war. Anderseits stießen sie auch täglich an Grenzen, die sie nicht überwinden konnte oder wollte.

»Es gibt eine Möglichkeit«, sagte Dominga manches Mal, »doch die wollen wir nicht ins Auge fassen.«

»Warum?«, verlangte Jimena zu wissen.

»Weil jede von uns ihrem Gewissen unterworfen ist und entscheiden muss, was gut und was böse ist. Selbst wenn ich die Existenz von Hölle und Fegefeuer zumindest in der Art, wie die Priester sie uns ausmalen, bezweifle, so glaube ich doch an den Schöpfer oder an die Mutter Erde mit ihrer allumfassenden Macht und daran, dass sich jeder für sein Tun verantworten muss.«

Jimena nickte, obgleich es sie reizte, auch diese Schranken zu sprengen – nur um zu wissen, nicht um Böses zu tun –, doch Dominga blieb hart.

»Manches Mal ist das Wissen allein schon schrecklich genug und kann einen Schaden in Geist und Herzen anrichten, der nicht wiedergutzumachen ist. Stell es dir vor wie eine Krankheit, die, wenn sie einen einmal erfasst, nicht nur den Körper, sondern auch den Geist und das Gute des Herzens für immer zerstören kann.«

So übten sie, was Dominga für wichtig hielt, und das war

mehr als genug, Jimena in Atem zu halten. Ihre Tante war eine strenge Lehrerin, die nur mit Perfektion zufriedenzustellen war.

»Es ist wichtig, dass du genau weißt, was du tust!«, schärfte sie ihrer Schülerin ein. »Denn wenn du fehlst, dann bleibt dir nur noch, den Schaden zu beweinen.«

Jimena strengte sich an; dennoch war es nicht einfach, mit den Kräften, die in ihr schlummerten, umzugehen. Ihnen blieb viel zu wenig Zeit, um zu üben.

Eines Morgens fuhr Jimena mit einem Schrei aus dem Schlaf. Sie rannte aus dem Zimmer, ohne sich die Zeit zu nehmen, Beatriz' schlaftrunkene Frage zu beantworten. Sie stieß beinahe mit Dominga zusammen, die auf dem Weg zum Gemach der Königinwitwe war. Doch Isabel von Portugal befand sich in keinem guten Zustand und war nicht in der Lage, Entscheidungen zu treffen.

Und Isabel? Nein, ihre Zeit war noch nicht gekommen. Zum ersten Mal vermisste Jimena Erzbischof Carrillo, doch der war nach Toledo zurückgekehrt. An wen also sollten sie sich wenden? Der Vorsteher des Schlosses tat ihre Worte als die schlechten Träume zweier närrischen Weiber ab. Nun war schon der halbe Haushalt auf den Beinen.

»Ich könnte mir wohl vorstellen, dass da etwas dran ist«, ergriff endlich Gutierre de Cárdenas die Partei von Tante und Nichte und erntete einen dankbaren Blick von Jimena.

»Don Gómez, schickt wenigstens zwei Boten hinaus.«

Gómez Manrique gab nach, und zu aller Entsetzen kamen die beiden Männer nur allzu bald mit ernsten Mienen und bösen Nachrichten zurück.

Ja, die beiden Frauen hatten recht gehabt. Ein Heer des Marquis de Villena war vor die Stadt gezogen und hatte begonnen, einen Ring um die Mauern zu schließen.

»Eine Belagerung?«, polterte Gómez Manrique. »Sollen sie es nur versuchen! Diese Mauern sind nicht so einfach einzunehmen, und noch müssen wir nicht fürchten, dass uns das Wasser allzu schnell knapp wird.«

»Wie lange können wir durchhalten?«, erkundigte sich Isabel, die wie so oft kühl und gefasst wirkte, doch keiner der Männer wollte ihr eine Antwort geben.

»Wir müssen Boten aussenden, solange der Ring noch nicht geschlossen ist!«, rief sie und erntete von Don Gutierre einen anerkennenden Blick.

»Ja, wir müssen Erzbischof Carrillo benachrichtigen.«

Und so wurden eilig Boten ausgesandt, die auf verschiedenen Wegen nach Toledo aufbrachen, damit zumindest einer von ihnen die Stadt erreichen würde. Zwei weitere Männer sandte Gutierre de Cárdenas ins nahegelegene Valladolid, das unter der Herrschaft von Admiral Enriquez stand.

»Warum das?«, wunderte sich Jimena. »Hat er nicht schon einmal mit Villena gemeinsame Sache gemacht?«

Dominga nickte. »Das ist richtig, aber er hat sich auch mit Enrique versöhnt und ihm erneut die Treue geschworen. Deshalb hat ihm der König ja auch Valladolid zurückgegeben. Anderseits ist er der Vater von Juana Enriquez und damit Fernandos Großvater. Ich denke, er wird sehr daran interessiert sein, dass diese Ehe geschlossen wird, und alles daransetzen, dass Enrique seine Schwester nicht in die Hände bekommt, um sie in irgendeinem *Castillo* wegsperren zu können, bis er sie mit jemand anderem verheiratet hat.«

Und so blieb den Eingeschlossenen nur, zu warten und zu hoffen, dass wenigstens einer der Boten sein Ziel erreichen und Hilfe kommen würde, ehe es dem Marquis gelang, die Stadt in die Knie zu zwingen.

»Die Mauern werden nicht so leicht fallen«, verbreitete Isabel trotzig Zuversicht. Sie war mit den Freundinnen auf den Wehrgang hinaufgestiegen und ließ den Blick über das Lager schweifen, das der Feind außerhalb der Schussweite von Pfeilen und Armbrustbolzen errichtet hatte.

»Ja, die Mauern werden halten«, pflichtete ihr Beatriz bei, der die Angst ins Gesicht geschrieben stand. »Doch was ist mit der Gesinnung der Menschen hier? Wie stark ist ihre Treue? Wann werden sie wanken und die Stadt dem König übergeben?«

Gern hätte Jimena ihr widersprochen, doch auch sie spürte, dass so mancher ob des zunehmenden Gegenwinds ins Grübeln darüber kam, ob es sich lohnen würde, der jungen Prinzessin die Treue zu halten.

»Wer weiß, was mit uns geschieht, wenn sie dem Marquis die Tore öffnen«, hauchte Beatriz und schloss mit einem Schaudern die Augen.

Kapitel 18

Valladolid, 1469

Es waren zermürbende Tage hinter den Backsteinmauern und Türmen der Stadt. Die Belagerer hatten den Ring geschlossen. So drang keine Nachricht in die Stadt, und es konnten auch keine weiteren Botschaften verschickt werden. Ob überhaupt einer der Reiter sein Ziel erreicht hatte, wussten die Eingeschlossenen nicht.

»Selbst wenn es dem Marquis gelungen ist, sie alle abzufangen, erfährt der Erzbischof früher oder später von der Belagerung«, meinte Don Gonzáles zuversichtlich.

Gutierre de Cárdenas runzelte seine dichten Augenbrauen. »Dann hoffen wir auf früher, denn ich fürchte, in der Stadt beginnt es zu rumoren. Ich wage nicht zu sagen, dass wir noch lange standhalten werden.«

Der Meinung war auch der Marquis de Villena und schickte eine Abordnung in die Stadt, um eine geregelte Übergabe auszuhandeln. Im Grunde interessierten ihn weder die Stadt mit ihren Reichtümern noch ihre Bewohner. Er wollte lediglich die Kronprinzessin, dann würde er Leben und Gut aller Bürger schonen. Jimena konnte nur hoffen, dass das nicht zu verlockend für diejenigen klang, die bereits ihre täglichen Mahlzeiten einschränken mussten. Noch gelang es, das Ansinnen des Marquis zurückzuweisen. Nicht nur Jimena war erleichtert, doch der Tag hielt noch eine Überraschung für sie parat. So viel sie zu Anfang auch an ihn gedacht und mit seinem Entschluss gehadert hatte – als sie nun seine Stimme hörte, die ihren Namen rief, dachte sie, es müsse einer ihrer Tagträume sein, die sie so oft überfielen.

Nein, er war wirklich gekommen, und da er seinen Ruf beharrlich wiederholte, blieb ihr nichts anderes übrig, als sich umzudrehen und in sein Gesicht zu sehen.

»Ramón, was für eine Überraschung«, begrüßte sie ihn kühler, als sie es vielleicht beabsichtigte, um ihn den tiefen Schmerz, den sie empfand, nicht merken zu lassen.

»Du bist überrascht, liebe Cousine?«, erwiderte er in scherzhaftem Ton. »Das kann ich gar nicht glauben, wo du doch immer alle wichtigen Ereignisse vorhersiehst.« Er trat auf sie zu und griff nach ihren Händen.

»Die *wichtigen* Ereignisse schon«, wiederholte sie noch immer abweisend und entzog ihm ihre Hände. »Was willst du?«

Sein Lächeln verblasste. »Du zürnst mir noch immer? Das tut mir leid. Ich habe dir längst verziehen, dass du dich in deiner Entscheidung geirrt hast.«

»Ich habe mich nicht geirrt«, zischte sie. »*Du* stehst auf der falschen Seite!«

Ramón schien nun ebenfalls verärgert. »Ich stehe auf der Seite des rechtmäßigen Königs!«

»Oh ja«, gab Jimena zurück. »Der König aus einem Geschlecht, das ja so rechtmäßig den Thron erlangte. Lass es mich kurz zusammenfassen.« Sie kniff die Augen zusammen. »War es nicht so, dass König Pedro auf dem Thron saß, als seine Halbbrüder gegen ihn rebellierten und einen Bürgerkrieg anzettelten? Und war es nicht sein Bruder Enrique von Trastámara selbst, der Pedro zu Boden stieß und ihn mit der Klinge seines Dolchs tötete, um sich selbst auf den Thron zu setzen und damit die Dynastie zu begründen, deren Spross du mit so viel Zorn den rechtmäßigen König nennst?«

Doch so einfach ließ sich Ramón nicht einschüchtern. Auch er wusste über die Vergangenheit Bescheid.

»Ach, du meinst König Pedro, den man den Grausamen nennt? Kaum folgte er seinem Vater auf den Thron, verbannte er seine Halbbrüder und ließ deren Mutter hinrichten. Er heiratete Blanca de Borbón, verbrachte zwei Nächte mit ihr und ließ sie dann einer Verschwörung bezichtigen, um sie vergiften zu lassen. Dann nahm er sich seine Geliebte Maria de Padilla auf den Thron und verwickelte das Land in einen Bürgerkrieg.«

»Das eine hat mit dem anderen nichts zu tun. Aber gut, wenn du der Meinung bist, es kommt mehr darauf an, dass ein fähiger Herrscher den Thron besteigt als der rechtmäßige Erbe, so kann ich dir nur beipflichten!«

Ramón verdrehte die Augen. »Komm mir nun ja nicht wieder damit, dass Isabel die große Königin sein wird, über die man noch in tausend Jahren sprechen wird!«

»So ist es aber«, sagte Jimena ernst und blinzelte, als sie unvermittelt wieder der Schmerz überfiel. Sie wusste nicht, was ihn erwartete, doch die dunklen Wolken, die sich am Horizont auftürmten, versprachen nichts Gutes.

»Bitte, glaub mir und bleib hier. Isabel braucht jetzt jede mögliche Unterstützung in dieser schweren Zeit.«

»Du meinst, auch andere sehen, was ich sehe, und verlassen sie mit fliegenden Fahnen? Ist dir je in den Sinn gekommen, dass alle anderen vielleicht recht haben könnten und du dich irrst?«

»Dann würde sich auch Dominga irren!«

»Meine Mutter?« Für einen Moment schien er verunsichert. »Ja, vielleicht irrt auch meine Mutter das ein oder andere Mal in ihrem Leben.«

Der Ausdruck in seinen Augen wurde plötzlich weich, und noch einmal versuchte er Jimena an sich zu ziehen.

»Ist das denn so entscheidend? Ist es nicht wichtiger, dass wir zusammen sind?«

Ach, wie sehnte sie sich nach seinen Küssen, wie sehr nach seinen Armen, die sie eng umschließen und an seine Brust drücken sollten, doch Jimena blieb hart und wich ein Stück zurück.

»Ja, ich wäre gern mit dir zusammen. Ich ersehne nichts mehr, doch das ist nur möglich, wenn du hierbleibst.«

»Um mir dann vom Marquis de Villena als Verräter den Kopf abschlagen zu lassen, wenn er die Stadt einnimmt? Besten Dank, aber darauf verzichte ich. Nein, du musst nicht so ein verächtliches Gesicht machen. Ich fürchte den Tod nicht und bin bereit, alles zu riskieren, wenn ich überzeugt bin, für die rechte Sache zu kämpfen.«

Er drehte sich um und ging davon. Jimena war es, als wollte ihr Herz zerreißen. Sie musste sich zwingen, ihm nicht hinterherzulaufen, doch sie blieb stehen und sah ihm unter Tränen nach, bis er ihren Blicken entschwand.

Es war höchste Zeit! Selbst Jimena begann zu zweifeln, ob sich die Stadt auch nur einen Tag länger dem Marquis de Villena widersetzen würde, als Bewegung in das Belagerungsheer kam. In der Stadt begann es wie in einem Bienenkorb zu summen. Ein zweites Heer marschierte auf, doch auf welcher Seite stand es? Die Ungewissheit kam Jimena wie eine Ewigkeit vor, bis Don Gutierre behauptete, das Wappen des Admirals von Kastilien erkennen zu können.

Endlich! Er ritt vor seinen Männern mit erhobenem Schwert in seiner prächtigen Rüstung und stürmte wie eine glänzende Speerspitze durch die Reihen der Feinde, die zögernd zurückwichen. Hatte die Ankunft des Admirals sie überrascht? Oder stimmte das Gerücht, dass der Marquis sich nicht im Lager befand, sondern auf dem Weg zum König war, und sein Hauptmann erst nach ihm schicken wollte, ehe er eine Entscheidung traf?

Doch bis dahin war der Admiral mit seinen Männern längst in der Stadt und wurde von Isabel mit Würde begrüßt, die ihre Erleichterung nicht verbergen konnte.

»Ist ja gut, Hoheit«, wehrte der Admiral mit seiner direkten Art ab, die manchem zu schroff war, die Jimena aber angenehmer fand als die falschen Schmeicheleien der meisten Höflinge.

»Beeilt Euch und packt Euren Kram, damit wir von hier wegkommen, ehe die sich draußen von ihrem Schreck erholt haben und sich einig sind, was zu tun ist.«

»Ich kann jederzeit aufbrechen«, entgegnete Isabel und sah zu dem großen grauhaarigen Mann auf. »Helft mir auf ein Pferd, und ich bin bereit!«

Er lächelte über sein ganzes wettergegerbtes Gesicht, hob die Hand und tätschelte zur Überraschung aller Anwesenden die Wange der Thronerbin.

»Ich glaube, Ihr seid recht für meinen Fernando, Hoheit. Ich freue mich, wenn der Coup gelingt.«

Isabel lächelte zurück. »Gut. Was ist mit der Königin? Sie ist nicht in dem Zustand für eine lange Reise, aber hierlassen will ich sie auch nicht. Ich traue dem Marquis de Villena nicht über den Weg.«

So nahmen sie die verwirrte Isabel von Portugal mit, um sie zu ihrem Palast in Arévalo zu bringen. Das war zwar ein Umweg, doch immerhin hatten sie die Möglichkeit, an einem gesicherten Ort die Nacht zu verbringen, ohne fürchten zu müssen, von den Männern des Marquis überrascht zu werden.

Kaum eine halbe Stunde später öffnete sich das Tor, und die Vorhut des Admirals preschte hinaus. Sie teilten sich, um die Belagerer abzulenken und zu beschäftigen, bis der Admiral seine kostbare Fracht in Sicherheit bringen konnte.

Der Plan ging auf. Die Belagerer hatten sich noch immer nicht entschieden, wie sie reagieren sollten, was Jimena zu der Überzeugung brachte, dass Juan Pacheco wirklich nicht unter ihnen weilte.

»Oder er muss ein erbärmlicher Wicht sein«, kommentierte

sie verächtlich das halbherzige Scharmützel zwischen den Belagerern und den Männern des Admirals. So hatten sie keine Schwierigkeiten, den Ring zu durchbrechen. Lediglich zwei der Männer trugen Verletzungen davon.

So schnell es ging, ritten sie nach Arévalo und erreichten das Schloss noch vor Einbruch der Dunkelheit.

Jimena hatte erwartet, dass der Admiral zu einem frühen Aufbruch drängen würde, doch sie hatten das rasch zubereitete Mahl gerade beendet und kaum zwei Stunden geruht, als er zu Isabel trat und riet, den Ritt auch während der Nacht fortzusetzen.

»Ich möchte Villena nur ungern die Chance geben, uns einzuholen und hier zu stellen, wo unsere Lage ganz sicher schlechter ist als in Madrigal. Es wäre also gut, wenn wir so bald wie möglich aufbrechen, wenn Ihr und Eure Damen das schaffen«, fügte er hinzu, ließ aber keine Zweifel aufkommen, dass er keine andere Entscheidung annehmen würde.

»Natürlich schaffen wir das!«, antwortete Isabel, und alle sahen, wie der Admiral aufatmete.

»Gut, dann haltet euch bereit. Ich lasse die Pferde satteln.«

Jimena und Teresa erhoben sich und griffen nach ihren Umhängen. Auch Beatriz, die bei ihrem Vater gesessen hatte, trat auf Isabel zu, machte aber keine Anstalten, sich reisefertig zu machen. Sie schlug die Augen nieder.

Jimena erstarrte. Der Augenblick, den sie einst gesehen hatte, war gekommen. Noch ahnte Isabel nicht, dass ihre älteste Freundin ihr hier und heute einen schmerzhaften Schlag versetzen sollte. Sie blickte Beatriz nur verwundert an.

»Was ist? Nimm deinen Umhang, die Nacht könnte kühl werden. Es wird ein harter Ritt!«

Beatriz nickte. »Ich weiß, und das ist auch nicht der Grund, aber ich kann nicht mitkommen.«

»Was?« Isabel wollte noch nicht verstehen. Sie weigerte sich, das Unfassbare zu begreifen.

»Ich werde nicht mitkommen«, sagte Beatriz leise, aber deutlich.

»Warum nicht? Was soll das bedeuten?«

»Ich halte das nicht mehr aus. Wir fliehen von einer Stadt zur anderen, während die Zahl deiner Anhänger schrumpft und die deiner Häscher stetig zunimmt. Vielleicht ist es an der Zeit, sich den Mächtigen zu beugen, ehe wir alle mit dem Leben bezahlen müssen.«

Isabels Miene verhärtete sich, doch Jimena konnte spüren, wie tief verletzt sie war.

»Du meinst also, ich solle mich den Händen des Königs ausliefern und mich in irgendeine Festung sperren lassen, bis er mich dann mit einem Aristokraten verheiratet, der seinen Plänen genehm ist? Soll ich auf meine Thronansprüche verzichten und sie der Beltraneja zu Füßen legen? Ist es das, was du willst?«

Beatriz hob die Arme und ließ sie dann kraftlos wieder fallen. »Ach, ich weiß nicht, was richtig ist. Alles, was ich sagen kann, ist, dass die Furcht mich nicht mehr schlafen lässt und ich manches Mal glaube, keine Luft mehr zu bekommen. Ich bin nicht so mutig und stark wie du, Isabel. Es tut mir leid, doch ich bleibe bei meinem Vater hier in Arévalo. Ich wünsche dir das Beste, das glaube mir bitte, und ich werde immer für dich beten. Und ich hoffe, dass du mir eines Tages verzeihen kannst.«

Isabel war immer noch wie erstarrt. Sie sah die Freundin aus Kindertagen an, die doch ihr ganzes Leben mit ihr geteilt hatte. Don Gutierre mahnte zum Aufbruch, und so hob Isabel die Arme und trat mit hölzernem Schritt auf Beatriz zu, die ihr in diesen wenigen Augenblicken fremd geworden schien.

»Dann lebe wohl, meine Freundin«, sagte sie mit emotionsloser Stimme. Nur ihr Blick verriet, was in ihr vorging. Sie drückte Beatriz kurz an sich und trat dann schnell einen Schritt zurück.

»Brechen wir auf«, sagte sie laut, den Blick noch immer auf die junge Frau gerichtet, deren Leben nun anderen Pfaden folgen würde.

Beatriz fiel auf die Knie und küsste Isabels Hand. »Ich wünsche dir stärkere und mutigere Verbündete, als ich es sein kann.«

Isabel nickte. »Ja, die werde ich brauchen«, antwortete sie und entzog Beatriz ihre Hand. Dann wandte sie sich ab und ging hinaus, um sich auf ihr Pferd helfen zu lassen. Teresa ging auf Beatriz zu und umarmte sie herzlich. Es war, als wolle sie ihr etwas sagen, doch allein ihre freundliche und so verständnisvolle Miene rührte Beatriz zu Tränen. Auch Jimena umarmte Beatriz noch einmal zum Abschied.

»Gräme dich nicht zu sehr. Es war vom Schicksal so vorherbestimmt. Ich habe diesen Abschied bereits gespürt, als ich dich das erste Mal hier an diesem Hof erblickte.«

»Musst du denn immer recht haben?«, entgegnete Beatriz.

Jimena sah sie ernst an. »Es ist auch für mich oft mehr Fluch als Segen«, sagte sie ein wenig traurig und nahm Beatriz' Hände in die ihren. Sie schloss die Augen und konzentrierte sich auf die eine Frage, die ihr wichtig war. Jetzt, nach den Tagen strengen Trainings in der Obhut ihrer Tante Dominga, sah sie vieles klarer und konnte die Ströme von Gedanken und Bildern besser beherrschen.

Sie konzentrierte sich auf Beatriz, auf Isabel und auf sich selbst. Zuerst sah sie nur Bilder vergangener Tage. Die Mädchen voller Tatendrang und Neugier auf ihren Streifzügen durch Arévalo, ihre Tage bei Hof in Segovia und Valladolid, ihre Flucht nach Ocaña und Madrigal, doch dann tauchten Bilder auf, die sie noch nicht kannte. Die Mädchen waren zu Frauen gereift. Sie konnte Isabel sehen und sich selbst, und sie erkannte Beatriz an der Seite eines ihr noch unbekannten, attraktiven Mannes. Jimena öffnete die Augen und lächelte Beatriz an.

»Ich hoffe, dass ich immer recht habe, denn dann werden wir uns eines Tages wiedersehen.«

»Als Feinde oder als Freunde?«, fragte Beatriz.

»Als Freunde natürlich, oder könntest du dir vorstellen, zu Isabels Feindin zu werden?«

Beatriz hob kläglich die Schultern. »Ach, ich zweifle gerade an allem und hadere mit dem Schicksal, das mich so schwach und ängstlich hat werden lassen.«

Jimena zog sie noch ein letztes Mal an sich. »Du musst nicht verzweifeln. Du wirst deine Zuversicht eines Tages wiederfinden. Du musst nur lernen, dir selbst zu vertrauen.«

Dann schritt sie mit Teresa in den nächtlichen Hof hinaus, wo ein weiterer Abschied auf sie wartete. Wie versprochen, blieb Dominga bei der Königinwitwe, um über sie zu wachen. Im Augenblick begriff sie offensichtlich nicht, wie ernst die Lage war, und beklagte nur, dass alle zu dieser unwirtlichen Stunde einen Ausritt unternehmen wollten. Isabel küsste ihrer Mutter die Hand, dann ließ sie sich aufs Pferd heben und trieb das Tier neben das Pferd von Don Gutierre de Cárdenas und das riesige Schlachtross des Admirals. Der nickte ihr zu und hob die Hand zum Aufbruch. Knarrend schwang das Tor auf und entließ die Reiterschar in die Nacht.

Wenn Jimena an diese Tage ihrer Flucht zurückdachte, dann spürte sie noch immer die brütende Hitze, die sie während des Rittes quälte. Die Stunden dehnten sich zur Ewigkeit, in der man nichts weiter tun konnte, als die Augen vor der blendenden Helligkeit niederzuschlagen und den Staub herunterzuschlucken, den jeder Hufschlag aufwirbelte und den jeder Atemzug bis tief in die Lunge saugte.

Der Sommer war in Kastilien eingezogen und hatte die kalte Luft aus den Bergen mit seinem glühenden Atem verdrängt. Einen Frühling mit milden Abenden beim Gesang der Nachtigall gab es hier auf der rauen Ebene nicht. Entweder hielt der Winterwind das Land mit seinen eisigen Fingern im Griff oder der Sommer dörrte es mit seiner Glut aus, bis auch das letzte Grün verschwand und der Wind staubige Wirbel vor sich hertrieb.

Mit trübem Blick und den Gedanken an kühles Nass erfüllt, ritten sie über die Hochebene, die sich endlos nach allen Seiten dehnte. Kaum ein Hügel erhob sich irgendwo, um dem Auge Abwechslung zu bieten. Lediglich das Tal des Río Adaja, dem sie eine Weile folgten, brachte dem Geist ein wenig Erfrischung. Doch selbst die hellen Felsen der niedrigen Talschultern schienen sich im heißen Wind in Staub aufzulösen. Während der Regen des Winters tiefe Furchen in den weichen Stein gefressen hatte, glättete der heiße Wind des Sommers die Kanten. Ein paar trockene Büsche hielten sich noch auf den Hügelkuppen. Braune Grashalme duckten sich unter den Böen. Kein Vogel und kein anderes Getier waren während der brütenden Mittagsstunden auszumachen, nur ihre Pferde zockelten unermüdlich weiter nach Norden. Die großen Schafherden der *Mesta,* der einflussreichen Vereinigung der Schafzüchter, waren längst in die Kühle der nördlichen Berge gezogen, wo es auch zu dieser Jahreszeit noch frisches Grün gab. Erst von den Regenfällen des Herbstes würden sich die Tiere wieder in den Süden treiben lassen, um dem Schnee in den Bergen zu entgehen.

Stumm zogen die Reiter dahin. Die Gespräche waren längst verstummt, brachte jedes Wort doch nur mehr Staub in die Kehle und ließ den Durst noch unerträglicher brennen. Der Admiral ritt stets voran und drängte darauf, die Pausen so kurz wie möglich zu halten. Dennoch beobachtete er die Frauen aufmerksam und mutete ihnen nicht mehr zu, als sie ertragen konnten. Keine von ihnen ließ auch nur einen Laut der Klage hören, und auch Teresa hielt sich erstaunlich gut. Ja, sie blickte sich gar mit heiterer Gelassenheit um, als ritten sie durch einen lieblichen Garten statt durch eine Gluthölle, die dem Fegefeuer alle Ehre gemacht hätte.

Endlich, am zweiten Abend, erreichten sie Valladolid. Jimena fielen immer wieder die Augen zu, und das Klappern der Hufe in den Gassen geriet ihr zum Schlaflied. Immer wieder fuhr sie hoch und riss die Augen auf, hätte aber nicht zu sagen gewusst, wo sie sich befanden. Endlich kam ihr die Gegend bekannt vor, und sie erkannte auch das wehrhafte Gebäude wieder, das sie schon einmal betreten hatten. Statt zum königlichen Palast führte Fadriquez Enriquez den Zug zum Haus von Juan de Vivero, der die Thronerbin und ihr kleines Gefolge willkommen hieß. Der Admiral ließ sie in seiner Obhut und verabschiedete sich mit den anderen Männern. Während sich die Damen Wasser bringen ließen, um sich zu erfrischen und den Staub von der Haut zu waschen, war die Aufgabe des Admirals für heute noch nicht erfüllt. Er musste die Stadt verteidigungsbereit machen für den Fall, dass es dem Marquis de Villena in den Sinn kommen sollte, sie bis hierher zu verfolgen. Nach einem leichten Mahl in Gesellschaft des Hausherrn und dessen Familie zogen sich die Gäste in ihr Schlafgemach zurück. Während Isabel in dem prächtigen Bett in der Mitte des Raumes schlief, teilten sich Jimena und Teresa ein schmaleres Lager, das hinter einem Wandschirm aufgestellt worden war. Alle waren erschöpft, dennoch fand Jimena keinen Schlaf. Sie wusste, dass ihr hier in Valladolid nur eine kurze Atempause gegönnt war und sie bereits in den nächsten Tagen wieder aufbrechen mussten. Ihr war bewusst, wie entscheidend das Gelingen dieser Mission war und wie schwer es werden würde, die Männer zu überreden, sie mitzunehmen. Zweifel überfielen sie, ob sie der großen Aufgabe gewachsen sein würde, die Dominga ihr übertragen hatte. Sie fragte sich, ob die Zeit der Lehre bei ihrer Tante nicht zu kurz gewesen war, als dass sie nun vertrauensvoll auf ihre Kräfte bauen konnte. So wälzte sie sich von einer Seite auf die andere, und je weiter die Nacht vorrückte, desto tiefer versank sie in der Finsternis ihrer Ängste und Zweifel. Wie sollte sie das ohne Dominga schaffen? Warum ließ ihre Tante sie in dieser schweren und so wichtigen Zeit allein? Sie grollte ihr ein wenig. Konnte die alte Königin nicht wenigstens ein paar Wochen ohne sie auskommen? Sie würde es in ihrem Zustand vielleicht nicht einmal bemerken. War dies denn nicht wichtiger? Es ging nicht nur um Isabels Zukunft. Es ging um die Zukunft des ganzen Landes!

Jimena konzentrierte sich auf Domingas Gesicht und versuchte ihre Gedanken zu erreichen. Wenn es ihr gelang, Verbindung mit ihrer Tante aufzunehmen, dann würde sie nicht allein sein. Dann würde sie wichtige Entscheidungen nicht selbst treffen müssen. Doch sosehr sie sich auch bemühte, Domingas Gesicht blieb so blass wie eine alte Erinnerung. Jimena warf sich wieder auf die andere Seite. Zorn stieg in ihr auf.

Wollte sie nicht mit ihr sprechen? Verweigerte sie Jimena absichtlich ihre Hilfe?

Eine kühle Hand griff nach der ihren und umfasste sie mit einer Stärke, die sie erschaudern ließ. Jimena starrte in die weit geöffneten Augen, die im Dunkeln wie glühende Kohlen schimmerten.

Sei unverzagt, sagte der Blick, als würde Teresa die Worte laut aussprechen. *Du trägst die Kraft in dir, und du wirst es zu einem guten Ende bringen. Hab Vertrauen in dich selbst. Ich werde hier auf dich warten.*

Jimena umarmte ihre stumme Cousine. Eng aneinandergeschmiegt schliefen sie ein.

Kapitel 19

Kloster der Klarissen, März 2012

»Señora, qué le pasa? Puedo ayudarle?«

Isaura spürte eine warme Hand auf der ihren. Ein Arm legte sich behutsam um ihre Schulter. Was für eine tröstliche Berührung. Die Frau, die sie in den Arm genommen und auf Spanisch gefragt hatte, was ihr zugestoßen sei und ob sie ihr helfen könne, nahm sie nun zärtlich bei der Hand und führte sie weg von dem Abgrund, in den sie geblickt hatte, zurück ins Leben. In ihr Leben!

Isaura ließ sich beim Aufstehen helfen. Ihre Knie und ihr Rücken schmerzten, und sie war völlig durchgefroren. Sie konnte ihre Hände und Füße kaum noch spüren. Wie lange hatte sie hier gekauert?

Verwirrt hob sie den Blick und ließ ihn über den Garten schweifen. Es regnete noch immer, doch das Gewitter war weitergezogen.

Sie richtete ihren Blick auf die Frau, die noch immer Isauras eisige Finger in ihrer warmen Hand hielt. Sie blickte in ein Paar freundliche blaue Augen, die sie aus einem schmalen Gesicht mit heller Haut ansahen. Der vermutlich zierliche Körper der Frau verschwand unter einer langen, schwarzen Kutte. Ein schwarzer Schleier bedeckte das Haar.

Eine Nonne, stellte Isaura verwundert fest.

»Danke, mir geht es gut«, murmelte sie. Ihr fiel kein einziges spanisches Wort ein, aber das war anscheinend auch nicht nötig, denn die Schwester wechselte nun ebenfalls ins Deutsche.

»Das sah aber nicht so aus!«, gab sie sanft zurück und widerstand Isauras Versuch, ihre Hand zurückzuziehen.

»Mir ist nichts passiert«, behauptete Isaura noch einmal. Zumindest was das Gewitter betraf, war dies ja die Wahrheit. »Ich habe mein Auto dort hinten irgendwo stehen, und es ist kaum eine halbe Stunde Fahrt bis zu meinem Haus.«

Die Nonne wollte nicht hören. Sie sah ihr so eindringlich in die Augen, dass sich Isaura ganz nackt vorkam und das Gefühl hatte, die Frau könne ihre tiefsten Gedanken lesen. Und sie war ganz und gar nicht bereit, ihr richtig zuzuhören.

»So kann ich Sie nicht gehen lassen. Sie sollten mit mir kommen, sich etwas Trockenes anziehen und sich erst ein wenig beruhigen, ehe sie nach Hause fahren«, sagte die Schwester in mütterlich besorgtem Tonfall, obgleich Isaura argwöhnte, dass die Frau jünger war als sie selbst.

»Mir fehlt nichts!«, beharrte sie störrisch, doch die Nonne schüttelte den Kopf.

»Sie wissen selbst, dass das nicht stimmt. Ich kann es in Ihren Augen sehen, dass etwas Sie zutiefst verstört. Daher bitte ich Sie, kommen Sie mit mir. Sie müssen nicht mit mir reden oder mit unserem Beichtvater, der vermutlich eh kein Deutsch versteht, doch lassen Sie Ihre Seele ein wenig zur Ruhe kommen, und finden Sie erst zu sich selbst zurück, ehe Sie sich auf den Heimweg machen.«

Sah man es ihr wirklich so sehr an, oder war diese Frau nur besonders einfühlsam?

»Wohin mitkommen?«, fragte Isaura, bereit nachzugeben. Sie fühlte sich zu sehr geschwächt, um es mit dieser energischen Persönlichkeit in ihrer Kutte aufzunehmen. Und sie fror so schrecklich. Ihre Zähne klapperten, und selbst ihre Knie schlugen gegeneinander. Oder kam das nicht von der Kälte?

»Zum *Convento de Santa Clara,* dem Klarissenkloster«, gab sie Auskunft. »Es ist gar nicht weit.«

Isaura nickte. »Ich weiß. Dorthin war ich gerade unterwegs, als ich – ich meine, als das Gewitter mich überraschte.«

Sie hatte etwas anderes sagen wollen, doch falls die Nonne etwas bemerkt hatte, ließ sie es dennoch dabei bewenden.

»Sehen Sie, dann trifft sich das doch ganz vorzüglich. Sie wollten sich sicher die Reste des prächtigen Palasts ansehen mit seinen maurischen Bogen und die Bäder mit ihren kunstvollen Fliesen.«

Die schmale Hand schob sich unter Isauras Ellenbogen und drängte sie energisch vorwärts.

»Ich bin Schwester Maria Anna«, stellte sie sich vor. »Ich gehöre zum Klarissenkloster zur heiligen Elisabeth in Brixen.«

»Und was hat Sie hierher nach Tordesillas verschlagen?«, erkundigte sich Isaura, die erleichtert bemerkte, dass das Beben in ihren Beinen nachließ und sie der jungen Frau folgen konnte, ohne zu schwanken. Diese zögerte mit ihrer Antwort und wiegte den Kopf hin und her. Dem vertrauten Akzent nach musste sie irgendwo aus dem Süden Bayerns stammen.

»Sagen wir, es war der barmherzige Vorschlag meiner weitsichtigen Mutter Oberin.«

Mehr war sie im Moment nicht bereit zu sagen, und da sie bereits das Kloster erreichten, musste Isaura ihre drängenden Fragen auf später verschieben. Isaura erhaschte einen Blick in einen unregelmäßig geformten Hof mit einem Arkadengang und einer Kirche auf der Rückseite, deren Dachreiter drei Glocken zierten. Sie erinnerte sich vage, dass die Klarissen zu den Bettelorden gehörten und daher bei ihren Kirchen auf prächtige Türme verzichteten. Doch war da nicht auch von Klausur die Rede gewesen? Erstaunt sah sie zwei Pärchen in bunten Regenjacken in den Hof treten und sich angeregt plaudernd umsehen. Begeistert betrachteten sie die herrlich verzierten arabischen Doppelbogenfenster in dem der Kirche anschließenden Palastbau.

War Santa Clara nun ein alter Palast und ein Museum oder ein lebendes Kloster?

»Beides«, beantwortete Schwester Maria Anna ihre Frage. »Der Palast wurde im vierzehnten Jahrhundert gegründet und ist im Mudéjarstil erbaut, was verständlich wird, wenn man sich den damaligen Grenzverlauf zwischen dem christlichen Spanien und dem maurischen Süden ansieht. Der moslemische Einfluss in der Architektur und in der Kunst war sehr stark, und man lebte meist in friedlicher Eintracht miteinander, bis es wieder einmal zu einer Welle der *Reconquista* kam. Will man es modern ausdrücken, dann war ein arabischer Palast bei den christlichen Herrschern der spanischen Halbinsel damals ›in‹ und traf den Geschmack der Zeit. Vor allem die maurischen Bäder waren der Luxus schlechthin. Im Grenzgebiet wurden auch viele von den Mauren erbaute Burgen und Paläste erobert und dann von den christlichen Herrschern genutzt und weiter ausgebaut. Hier in Tordesillas war es Alfons XI., der diesen Palast nach der erfolgreichen Schlacht bei Salado erbauen ließ. Sein Sohn, Pedro der Grausame, ließ ihn dann zu einem Kloster im Mudéjarstil umbauen, um seiner heimlichen Liebe María de Padilla zu gefallen. Die Arabesken, Zacken- und Hufeisenbogen sollten sie an ihre Heimat Sevilla erinnern. Dort, wo heute die Kirche steht, war einst der Thronsaal des Palasts. Bald zogen die Klarissen ein. Ich weiß nicht, ob Sie etwas über unseren Orden wissen …« Sie machte eine Pause und fuhr fort, als Isaura den Kopf schüttelte. Während sie weitererzählte, führte sie ihren Gast vom großen Hof in einen Teil der Anlage, der noch vom ursprünglichen Palast her stammte.

»Der Orden der Klarissen ist der zweite des heiligen Franziskus und wird auch seraphischer Orden genannt. Er wurde gemeinsam von Franz und der heiligen Klara von Assisi im dreizehnten Jahrhundert gegründet. Sie wollten ein Leben in der Nachfolge Christi in Armut führen. Das Klarissenkloster in Brixen, aus dem ich stamme, wurde noch zu Lebzeiten der heiligen Klara gegründet, und auch heute noch leben dort zwanzig Klarissen in strenger Klausur bei Gebet und Arbeit innerhalb ihrer Mauern.«

Isaura war, als könne die Nonne nur mühsam ein Seufzen unterdrücken.

»Wir betreiben in Brixen eine Hostienbäckerei«, fuhr sie fast überhastet fort.

Der kleine Kreuzgang, den sie jetzt betraten, entlockte Isaura einen Ausruf des Entzückens. Der Hof und der Umgang waren ganz in maurischem Stil gehalten mit kunstvollen Fliesen, Säulen und Bogen, an deren zarten Mustern man sich nicht sattsehen konnte. Isaura blieb staunend stehen. Sie vergaß die Nässe und die Kälte.

»Das ist der sogenannte arabische Innenhof. Ja, er führt uns deutlich die Kunstfertigkeit der Mudéjarhandwerker vor Augen und lässt uns verstehen, warum sich die Christen ihrer Kunst bedienten, selbst beim Bau ihrer Kirchen. Aber nun kommen Sie weiter. Sie müssen etwas Trockenes anziehen und sich aufwärmen. Ich zeige Ihnen später gern noch mehr von Santa Claras Schätzen und erzähle Ihnen, was ich darüber weiß.«

Isaura, die die Kälte in ihren Knochen wieder zu spüren begann, nickte und folgte der Schwester durch einen Raum in den Gartenhof des Palasts, der heute der Kreuzgang des Klosters war und der, bis auf einen kleinen Teil, den Besuchern verschlossen blieb. Maria Anna öffnete mit ihrem Schlüssel das hölzerne Gatter und bat Isaura, ihr zu folgen. Sie konnte die neidischen Blicke der Touristenpärchen in ihrem Rücken spüren, denen der größte Teil des Klosters versperrt bleiben würde. Doch auch Isaura würde nicht alles zu sehen bekommen, wie die junge Nonne ihr mit Bedauern gestand.

»Wir Klarissen leben noch immer in strenger Klausur«, wiederholte sie. »Deshalb ist der nördliche Teil des Klosters mit seinen beiden Gärten allein den Nonnen vorbehalten. Unsere Kammern – oder Zellen, wie wir auch sagen – sind um den königlichen Hof auf der Nordseite angeordnet, den wir auch Buchenhof nennen. Zwischen dem Hauptgebäude und der Westmauer gibt es einen Gemüsegarten, einen weiteren zur Ostmauer hin. Von diesem kann ich Ihnen ein Stück zeigen, das mit zum Gästetrakt gehört, in dem wir unsere Kammern für Besucher haben.«

Sie führte Isaura nach links in ein Treppenhaus und von dort durch eine Tür in den schmalen Anbau des Gästehauses. Die Zimmer waren vielleicht nicht ganz so spartanisch eingerichtet wie die Zellen der Nonnen, doch auch sie hatten eher die Bezeichnung Kammer verdient und verzichteten ebenso auf alles, was die Sinne vom Wesentlichen hätte ablenken können. Nein, gemütlich war anders, befand Isaura, dankte aber, als Maria Anna sie in die Kammer führte und ihr ein Handtuch und ein mit einer Kordel verschnürtes Bündel trockener Kleider reichte.

»Das Bad ist hier den Gang hinunter«, sagte sie. »Ich hole Sie nachher ab. Dann können wir zusammen etwas essen.«

Isaura dankte und machte sich auf den Weg, sich unter der heißen Dusche aufzuwärmen. Sie versuchte gerade mittels des winzigen Spiegels zu erahnen, wie sie in dem kuttenähnlichen grauen Kleid aussehen mochte, das sie erhalten hatte, als die Schwester an die Tür klopfte.

»Sind Sie so weit?«

Isaura fuhr sich mit ihrer Bürste noch einmal durch das nasse Haar und schlüpfte in die einfachen, flachen Sandalen, dann trat sie in den Gang hinaus, wo sie Maria Anna mit einem Lächeln empfing.

»Das ist doch schon besser.«

Isaura sah an sich herab und zog eine Grimasse. »Fehlt nur noch der Schleier.«

Maria Annas Lächeln vertiefte sich. »Ja, sehr modisch sind

unsere Gästekleider nicht, doch zumindest sauber und trocken.«

Isaura nickte und bedankte sich, dann ließ sie sich in das kleine Speisezimmer führen. Das alte Refektorium, in dem die Nonnen früher bei erbaulichen Lesungen gespeist hatten, gehörte heute zu dem Teil des Palasts, der als Museum von Touristen besichtigt werden konnte. Der Zutritt zum Speisesaal, in dem die Nonnen heutzutage aßen, war ihr natürlich verwehrt.

Isaura fand einen Teller mit Brot, Käse und geräuchertem Schinken, Oliven und eine Schale mit Obst, einen Krug Wasser und einen mit Wein.

»So einfach wie unsere Kleidung ist auch das Mahl«, sagte Maria Anna entschuldigend, doch Isaura wehrte ab. »Es ist genau das, was mir jetzt schmecken wird. Herzlichen Dank!«

Maria Anna setzte sich zwar zu ihr, lehnte es aber ab, mehr als nur einen Becher Wasser zu nehmen. Vermutlich durfte sie zwischen ihren festgelegten Mahlzeiten nichts weiter essen. Was für ein hartes Leben, das die Frauen und Männer auf sich nahmen, die sich für das Kloster entschieden.

Maria Anna schien ihre Gedanken zu erahnen, denn sie sagte: »Es sind nicht die Äußerlichkeiten, die es einem manches Mal schwer machen, die Regeln einzuhalten. Mich stören weder die Kutte noch der Schleier oder meine Sandalen. Und auch das Essen ist völlig in Ordnung. Ich habe mein überladenes Jugendzimmer ohne Bedauern gegen eine karge Zelle eingetauscht. Nun ja, und wir müssen auch nicht mehr ganz so frieren wie die Schwestern in früheren Jahrhunderten. Unsere Kammern kann man beheizen. Der Winter ist selbst hier in Kastilien empfindlich kalt, und wie Sie selbst erfahren haben, kann einen auch der Frühling mit bitterkaltem Wind und Regengüssen überraschen. Man gewöhnt sich auch irgendwie an das frühe Aufstehen und das ebenso frühe Zubettgehen.«

»Was ist es dann, womit Sie hadern, wenn Sie diese Frage

nicht als zudringlich empfinden. Es kommt mir so vor, als spürte ich einen Konflikt, der Sie umtreibt.«

Maria Anna nickte langsam. »Sie haben eine gute Beobachtungsgabe und ein Gespür für Menschen, das habe ich gleich bemerkt. Ja, ich hadere und bin noch weit von dieser inneren Ruhe entfernt, die unsere Mutter Oberin ausstrahlt.« Sie seufzte. »Das, was uns eigentlich zur inneren Reinheit führen soll, das tägliche Einerlei, die Rituale und der strenge Tagesablauf mit seinen Stundengebeten und unserer Arbeit scheinen bei mir das Gegenteil zu bewirken. Es macht mich rebellisch! Es reizt mich zum Widerspruch.« Wieder seufzte sie. »Und selbst das ist nicht das Schlimmste.« Sie hielt inne, und auch Isaura schwieg und wartete, ob die junge Schwester bereit war weiterzusprechen.

»Die Klausur«, sagte sie leise. »An dieser absoluten Abgeschlossenheit von der Welt reibe ich mich auf.«

Isaura versuchte sich das Leben unter dem Schleier einer Klarisse vorzustellen. Nein, das wäre schlimmer als Gefängnis. »Ich glaube, ich würde daran zerbrechen«, sagte sie mitfühlend. »Aber warum haben Sie dann diesen Orden gewählt? Wenn Sie schon in ein Kloster eintreten wollten, dann gab es doch sicher auch andere Möglichkeiten. Soviel ich weiß, widmen sich auch heute Schwestern der Krankenpflege und sind in anderen Bereichen der sozialen Fürsorge aktiv. Man muss sich nicht hinter Klostermauern einschließen.«

Isaura konnte den Gesichtsausdruck nicht deuten.

»Es war gerade die Klausur, derentwegen mein Vater die Klarissen gewählt hat«, sagte sie so leise, dass Isaura sie kaum verstand.

»Ihr Vater?«

Doch Maria Anna wehrte ab. »Vielleicht werde ich es Ihnen ein andermal erzählen. Ich habe so das Gefühl, dass sich unsere Wege nicht zufällig und auch nicht zum letzten Mal gekreuzt haben.« Ihr Lächeln wirkte ein wenig bemüht.

»Jedenfalls hatte ich das Glück, auf eine Mutter Oberin mit sehr viel Verständnis zu treffen. Ihr bleibt kein Leid verborgen. Sie rief mich zu sich, als ich die Entscheidung für das letzte Gelübde wieder einmal hinausschob, und hat lange mit mir gesprochen. Ja, und dann hat sie mich nach Spanien geschickt.«

Maria Annas Augen leuchteten. »Ich durfte auf Reisen gehen und zumindest ein Stück dieses wundervollen fremden Landes sehen. Und hier, an meinem Ziel angekommen, wurde ich sozusagen zur Gastmeisterin, obgleich mir diese Position sicher nicht zusteht. Doch die Oberin möchte sich meine Deutsch- und Englischkenntnisse zunutze machen.«

»Dann haben Sie jetzt Ihren Platz gefunden?«

Die Nonne überlegte. »Vielleicht. Zumindest im Augenblick fühle ich mich dieser inneren Ruhe näher.«

Sie schwiegen beide, während Isaura ihren Teller leerte und einen Becher Wein trank.

»Sind Sie fertig?«

Isaura nickte und bedankte sich noch einmal.

»Gut, dann zeige ich Ihnen jetzt die Kirche und die maurischen Bäder.«

»Was für eine passende Kombination«, murmelte Isaura, die ihren leeren Teller wegschob und sich erhob.

Die Schwester führte Isaura über eine Terrasse, von der man einen weiten Blick über den Fluss hatte, zu den Bädern, die Isaura gebührend bewunderte. Heutzutage befanden sie sich in einem separaten Gebäude östlich des Klosters. Ursprünglich waren sie in die Palastgebäude integriert gewesen.

»Das war aber ein unerhörter Luxus für die Nonnen früher, als man den Palast in ein Kloster umwandelte«, meinte Isaura bei dem Gedanken an das gerade einmal lauwarme Wasser in der engen Dusche, das auch nicht gerade üppig floss. Sie schlenderte zwischen den Säulen umher und bewunderte die Deckenmalereien.

»Aber nein«, wehrte die Nonne mit einem Lachen ab. »Diese Räume wurden für viele verschiedene Zwecke genutzt, aber gebadet haben die Nonnen hier ganz sicher nicht. Eine Zeit lang wurden hier Kerzen hergestellt.«

»Was für eine Verschwendung«, seufzte sie beim Anblick des prächtigen *Al-bayt al-wastaní* oder des *Tepidariums*, eines Wärmeraums mit beheiztem Boden und erwärmten Bänken, in dem man es sich bei solchem Wetter bei knapp vierzig Grad wohlergehen lassen konnte.

»Ja, vielleicht«, gab die Nonne zu. »Doch das hätte wohl nicht mit den Regeln der heiligen Klara im Einklang gestanden.«

»Wohl kaum«, schmunzelte Isaura, »wobei man ja von vielen Klöstern hört, dass man es mit den Regeln über die Jahrhunderte hinweg oft nicht sehr ernst genommen hat. Ja, ich glaube, dass es sich viele in ihren Klöstern geradezu aristokratisch gut gehen ließen.«

Die junge Schwester nickte. »Ja, das glaube ich auch. Wo es Regeln gibt, gibt es auch die, die dagegen verstoßen. Das liegt in der menschlichen Natur vielleicht genauso wie die Verlockung der Sünde, sei es nun das andere Geschlecht, Essen und Wein oder auch der Müßiggang. Es hat keiner behauptet, dass es leicht wäre, dem Weg unseres Herrn zu folgen.«

Isaura brummte nur etwas Undeutliches. Sie war zwar getauft worden und hatte als Kind an der Erstkommunion und der Firmung teilgenommen, doch ihre Eltern waren nicht sehr religiös und nur selten zur Kirche gegangen. Auch wenn sie sich nicht als Ungläubige oder Atheistin bezeichnet hätte, so gehörte doch die Religion nicht zu ihrem Leben.

Sie gingen über die Terrasse am Langschiff der Kirche entlang zurück. Das Unwetter hatte sich verzogen, und nun blitzte die Sonne zwischen den rasch dahinjagenden Wolken hindurch und ließ die Wassertropfen auf dem nassen Gras am Ufer wie Diamanten blitzen. Isaura folgte der Schwester in die Kirche. Sie hätte sich nicht gerade als Fan von Kirchenbesichtigungen bezeichnet, doch die hölzerne Decke mit ihren Mudéjarschnitzereien war beeindruckend. Die gesamte Wirkung war so völlig anders als die in den von Barockschmuck überladenen Kirchen Bayerns. Dennoch hörte Isaura den Erklärungen nur mit einem Ohr zu und ließ sich von ihren eigenen Gedanken davontreiben. Und nicht nur ihre Gedanken machten sich eigenständig auf die Reise. Auch ihre Beine schienen ein Eigenleben zu entwickeln und wandten sich von ihrer Führerin weg, als diese gerade schwieg. Sie drängten zu der größten Kapelle an der Südseite des Kirchenschiffs, in die man durch zwei reich verzierte gotische Bogen eintreten konnte, wenn man das Gitter nicht verschlossen vorfand, das vermutlich wesentlich später hinzugefügt worden war. Ein Drängen wallte in Wogen in ihr auf und ab. Erst heiß, dann eisig kalt. Hatte sie sich bei dem Gewitter eine Erkältung zugezogen? Konnte man dies so schnell spüren?

»Das ist die Saldañakapelle, eine Begräbniskapelle der Familie Saldaña, die unter Juan II. Haupthofmeister war«, erklärte Maria Anna.

»Juan II.? War das nicht der Vater von Isabella der Katholischen?«, erkundigte sich Isaura, die sich an ihre Lektüre der *Caminata* erinnerte.

Die Nonne nickte. »Ja, genau. Er war der Vater von König Enrique VI., seinem Erstgeborenen, der sein direkter Nachfolger wurde, und von dessen jüngerer Halbschwester Isabel, die diesem auf den Thron folgte.«

Fast ein wenig zaghaft trat Isaura in die Kapelle, die ein wunderschönes Beispiel gotischer Architektur bot, in der nur der fein bearbeitete Stein in seiner reichen Formensprache den Raum erfüllte. An den Wänden reihten sich Nischen in der Form geschlossener, gotischer Fensterbogen mit Gräbern an ihrer Basis, auf denen je eine Skulptur des Verstorbenen aus Alabaster ruhte. Isauras Blick strich über die feinen Gesichtszüge von Elvira de Acevedo, Saldañas Gemahlin. Es sah aus, als würde sie nur ruhen. Ihr Haar, ihr Schmuck, die Verzierungen ihres Kleides sahen so lebendig aus, dass man sie berühren mochte.

Warum nur fühlte sie sich so seltsam? Die Wellen schlugen höher wie schäumende Wogen einer stürmischen See. Plötzlich schien sich der Raum zu verdüstern. Isaura blinzelte. War die Sonne wieder hinter den Wolken verschwunden? Aber konnte es gleich so finster werden? Es war, als wäre die Nacht in einem Augenblick über sie hereingebrochen. Oder war sie so lange in der Betrachtung der schönen, jungen Frau aus Alabaster versunken gewesen?

Sie sah sich um. Die Nonne war verschwunden. Dafür sah sie eine andere Gestalt, ebenfalls in Schwarz gekleidet. Obgleich sie nur ihren Rücken sehen konnte, wusste Isaura, wer sie war: die dunkle Königin, ihre Begleiterin, Nacht für Nacht. Sie kniete vor einem Sarg, vom Leid niedergedrückt. Sie weinte nicht. Sie war längst jenseits aller Tränen. Ja, Isaura verstand nun, was der Ausdruck »von Kummer gebrochen« meinte. Sie wollte näher treten und trösten, auch wenn sie wusste, dass es für diesen Schmerz keinen Trost gab. Nur eine Hand und eine Schulter und ein Herz, das mit dem Trauernden litt.

Zaghaft näherte sie sich der Frau, die jedoch unvermittelt verschwand. Stattdessen stand ein anderer Sarg vor ihr. Isaura betrachtete ihn verwirrt, doch dann begriff sie, dass das Leiden endlich ein Ende gefunden hatte. Sie stand am Sarg der dunklen Königin!

»Isaura? Was ist mit Ihnen? Fehlt Ihnen etwas?« Sie hörte die Stimme nur von fern und konnte sie nicht recht zuordnen. Natürlich fehlte ihr etwas. Hier lag die Frau, die sie Nacht für Nacht begleitete. Deren Finsternis und Leid sie geteilt hatte.

»Isaura, wo sind Sie?« Die Stimme wurde eindringlicher.

Das Bild verschwamm vor ihren Augen, und dann war der Sarg verschwunden.

»Die dunkle Königin«, stammelte Isaura verwirrt. »Sie hat am Sarg ihres Mannes geweint. Sie ist an seinem Tod verzweifelt, und nun ist sie ebenfalls tot. Ihr Sarg, wo ist ihr Sarg?«, rief sie und drehte sich ein paarmal im Kreis, bis Maria Anna nach ihrer Hand griff.

»Beruhigen Sie sich!«, sagte sie, und der Klang ihrer Stimme holte Isaura vollends in die Gegenwart zurück. Die Sonne schien wieder und ließ die Scheiben der Fenster erglühen.

»Die dunkle Königin?«, wiederholte die Nonne und sah sie mit einem eigenartigen Blick an. »Ja, es gab hier eine Königin, die den Tod ihres Gatten beweinte. Juana, die Tochter Isabels und Fernandos, der katholischen Könige. Ihr Mann, Philipp der Schöne, starb jung nach nur wenigen Jahren Ehe, und sie konnte seinen Tod nicht verwinden. Sie hat ihn über alles geliebt, sagt man.«

»Und sie? Juana?«

»Sie starb in Tordesillas, und ihr Sarg stand hier in der Kapelle, bis ihr Enkel Philipp II. ihn 1574 nach Granada überführen ließ, wo sie nun bei ihren verehrten Eltern und ihrem geliebten Mann ruht.«

»Das ist gut so«, stieß Isaura aus tiefstem Herzen aus, auch wenn sie nicht wusste, warum ihr das so wichtig erschien. Noch immer ein wenig benommen folgte sie Maria Anna zurück in den Gästetrakt. Die junge Schwester brühte Tee auf und setzte sich dann ebenfalls mit einer Tasse zu ihr. Sie schwiegen beide und sahen in ihre dampfenden Tassen herab, von denen der Duft verschiedener Kräuter aufstieg. Isaura wusste nicht, welche, doch es war ein beruhigender Duft, der nach daheim roch.

Daheim? Sicher nicht nach ihrer Wohnung in München!

Daheim in Großtante Carmens Häuschen? In ihrem Häuschen, wo der Kater sicher schon auf seine Abendmahlzeit wartete?

»Ich glaube, ich sollte jetzt gehen«, sagte sie, als sie die Tasse geleert hatte.

»Sollten?« Die junge Schwester überlegte. »Nein, das würde ich so nicht sagen. Sie können sich frei entscheiden. Sie sind herzlich eingeladen, die Nacht hier in einem der Gästezimmer zu verbringen. Ja, Sie dürfen bleiben, solange Sie es wünschen und das Gefühl haben, dass dieser Ort Ihnen guttut. Begleiten Sie uns heute Abend in die Messe.« Isaura öffnete den Mund, doch die Nonne hob die Hand. »Ja, ich ahne, dass Sie lange nicht mehr in der Messe waren, aber das macht nichts. Sie dürfen zweifeln. Sie dürfen Fragen stellen. Versuchen Sie einfach, ein wenig loszulassen und all Ihre Sinne zu öffnen. In Santa Clara kann man zur Ruhe kommen und seinen Frieden finden.«

»Wirklich?«, begehrte Isaura auf. »Haben Sie den Ihren denn hier gefunden?«

Die Schwester wehrte sich nicht gegen die zudringliche Frage. Sie überlegte.

»Ja, so ist es«, sagte sie schließlich. »Was mir in Brixen fehlte, habe ich hier. An diesem Ort kann ich mit meiner Aufgabe zu meiner inneren Ruhe finden.«

Sie sah Isaura offen an, und das Verständnis, ja, das Mitleid in ihrem Blick erstaunte Isaura. Sie merkte, wie Tränen in ihr aufstiegen. Rasch wandte sie den Blick ab. Es gab keinen Grund zu weinen! Das Gewitter hatte sie lediglich erschreckt und ein wenig aus dem Gleichgewicht gebracht. Kein Grund, sich gleich so aus der Bahn werfen zu lassen!

Isaura erhob sich und reichte Schwester Maria Anna die Hand.

»Ich danke Ihnen für alles und wünsche Ihnen von Herzen, dass Sie recht haben. Dass Sie Ihren Platz gefunden haben, an dem Sie glücklich sein können. Leben Sie wohl.«

Die Nonne ergriff die ihre mit beiden Händen. »Ich sage Auf Wiedersehen, denn ich weiß, dass wir nicht für immer Abschied nehmen.«

Sie begleitete Isaura noch bis zu ihrem Wagen und sah ihr nach, bis er um die nächste Ecke verschwunden war.

Kapitel 20

Saragossa, 1469

Jimena war erschöpft. Nicht nur, dass ihr Geist gegen die Ablehnung der Männer ankämpfen und sie stetig auf der Hut vor ihnen sein musste – die körperliche Anstrengung des tagelangen Ritts hatte sie ausgelaugt. Es kam ihr so vor, als würden die Männer absichtlich die größten Strapazen wählen, die schlechtesten Wege und die unbequemsten Unterkünfte in kleinen, ärmlichen Klöstern am Wegesrand, deren Lager kaum mehr Erholung schenkte als der harte Boden draußen. Ihr Mahl bestand meist nur aus karger Suppe mit Lauch und Zwiebeln und saurem, mit Wasser verdünntem Wein.

Sie reisten zu viert: Gutierre de Cárdenas, Gonzalez de Chacón und Alonso de Palencia waren Jimenas Begleiter. Sie hatte das Gefühl, je härter die Reise wurde, desto aufmerksamer wurden die Blicke, die die Männer ihr zuwarfen. Warteten sie darauf, dass sie sich beklagte oder gar zusammenbrach, um dann zu triumphieren und sagen zu können, sie seien ja schon immer dagegen gewesen, ein Weib auf solch eine Mission mitzunehmen? Diesen Sieg würde sie ihnen nicht gönnen! Mit zunehmender Müdigkeit war auch ihr Trotz gewachsen, der sie noch immer aufrecht hielt. Doch nicht nur ihr Trotz, auch ihr Stolz darauf, dass die Männer nicht gegen ihren Willen ankamen und sie trotz der Abneigung gegen ihren Plan mit nach Aragón nahmen.

Die drei Begleiter gehörten zum kastilischen Adel, nicht jedoch zu den Granden, deren riesige Ländereien und Reichtum ihnen die Macht gab, eigene Politik mit oder gegen einen König zu betreiben. Don Gutierre war ein Mann von beeindruckender Größe mit dichten dunklen Augenbrauen, einem fast schon zu üppigen Bart und langem schwarzem Haupthaar. An sich mochte Jimena ihn ganz gern. Wenn sie sich in der Obhut eines Mannes sicher fühlen wollte, dann würde sie jemanden wählen, der das Schwert so zu führen wusste wie Don Gutierre.

Don Alonso de Palencia war das ganze Gegenteil von ihm, wobei auch er durchaus mit dem Schwert zu kämpfen gelernt hatte. Sein Haar und sein Bart waren fast blond, die Augen blau. Er war klein und drahtig und wirkte sicher jünger, als er war. Jimena konnte sich vorstellen, dass er unter normalen Umständen ein angenehmer Begleiter war, mit dem man interessant plaudern konnte. In dieser angespannten Situation jedoch war er eher ernst und wortkarg.

Gonzalez de Chacón war der Älteste unter ihnen. Er hatte die fünfzig bereits überschritten, und sein Haar begann sich grau zu verfärben. Er war mittelgroß mit braunen Augen und einem freundlichen Lächeln. Don Gonzalez gehörte sicher nicht zu den großen Kämpfern. Er war eher ein Mann der Zahlen und des Geldes und hatte dem Santiago-Orden viele Jahre als Komtur der Ordensniederlassung in Montiel gedient. Er war ein Vertrauter von Don Álvaro de Luna gewesen, dem Günstling Juans II., um dessen Kopf fast ein Bürgerkrieg ausgebrochen war. Während Don Álvaro zu tief in die Politik und Intrigen des Königs verstrickt gewesen war und am Ende von Juan II. geopfert wurde, gelang es Don Gonzalez noch rechtzeitig, den Kopf aus der Schlinge zu ziehen. Jimena wusste nicht, ob er der Königinwitwe, die heute in Arévalo dahindämmerte, noch immer zürnte, denn sein Freund Álvaro de Luna hatte allein auf ihr Drängen hin sein Leben lassen müssen. Ihren Kindern gegenüber zeigte er sich jedenfalls mehr als nur loyal. Jimena kannte ihn von den dreien am längsten, war er doch immer wieder bei Hofe gewesen und hatte sich um die Erziehung von Alfonso und dessen Schwester Isabel gekümmert. Isabel jedenfalls vertraute ihm und hatte ihn bereits im vergangenen Jahr zu ihrem Oberhaushofmeister bestellt, der sich um die Finanzen kümmern sollte. Er war dann auch der Erste, der seine distanzierte Haltung aufgab und die Reisebegleiterin nach einigen Tagen nicht länger wie Luft oder wie ein lästiges Insekt behandelte.

»Es tut mir leid, dass Euch die Reise so unbequem sein muss«, sagte er, als sie wieder einmal bei einem kärglichen Mahl vor einer Einsiedelei in den Bergen saßen.

Jimena hob die Schultern. »Es ist nicht entscheidend, wie bequem unsere Reise ist. Sie muss von Erfolg gekrönt werden.«

Don Gonzalez de Chacón schenkte ihr ein Lächeln. »Ihr seid eine tapfere junge Dame. Ich entschuldige mich für meine Gedanken, die Euch diesen Ritt nicht zugetraut haben.«

»Es sei Euch verziehen«, gab Jimena mit einem Lächeln zurück. »Doch sagt mir, haben wir einen Grund, uns zu verbergen? Oder ist es nur eine Vorsichtsmaßnahme?«

Sie konnte Ärger in seiner Miene aufflammen sehen. »Erzbischof Carrillo konnte es nicht unterlassen, mit unserem Vorhaben zu prahlen, und so haben viel zu viele Ohren, die unserer Sache nicht ergeben sind, davon vernommen. Es gibt auf beiden Seiten eine breite Front gegen eine Verbindung Aragóns mit Kastilien, sodass wir diesseits und jenseits der Grenze mit Widerstand rechnen müssen.«

Don Alonso de Palencia mischte sich mit einer Grimasse ein. »Was unser verehrter Don Gonzalez eigentlich ausdrücken will, ist, dass es so manchen gibt, der einen Preis auf unseren Kopf ausgesetzt hat und einen noch größeren auf den Kopf des Prinzen. Die Mendozas stellen sogar ein Heer auf, um den Prinzen an der Grenze abzufangen, wobei er bei dieser Aktion durchaus sein Leben lassen darf, damit ihm kein zweiter Versuch gegönnt wird, sich mit Prinzessin Isabel zu verbinden.«

»Die Mendozas kämpfen noch immer für Juanas Rechte«, fügte Jimena mit einem Nicken hinzu.

»Ja«, bestätigte Don Gutierre. »Dabei hat der König seine Tochter nun schon zweimal enterbt. Sie sollten sich seinem Entschluss beugen! Wer hätte gedacht, dass die kleine Beltraneja solch hartnäckige Anhänger hat?«

Jimena wiegte den Kopf hin und her. »Ich glaube nicht, dass es hier wirklich um Juana geht. Nicht um sie als Person. Es geht den Mendozas um die Stärkung des Königtums. Sie wollen mehr Macht zentral versammelt wissen und eine starke Hand, die den ewigen Zänkereien unter dem Adel Einhalt gebietet. Sie sehen mit Entsetzen, was ein schwacher König wie Enrique anrichtet. Wie die Schlangen kriechen die Geschlechter der Granden aus allen Löchern und zerfleischen Kastilien in ihrem blutigen Bürgerkrieg. Sie sehen ganz richtig, dass endlich ein Herrscher auf den Thron muss, der nicht seine Hauptaufgabe darin sieht, Geld und Posten an seine Granden zu verteilen, sondern sie an ihre Pflicht erinnert und in einer einzigen starken Front hinter sich versammelt. Insofern wäre ich ganz Graf de Santillanas Meinung, nur glaube ich, dass sie auf das falsche Pferd setzen. Juana wäre ihnen nicht diese Königin. Sie wäre nur eine weitere Schachfigur, vielleicht unter wechselndem Einfluss. Die Mendozas haben noch nicht erkannt, dass Isabel die Persönlichkeit ist, die sie suchen.«

»Ach, und Ihr glaubt, von dieser Erkenntnis werden sie noch irgendwann erleuchtet werden?«, erkundigte sich Don Alonso mit leichtem Spott in der Stimme, doch Jimena sah ihn ernst an.

»Ja, das werden sie. Es wird noch eine Weile dauern, aber irgendwann wird Isabel sie zu ihren treusten Anhängern zählen dürfen.«

»Was für schöne Visionen«, kommentierte Don Gutierre,

der – wie die anderen beiden Männer – ihre Prophezeiung lediglich als einen frommen Wunsch wertete.

Eine Weile schwiegen sie und tranken von dem kalten, bitteren Kräutersud, den die Eremiten ihnen gegeben hatten. Plötzlich lachte Alonso de Palencia auf.

»Sollten Doña Jimenas Worte wahr und unsere *Reina* Isabel die starke Herrscherin werden, die sich die Mendozas wünschen, dann weiß ich noch jemanden, der auf ein falsches Pferd gesetzt hat und sich schwarz ärgern wird!«

Während die anderen beiden Männer fragten, von wem er spreche, nickte Jimena.

»Ja, da habt Ihr recht. Es wird der Tag kommen, an dem sich Erzbischof Carrillo im Zorn von ihr abwendet und wieder einmal die Seiten wechselt. Er kann ein starker und sehr eifriger Verbündeter sein, aber auch ein fürchterlicher Feind, denn der Erzbischof glaubt an nichts und niemanden außer an seine eigene Macht und seinen eigenen Vorteil, dem allein seine Treue gilt.«

Die drei Männer starrten sie mit offenen Mündern an. »Ihr habt keine allzu gute Meinung von unserem Primas von Kastilien«, sagte Don Alonso schließlich. »Passt nur auf, dass er nichts von Euren unverblümten Reden erfährt. Ich halte ihn für einen Mann, der so etwas nicht ungestraft durchgehen lässt.«

»Schon möglich«, stimmte ihm Jimena zu. »Daher spreche ich die Wahrheit nur unter Verbündeten aus, die nicht wanken, komme, was wolle. Eure Treue gilt Isabel, nicht dem Erzbischof und nicht der Macht allein«, sagte sie mit solcher Inbrunst, dass die Männer gerührt schienen.

»Ihr seid eine wirklich interessante junge Dame«, meinte Don Gutierre nach einer Weile und deutete eine Verbeugung an. »Und ich freue mich, dass Ihr Euch unserer Mission angeschlossen habt, selbst wenn ich gestehen muss, dass ich nicht von Anfang an so dachte.«

»Ach nein?«, gluckste Jimena belustigt. »Und ich muss gestehen, dass mir das durchaus nicht entgangen ist.«

Sie mussten alle vier lachen und legten sich in dieser Nacht in freundlichem Einvernehmen unter ihren Decken zur Ruhe. Der Schlaf der Erschöpfung griff nach ihnen und schenkte ihnen wenige Stunden Erholung, denn schon allzu früh dämmerte der nächste Morgen heran, der sie über die Grenze nach Aragón führen würde.

Man empfing sie nicht im *Alcázar* des Königs. Der Bote, der ihnen vor den Mauern von Saragossa entgegenkam und sie abfing, führte sie zum Haus eines Adeligen, das kaum die Bezeichnung *Palacio* verdiente und ein wenig abseits des Viertels stand, in dem man die Mächtigen des Landes finden konnte. Dorthin wollte sich König Juan II. begeben, um sich mit den kastilischen Abgesandten zu besprechen. Jimena war gespannt darauf, den alten König kennenzulernen, dessen Jähzorn sprichwörtlich war, und neugierig auf sein politisches Geschick oder – wollte man es weniger freundlich ausdrücken – auf seine Neigung, Intrigen zu spinnen und seine Gegner kunstvoll gegeneinander auszuspielen. Jimena wusste, dass es ihrer ganzen Vorsicht und Achtsamkeit bedurfte, sich von dem alten Fuchs nicht hereinlegen zu lassen. Er konnte zwar nicht mehr richtig sehen, doch das war kein Grund, ihn zu unterschätzen!

Und natürlich brannte sie darauf, den Prinzen zu sehen. Was für einen Gemahl würden sie Isabel nach Kastilien bringen? Er war jung – gut, das war von Vorteil, doch allein dies würde ihn nicht zu einem guten Ehemann und zu einem geeigneten König an Isabels Seite machen. Alles, was sie bisher über ihn wusste, war, dass er ein Jahr jünger war als Isabel. Sie konnte sich nicht einmal sicher sein, ob das kleine Porträt, das man Isabel von ihm geschickt hatte, Ähnlichkeiten mit ihm aufwies. Zumindest war es üblich, für solche Bilder die Realität ein wenig zu schönen, und nicht selten war es unmöglich, das Original anhand des Bildnisses zu erkennen. So wappnete sich Jimena innerlich, als der König von Aragón und Kronprinz Fernando gemeldet wurden. Ja, sie spürte, wie sie die Luft anhielt, als die Tür geöffnet wurde und man den Herrscher mit seinen Beratern einließ.

Natürlich war Jimena nicht offiziell zu dieser Besprechung zugelassen, doch ihre zunehmende Vertrautheit mit ihren Reisegefährten hatte es ihr erleichtert, die Männer davon zu überzeugen, dass es sinnvoll sein würde, sie zumindest als stumme Zeugin dabei sein zu lassen. Die Männer aus Aragón würden nicht einmal Notiz von ihr nehmen, sie dagegen könnte die Stimmung einschätzen, vielleicht Lügen und Fallstricke erkennen und den Abgesandten aus Kastilien so einen Vorteil verschaffen. So lautete der Plan. Doch zumindest in einem Punkt irrte sich Jimena. Während der alte König und seine Berater die Männer aus Kastilien begrüßten, sich zusammensetzten und Erfrischungen reichen ließen, blieb Fernando mitten im Raum stehen und ließ den Blick in die Runde schweifen, um ihn dann auf Jimena zu richten. Er fixierte sie mit einer Intensität, dass ihr ein Schauder über den Rücken lief. Kaum zu glauben, dass der Prinz jünger sein sollte als sie selbst. Seine Haltung und das Selbstbewusstsein in seinem Blick enthielten jedenfalls keine jungenhafte Schüchternheit. Und Scheu vor dem weiblichen Geschlecht schien er ebenfalls nicht zu verspüren. Er trat ein paar Schritte auf sie zu, ohne den Blick abzuwenden.

»Und mit wem haben wir hier das Vergnügen?«

Jimena warf Don Gonzalez einen Hilfe suchenden Blick zu. Der Haushofmeister reagierte sofort, erhob sich von seinem Platz und trat neben Jimena. Mit einer Verbeugung reichte er ihr die Hand, sodass ihr nichts anderes übrig blieb, als ihren Platz auf dem Polster in der düsteren Ecke zu verlassen.

»Darf ich vorstellen, *Principe* Fernando? Das ist Doña

Jimena de Morón, Hofdame und Vertraute Ihrer Hoheit Isabel.«

»*Encantado*«, sagte der Prinz, »sehr erfreut«, verbeugte sich und küsste ihr die Hand, ohne jedoch den Blick von ihr zu wenden, der sie bis in ihr Innerstes zu durchbohren schien.

Zumindest in einem hatte das Porträt nicht gelogen. Er war dunkelhaarig, und seine Züge waren durchaus einnehmend. Auch die Farbe seiner Augen stimmte, wenn auch die Unschuld, die in der Miniatur aus den braunen Augen sprach, der Vergangenheit angehörte. Er war ein Mann, der wusste, was er wollte, kein unschuldiger Junge, den man aus dynastischen Gründen über seinen Kopf hinweg verheiratete, selbst wenn sich Jimena bereits zu Anfang des Gesprächs davon überzeugen konnte, dass der König derjenige war, der alle Fäden in der Hand hielt und hier in Aragón die Entscheidungen traf. Er wollte seinen Sohn auf dem Thron in Kastilien sehen – aber dies deckte sich durchaus mit Fernandos Absichten.

Endlich ließ er von ihr ab und schlenderte zu seinem Platz. Don Gonzalez führte Jimena nun ebenfalls zu den anderen. Keiner der Berater des aragonischen Königs sagte etwas, doch Jimena konnte die fragenden Blicke spüren, als würden sie ihre Verwunderung laut aussprechen. Nur der König ignorierte sie völlig. Vielleicht, weil er sie nicht sehen konnte? Oder weil eine Frau seiner Beachtung nicht wert schien?

Die Verhandlungen begannen. Jimena achtete weniger auf die genauen Worte, die gesprochen wurden. Was interessierte sie, wie hoch die Gelder waren, die von der einen zur anderen Seite flossen? Dieses Spiel wurde hier in Aragón nicht anders gespielt als in Kastilien. So viele ließen sich ihre Unterstützung mit klingender Münze vergolden. Echte Treue oder selbstlose Hingabe schien es nicht mehr zu geben.

Jimena beobachtete die Mienen der Männer und lauschte dem Klang und dem Tonfall, während Don Gonzalez auf die

Hochzeitsgabe zu sprechen kam, die die zukünftige Königin erwarten durfte.

»Wollt Ihr mit ein paar Kisten Gold über Land reisen?«, warf König Juan schroff ein.

Don Gonzalez schüttelte den Kopf. »Nein, das wäre unserer Sache nicht dienlich«, entgegnete er ruhig. »Wir hatten uns ja darauf geeinigt, kein Aufsehen zu erregen, um weder den Prinzen noch unsere Hoheit Isabel in Gefahr zu bringen. Es gibt zu viele Gegner dieser Verbindung.«

»Das glaube ich gern«, bestätigte Juan II. und kicherte gehässig. Vermutlich aus Freude darüber, dass er den großen Höfen Europas zuvorkommen sollte, die die künftige Königin von Kastilien nun mit großem Interesse betrachteten und einen Boten nach dem anderen zu Enrique sandten.

»Wir waren bei der Hochzeitsgabe«, erinnerte Don Gonzalez noch immer ruhig.

Über das faltige Gesicht des alten Königs zuckte es, und er winkte ungeduldig mit seiner knochigen Hand, bis einer seiner Vertrauten ein Kästchen auf den Tisch stellte. Als er den Deckel hob, funkelte in einem schwarzen Samttuch ein prachtvolles Geschmeide, wie Jimena es noch nie gesehen hatte.

»Reicht das? Es ist das Halsband von Königin Juana Enriquez!«

Fernando nickte mit einem leichten Lächeln. »Ja, und mein werter Herr Vater und König hat das gute Stück eben erst für vierzigtausend Dukaten aus seiner Verpfändung gelöst.«

»Das will niemand wissen«, fuhr ihn sein Vater an.

»Ach ja, und wie Erzbischof Carrillo fordert, werden wir auch nicht ganz ohne Gold nach Kastilien reisen. Dort drüben in der kleinen Kiste stecken zwanzigtausend Golddukaten. Möchte einer der Herren nachzählen?«

Don Gonzalez lehnte beinahe entrüstet ab.

»Wir vertrauen Euch, Prinz Fernando«, bekräftigte er.

Noch immer spielte ein feines Lächeln um die Lippen des Thronerben. »Vertrauen ist eine schöne Sache, Don Gonzalez, doch ich hoffe, dass Ihr es nicht zu freizügig verschenkt, wenn Ihr auch später mit den Aufgaben eines *Mayordomo* oder eines *Condator* betraut werden wollt. Die Verwaltung und die Zuständigkeit für die Richtigkeit von Einnahmen und Ausgaben sind doch mit einem hohen Maß an Verantwortung verbunden.«

Don Gonzalez kreuzte mit grimmiger Miene seinen Blick mit dem des Prinzen, senkte dann aber die Lider und murmelte eine Zustimmung.

»Sind sonst noch irgendwelche Bestätigungen notwendig, ehe wir den Kontrakt abfassen? Wollt Ihr vielleicht noch einen Beweis der Zeugungsfähigkeit des Prinzen?«, warf der alte König sarkastisch ein.

Die Männer aus Kastilien hoben abwehrend die Hände, und auch dem Prinzen schien diese Wendung der Verhandlung zu weit zu gehen, schloss Jimena aus den Blicken, die er seinem Vater zuwarf. Doch der war für solche Signale unempfänglich und fuhr stattdessen fort:

»Falls Ihr in dieser Hinsicht Bedenken haben solltet, dann kann ich Euch und der Prinzessin versichern, dass sie völlig überflüssig sind. Mein Fernando ist zwar erst siebzehn Jahre alt, doch er hat mehr als einmal bewiesen, dass er ein echter Mann ist. Die Beweise sind gesund und munter, und wenn Ihr darauf besteht, kann ich die beiden Damen und ihre Sprösslinge rufen lassen.«

»Nein, das wird nicht nötig sein«, wehrte Don Gutierre ab. »Und ich denke, die Prinzessin muss es auch nicht unbedingt wissen.«

Der alte König lachte gackernd, während Fernando eine Grimasse schnitt und das Gespräch in eine andere Richtung zu lenken suchte.

»Wollen wir uns nun nicht Gedanken über eine sichere

Reise machen? Ich vermute einmal, es ist nicht ratsam, das königliche Wappen von Aragón zu führen.«

Die drei Männer aus Kastilien schüttelten einmütig die Köpfe.

»Der Plan, Euch nach Kastilien zu bringen, ist leider bekannt geworden, Hoheit«, musste Alonso de Palencia zugeben. »Und wenn die Gerüchte stimmen, zieht der Mendozaclan bereits in diesem Augenblick Truppen an der Grenze zusammen, um Euch abzufangen.«

»Ah, nur um mich in ihre Hände zu bekommen oder doch lieber gleich das Problem mit einem sauberen Bolzenschuss endgültig zu erledigen?«, erkundigte sich der Prinz noch immer lächelnd.

Jimena spürte, dass sie ihn mochte. Er war kein Feigling, und er redete nicht lange um den heißen Brei herum. Diese direkte Art gefiel ihr, wobei ihr klar war, dass er die Kunst der Diplomatie und der Verstellung als künftiger König noch würde lernen müssen. Doch hoffentlich wurde er nicht irgendwann zu solch einem zynischen Intriganten wie sein Vater. Ihr Gefühl Juan II. gegenüber konnte sie nur als Abscheu beschreiben.

»Das eine oder das andere, Prinz«, musste Don Alonso bedauernd zugeben, doch Fernando wehrte ab.

»Dann brauchen wir eine gute Verkleidung, damit sie ihr Wild nicht erkennen, ehe es durch die Linien der Jäger geschlüpft ist.« Fernando nickte den Männern aus Kastilien zu und bedachte auch Jimena mit einem kurzen Seitenblick. »Was also schlagt Ihr vor?«

»Ich habe längst einen Plan«, mischte sich der alte König ein und stieß die Spitze seines Stocks so energisch auf den Boden, dass sie eine Kerbe in den kunstvollen Einlegearbeiten des Parketts hinterließ.

»Und wie lautet dieser, Majestät?«, erkundigte sich Don Gonzalez höflich, aber ohne Begeisterung.

»Ich werde mit meinem Sohn am 3. Oktober Saragossa verlassen und nach Nordosten reisen. Der Aufstand in Katalonien zwingt uns mal wieder zu einem Kriegszug gegen diesen Teil meines Reiches.«

Er kniff die Augen zusammen und wandte sein Gesicht mit einem Lächeln des Triumphes den Abgesandten aus Kastilien zu. »Niemand wird Verdacht schöpfen. Niemand wird merken, wenn Fernando schon bald den Zug verlässt, um sich einem anderen Ziel zuzuwenden. Merkt Euch Ort und Zeit, meine Herren, damit alles glattgeht!«

»Ihr lächelt schon seit Stunden so geheimnisvoll, Doña Jimena. Ihr macht mich neugierig. Darf ich erfahren, was Ihr denkt?«

»Es ist alles so fantastisch«, sagte sie und machte eine ausladende Handbewegung, die die sieben Reisenden und ihre Tiere umfasste, die sich langsam über die staubige Landstraße nach Westen bewegten.

»Es kommt mir ein wenig vor wie die Märchen aus dem Orient, mit denen uns einst ein maurischer Geschichtenerzähler unterhalten hat. Ach, so lange ist es schon her. In Arévalo war es, im düsteren Palast von Isabels Mutter. Vier Mädchen waren wir, die Abend für Abend gespannt an seinen Lippen hingen. Dies erinnert mich an die Geschichte von Kalif Harun ar-Raschid und seinem Wesir Djafar, die als einfache Männer verkleidet nachts durch die Straßen von Bagdad streiften.«

Der Prinz lächelte zu ihr hoch, denn sie saß auf einem knochigen alten Pferd und er auf einem Maultier.

»Dann wollen wir hoffen, dass auch diese Geschichte wie die alten Märchen gut ausgeht.«

Jimena wiegte den Kopf hin und her. »Die Märchen der Mauren enden nicht immer mit dem Sieg des Guten. Sie sind meist sehr blutig, und oft verlieren gerade die Figuren, die man besonders ins Herz geschlossen hat, auf grausame Weise ihr Leben.«

»Und Ihr habt diese Geschichten dennoch gemocht?«

Jimena nickte. »Ja, sehr, denn sie handelten auch immer von Heldenmut und Treue und von unsterblicher Liebe bis in den Tod. Eben von den Tugenden, die man im wahren Leben immer seltener findet«, fügte sie ein wenig schärfer hinzu.

»Das ist wahr«, stimmte ihr der Königssohn zu. »Und, nehmt Ihr Euch diese tugendhaften Helden zum Vorbild, denen es nachzueifern gilt?«

»Ja, Majestät, das tue ich!«, sagte sie fest.

»Pedro«, korrigierte er sie. »Solange wir auf dieser Reise sind, bin ich Pedro, der Eseltreiber und Stallbursche.«

»Pedro«, wiederholte sie und zwinkerte ihm zu. »Wirst du dann heute Abend auch brav unsere Pferde versorgen und in den Stall bringen?«

»Aber ja«, nickte er und bemühte sich um eine ernste Miene. »Ich werde Euer Ross striegeln, bis sein Fell glänzt und der alte Bock wie ein Pferd aussieht!«

Jimena lachte. »Oh nein, streng dich nicht zu sehr an. Wir sind arme Händler und können uns keine wertvollen Tiere leisten.«

Fernando schnaubte durch die Nase. »Nur keine Angst, Doña Jimena. Da könnte ich die ganze Nacht bürsten. Es würde dennoch niemand auf den Gedanken kommen, diese traurige Gestalt von einem Ross für ein wertvolles Pferd zu halten.«

Die Sonne sank, und Jimena musste sich eingestehen, dass sie erleichtert war, als Don Gutierre ein einfaches Gasthaus am Wegesrand ansteuerte. Sie ritten in den Hof, in dem schon andere Reisende sich den Straßenstaub von den Kleidern klopften. Jimena ließ sich aus dem Sattel gleiten, noch ehe einer der Männer ihr seine Hilfe anbieten konnte. Einfache Händlertöchter brauchten so etwas nicht. Mit einem Schmunzeln ließ sie ihren Blick über die Männer aus kastilischem und aragonischem Adel schweifen, die sich in den einfachen Gewändern armer Handelsreisender sicher nicht sehr wohl fühlten. Am schlechtesten hatte es jedoch den Prinzen getroffen, der diese und jede weitere Nacht ihrer Reise nicht einmal auf ein Bett hoffen durfte.

»Pedro, steh hier nicht rum und halte Maulaffen feil. Bring die Pferde in den Stall«, erinnerte Don Gutierre ihn an seine ungewohnten Pflichten.

»Ja, natürlich«, rief der Prinz und senkte den Kopf. Als er zu Jimena trat und ihr die Zügel aus der Hand nahm, konnte sie sehen, dass die scheinbar demütige Haltung ein kaum verhohlenes Grinsen verbarg. Für Fernando schien diese Reise mit ihrer Scharade ein rechter Spaß zu sein. Jimena konnte nur hoffen, dass es für ihn und alle anderen auch so bleiben würde.

Sie bedankte sich leise und folgte dann den Männern in den Gastraum, wo sie sich an einer kräftigen Mahlzeit gütlich taten und Wein tranken, während der Prinz draußen im Stall die Pferde und Maultiere versorgte.

Kapitel 21

Aragón und Kastilien, 1469

Sie kamen gut voran. Ihre Tarnung funktionierte, und soweit es Jimena einschätzen konnte, schöpfte niemand Verdacht. Obgleich sie nun bereits den dritten Tag unterwegs waren, verließ den Prinzen seine gute Laune nicht, und Jimena genoss es, wenn er sein Maultier neben ihr Pferd trieb und sich mit ihr unterhielt. Meist erzählte er von seiner Heimat und war nicht selten erstaunt, wie tiefsinnig Jimenas Fragen waren, die sich für alles zu interessieren schien. Nicht nur für Weiberdinge, wie Fernando es ausdrückte.

»Das ist Politik«, wehrte er ab und zu ab, doch Jimena bohrte weiter, bis er ihr erklärte, warum man dies oder jenes entschieden hatte oder warum man die Zustände in Katalonien nicht mit denen in Aragón oder gar in Sizilien vergleichen konnte, zu dessen König sein Vater ihn bereits ernannt hatte.

»Ihr seid eine sehr wissbegierige junge Dame«, stellte er mit Erstaunen fest.

»Ist das die höfliche Art, mir zu sagen, dass ich zu neugierig bin?«, gab Jimena zurück.

»Aber nein«, wehrte Fernando ab. »Nichts lässt die Stunden auf staubiger Landstraße so schnell verfliegen wie Eure bohrenden Fragen, die einem keine Fluchtmöglichkeit lassen. Da vergisst man doch fast die brennende Sonne und den Durst, der die Kehle verdörrt. Doch sagt, Doña Jimena, wenn ich Euch schwöre, all Eure Fragen zu beantworten, würdet Ihr mir dann im Gegenzug auch ein wenig erzählen?«

»Ich?«, rief sie erstaunt. »Was könnte ich wissen, das Euch interessant erscheint?«

»Zum Beispiel, wie ich mir meine Braut vorstellen kann«, sagte er und wirkte in diesem Moment zum ersten Mal wie ein verschüchterter Jüngling. »Erzählt mir von Isabel«, bat er. »Und von denen, die bei ihr leben und wichtig für sie sind.«

Einerseits freute sich Jimena über sein Interesse und auch darüber, dass er – trotz seiner Erfahrungen mit Frauen – noch so etwas wie Scheu empfinden konnte, anderseits war ihr bewusst, wie leicht ein falsches Wort weitreichende Folgen haben konnte. Sie musste sich genau überlegen, was sie sagte! Sowohl über die künftige Königin als auch über deren Anhänger und Feinde. So begann sie auf sicherem Gelände mit Isabels Tugenden.

Fernando hörte ihr eine Weile schweigend zu. »Ihr geratet ja richtig ins Schwärmen«, stellte er fast ein wenig erstaunt fest.

»Warum auch nicht? Isabel ist meine liebste Freundin!«

Er sah sie ein wenig erstaunt an. »Wirklich? Ich dachte, die Infanten aller Königshäuser sind für ihren Hofstaat stets eine arge Plage. Sie sind arrogant und fordern Tag und Nacht Gehorsam, ja, und sie scheuen sich nicht, ihre Damen und Herren mit den unsinnigsten Aufträgen loszuschicken. Wehe, man erledigt nicht alles nach ihrem Willen oder liest ihnen nicht jeden Wunsch von den Augen ab! Dann gibt es harte Strafen, seien sie nun gerecht oder nicht.«

»Nein, so war Isabel nie!«, rief Jimena aus und zwinkerte dann dem Prinzen zu. »Ich weiß ja nicht, von welchen Infanten Ihr sprecht. Gab es gar bei Euch am Hof solch unangenehme königliche Sprösslinge?«

»Oh, Doña Jimena, ich durchschaue Euch. Ihr wollt wissen, ob ich mich je so widerlich benommen habe, aber ich werde nichts zugeben, das mich in Eurer Achtung sinken ließe. Ich schwöre, ich könnte die Enttäuschung in Euren Augen nicht ertragen.«

Der Tonfall, den er anschlug, schmeichelte ihr und ließ dennoch Warnglocken erklingen. War der Prinz nicht zu freundlich zu ihr? Was führte er im Schilde? Er war charmant, ja, und die Folgen trugen seine Damen nun deutlich sichtbar mit sich herum! Würde er hier und jetzt auf dem Weg zu seiner Braut mit einer ihrer Frauen anbändeln wollen?

Jimena kannte immerhin die Männer am Hof König Enriques gut genug, um dies zumindest nicht auszuschließen. Treue war eine Tugend, die man nur von Frauen oder vom niederen Volk forderte. Jedenfalls wenn es um die eheliche Treue ging. Freundschaft und Gefolgstreue waren da schon ein höheres Gut. Wenigstens bei manchen. Jimena beschloss schweren Herzens, ein wenig auf Abstand zu gehen und ihre Worte noch vorsichtiger zu wählen.

»Morgen erreichen wir die Grenze«, sagte Don Gutierre, als sie am Abend bei einem warmen Mahl im Gasthaus zusammensaßen. Wieder einmal ohne den Prinzen, der sich noch um die Tiere kümmerte und erst später etwas zu essen bekommen würde. Das Mitleid seiner Eskorte hielt sich allerdings in Grenzen.

»Er ist jung, und es schadet ihm nichts, wenn auch er nicht nur das Wort Entbehrung kennt. Vielleicht hat er dann später ein offeneres Ohr für die, die Not leiden«, meinte Don Gonzalez, und Jimena musste ihm im Stillen recht geben.

Sie begaben sich an diesem Abend noch früher zu Bett als gewohnt, da nach dem langen, heißen Sommer endlich die ersten Wolken von Westen vordrangen. Es wurde gerade erst dunkel, da begann der Regen herabzuprasseln. Er verwandelte den Staub in Schlamm und kühlte die brennende Luft, sodass man in dieser Nacht tief in erholsamen Schlaf fallen konnte.

Jimena war noch nicht ganz aus ihren Träumen zurückgekehrt, als ihr bewusst wurde, dass etwas nicht stimmte. Mit einem Ruck fuhr sie hoch. Ihr Lager war etwas abseits von dem der Männer, die noch immer schliefen. Es war noch früh am Morgen. Im Osten stahl sich der erste helle Streifen über den Himmel, sodass es in der Kammer noch fast völlig dunkel war. Dennoch schien ihr, als sei irgendetwas anders als sonst – abgesehen davon, dass ein seltsamer Schwindel ihre Gedanken lähmte, so als habe sie am Abend zuvor zu viel getrunken.

Hatte sie das etwa? Jimena versuchte sich zu erinnern. Nein, sie waren einfache Händler, die sich nicht viel Wein leisten konnten, und außerdem achtete sie stets darauf, dass sie den ihren mit Wasser verdünnte, um einen klaren Kopf zu bewahren.

Was war dann los?

Die Männer schnarchten um die Wette, und selbst Don Gutierre, der meist der Erste war, der aus dem Bett sprang und zum Aufbruch drängte, warf sich mit schmatzenden Lauten auf die andere Seite, noch tief im Schlaf versunken. Seltsam.

Ein schmaler, hellerer Streifen fiel Jimena ins Auge, als sie in der Kammer umherblickte. Die Tür war nicht ganz geschlossen. Wie konnte das sein? Darauf achteten die Männer stets. War einer heute Nacht hinausgegangen, um seine Notdurft zu verrichten, und hatte, als er zurückkam, die Tür nicht wieder geschlossen? Möglich war es, und dennoch … Das ungute Gefühl in ihr verstärkte sich. Ihr Blick schweifte weiter, bis er an einem Beutel hängen blieb. Es war der von Don Alonso, oder gehörte er einem der Aragonier? Sie wusste es nicht genau. Sicher war sie jedoch, dass ihn der Eigentümer niemals offen auf den Boden gelegt hätte!

In diesen Herbergen schlief man in seinen Kleidern, und so war Jimena mit einem Satz aus dem Bett und mit zwei weiteren beim Lager der Männer. Sie rüttelte Don Gutierre an der

Schulter, doch der brummte nur. Jimena ließ von ihm ab und versuchte ihr Glück mit Don Gonzalez.

In diesem Moment wurde die Tür aufgerissen, und Prinz Fernando stand im Türrahmen.

»Ist alles in Ordnung?«, fragte er mit seltsam angespannter Miene.

»Ich glaube nicht«, gab Jimena ein wenig kläglich zurück. »Ich bekomme sie nicht wach, obgleich ich mir sicher bin, dass keiner von ihnen gestern zu viel getrunken hat.«

»Das haben wir gleich«, erwiderte der Prinz grimmig und verschwand wieder, nur um kurz darauf mit zwei Eimern Wasser zurückzukehren.

Jimena hatte es inzwischen geschafft, Don Gutierre wach zu bekommen, über die anderen verteilte Fernando großzügig das kalte Wasser, das schlagartig die Lebensgeister der Männer zurückrief.

Sie schüttelten sich, schimpften und fluchten, bis sie bemerkten, wer sie so rüde geweckt hatte.

»Was ist denn geschehen?«, brummte Pedro Vaca, der dem Prinzen als Vorkoster diente und als sein enger Freund galt. Luis Sánchez schüttelte sich wie ein nasser Hund. Er war der älteste Mitarbeiter des Prinzen und kümmerte sich um die Finanzen seines Hofs.

»Hoheit, ich darf doch bitten«, entrüstete sich der Don. »Gibt es einen Grund für diesen morgendlichen Überfall?«

»Überfall ist das rechte Stichwort«, murmelte Jimena, die nun noch zwei weitere Bündel entdeckte, die nicht so aussahen, wie sie sollten. Sie sah zu Fernando, der eine grimmige Miene zog.

»Wie ich im Stall zu hören bekam, wurden einige Reisende beraubt«, sagte er. »Ihre Geldbörsen wurden gestohlen und alles, was sie an Wert besaßen. Der Wirt ist außer sich und will von der Sache nichts gewusst haben.«

Don Gutierre war mit einem Satz auf den Beinen und

suchte nach seinem Bündel, das nicht mehr da lag, wo er es am Abend hingetan hatte. Don Alonso griff sich an den Gürtel, wo er statt seiner Börse nur noch die abgeschnittenen Lederschlaufen fand. Den anderen ging es nicht besser. Nur Jimena, die außer zwei Notgroschen, eingenäht im Saum ihres Rockes, gar kein eigenes Geld dabeihatte, vermisste nichts von ihren Sachen. Die Männer stöhnten.

»Was ist mit dem Halsband?«, keuchte Don Gonzalez und raufte sich das graue Haar.

»Das Halsband der Königin? Herr im Himmel, der Verlust wäre unersetzlich.«

Doch der Prinz winkte ab. »Es ist wohlverwahrt und noch immer im Sattelkissen eingenäht, das mir heute Nacht als Kopfkissen diente. Doch ansonsten kann ich mit nicht einem Gulden dienen.«

Seine Begleiter tauschten betretene Blicke. Keiner von ihnen verfügte mehr über irgendeine Münze. Sie waren allesamt beraubt worden, ihre Reisebündel durchwühlt. Zum Glück hatten sie die zwanzigtausend Gulden für die Braut nicht mitgenommen. Doch was sollten sie jetzt tun?

Der Wirt wies alle Schuld von sich und verlangte Bezahlung für die Nacht und das Essen. Ja, er drohte gar, die Wachen zu rufen, sollten die Männer die Rechnung nicht begleichen. Solch ein Aufsehen konnten sie sich nicht leisten. Was, wenn man den Prinzen erkannte und er in die Hände seiner Gegner fiel? Oder wenn man ihn nicht erkannte und er wegen Zechprellerei in irgendeinem finsteren Loch verschwand, wo man ihn wer weiß wie lange schmoren lassen würde? Ihn, den man für einen einfachen Maultiertreiber hielt?

Schweren Herzens trennte Jimena mit ihrem Messer den Saum auf und bezahlte ihre Schulden. Von den kärglichen Resten erstanden sie noch ein wenig Brot und Käse, dann machten sie sich auf den Weg.

Die Stimmung war getrübt wie das Wetter, das sie den ganzen Tag mit Wind und Regengüssen verfolgte. Doch zumindest gelangten sie unbehelligt über die Grenze. Als der Abend nahte, ebbte der Regen zu einem Nieseln ab. Sie suchten an der Talschulter Schutz unter einem überhängenden Felsen, wo sie sich auf der halbwegs trockenen Erde in ihre Decken einwickelten. Das letzte Brot und der Käse wurden aufgeteilt. Es war nur ein kärgliches Mahl für jeden von ihnen. Sie tranken das Wasser, das ihnen eine Bäuerin an ihrem Brunnen zu schöpfen erlaubt hatte.

Sie schliefen alle nur wenig in dieser Nacht, und Jimena fühlte sich schmutzig und wie zerschlagen, als sie sich erhoben, um weiterzureiten. Der Tag wurde nun wieder trocken und heiß, doch sie konnten in keinem Gasthaus haltmachen, um sich zu erfrischen und ihren Durst zu löschen. Es blieb ihnen nichts anderes übrig, als wie das Heer von Mittellosen, das durch das Land strich, an die Türen der Klöster zu klopfen und um eine milde Gabe zu betteln. Hatten Jimenas drei Begleiter die einfachen Lager der Einsiedeleien auf der Hinreise freiwillig gewählt, so war ihnen nun der Unmut über diese erzwungene Lage deutlich anzumerken.

»Nun brauchen wir nicht mehr so zu tun, als seien wir arme Schlucker«, verkündete Fernando, der seine gute Laune noch immer nicht eingebüßt hatte. »Nun sind wir wahrhaftig Bettler. Ist das nicht die perfekte Tarnung?«

Don Gutierre schnitt eine Grimasse, musste dann aber wider Willen lachen. »Ja, Hoheit, das ist wahr. Hoffen wir nur, dass unsere Tarnung nicht zu perfekt ist und wir nicht irgendwo als Taugenichtse verhaftet und eingesperrt werden.«

Fernando winkte ab. »Solange wir die Ordnung nicht stören oder beim Diebstahl eines Brotes erwischt werden …«

Luis Sánchez sah den Prinzen erschrocken an. »Ihr habt doch nicht etwa Derartiges vor?«

Fernando schüttelte mit einem Seufzer der Kopf. »Nein, auch wenn ich noch nicht sagen kann, wie lange es mir gelingen wird, mich zu beherrschen, bis der Hunger mich zu solch einer Tat treibt.« Er lachte ein wenig kläglich. »Nein, Ihr müsst nicht so besorgt schauen, Don Luis. Wenn ich den Hunger nicht mehr ertrage, dann schicke ich Pedro vor.«

Diese Worte rissen den schmächtigen Vorkoster aus seiner Lethargie, mit der er im Sattel auf dem schmutzig braunen Klepper hin und her schwankte.

»Was, ich? Nein, Fernando, das könnt Ihr nicht von mir verlangen. Ich bin zwar bereit, mein Leben zu opfern, sollte jemand versuchen, Euch mit Gift ins Jenseits zu befördern, doch meine Hand gebe ich nicht für den Diebstahl eines Brotes her!«

»Was ist denn das für eine Auffassung von Treue?«, rügte der Prinz mit einem Schmunzeln. »Doña Jimena hat recht. Es gibt heutzutage keine wahre Gefolgschaft mehr. Nicht einmal einen Laib Brot gönnst du mir!« Er feixte in Jimenas Richtung.

»So habe ich das mit der Treue auch nicht gemeint«, protestierte Jimena, musste dann aber lachen, als sie in sein schmutziges Gesicht sah, das er zu einer komischen Grimasse verzog.

»Nein, heute würde Euch nicht einmal Eure eigene Mutter wiedererkennen«, prustete sie.

Im Laufe der nächsten beiden Tage verschlechterte sich die Stimmung der Reisenden, die in aller Härte zu spüren bekamen, wie es war, kein Geld in der Tasche zu haben und auf die Mildtätigkeit anderer angewiesen zu sein. Die Nächte unter freiem Himmel, der Hunger und Durst und bei Tag der beschwerliche Weg, Meile um Meile auf der staubigen Landstraße, forderten ihren Tribut. Wenn sie nicht gerade stumm vor sich hin brüteten, kam es immer wieder zu scharfen Worten zwischen den Männern aus Kastilien und Aragón. Selbst der Prinz war es müde, die Streitereien zu schlichten, und fuhr die Männer ein paarmal unwirsch an. Sie alle waren gleichermaßen schuld, dass man sie bestohlen hatte!

Jimena ritt an diesen Tagen meist ganz am Schluss und hielt ein wenig Abstand zu den anderen. Auch sie haderte mit dem Schicksal, allerdings weniger des harten Nachtlagers oder des Hungers und Dursts wegen, den sie litt. Warum hatte sie nichts bemerkt? Warum war es ihr nicht gelungen, den Diebstahl zu verhindern? War sie nicht genau deshalb auf diese Reise mitgeschickt worden, um alle Unbill zu verhindern? Das war der Auftrag, den Dominga ihr erteilt hatte, und sie hatte kläglich versagt. Zwar klagten die Männer sie keiner Schuld an, sie selbst jedoch ersparte sich keine Vorwürfe. So nahm sie auch nur wenig von dem, was sie sich erbettelten, und ertrug den Schmerz des Hungers mit Gleichmut.

In der Nacht träumte sie von Dominga. Es war ein sehr lebhafter Traum, denn es kam ihr vor, als würde sie erwachen. Sie richtete sich auf und sah einen seltsamen Lichtschimmer hinter einem Felsblock in der Nähe. Mit schwebenden Schritten folgte sie dem Schein und umrundete den Felsen. Dort stand Dominga vor ihr. Sie trug ein langes weißes Gewand, und das Leuchten ging von ihrem Gesicht aus. Sie blickte freundlich, ganz ohne Vorwurf, was Jimena erst recht Tränen in die Augen trieb.

Aber nein, mein Kind, rief Dominga und schloss sie tröstend in die Arme. *Du hast nicht versagt. Ihr seid auf der Landstraße beraubt worden?* Sie lachte. *Na und? Glaubst du, einer solchen Lappalie wegen schickte ich dich wochenlang übers Land bis nach Aragón?*

»Weshalb dann?«, wollte Jimena wissen. »Ich habe den Männern bislang rein gar nichts genutzt. Ich war ihnen nur eine Plage.«

Sei nicht so hart mit dir, mein Liebes. Ich weiß, was ich tue, also vertraue mir und bleibe wachsam. Noch habt ihr euer Ziel nicht erreicht, und gerade in Kastilien lauern viele Gefahren auf den Prinzen. Tödliche Gefahren! Die Mendozas haben ihre Schergen überall. Ein Preis ist auf seinen Kopf aus-

gesetzt, den jeder Herumtreiber sich gern verdienen möchte, und viele der Städte und Dörfer sind in den Händen der Mendozas. Sie wollen Fernando aus dem Weg räumen und diese Hochzeit unbedingt verhindern!

»Aber wem können wir dann noch vertrauen? Wohin können wir uns wenden? Bis Valladolid sind es noch viele Tage!«

Die Stadt El Burgo de Osma ist noch auf Carrillos Seite und damit auch auf der von Isabel. Doch sei auf der Hut, mein Kind. Ich vertraue dir und deinen Kräften!

Als Jimena erwachte, fragte sie sich, ob es wirklich ein Traum gewesen war, so lebhaft konnte sie sich an jede Einzelheit erinnern. Ja, es war ihr, als könne sie noch Domingas tröstende Umarmung spüren. Seltsam gestärkt erhob sie sich. Sie fühlte nicht einmal Hunger und Durst, und als sie in den Sattel stieg, plagten sie auch keine Schmerzen im Rücken. Ja, selbst die aufgescheuerten Stellen brannten nicht mehr so sehr. Mit einem Lächeln auf den Lippen ritt sie in den Morgen.

Sie erreichten den kleinen Ort El Burgo de Osma am späten Nachmittag.

»Ich lechze nach einem saftigen Braten mit Zwiebeln und frischem Brot«, seufzte Don Alonso.

»Und ich nach einem oder lieber gleich mehreren Bechern kühlem Wein«, stimmte ihm Don Gutierre zu. Wobei Jimena vermutete, dass Hunger und Durst nicht mehr so groß sein konnten wie am Vortag. Ihre erschöpften Pferde hatten sie am Morgen gegen Essen und Wein eingetauscht und sich dann mit den beiden Maultieren auf die letzte mühselige Etappe begeben. Während die Begleiter aus Aragón und Kastilien nun zu Fuß über die Landstraße schlurften, durfte Jimena auf einem der beiden Maultiere neben Prinz Fernando herreiten. Erst als ihr Ziel schon in Sichtweite kam, stieg auch Fernando ab und spielte wieder seine Rolle als junger Maultiertreiber.

»Endlich«, murmelte Don Gonzalez und schritt zielstrebig auf das Tor zu, doch die Wachen traten ihnen in den Weg.

»Was wollt ihr hier?«

»Eine Unterkunft und eine Mahlzeit, um uns zu stärken«, sagte er forsch.

Der Wächter ließ seinen Blick abschätzend über die abgerissene Gruppe schweifen, die wirklich ein erbärmliches Bild bot.

»Habt ihr genug Geld, um zu bezahlen? Wir haben selbst genug Bettler und wollen nicht noch fremde hier.«

»Das muss nicht deine Sorge sein«, wiegelte Don Gonzalez ab, doch damit traf er den falschen Nerv des Wächters. Jimena sah es an seiner Miene und spürte den Zorn, den vermutlich Don Gonzalez' Tonfall aufwallen ließ. Es war einem Don angemessen, so mit einem Wachposten zu sprechen, einem fremden Bettler, für den der Mann ihn hielt, jedoch nicht. Drohend hob er seine Lanze.

»Verschwindet von hier!«, befahl er.

Don Gutierre schob den *Mayordomo* beiseite und versuchte die Wogen zu glätten. »Natürlich wollen wir niemandem auf der Tasche liegen. Lasst Euch nicht von den Spuren unserer schweren Reise täuschen.«

»Ihr könnt bezahlen? Dann zeigt mir eure Beutel!«, verlangte der Posten.

Inzwischen waren noch zwei weitere Bewaffnete herangekommen und auch einige Neugierige, die sehen wollten, ob etwas Spannendes das trübe Einerlei des Alltags unterbrechen würde.

Don Gutierre wand sich. »Wir sind unterwegs beraubt worden«, musste er zugeben.

»Das ist bedauerlich, doch nicht unsere Schuld«, mischte sich ein zweiter Bewaffneter ein. »Wenn ihr nicht bezahlen könnt, dann geht eurer Wege. Wir dürfen euch nicht einlassen.«

Jimena spürte, dass die Lage kurz davor war, außer Kontrolle zu geraten. Sie ließ sich von ihrem Maultier gleiten und raffte den schmutzigen Saum ihres Rocks, als Fernando nach ihrem Arm griff.

»Bleibt hier, Doña«, raunte er ihr zu. »Das könnte gefährlich werden.«

»Ich weiß«, gab sie zurück und entwand sich seinem Griff. »Genau deshalb muss ich etwas tun!«

»Wir haben Freunde hier, die uns aufnehmen!«, versuchte es Don Alonso, während sich Jimena nach vorn drängte.

»So? Dann nennt uns ihre Namen«, forderte der Wächter. Betreten wechselten die Männer Blicke.

»Lügengesindel!«, rief eine Frau. Jimena versuchte den Blick des Wächters auf sich zu ziehen, der den stärksten Zorn verströmte. Sie musste ihn beruhigen und ihm ein anderes, ein besseres Gefühl vermitteln. Vielleicht gelang es ihr dann, das Schlimmste zu verhindern.

»Señor«, sprach sie ihn an und hielt seinen Blick mit dem ihren fest. Es waren keine Worte notwendig. Alles, was sie wollte, war, ihn von seiner Wut zu befreien, die wie loderndes Feuer von einem zum nächsten überzuspringen drohte.

Da erklang die helle Stimme eines Knaben. »Verschwindet von hier!« Ein Stein flog und traf Don Gutierre an der Schulter. Seine Hand fuhr zu seinem Gürtel herab, doch statt einen Schwertgriff zu fassen, glitt sie ins Leere.

Jimena spürte, dass sie verloren hatten. Sie raffte ihre Röcke und wich zurück. Hektisch versuchte sie all die Gesichter zu erfassen, deren Zahl inzwischen auf mehr als zwei Dutzend angewachsen war. Der Augenblick war gekommen. Sie wusste es einfach. Doch von wo würde die Gefahr kommen?

Der Steinwurf hatte den Don nicht verletzt, doch er war wie der erste Schuss in einer Schlacht gewesen, der die aufgestaute Spannung in befreiende Gewalt umschlagen ließ. Noch mehr Steine flogen, und die Männer wichen hastig zurück. Nur Fernando stürzte nach vorn zu Jimena.

Da sah sie den Mann mit der Schleuder. Auf seinem Gesicht stand Entschlossenheit. Sie sah, wie er den Prinzen fixierte und die Entfernung abschätzte. Hatte er ihn erkannt? Sie wusste es nicht, und sie hatte auch keine Zeit, darüber nachzudenken. Sie wusste, dass das Geschoss den Prinzen am Kopf treffen und bei dieser Wucht vermutlich seinen Schädel durchschlagen würde.

Jimena sprang. Es war ein Instinkt, ein Impuls aus den unbekannten Tiefen ihres Inneren, denn für bewusste Überlegungen ging alles zu schnell. Im Flug prallte sie mit dem Prinzen zusammen und riss ihn mit sich zu Boden.

Das Geschoss zischte über ihre Köpfe hinweg, und auch zwei große Steinbrocken gingen fehl. Ein dritter traf Jimena, die auf Fernando zu liegen kam, an der Schulter. Sie spürte, wie ihr Hemd zerriss und die Haut darunter aufplatzte. Die Wucht des Aufpralls schlug ihre Schläfe gegen einen Felsen. Blut spritzte auf, rann ihr über das Gesicht und verteilte sich auf dem schmutzigen Stoff. Mit einem Stöhnen rutschte sie zur Seite. Ihr wurde schwindelig, und sie sah nur noch wie durch Nebel, dass Fernando sie aufrichtete und hinter einen Mauervorsprung zerrte. Auch die anderen Begleiter des Prinzen suchten Deckung vor dem Steinhagel.

»Euer Erzbischof wird das verdammte Dorf bis auf die Grundmauern niederbrennen, wenn er davon erfährt!«, hörte sie Pedro Vaca in höchstem Zorn schreien. »In eurer Dummheit habt ihr fast euren zukünftigen König ermordet!«

Stille.

Jimena gewahrte noch, dass die aufgebrachten Dorfbewohner verstummten. Die letzten Steine fielen herab, ohne Schaden anzurichten. Auch der Prinz und seine Begleiter sagten kein Wort. Es war, als würde die Zeit für einen Moment stillstehen und abwarten, wie sich die Menschen entschieden.

»Wovon sprecht Ihr?«, erklang eine Stimme vom Stadttor her. »Ihr seid doch nicht etwa Prinz Fernandos Gefolge, das in den nächsten Tagen hier eintreffen soll?«

»Doch, das sind wir allerdings«, knurrte Gutierre de Cárdenas. »Und ihr habt gerade beinahe den Prinzen erschlagen!«

Wieder Schweigen. Jimena versuchte sich aufzurichten. Sie sah an sich herunter. Überall nur Blut. Eine Hand umschloss die ihre.

»Doña Jimena, was macht Ihr nur für Sachen?«, hörte sie die sanfte Stimme des Prinzen.

»Euch das Leben retten«, erwiderte sie ein wenig undeutlich. »Das war meine Aufgabe. Dafür bin ich geschickt worden.«

Dann wurde alles schwarz um sie, und sie verlor das Bewusstsein.

Kapitel 22

Zwischen Tordesillas und Madrid, März 2012

Endlich schien die Sonne, und der eisige Wind hatte sich gelegt. Isaura machte es sich nach dem Frühstück auf der Bank vor dem Haus bequem. Sie nahm sich eine Kanne Tee und ein paar sündhaft schokoladige Gebäckstücke mit hinaus, die sie in einer *Panadería* in Tordesillas gekauft hatte, und widmete sich wieder der *Caminata*. Fast kam es ihr vor, als habe sie eine gute Freundin vernachlässigt und kehre nun endlich zu ihr zurück, um ihren spannenden Erzählungen zu lauschen. Der Kater, den sie nach ausgiebigem Studium ihres Spanischwörterbuchs *Golondrino* getauft hatte – was so viel wie »Landstreicher« bedeutete –, nahm neben ihr Platz. Er drehte sich auf seinem Kissen ein paarmal im Kreis und ließ sich dann mit einem zufriedenen Schnurren darauf nieder. Die Augen fest geschlossen, aalte er sich in der wärmenden Frühlingssonne. Isaura sah lächelnd auf ihn herunter und kraulte ihm den Bauch.

»Für einen Landstreicher bist du ganz schön sesshaft und träge geworden«, sagte sie vorwurfsvoll, was den Kater nicht zu stören schien.

»Du gehst ja nicht einmal mehr auf die Jagd, oder hast du heute Nacht auch nur einmal mein Bett verlassen?«

Er schnurrte nur noch lauter und schien zu sagen: *Was willst du? Wenn du mir von deinen Einkäufen Katzenfutter mitbringst, wozu soll ich dann jagen?*

»Ja, ich frage mich, ob das ein Fehler war«, überlegte sie

laut und zauste ihm die Ohren. »Wir werden bald an einer Mäuseplage ersticken.«

Doch auch dieses Horrorszenario beeindruckte den Kater nicht. Isaura wandte sich wieder ihrer Lektüre zu, und für die nächsten beiden Stunden war nur das Vogelgezwitscher in den Bäumen und das Schnurren des Katers zu hören.

Das Klingeln ihres Handys ließ Isaura auffahren. Sie sah sich verwirrt um, ehe sie begriff, was dieses Geräusch zu bedeuten hatte, das weder zu diesem Ort zu gehören schien noch zu der Welt, in der sie in ihrem Buch versunken war. Es war ein hässlicher, störender Misston, und sie überlegte, ob sie ihn ignorieren sollte. Doch der Anrufer war hartnäckig. Vielleicht war es ja Señor Campillo, der Anwalt und Freund ihrer Großtante Carmen, der sich erkundigen wollte, wie ihre Entscheidung ausfallen würde.

Isaura stand auf und ging in die Küche, wo das Handy seit ihrer Ankunft unberührt auf dem Tisch lag. Halb hoffte sie, es würde bis dahin zu klingeln aufgehört haben, doch die nervtötende Melodie erklang erneut, als sie in die Küche trat. Wie hatte sie sich nur solch einen Klingelton aussuchen können?

Sie drückte auf die Taste und hielt das Telefon ans Ohr. »Ja?«, sagte sie leise, fast ein wenig verzagt.

»Isa, bist du es? Ich kann dich kaum hören. Sprich doch lauter!«

Justus!

Ein Anruf aus einer anderen Welt, aus einer anderen Zeit, die sie hinter sich gelassen hatte. Mit Staunen stellte Isaura fest, dass sie die vergangenen zwei Tage nicht einmal an ihren Mann und seinen Verrat gedacht hatte.

»Was gibt es?«, erkundigte sie sich und versuchte nicht verärgert zu klingen.

»Du hast dich noch gar nicht gemeldet, seit du abgeflogen bist, und da habe ich mir halt Gedanken gemacht.«

Er sorgte sich um sie? Sollte sie sich jetzt darüber freuen? Vermutlich schon, doch sie empfand nichts.

»Mir geht es gut«, sagte sie so ruhig wie möglich, obwohl er sie ja gar nicht danach gefragt hatte.

»Wo bist du?«, bohrte er weiter.

»In einem Haus außerhalb von Tordesillas«, gab sie nur widerstrebend Auskunft, so als sei das ihr Geheimnis, das sie mit niemandem teilen wollte. Zumindest mit keinem, der nicht zu ihrer neuen Welt gehörte.

»Nie davon gehört. Wo ist denn das? Und was machst du da?«

Sie fühlte, wie der Ärger sich in ihr zusammenballte und ihren Magen verkrampfen ließ. »Nördlich von Madrid«, sagte sie kurz. »Ich bin hier in dem Haus, das Carmen mir hinterlassen hat.«

»Oje«, sagte er. »Vermutlich ein uraltes Haus am Ende der Welt, das an allen Ecken und Enden nach Renovierung schreit! Steck da ja kein Geld rein. Verkaufe es, wenn es geht, oder nimm die Erbschaft gar nicht erst an, sollte das noch möglich sein. Das bringt dir nur Arbeit und Ärger ein.«

Obgleich Justus mit seinen Worten das Haus treffend beschrieben hatte, war Isaura wütend und nun fest entschlossen, die Erbschaft anzunehmen und das Anwesen auf keinen Fall zu verkaufen.

»Das ist meine Entscheidung!«, erwiderte sie scharf.

»Ja, ja«, sagte er beschwichtigend, »mach, was du für richtig hältst. Deswegen rufe ich nicht an. Ich denke, wir sollten reden.«

»Jetzt? Hier am Telefon?«, wehrte Isaura ab, die um ihre Idylle fürchtete, in die sie sich geflüchtet hatte. Nein, ihr Streit und ihre Eheprobleme sollten dieses Fleckchen Erde nicht beschmutzen.

»Nein, nicht am Telefon. Das ist viel zu teuer. Was glaubst du, was diese Handygespräche ins Ausland kosten?«

Gut. Dennoch ärgerte sie sein Argument. Ehe sie etwas erwidern konnte, fuhr Justus fort:

»Ich komme zu dir. Ich habe einen Flug nach Madrid gebucht. Kannst du mich dort morgen um elf Uhr abholen?«

»Ja«, sagte sie völlig überrumpelt. »Es ist nicht so weit.«

»Gut«, fiel er ihr ins Wort. »Ich muss jetzt Schluss machen. Alles andere besprechen wir, wenn ich morgen komme.«

Es klickte, und dann rauschte es nur noch. Mit offenem Mund starrte Isaura das Telefon an. Sie fühlte Panik in sich aufsteigen. Er hatte sie völlig überfahren. Sie hatte noch keine Zeit dazu gehabt, über alles in Ruhe nachzudenken. Wie sollte sie ihm jetzt schon zu sagen wissen, wie es mit ihnen weitergehen konnte? Wie ihm verzeihen und einen Neubeginn wagen? Sie spürte ganz deutlich, dass sie noch eine Weile für sich brauchte. Vielleicht hier in der Einsamkeit der kastilischen Hochebene mit einem Kater vor der Tür eines halb verfallenen Häuschens sitzen und sich in längst vergangene Tage versenken.

Sie sah sich um. Es war alles so perfekt gewesen, doch nun sah sie ihre Umgebung mit Justus' kritischem Blick. Sie wollte seine Kommentare nicht hören. Nein, er passte nicht hierher. Und dennoch, was konnte sie anderes tun?

Sie dachte an Carmens schmales Bett oben in der Kammer, das sie nicht mit ihm teilen wollte. Aber wo sollte er sonst schlafen? Auf dem durchgesessenen Sofa? Auf der Eckbank?

Sie konnten sich ein Hotelzimmer nehmen. In Madrid oder lieber hier in der Nähe? Sie überlegte, was für eine Umgebung für Justus passend wäre. Was für sie ebenfalls passend gewesen wäre – noch vor wenigen Tagen.

Mit einem Seufzer griff sich Isaura ihr Netbook und rief die Seite der Suchmaschine auf, um nach guten Hotels in der Umgebung zu sehen. Sie konnte ja mal ein Doppelzimmer reservieren. Und wenn ihr dann nicht danach war, mit ihm zusammen zu übernachten, hätte sie es nicht weit nach Hause.

Isaura stutzte. Sie hatte tatsächlich *nach Hause* gedacht und das kleine, renovierungsbedürftige Häuschen ihrer verstorbenen Großtante am Ende der Welt gemeint, wo sich Fuchs und Hase Gute Nacht sagten.

Sie blätterte die Liste der Hotels durch, die meist eher der unteren Klasse zuzuordnen waren. Dann hielt sie inne und öffnete den Link: »Valbusenda Hotel Resort & Spa.«

Isaura las den Text und betrachtete die Fotos auf der Internetseite des Hotels. »Unser exklusives Fünfsternehotel liegt eingebettet zwischen Weinbergen in der idyllischen Weinregion zwischen Toro und Zamora. Es bietet einen luxuriösen Spabereich mit vielen Anwendungen, darunter auch eine Weintherapie mit Weinen aus eigener Herstellung. Das hauseigene Weingut bietet exklusive Führungen durch den kompletten Herstellungsprozess der Weinbereitung, und wir organisieren gern ein Bankett für Sie und Ihre Gäste.«

Ja, das war etwas für Justus. Und wenn er kam, um sich zu entschuldigen und sie zu bitten, ihm eine zweite Chance zu geben, dann war diese Umgebung sicher besser als die einfache Bauernküche, in der der Kater mit misstrauischem Blick um seine Füße strich. Ihre Gedanken wanderten in die Vergangenheit. Wie sie ihn zum ersten Mal gesehen hatte. Wie er sie angelächelt und sie zum Tanz aufgefordert hatte und wie sie nachher durch die Nacht spaziert waren. Sie hatten sich so viel zu erzählen. Und zu lachen. Gemeinsam zu lachen. Dann ihre erste Reise auf die Malediven. Der Tauchkurs und die herrliche Unterwasserwelt, die romantischen Nächte am Strand und in ihrer Hütte mit dem Palmendach. Sie hatten so viel zusammen unternommen, waren am Wochenende durch Museen und Ausstellungen geschlendert und hatten sich dann bei einem herrlichen Essen ein Streitgespräch über die Exponate geliefert. Er war intelligent, schnell von Begriff und eloquent. Er hatte eine gute Erziehung genossen und wusste, wie man Frauen schmeichelte. Und er hatte ein Gespür für schöne

Dinge. Mit ihm zusammen unterwegs zu sein war stets eine Lust gewesen.

Warum nur konnten sie diese Zeiten nicht zurückholen? Sollte diese Sandy wirklich alles zerstören? Nein! Das würde sie nicht zulassen. Sie würde um ihren Mann und um ihre Ehe kämpfen. So leicht gab sie nicht auf.

Isaura buchte ein Doppelzimmer und schaltete das Netbook danach wieder aus. Sie hätte längst ihre E-Mails abrufen, sich beim Verlag melden oder zumindest abklären müssen, ob es etwas Dringendes gab. Sie sollte Nachrichten sehen, um zu wissen, was auf der Welt los war. Ja, sie hatte seit Tagen nicht einmal Zeitung gelesen, doch seltsamerweise störte sie das nicht. Sie kehrte in den sonnigen Hof zurück, der ihr nicht mehr so warm und behaglich erschien wie zuvor, und setzte sich mit einem Seufzer neben den Kater. Er sah sie aus seinen geheimnisvollen grünen Augen an, während sie ihm den Nacken kraulte.

»Weißt du, ich hatte fast vergessen, dass es da draußen noch eine andere Welt gibt.«

Isaura stand früh auf. Sie fütterte den Kater noch einmal, strich ihm zum Abschied über die Ohren und machte sich dann auf den Weg nach Madrid. Dieses Mal nahm sie die kürzere und schnellere Strecke über die Autobahn, die die Gipfel der zentralen Bergkette in einem Tunnel unterfuhr. Fast bereute sie es, als sie an die wunderschöne Fahrt über den Pass nach Segovia dachte, an die dichten Wälder, aus denen sich die schroffen grauen Felsgipfel erhoben, die kleinen Bergdörfer in dem breiten Hochtal zwischen den beiden parallelen Bergketten, die gewundenen Straßen, die sich in engen Serpentinen auf und ab schraubten.

Von alldem bekam Isaura auf der Autobahn nichts mit, doch schließlich war sie diesmal nicht auf Sightseeingtour, sondern wollte rechtzeitig am Flughafen sein.

Wie nicht anders zu erwarten, war sie pünktlich dort. Isaura war immer pünktlich, was sie von vielen ihrer Journalistenkollegen unterschied. Unruhig marschierte sie in der Ankunftshalle vor der Schiebetür auf und ab und musterte die Reisenden, die sie in kleinen und größeren Gruppen entließ. Sie versuchte zu erraten, was die Leute hierher nach Madrid führte. Ob sie nach Hause kamen oder zu einer Reise aufbrachen, freudig aufgeregt und voller Erwartungen?

Isaura war auch aufgeregt, doch voll freudiger Erwartung? Nein, eher angespannt und nervös.

So schritt sie noch eine weitere halbe Stunde auf und ab, was sich nicht beruhigend auf ihre Stimmung auswirkte.

»Isa!«

Da war er, seine Aktentasche in der einen Hand, ein Bordcase in der anderen. Er trug Anzughosen, schwarze Schuhe und ein hellblaues Hemd und sah wie ein Geschäftsreisender aus, und nach dem Umfang seines Gepäcks zu schließen hatte er nicht vor, lange zu bleiben. Die unterschiedlichsten Gefühle wallten in ihr auf, aber sie war im Augenblick nicht in der Lage, sie zu entschlüsseln und zu sortieren. Jedenfalls war noch immer Wut dabei, Trauer, aber auch Hoffnung und der süße Schmerz, der der Erkenntnis folgt, dass etwas Schönes für immer verloren ist.

Isaura atmete tief durch und trat auf ihn zu. »Hattest du einen guten Flug?«, fragte sie steif, weil sie nicht wusste, was sie sonst hätte sagen sollen.

»Danke, ja.« Er zögerte, dann küsste er sie auf die Wange.

Schweigend verließen sie den Flughafen. Über was konnten sie reden? Über das Wetter und die spanischen Sehenswürdigkeiten? Die Qualität von Serranoschinken und Wein? Wo es doch um ihre gemeinsame Zukunft ging – falls es überhaupt eine solche geben sollte. Wie konnten sie dann Nichtigkeiten austauschen? Doch der Weg durch den überfüllten Flughafen zum Parkplatz war auch nicht der geeignete Ort, um über das zu sprechen, was Justus zu ihr nach Spanien geführt hatte.

Isaura schloss den Wagen auf und verstaute das kleine Bordcase im Kofferraum.

»Was hast du dir denn da gemietet?«, brummte Justus mit einem Kopfschütteln. »Das kann man ja nicht Auto nennen.«

»Wenn du erst einmal die engen Gassen in den Dörfern gesehen hast, wirst du froh über einen Kleinwagen sein«, gab Isaura zurück.

Justus zuckte nur mit den Schultern und streckte die Hand nach dem Schlüssel aus. Bereitwillig überließ sie ihm Schlüssel und Fahrersitz. Vor allem in dem Verkehrschaos rund um Madrid war Autofahren ganz sicher kein Spaß!

Justus erkundigte sich nach der Adresse ihres Ziels und gab dann die Daten in das Navigationssystem ein.

»Es wird uns über die Autobahn führen«, bemerkte Isaura. »Die schnellste Strecke eben, was aber sicher nicht die schönste ist. Es gibt schöne Passstraßen über die *Cordillera Central.*«

»Da brauchen wir länger«, gab Justus zu bedenken. »Aber wenn du willst...«

»Wir haben Zeit, oder nicht?«, gab sie leise zurück.

Justus sah auf die Uhr. »Wenn dieses Tordesillas nicht zu weit von Madrid entfernt liegt und wir es heute noch zu einer annehmbaren Tageszeit erreichen.«

So hatte es Isaura zwar nicht gemeint, doch sie erwiderte nichts und leitete Justus stattdessen auf den richtigen Weg, der sie nach einem Stück Autobahn auf die gewundene Bergstraße entlassen würde.

Zuerst berichtete er, wie es ihm mit seiner Arbeit in den vergangenen Tagen ergangen war. Dass er keine Lust gehabt hatte, für sich allein zu kochen, und stattdessen jeden Abend in einem anderen Restaurant gewesen war. Er zählte ihr jedes Gericht und jeden Wein auf, den er sich bestellt hatte, und beurteilte Geschmack und Qualität.

Isauras Gedanken schweiften ab. Sie hatten die Autobahn inzwischen verlassen und folgten einer schmalen Waldstraße, die sich rasch höherschraubte. Dann blieben die Bäume zurück und gaben den Blick bis weit über das Land unter ihnen frei. Über ihnen jagte ein stürmischer Wind Wolken über die Berge, die immer wieder im rauen Fels hängen zu bleiben schienen. Düster und bedrohlich sahen die Gipfel zu ihnen herab. Dann wieder trat die Sonne hervor und schmeichelte ihnen mit einem leuchtenden Farbenspiel.

Justus sprach noch immer vor sich hin. Sah er die Wunder dieser Landschaft überhaupt, oder war sein Blick nur auf das graue Asphaltband vor ihnen gerichtet?

Endlich schwieg er, und Isaura fiel nichts ein, womit sie die unangenehme Stille hätte durchbrechen können. Worüber hatten sie früher geredet, wenn sie zusammen unterwegs gewesen waren? Oder war einfach nur das Schweigen zwischen ihnen ein anderes gewesen? Ein freundliches, vertrautes, kein angespanntes voller Misstrauen, Angst und Unsicherheit.

Plötzlich kamen ihr Zweifel, warum sich Justus auf den weiten Weg zu ihr nach Spanien gemacht hatte. War er wirklich hier, um mit ihr neu anzufangen? Um das so jäh zerbrochene Vertrauen langsam wieder aufzubauen?

Und wenn nicht?

Panik stieg in ihr auf und wirbelte durch ihren Geist wie die vom stürmischen Wind getriebenen Wolken, denen sie mit jeder Serpentine näher kamen.

Dann wurden sie plötzlich vom Grau verschluckt. Man konnte kaum mehr fünfzig Meter weit die Straße vor sich erkennen. Die Konturen der Felsen verblassten, bis sie gar nicht mehr zu sehen waren. Die Welt schien verschwunden. Die beiden Menschen in ihrem silbernen Kleinwagen und das kurze Stück Straße vor und hinter ihnen war alles, was von der Welt geblieben war.

Justus fluchte laut. »Das war ja wirklich eine tolle Idee!

Hätten wir nur die Autobahn genommen! Man kann kaum die Hand vor Augen sehen. Was kommt als Nächstes?«

War sie nun etwa auch am Wetter schuld? Sie befanden sich in den Wolken, na und? Dann mussten sie eben langsam fahren, bis der Blick wieder frei war. Eine unbändige Wut stieg in Isaura auf.

Es fing an zu regnen. Nein, das war zu harmlos ausgedrückt. Von einem Moment auf den anderen prasselten Sturzbäche auf sie herab. Isaura sah auf der Anzeige, wie die Temperatur fiel. Fünf Grad, dann nur noch drei, zwei.

Die ersten Flocken mischten sich unter den Regen, und als sie die Passhöhe erreichten, hüllte Schneetreiben sie ein. Der Sturmwind fuhr brüllend um den kleinen Wagen und zerrte ihn mal auf die eine, mal auf die andere Seite. Justus steuerte den kleinen Parkplatz zu ihrer Rechten an und stellte den Motor ab.

»Das ist ja nicht zu fassen«, schimpfte er. »Wir haben fast schon April und stecken mitten in Spanien in einem Schneesturm fest. Das ist die reinste Hexenküche dort draußen!«

»Die Berge sind hier bis über zweitausend Meter hoch«, wagte Isaura einzuwerfen und setzte trotzig hinzu: »Als ich sie vor ein paar Tagen überquert habe, hatte ich schönes Wetter.«

»Ach, dann liegt es wohl an mir?«, knurrte Justus und sah sie so anklagend an, dass sie fassungslos den Kopf schüttelte, doch dann wurde ihr klar, wie absurd das Ganze war, und ein Kichern stieg in ihr auf.

»Was gibt es da zu lachen?«, erkundigte er sich noch immer unwirsch.

»Nur die Vorstellung, dass ich aus böser Absicht einen Schneesturm auf dich herabbeschworen habe, obwohl du dachtest, in die Wärme des sonnigen Spaniens zu reisen. Aber wenn es so ist, dann hast du es vermutlich verdient.«

Er starrte sie verdutzt an, dann wurde seine Miene weich, und er fiel in ihr Lachen ein. Er kniff sie in die Wange.

»Ich habe ja von jeher geahnt, dass ich eine Hexe geheiratet habe. Dein Großvater hat mich noch vor dir gewarnt.«

»Mein Großvater hat alle Jungs vor mir gewarnt, seit ich vierzehn war!«, gab Isaura düster zurück.

»So früh schon?«, rief Justus und zog überrascht die Augenbrauen hoch. »Ich wusste ja gar nicht, dass du so frühreif warst.«

Die Anspannung wich einem Gelächter, das den kleinen Wagen erfüllte. Und auch der Schneesturm fiel so unvermittelt in sich zusammen, wie er über sie hereingebrochen war. Die Wolken rissen auf, und blendendes Sonnenlicht ließ den frischen Schnee erstrahlen.

»Sieh dir das an«, hauchte Isaura.

Nach allen Seiten schienen die Wolken nun zu fliehen und gaben den Blick in ein breites Hochtal frei.

»Ist das nicht wunderschön?«

»Ja, und es wird noch schöner sein, wenn wir mit diesen Sommerreifen heil dort hinunterkommen«, meinte Justus, der den Motor wieder startete. Er steuerte den Wagen auf die Straße und legte die ersten Kehren abwärts im Schneckentempo zurück, bis der Schnee verschwand und die Temperatur wieder deutlich über den Gefrierpunkt stieg.

Kapitel 23

Valladolid, 1469

Sie konnte Stimmen hören, doch alles war schwarz um sie. Jimena war sich nicht sicher, ob sie die Augen öffnen konnte. Sie versuchte sich zu bewegen, aber ihre Glieder gehorchten ihr nicht. In ihrem Kopf dröhnte und hämmerte es, sodass sie keinen klaren Gedanken fassen konnte. Bilder und Erinnerungsfetzen jagten wie vom Sturmwind getrieben dahin, dennoch konnte sie sich nicht entsinnen, was geschehen war und wo sie sich befand. Es gelang ihr, ihre Hand über das zerknitterte Laken wandern zu lassen. Lag Teresa wie gewöhnlich neben ihr? Es wäre ihr ein Trost gewesen, aber die zweite Betthälfte war leer. Sie sehnte sich nach Domingas Händen. Ja, sie wusste, wenn ihre Tante ihr nur über das Haupt streicheln und mit ihrer eindringlichen Stimme zu ihr sprechen würde, dann müssten die Schmerzen und das Dröhnen vergehen. Doch Dominga war nicht da. Weder sie noch Teresa waren in ihrer Nähe. Jimena konnte die Leere um sich herum spüren.

Dann wieder die Stimme eines jungen Mannes.

Ramón? Sie spürte, wie ihr Herz rascher zu schlagen begann. Ramón! Er war zu ihr zurückgekehrt. Er hatte seinen Fehler eingesehen und würde sich nun der richtigen Seite anschließen. Und er würde bei ihr bleiben, für immer.

Das warme Gefühl verdrängte für einen Moment die Schmerzen, und sie fühlte, wie warme Tränen über ihre Wangen rannen.

Die Stimme kam näher, und Jimena wollte ihre Arme nach ihm ausstrecken, als sie ihren Irrtum bemerkte. Nein, sein Kastilisch klang seltsam. Das war nicht Ramón! Jimena schlug die Augen auf und sah in das vom Licht einer Lampe schwach erleuchtete Gesicht des Prinzen.

»Sie ist aufgewacht!«, rief er erfreut und ergriff ihre Hände. »Doña Jimena, Ihr habt mir einen Schreck eingejagt. Wie konntet Ihr so lange ohne Bewusstsein bleiben und mich in der Angst lassen, Ihr würdet Eure heldenhafte Tat mit dem Leben bezahlen müssen?!«

Um Jimenas Lippen zuckte es, obgleich ihr bei dem Versuch, sich zu bewegen, ein Schmerz wie glühendes Eisen durch den Kopf jagte. Die Lampe kam näher und mit ihr die Gesichter der Dons Gutierre, Gonzalez und Alonso, die ebenfalls besorgt auf sie heruntersahen.

»Ihr habt dem Prinzen vermutlich das Leben gerettet«, sagte Alonso de Palencia.

»Wie geht es Euch?«, erkundigte sich Gutierre de Cárdenas.

»Mir geht es gut«, krächzte Jimena mühsam, doch sie sah, dass ihre Worte keinen überzeugten. Da fiel ihr auf, dass die Männer nicht mehr die Kleider der armen Reisenden trugen. Ja, der Prinz steckte in einem prächtigen Wams aus goldbesticktem Samt und trug ein mit Federn geschmücktes Barett auf dem Kopf.

»Wo sind wir?«, krächzte sie.

»Im Haus von Pedro de Acuña, dem Grafen von Buendía«, gab Don Gonzalez Auskunft. »Er ist ein Anhänger unserer Sache. Ihr müsst Euch keine Sorgen machen.«

Die Scharade war zu Ende. Sie befanden sich im Haus von Verbündeten in Sicherheit. Erleichtert schloss Jimena die Augen und schlief ein.

Als sie das nächste Mal erwachte, konnte sie schon den Kopf heben und sich aufsetzen, auch wenn sie noch höllische Schmerzen dabei litt. Sie tastete nach dem Verband an ihrem

Kopf und ließ die Untersuchung des Baders über sich ergehen, der die Wunden erneut auswusch und wieder verband.

»Ich sollte Euch zur Ader lassen«, brummte der glatzköpfige Mann, doch Jimena protestierte. Sie wusste, was ihre Tante von zu viel Aderlass hielt.

»Ihr meint, das würde Euch noch mehr schwächen?« Der Bader sah sie prüfend an. »Nun ja, Ihr seid schon sehr dünn und blass, aber …«

»Nichts aber«, schnitt sie ihm das Wort ab. »Solange ich kein Wundfieber bekomme, gibt es keinen Grund, mich zur Ader zu lassen«, sagte sie so scharf, dass der Bader mit den Achseln zuckte und von ihr abließ.

»Es ist Euer Leben, Doña«, meinte er nur und klappte seine Tasche zu. »Jedenfalls würde ich Euch zu mindestens einer Woche Bettruhe raten. Ihr könnt auf keinen Fall reisen!«

Jimena stimmte ihm zu, dennoch war sie wild entschlossen, hier nicht allein zurückzubleiben, wenn der Prinz und seine Begleiter nach Valladolid weiterritten.

Es war der 14. Oktober im Jahre 1469, als sie gegen Mitternacht das Haus von Juan de Vivero in Valladolid erreichten. Obwohl sie mit der Abreise noch einen Tag gewartet hatten und der Prinz darauf bestand, dass Jimena in einer Sänfte reisen sollte, die von zwei Zeltern getragen wurde, war sie bei ihrer Ankunft, als man ihr aus der Sänfte half, völlig erschöpft und einer Ohnmacht nahe. Sie musste sich auf Teresa stützen, die ihr im Hof entgegeneilte.

Du musst sofort ins Bett, sprachen deren Hände, doch Jimena weigerte sich.

»Ich bin nicht so lange gereist, um den größten aller Augenblicke zu verpassen.«

Und so führte sie Teresa in den großen Saal, wo Isabel an der Seite des Erzbischofs Carrillo wartete. Ihre Haltung war bewundernswert, und nur die fest gegeneinandergepressten Hände verrieten etwas von ihrer Anspannung.

Jimena und Teresa zogen sich in die Schatten zurück, als sich die Tür bereits wieder öffnete und die drei Delegierten einließ, die in Isabels Auftrag nach Aragón gereist waren. Sie beugten die Knie vor der Prinzessin, und Isabel hieß sie willkommen, doch ihr Blick huschte immer wieder zur Tür, bis er auf den jungen Mann fiel, der – genauso um Haltung bemüht – mit ernster Miene eintrat.

»Er ist es«, flüsterte ihr Gutierre de Cárdenas zu.

Isabel nickte knapp, dann ging sie mit einem etwas gezwungenen Lächeln auf ihren Bräutigam zu, von dem sie nicht mehr kannte als eine schmeichelhafte Miniatur und ein paar Erzählungen vom Hof Juans II. Jimena hätte ihr gern Mut zugesprochen und ihr gesagt, dass er ein guter Gatte und König sein würde. Ja, dass man ihn einfach lieben musste, doch plötzlich war sie sich nicht mehr sicher. Er war ein charmanter junger Mann, ohne Zweifel, und doch würde er seiner Königin auch Schmerz zufügen, ihr Kopfzerbrechen bereiten und sie in der Abgeschlossenheit ihres Gemachs viele Tränen weinen lassen. Es würde nicht einfach werden, nicht in ihrem Verhältnis als Mann und Frau und auch nicht in dem als König und Königin.

Man ließ ihnen keine Zeit, einander kennenzulernen, und für Zweifel war es jetzt ohnehin zu spät. Isabel war in den Weg eingebogen, in den Carrillo sie gedrängt hatte, und damit hatte sie sich gegen Enrique entschieden. Vielleicht war es auch der Weg, den sie selbst beschreiten wollte, zumindest bemühte sie sich, sich ihrem Bräutigam von ihrer besten Seite zu zeigen. Sie wollte perfekt sein.

Vielleicht ein wenig zu perfekt. In Jimena keimte der Verdacht auf, dass sie den um ein Jahr jüngeren Vetter mit ihrer Stärke und ihrer zur Schau getragenen Furchtlosigkeit ein wenig einschüchterte. So war es ein vorsichtiges Abtasten, wenn die beiden aufeinandertrafen, in einer Höflichkeit, deren kühle Distanz den Charme des Prinzen gefrieren ließ. Ihn bekam Jimena nur zu spüren, wenn sie Fernando zufällig allein über den Weg lief. Da war er wieder der lebensfrohe junge Mann, mit dem man völlig ungezwungen plaudern und herzlich lachen konnte. Als Jimena vorsichtig versuchte, mit Isabel darüber zu reden, starrte die Prinzessin sie mit zusammengekniffenen Augen an.

»Was willst du mir damit sagen? Dass mein zukünftiger Gatte schon jetzt anderen Frauen Blicke nachwirft? Soll ich ihn etwa überwachen lassen, um zu verhindern, dass er sich an ihnen vergreift?«

Jimena schrak vor der wilden Eifersucht in ihrem Blick zurück. »Nein, natürlich nicht. Ich wollte dir nur sagen, dass er auch ganz anders sein kann. Warm und freundlich und charmant.«

Entsetzt sah sie, dass Isabel Tränen in die Augen traten. »Und soll mich das jetzt erheitern, dass mein Bräutigam in Gegenwart aller anderen Frauen so ist, nur nicht zu mir?«

»Nein«, rief Jimena mit wachsender Verzweiflung. »Du verstehst mich falsch. Ich denke, er würde sich dir gern öffnen, doch du bist so korrekt höflich, so unnahbar.«

»Ach, meinst du, ich sollte mich ihm vor der Hochzeit an den Hals werfen? Was wird er dann wohl von seiner Königin denken?«

Jimena gab es auf. Ihr blieb nur zu hoffen, dass die Zeit die beiden einander näherbringen würde. Jedenfalls waren sie sich immer noch recht fremd, als sie fünf Tage später im Haus von Don Vivero von Erzbischof Carrillo getraut wurden.

Jimena spürte Carrillos Sorge, die er unter seiner selbstsicheren Miene verbarg. Die Zahl von Isabels Anhängern schmolz zusammen wie der Schnee im Frühling. Bei vielen, die sie gern auf dem Thron gesehen hätten, kamen die alten

Feindseligkeiten gegen den Nachbarn Aragón wieder hoch, und so wandten sie sich den Anhängern der Beltraneja zu, die eine Verbindung mit Portugal favorisierten. Bedrückt nahm Jimena wahr, dass kein Einziger der mächtigen Granden im Land zu Isabels Hochzeit erschienen war. Lediglich der Admiral, Fernandos Großvater, verlieh der Zeremonie ein wenig hochadeligen Glanz. Der Kreis der Verbündeten war erschreckend klein, und nicht einmal die Familien der beiden Brautleute waren bei den Feierlichkeiten dabei. Jimena ließ den Blick über die kleine Delegation aus Aragón wandern, neben denen Gómez Manrique, Gonzalez de Chacón und Gutierre de Cárdenas in ihren prächtigen Festtagsgewändern standen. Die übrigen Gäste waren bürgerliche Ratsherren oder *Hidalgos* der Stadt, die allerdings nach der Zeremonie ihr Prinzenpaar wohl zu feiern wussten. Jimena ahnte, dass Carrillo bei den Juden der Stadt einen ganzen Batzen Gulden aufgenommen hatte, um die Hochzeit für Isabel und Fernando überhaupt ausrichten zu können. *Nein, das war kein guter Anfang,* dachte sie mit einem Kloß im Hals. Selbst der päpstliche Dispens, den Carrillo unverfroren verlas, war eine Fälschung, und damit war die Eheschließung zwischen Cousine und Vetter streng genommen nicht einmal wirksam, was sicher auch die Prinzessin wusste, doch sie überließ sich ganz dem Erzbischof. Er würde es beizeiten schon richten.

Trotz aller Widrigkeiten taute Isabel zum ersten Mal ein wenig auf und strahlte mit glühenden Wangen in die Runde, was vielleicht auch am Wein lag, den sie heute ausnahmsweise statt Wasser trank.

Erst als die Nacht voranschritt und es für die Brautleute Zeit wurde, sich in ihr Gemach zurückzuziehen, kehrte ihre Befangenheit zurück. Isabel griff nach Jimenas Hand, und obgleich sie sich redlich Mühe gab, es zu verbergen, konnte ihre Freundin die Furcht in ihrem Blick sehen.

Dein Bräutigam ist nicht unerfahren in diesen Dingen,

dachte Jimena, wusste aber nicht, ob das Isabel ein Trost sein würde. Daher sagte sie lieber nichts und drückte nur ihre Hand.

Mit Musik und Gesang begleiteten die Gäste das Brautpaar zu ihrem Schlafgemach und ließen es dann allein zurück. Was sich dort hinter den geschlossenen Türen abspielte, konnte Jimena nur vage erahnen. Auch ihr fehlte noch jede Erfahrung, was die körperlichen Dinge zwischen Mann und Frau betraf, auch wenn sie nicht ganz naiv war. Obgleich auch sie mehr Wein getrunken hatte als sonst, lag Jimena noch lange wach neben Teresa im Bett und fand keinen Schlaf. Sie dachte an Isabel und wie sie sich in den Armen des ihr noch so fremden Mannes fühlen würde. Dann wanderten ihre Gedanken zu Ramón. Immer noch überkamen sie sehnsuchtsvolle Empfindungen, wenn sie an seine zärtliche Küsse dachte. Jahre war das nun schon her, und seitdem war ihr kein Mann wieder so nahe gekommen. Sie erschauderte bei der Vorstellung, jetzt diesen Moment engster Verbindung mit ihm zu erleben.

Nein, das konnte nie passieren. Die Kirche würde nicht zustimmen. Sie waren kein königliches Paar, das so einfach einen Dispens erhalten würde. Und außerdem hatte sich Ramón von ihr abgewandt. Sie würde ihren Schwur brechen müssen, um sich ihm zuwenden zu können, und das würde sie nicht tun. Niemals.

Und doch. Die Sehnsucht war stark wie nie. Gab es nicht doch einen Weg, dass sie zusammenkommen konnten?

In ihrem Geist sah sie den bleichen Leib des Königs aufgebahrt in einer Kirche liegen – und Isabel, die die Krone auf ihrem Haupt trug.

Vielleicht würde sich Ramón ihr anschließen, wenn Isabel erst einmal gekrönt war und beweisen konnte, dass sie dem Land eine gute Herrscherin sein würde.

Mit diesem tröstlichen Gedanken schlief Jimena ein.

Am Morgen trafen sich die Gäste noch einmal zu einem

Mahl, und auch draußen vor den Toren des Palasts von Juan de Vivero hatte sich einiges Volk von Valladolid eingefunden. Es hatte sich herumgesprochen, dass im Haus des Don eine für sie wichtige Verbindung geschlossen worden war. Man aß und trank und wartete darauf, dass sich die Frischvermählten zeigen würden. Endlich tauchten sie prächtig gekleidet und mit roten Gesichtern aus ihrem Gemach auf. Fernando versäumte es nicht, sowohl den Gästen als auch den Bewohnern von Valladolid stolz das blutbefleckte Linnen des Brautgemachs zu präsentieren. Schamhaft senkte Isabel den Blick, und ihre Wangen röteten sich, dabei war eine solche Präsentation des Betttuchs durchaus üblich und in ihrem Fall auch ratsam! Isabel und ihrem Gemahl sollte es nicht wie ihrem Bruder Enrique gehen, der diese Geste versäumt hatte und zeit seines Lebens gegen Gerüchte ankämpfen musste.

Isabel hob den Blick und sah Jimena an. Ein Zug von Entschlossenheit verdrängte die mädchenhafte Scham. Und als ob sie die Gedanken der Freundin erraten hätte, sagte sie leise zu ihr: »Ich werde dafür sorgen, dass niemand bei Hof jemals behaupten kann, ein anderer als Fernando könnte der Vater meiner Kinder sein, das schwöre ich dir! Ich habe ihm meine Treue geschworen, und ich werde sie ihm halten, bis in den Tod!«

Jimena glaubte ihr. Nicht nur, dass sie es in diesem Moment vorhatte, sondern auch, dass sie sich über gute und schlechte Jahre hinweg daran halten würde. Sie hatte das zügellose Treiben am Hof ihres Bruders kennengelernt und stets verabscheut. An ihrem Hof würde es einst anders zugehen, dafür würde die willensstarke Königin sorgen.

Zumindest bei sich selbst und vielleicht noch bei ihren Hofdamen. Dass sie es schaffen würde, auch ihren Gemahl zur ehelichen Treue anzuhalten, das bezweifelte Jimena. Nein, sie würde lernen müssen, mit ihrer Eifersucht und den Kränkungen zu leben. Und je eher sie dies akzeptierte, desto leichter würde es für sie werden.

Jimena betrachtete die entschlossene Miene. Nein, Isabel war nicht dafür geschaffen, Dinge zu akzeptieren oder einen Kampf aufzugeben. Doch in diesem Fall konnte sie nicht gewinnen. Sie würde das Leid nur vergrößern. Jimena wusste dies, aber es gab für sie keine Möglichkeit, es zu verhindern oder für Isabel einfacher zu machen. Alles, was ihr blieb, war, an ihrer Seite zu stehen und für sie da zu sein, wenn die dunklen Stunden von Wut und Verzweiflung über sie hereinbrechen würden. Wenn sie sich in der Einsamkeit ihres Gemachs schwach fühlen und die Zweifel an ihrer Seele nagen würden.

Sie konnte das Bild vor sich sehen, und es schmerzte sie. Nein, ihre Gabe war auch ein Fluch, und sie hätte viel darum gegeben, all diese Dinge nicht zu wissen.

Kapitel 24

Medina de Ríoseco, 1470

Ein düsterer, kalter Winter brach über Kastilien herein. Er musste Isabel noch eisiger und finsterer vorkommen als alle, die sie bereits erlebt hatte, denn falls sie geglaubt hatte, nun, nachdem diese Ehe geschlossen war, würden sich ihr die Granden und vielleicht sogar der König wieder zuwenden, so musste sie einsehen, dass sie sich getäuscht hatte. Der Kreis um sie wurde immer lichter. Die Anhänger Enriques und Juanas rückten näher. Selbst in Valladolid schlug die Stimmung irgendwann um, und als im März die ersten Blumen ihre Köpfe hervorreckten, wandelte sie sich von Ablehnung in Feindseligkeit, sodass der Admiral zu einem raschen Aufbruch mahnte. Wieder einmal brachen sie mit wenig Gepäck überstürzt in der Nacht auf und zogen sich nach Dueñas zurück. Wenige Monate später waren sie gezwungen, nach Medina de Ríoseco weiterzureisen, wo sie auf dem Landgut des Admirals Zuflucht fanden. Enrique triumphierte und zog unter dem Jubel der Bevölkerung in Valladolid ein. Er übergab die Stadt seinem Vertrauten, dem Grafen von Benavente, ein feinsinniger Adelsmann, der eine umfangreiche Bibliothek sein Eigen nannte, die nahezu alle Wissensgebiete beinhaltete. Ein Mann, den Jimena gern auf Isabels Seite gesehen hätte. Sie fragte sich, ob sein Sohn Angelo wohl bei ihm war und nun ebenfalls Enrique unterstützte. Sie hatte ihn das letzte Mal gesehen, ehe sie nach Aragón aufgebrochen war.

Zäh verstrich die Zeit mit dem Warten auf gute Nachrichten, die nicht kommen wollten, während ihre wenigen Anhänger rastlos durch das Land reisten und Unterstützung suchten. Der Sommer wurde mit seiner Hitze und dem Staub ebenso bedrückend wie die ablehnende Kälte des Winters. Inzwischen war Isabel hochschwanger, und ihre Stimmungen schwankten gefährlich, sodass ihr Gefolge und selbst Fernando – wenn er denn einmal da war – an manchen Tagen lieber einen Bogen um sie machten. Fernando war unermüdlich und reiste immer wieder in seine Heimat, um dort um Unterstützung zu werben, doch die Gräben waren tief und das alte Misstrauen gegen den Nachbarn Kastilien nicht so schnell auszuräumen. Und sein Vater war selbst gut beschäftigt, die Feuer zu löschen, die aus den schwelenden Konflikten in verschiedenen Landesteilen – vor allem in Katalonien – immer wieder ausbrachen. Hinzu kamen die Grenzstreitigkeiten im Norden mit Frankreich.

So war Isabel oft allein. Sie kam sich eingesperrt und nutzlos vor und schritt wie eine gereizte Tigerin im schattigen Hof auf und ab, dem einzigen Ort, wo man es während der glühenden Hitze des Tages einigermaßen aushalten konnte.

Selbst Jimena hatte manches Mal ihre liebe Not mit ihr und sah mit Erstaunen, dass es einzig der stummen Teresa gelang, das aufgewühlte Gemüt zu besänftigen.

Es war August und drückend heiß, als Fernando von seiner Mission aus Aragón zurückkehrte und die kleine Gruppe von Verschwörern – wie es Jimena inzwischen selbst vorkam – aus ihrer Lethargie riss.

»Und? Hast du mit deinem Vater gesprochen?«, begrüßte Isabel ihren Gatten.

Der, noch verschwitzt und von der Landstraße mit Staub bedeckt, zog eine Grimasse, trat heran und küsste sie auf die Stirn.

»Ich begrüße dich auch, mein liebes Weib, und freue mich, dich wiederzusehen.«

Isabel machte eine wegwerfende Handbewegung. »Ja, natürlich auch das«, sagte sie barsch, »aber berichte mir lieber, was du erreicht hast.«

Der junge Prinz schien ein wenig in sich zusammenzufallen. »Bisher leider nichts. Mein Vater scheint sich von uns distanzieren zu wollen. Er vermied es, mit mir zu sprechen, und ist nicht einmal bereit, uns die tausend Bewaffneten zu schicken.«

Isabel war fassungslos. »Er lässt uns hier lieber schutzlos herumsitzen und darauf warten, ob es Enrique oder einem seiner fanatischen Granden einfällt, uns zu überfallen und aus dem Weg zu räumen?«

Fernando konnte nur hilflos die Schultern heben. »Können wir nicht selbst noch ein paar Männer anwerben?«

»Mit welchem Geld denn?«, herrschte Isabel ihn an. »Wir sind bei den Juden längst so tief in der Kreide, dass ich mich frage, ob wir das jemals zurückzahlen können.«

»Dann soll der Erzbischof eben noch ein paar seiner Leute schicken«, beharrte Fernando. »Er macht sich ein wenig rar, findest du nicht?«

Isabel hob die Schultern. »Ich weiß es nicht. Vielleicht bereut auch er langsam, auf mich gesetzt zu haben.«

Sie war trotz der Hitze bleich im Gesicht. Ihr schwangerer Leib wölbte das Kleid auf. Jimena war es, als würde Isabel gleich umfallen. Sie eilte herbei und wollte sie zu einem Stuhl führen, doch Fernando war schneller. Er zwang sie, sich zu setzen, und tätschelte ihre Hand.

»Reg dich nicht so auf, meine Liebe, das ist nicht gut für unser Kind. Vielleicht kommt mein Vater noch zur Einsicht. Ich habe Pedro Vaca dortgelassen, um mit ihm zu verhandeln. Er hat darin Geschick und wird sicher bald mit guten Nachrichten zu uns kommen.«

Sie mussten mehr als zwei Wochen warten, bis einer der Diener die Rückkehr Pedro Vacas verkündete. Alle versammelten sich neugierig in der Halle des Landguts, die man kaum einen Saal nennen konnte, und warteten gespannt auf die Nachrichten aus Aragón.

Da trat Pedro ein, doch es war nicht sein Anblick, der Jimena die Hand vor den Mund schlagen ließ, um einen Aufschrei zu unterdrücken. Mit einem hochmütigen Grinsen im Gesicht trat der Marquis von Villena, Juan Pacheco, neben Fernandos langjährigem Vertrauten in die Halle. Er schlenderte auf Fernando und Isabel zu und deutete eine Verbeugung an, die man nur als Spott auffassen konnte.

»Ich bringe Euch Grüße und Nachricht von Eurem Bruder, dem König«, sagte er und fügte dann schnell hinzu, als er ihren finsteren Gesichtsausdruck gewahrte: »Ihr solltet Euch besser anhören, was er zu sagen hat. Nur ein gut gemeinter Ratschlag!«

Zu Jimenas Enttäuschung schickten Isabel und Fernando alle außer dem Marquis und Pedro hinaus und schlossen die schwere Tür zur Halle. Sie hätte zu gern gewusst, was der König ihr vorschlug. Dass es nichts war, was Isabel und ihren Gemahl entzücken würde, das glaubte sie allerdings bereits zu wissen. Nicht bei der Miene, die der Marquis von Villena zur Schau trug!

Nachdenklich querte Jimena den Hof und trat durch das große Tor hinaus. Sie konnte jetzt nicht still sitzen, während dort drinnen vielleicht entscheidende Dinge beschlossen wurden, die für alle hier weitreichende Folgen haben konnten. Unruhig ging sie zwischen alten, knorrigen Olivenbäumen bis zum Brunnen, wo eine Steinbank zum Verweilen einlud.

Sie überlegte gerade, ob sie sich hier im Schatten ein wenig niederlassen sollte, als sich ihre Härchen im Nacken mit einem nicht unangenehmen Kribbeln aufrichteten. Jimena blieb wie angewurzelt stehen. Sie sandte ihre Gedanken aus und ließ sie tastend zwischen den Olivenbäumen den Erdpfad entlangwandern, bis sie auf den Mann stießen, der ihr in einigem

Abstand folgte. Er war es. Kein Zweifel. Doch was hatte er hier zu suchen?

Sie rührte sich nicht, bis er dicht hinter ihr stand. Sie unterdrückte ein Schaudern, als er die Hand hob und sie auf ihre Schulter legte.

»Du hast mich längst bemerkt, nicht wahr? Oder sind deine besonderen Fähigkeiten etwa versiegt?«

Jimena drehte sich langsam um. »Nein, das sind sie nicht, Ramón, obgleich ich gestehen muss, dass ich dich nicht habe kommen sehen. Weder dich noch den Marquis«, fügte sie etwas schärfer hinzu. »Und wenn, dann hätte ich vielleicht nicht geglaubt, dass du nun zu seinem Gefolge gehörst.«

Ramón griff nach ihren Händen und küsste zärtlich ihre Fingerspitzen. »Ich gehöre nicht zum Gefolge des Marquis. Meine Treue gehört dem König und seinem rechtmäßigen Erben, das weißt du! Ich hänge meine Fahne nicht nach dem Wind und scheue keinen Sturm, der mir ins Gesicht bläst. Wenn ich Treue schwöre, dann ist es eine Gefolgschaft für ein ganzes Leben.«

Er sah sie so feierlich an, dass Jimena lächelte. Sie hob die Hand und strich ihm über die unrasierte Wange. Wie gut er aussah. Die Haut gebräunt, das Haar ein wenig zu lang, die Augen so strahlend und voller Begehrlichkeit auf sie gerichtet. Er war männlicher geworden, muskulöser, härter, und doch strichen die schwieligen Hände so zart über die ihren.

»Ja, ich weiß, dass man sich deiner Treue sicher sein kann«, sagte sie versöhnlich. »Doch was will der Marquis hier? Und was hat er mit dem Aragonier zu schaffen?«

»Sie werden Isabel und ihrem Gatten einen Vorschlag unterbreiten, der all den Zank beenden kann«, rief Ramón aus. »Es wird Frieden in Kastilien und in Aragón einkehren, und wenn die Zeit reif ist, werden sie zu einem großen Reich verschmelzen. Ein goldenes Spanien!« Er strahlte sie so voller Zuversicht an, dass Jimena nicht anders konnte, als ihn an sich zu ziehen und ihre Lippen auf die seinen zu pressen. Wenn die Länder ihre Kriege begraben und zu einer Einigung finden konnten, war es dann nicht viel leichter, zwei Menschen zu versöhnen und zu vereinen?

Ramón erwiderte den Kuss. Er drückte sie an sich und zog sie mit sich auf die Bank, wo sie eng umschlungen nicht voneinander lassen konnten.

»Heirate mich!«, stieß Ramón zwischen zwei Küssen hervor.

»Du weißt, dass das nicht geht«, wehrte Jimena ab, obwohl allein der Gedanke ein noch heißeres Gefühl in ihr aufwallen ließ als seine Küsse. Sie würden ihre Zuneigung vor niemandem mehr zu verheimlichen brauchen. Keine Schuldgefühle, keine Sünde, die man beichten musste. Mit Gottes Segen konnten sie sich lieben.

Isabel kam ihr in den Sinn, die Hochzeitsnacht, die unterdrückte Furcht und die Scham, als Fernando am anderen Morgen das Leintuch präsentierte.

Nein, Jimena würde keine Furcht vor ihrer Hochzeitsnacht empfinden. Nur reine Freude und Verlangen, sich ihm ganz hinzugeben und in seinen Armen einzuschlafen, um eng an ihn gedrückt nach einer Nacht glückseliger Träume wieder zu erwachen.

Es gelang ihr nicht länger, sich mit den lieblichen Gedanken zu betrügen. Ihr Geist protestierte, und obwohl sie sich bemühte, die Bilder nicht wahrzunehmen, die er ihr zeigte, löste sie sich aus Ramóns Armen und rückte ein wenig von ihm ab.

»Du weißt, dass das nicht möglich ist. Wir sind zu nah miteinander verwandt.«

Ramón wollte das nicht gelten lassen. »Das sind Isabel und Fernando auch, und der Papst hat seinen Dispens erteilt.«

Jimena hütete sich, ihm zu sagen, dass dieser eine Fälschung gewesen war. Immerhin war er mit dem Marquis de Villena hier, und der würde nicht zögern, dieses Wissen gegen Isabel zu verwenden.

»Wir werden einen Priester finden, der uns den Segen erteilt! Und wenn du den Primas bitten musst. Isabel wird sicher ein gutes Wort bei Carrillo einlegen.«

Würde der mächtigste Kirchenmann von Kastilien sich um einen Dispens für eine unbedeutende Hofdame einer Königin einsetzen, die noch keine war? Konnte er selbst dieses wichtige Dokument überhaupt ausstellen, oder stand das nur dem Papst zu? Jimena wusste es nicht. Zumindest für Isabel und Fernando konnte er es nicht. Warum sonst hätte er das gefälschte Dokument bei ihrer Vermählung benutzt? Nein, die Chancen standen schlecht, dass die Kirche ihrer Liebe jemals den Segen erteilen würde. Was kümmerte die sich um Liebe? Jimena konnte Ramóns Zuversicht nicht teilen, doch sie widersprach ihm nicht. Viel wichtiger war nun, dass sich Enrique und Isabel aussöhnten, dass der Adel ihnen Treue schwor und hinter ihnen stand. Doch wie sollte das so einfach gehen? Da gab es immer noch Juana mit ihrem Anrecht auf die Thronfolge und die immer stärker werdende Fraktion der Portugiesen. Nicht wenige der Granden hatten enge verwandtschaftliche Beziehungen zum Nachbarland im Westen und wollten den Aragonier nicht akzeptieren.

»Weißt du, welchen Vorschlag der Marquis Isabel und Fernando unterbreiten wird?«

Ramón nickte. »Prinzessin Isabel wird bald niederkommen und hoffentlich einen Knaben zur Welt bringen. Der König schlägt also vor, diesen Jungen mit seiner Tochter Juana zu vermählen, auf dass sie einst, wenn Enrique abberufen wird, gemeinsam Kastilien regieren.«

Er strahlte sie an, als seien hiermit alle Probleme der Welt gelöst. Jimena schüttelte ungläubig den Kopf.

»Sie wollen Juana mit einem noch ungeborenen Kind vermählen? Wie alt ist sie jetzt? Acht Jahre?«

Der Einwand schien Ramón nicht besonders wichtig. »Was spielt das für eine Rolle? Wie oft werden die Infantinnen an alte Männer vergeben. Soll sie froh sein, dass sie einen jungen Prinzen bekommt.«

»Einen Säugling, den sie an Mutterstatt annehmen muss!«

»Nun ja, es wird sicher ein paar Jahre dauern, bis die Ehe vollzogen werden kann und die beiden selbst regieren, aber noch sitzt ja auch Enrique auf dem Thron.«

Aber nicht mehr lange, wäre es Jimena beinahe entschlüpft, doch sie biss sich auf die Lippen.

»Sieh mal«, fuhr Ramón eifrig fort. »Enriques Vater Juan musste als kaum Zweijähriger den Thron übernehmen, und seine erste Gemahlin war fast zehn Jahre älter.«

»Ja, ich weiß. Er heiratete mit vierzehn und wurde vorzeitig für volljährig erklärt, um das Land zu regieren, und wie ging das aus? Ein zermürbender Krieg mit seinem Onkel von Aragón und seinen Söhnen. Ein Vierteljahrhundert wurde das Land im Krieg zerrieben, bis es dem Günstling des Königs, Álvaro de Luna – nicht ihm selbst – gelang, den Krieg und die Thronstreitigkeiten beizulegen. Kastilien braucht nicht schon wieder Kinder auf dem Thron! Das Land braucht ein kluges, weitsichtiges Herrscherpaar, das mit Liebe und Strenge regiert.«

»Isabel und Fernando?«, fragte Ramón ein wenig sarkastisch.

»Ja, genau. Was soll denn aus den beiden werden, wenn sie diesem großartigen Plan zustimmen?«

Ramón wand sich ein wenig. »Sie würden Kastilien verlassen müssen, das ist ja klar. Aber ist Fernando nicht bereits König von Sizilien? Ja, und wenn sein Vater stirbt, dann übernimmt er Aragón. Was können sie mehr wollen?«

»Kastilien!«

»Das ihnen nicht zusteht!«

Die beiden starrten einander kriegerisch an. Die zärtliche

Stimmung war verflogen. Es kam Jimena so vor, als habe sie das alles bereits durchgemacht.

»Isabel wird dem nicht zustimmen«, sagte sie, und es war ihr, als könne sie den Zorn der Prinzessin spüren.

»Vielleicht hat sie gar keine andere Wahl? Seht euch doch an. Ein Häufchen Verräter auf der Flucht, das die schützende Hand des Erzbischofs von Toledo gerade noch am Leben hält. Er wird sich hüten, sich für eine verlorene Sache zu opfern. Ich könnte mir denken, dass es nicht mehr lange dauern wird, bis er reumütig in des Königs Schoß zurückkehrt.«

Darüber wollte Jimena nicht nachdenken. Der Verdacht war ihr auch schon gekommen, und sie ertappte sich bei jedem Brief, den ein eiliger Bote brachte, dabei, sich immer mehr vor dieser Nachricht zu fürchten.

»Und was, wenn es ein Mädchen wird? Habt ihr euch auch darüber Gedanken gemacht?«, sagte sie nach einer Weile.

Ramón hob die Schultern. »Dann würde das Ganze natürlich nicht funktionieren, und man müsste nach einer anderen Lösung suchen.«

»Gut, dann überlegt euch schon einmal eine andere Lösung!«, rief sie, sprang auf und eilte mit gerafften Röcken den Weg zurück, den sie gekommen war. Ramón folgte ihr. Auch er war zornig, das konnte sie spüren, doch auch irgendwie beunruhigt.

»Es wird ein Mädchen?«, rief er. »Bist du dir ganz sicher? Hast du es gesehen?«

Doch Jimena schwieg. Erst als er sie unter dem Tor einholte und hart nach ihrer Schulter fasste, fuhr sie herum und blitzte ihn wütend an.

»Es kommt vor, dass Frauen Töchter gebären«, fauchte sie. »Selbst Königinnen!«

»Sie ist aber keine Königin«, konterte Ramón ebenso zornig. »Sie ist nur eine einfache kastilische Infantin!«

»Denke, was du willst«, rief Jimena so verächtlich wie

möglich. »Der Lauf der Geschichte wird zeigen, wer von uns recht behält!«

Und damit ließ sie ihn stehen. Sie rannte in ihr Gemach hinauf, wo Teresa sie mit fragendem Blick empfing. Die jüngere Cousine zog sie in ihre Arme und streichelte ihr Haar, während Jimena bittere Tränen weinte. Sie fürchtete, dass sie Ramón endgültig verloren hatte.

Natürlich waren Isabel und Fernando nicht auf den Vorschlag des Königs eingegangen, und am 2. Oktober brachte Isabel eine gesunde Tochter zur Welt. Jimena und Teresa waren an ihrer Seite, während sie tapfer kämpfte, bis sie erschöpft, aber mit Tränen der Erleichterung das Kind in den Armen hielt. Sie gab ihrer Tochter ihren eigenen Namen und ließ sie sogleich als Infantin von Kastilien und Aragón ausrufen, was eine Aussöhnung mit ihrem Bruder Enrique nicht gerade wahrscheinlicher machte. Dennoch triumphierte der König. Er dachte, er müsse nur noch ein wenig auf Zeit spielen, und nicht nur ihm kam dieser Gedanke!

Isabel blieb unnachgiebig. Sie wiegte ihre Tochter in den Armen und flüsterte ihr ins Ohr, dass sie einst Königin von Kastilien werden würde – falls sie keinen Bruder bekäme. Die Krone des Königreichs ihres Vaters würde sie allerdings nie erlangen können, denn Infantinnen waren in Aragón von der Thronfolge ausgeschlossen.

Erzbischof Carrillo war nun häufiger zu Gast und trug Isabel und Fernando vor, was sie seiner Meinung nach tun mussten. Er diktierte ihnen Briefe, die sie an verschiedene Granden schreiben sollten, bis Fernando der Kragen platzte. Selbst wenn Jimena und Teresa, die ein Stück abseits mit ihren Handarbeiten saßen, vorgehabt hätten, nicht zu lauschen, hätten sie seine zornigen Worte unmöglich überhören können.

»Ich habe es satt«, schrie er, »gründlich satt! Ich höre mir keinen Tag länger an, wie viel mehr politische Erfahrung dieser Greis hier im Gegensatz zu mir haben will.«

Jimena zuckte zusammen und sah zum Tisch hinüber, wo Fernando aufgesprungen war und mit in die Hüften gestemmten Händen Carrillo anstarrte.

»Ich tue das, was ich mir vorgenommen habe, und auch der Erzbischof von Toledo wird mich nicht davon abhalten!«

Er wandte sich abrupt ab und stürmte hinaus. Isabel und Carrillo sahen ihm nach. Langsam wandten sie sich wieder einander zu. Beider Mienen waren wie versteinert.

»Soll ich so mit mir reden lassen? Ist das etwa auch Eure Meinung, Hoheit, nach alldem, was ich für Euch getan habe?«

Jimena hielt den Atem an. Sie konnte Isabels Anspannung fühlen. Am liebsten hätte sie ihrem Gatten in gleichem Ton beigepflichtet. Jimena wusste, wie sehr sie sich von Carrillo gegängelt fühlte, doch ihr war ebenfalls klar, dass sie sich einen endgültigen Bruch mit ihm nicht leisten konnte. Daher holte sie zuerst tief Luft und begann in gemäßigtem Tonfall zu sprechen. Sie erkannte seine Verdienste an, ließ aber auch durchblicken, dass der kastilische Thron ihr zustehe und sie als Königin einst die Entscheidungen treffen würde.

Das war nicht das, was der Erzbischof zu hören wünschte. Er sah sich sicher schon als eine Art graue Eminenz, ein Königinvater, der für die junge Isabel die Fäden zog, doch vielleicht musste er jetzt erkennen, dass sie aus anderem Holz geschnitzt war als ihr älterer Halbbruder Enrique und dass man sie nicht so leicht beeinflussen und wie ein unreifes Kind führen konnte.

Er beugte sich vor, sah Isabel an und senkte die Stimme. Dennoch konnte Jimena seine Worte verstehen, und die eisige Härte seines Tonfalls ließ sie erschaudern.

»Soll ich Euch einmal eine Geschichte erzählen, Hoheit Isabel? Vielleicht wäre es klug, aus der Vergangenheit zu lernen, statt die gleichen Fehler wieder und wieder zu begehen.«

»Bitte, ich höre«, gab Isabel ebenso kalt zurück.

Carrillo dachte nach, dann schien er es sich anders zu überlegen und erhob sich. »Ich denke, Ihr kennt die Geschichte bereits«, sagte er. »Ich sage nur so viel: Wenn Ihr Euch weiterhin weigert, Vernunft anzunehmen und meine Ratschläge zu befolgen, dann muss ich Euch wohl so umstimmen, wie es Enrique II. mit seinem Bruder tat!«

Er ging hinaus, während Isabel ihm mit offenem Mund nachstarrte. Jimena schnappte nach Luft. Sie wusste, wie die Familie Trastámara auf den Thron gekommen war. Es war ein erbitterter Krieg Enriques gegen seinen Halbbruder Pedro den Grausamen gewesen, der damit endete, dass einer von Enriques Gefolgsleuten ihn während eines Kampfes überraschend mit Pedro zusammenbrachte und rief: »Da ist Euer Feind!« Und die beiden Brüder gingen mit Messern aufeinander los. Sie wälzten sich in erbittertem Kampf auf dem Boden. Pedro der Grausame gewann die Oberhand, doch da versetzte ihm der Gefolgsmann seines Bruders einen Fußtritt, sodass Enrique wieder nach oben kam. Er zögerte nicht und rammte die Klinge in die Brust seines Bruders. Pedro starb, und Enrique von Trastámara bestieg den Thron.

Jimena nahm die Drohung durchaus ernst. Carrillo hatte seine väterliche Maske fallen gelassen und Isabel gezeigt, was er wirklich war: ein machtgieriger Fürst, der vor keiner Grausamkeit zurückschrecken würde, um an sein Ziel zu gelangen. Vorerst zog er sich beleidigt nach Toledo zurück, doch das war nur das Ende eines Kapitels. Das Buch selbst war noch nicht zu Ende geschrieben. Und noch war die Figur Carrillo nicht entbehrlich. Ja, Carrillo war eine Schachfigur, mit der man rechnen musste – oder war er der Spieler und sie selbst die Figuren auf dem Brett? Jimena runzelte sorgenvoll die Stirn. Die Bilder in ihrem Kopf hatten sich verwirrt. Es war keine klare Linie mehr zu erkennen, und eine strahlende Königin Isabel hatte sie schon lange nicht mehr gesehen. Waren sie am Scheidepunkt angelangt? Konnte die Geschichte doch noch einen anderen Verlauf nehmen? Sie spürte, dass Isabels Zukunft auf Messers Schneide stand und dass das Land an einem Abgrund entlangschwankte, der tiefer und schwärzer war als alles, was es zuvor erlebt hatte.

Kapitel 25

Zwischen Tordesillas und Toro, März 2012

Sie näherten sich Tordesillas. Justus versuchte mehr über Isauras Erbschaft zu erfahren. Er erkundigte sich nach der Größe des Anwesens, der Lage und dem Zustand des Hauses, doch sie blieb bei ihren Auskünften wortkarg. Vielleicht war sie Justus gegenüber ungerecht, doch allein schon durch die Art seiner Fragen hatte sie das Gefühl, er würde alles von einer ganz anderen Warte aus betrachten, sodass er die Schönheit von Haus und Garten, der Ländereien mit der Burgruine und des halb verfallenen Herrenhauses nicht erfassen konnte. Und sie fürchtete, dass sie ihm ihren Standpunkt nicht würde vermitteln können.

Oder wollte sie es erst gar nicht versuchen? Wäre es ihr lieber, wenn dies ganz allein ihre kleine Welt blieb, zu der auch Justus keinen Zutritt hatte?

Wie sollte es weitergehen? Wie konnte sie mit ihm in München in ihrer alten Welt weiterleben und doch auch ein Stück dieser neuen Welt bewahren? Sie würde sich um das Anwesen kümmern müssen. Wie sollte das gehen? Einmal im Jahr kurz nach Kastilien fliegen und das Haus ansonsten leer stehen lassen, die Tür verriegelt, die Fenster von hölzernen Läden verschlossen? Das wäre sein Tod.

Ja, es hörte sich albern an, wenn sie über den Tod eines alten Gehöfts nachdachte, aber so war es. Der Garten würde verwahrlosen, Blumen und Gemüse von Unkraut und Dornenranken überwuchert werden. Nach dem Auszug der Hasen und Hühner würde auch der Kater verschwinden. Im Haus würde alles mit einer dicken Schicht Staub bedeckt werden, und nichts würde von seiner Atmosphäre übrig bleiben. Wehmut erfasste sie bei dem Gedanken.

Was aber dann? Alles verkaufen oder die Erbschaft doch ablehnen?

Es war ihr, als könne sie Carmens Schmerz bei diesem Gedanken fühlen. Sie hatte sorgfältig gewählt und war so voller Hoffnung gewesen, dass Isaura dem Vermächtnis folgen würde. Nein, das durfte sie ihr nicht antun! Aber wie konnte sie den Erwartungen ihrer Großtante gerecht werden?

Isaura war ratlos.

»Hast du dich denn nun entschieden, ob du die Erbschaft annimmst?«

Isaura schwieg. Wenn sie Ja sagte, dann würde Justus wissen wollen, welche Pläne sie mit dem Anwesen hatte, und genau diese Frage konnte sie nicht beantworten.

»Schwierige Entscheidung«, kommentierte er ihr Schweigen mit einem Nicken, obgleich seine Gedankengänge sich sicher deutlich von den ihren unterschieden.

»Am besten, ich sehe es mir selbst einmal an. Vielleicht kann ich dir dann raten, was das Beste ist. Soweit ich das auf der Karte sehe, fahren wir ja eh durch Tordesillas, ehe wir zu dem Hotel kommen, das du gebucht hast.«

Isaura nickte nur. Irgendetwas in ihr schrie auf und wehrte sich, aber was hätte sie sagen sollen? *Wir sind zwar seit Jahren miteinander verheiratet und versuchen nach diesem schmerzhaften Bruch wieder eine Ehe miteinander zu führen, doch Carmens Anwesen geht dich nichts an! Mehr noch, dort will ich dich nicht haben! Es gehört ganz allein mir, und du darfst es nicht sehen.* Hätte sie ihm das an den Kopf werfen sollen?

Isaura fühlte sich schlecht dafür, dass sie so empfand. Es kam ihr vor, als würde sie Verrat an Justus begehen. Ja, es war auch so etwas in der Art, wenn auch nicht mit einer heimlichen Geliebten zu vergleichen. Dennoch schloss nun sie ihren Mann aus einem Teil ihres Lebens aus. Wollte etwas, das ihr wichtig war, nicht mit ihm teilen.

Isaura zwang sich zu einem Lächeln. »Gut, machen wir es so, dann kann ich auch Golondrino sein Abendessen hinstellen. Er ist sicher beleidigt, wenn er nichts bekommt.«

Justus hob die Augenbrauen. »Golondrino?«

»Ein getigerter Kater, der vermutlich Großtante Carmen gehört hat und den ich sozusagen adoptiert habe. Ich habe ihn Landstreicher getauft, was mir ein sehr passender Name für ihn scheint.«

»Aha, ein Kater namens Landstreicher – und was noch? Ein paar Kühe, Pferde und Schweine?« Seine Stimme klang unnötig sarkastisch.

Isaura hob die Schultern. »Nur Hühner und Hasen, aber denen haben meine Nachbarinnen bereits Asyl gegeben und sie damit vor dem Hungertod gerettet. Aber Pferde wären eine gute Idee. Groß genug wäre das Anwesen dafür«, fügte sie fast ein wenig boshaft hinzu, doch Justus tat ihr nicht den Gefallen, die Bemerkung ernst zu nehmen.

»Ja, ich kann dich schon als spanische Bäuerin vor mir sehen«, spottete er. »In deinen Münchner Designerklamotten mit Kittelschürze darüber, Kopftuch und Pantoffeln.«

Isaura verkniff sich eine Erwiderung und wies ihn nur darauf hin, dass er bei der abgestorbenen Pappel links abbiegen musste.

Justus folgte der zunehmend holprigen Straße, die eher die Bezeichnung Feldweg verdiente. Obgleich Isaura den Weg nun schon einige Male befahren hatte, kam ihr sein Zustand heute besonders schlecht vor. Sie sah, wie Justus die Lippen aufeinanderpresste, während er vergeblich versuchte, allen Schlaglöchern auszuweichen.

»Dort an der Mauer beginnt das Grundstück«, sagte Isaura,

und es kam ihr so vor, als hörte sich ihre Stimme wie die eines verunsicherten Kindes an.

Justus hielt bei der Ruine des Herrenhauses an und stieg aus. Er ging einmal um das Gebäude herum, betrachtete den Turm und die von ihm ausgehenden Mauerreste und schüttelte dann den Kopf.

»Vermutlich alles einsturzgefährdet. Da kann man überhaupt nichts mehr mit anfangen. Man müsste richtig viel Geld in die Hand nehmen. Nein, das lohnt sich nicht!«

Obwohl Isaura zu einem ähnlichen Schluss gekommen war, wehrte sie sich gegen seine Worte, die ihr kalt und hart vorkamen. Sie wollte etwas entgegnen, da nahm sie aus den Augenwinkeln eine Bewegung wahr: eine Frau in einem langen Gewand mit einem dunklen Umhang, eine Kapuze bis ins Gesicht gezogen. Sie musste aus dem Turm gekommen sein und ging nun an der Mauer entlang. Isaura konnte die Züge nicht erkennen, doch sie war sicher, dass es sich um eine Frau handelte. Um eine alte Frau. Verblüfft wandte sie sich ihr zu, doch da war niemand.

»Hast du das gesehen?«

»Was?«

»Die Frau. Eine Frau mit einem langen Kapuzenumhang. Dort vorn am Turm.«

Justus schüttelte den Kopf. »Da war niemand. Und jetzt komm! Ich möchte mir das Haus noch ansehen, ehe es dunkel wird.«

Verwirrt nickte Isaura und folgte ihm zum Auto zurück. Justus steuerte den Wagen bis in den Hof, stieg aus und betrachtete das Haus und die umliegenden Gebäude mit einem ähnlichen Blick wie dem, mit dem er die Ruine des Herrenhauses angesehen hatte.

»Ist das nicht ein herrlicher Blick über den Fluss?«, fragte Isaura mit ausladender Handbewegung. »Vor allem im Licht der Abendsonne kann ich mich kaum sattsehen.«

Die rosa gefärbten Wolken spiegelten sich im breiten Strom, und der Wind fuhr wispernd durch die Pappeln am Ufer und durch das noch winterbraune Schilf, an dessen Rändern einige Enten herumpaddelten.

Justus gönnte dem Schauspiel nur einen kurzen Blick, ehe er über den unkrautüberwucherten Hof auf die Scheune und den Schuppen mit Carmens altem Wagen zuging, von dem Isaura nicht einmal wusste, ob er überhaupt noch fuhr. Mit einem Seufzer wandte sich Isaura ab und folgte ihm auf seiner Inspektion. Der Kater kam gähnend aus dem Schuppen und strich Isaura um die Beine. Ihrem Begleiter dagegen gönnte er nur einen misstrauischen Blick.

»Das ist also dein Streuner«, sagte er und beäugte den Kater kaum weniger misstrauisch. »Der hat bestimmt Unmengen von Zecken und Flöhen.«

Isaura überlegte, ob sie ihn provozieren sollte, indem sie ihm verriet, dass der Kater seit ihrer ersten Nacht bei ihr im Bett schlief, doch sie ließ es bleiben und murmelte stattdessen: »Mit kommt er sauber und gesund vor.«

Justus verlor das Interesse an dem Tier und richtete seine Aufmerksamkeit auf den baulichen Zustand der Scheune. Er warf einen Blick über die Strohballen und die große Menge Gerümpel und rüttelte dann an einem der Balken, die den Dachboden stützten. Staub rieselte auf sie herab.

»Na, das kommt mir nicht sehr vertrauenerweckend vor«, murmelte er. »Lass uns lieber hinausgehen, ehe das Ding über uns zusammenbricht.«

Als Nächstes nahm er sich die beiden Schuppen vor. Im ersten lagerten nur für ihn uninteressante landwirtschaftliche Geräte, die alle ähnlich antiquiert waren wie die Einrichtung des Hauses. Selbst ein kleiner Traktor aus den Sechzigerjahren – wie Justus bemerkte – stand dort zwischen Heugabeln, Sensen, Eimern und Kisten. Der zweite Schuppen dagegen entlockte ihm einen Aufschrei der Begeisterung.

»Ist das wirklich ein Peugeot 204 Cabrio?« Er trat näher und strich fast ehrfürchtig über die eingestaubte Motorhaube.

»Oh ja, so einen habe ich schon lange nicht mehr gesehen. Der wurde Ende der Sechzigerjahre gebaut.«

Er umrundete den Wagen, trat dann einen Schritt zurück und kniff die Augen ein wenig zusammen.

»Schade, dass er in einem so schlechten Zustand ist. Es ist eine Schande, ihn hier in diesem verdreckten Schuppen einstauben zu lassen. Vermutlich fährt er nicht einmal mehr.« Er sah zu Isaura hinüber, doch diese hob die Schultern.

»Ich weiß es nicht. Ich habe es nicht ausprobiert. Soll ich nach den Schlüsseln suchen?«

Justus folgte ihr ins Haus. Er sprach kein Wort, doch seine Miene und sein Kopfschütteln sagten mehr als Worte. Isaura führte ihn zuerst in die Küche, in der sie sich seit dem ersten Augenblick heimisch fühlte. Justus kommentierte die alten Geräte darin mit einem Aufschnaufen. Dann sah er sich das Wohnzimmer und oben die beiden kleinen Kammern und das altmodische Badezimmer an.

»Das ist ja geradezu mittelalterlich. Viel Geld kann deine Großtante nicht gehabt haben. Oder sie hat es nicht eingesehen, etwas in ihr Haus zu investieren. Hier ist seit mehr als vierzig Jahren nichts mehr gemacht worden.«

Nein, weder das Haus noch der Hof noch der Garten mit seiner Scheune und den Schuppen fanden Gnade vor seinen Augen. Carmens Oldtimer war das Einzige, das ihm hier gefiel. Er machte auch keine Anstalten, sich an den Küchentisch zu setzen, um etwas zu trinken. Es schien ihn zum Wagen zurückzutreiben, um endlich ins Hotel fahren zu können, wo alles so sein würde, wie er es gewohnt war und wie er es mochte. Isaura stellte dem Kater rasch noch eine Schüssel Futter und eine Schale Milch hin, dann eilte sie Justus hinterher.

Er schwieg, bis sie wieder auf der Hauptstraße waren, und

Isaura hütete sich, ihn nach seiner Meinung zu fragen. Nein, sie war sich sicher, dass sie die gar nicht hören wollte. Dennoch blieb sie ihr nicht erspart. Justus holte tief Luft.

»Du willst dir das doch nicht wirklich ans Bein binden? Dass du überhaupt nur einen Moment darüber nachgedacht hast! Was willst du denn damit anfangen? Also, wenn ich dir einen Rat geben darf, dann erkundige dich bei diesem Anwalt, ob man einen Käufer für das Ganze finden kann, ansonsten lass die Finger davon, wenn du nicht ordentlich bluten – oder eben Eigentümerin von ein paar Hektar wertlosem Ödland und zwei Ruinen sein willst!«

Es fiel Isaura schwer, nichts zu erwidern. Sie hielt die Luft an und presste die Lippen zusammen, doch innerlich hatte sie das Gefühl, bersten zu müssen.

Die Straße machte unvermittelt eine Kurve, doch statt langsamer zu werden, beschleunigte der Wagen. Justus riss das Lenkrad herum. Die Reifen quietschten, und der Wagen schlingerte auf die Gegenfahrbahn. Mit einem Aufschrei steuerte er auf seine Spur zurück.

»Was machst du denn?«, rief Isaura erschrocken. Auch Justus war bleich.

»Keine Ahnung, was das eben war. Ich habe gebremst, aber der Wagen wurde schneller!« Er stieß die Luft aus. »So etwas ist mir noch nicht passiert. Ist gerade noch mal gut gegangen.«

Als sie sich Toro näherten, veränderte sich die Landschaft in der zunehmenden Dämmerung. Der zuvor eher blassbraune Boden leuchtete im Scheinwerferlicht in kräftigem Rot. Vor ihnen wuchs eine gewaltige rote Klippe über dem nördlichen Ufer des Duero auf. Die weichen Felsen waren ausgewaschen und zerfurcht. Das Regenwasser hatte tiefe Schluchten eingegraben.

»Für wie viele Nächte hast du denn das Zimmer gebucht?«, erkundigte sich Justus, der sich von seinem Schreck wieder erholt hatte.

»Jetzt erst einmal für eine«, gab Isaura Auskunft. »Du hast mir ja nicht gesagt, wie lange du bleiben willst. Aber das Hotel ist nicht ausgebucht. Wir können jederzeit verlängern. Oder wir fahren ein wenig herum und schauen uns Kastilien an. Was ich bisher gesehen habe, ist gleichermaßen beeindruckend und interessant. Vor allem die vielen Burgen gefallen mir.«

Justus wehrte ab. »Nein, das musst du allein machen. Ich weiß, der Verlag verlangt eine Reportage, aber ich werde morgen gegen Abend zurückfliegen.«

»Warum das denn? Kannst du dir nicht freinehmen?«, fragte Isaura enttäuscht. »Ich denke, wir sollten diese Affäre vergessen. Ich bin zumindest bereit, es zu versuchen. Meinst du nicht, dass uns eine solche Reise – fern von unserem Alltag – guttun würde? Es könnte alles ein wenig leichter wieder ins Lot bringen.«

Justus schüttelte den Kopf. »Falls du mit ins Lot bringen meinst, dass wir es noch einmal miteinander versuchen sollten, so muss ich dir leider sagen, dass das nicht funktionieren wird.«

»Was?« Isaura glaubte, sich verhört zu haben. »Wie meinst du das?«

»Ich habe mit Sandy darüber gesprochen.«

Allein der Name bereitete ihr Übelkeit, und sie dachte, sie müsse sich gleich übergeben.

»Was gibt es da zu besprechen? Ich denke, du hast mit ihr Schluss gemacht? Hast du nicht gesagt, dass du sie nicht wiedersehen wirst? Dass es nichts Ernstes ist?« Ihre Stimme stieg mit jedem Satz um einige Halbtöne an.

»Ja, ich habe darüber nachgedacht«, sagte er widerstrebend, »aber das musste ich ja auch mit Sandy besprechen.«

In Isauras Kopf begann sich alles zu drehen. Er musste mit seiner Affäre besprechen, ob er einen Neuanfang mit seiner Frau wagen wollte? Sie wusste nicht, was sie sagen sollte.

»Jedenfalls ist jetzt alles ganz anders. Sandy ist schwanger. Sie bekommt ein Kind. Mein Kind! Da kann und will ich mich nicht von ihr trennen.« Er holte tief Luft. »Deshalb bin ich hergekommen, um es dir gleich zu sagen. Ich werde die Scheidung einreichen und so bald wie möglich zu ihr ziehen. Vermutlich bin ich schon weg, wenn du aus Spanien zurückkommst.«

Isaura brauchte einige Augenblicke, bis sie verstand, was er ihr sagte. Das Wort Scheidung schrillte in ihrem Kopf und noch lauter: schwanger! Sandy bekommt *mein* Kind.

Was? Er wollte mit ihr zusammenbleiben, weil sie schwanger war? Justus, der immer betont hatte, er würde keinen Wert auf Kinder legen und alles lieber so belassen, wie es war?

Aus und vorbei. Zehn gemeinsame Jahre einfach so weggewischt. Isaura hatte das Gefühl, ihr habe jemand den Boden unter den Füßen weggezogen und sie würde in einen tiefen schwarzen Abgrund stürzen. Dann kam der Schmerz. Er war größer, als sie es ertragen konnte. Etwas explodierte in ihr. Die Druckwelle schien sie zu zerreißen. Ein Schrei stieg in ihr auf.

Sie wusste nicht, ob sie wirklich schrie oder ob es nur in ihren eigenen Ohren gellte. Glas splitterte. Sie konnte nichts mehr sehen. Nun hörte sie auch Justus voller Entsetzen aufschreien. Alles begann sich zu drehen. Sie wurde durch die Luft gewirbelt und wusste nicht mehr, wo oben und wo unten war. Isaura spürte einen Schlag und noch mehr Schmerz. Dann wurde alles dunkel um sie und ganz still.

Kapitel 26

Alcalá de Henares, 1472

Die schlechten Nachrichten rissen nicht ab, während die Monate verstrichen und Isabel und Fernando immer wieder gezwungen waren, von einem Ort zum anderen zu fliehen. Schließlich landeten sie wieder auf einem von Carrillos Landgütern in Alcalá de Henares. Es kam Jimena vor, als würden die Jäger den Kreis immer enger ziehen und die Schlingen dichter auslegen, sodass sie sicher sein konnten, früher oder später würde ihr Wild sich darin verfangen und zu Fall gebracht werden. Auch die wichtige Marktstadt Medina del Campo kehrte zur Fahne des Königs zurück, und Enrique belohnte die Stadt, indem er ein riesiges Spektakel zu Ehren des Herzogs von Berry und der ganzen französischen Delegation ausrichten ließ, die den eigenwilligen Bruder des französischen Königs nach Spanien begleitete. Enrique hatte den Herzog von Berry als Bräutigam für seine Tochter Juana auserwählt.

Als Isabel davon hörte, schäumte sie vor Zorn und wollte sich nicht beruhigen lassen. Nicht nur, dass Enrique sich mit den verhassten Franzosen einließ, mit denen man noch immer um die Vorherrschaft in Navarra stritt, nein, er setzte Juana wieder als Thronerbin von Kastilien ein – was vermutlich eine Bedingung Ludwig XI. für diese Verbindung gewesen war. Enrique schwor bei dem rauschenden Fest in Medina del Campo, für das er keine Kosten und Mühen gescheut hatte, dass Juana seine Tochter sei, und nannte sie »Prinzessin und erstgeborene Erbin dieses Königreichs«. Außerdem bestand er auf einen sofortigen symbolischen Vollzug der Ehe *per procurationem*, durch eine Stellvertreterhochzeit, bei welcher der Graf von Boulogne anstelle der Braut das Jawort sprach – der Herzog von Berry war zwar bereits vierundzwanzig Jahre alt, die Braut jedoch erst acht. Von Kardinal Albi herbeigerufen, leisteten die Granden des Landes Erbprinzessin Juana ihren Treueschwur. Ja, Enrique erreichte sogar, dass der französische König einem Waffenbündnis zustimmte für den Fall, dass jemand versuchte, Juanas Thronansprüche zu gefährden. Isabel und Fernando schienen vernichtet.

Und auch der Bischofsstuhl von Carrillo, ihrem einzigen mächtigen Unterstützer, begann zu wackeln. König Enrique war erbost darüber, dass der Kirchenmann seiner aufmüpfigen Halbschwester und ihrem Gemahl noch immer Unterschlupf gewährte, und setzte alles daran, Carrillo seines Postens als Erzbischof von Toledo und Primas von Kastilien zu entheben. Mit einer Klage in Rom hoffte er, Carrillo vor ein kirchliches Gericht stellen zu können, doch dieses Mal nahte Rettung von völlig unerwarteter Seite.

»Was?«, rief Jimena und starrte Isabel verdattert an, als sie ihr die Neuigkeit berichtete.

Isabel lag bleich und abgemagert in ihrem Bett und erholte sich von der Geburt ihres zweiten Kindes, das tot zur Welt gekommen war. Die ständige Anspannung, die Furcht und die Ungewissheit hatten ihren Tribut gefordert. Wenigstens entwickelte sich die Erstgeborene Isabel prächtig und war ihrer jungen Mutter ein Trost. Das Kind ließ sie zumindest ab und zu die Sorgen um die große Politik und das Schicksal des Landes vergessen. Allerdings nicht in diesem Augenblick, da ein Bote endlich einmal eine gute Nachricht gebracht hatte.

»Habe ich das richtig verstanden?«, fragte Jimena noch einmal nach. »Der König wollte Carrillo absetzen lassen, und ausgerechnet dessen verhasster Neffe, der Marquis und Großmeister Juan Pacheco de Villena, hat alle Hebel in Bewegung gesetzt, damit die Klage im Vatikan fallen gelassen wird?«

Isabel nickte. »Ja. Enrique tobt, doch Villena scheint das nicht zu beeindrucken.«

»Ja, aber warum?«

Isabel hob ein wenig unsicher die Schultern. »Er ist immerhin sein Onkel, und selbst wenn sie sich erbittert bekämpft haben, ist das ein machtvoller Posten in der Familie.«

Jimena war noch nicht ganz überzeugt. »Hat er Carrillo nicht eiskalt abblitzen lassen, als der einen Versuch wagen wollte, Enrique mit dir zu versöhnen?«

Isabel nickte. »Ja, das schon, aber bedenke: Wenn Enrique Carrillo absetzt, wer wird dann dessen Nachfolger? Ein Erzbischof von Toledo, der den König vorbehaltlos unterstützt, wäre ein Machtfaktor, der dem Marquis nicht schmecken kann.«

Jimena nickte langsam. »Ja, Villena will keinen starken König. Er selbst will das Gewicht auf der Waage sein, das er mal hier und mal dort einsetzen kann. Seine Macht und sein Einfluss würden schrumpfen.«

Und noch eine Nachricht gab den Gejagten Auftrieb. Zu Jimenas Erstaunen war es ihre Tante Dominga, die als Erste die Nachricht brachte.

»Der Herzog von Berry ist tot?«, frohlockte Fernando. »Wie kommt es, dass wir noch nichts davon gehört haben? Nun, egal – wenn das wahr ist, dann haben sich die Bündnispläne des Königs mit Frankreich vorerst erledigt.« Er strahlte über das ganze Gesicht, zog Isabel an sich und küsste sie überschwänglich. Isabel lief rot an und befreite sich aus seiner Umarmung. Noch immer war sie selbst in Anwesenheit ihrer Freunde und Verbündeten sehr zurückhaltend, was ihre Gefühle betraf, und vermied es vor den Augen anderer, ihren Mann anders als höflich zu behandeln.

Dominga stimmte Fernando zu. »Ja, so ist es. Frankreich

hat kein Interesse, sich in Kastiliens Streitereien einzumischen, und auch die Erbschaftsfrage sollte nun wieder offen gestellt werden.«

So war die Stimmung auf dem Landgut des Erzbischofs die nächsten Tage über heiterer als sonst, und Isabel ließ es sich nicht nehmen, einen fahrenden Lautenspieler einzuladen, der sie am Abend mit seiner Musik unterhielt. Selbst Dominga schloss sich ihnen an und wirkte so gelöst, wie Jimena sie kaum in Erinnerung hatte.

Zuerst machte sich Jimena keine weiteren Gedanken über ihre Tante, doch als vier Tage später ein Bote mit derselben Nachricht kam, keimte Misstrauen in ihr auf. Sie passte den Mann ab und versuchte ein paar Details aus ihm herauszubekommen. Mit zunehmendem Entsetzen hörte sie zu und machte sich dann sofort auf den Weg, um mit ihrer Tante zu sprechen. Sie fand sie in der kleinen Kammer, die man ihr als Gemach zugewiesen hatte.

Jimena trat ein und schloss die Tür mit einem Knall hinter sich.

»Wie ich sehe, bist du beim Packen«, sagte sie, als sie das Bündel und die Kleider auf dem Bett sah.

»Ja, meine Mission hier ist beendet. Ich kehre nach Arévalo zurück.«

»Weißt du, wer vor kaum einer Stunde angekommen ist?«

»Nein«, gab Dominga gelassen zurück, ohne ihre Arbeit zu unterbrechen.

»Ein Bote, der den Tod des Herzogs von Berry vermeldete!«

Nun hielt Dominga inne und sah auf. »Ach ja? Das war ja nun keine Neuigkeit mehr.«

»Das nicht«, stimmte ihr Jimena zu, »aber dass er erst vor fünf Tagen starb, hat mich dann doch überrascht.« Ihre Stimme gewann an Schärfe. »Wann hast du uns die Nachricht gebracht? Es ist schon ein paar Tage her, und wenn ich genau rechne, dann frage ich mich: War er denn zu diesem Zeitpunkt überhaupt schon kalt?«

Dominga sah ihre Nichte kühl an. »Vielleicht, vielleicht auch nicht. Ich wollte euch die Neuigkeit eben schnell überbringen. Was tut das zur Sache?«

»Du hast es schon wieder getan! In voller Absicht und ohne Skrupel. Wie kannst du nur?«

Dominga stimmte ihr weder zu noch stritt sie den Vorwurf ab. Sie widmete ihre Aufmerksamkeit wieder ihrem Bündel und faltete ein Hemd zusammen. Dann sah sie auf und fixierte Jimena mit dem durchdringenden Blick, der bis in die Seele hinabzureichen schien.

»Wie alt bist du jetzt? Einundzwanzig? Man sollte meinen, dass du inzwischen gelernt hast, zu sehen und zu begreifen, dass man das tun muss, was richtig und was notwendig ist.«

»Alles? Auch kaltblütig morden?«, widersprach Jimena hitzig.

»Ich habe kein Blut an meinen Händen«, gab Dominga zurück.

»Nicht an den Händen, doch dein Geist und deine Seele sind blutbefleckt. Du hast mehr als nur ein Leben auf dem Gewissen. Ich will gar nicht wissen, wie viele es sind! Und sage nun nicht, dass auch ich mich schuldig gemacht habe. Ja, es ist mir passiert, doch es wird nicht wieder vorkommen. Du hast mich gelehrt, meine Kräfte zu beherrschen.«

Nun blickte Dominga verächtlich. Oder nur enttäuscht?

»Ja, ich habe dich die großen Geheimnisse gelehrt und wie du deine Gabe einsetzen kannst, aber was machst du? Du versteckst dich hier, lässt dich wie eine Strauchdiebin von einem Versteck zum anderen jagen, statt selbst einzugreifen und dafür zu sorgen, dass die Geschichte endlich ihren rechten Lauf nimmt!«

Jimena starrte sie sprachlos an. »Was verlangst du von

mir? Soll ich den König ermorden, um Isabel auf den Thron zu helfen?«

Natürlich hatte sie diese Frage nicht ernst gemeint. Sie wollte ihrer Tante lediglich vor Augen führen, wie absurd die ganze Unterhaltung war, doch Dominga schien über die Idee allen Ernstes nachzudenken, schüttelte dann aber den Kopf.

»Nein, das ist kein geeigneter Zeitpunkt für solche Maßnahmen. Nicht jetzt, da er Juana wieder als Erbin eingesetzt hat und sein Zorn auf Isabel ungebrochen ist. Sie täte gut daran, sich mit ihrem Bruder zu versöhnen, statt von einem Versteck ins nächste zu flüchten und zuzusehen, wie ihre Anhänger ihr – einer nach dem anderen – davonlaufen.«

»Das hat Isabel ja versucht«, verteidigte Jimena die Freundin.

»Ach ja? Indem sie ihn in einem offenen Rundbrief an den Adel Kastiliens schmähte?«, widersprach Dominga zwischen Ärger und Belustigung schwankend. »Wobei sie es nicht ungeschickt angefangen hat, das muss ich ihr lassen. Wie hat sie es doch gleich formuliert?« Sie runzelte die Stirn und dachte nach.

»›Ich befinde mich in der gleichen Lage wie die heilige Susanna‹, war es nicht so? ›Schweige ich, schade ich meiner Sache, spreche ich, bin ich gezwungen, die Ehre meines Bruders, des Königs, zu verletzen.‹«

»Sie hat ihm keine der schändlichen Dinge unterstellt, über die der Adel ganz offen spricht!«

»Nein, sie hat ihre Worte sehr sorgfältig gewählt«, gab Dominga zu. »Dennoch weiß jeder, was gemeint ist.«

»Ich finde, sie hat sehr gemäßigt und klug auf seinen Angriff reagiert«, behauptete Jimena und verschränkte trotzig die Arme vor der Brust. »Sag mir, Tante, was hat Isabel Schlimmes getan, um diesen unversöhnlichen Zorn ihres Bruders zu verdienen? Sie hat lediglich den Mann ihrer Wahl geheiratet.«

Dominga schnalzte ärgerlich mit der Zunge.

»Nun stell dich nicht naiver, als du bist. Hier geht es nicht darum, dass ein Mädchen ihren Gefühlen nachgegeben hat und eine unvorteilhafte Ehe eingegangen ist. Isabel hat hinter dem Rücken des Königs mit einem Land, mit dem er im Zwist liegt, ein Bündnis geschlossen, für das sie sich selbst als Pfand gab – und in ihrer Rolle als Erbin auch noch das ganze Land. Sie hat Enriques Politik, sei sie nun überlegt und klug oder nicht, das spielt hier keine Rolle, auf den Kopf gestellt. Er hat nicht unrecht, wenn er ihr vorwirft, den Pakt von Guisando gebrochen zu haben und sich in offener Rebellion gegen die Krone zu stellen. Er hat alles Recht des Königs, ihr zu zürnen und die Folgen ihres Handelns ungeschehen zu machen.«

Jimena sah sie mit wachsendem Staunen an, das sich in Zorn wandelte.

»Bist du nun plötzlich auf der Seite des Königs? Dann kannst du Isabel ja gleich aus dem Weg räumen und ihn von diesem Ärgernis befreien.«

Nun wurde Dominga ebenfalls zornig. »Rede keinen Unsinn. Du weißt, dass Isabel und Fernando das Land in eine goldene Zeit führen müssen und dass wir sie dabei unterstützen werden.«

»Aber wie?«, fragte Jimena, deren Zorn in sich zusammenfiel und sie ratlos zurückließ.

»Zuallererst, indem wir sie dem König wieder näherbringen.«

Jimena grübelte, doch ihr wollte keine Idee kommen, wie sie das bewerkstelligen sollten.

»Warte ab. In wenigen Tagen werdet ihr Besuch bekommen. Alles, was du machen musst, ist, Isabel dazu zu bringen, die Gäste aufzunehmen und ihren Plänen offen zu lauschen. Dann wird der Stein ins Rollen geraten.«

»Wer wird kommen?«, erkundigte sich Jimena neugierig,

doch Dominga gab ihr keine Antwort. Ihr Blick wanderte zur Tür.

»Psst!«

Sie war schneller dort, als man es ihr in ihrem Alter zugetraut hätte, und riss die Tür auf. Erstaunt starrte Jimena die Gestalt an, die sie hier vor den Gemächern der Damen am allerwenigsten erwartet hätte.

Falls er sich ertappt fühlte, verstand es Erzbischof Carrillo meisterhaft, seine Überraschung zu verbergen. Er hielt es auch nicht für nötig zu bestreiten, dass er gelauscht hatte. Nein, ganz im Gegenteil. Er trat noch ein Stück auf Dominga zu. Er senkte seine Stimme, als er sprach, doch der drohende Ton war nicht zu überhören.

»Überlegt Euch gut, was Ihr tut, Doña Dominga«, zischte er. »Die Kirche kann und wird irgendwann gegen Euresgleichen vorgehen, das schwöre ich. Also hütet Euch! Denn wenn der Verdacht in mir keimt, Ihr könntet Euch mit dem Teufel oder einem seiner höllischen Dämonen verbündet haben, dann werde ich mich nicht scheuen, Euch ergreifen zu lassen. Bedenkt: Wer sich in die Hand des Teufels begibt, dessen Seele kann nur mit Feuer gereinigt werden!«

Er sah sie noch einmal scharf an, dann wandte er sich ab und eilte mit wehenden Gewändern davon. Jimena starrte ihm sprachlos nach.

»Meinst du, es ist ihm mit seiner Drohung ernst?«, fragte sie schließlich zaghaft, als Dominga die Tür wieder geschlossen hatte und zu ihrer Reisetasche zurückgekehrt war.

»Aber ja«, antwortete ihre Tante fast heiter. »Alles, was er nicht kontrollieren kann, ist ihm ein Dorn im Auge. Und unsere Fähigkeiten sind ihm unheimlich. Deshalb will er sie bekämpfen.«

»Dann müssen wir in Zukunft sehr vorsichtig sein und noch mehr darauf achten, was wir in wessen Gegenwart sagen oder tun«, meinte Jimena mit einem Seufzer.

Ihre Tante lachte trocken. »Ja, das kann nicht schaden, doch ich versichere dir, mein Kind, gefährlich wird es für uns erst, wenn wir versuchen, Carrillos Pläne zu durchkreuzen. Solange unsere Kräfte auch seinen Zielen dienen, haben wir nichts zu befürchten.«

»Es ist nicht unsere Aufgabe, den Machthunger des Erzbischofs zu unterstützen«, grollte Jimena.

»Nein«, sagte Dominga schlicht, doch etwas in diesem einzigen Wort ließ Jimena aufhorchen.

»Was hast du gesehen? Werden wir uns gegen Carrillo wenden müssen und seinen ganzen Zorn auf unser Haupt laden?«

Doch Dominga antwortete nicht. Sie verstaute mit grimmiger Miene die letzten Habseligkeiten und schloss die Tasche. Jimena wurde ein wenig bang zumute, doch sosehr sie sich auch bemühte, sie konnte nicht sehen, welche Gefahr sich am Horizont zusammenzog.

Jimena schlug die Augen auf. Sie lag neben Teresa in ihrem Bett. Im Haus war es noch ruhig und kühl. Das erste Morgenlicht begann gerade erst zaghaft durch die kleinen Fenster zu kriechen. Normalerweise liebte sie diese Stunde des Tages, in der sie – zwischen Traum und Erwachen – noch ein wenig ihren Gedanken nachhängen konnte. Doch heute erfasste sie eine merkwürdige Unruhe.

Etwas würde geschehen, aber was? Es hatte irgendetwas mit ihrem Traum zu tun, der kurz vor ihrem Erwachen durch ihren Geist gezogen war. Jimena runzelte die Stirn und versuchte die Bilder zurückzurufen.

Sie hatte von Beatriz geträumt. Die Freundin war glücklich gewesen und stolz. Jimena versuchte sich zu erinnern, was genau sie geträumt hatte. Eine Hochzeit? Ja, sie hatte Beatriz bei ihrer Hochzeit gesehen. War das Wirklichkeit gewesen und bereits geschehen? Jimena war sich nicht ganz sicher. Außerdem fragte sie sich, ob es etwas zu bedeuten hatte, dass sie gerade heute Nacht diesen Traum gehabt hatte. Sie schloss noch einmal die Augen und versuchte die Bilder zurückzurufen. Stattdessen klang ein Name durch ihren Geist: Andrés de Cabrera.

Wer war dieser Mann, und warum sollte er wichtig sein?

Er ist ein Konvertit, ein zum christlichen Glauben übergetretener Jude, erklang Domingas Stimme in ihrem Inneren.

War das der wichtige Besuch, den Dominga angekündigt hatte?

Er stammt aus Madrid und ist königlicher Statthalter in Segovia, doch Villena versucht ihn mit allen Mitteln von dort zu vertreiben.

Dann war er dem Marquis nicht gerade wohlgesinnt, folgerte Jimena. Anderseits musste er dem König nahestehen, wenn Enrique ihm ausgerechnet den *Alcázar* von Segovia anvertraute, in dessen gesicherten Türmen der Staatsschatz von Kastilien aufbewahrt wurde.

Ja, gerade deshalb will Juan Pacheco selbst seine Hand auf Segovia legen.

Jimena nickte. Das passte. Und wenn der König seinen Bluthund nicht energisch zurückrief, dann stand dieser Andrés de Cabrera auf verlorenem Posten.

Er ist schlau und entschlossen und nicht bereit nachzugeben. Und er hat noch gute Kontakte zu den jüdischen Gemeinden. Den reichen *jüdischen Gemeinden!*

Ein Mann von Format mit Einfluss also, den Isabel als Verbündeten gut gebrauchen konnte.

Jimena sprang aus dem Bett und begann sich rasch anzukleiden. Als sie zum Bett zurücksah, bemerkte sie, dass Teresa die Augen geöffnet hatte und jede Bewegung mit ihrem Blick verfolgte.

»Jetzt habe ich dich geweckt, das tut mir leid.«

Teresa schlug die Decke zurück und machte eine wegwerfende Handbewegung. Mit einem Satz war sie aus dem

Bett und griff nach ihren Gewändern. Ihre Wangen waren gerötet. Jimena hob ein wenig überrascht die Brauen.

»Was ist mit dir? Du bist ja ganz aufgeregt!

Teresa machte ein paar schnelle Gesten mit ihren Händen, doch Jimena kam es vor, als könne sie eine Stimme in ihrem Kopf hören.

Bist du denn nicht aufgeregt? Beatriz kehrt zu uns zurück!

Die Frage, woher Teresa das wissen konnte, lag ihr auf der Zunge, doch sie sprach sie nicht aus. Sie wusste es einfach! Jimena schalt sich, dass sie immer wieder vergaß, dass das gleiche magische Blut durch Teresas Adern rann.

Die beiden Frauen stiegen die Treppe in den Hof hinunter, der so früh am Morgen noch ruhig und verlassen dalag. Sie mussten sich noch fast zwei Stunden gedulden, während das Haus erwachte und der Tag seinem gewohnten Gang folgte, bis endlich etwas geschah. Ein Junge kam gelaufen und meldete unbekannte Reiter.

»Eine Dame ist auch unter ihnen!«

Da man hier auf dem abgelegenen Gut nicht häufig Besuch bekam, versammelten sich alle im Hof, um selbst zu sehen, wen es an diesem Tag hierher verschlug. Als die Reiter endlich durch das Tor kamen, konnte Jimena ein Raunen hören. Sie ließ Isabel nicht aus den Augen und nahm die Anzeichen wechselnder Gefühle wahr, als diese die Freundin erkannte, die sie so schmählich im Stich gelassen hatte. Würde Isabel ihr verzeihen und sie und ihren Ehemann willkommen heißen, oder verbot der Stolz es ihr, noch einmal ihr Vertrauen zu verschenken?

Beatriz ließ sich vom Pferd gleiten und eilte sogleich auf Isabel zu. Sie ließ sich auf die Knie sinken und griff nach ihren Händen.

»Verzeih mir«, sagte sie. »Ich war schwach und konnte nicht anders. Doch jetzt bin ich hier, um dich um Vergebung zu bitten und dir unsere Hilfe und Unterstützung anzubieten.«

Jimenas Sorgen lösten sich bereits nach wenigen Augenblicken auf.

Nachdem sich die Verblüffung gelegt hatte, erhellte ein Lächeln Isabels Miene. Sie zog die Freundin ihrer Kindertage hoch und schloss sie in die Arme.

»Beatriz, ich habe gebetet und doch kaum zu hoffen gewagt, dass wir uns wiedersehen – unter besseren Umständen! Wie schön, dass du hier bist, auch wenn sich die Umstände kaum gewandelt haben.« Ihre Miene wurde ernst. »Es ist nicht sicherer geworden, zu meinen Verbündeten zu gehören! Nein, ganz im Gegenteil.« Sie unterdrückte einen Seufzer.

Beatriz nickte. »Ja, ich weiß. Ich habe euren Weg verfolgt und mit euch gebangt und gelitten. Jetzt weiß ich, dass mein Platz hier an deiner Seite ist und mir nichts anderes übrig bleibt, als meine Furcht zu besiegen. Aber das muss ich ja jetzt nicht mehr allein.«

Sie wandte sich um und winkte den Mann heran, der neben ihr geritten war. Ihr Blick und ihr Lächeln verrieten, dass er nicht nur die Wahl ihres Vaters war. Nein, Beatriz musste ihrem Gatten in Liebe zugeneigt sein. Seinen Namen hatte Jimena schon im Traum vernommen: Andrés de Cabrera. Sie betrachtete den Mann neugierig. Er war älter als sie und Beatriz. Jimena schätzte ihn auf siebenundzwanzig oder achtundzwanzig. Sein Haar war tiefschwarz und recht kurz geschnitten, sein angenehmes Gesicht wohl normalerweise glatt rasiert – wenn er nicht gerade, wie jetzt auf dem Weg nach Alcalá de Henares, einige Tage auf Reisen verbracht hatte. Er betrachtete die Welt um sich herum prüfend aus seinen dunklen Augen, und wenn er lächelte, strahlten sie. Ein Kranz von Fältchen erschien, der ihm Charme verlieh. Doch da war auch eine Entschlossenheit, die von einem eisernen Willen sprach. Er wirkte wie ein Mann, dem man sein Vertrauen schenken konnte. Wie ein Mann, der das zu verteidigen wusste, was ihm wichtig war.

Andrés de Cabrera trat vor und verbeugte sich elegant vor Isabel. Fernando war wieder einmal weg und mit den Aufständen in Katalonien beschäftigt. Genaueres wusste Jimena nicht, doch sie spürte, dass Andrés de Cabreras Interesse nicht dem Aragonier galt, sondern der zukünftigen Königin des Landes.

»Seid mir herzlich willkommen, Don Andrés«, begrüßte ihn Isabel mit warmer Stimme. »Lasst uns hineingehen und eine Erfrischung nehmen, während Eure Gemächer für Euch gerichtet werden. Ich hoffe, Ihr werdet eine Weile hierbleiben und uns Gesellschaft leisten?«

Don Andrés nickte. »Gern Hoheit, und ich hoffe, dass Ihr meine Vorschläge, die ich Euch unterbreiten möchte, gutheißen und schon bald mein Gast sein werdet. Außerdem möchte ich Euch gern meinen Begleiter hier vorstellen, Abraham Senior, ein Mann mit begnadeten Fähigkeiten, wenn es um Geld geht.«

Isabel sah ihn interessiert an und begrüßte den Mann, dessen Name und Aussehen keinen Zweifel daran ließen, dass er Jude war, doch das schien Isabel nicht zu stören. An vielen Höfen kümmerten sich Juden um die Finanzen. Es gab jüdische Ärzte und Wissenschaftler und auch Berater für andere wichtige Fragen, auch wenn immer wieder einmal Gesetze erlassen wurden, die die Freiheit der Juden einschränkten und ihnen so manchen Beruf verboten.

Isabels Lächeln erfasste alle ihre Gäste. »Gehen wir hinein. Ihr habt mein Interesse geweckt.«

Kapitel 27

Durch die Sierra de Guadarrama, 1473

Es war kalt. Ein eisiger Nordwind drang durch Umhänge und Gewänder bis auf die Haut. Jimena sah zum grauen Himmel empor, aus dem sich Schneeflocken zu lösen begannen. Der Wind griff nach ihnen und wirbelte sie umher, hob die Röcke hoch und ließ sie um die vor Kälte bläulichen Beine tanzen. »Solche Tage sollte man an einem prasselnden Feuer vor dem Kamin verbringen und sich spannende Geschichten erzählen, statt bei einer Reise zu dieser Jahreszeit jämmerlich zu erfrieren«, meinte Beatriz mit einem Seufzer.

Andrés de Cabrera sah seine Frau besorgt an. »Es tut mir leid, dass ich dir das zumuten muss. Willst du lieber hierbleiben, bis das Wetter milder wird?«

»Was?« Beatriz starrte ihren Gatten an, als habe er den Verstand verloren. »Ich soll allein auf den Gütern eines zornigen Carrillo zurückbleiben, der dir vermutlich die Pest an den Hals wünscht?« Wieder seufzte sie. »Ach, warum musstet ihr ihn so erzürnen? Nicht, dass ich ihn besonders gut leiden kann, aber er ist zumindest so mächtig, dass er uns bisher sämtliche von Isabels Gegnern vom Hals gehalten hat.«

»Die immer zahlreicher werden«, fügte ihr Mann sanft hinzu. »Ja, noch hat Carrillos starke Hand Isabel geschützt, doch wie lange kann das noch gut gehen? Und was bringt es ihr? Wenn sie sich durchsetzen will, dann müssen wir andere Wege gehen.«

»Ja, ich weiß«, wehrte Beatriz ab. »Ihr habt es mir ja erklärt. Wir brauchen die Mendozas auf unserer Seite. Sie sind die mächtigsten Granden von Kastilien und das Rückgrat des Königs.«

»Genau«, gab Jimena ihr recht. »Und sie wollen – im Gegensatz zu Villena und seiner Bande – den König und damit das Reich stärken und denken nicht nur daran, wie sie sich selbst noch mehr bereichern. Den anderen ist völlig gleich, dass sie das Land ausbluten und von einem Bürgerkrieg in den nächsten stürzen.«

»Schade nur, dass Carrillo alles, was aus dem Hause Mendoza kommt, als seinen persönlichen Todfeind ansieht und wir deshalb mitten im Winter durch die Lande ziehen müssen. Hättet ihr ihn nicht erst im Frühling verärgern können?«, schimpfte Beatriz.

Jimena lachte, während sie sich von Andrés in den Sattel helfen ließ. »Ja, vielleicht sollte man bei seinen Intrigen das Wetter mit berücksichtigen. Ich gebe ja zu, dass ich bis zum Schluss hoffte, Isabel hätte sich mit Carrillo wieder versöhnen können, doch ich fürchte, es liegt nicht allein an ihrer Annäherung an die Mendozas. Sie ist ihm einfach zu selbstständig.«

»Eigensinnig«, korrigierte Beatriz.

»Ja, er will ein dummes Lämmchen, das auf dem Thron sitzt und lächelt, während er im Hintergrund die Entscheidungen trifft.«

Beatriz lachte. »Ha, da hat er sich aber die Falsche ausgesucht. Wie oft hat sie ihn jetzt schon erzürnt, indem sie ihre eigenen Entscheidungen traf?«

»Und die Sache spitzt sich weiter zu. Genau deshalb müssen wir uns der Mendozas versichern, ehe der Erzbischof ganz die Seiten wechselt!«, erklärte Andrés. »Noch hat er sich nur mal wieder beleidigt zurückgezogen, doch er hat ihr nicht den Krieg erklärt!«

»Was er aber vielleicht tun wird, wenn er von diesem Streich erfährt«, murmelte Beatriz.

Jimena nickte. »Ja, also können wir nur hoffen, dass unser Überraschungsangriff zum Erfolg führt!«

Andrés nickte. Er stieg in den Sattel und ritt zu Don Gutierre an die Spitze des Zuges. Auch Gonzalez de Chacón, Alonso de Palencia und ein paar weitere Männer begleiteten sie. Jimena schaute zu Isabel hinüber, die ihr Pferd neben das von Don Gutierre trieb, um sich mit ihm zu besprechen. Ihre Miene war ernst und entschlossen.

Vermisste sie Fernando an ihrer Seite? Fiel es ihr schwer, diesen Schritt allein zu entscheiden und trotz der Wetterwidrigkeiten der Jahreszeit in die Tat umzusetzen? Nein, Jimena konnte keine Unsicherheit und keine Sehnsucht feststellen. Ihr Gatte kämpfte in Aragón für ihre Rechte. Gegen seinen Vater und vielleicht auch gegen sein Volk? Jimena wusste es nicht so genau. Das war seine Sache. Isabels Aufgabe hier in Kastilien betraf den König, dessen ungewohnte Härte und Unversöhnlichkeit es nun zu brechen galt. Argumente hatten beide Seiten längst genügend ausgetauscht. Nun konnte ihnen nur noch das Moment der Überraschung helfen. Aber würde das allein genügen? Jimena zerbrach sich den Kopf darüber, wie sie Isabels Position stärken und die Erfolgschancen vergrößern könnte. Seit Langem wünschte sie sich zum ersten Mal wieder, Dominga wäre bei ihr und könnte ihr einen Rat geben oder sie mit ihren Kräften unterstützen. Doch nach ihrer Auseinandersetzung mit Carrillo war sie abgereist und nicht mehr in seine oder in Jimenas Nähe gekommen.

Zu Anfang war sie froh darüber gewesen. Ihr letztes Gespräch mit ihrer Tante lag ihr noch schwer im Magen, und seitdem grübelte sie häufig. Es kam ihr plötzlich alles so falsch vor. Ihr Eingreifen in den Lauf der Geschichte, ja, vielleicht gar ihre Kräfte selbst. Hatte der Erzbischof etwa recht? Dienten sie, ohne es zu wissen, dem Teufel und seinen höllischen Dämonen? Waren diese Kräfte von Gott nicht gewollt?

Es war ihr, als könne sie Domingas verächtliche Stimme hören.

Oh ja, das wollen die Kirchenmänner uns gern glauben machen! Eine Frau mit Kräften, über die sie nicht verfügen, ja, die sie nicht einmal verstehen – das kann natürlich nur Teufelswerk sein.

Wollte er wirklich gegen Dominga und auch gegen sie selbst vorgehen? Wie waren seine Worte gewesen?

Wer sich in die Hand des Teufels begibt, dessen Seele kann nur mit Feuer gereinigt werden!

Glaubte er etwa, was er sagte? Sah er die weisen Frauen in einer Reihe mit den uneinsichtigen Ketzern, die den Tod auf dem Scheiterhaufen erleiden mussten?

Bilder huschten durch ihren Geist. Flammen brannten in ihrem Gesicht. Sie konnte Schreie hören. Tausende von Schreien, die von den Gequälten und Gemarterten in ganz Europa lodernd zum Himmel aufstiegen.

Jimena stöhnte und schüttelte den Kopf, um die Vision zu vertreiben, von der sie hoffte, dass sie nur ein Albtraum sein möge. Doch tief in ihrem Innern wusste sie es besser. Finsternis zog sich am Horizont zusammen und drohte das Land zu überfluten. Wie konnte das sein? Würde nicht Isabel schon bald auf dem Thron Kastiliens sitzen und goldene Zeiten für das Land bringen?

So ritt sie schweigend in ihre Gedanken versunken dahin und spürte in den ersten Stunden weder Wind noch Kälte, während Teresa an ihrer Seite mit den Zähnen klapperte. Beatriz begann bald schon zu jammern, und obwohl Isabel keinen Laut der Klage hören ließ und die Lippen fest aufeinanderpresste, konnte jeder sehen, dass auch sie unter der Kälte litt. So kehrten sie bereits am Nachmittag in einem Kloster ein, wo die Nonnen sich eilten, den unerwarteten Gästen eine warme Mahlzeit zu bereiten und ein Lager, auf dem sie die Nacht verbringen konnten.

Mit einem Becher heißem Gewürzwein in den Händen trat Jimena noch einmal vor das Tor und ließ den Blick nach Nordwesten wandern, wo sich hinter den Gipfeln der Berge irgendwo der *Alcázar* von Segovia über der Stadt erhob. Sie unterdrückte einen Seufzer. Weit waren sie an diesem Tag nicht gekommen. Ja, sie hatten nicht einmal den Fuß der Sierra de Guadarrama erreicht. Immer wieder riss die Wolkendecke ein wenig auf und enthüllte einen der schneebedeckten Gipfel, die majestätisch zu ihr herübersahen. Es war schon im Sommer mit etlichen Mühen verbunden, die beiden Gebirgsketten und das Hochtal dazwischen zu überqueren, doch jetzt im Winter bei so viel Schnee?

Andrés de Cabrera trat zu ihr und folgte ihrem Blick.

»Ja, es wird nicht einfach, und ich täte viel dafür, Euch und Ihrer Hoheit und all den anderen dies nicht antun zu müssen, doch wir können nicht bis zum Frühling warten.«

Jimena nickte. »Wir werden es schon schaffen. Isabel ist zäh und wild entschlossen.« Plötzlich bemerkte sie, dass Andrés immer noch seine Rüstung unter dem dicken Reiseumhang trug.

»Reiten wir heute noch weiter?«

Er schüttelte den Kopf. »Ihr und die anderen Damen nicht«, wehrte er ab, »aber ich werde mit drei meiner Männer zusehen, dass ich noch ein paar Meilen schaffe, ehe es völlig dunkel ist. Ich muss Segovia so schnell wie möglich erreichen. Es war schon riskant, überhaupt nach Alcalá zu reisen, doch ich wollte den Plan keinem Schreiben anvertrauen, das in falsche Hände hätte geraten können. Doch nun muss ich dafür sorgen, dass sich der *Alcázar* noch in meinen Händen befindet, wenn Prinzessin Isabel in Segovia eintrifft!«

Jimena nickte. »Der Marquis de Villena bemüht sich immer noch nach Kräften, Euch das Amt des königlichen Statthalters von Segovia zu entreißen?«

»Oh ja, Juan Pacheco würde nichts lieber tun, als seine

Hand auf den Staatsschatz zu legen und den verhassten Konvertiten davonzujagen.«

»Er hat Euch bereits Madrid weggenommen, nicht wahr?«

Andrés nickte grimmig.

»Aber meint Ihr wirklich, seine Feindschaft rührt allein daher, dass Ihr ein konvertierter Jude seid?«, erkundigte sich Jimena zweifelnd.

Andrés hob die Schultern. »Das ist sicher nicht der alleinige Grund. Es ist ihm ein Dorn im Auge, dass ich das Vertrauen des Königs genieße, und überhaupt gibt es viel Neid und Missgunst, wenn es um Juden und Konvertiten geht. Auch wenn die meisten Juden auf dem Land ein einfaches Leben fristen, so rücken doch stets die ins Augenmerk, die es zu Wohlstand gebracht haben und sich in den Augen der Christen ungerechtfertigt an ihnen bereichern. Immerhin müssen sie dafür einige Nachteile in Kauf nehmen. Sie müssen unter ihresgleichen wohnen, dürfen nicht jedem Beruf nachgehen, müssen höhere Abgaben bezahlen. Die Konvertiten dagegen haben die gleichen Rechte wie die guten, alteingesessenen Christen. Doch wie sollten sie gute Christen sein können, wenn doch ihre Väter und vielleicht auch sie selbst noch vor kurzer Zeit den mosaischen Gesetzen anhingen? Man unterstellt ihnen, sich nur zum Schein taufen zu lassen und heimlich ihrem alten Glauben weiterzufolgen. Daher muss man ihnen mit Misstrauen begegnen und will sie nicht auf einem wichtigen Posten oder gar in der Nähe des Königs sehen.«

Seine Stimme klang ein wenig bitter, obgleich er sich noch immer um ein Lächeln bemühte.

»Und? Ist der Vorwurf berechtigt?«, erkundigte sich Jimena.

Andrés' Stirn umwölkte sich. »Ganz sicher nicht überall. Es gibt viele, die sich aus Überzeugung taufen ließen und gute Christen sind. Doch ich muss zugeben, das trifft nicht auf alle zu. Wir können nur hoffen, dass die Uneinsichtigen nicht all den anderen irgendwann zum Verhängnis werden.«

Obwohl er dies nur so dahinsagte, spürte Jimena den tiefen Schrecken in diesen Worten, doch Andrés sprach weiter und verhinderte, dass sie sich in den gefährlichen Strudel ihrer Gedanken reißen ließ.

»Und nun lebt wohl, Doña Jimena. Ich bete um eine sichere Reise und dafür, dass wir uns schon in wenigen Tagen gesund in Segovia wiedersehen.«

Er küsste ihre Hand, während seine beiden Begleiter bereits die Pferde herausführten. Dann schwangen sie sich in den Sattel und ritten dem schwindenden Tag hinterher. Jimena sah ihnen nach, bis die drei Reiter mit den schneebedeckten Bergen verschmolzen.

Jimena hielt sich weder für ein schwaches Weib noch für wehleidig, doch auch ihre körperlichen und seelischen Kräfte wurden in den folgenden Tagen auf eine harte Probe gestellt. Bereits nach der ersten Gebirgskette dachte sie, sie könne nicht mehr weiter, und fragte sich, wie sie die Eiseskälte auch nur noch eine Stunde länger überleben sollte. Der Wind hatte den Schnee immer wieder zu mächtigen Hügeln zusammengeweht, sodass sie Mühe hatten, den Weg überhaupt zu finden. Immer wieder versackten die Pferde im tiefen Schnee, und die Reiter mussten absteigen, um die Rösser zu befreien. Dann, als sie die Passhöhe überwunden hatten, ging es so steil bergab, dass sie die Tiere führen mussten. Jimenas Füße und Hände schmerzten wie noch nie, und dann spürte sie gar nichts mehr, was sie nicht weniger beunruhigte. Sie wusste, wie schnell der Frost dauerhafte Schäden anrichten konnte. Ihre Röcke waren bis über die Knie durchweicht, und auch der Rest ihres Körpers schien in der Kälte erstarrt zu sein. Sie war zu erschöpft, um überhaupt aufzusehen und nachzuschauen, wie es den anderen ging. Am besten war es, den Blick auf die Füße gesenkt zu lassen und mit gebeugtem Rücken einen Schritt vor den anderen zu setzen, ohne zu denken, ohne sich zu fragen, wann diese Tortur ein Ende haben würde.

Plötzlich fühlte sie eine Hand an ihrem Arm und schreckte hoch. Sie sah in Teresas weißes Gesicht. Auch sie musste frieren und müde sein, doch sie sah Jimena mit einem Lächeln an, das sie wie ein warmer Schwall durchrieselte. Es war, als würde etwas Überirdisches Teresa einhüllen, ihr Mut und Kraft geben, die nun auf Jimena übersprangen.

Sorge dich nicht, meine liebe Schwester. Wir haben es bald geschafft. Dann können wir ruhen, und morgen wird alles besser sein.

Wie sollte es? Der zweite Pass lag noch vor ihnen.

Jimena sah zu Beatriz hinüber, die während des Aufstiegs gejammert und geflucht hatte, nun aber schon seit Stunden schwieg. Ihr Anblick war gespenstisch. Ihr Blick war starr wie der einer Toten, während sie steifbeinig an Don Gutierres Arm weiterwankte. Isabel dagegen hatte sich nicht ein Mal beklagt. Jimena sah, wie sie sich auf die Lippe biss und tapfer weiterging. Sie hatte Don Alonsos Hilfe abgelehnt und führte ihr Pferd selbst am Zügel. Ja, sie war eine starke Frau, und sie würde diese Stärke noch oft bitter nötig haben. Zum Glück hatte sie bereits im Herbst die kleine Isabel mit ihrer Amme nach Arévalo zu ihrer Großmutter geschickt, wo das Mädchen prächtig wuchs und gedieh.

Es wurde bereits dunkel, als sie das Kloster El Paular erreichten, das erste Kartäuserkloster Kastiliens, das sich seit fast hundert Jahren im Bau zu befinden schien. Enrique von Trastámara hatte es einst gegründet, um Buße für ein niedergebranntes Kartäuserkloster auf seinem Feldzug in Frankreich zu tun, doch es oblag dann seinem Sohn, das Kloster bauen zu lassen. Man hatte recht großzügig begonnen, doch nach einigen Jahrzehnten war das Interesse erlahmt und der Geldfluss versiegt, sodass man die Fertigstellung eher als notdürftig bezeichnen konnte.

Die Mönche waren nicht sehr erfreut über den unerwarteten Besuch, vor allem nicht über die Frauen unter den Gästen, doch der Prior sah ein, dass die Reisenden in dieser Winternacht nicht im Freien bleiben konnten. Er befahl, den Frauen die wärmste der Gästekammern zu richten, in der er sogar zwei zusätzliche Kohlepfannen aufstellen ließ.

»Wenn ich wirklich Königin von Kastilien werde, dann lasse ich dieses Kloster zu einem der prächtigsten im ganzen Land ausbauen«, schwor Isabel, als sie sich ihre eisigen Hände über den glühenden Kohlen wärmte, während einer der Brüder für eine kräftigende Mahlzeit sorgte, die sogar Fleisch enthielt, obwohl die Kartäuser selbst streng darauf verzichteten. Von den Chormönchen, deren Zellen – wie in solchen Klöstern üblich – um den Kreuzgang angeordnet waren, bekamen die Frauen natürlich nichts zu sehen. Sie hatten sich der Suche nach Gott, dem Schweigen und der Einsamkeit verschrieben. Einer der Konversen bediente die Frauen, doch auch er schwieg und zog sich rasch wieder zu den anderen Laienbrüdern zurück.

Jimena schlief wie tot in dieser Nacht. Sie hörte die Mönche nicht, als sie sich zur Matutin erhoben, und auch nicht die Glocke und den Gesang zu Laudes. Als Jimena wieder erwachte, saß Teresa neben ihr an ihrem Lager und hielt ihre Hand.

Wie geht es dir?, fragte ihr Blick. Jimena fühlte in sich hinein. Natürlich hatte die Anstrengung der Tage ihre Spuren hinterlassen, dennoch fühlte sie keine Schmerzen, und auch die Kälte hatte keine bleibenden Schäden angerichtet.

»Gut!«, konnte sie voller Staunen sagen. Sie sprang aus dem Bett und sah nach Beatriz und Isabel, die sich ebenfalls erstaunlich gut erholt hatten. Sie durften sich über ein kräftiges Frühstück freuen, während es die Regel der Kartäuser zumindest den Chorbrüdern untersagte, am Morgen etwas zu sich zu nehmen. Nur die Laienbrüder, die die schwere, körperliche Arbeit erledigten, durften etwas frühstücken und mussten nicht ganz so streng fasten.

Als sie nach draußen traten, erwartete sie nicht nur ein sonniger Tag. Der Prior stellte ihnen für den Rest des Weges kräftige Maultiere zur Verfügung, die den zweiten Pass trittsicher überwinden sollten.

»Der Jungfrau Maria sei gedankt!«, stieß Beatriz aus, die sich sonst nicht gerade darum riss, auf einem Maultier herumgeschaukelt zu werden, doch dies war immer noch besser, als bergauf und bergab durch den Schnee zu stapfen!

Isabel war ebenfalls erleichtert und bekräftigte ihren Schwur vom Vorabend. Jimena war sich sicher, dass sie es nicht vergessen würde. Sie schwang sich auf das kräftige graue Tier, das sofort fleißig voranstrebte. Jimena trieb ihren Maulesel an Teresas Seite und betrachtete die stumme Cousine, die sehr zufrieden vor sich hinlächelte.

Ihr fielen die Gedanken wieder ein, die sie aufgefangen hatte. Teresa hatte es gewusst. Kein Zweifel. Offensichtlich waren ihre Ahnungen stärker, präziser und klarer zu deuten.

Ein Gedanke streifte ihren Sinn. Hatte Teresa es nur gesehen oder hatte sie gar dafür gesorgt, dass ihre Reise angenehmer wurde? War das möglich? Sie wusste es nicht. Jimena betrachtete das junge Mädchen neben sich mit Erstaunen, in das sich so etwas wie Ehrfurcht mischte. Ja, vielleicht war Teresa die Mächtigste aller weisen Frauen Kastiliens und würde noch für manche Überraschung sorgen.

Kapitel 28

Tordesillas, März 2012

Es war früh am Morgen und noch recht kalt. Isaura saß auf ihrer Bank vor dem Haus und sah in den Sonnenaufgang. Der Ball erhob sich in tiefem Rot und begann dann zu glühen. Sie streichelte mechanisch den Kater an ihrer Seite. Ihre Hand war schmutzig braun wie von getrocknetem Blut, und auch ihr Haar und ihr Gesicht fühlten sich schmutzig und klebrig an. Ansonsten spürte Isaura nichts. Auch die Kälte drang nicht bis zu ihr durch, obwohl sie noch immer nur leichte Hosen und das kurzärmelige Shirt vom Vortag trug. Sie saß einfach nur da und sah zu, wie die Sonne sich erhob, während ihre Gedanken wirr durch vergangene Zeiten huschten. Einmal war ihr, als trete eine schattenhafte Gestalt aus dem Haus und geselle sich zu ihr. Eine Hand legte sich auf ihre Schulter und verharrte dort, ohne dass Isaura reagierte. Dann verwehte der Schatten unvermittelt. Der Kater hob den Kopf. Ein Dröhnen mischte sich unter das Zwitschern der Vögel. Der Motorlärm kam näher, dann holperte ein Wagen auf den Hof.

Isaura blieb regungslos sitzen, ohne den Blick von der Sonne zu wenden, deren Licht inzwischen so grell war, dass es in den Augen schmerzte und ihr Tränen über die Wangen herabrinnen ließ.

»Señora Thalheim? Isaura Thalheim?«, erklang die Stimme eines Mannes. Ein Schatten fiel auf ihr Gesicht und verdeckte die Sonne. Unwillig wandte Isaura den Kopf und sah den jungen Mann in Uniform an, der es wagte, ihre Einsamkeit zu stören. Ein Polizeiauto stand mitten im Hof, und ein zweiter Beamter lehnte über der offenen Fahrertür. Ein Schwall spanischer Wörter prasselte auf sie herab. Träge schüttelte Isaura den Kopf.

»Ich verstehe kein Wort«, sagte sie und hörte selbst, dass sich ihre Stimme seltsam schleppend anhörte, als habe sie zu viel getrunken. Sie sah, dass der Polizist die Augenbrauen hob. Vielleicht kam ihm ein ähnlicher Verdacht.

Hatte sie denn etwas getrunken? Isaura konnte sich nicht erinnern. Ihr Hirn war überhaupt seltsam leer. Nein, leer war der falsche Ausdruck. Es war vollgestopft mit wirren Fetzen von Bildern und Stimmen, die aber keinen Sinn ergeben wollten.

Der Polizist versuchte es noch einmal, wobei er allerdings ins Englische wechselte. »Señora Thalheim? Darf ich Sie bitten, mir einige Auskünfte zu geben?«

»Wenn es sein muss«, seufzte sie. Vielleicht fuhren die beiden Polizisten wieder davon, wenn sie ihnen geantwortet hatte, und ließen sie in Ruhe die Sonne betrachten.

»Ist es richtig, dass Sie am Sonntag, den 25. März 2012, einen silbernen Seat Ibiza am Flughafen von Madrid angemietet haben? Mit dem Kennzeichen …« Er kramte einen Zettel aus der Hosentasche und las ihr die Autonummer vor.

Isaura überlegte. »Ja, silbern war er, und es könnte ein Seat gewesen sein. Die Nummer müsste ich nachsehen. Ich muss nur meine Tasche suchen, dann kann ich es Ihnen sagen.« Sie erhob sich und sah sich verwirrt um. Wo hatte sie die Tasche hingelegt? Im Wagen? Nein, der war nicht da. Wo war er überhaupt?

»Ist dies Ihre Tasche?«, fragte der andere Polizist, der irgendwie plötzlich neben seinem Kollegen stand. Er war deutlich älter, hatte graues Haar und trug einen seltsamen Bart.

»Ja, danke«, sagte Isaura. »Wo haben Sie die denn her?«

»Aus dem Wagen, den Sie gemietet haben!«

»Ach ja? Und warum fragen Sie dann?«

»Weil uns interessiert, ob Sie wissen, wo sich der Wagen im Augenblick befindet.«

Isaura sah sich im Hof um. Sie war sich sicher, dass sie immer dort unter dem Nussbaum geparkt hatte. Aber da stand er nicht.

»Ich weiß nicht recht«, sagte sie. »Er ist weg. Sonst stand er immer da.«

Die beiden Männer tauschten einen Blick. »Dann glauben Sie, der Wagen wurde gestohlen?« Sie konnte aus ihren Gesichtern lesen, für wie absurd sie diesen Einfall hielten.

»Ich weiß nicht.«

»Haben Sie den Wagen vielleicht verliehen? An Ihren Mann, Justus Thalheim?«

»Justus?« Wieder runzelte sie angestrengt die Stirn. Sie empfand Zorn und Schmerz, ja, aber auch Schuld. Was war mit Justus? Die Gedankenfetzen wirbelten umher und wollten sich einfach nicht einfangen lassen.

Der junge Polizist beugte sich vor und ergriff ihre Hand. Isaura versuchte sie ihm zu entziehen. Es stand ihm nicht zu, ihre Hand zu nehmen, doch der Griff verstärkte sich.

»Sind Sie verletzt, Señora? Sie haben hier getrocknetes Blut auf der Hand, und auch auf ihren Kleidern sind Blutflecken.«

Hecktisch sah Isaura an sich herunter. »Nein, mir fehlt nichts. Ich weiß nicht, wie das passieren konnte.«

Wieder diese seltsamen Blicke.

»Was ist denn los?«, rief sie nun mit sich überschlagender Stimme. »Was wollen Sie von mir?«

»Señora Thalheim«, sagte nun der ältere der beiden in einem Tonfall, als würde er mit einem Kind oder mit einer senilen Alten sprechen. »Ihr Mann hatte einen Unfall gestern Nacht. Einen schweren Unfall mit dem Wagen, den Sie gemietet haben und in dem wir auch Ihre Handtasche und eine

Damenjacke fanden. Was wir allerdings nicht fanden, waren Sie! Könnte es sein, dass auch Sie in diesem Fahrzeug saßen? Dass dieses Blut an Ihren Händen und an Ihren Kleidern von jenem Unfall herrührt?«

»Was?«, rief Isaura aus und wollte protestieren, doch sie brachte keinen weiteren Ton heraus.

Glas splitterte. Sie hörte einen Schrei, dann wirbelte alles umher. Der Schmerz und dann die Dunkelheit. Der Film schien nun wieder rückwärts zu laufen. Sie saß mit Justus in diesem Wagen.

Warum?

Sie waren hier gewesen und hatten sich dann in der Dämmerung aufgemacht, um zu einem Hotel zu fahren, wo sie essen und übernachten wollten. Aber was war dann geschehen?

Wie ein Blitz durchfuhr sie die Erinnerung. Sandy war schwanger. Justus wollte die Scheidung. Sie saß neben ihm, als der Schmerz zuschlug, und dann?

»Wie bin ich hierhergekommen?«, sprach sie die Frage laut aus.

»Ja, das würde uns auch interessieren. Ein Zeuge sagte uns, dass eine Frau in dem Wagen war, die dann unmittelbar nach dem Unfall verschwunden ist.«

Isaura schüttelte den Kopf. Sie konnte und wollte es nicht glauben. Doch die zusammenhanglosen Bilder in ihrem Geist schienen zu der Geschichte zu passen.

»Wo soll das passiert sein?«, hakte sie nach.

»In der Nähe von Toro.«

»Das ist unmöglich. Es sind fast dreißig Kilometer bis dorthin. Wie kann ich in dem Wagen gesessen haben, wenn ich doch jetzt hier bin?«

Wieder nickten die beiden Polizisten. »Eine interessante Feststellung. Vielleicht hat Sie jemand mitgenommen. Vielleicht sind Sie fast die ganze Nacht gelaufen. Wir werden das überprüfen.«

Isaura konzentrierte sich noch einmal auf die Erinnerungsfetzen, die ihr Gedächtnis freigab. Dann stutzte sie. Was hatte der Polizist gesagt? Ein *schwerer* Unfall?

»Wo ist Justus, mein Mann? Ist er verletzt?«

»Interessant, dass Sie doch noch fragen«, bemerkte der Ältere der beiden Polizisten und zog eine abfällige Grimasse.

»Es war wirklich ein schwerer Unfall«, wiederholte der Jüngere, und in seiner Miene stand eher Entsetzen. »Ihr Mann hatte Glück, dass man ihn lebend aus diesem Wrack geholt hat, das man kaum noch als Auto erkennen konnte!«

Isaura wurde es abwechselnd heiß und kalt. »Wie geht es ihm? Wo ist er?«

»Er ist im Krankenhaus in Valladolid, aber wie es ihm geht, darüber dürfen wir keine Auskünfte geben. Soviel wir wissen, ist er dort auf der Intensivstation und wird von einem Doktor Jiménez Díaz betreut.«

Isaura riss dem Polizisten ihre Tasche aus der Hand. »Können Sie mich zu ihm bringen? Wie Sie ja wissen, habe ich kein Auto mehr«, fügte sie mit einem bösen Blick hinzu und strebte auf den Polizeiwagen zu. Was sollten diese Fragespielchen? Warum hatten sie nicht gleich gesagt, dass Justus etwas zugestoßen war?

Die beiden sahen einander an, doch Isaura kümmerte sich nicht um die Polizisten, sondern nahm auf der Rückbank Platz. Die beiden wechselten einen Blick und stiegen dann ebenfalls ein. Isaura wollte sie anschreien, sie sollten mal einen Zahn zulegen, denn sie schienen es nicht besonders eilig zu haben.

Der ältere drehte den Schlüssel im Schloss und ließ den Motor an, machte aber keine Anstalten loszufahren.

»Wir können Sie nicht ins Krankenhaus bringen«, sagte er. »Sie müssen erst mit uns aufs Revier kommen und mit unserem *Comisario* der Kriminalpolizei sprechen.«

»Das muss doch nicht jetzt sein«, wehrte sich Isaura. »Die Formalitäten können wir später erledigen.«

»Señora, es geht hier nicht nur um Formalitäten«, widersprach der Polizist streng. »Es geht hier möglicherweise um die Ermittlung in einer Straftat.«

»Was denn für eine Straftat? Ich denke, Justus hatte einen Unfall?«

»Ja, und wir haben noch nicht zufriedenstellend geklärt, welche Rolle Sie bei diesem Unfall gespielt haben!«

»Ich? Wie meinen Sie das?«

»Zwei Dinge sind ziemlich sicher: Sie waren in diesem Wagen, als es zu dem Unfall kam, und Sie haben sich unerlaubt vom Unfallort entfernt. So etwas nennt man unterlassene Hilfeleistung oder auch Fahrerflucht. Ich brauche Ihnen wohl nicht zu sagen, dass das strafbar ist?«

Er fuhr los. Isaura war sprachlos und sagte nichts mehr, bis sie vor der kleinen Polizeistation in Tordesillas vorfuhren.

»Señora Thalheim, nun machen Sie es mir doch nicht so schwer. Reden Sie mit mir!«

Isaura sah zu dem *Comisario* auf, der sich als »Rafael Martinez Morales« vom Kommissariat Valladolid vorgestellt hatte. Er war groß und von vierschrötigem Körperbau. Sicher war es für einen Verbrecher nicht einfach, ihn niederzuringen. Er schien trotz der Körpermasse beweglich und geschickt zu sein, das schloss sie zumindest aus seinem kraftvollen Gang, mit dem er das kleine Büro immer wieder durchquerte. Er zündete sich jetzt schon die dritte Zigarette an. Die Luft war zum Schneiden, und Isaura wünschte sich, er würde das Fenster öffnen. Sie hatte das Gefühl zu ersticken. Oder lag das an dieser unwirklichen, absurden Situation, die sie noch immer nicht recht fassen konnte?

»Ich weiß nicht, was ich Ihnen sagen soll.«

Der *Comisario* hielt inne und seufzte schwer. Dann richtete er seinen Blick so eindringlich auf sie, dass Isaura das Bedürfnis verspürte zurückzuweichen, doch sie unterdrückte den Impuls und versuchte seinem Blick standzuhalten, ohne ständig zu blinzeln.

»Gut, fangen wir damit an, dass Sie mir bestätigen, dass Sie in diesem Wagen saßen, als der Unfall geschah.«

Er sprach deutsch mit ihr. Vermutlich hatten sie ihn deshalb aus Valladolid geholt. Außerdem gab es hier in Tordesillas normalerweise gar keine Kriminalbeamten, vermutete Isaura.

»Was ist gestern Abend kurz nach Einbruch der Dunkelheit auf der Straße von Tordesillas nach Toro geschehen?«

Nun schloss sie doch kurz die Augen und überlegte. Sie sah sich neben Justus. Sie hatten Großtante Carmens Hof besucht, der keine Gnade vor den Augen ihres Mannes gefunden hatte. Abgesehen von dem alten Wagen, doch auch dessen Zustand hatte er bemängelt. Und dann waren sie weitergefahren. Richtung Toro, um in diesem vornehmen Wein- und Wellnesshotel zu übernachten. Sie sah das Bild des Doppelzimmers vor sich, das sie über das Internet gebucht hatte, und es schauderte sie, was dem aufmerksamen Blick des Kommissars nicht entging.

»Ja? An was erinnern Sie sich? Sagen Sie es mir, Señora Thalheim!«

Sie schwieg und ließ den Film vor ihrem inneren Auge weiter ablaufen. Die roten Felsen bei Toro. Die enge, kurvige Straße. Und dann seine Worte von Scheidung und einem Kind. Der Schmerz, überall Glassplitter. Sie sah noch, wie sich alles zu drehen begann, und hörte Justus' Schrei.

Isaura öffnete die Augen und sah den *Comisario* an. »Ja, ich war in dem Wagen, als der Unfall passierte.«

»Sind Sie gefahren?«

»Nein!«

»Wie kam es zu dem Unfall? Es war kein anderes Fahrzeug

beteiligt. Warum ist der Wagen von der Fahrbahn abgekommen und hat sich überschlagen?«

Sie zögerte, dann hob sie die Schultern. »Ich weiß es nicht. Wir hatten – eine Auseinandersetzung. Ich habe nicht so sehr auf die Umgebung geachtet. Ich erinnere mich noch, dass sich alles um mich herum drehte. Danach weiß ich nichts mehr.«

»Und irgendwann saßen Sie dann völlig unversehrt auf der Bank vor ihrem Häuschen fast dreißig Kilometer vom Unfallort entfernt?«

Isaura hob die Schultern und nickte.

»Sie sind nicht verletzt, das stimmt doch?«

Isaura sah auf ihre nun sauberen Hände herab. Allerdings hatte die Spurensicherung zuerst eine Probe genommen, ehe sie ihr erlaubt hatten, das getrocknete Blut abzuwaschen.

»Sie werden es mir bald sagen können, ob es Justus' Blut war, das ich an den Händen hatte.«

Der *Comisario* kam noch näher und beugte sich über sie, sodass sie seinen Zigarettenatem im Gesicht spürte. »Eine interessante Formulierung, Señora Thalheim, ja, das muss ich sagen.«

Sie reagierte nicht. Warum hatte sie das gesagt? Warum hatte sie es auf diese Weise gesagt? Weil sie es so empfand?

Ja, sie fühlte sich irgendwie schuldig und hatte das Gefühl, Justus etwas Schlimmes angetan zu haben, dabei hatte doch er sie betrogen, hatte mit einer anderen ein Kind gezeugt und wollte sie nun verlassen. Warum dann dieses Gefühl von Schuld?

Sie spürte, dass der *Comisario* jede Regung, jedes Zucken eines Muskels in ihrem Gesicht genau registrierte. Vermutlich war er gut, und bei ihm kam keiner so einfach mit einer Lüge davon.

Seine Stimme wurde trügerisch sanft, als er weitersprach. »Wollen Sie mir nicht noch irgendetwas erzählen? Es erleichtert Sie, wenn Sie es herauslassen. Ich sehe es in Ihrem Gesicht, dass Sie etwas quält.«

»Nur die Ungewissheit, *Comisario* Martinez.«

Er nickte und trat hinter seinen Schreibtisch zurück, den einer der Beamten des Reviers in Tordesillas ihm hatte überlassen müssen.

»Gut, ich sehe, so kommen wir nicht weiter. Dann fangen wir es anders an.« Er öffnete ein Notebook, steckte seitlich einen Speicherstick ein und klickte sich durch irgendein Menü. Dann forderte er Isaura auf, mit ihrem Stuhl näher zu rücken.

»Kommen Sie, Señora, und sehen Sie sich das an. Und dann erklären Sie mir, wie Sie das Wunder vollbringen konnten, ohne auch nur einen Kratzer dort herauszukommen!«

Den Blick fest auf ihr Gesicht gerichtet, drehte er das Notebook um, bis sie das Foto auf dem Monitor sehen konnte. Isaura erstarrte. Es war entsetzlich, und doch sagte etwas tief in ihrem Innern, dass sie dieses Bild schon einmal gesehen hatte. Größer. Näher. In Wirklichkeit.

Wenn sie es nicht wüsste, dann hätte sie den Wagen, den sie vor einigen Tagen am Madrider Flughafen gemietet hatte, nicht wiedererkannt. Ja, es war sogar nicht einfach, überhaupt ein Auto in diesen verdrehten Blechmassen zu erkennen, die auf der Seite liegend eingekeilt zwischen einem Baum und einem roten Felsen steckten.

Endlich verstand Isaura die ungläubigen Fragen und das ganze Misstrauen. Wenn man dieses Bild vor Augen hatte, konnte man sich nicht vorstellen, wie ein Mensch dort lebend herausgeholt werden konnte. Und ihr fehlte rein gar nichts! Kein Kratzer, keine Prellung – nur die Erinnerung war verschwunden.

Also hatte sie doch nicht in dem Auto gesessen? Wo aber war sie dann gewesen? Und warum konnte sie sich an das splitternde Glas und an das Schleudern des Wagens erinnern?

Und Justus? Es durchfuhr sie eiskalt. Sie hatten ihn aus diesem zerdrückten Blechhaufen gezogen. Wie schwer waren seine Verletzungen?

»Können Sie mir sagen, wie es meinem Mann geht? Wann darf ich ihn sehen?«

Comisario Martinez zuckte mit den Schultern. »Ich kann Ihnen keine medizinischen Auskünfte geben, doch wenn Sie es wünschen, kann ich Sie nachher in die Klinik nach Valladolid begleiten. Vielleicht hilft dort einer der Ärzte Ihrem Gedächtnis auf die Sprünge.«

Isaura spürte, dass er nicht so ganz an ihre Erinnerungslücke glaubte.

»Möchten Sie, bevor wir aufbrechen, noch telefonieren und einen Anwalt zurate ziehen?«

»Brauche ich denn einen?«, gab Isaura kühl zurück. Selbst wenn sie sich nicht an alles erinnern konnte, war sie sich doch sicher, dass sie nichts getan hatte, was strafrechtlich verfolgt werden musste. Ganz gleich, wie sehr sie das Gefühl von Schuld bedrückte. Das war etwas anderes. Hoffte sie zumindest.

Noch einmal kam ihr der Kommissar sehr nahe und blies ihr den Zigarettenrauch ins Gesicht. »Das ist Ihre Entscheidung, Señora Thalheim. Bisher ermitteln wir nur wegen des Verdachts auf schwere Körperverletzung, doch wer weiß, vielleicht könnte daraus ja bald der Verdacht auf Totschlag oder gar Mord werden.«

Isaura sprang mit einem Entsetzensschrei auf. »Steht es so schlimm um Justus? Ich muss sofort zu ihm!«

Der *Comisario* nahm sein Jackett von der Stuhllehne und schlüpfte hinein. »Gut, gehen wir.« Er reichte Isaura ihr Handy, das in der vergessenen Handtasche aus dem Wrack geborgen worden war.

»Sie könnten ja den Anwalt anrufen, mit dem sie erst vor wenigen Tagen gesprochen haben«, meinte er zu beiläufig, als würde er nicht geradezu auf ihre Antwort lauern.

Isaura verdrehte die Augen. »Ja, das könnte ich, aber da Sie ja schon so gut recherchiert haben, wissen Sie auch, dass ich den Anwalt Señor Campillo Fernández aus Segovia wegen einer Erbschaft aufgesucht habe. Ich glaube nicht, dass Strafrecht zu seinen Spezialgebieten gehört.«

»Mag sein«, sagte der Kommissar nur und führte sie zu seinem Wagen. Isaura rutschte auf den Rücksitz des alten Peugeot, dessen Farbe unter der dicken Staubschicht nur zu ahnen war. Zögernd sah sie auf ihr Handy herunter, dann rief sie den Anwalt an, erreichte aber nur seine Sekretärin. Falls Isaura wirklich einen Rechtsbeistand benötigte, würde er ihr sicher einen Kollegen nennen können, bei dem sie in guten Händen war – falls die Dame am anderen Ende überhaupt etwas von dem verstand, was sie ihr sagte. Isaura war sich da nicht sicher. Sie würde es später noch einmal versuchen müssen.

Der *Comisario* setzte sich ans Steuer und fuhr los. Obwohl er so tat, als würde er sich auf die Straße und seine Zigaretten konzentrieren, die er eine nach der anderen rauchte, spürte Isaura, dass er sie im Rückspiegel beobachtete. Sie versuchte sich an einer unbeteiligten Miene und wandte den Blick aus dem Fenster, ohne etwas von der vorbeirauschenden Landschaft wahrzunehmen. Sie versuchte etwas anderes zu sehen: Was genau war in der vergangenen Nacht vorgefallen? Wie war es zu dem Unfall gekommen? Wie konnte es sein, dass Justus schwer verletzt und sie völlig unversehrt aus dem Schrotthaufen gekommen war? Und wie war sie zurück zu ihrem Häuschen nach Tordesillas gelangt?

Isaura strengte sich an, bis ihr Kopf zu dröhnen begann, doch ihr Geist ließ sich keine Antworten abringen. Stattdessen wich er immer wieder aus und riss sie weit in die Vergangenheit zurück, in die Zeit der großen Königin, die einen ganz anderen Kampf auszufechten hatte.

Kapitel 29

Segovia, 1473

Segovia, endlich! Jimena ließ den Blick die Stadtmauer hinaufwandern, bis er sich an dem prächtigen *Alcázar* festsaugte, der stolz im Mittagslicht über der höchsten Klippe aufragte. Es war ein Gefühl, als würde sie heimkommen. So viele Erinnerungen ihrer Jugend waren mit Segovia verbunden. Gute und schlechte. Im Augenblick jedenfalls kam ihr der Palast wie das schimmernde Trugbild eines Traums vor, der das Ziel all ihrer Wünsche war. Und den anderen ging es nicht anders.

»Ein Badezuber mit heißem Wasser«, seufzte Beatriz. »Frische Kleider und eine Suppe mit viel Fleisch und warmem, frischem Brot.«

»Das kannst du sicher bald haben«, versprach Isabel.

Andrés de Cabrera ritt ihnen vor der Stadt entgegen und führte sie zu einer der Nebenpforten, durch die sie Segovia unbemerkt betraten. Er führte sie zuerst zu seinem Stadthaus, wo sie die Spuren der Reise tilgen konnten. Beatriz strahlte zu ihm auf, sodass man ihr die Strapazen des langen Ritts für einen Moment nicht mehr ansah.

»Wo ist Enrique?«, erkundigte sich Isabel. »Wann werde ich ihn sehen? Weiß er bereits etwas?«

Andrés schüttelte den Kopf. »Er ist völlig ahnungslos. Wer erwartet zu dieser Jahreszeit schon Besuch von jenseits der Berge? Nein, nicht einmal der Marquis von Villena ahnt etwas von diesem Schritt. Der König ist heute Morgen beim ersten Licht des Tages auf die Jagd geritten. Ich werde ihm einen Boten nachsenden, der ihn vom Eintreffen seiner Schwester unterrichtet, und dann müssen wir sehen, wie er reagiert.«

Kaum zwei Stunden später – die Damen hatten gerade genug Zeit gehabt, um sich zu waschen, die Kleider zu wechseln und ein einfaches Mahl zu sich zu nehmen – entstand draußen auf der Gasse Unruhe. Ein Page kam aufgeregt in die Halle gerannt, wo sich alle an der Tafel niedergelassen hatten, und verkündete, dass der König käme!

»Auf seinem großen schwarzen Jagdpferd. Die Hunde hat er auch mit dabei und zwei seiner Jäger«, rief der Knabe.

Isabel schob den Teller von sich, erhob sich und strich ihre Röcke glatt. Dies war aber auch das einzige Zeichen, das eine mögliche Anspannung verriet, dabei wusste sie genau, wie viel davon abhing, wie diese erste Begegnung verlief.

Auch die anderen erhoben sich von der Tafel, als ein Diener bereits den König meldete. Mit großen Schritten trat er in die Halle und sah sich suchend um, bis er Isabel entdeckte.

»Es ist also wahr, was der Bote mir berichtet hat. Meine Schwester Isabel ist nach Segovia gekommen!«

Die Worte klangen ein wenig ungläubig. Der König war unsicher, wie er reagieren sollte. Da stand er nun, so wie Jimena ihn in Erinnerung hatte, nur dass er statt seiner langen, maurischen Gewänder heute Stiefel, Hosen und Jagdwams trug. Doch noch immer waren das rote Haupthaar und der Bart eher ungepflegt zu nennen, und er wirkte mit seinen zu langen, schlaksigen Gliedern ein wenig unbeholfen. Nein, wie ein König sah Enrique nicht aus. Dagegen konnte man Isabels Auftreten gar nicht anders als als königlich bezeichnen! Es lag in ihren Händen, es in die eine oder andere Richtung zu wenden. Jimena hielt den Atem an, als sie auf ihn zuschritt. Sie versuchte, in den Geist des Königs einzudringen und seine Stimmung ein wenig zu formen, sollte es nötig werden.

»Liebster Bruder, ja, ich bin es wirklich. Ich habe es nicht länger ausgehalten, dass Unfriede und Missverständnisse zwischen uns herrschen. Und so bin ich bei Eis und Schnee über die Berge gezogen, um dir von Angesicht zu Angesicht gegenüberzustehen und dir meine Hand zu reichen. Lass uns zusammen Weihnachten feiern, das Fest der Liebe und des Friedens, auf dass wieder Harmonie zwischen uns einkehre wie früher und wir wieder eine Familie sind!«

Das Erstaunen des Königs verwandelte sich in ein Strahlen. Er zog Isabel in seine Arme und küsste ihre Wangen.

»Liebste Schwester! Warum bist du hier in Cabreras Haus abgestiegen? Komm gleich mit. Du bist herzlich eingeladen, und dein Gefolge natürlich auch. Wir wollen sogleich aufbrechen.«

Rösser wurden eiligst gesattelt, und der König ließ es sich nicht nehmen, das Pferd seiner Schwester persönlich bis zum Tor des *Alcázar* zu führen. Unterwegs plauderten sie freundlich miteinander. Jimena konnte zwar nicht hören, worüber sie sprachen, doch sie sah den König entspannt lächeln. Ja, er führte seine Schwester nicht nur durch die ganze Stadt, wo die Menschen begannen, der Prinzessin zuzujubeln, er veranstaltete ihr zu Ehren auch ein Festbankett, bei dem sie ihn vom Platz an seiner Rechten mit lustigen Anekdoten aus ihrer Jugend unterhielt. Sie verstand es brillant, gemeinsame Erinnerungen heraufzubeschwören, sodass der König den ganzen Abend heiter und in gelöster Stimmung war. Das Thema Erbfolge und die Rechte seiner Tochter wurden natürlich nicht angesprochen. Überhaupt sollte es an diesem Abend nicht um Politik gehen. Jimena sah, dass Andrés und Abraham Senior das Geschwisterpaar nicht aus den Augen ließen, sodass sie kaum zum Essen kamen. Erst spät in der Nacht ließ ihre Anspannung nach. Ihre Taktik der Überraschung war aufgegangen. Bereits am nächsten Morgen schickten sie einen Boten los, der Fernando nach Segovia rief. Denn nun sollte der König auch mit seinem Schwager Freundschaft schließen.

Und so feierte man am Hof von Segovia am 27. Dezember ein zweites Weihnachtsfest.

Im *Alcázar* von Segovia gab es für Jimena auch ein Wiedersehen mit Ramón. Nicht ganz unerwartet, und doch spielte ihr ganzer Körper verrückt, als sie seine Nähe unvermittelt ahnte. Sie waren am nächsten Tag gerade auf dem Weg zum großen Saal, als es heiß und kalt in ihr aufwallte. Jimena ärgerte sich über sich selbst, doch sie musste sich kurz an einer der Säulen abstützen, bis sie ihr Gleichgewicht wiedergefunden hatte. Schwer atmend blieb sie stehen, während Isabel mit Beatriz und Teresa den Saal betrat.

»Ramón!«, kam es ihr über die Lippen, obwohl sie es nicht wollte. Sie sah sich um, konnte ihn aber nicht entdecken. Er musste jedoch hier sein. Sie spürte es ganz deutlich!

Einer der Wandteppiche rauschte, dann trat Ramón ein wenig verlegen hervor.

»Ich hätte es mir denken können, dass du mich entdeckst«, sagte er und schlug verlegen den Blick nieder.

»Warum versteckst du dich hier drin?« Jimena runzelte die Stirn.

»Um einen Blick auf dich zu werfen. Ich weiß, wir haben uns im Zorn getrennt, und ich darf nicht hoffen, dass du mir noch einmal verzeihst, doch ich konnte nicht anders, ich musste dich sehen – vielleicht, um mein Leiden ein wenig zu vergrößern? Ja, ganz sicher. Denn nun stehst du vor mir, so strahlend, so begehrenswert. Was bist du für eine wunderschöne Frau geworden!«

Nun fühlte sich Jimena unsicher. »Was redest du nur für einen Unsinn! Willst du mich verspotten?«, fragte sie, obgleich sie die Bewunderung in seiner Stimme hörte und den unterdrückten Schmerz.

Ramón trat näher, nun beinahe stürmisch, und griff nach ihren Händen. »Nein, ich spotte nicht. Gibt es in Isabels Haushalt denn keine Spiegel? Sieh dich an! Dein Haar, deine Augen, diese reine, helle Haut und dein Mund, bei dessen Anblick man nur noch an Küsse denken kann.«

Jimena lachte, um ihre Befangenheit zu überspielen. »Ramón, bist du nun unter die Dichter gegangen?«

»Nein, aber wenn ich dich sehe, dann verstehe ich, warum ein Mann das Schwert niederlegt und stattdessen zur Feder greift.«

»Was für ein Unsinn«, sagte sie noch einmal, doch dieses Mal sehr zärtlich. So ermutigt küsste Ramón sie auf den Mund.

»Hast du Hunger?«, raunte er.

»Oh ja«, hauchte sie und merkte, wie ihre Vernunft sich ohne Bedauern zurückzog. »Seit Monaten, nein, seit Jahren quält er mich stärker und stärker.«

»Darf ich daraus schließen, dass du nicht von den Köstlichkeiten sprichst, die der König gerade servieren lässt?«

Seine Frage endete in einem Kuss, der leidenschaftlicher war und länger dauerte als der erste.

Ramón zog sie mit sich hinaus. Immer wieder blieben sie stehen und küssten einander, sobald sie halbwegs sicher sein konnten, dass keiner sie sah. Das warme Wogen in ihr wurde zur brennenden Hitze, das Verlangen übermächtig. Sie konnte und wollte nicht länger darüber nachdenken, was sich schickte oder was verboten war.

Drängte er sie die Treppe zu den Gemächern der Damen hinauf, oder zog sie ihn dorthin? Jedenfalls taumelten sie eng umschlungen durch die Tür in das Gemach, das Jimena nachts mit Teresa teilte, die jetzt unten beim Mahl saß und sich vielleicht Sorgen machte.

Würde sie heraufkommen, um nach ihr zu sehen? Würde sie ihre Cousine in dieser schändlichen Situation überraschen?

Ramóns Hände verscheuchten die Gedanken. Mit fieberhafter Ungeduld nestelten sie an Jimenas Leibchen und befreiten sie von ihren Röcken. Ramón verbarg sein Gesicht in ihrem Haar und sog seinen Duft in sich ein, dann spürte Jimena seine Lippen an ihrem Nacken und an ihrem Hals, dass es sie in heißen Wellen durchfuhr. Sie stöhnte und presste sich an ihn. Wie lange hatte sie auf diesen Tag gewartet? Wie viele Stunden in quälender Sehnsucht wach gelegen? Für einen Moment fürchtete sie, dies könnte wieder nur ein Traum sein, aus dem sie jeden Augenblick voll unerfüllter Sehnsucht erwachen könnte.

»Oh halt mich fest, damit ich weiß, dass es nicht nur ein Traum ist«, flüsterte sie, und Ramón ließ sich nicht lange bitten. Er legte die Arme um sie und küsste sie, bis sie beide außer Atem waren.

»Es ist wahr! Glaubst du es jetzt?«

Jimena nickte mit Tränen in den Augen. »Nun wird uns nichts mehr trennen!«

Doch plötzlich trat Unsicherheit in seinen Blick. Er wich ein Stück zurück. Seine Finger wanderten zart ihren nackten Arm hinunter.

»Willst du das wirklich? Ich möchte dich nicht drängen, obgleich ich nichts mehr begehre, als endlich eins mit dir zu werden.«

»Ich liebe dich, Ramón. Ich liebe dich von ganzem Herzen und kann die Tage, Wochen und Monate nicht mehr zählen, die ich diesen Augenblick schon herbeisehne. Ich will es!«

Fast feierlich streifte er das Unterkleid über ihren Kopf und löste ihre Flechten, dass ihr dichtes, dunkles Haar in weichen Wellen über ihren Rücken herabfiel.

»Wie Eva im Paradies«, hauchte er.

Nachdem die Schlange sie verführt hatte? Nein, Jimena wollte jetzt nicht an die Folgen denken, die das Naschen der verbotenen Frucht nach sich zog.

Jimena schloss die Augen, während seine Hände über ihren Körper wanderten.

»Du bist so wunderschön«, sagte er voller Bewunderung. »Womit könnte ich etwas so Herrliches verdient haben?«

Sie hob die Lider und war gerührt von seinem Blick, in dem Verehrung, aber auch Verlangen aufleuchteten. Und unter seinen zarten Berührungen flammte auch in ihr Begehren auf. Sie half ihm beim Ausziehen und schauderte, als sein nackter Körper den ihren berührte. So heiß, so lebendig, so voller Leidenschaft. Rastlos und staunend wanderten ihre Hände über seine Haut. Noch nie hatte sie einen Mann so berührt, doch sie schämte sich nicht dafür. Tastend ließ sie ihre Lippen über seinen Oberkörper wandern und keuchte überrascht auf, als Ramón sie heftig packte und aufs Bett zog. Seine Hände und sein Mund schienen überall zu sein. Es war Lust und doch auch Qual. Sie verlangte nach mehr! Und so war der Schmerz, als er sich auf sie schob und in sie drang, Erlösung. Jimena klammerte sich an ihn, die Augen weit aufgerissen. So war es also, wenn die Liebenden eins miteinander wurden und ihre Körper und ihre Seelen miteinander verschmolzen. Jimena spürte, wie Ramón erzitterte, dann wurde er ruhig und lag schwer atmend in ihren Armen, das Gesicht in ihrem offenen Haar vergraben.

Nachdem die Flammen erloschen waren und Jimena matt in den Kissen lag, fragte sie sich, ob es klug gewesen war, dem Drängen ihrer Lust nachzugeben.

Ramón stützte sich auf seinen Ellenbogen und sah sie zärtlich an.

»Ich danke dir, meine Schöne, meine Liebe. Ganz gleich, welche Stürme wir in unserem Leben noch bestehen müssen, die Erinnerung an diese Augenblicke kann uns niemand mehr nehmen. Sie wird mir die finsteren Stunden erhellen und die kalten Nächte erwärmen.«

Jimena traten Tränen in die Augen. Sie küsste seine Fingerspitzen, doch sie sagte nichts. Es gab nichts zu sagen. Ramón hatte die rechten Worte bereits gefunden.

Das Mahl war gerade zu Ende, als Jimena wieder angekleidet und halbwegs ordentlich frisiert unten erschien.

»Wo warst du?«, erkundigte sich Beatriz. »Sollen wir dir noch ein wenig vom Braten bringen lassen? Oder von der Wildpastete? Die solltest du versuchen!«

»Nein, danke. Ich bin nicht hungrig. Mir war nicht ganz wohl.«

Sie spürte, wie ihre Wangen glühten, als sie die Lider senkte.

»Nicht ganz wohl?«, wiederholte Beatriz, die sie aufmerksam musterte. »Also, wenn du mich fragst, dann siehst du aus, als wäre dir sogar sehr wohl!«

Sie verstummte, als Teresa sie in den Arm knuffte. Ein gefährliches Blitzen in den Augen der Jüngeren ließ Beatriz tonlos den Mund öffnen, dann ließ sie das Thema fallen und wandte sich an Isabel. Teresa dagegen bedachte ihre Cousine mit einem seltsamen Lächeln.

Sie weiß es, durchfuhr es Jimena heiß, und vor Scham wusste sie nicht, wohin sie schauen sollte. Stand es ihr wirklich so deutlich ins Gesicht geschrieben? Oder konnte nur Teresa lesen, was in ihr vorging?

Natürlich. Deshalb war sie im Saal bei den anderen geblieben und hatte nicht nach Jimena gesucht. Wie hatte sie auch nur einen Moment zweifeln können? Wäre es ihr schlecht gegangen, hätte Teresa keinen Augenblick versäumt, sie zu suchen und sich um sie zu kümmern.

Eine Hand stahl sich in die ihre, und Jimena zwang sich, ihrer Cousine in die Augen zu sehen. Doch sie las dort weder einen Vorwurf noch Entrüstung. Es strahlten nur Wärme und Freude aus ihrem Blick.

Fernando traf am 1. Januar mit seinem kleinen Gefolge ein und wurde von Andrés de Cabrera in Empfang genommen. Er führte ihn zu Isabel, und beide gaben ihm – noch ehe er sich aus seinen nassen und schmutzigen Reisekleidern geschält hatte – im Wechsel Anweisungen, wie er sich dem König angenehm machen konnte.

»Ja, ich habe es verstanden!«, rief er halb belustigt und halb ärgerlich. »Soll ich es noch einmal wiederholen? Keine Gespräche über Politik, die Laune des Königs mit Musik heben und ihm immer wieder süßes Buttergebäck mit feinem weißem Käse reichen. Darf ich mich jetzt umziehen?«

Isabel trat auf ihn zu und drückte ihm einen Kuss auf die Nase. »Ja, mein Gatte, das darfst du, und dann wirst du Enrique mit deinem Charme beeindrucken, dem sich keiner entziehen kann.«

Jimena hörte die leise Bitterkeit in den letzten Worten und senkte beschämt den Blick. Isabel war weder dumm noch blind und wusste, dass sie nicht mit den weiblichen Reizen und der Schönheit manch anderer Dame ausgestattet war – und dass ihr Gatte den fremden Reizen nur zu gern nachgab. Nicht, dass Jimena ihm je gestatten würde, die Grenze der Schicklichkeit zu überschreiten, doch der Prinz zeigte ihr deutlich, dass er nicht abgeneigt war, und sie gab sich nicht der Illusion hin, dass sie die einzige Dame sei, der er den Hof machte. Isabel tat zwar so, als bemerke sie es nicht, und Jimena war sich auch sicher, dass sie Fernando keine Vorwürfe machte, wenn sie allein waren, doch sie litt. Es fiel ihr schwer zu verstehen, dass Männer einfach anders waren und die Treue, die sie bei ihrem Ehegelübde geschworen hatten, nicht einzuhalten gedachten. Isabel dagegen ließ stets mindestens eine ihrer Damen in ihrem Gemach schlafen, wenn Fernando – wie so oft – nicht da war und das eheliche Lager nicht mit ihr teilen konnte.

Egal, welche Befürchtungen Isabel oder ihre Vertrauten gehegt hatten, auch Enrique war gegen Fernandos Charme nicht immun, und der junge Prinz tat und sagte nichts, was die Stimmung hätte trüben können. Zu diesem Mahl war auch der frisch gewählte Kardinal und Kanzler des Königs,

Pedro Gonzales de Mendoza, erschienen, der Isabel fast den ganzen Abend in Beschlag nahm.

»Carrillo würde vor Zorn und Eifersucht tot umfallen, wenn er die beiden sehen könnte«, raunte Beatriz Jimena zu, und so ganz unrecht hatte sie damit sicher nicht.

»Zumindest würde er toben«, gab ihr Jimena recht, die den Kardinal aufmerksam betrachtete. Er mochte etwa Mitte vierzig sein. Sein Haar war schwarz, sein Gesicht eher schmal. Er war groß, und im Gegensatz zu so vielen Kirchenmännern in bequemen Positionen schien er nicht zu Leibesfülle zu neigen. Ja, er machte eher den Eindruck eines Mannes, der sich auch in Rüstung auf einem Pferd behaupten könnte. Sein Blick war aufmerksam und klug. Sie stellte mit so etwas wie Erleichterung fest, dass ihm das Berechnende fehlte, das Jimena zunehmend bei Carrillo wahrgenommen hatte. Dennoch gab sie sich nicht der Illusion hin, dieser Mann würde seine Gunst selbstlos verteilen. Auch er war Teil einer Adelsfamilie, vermutlich der reichsten und mächtigsten von Kastilien.

Vielleicht spürte er ihren Blick. Jedenfalls sah er auf und fixierte sie einige Augenblicke. Dann erhellte ein Lächeln seine Miene, und er neigte grüßend den Kopf. Kleine Fältchen gruben sich um seine Augen ein, und seine Lippen formten einige Worte. Jimena wurde klar, dass dieser Mann, trotz Mäßigung bei Essen und Wein, sicher kein Asket war und auch keiner, der ein Keuschheitsgelübde allzu ernst nehmen würde. Und dennoch spürte sie, dass er ihr sympathisch war und sie ihn mochte.

Ganz im Gegenteil zu dem anderen wichtigen Berater des Königs, der eine Miene zur Schau trug, als habe er in eine Zitrone gebissen. Juan Pacheco schlich um den König herum und bedachte Fernando und Isabel abwechselnd mit Blicken, die tödlich für sie gewesen wären, wenn er denn über entsprechende Kräfte verfügt hätte. Es war ihm mehr als nur ein Dorn im Auge, die Schwester des Königs und ihren Gemahl mit dem Monarchen in solch trauter Runde zu sehen und Zeuge ihrer Versöhnung zu werden.

»Siehst du, wie es in seinem kranken Geist arbeitet?«, raunte Beatriz. »Ich wette, er grübelt über nichts anderes als darüber, wie er wieder einen Keil zwischen den König und Isabel treiben kann.«

Jimena nickte. »Ja, wollen wir nur hoffen, dass er diesen Keil nicht allzu schnell in die Finger bekommt.«

Doch die gute Stimmung hielt an, was vielleicht auch daran lag, dass die Königin und ihr treuer Favorit Beltrán de la Cueva nicht in Segovia weilten. Und Juana selbst? Sie war vielleicht einfach noch zu jung, um zu begreifen, was das erneute gute Einvernehmen zwischen ihrer Tante und dem König für sie bedeuten konnte. So war der Marquis de Villena der Einzige, der das traute Glück störte.

Da der Winter den Januar über noch einmal recht hart zu werden drohte, beschlossen Isabel und Fernando, noch eine Weile zu bleiben. Verständlicherweise besuchten nur wenige Reisende in diesen Tagen die Stadt am Fuß der tief verschneiten Berge. Einer wagte es allerdings doch: Don Beltrán kam – wie Jimena verlauten hörte, auf Villenas Drängen – und wurde vom König freudig in Empfang genommen.

»Ah, mein lieber Freund, wie schön, Euch in meinem Haus begrüßen zu dürfen. Wir hatten seit Dreikönig kein ordentliches Festmahl mehr. Was also träfe sich besser, als Eure Wiederkehr zum Anlass für eine kleine Feier zu nehmen?«

Er klatschte in die Hände und ordnete an, am Abend im großen Saal aufzutischen, dass sich die Tafel biegen sollte! Dass seinen Küchenmeister fast der Schlagfluss traf, war ihm gleich. Wenn man für einen König arbeitete, musste man auf Überraschungen gefasst sein. Rasch wurden Jäger losgeschickt, um noch ein paar Fasane oder anderes Geflügel zu erwischen. Ein paar Hasen waren auch immer gut, während in der Küche schon kräftig Teig für Pasteten geknetet und Gemüse und Zwiebeln geschnitten und gekocht wurden. Zwei Schweine und ein junger Stier mussten ihr Leben lassen, es wurden Früchte glasiert und süßer Reis mit Mandeln verkocht. Drei Küchenjungen waren allein mit den vielen Krebsen beschäftigt, die man aus den eisigen Fluten der umliegenden Flüsse fischte. Und dann kamen die Jäger mit reicher Beute zurück. Endlich wurde der Küchenmeister ruhiger, und als es Zeit wurde, sich zu Tisch zu begeben, schimmerte der Saal im Licht von Dutzenden von Kerzen, und die Tafel bog sich tatsächlich unter den vielen Köstlichkeiten.

Fernando war begeistert und ließ es sich schmecken. Auch die Weine, die der König ihnen servieren ließ, lobte er und ließ sich immer wieder nachschenken. Da war er sich mit Kardinal Mendoza einig, selbst wenn man die beiden nicht als betrunken hätte bezeichnen können. Isabel dagegen probierte zwar von Schinken, Pasteten und Süßspeisen, trank aber wie immer nur Wasser und musste darüber manche Neckereien der Männer ertragen, die sie mit einem Lächeln hinnahm.

Da Don Beltrán als Ehrengast zur Rechten des Königs saß und Isabel mit dem Kardinal auf seiner anderen Seite, fand sich Jimena zwischen Prinz Fernando und dem Marquis de Villena wieder.

Es war ein seltsames Gefühl, diesem Mann so nahe zu sein. Natürlich würdigte er sie kaum eines Blickes. Dafür starrte er ständig zu Enrique hinüber, der sich prächtig zu amüsieren schien.

»Nein, wie unhöflich«, murmelte Fernando, der dem Blick des Marquis folgte. »Was für eine Erziehung lässt man den jungen Herren in diesem Land denn angedeihen? Lässt man seine Tischdame so unbeachtet, noch dazu, wenn man das Glück hat, neben einer so reizenden zu sitzen?«

Auf Fernandos anderer Seite saß die arme Juana, die kaum ein Wort herausbrachte und nur rot anlief, wenn Fernando sie ansprach, und so gab er es schnell auf, sich um das Patenkind seiner Gattin zu bemühen, und wandte sich lieber Jimena zu. Zumindest wollte sie sich einreden, dass das der einzige Grund war.

»Was mag wohl in seinem Kopf vorgehen?«, überlegte Fernando und legte sich noch eine Rebhuhnkeule und eine dicke Scheibe Wildschweinbraten auf den Teller.

»Ich denke, die zunehmende Harmonie zwischen dem Kardinal und Eurer Gemahlin gefällt ihm gar nicht«, meinte Jimena, die sich lieber vom süßen Mandelreis bediente. »Die Mendozas sind eine Kraft im Land, die man nicht verachten sollte.«

»Ja, ich würde sogar sagen, wer die Mendozas auf seiner Seite weiß, kann auf einen Erzbischof von Toledo verzichten, der versucht, einen am Gängelband zu führen.«

Jimena überlegte. »Ja, vielleicht. Vermutlich bleibt Euch nicht einmal die Wahl, denn ich glaube, es gibt kaum eine ausgeprägtere Feindschaft als die zwischen Carrillo und den Mendozas. Der Bruch wird wohl endgültig sein, wenn sich das Verhältnis zu Kardinal Mendoza weiterhin so gut entwickelt. Und dennoch würde ich zur Vorsicht raten. Erzbischof Carrillo ist ein leidenschaftlicher Mann – in seiner Unterstützung, aber auch in seiner Gegnerschaft.«

»Ach, Ihr meint, wenn er hasst, dann so tief wie unser lieber Marquis hier?«

Fernando sprach mit einem Lächeln leicht im Plauderton dahin, doch sie wussten beide, dass sowohl die Abneigung des Marquis als auch die Bitterkeit des Erzbischofs ernste Folgen haben konnten.

So sprachen sie noch eine Weile leise über Bündnisse und Loyalitäten, während das Mahl voranschritt. Jimena hatte schon längst ihren Teller weggeschoben und leerte auch ihren Weinbecher nicht mehr, als sich der Ausdruck in Fernandos Gesicht zu ändern begann. Er legte seine Hand auf die ihre.

»Ach Doña Jimena, wenn man an Eurer Seite sitzt, dann

könnte jedes Mahl eine Ewigkeit dauern. Aber vermutlich würde ich dann stets zu viel essen und trinken, was weder meinem Geist noch meinem Körper zuträglich wäre.«

Der Prinz lächelte sie mit seinem ganzen Charme an, sodass ihr ganz schwindelig wurde. Nein, das lag vermutlich nur am Wein.

»Wisst Ihr, dass ich nie eine Dame getroffen habe, die Schönheit, Charme und einen scharfen Verstand in solch prächtiger Weise vereint?«

Aber ja doch, Eure Gattin, wollte Jimena rufen, doch sie blieb stumm. Nein, so prächtig, klug und erhaben Isabel auch wirkte, schön konnte man sie nicht nennen.

Jimena zwang sich, ihre Hand unter der seinen hervorzuziehen. »Ihr schmeichelt mir, Hoheit. Das solltet Ihr nicht tun!«

»Warum nicht?«, erkundigte er sich mit einem Lächeln, das ihr die Knie weich werden ließ, doch ehe Jimena sich eine Antwort überlegen konnte, wurde ihrer aller Aufmerksamkeit auf den König gezogen.

Enrique stieß einen Schrei aus und presste sich die Hände gegen die Brust. Er sprang auf und fiel dann auf seinen Stuhl zurück. Aus seinem Gesicht war jede Farbe gewichen, und er krümmte sich vor Schmerz.

»Oh nein, nicht wieder eine dieser bösen Magenverschlingungen«, rief Isabel mitleidvoll und griff ihm unter die Arme, wohl um ihm Erleichterung zu verschaffen. Jimena eilte heran und überlegte fieberhaft, ob ihr etwas einfiel, wie sie dem König die Schmerzen hätte nehmen können.

Auch der Marquis sprang auf. Mit riesigen Schritten kam er herbei und drängte sich zwischen den König und seine Schwester.

»Magenverschlingung? Wohl kaum! Der König wurde vergiftet!«

Nun erhoben sich auch noch die letzten Gäste, und ein

Durcheinander von Stimmen brandete auf. Diener kamen gerannt, und sogar einige Bewaffnete, die sehen wollten, was der Aufruhr zu bedeuten hatte.

Es war der Kardinal, der mit ruhiger Autorität die Wogen glättete, den König seinem Leibarzt und seinem Kammerdiener überantwortete und die anderen dazu brachte, sich wieder zu setzen und dem Spielmann zu lauschen, der noch einige seiner Balladen sang, doch keiner hörte ihm recht zu, und so zerstreuten sich die Gäste bald. Isabel und Fernando zogen sich in ihr Gemach zurück, und auch ihre Damen legten sich zur Ruhe. Beatriz schlief sofort ein. Vielleicht, weil auch sie heute mehr Wein getrunken hatte als sonst. Teresa und Jimena aber lagen noch lange nebeneinander wach. Jimena versuchte die Gedanken ihrer Cousine zu empfangen, doch sie schwieg. Grübelte sie nicht auch über den Vorfall und seine Folgen, oder wollte sie ihre Überlegungen nur für sich behalten? Jedenfalls gelang es ihr nicht, etwas darüber zu erfahren, solange Teresa dies nicht wollte. Endlich schlief Jimena ein, doch die Träume, die sie jagten, waren alles andere als erholsam.

Es war noch dunkel, als sie plötzlich hochschreckte. Verwirrt versuchte sie die sich überlagernden Bilder in ihrem Geist zu trennen. Was war geschehen? Was war nur Trugbild ihrer Ängste, und was drohte wirklich über sie hereinzubrechen?

Sie wollte sich gerade wieder hinlegen, als sie ein Drängen spürte, das sie nicht ignorieren konnte. Etwas ging in gerade diesem Augenblick vor. Etwas, das ihr gar nicht gefiel: eine Gefahr für Isabel und Fernando und all ihre Getreuen.

Jimena schlüpfte aus dem Bett, schlang sich ein warmes Tuch um die Schultern und huschte hinaus.

Kapitel 30

Segovia, 1474

Jimena schlich durch den dunklen Palast. Es musste noch sehr früh sein, denn außer den Wächtern, die die ganze Nacht über ihre Runden drehten, schien noch keiner wach zu sein. Was also hatte sie alarmiert? Hatten ihre Albträume sie genarrt?

Sie blieb an der Treppe stehen, die zu den Schlafräumen der Wächter und der anderen Männer führte, die in den Diensten des Königs standen. Dort oben musste Ramón irgendwo sein. Sie sehnte sich danach, zu ihm zu gehen, sich in seine Arme zu schmiegen und von ihren Ängsten zu erzählen, doch tief in ihrem Innersten wusste sie, dass selbst seine Küsse ihre Befürchtungen nicht würden zerstreuen können. Die Bedrohung, die sie körperlich spüren konnte, war keine Einbildung!

Aber wäre es nicht beruhigend, Ramón an ihrer Seite zu wissen?

Sie unterdrückte einen Seufzer. Das war unmöglich. Er schlief schließlich nicht allein in einer Kammer. Wie sollte sie sich dort hinaufschleichen können? Was, wenn einer der anderen Männer erwachte und sie erkannte? Nein, das würde ihrem Ruf schaden und Isabel ganz sicher nicht gefallen. Wohin also dann?

Jimena schloss die Augen und versenkte sich in ihren Geist. Dann schritt sie los. Sie wusste nicht genau, wohin ihre Ahnung sie führte, doch bald kam ihr ein Verdacht. Es war der Trakt des Palasts, in dem die wichtigsten Gäste untergebracht waren: die mächtigen Granden und hohen Kirchenmänner.

Obgleich Jimena noch keines der Gemächer betreten hatte, wusste sie, wer hinter der ersten Tür schlief: Don Beltrán. Und gleich nebenan hatte Juan Pacheco sein Gemach. Sie konnte eine Stimme hören. Die verhasste Stimme des Marquis de Villena! Jimena trat noch ein Stück näher und schloss wieder die Augen, um sich auf seine Worte zu konzentrieren.

»Es springt einem doch geradezu ins Auge!«, rief er erregt, und sie konnte ihn vor sich sehen, wie er mit auf dem Rücken verschränkten Armen ruhelos auf und ab ging.

»Cabrera hat den König vergiftet, und dafür gibt es nur eine gerechte Strafe!«

»Wie könnt Ihr Euch da so sicher sein?«, vernahm sie die ruhige Stimme Don Beltráns.

»Wie könnte es anders sein? Der Konvertit ist besessen davon, Isabel auf den Thron zu verhelfen. Er und sein Weib, das seit Kindesbeinen an ihr hängt, und all das geldgierige Judenpack, das er mit angeschleppt hat. Das ist Hochverrat und kann nur durch die Hinrichtung der beiden gesühnt werden!«

Jimena biss sich auf die Lippen, um keinen Laut von sich zu geben.

»Wenn man ihnen das beweisen kann, dann habt Ihr sicher recht.« Die Stimme von Beltrán de la Cueva klang noch immer ruhig und beherrscht.

»Beweisen? Was muss man da noch beweisen? Die Lage ist sonnenklar. Man muss die ganze Clique dieser Verschwörung ausmerzen. Habt Ihr gesehen, wie der Kardinal und Isabel den ganzen Abend die Köpfe zusammengesteckt haben? Er hängt da mit drin. Daher muss der König ihn verbannen!«

»Um es dann mit dem ganzen Clan der Mendozas aufzunehmen? Man darf die Macht des Marquis de Santillana nicht unterschätzen.«

Juan Pacheco ignorierte den Einwand. »Der König muss geschützt werden, und das gelingt nur, wenn man der ganzen Verschwörerbande den Garaus macht. Man muss ihn davon überzeugen, wie gefährlich Isabel und dieser aragonische Hundesohn sind, den sie frech ihren rechtmäßigen Gatten nennt. Der König muss sie in Ketten legen lassen und ins tiefste Verlies werfen, wo sie kein Unheil mehr anrichten können.«

Jimena presste sich beide Handflächen gegen die Brust, so als fürchtete sie, das heftige Klopfen ihres Herzens könne sie verraten.

»Und warum kommt Ihr mitten in der Nacht zu mir, um mir all das zu erzählen?«, erkundigte sich Don Beltrán müde.

»Weil man den König davon überzeugen muss, dass es jetzt Zeit ist zu handeln! Dass er Strenge zeigen und hart bleiben muss!«, rief der Marquis de Villena erzürnt.

»*Man* muss ihn überzeugen?« Don Beltrán stöhnte. »Ach, Ihr meint, *ich* sollte das tun? Warum geht Ihr nicht selbst zu ihm und unterbreitet ihm die Verschwörung, die Ihr Euch so schön ausgedacht habt?«

»Das werde ich auch tun!«, fauchte Juan Pacheco. »Ich dachte nur, Euch läge das Wohl des Königs ebenfalls am Herzen. – Oder zumindest das der Königin und ihrer Tochter«, fügte er gehässig hinzu.

»Das liegt es durchaus«, sagte der Graf bedächtig, »doch ich frage mich, was *Euch* am meisten umtreibt, und da würde ich nicht das Wohl des Königs an erster Stelle vermuten.«

Jimena musste trotz des Ernstes der Lage ein Grinsen unterdrücken. Don Beltrán hatte offensichtlich nicht vergessen, dass Villena seinerzeit beim König gegen ihn intrigiert und ihm den Posten als Großmeister des Santiago-Ordens entrissen hatte.

»Ihr wollt mich also nicht unterstützen?«

»Ich will jetzt noch ein wenig schlafen und bitte Euch, mein Gemach zu verlassen!«, kam die ernüchternde Antwort.

Ehe Jimena reagieren und sich ein Versteck suchen konnte, wurde die Tür aufgerissen, und sie starrte dem Marquis de

Villena geradewegs in die Augen. Trotz der Überraschung reagierte er erstaunlich schnell. Er ergriff ihre Arme und umklammerte ihre Handgelenke mit eisernem Griff.

»Wen haben wir denn hier? Bist du eine von Beltráns Bettnymphen?«

Jimena wäre es in diesem Augenblick sogar recht gewesen, den Marquis dies glauben machen zu können, doch wirklich überzeugt war er nicht.

»Nein, du kleine Hexe. Isabel schickt dich, um herumzuspionieren, nicht wahr?«

Jimena schüttelte den Kopf und versuchte, nicht vor Schmerz zu stöhnen. »Nein, Ihre Hoheit hat damit nichts zu tun.«

»Und wenn schon«, stieß er verächtlich aus. »Bald ist es gleichgültig, was Isabel zu tun gedenkt. Und dich bringe ich am besten gleich zum Schweigen!«

Ehe sie es sich versah, zog er sie mit seiner Linken hart zu sich und umklammerte mit seiner Rechten ihren Hals.

»Lasst mich los«, keuchte Jimena, »sonst werdet Ihr es bereuen!«

Er reagierte nicht. Stattdessen krallten sich seine Finger in ihren Hals und drückten ihr die Luft ab. Vor ihren Augen begannen rote Flecken zu tanzen. Die Todesangst schlug über ihr zusammen. Die Fluten rissen den Damm nieder, und die Magie flutete durch ihren Geist und Körper. Wie durch einen Schleier sah sie Don Beltrán in der Tür auftauchen.

»Pacheco, beim Herrn im Himmel, lasst das Mädchen los!«, rief er, doch da fuhr der Marquis bereits mit einem Schrei zurück. Er starrte auf seine Handflächen herab, auf denen sich riesige Blasen zu bilden begannen, als habe er ins Feuer gefasst.

»Du gemeingefährliche Hexe!«, stieß er zwischen zusammengepressten Zähnen hervor. »Ich werde dafür sorgen, dass du brennen musst!«

Jimena schnappte nach Luft und rieb sich ihren schmerzenden Hals. »Nein, das werdet Ihr nicht, Marquis. Eure eigenen Tage sind gezählt!«

Und damit wandte sie sich ab und floh den Gang entlang und die Treppe hinunter in den Hof. Sobald sie wieder zu Atem gekommen war, lief sie zurück und riss Isabel und Fernando aus dem Schlaf. Sie ahnte, dass der Marquis keine Zeit verstreichen lassen würde, dem König seine Anschuldigungen vorzutragen.

»Und was machen wir jetzt?«, fragte Fernando ratlos. »Wir können doch nicht um diese Zeit in das Gemach des Königs eindringen und uns gegen einen Vorwurf verteidigen, den noch keiner erhoben hat.«

»Wir können aber auch nicht warten, bis man uns in Ketten legt und vor Gericht zerrt!«, rief Isabel hitzig.

Jimena wiegte den Kopf hin und her. »Auf alle Fälle solltet Ihr Euch zuerst ankleiden. In dieser Aufmachung vor den König zu treten ist sicher kein guter Einfall. Und dann ist es sicher ohnehin so spät, dass man sich bereits nach seinem Befinden erkundigen kann. Der König war stets ein Frühaufsteher, den es bereits im Morgengrauen aus den Federn treibt.«

So ließen sich Isabel und Fernando beim Ankleiden helfen und machten sich dann auf den Weg zum König. Pedro Vaca und Jimena begleiteten sie. Beatriz, die verschlafen in der Tür auftauchte, begehrte ebenfalls mitzukommen, doch Jimena hielt dies für keine gute Idee.

»Villena fordert deinen und Andrés' Kopf! Vielleicht solltet ihr beiden euch ein wenig bedeckt halten, bis die Sache aus der Welt ist.«

Sie ließen die vor sich hin schimpfende Beatriz zurück und begaben sich zum König. Hoheitsvoll schritten die Prinzessin von Kastilien und der Prinz von Aragón durch den *Alcázar,* obgleich sie wie Jimena am liebsten einfach zum König gestürmt wären. Hoffentlich kamen sie nicht zu spät.

Jimenas Mut sank, als sie den König zwar wach und in besserer Verfassung, aber in Gesellschaft des Marquis de Villena vorfanden. Er hatte ihm seine Behauptung, eine Verschwörung aufgedeckt zu haben, bereits dargelegt, kein Zweifel. Die Miene des Königs war ein offenes Buch. Er starrte Isabel und Fernando fassungslos an, als sie sich mit einem Gruß und einer Verbeugung näherten. Fürchtete er, sie würden einen zweiten Mordversuch wagen? Zumindest versuchte es Juan Pacheco so darzustellen, denn er sprang auf, streckte ihnen abwehrend die Arme entgegen und rief dramatisch:

»Halt, keinen Schritt weiter! Ich werde nicht zögern, meinen König mit dem Schwert zu verteidigen.«

Der Leibarzt des Königs und sein Kammerdiener blickten verwirrt. In die Miene des Königs stieg Ärger, der nur durch den Zorn in Isabels Augen übertroffen wurde.

»Juan, mein Freund, haltet ein. Was glaubt Ihr? Dass meine Schwester einen Dolch in ihrem Gewand verborgen trägt?«

»Ich würde es ihr zutrauen«, knirschte der Marquis, doch der König wollte davon nichts hören. Stattdessen sah er seine Schwester erwartungsvoll an.

»Wir sind gekommen, um uns nach deinem Befinden zu erkundigen, lieber Bruder. Es freut mich, dein Gesicht wieder mit Farbe und deine Lebensgeister erwacht vorzufinden. Weniger erfreut mich zu hören, dass man dein Ohr mit schrecklichen Räubergeschichten beleidigt. Du weißt, dass das Unsinn ist! Niemand hat dich vergiftet. Dein Magen ist empfindlich, und das ist nicht das erste Mal, dass du nach einem Festmahl leiden musst!«

Der König wand sich. »Das ist schon richtig«, gab er zu, als der Marquis de Villena ihm ins Wort fiel.

»Lasst Euch nicht von der gespaltenen Zunge dieser Frau verwirren. Sie ist die Schlange aus dem Paradies. Die Zerstörerin. Ruft nach Euren Wachen und lasst sie in Ketten legen, ehe sie noch mehr Unheil anrichtet. Und ich werde mich persönlich um die Cabreras kümmern.«

Der König zögerte. Fernando öffnete den Mund, um zu protestieren, doch Isabel trat ihm auf den Fuß.

»Enrique«, sagte sie sanft. »Prüfe dein Herz. Du weißt, dass an den Vorwürfen nichts Wahres sein kann. Frage dich lieber, welche Interessen der Marquis vertritt, dass er solch eine Lüge in die Welt setzt. Die des Königs und seines Reiches sind es ganz sicher nicht!«

Stille senkte sich über das königliche Gemach, und nicht einmal der Marquis getraute sich, sie zu durchbrechen. Nun war es am König, eine Entscheidung zu treffen. Ein anderer Herrscher hätte vermutlich seine Wachen gerufen und die möglichen Verschwörer erst einmal in ein Verlies werfen lassen, doch Enrique hatte sich seit jeher um wichtige Entscheidungen gedrückt. Jimena sah, wie sich die Unsicherheit in seinen Zügen ausbreitete. Nein, er würde es nicht über sich bringen, seine Schwester, die mit offenem Blick und äußerlich ruhig vor ihm stand, des Verrats zu bezichtigen und sie einsperren zu lassen.

»Ich weiß nicht«, sagte der König langsam. »Es ist ein schwerer Vorwurf, der nicht bewiesen ist. Ich denke, ich werde den Fall vor den Kronrat bringen. Dort wird man darüber beraten und ein Urteil fällen.«

Jimena ließ langsam die Luft entweichen, und auch Fernando und Isabel entspannten sich. Vermutlich hatten sie nicht nur Zeit gewonnen. Es war sehr unwahrscheinlich, dass der Kronrat Isabel schuldig sprechen und auf eine Verhaftung bestehen würde, wenn der König selbst an ihrer Schuld zweifelte. Das war auch dem Marquis klar. Wütend stürmte er hinaus.

Isabel und Fernando wünschten dem König weiterhin gute Genesung und verabschiedeten sich ebenfalls. Mit ernsten Mienen kehrten sie in ihre Gemächer zurück.

»Wir müssen vorsichtig sein«, sagte Fernando düster. »Dies wird nicht der letzte Versuch des Marquis sein, uns auszuschalten.«

Isabel ballte die Fäuste. »Ja, das Beste wäre, ein plötzlicher Tod würde uns von ihm befreien!«

Jimena musste ihr im Stillen recht geben. Ihr Hals schmerzte bei jedem Atemzug, und es war ihr fast unmöglich zu schlucken. Ein Seidenschal verbarg die hässlichen roten Flecken, die sich schon bald bläulich zu verfärben begannen.

Ja, das Beste wäre, der Tod würde ihn holen, wiederholte sie Isabels Gedanken, als sie sich beim Frühmahl mühte, wenigstens ein paar Löffel warme Grütze herunterzuschlucken. *Gott möge ihn verfluchen und seine Seele dem Teufel zum Fraß vorwerfen!*

Die Nachricht verbreitete sich wie ein Lauffeuer im *Alcázar* von Segovia: Sein Kammerdiener hatte Juan Pacheco, den Marquis de Villena, am Morgen tot in seinem Bett gefunden. Der König war betrübt und schickte seinen Leibarzt, um den plötzlichen Tod seines Vertrauten zu untersuchen, doch der hob nur die Schultern.

»Er weist keine Verletzungen auf. Ich kann nicht sagen, was ihn getötet hat, Majestät.«

»Gift? Ein plötzlicher Schlagfluss?«

»Nein, nichts, das mit bekannt wäre.«

Isabel versuchte zumindest, eine ernste Miene zu wahren. Beatriz dagegen frohlockte ganz offen und wurde von ihrem Gatten streng gerügt.

»Ja, wir teilen alle deine Gefühle«, stimmte er ihr zu. »Dennoch ist es nicht klug, sie zu zeigen, oder willst du den Verdacht auf dich laden, etwas mit dem Tod des Marquis zu tun zu haben?«

»Das habe ich nicht«, wehrte sie hitzig ab. »Dennoch darf ich mich freuen, dass wir diese Pest endlich los sind.«

Ja, Beatriz hatte nichts mit dem Tod des Marquis zu tun, doch konnte Jimena das von sich ebenfalls behaupten? Sie schlich sich in die Kapelle, wo der Tote aufgebahrt lag, und betrachtete sein Gesicht. Nein, einen friedlichen Tod war er nicht gestorben. Seine Augen waren noch immer vor Entsetzen weit aufgerissen und seine Züge in Pein verzerrt.

Was hatte ihn getötet?

Jimena hatte ihm gedroht und ihn verwünscht, doch hatte das ausgereicht, um ihn zu töten? Sie hatte kein Ritual abgehalten oder sich an ihren Kräften versucht. War es ihr wieder einfach passiert, dass ohne ihr Wissen und ihren Willen sich ihre zerstörerische Macht entfaltet hatte?

Jimena seufzte. Vielleicht ohne ihr Wissen, aber ganz sicher nicht ohne ihren Willen. Sie hatte Juan Pacheco den Tod gewünscht. Mehr als je einem anderen Menschen zuvor. Warum sollte sie sich jetzt beklagen?

Ich beklage mich nicht, dachte sie, den Blick noch immer auf die verzerrte Fratze des Toten gerichtet, *es ist nur ein wenig unheimlich.*

Falls Isabel und ihre Anhänger geglaubt hatten, mit dem Tod des Marquis de Villena würde alles einfacher werden, so hatten sie sich getäuscht. Nicht, dass Juan Pacheco viele Freunde gehabt hätte. Doch sein Tod hinterließ eine Lücke im Machtgefüge des Landes, die so mancher der Granden gern gefüllt hätte. Vor allem der Posten des Großmeisters war ein begehrtes Ziel, um das fast jeder Einsatz gerechtfertigt schien. Und so marschierten wieder einmal Truppen im Land auf, Kämpfe brachen aus, Dörfer wurden niedergebrannt, Menschen geschändet und getötet. Und noch eine böse Saat, die der Marquis de Villena gesät hatte, ging auf: Vielerorts flammten wieder das Misstrauen und der Hass gegen Juden und Konvertiten auf, die sich an Christen bereicherten, ihnen Posten und Einfluss raubten und sich beim König einschmeichelten, um noch mehr Privilegien zu ergaunern. So jedenfalls lauteten die immer gleichen Vorwürfe.

Erstaunlicherweise allerdings wuchs in diesen Monaten auch die Zahl derer, die sich auf Isabels Seite schlugen. Anderseits wurden die Juanaverfechter immer radikaler und scheuten keine noch so böse Verleumdung, um Isabel in ein schlechtes Licht zu rücken.

Der König sah die Entwicklung mit Sorge, wusste aber nicht, wie er dem begegnen sollte. Segovias Gunst hatte er längst an Isabel verloren, und so setzte er ein Schreiben auf, in dem er seine Schwester wieder als Erbin benannte. Zumindest behauptete Kardinal Mendoza, der König habe ihm solch ein Dokument gegeben, bevor Enrique Segovia überstürzt verließ und sich nach Madrid zurückzog.

Es sollte ein unglücklicher Tag für die ganze Stadt werden, aber nicht, weil ihr König sie verließ. Obwohl vielleicht seine hastige Abreise der Funke war, der das Pulver zur Explosion brachte. Der Marquis de Villena und viele andere hatten es verstanden, den hasserfüllten Neid auf Juden und Konvertiten zu nähren, der schwelte, bis er sich an diesem Tag in Segovia entfesselte. Jimena wusste nicht, woran sich die Lunte entzündete, doch es war wie so oft in der Geschichte des Volkes Israel: Nachdem einer oder ein paar wenige die unsichtbare Linie der Vernunft überschritten und ihre Fäuste und Messer gegen einige Juden erhoben hatten und das erste Blut geflossen war, war der Mob nicht mehr zu halten.

Es war am späten Vormittag. Die Damen saßen mit ihren Handarbeiten im schattigen Hof und plauderten miteinander, als Abraham Senior durch das große Tor hereingestürzt kam. Sein Ärmel war zerrissen. Blut rann ihm am Handgelenk herab. Haar und Bart wirkten zerzaust. Mit kreidebleicher Miene lief er auf Isabel zu, die Augen weit aufgerissen.

»Señor Abraham«, rief sie und sprang auf. Ihre Stickarbeit fiel zu Boden. »Was ist denn geschehen?«

»Hoheit, Ihr müsst etwas tun«, keuchte er. »Der Mob ist außer Rand und Band. Sie werden alle Juden der Stadt erschlagen, wenn sie keiner aufhält! Es liegen bereits Tote in den Gassen, doch sie ziehen weiter, plündern und morden. Vielleicht werden sie die ganze Judería niederbrennen!«

Isabel wurde blass und sah sich Hilfe suchend um. »Was soll ich tun? Ich bin nicht der König. Ich habe keine Truppen, die ich hinausschicken kann, um für Ruhe und Ordnung zu sorgen.«

Beatriz schlug sich die Hände vors Gesicht und begann zu schluchzen. »Nein, wie schrecklich! Gehen sie auch gegen die Konvertiten vor?«

Señor Abraham hob die Schultern. »Ich weiß es nicht. Wer kann sagen, was die Bestie tun wird, wenn sie erst einmal aus dem Schlaf gerissen wurde?«

»Wo ist Andrés?«, fragte Jimena, die wusste, dass Beatriz sich um ihren Gatten sorgte, doch er war der Verwalter und Kommandant dieses Palasts, wenn der König abwesend war.

Isabel nickte. »Ja, ruft Don Andrés, er muss mit seinen Männern für Ordnung sorgen!«

Sie schickte einen der Pagen, der in der Nähe herumlungerte, den königlichen Statthalter zu holen. Nur wenige Augenblicke später stürmte der mit dem Schwert in der Hand in den Hof. Er brüllte einige Befehle. Eilige Stiefel waren auf der Wendeltreppe des großen Turms zu hören, dann liefen die Männer in den Hof. Der Hauptmann der Wachmannschaft eilte zu Andrés de Cabrera, um sich seine Anweisungen zu holen. In knappen Worten schilderte er die Lage in der Stadt.

»Wir müssen dem ein Ende setzen, ehe die halbe Stadt brennt.«

Der Hauptmann nickte. Er ließ sich nicht anmerken, auf wessen Seite er tief in seinem Innern stand. Vielleicht dachte er so wie der Mob? Vielleicht störte es ihn, dass ein Konvertit ihm seine Befehle erteilte? Jimena war sich nicht sicher. Jedenfalls nickte er und forderte die Männer auf, ihm zu folgen, um in der Stadt für Ruhe zu sorgen.

»Beeilt euch!«, rief Don Andrés und rannte mit erhobenem Schwert auf die Zugbrücke zu. Er schärfte den Zurückbleibenden ein, keinen in den Palast zu lassen, bis er zurück sei. Kaum waren die Männer draußen, wurde das große Tor geschlossen und die Brücke hochgezogen. Dann eilten sie in die Stadt, um zu retten, was noch zu retten war.

Mit Furcht blieben die Frauen im *Alcázar* zurück und warteten bang auf Nachricht. Die Handarbeiten waren vergessen. Beatriz ging rastlos auf und ab und kaute nervös an ihren Fingernägeln, bis Teresa zu ihr trat und ihre Hände festhielt.

»Lass mich«, fauchte sie. »Es ist nicht dein Mann, der sich dort draußen dem Mob stellen muss, der nach seinem Blut giert!«

Jimena überlegte, ob sie sich einmischen sollte, doch Teresa hatte ihre eigene Art, sich verständlich zu machen und sich durchzusetzen. Sie sah Beatriz in die Augen, bis diese den Blick senkte. Die Anspannung schien ein wenig zu weichen. Sie zog Teresa in ihre Arme. Tränen standen in ihren Augen.

»Verzeih, du meinst es ja nur gut, doch ich habe Angst um ihn.«

Sie mussten sich noch Stunden gedulden, ehe Andrés mit einigen Männern zurückkehrte. Er schien unverletzt, doch seine Miene war ernst.

»Berichte uns!«, drängte Beatriz, und auch Isabel forderte zu wissen, was in der Stadt vor sich ging.

»Ich weiß nicht, wie viele Tote es unter den Juden gab, noch nicht, doch es sind viele! Männer, Frauen und Kinder. Erschlagen, erstochen. Nein, ich will eure Gemüter nicht mit Einzelheiten belasten. Die Menge hat geplündert und versucht, einige Häuser niederzubrennen, doch unsere Männer konnten mithilfe einiger beherzter Bürger das Schlimmste verhindern. Die Brände sind nun gelöscht, und die Männer patrouillieren durch die Gassen um die Judería, um weitere Ausschreitungen zu verhindern, doch ich glaube, der Zorn hat sich entladen, und die Vernunft ist zurückgekehrt. Die Juden sind dabei, ihre Toten zusammenzutragen und zu betrauern. Ein paar Opfer gab es auch unter den Konvertiten, die man noch häufig in der Judería und sogar in der Synagoge antrifft.«

Isabel strich mit der für sie so typischen Geste ihre Röcke glatt. »Ich will mir selbst ein Bild von der Lage machen. Don Andrés, würdet Ihr mich bitte begleiten?«

Der Statthalter starrte sie entsetzt an. »Ihr wollt jetzt in die Stadt? Nein, Hoheit, das ist viel zu gefährlich.«

»Aber sagtet Ihr nicht, der Brand der Häuser und der Gemüter sei gelöscht?«, widersprach Isabel.

»Ja, schon.« Er wand sich. »Aber das solltet Ihr Euch nicht antun. Wartet, bis man die schlimmsten Folgen beseitigt hat.«

Isabels Stimme klang leise und ein wenig traurig. »Warum? Um mein Gemüt nicht zu erschrecken? Um mich nicht mit dem Anblick von Tod und Blut zu belasten? Don Andrés, wenn der Herr im Himmel es so will, dann werde ich vielleicht nach meinem Bruder Enrique Königin dieses Landes sein. Vielleicht sollte ich mir auch seine Schattenseiten ansehen.«

Don Andrés musste sich geschlagen geben. Es gelang ihm, sie zumindest so lange hinzuhalten, bis die meisten Toten davongetragen worden waren, doch als Isabel am frühen Abend neben Jimena durch die Gassen schritt, brauchte man nicht viel Fantasie, um sich den Schrecken auszumalen, der den Morgen in Blut ertränkt hatte. Don Andrés begleitete die Damen mit einem Dutzend Bewaffneter, um ja kein Risiko einzugehen, während Beatriz lieber mit Teresa im *Alcázar* zurückgeblieben war.

Es herrschte eine seltsame Stimmung in der Stadt. Sie begegneten nur wenigen Menschen, was wohl auch daran lag, dass der Statthalter allen befohlen hatte, in ihre Häuser zurückzukehren. Aus den Synagogen und so manchem Haus konnten sie die Klagegesänge der Überlebenden hören, während sie schweigend an blutbespritzten Wänden entlangschritten.

Woher das immer so schnell kommt?, fragte sich Jimena bitter. Warum war die Bereitschaft zuzuschlagen so groß, dass man nicht einmal nachdenken wollte? Hatte man nicht Jahr um Jahr nebeneinander und miteinander in Segovia gelebt? Selbst wenn die Juden ihr eigenes Viertel bewohnten, so waren sie doch ein Teil dieser Stadt. Die Menschen kannten einander oft von Kindesbeinen an, sie sprachen miteinander und tauschten ihre Waren. Viele christliche Familien waren verwandtschaftlich mit denen der Konvertiten verbunden, die wiederum häufig noch Kontakte zu ihren jüdischen Verwandten pflegten. Woher also rührten dieser unüberwindliche Hass und das Unvermögen, die Menschen, die anders beteten, zu akzeptieren?

Kapitel 31

Valladolid, März 2012

Mit klopfendem Herzen betrat Isaura das Krankenzimmer. Man hatte ihr einen sterilen Kittel übergezogen und einen Mundschutz umgebunden. Das allein reichte schon, um ihren Puls nach oben zu treiben. Keiner konnte oder wollte ihr sagen, wie es um Justus stand, doch allein diese Vorsichtsmaßnahmen sagten ihr, dass es alles andere als gut sein musste.

Er lag allein in einem Krankenzimmer der Intensivstation. Fast widerstrebend trat Isaura näher heran. Sie versuchte die blinkenden und piependen Apparate zu ignorieren und die Schläuche, mit denen er verbunden war, doch sie konnte nicht verhindern, dass sie seine zahlreichen Verbände registrierte und dazu auch die Tatsache, dass er nicht nur Infusionen bekam, sondern auch beatmet werden musste. Seine verquollenen Augen waren geschlossen. Vermutlich bekam er nichts davon mit, was um ihn herum vor sich ging.

Da war es wieder, dieses überwältigende Gefühl von Schuld. Sie spürte, wie ihre Knie weich wurden, und ließ sich auf den Stuhl sinken, den die Schwester ihr heranschob.

»Gracias«, murmelte sie dankbar.

»De nada, bitte«, sagte die junge schwarzhaarige Schwester, die sie aufmunternd anlächelte.

»Hable con su marido«, fügte sie hinzu. *»No sé, quizás puede entenderla.«*

Obwohl Isaura mit ihrer Spanischlernerei noch nicht viel weitergekommen war, verstand sie, was die Schwester ihr riet: »Sprechen Sie mit Ihrem Mann. Vielleicht kann er es hören.«

Sie wartete, bis die junge Frau die Tür hinter sich geschlossen hatte, ehe sie ihre Hand zaghaft auf die ihres Mannes legte, in dessen Handrücken eine Kanüle mit einem Schlauch steckte. Seine Haut war blass und fühlte sich faltig und kalt an, als sei er in dieser einen Nacht um zwanzig Jahre gealtert. Es fiel ihr schwer, ihm ins Gesicht zu blicken. Würde er einst so aussehen – wenn er dieses Alter überhaupt erreichte? Falls er diesen Unfall überlebte, und das hoffentlich, ohne bleibende Schäden davonzutragen.

Isaura schauderte beim Anblick des dick verbundenen Schädels, und sie wollte gar nicht wissen, was der eigentlich so harmlose weiße Verband verbarg. Auch seine beiden Beine verschwanden unter Verbänden und waren mit metallisch schimmernden Schienen verspannt.

»Ach, Justus«, hauchte sie, »wie konnte das nur geschehen? Ich meine das alles. Wie konnte es mit uns so weit kommen?« Sie schwieg und zwang sich, das ganze elende Bild in sich aufzunehmen.

»Wach auf«, bat sie. »Sprich mit mir. Es gibt noch so vieles, das wir klären müssen.«

Plötzlich hatte sie das Gefühl, beobachtet zu werden. Sie fuhr herum und starrte in das vierschrötige Gesicht von *Comisario* Martinez. Wut stieg in ihr auf.

»Ach, ist das Ihre Art zu ermitteln? Hoffen Sie, so zu erfahren, was ich Ihnen Ihrer Meinung nach zu verschweigen versuche?«

Er öffnete den Mund, vielleicht, um sich zu verteidigen, doch da schob sich eine andere Gestalt ins Zimmer und trat zu Isaura. Sie sah in das faltige Gesicht des alten Anwalts, der sie mit der Güte eines liebenden Großvaters betrachtete.

»Mit Verlaub, *Comisario,* Señora Thalheim wird Ihnen alle Ihre Fragen beantworten, aber nicht jetzt und auch nicht hier im Krankenzimmer ihres Gatten. Bitte gehen Sie jetzt, und lassen Sie uns allein!«

Er sprach leise, aber mit fester Stimme. Auch er beherrschte das Spiel, seinen Gegner mit seinem Blick festzuhalten. Vielleicht war er früher ja doch als Verteidiger vor Gericht aufgetreten, um für die Freiheit seiner Mandanten zu kämpfen. In diesem Augenblick konnte sich Isaura das gut vorstellen.

Der Kommissar senkte den Kopf. »Gut, Señor Campillo, wie Sie wünschen. Dann lasse ich Sie mit Ihrer Mandantin allein. Aber lassen Sie nichts unversucht, sie davon zu überzeugen, dass Kooperation nur zu ihrem eigenen Besten ist!«

Er ging und schloss die Tür hinter sich. Der Anwalt nickte zufrieden. Er zog sich einen Stuhl neben den von Isaura und setzte sich.

»Danke, dass Sie so schnell gekommen sind.«

Er tätschelte ihren Arm. »Das ist doch selbstverständlich, mein Kind. Es war richtig, dass Sie mich gleich angerufen haben, und ich entschuldige mich, dass Sie mich nicht sofort erreichen konnten.«

»Ich weiß nicht, ob es überhaupt jemanden gibt, der da noch helfen kann«, sagte sie leise. Isaura sah wieder auf Justus' so leblos wirkenden Körper herab, der von selbst nicht einmal mehr atmen wollte. Der Anwalt folgte ihrem Blick.

»Für das Wohl Ihres Mannes bin ich sicher nicht der Richtige. Seine Genesung ist ein Fall für die Ärzte, und ich wünsche Ihnen, dass Sie hier die besten finden. Doch vielleicht kann ich Ihnen helfen.«

Isaura wartete lange mit ihrer Antwort. »Muss man mir denn helfen? Ich meine als Anwalt?«

Señor Campillo überlegte. »Das kommt darauf an. Ich kenne die Fakten so, wie sie sich der Polizei darstellen. Jetzt frage ich Sie: Können Sie mir sagen, was passiert ist?«

Isaura wunderte sich, wie schnell er gehandelt hatte und nicht nur von Segovia nach Valladolid gefahren war, sondern sich auch noch bei der Polizei mit der Aktenlage vertraut gemacht hatte. Man durfte diesen alten Mann nicht unterschätzen! Sie schob die Antwort auf seine Frage noch ein wenig hinaus und fragte ihn stattdessen:

»Haben Sie denn Erfahrung als Strafverteidiger?«

Wieder dieses Lächeln, das einen zu Tränen rühren konnte und das Bedürfnis wachrief, in die schützenden Arme des alten Mannes zu flüchten, um dort Trost zu suchen.

»Ja, ich habe ein paar meiner Mandanten, die mir lieb und teuer waren, vor Gericht rausgehauen, könnte man salopp sagen. Auch Ihrer lieben Großtante Carmen konnte ich mehr als einmal behilflich sein.«

Das hat ihm gefallen, dachte Isaura. Er war stolz und glücklich gewesen, ihr helfen zu können, was er vermutlich eher wegen ihres dankbaren Lächelns als wegen eines Honorars getan hatte.

Der Anwalt unterbrach ihre Überlegungen und fragte noch einmal drängender: »Können Sie mir sagen, was passiert ist?«

Eine interessante Formulierung, dachte Isaura, aber vermutlich hatte die Polizei ihm erzählt, dass sie behaupte, sich nicht erinnern zu können.

Isaura schüttelte den Kopf. »Nein, das kann ich nicht«, sagte sie schärfer, als sie beabsichtigte. »Ich habe dem *Comisario* alles gesagt, woran ich mich erinnern kann. Ja, ich saß in dem Wagen, und, nein, ich kann nicht sagen, wie es zu diesem Unfall kam, genauso wenig, wie ich es erklären kann, dass ich unverletzt bin und mich am Morgen auf meiner Bank vor Großtante Carmens Haus wiederfand.«

»Sie waren verwirrt, und deshalb hat Sie Ihr Weg nach Hause geführt«, sagte der Anwalt, als sei dieser Teil der Geschichte völlig normal. »Doch bitte, versuchen Sie sich zu erinnern, was vorher geschah. Erzählen Sie mir jede Kleinigkeit in den Augenblicken vor dem Unfall, an die Sie sich erinnern können.«

Isaura seufzte. Es war ihr danach, ihn unwirsch anzufahren. Sie wollte nicht noch einmal alles herunterbeten, was sie dem Kommissar bereits gesagt hatte. Ja, und sie wollte sich nicht erinnern und in der schmerzenden Wunde bohren. Jedes von Justus' Worten war wie ein Messerstich gewesen, und auch in der Erinnerung schmerzten sie kaum weniger. Außerdem ging es den Anwalt nichts an, dass ihr Mann sie betrogen hatte und verlassen wollte.

Ihr innerer Kampf dauerte an, doch Señor Campillo schien es nicht eilig zu haben. Er drängte sie nicht. Sein Blick ruhte mit Güte auf dem geschundenen Körper des Mannes in seinem Krankenhausbett. Nur das Fiepen der Apparaturen war zu hören und das zischende Geräusch der Beatmungsmaschine.

»Sie haben sich gestritten«, half der Anwalt schließlich nach.

»Ja.«

»Ein außergewöhnlicher Streit. Nichts Alltägliches.« Es war keine Frage, es war eine Feststellung.

»Ja.«

»Ein tiefer Schmerz, nicht wahr?« Er sah sie aus seinen grauen Augen aufmerksam an.

Isaura nickte. Eine Träne rollte ihr über die Wange, als sie zu erzählen begann. Von diesem Abend daheim in München, dem Telefonat und ihrer überstürzten Reise nach Kastilien. Und dann von seinem Besuch und ihrem Wunsch, noch einmal von vorn zu beginnen, ihm und ihrer Ehe eine zweite Chance zu geben.

»Carmens Häuschen war nicht nach seinem Geschmack. Das wusste ich schon im Voraus, daher fuhren wir zu diesem Hotel, in dem ich für alle Fälle ein Zimmer gebucht hatte. Er sagte, dass er nur eine Nacht bleiben würde, weil er zu ihr zurückwollte – zu Sandy, die sein Kind erwartet. Und er sagte, dass er die Scheidung einreichen will.«

Wieder war der Schmerz so stark, dass Isaura innehielt und die Augen schließen musste. Stockend sprach sie weiter.

»Es war ein Schock und hat so weh getan. Und dann ging alles ganz schnell. Ich erinnere mich nur noch an Bruchstücke. Das splitternde Glas, Justus, wie er vor Schreck und vielleicht auch Schmerz aufschreit, der Wagen, der sich dreht, und dann ein Aufprall. Danach ist alles dunkel.« Sie hob hilflos die Arme.

Der Anwalt beugte sich nach vorn und sah sie eindringlich an. »War es genau so? Denken Sie nach!«

»Ja. Ich habe es Ihnen so erzählt, wie ich mich erinnere.«

Er sank ein wenig in seinem Stuhl zusammen und sah nun noch älter und ein wenig traurig aus.

»Gut, Señora Isaura, ich glaube Ihnen. Machen Sie sich keine Sorgen wegen der Polizei. Ich kümmere mich um den *Comisario*. Und auch die Sache mit dem Wagen regle ich. Lassen Sie es mich wissen, wenn ich sonst noch etwas für Sie tun kann.«

»Ich möchte das alles verstehen!«, rief Isaura und warf die Arme in die Luft. »Erklären Sie mir das! Wie konnte das alles passieren?«

Der Anwalt griff nach ihren Händen und hielt sie fest. »Es ist nicht an mir, Ihnen das zu erklären. Sie werden es selbst herausfinden, vielleicht schneller, als es Ihnen lieb ist. Noch bewahrt Ihr Geist Sie vor dem Schmerz der Erkenntnis. Doch wenn Sie Ihren eigenen Worten genau zuhören, dann werden Sie irgendwann nicht mehr ausweichen können und müssen verstehen. Ich weiß, dass es mir nicht zusteht, Ihnen Ratschläge für Ihr Leben zu geben, doch ich wünsche mir für Sie, dass es Ihnen gelingt, das, was Sie auszeichnet, anzunehmen und es zum Guten zu nutzen. Es kann Segen und Fluch sein, wie so vieles, doch es steht in Ihrer Macht, es zum Segen werden zu lassen, für sich und andere. Ich lasse Sie nun allein. Denken Sie darüber nach. Wenn Sie so weit sind und meine

Hilfe möchten oder auch nur darüber reden wollen, rufen Sie mich an.«

Er drückte noch einmal ihre Hände, dann erhob er sich. Isaura war völlig verwirrt. Sie sprang auf.

»Ich verstehe nicht«, rief sie. »Sie müssen es mir erklären!«

Doch der alte Anwalt schüttelte den Kopf. Die Tür ging auf, und die schwarzhaarige Schwester kündete die Visite der Ärzte an.

»Sie müssen das Krankenzimmer nun verlassen. Señor Campillo, Sie sollten sich verabschieden. Señora Thalheim, Sie warten bitte draußen. Einer unserer Ärzte wird dann Ihre Fragen beantworten.«

Isaura ging ruhelos auf dem Gang auf und ab, bis die Ärzte mit den Schwestern im Schlepptau das Krankenzimmer wieder verließen. Sie nickten ihr kurz zu und gingen weiter zum nächsten Patienten, nur einer blieb zurück, kam auf sie zu und streckte ihr die Hand entgegen.

»Señora Thalheim? Darf ich mich vorstellen? Mein Name ist Jiménez Díaz, Marco Jiménez Díaz. Ich bin hier der verantwortliche Stationsarzt, und ich versichere Ihnen, Ihr Mann ist bei uns in guten Händen«, sagte er in klarem Deutsch. Sein Händedruck war fest und ließ auf Tatendrang und Selbstbewusstsein schließen, wie es für solch einen Job wohl auch unabdingbar war. Isaura betrachtete den Arzt. Er war vielleicht eins achtzig groß mit einer sportlichen Figur. Seine Züge waren offen, sein dunkles Haar trug er sehr kurz, das Gesicht glatt rasiert. Der Blick aus seinen braunen Augen war offen und flößte Vertrauen ein. So musste ein Arzt sein, dem man das Leben seiner Angehörigen anvertraute.

»Gehen wir ein Stück?«

Isaura nickte und passte sich seinem Schritt an. Er führte sie die Treppe hinunter in den Garten, wo sich einige Patienten im Schatten der Bäume auf Bänken niedergelassen hatten.

»Wie schlimm ist es, Dr. Jiménez? Sagen Sie mir die Wahrheit. Es ist nicht sinnvoll, die Sache zu beschönigen. Ich muss wissen, woran ich bin.«

Er sah sie von der Seite an. »Ja, das glaube ich auch. Ich sehe, Sie sind eine starke Frau, der man nicht mit Halbwahrheiten kommen sollte. Also, es war ein schwerer Unfall, das wissen Sie, und Ihr Mann hat einiges abbekommen: Quetschungen, Knochenbrüche, Schnittwunden. Vor allem seine Beine haben einiges abbekommen und sind an mehreren Stellen gebrochen. Nicht schön, aber alles zu heilen. Was uns noch Sorgen bereitet, ist seine Kopfverletzung. Auch seine Schädeldecke hat Frakturen davongetragen, wobei es zu starken Blutungen kam, die – vereinfacht ausgedrückt – sein Gehirn zusammenpressten. Wir mussten das Blut ausleiten, um den Druck zu senken.«

»Kann er wieder ganz gesund werden?«

Der Arzt ließ sich mit seiner Antwort Zeit. »Wir können zu diesem Zeitpunkt noch nicht sagen, ob er bleibende Schäden davontragen wird. Wir haben ihn wegen der zahlreichen schweren Verletzungen vorerst sediert.«

»Sie meinen in ein künstliches Koma versetzt?«

»So sagt man gewöhnlich, auch wenn das medizinisch nicht ganz korrekt ist. Wir haben bereits die ersten CT-Untersuchungen durchgeführt. Ganz sicher, ob alle Bereiche seines Gehirns noch richtig funktionieren, können wir aber erst sein, wenn er wieder wach ist. Ich denke, in ein paar Tagen wird es so weit sein. So lange müssen wir abwarten, so schwer es auch fällt.«

Isaura nickte. »Ich danke Ihnen für Ihre Offenheit. Kann ich dann wieder zu ihm?«

»Jederzeit, doch ich bitte Sie, bleiben Sie nicht Tag und Nacht an seinem Bett, solange Sie ihm noch keine Hilfe sein können. Sonst verzehren Sie sich bereits, ehe Sie Ihre Kräfte brauchen. Und das werden Sie! Das muss ich Ihnen sagen.

Selbst wenn alles gut läuft, ist es ein langer Weg, bis er wieder vollständig gesund ist.«

»Danke, ich werde an Ihre Worte denken.«

Sie machten sich schweigend auf den Rückweg, doch Isaura spürte, dass das nicht alles gewesen war. Etwas verschwieg er ihr. Etwas, das ihm Kopfzerbrechen bereitete.

Isaura blieb stehen und sah ihn an. »Da ist noch etwas, nicht wahr? Sagen Sie es mir!«

Der Arzt zögerte. »Es ist nichts Medizinisches«, sagte er. Überrascht zog Isaura die Brauen hoch.

»Eine der Schwestern hat vorhin ein Telefonat entgegengenommen. Das Mobiltelefon Ihres Mannes klingelte, und sie nahm ab. Da sie kein Deutsch spricht, gab sie mir das Gespräch.«

Isaura begann zu ahnen, mit wem er gesprochen hatte. »Sandy?«

Dr. Jiménez nickte. »Ja, unter diesem Namen war die Nummer eingespeichert. Sie sagte, sie habe sich Sorgen gemacht, weil er nicht mit dem Flug, den er gebucht hatte, zurückkam. Und sie sagte, sie habe ein Anrecht darauf, alles zu erfahren, denn er sei der Vater ihres ungeborenen Kindes.«

Der Arzt hielt die Luft an und sah Isaura fest in die Augen. Es gelang ihr, bei seinen Worten nicht zusammenzuzucken und eine neutrale Miene zu bewahren.

»Ja, das ist wohl so. Mein Mann kam nach Spanien, um mir das mitzuteilen und mir zu sagen, dass er sich von mir trennen will.«

Sie wappnete sich gegen einen mitleidigen Blick und tröstende Worte, doch der Arzt nickte nur, ebenfalls um eine undurchschaubare Miene bemüht.

»Dann bin ich froh, dass nicht ich Ihnen diese Botschaft überbringen musste. Allerdings ist es jetzt an Ihnen zu entscheiden, wie es weitergeht. Diese Sandy bestand darauf, ihn sofort nach Deutschland in ein Münchner Krankenhaus bringen zu lassen. Ich hatte den Eindruck, sie ist überzeugt, dass wir ihm hier, äh, keine ordentliche Versorgung bieten können.«

Obwohl Isaura vielleicht in einem anderen Zusammenhang Ähnliches über spanische Krankenhäuser gedacht haben mochte, ärgerte sie sich über diese dreiste Forderung. Wer war diese Sandy, dass sie glaubte, das Recht zu haben, über Justus' Schicksal zu entscheiden? Genügte es, einen Embryo in sich zu tragen, den er gezeugt hatte? Hatte Justus mit der Absicht, sich scheiden lassen zu wollen, Isaura aus seinem zukünftigen Leben ausgeschlossen?

Der Arzt schien ihren Konflikt zu ahnen. »Sie sind seine Ehefrau. Es ist Ihre Entscheidung oder die eines anderen nahen Angehörigen.«

Isaura überlegte. »Würden Sie zu diesem Zeitpunkt zu einer Verlegung raten?«

»Nein«, sagte der Arzt mit Überzeugung. »Nicht, solange sein Zustand nicht stabil ist. Selbst ein leichter Druckabfall oder die Erschütterungen einer Autofahrt könnten seinen Zustand verschlechtern.«

»Gut, dann ist das entschieden. Justus bleibt hier, bis Sie mir sagen, dass Sie einem Transport nach Deutschland guten Gewissens zustimmen können.«

Marco Jiménez Díaz neigte das Haupt. »Ich danke Ihnen für Ihr Vertrauen. Und nun fahren Sie nach Hause und ruhen Sie sich aus, Señora Thalheim. Die Nacht bricht herein, und Sie sollten schlafen und Kräfte sammeln.«

Als hätten sie sich miteinander verschworen, trat in diesem Augenblick Señor Campillo heran und bot ihr an, sie nach Hause zu bringen. Isaura gab nach und setzte sich in den alten, auf Hochglanz polierten Wagen des Anwalts. Sie schwieg und hing ihren Gedanken nach, bis der Wagen in den Hof vor ihrem Haus einbog, wo der Kater sie vorwurfsvoll maunzend empfing.

Sie konnte nicht schlafen. Natürlich nicht. Isaura wälzte sich von einer Seite auf die andere, bis der Kater empört das Bett verließ und zu einem nächtlichen Jagdausflug aufbrach. Sie konnte es ihm nicht verübeln, obwohl sie den Trost seines weichen Fells dringend benötigt hätte. Immer wenn sie die Augen schloss, wiederholten sich die gleichen Bilder, die auch nach einem Dutzend Mal ihren Schrecken nicht verloren.

Der Schmerz, das splitternde Glas, der Schrei und das durch die Luft wirbelnde Auto. Doch wie es dann weitergegangen war, das weigerte sich ihr Geist hartnäckig preiszugeben.

Irgendwann gelang es Isaura, das Gedankenkarussell anzuhalten. Moment, das konnte nicht stimmen. Ihr Gehirn musste da etwas durcheinanderbringen. Es war nicht die richtige Reihenfolge. Mit einem Ruck setzte sie sich auf. Das splitternde Glas, nein, das konnte nicht am Anfang stehen. Es musste die Folge des Unfalls gewesen sein, nicht seine Ursache!

Du weißt, dass es nicht so ist!, flüsterte eine Stimme aus der Dunkelheit. *Stell dich der Wahrheit. Du bist ihr lange genug davongelaufen, obgleich es viele Gelegenheiten gab, sie zu sehen und zu akzeptieren.*

Isaura tastete nach der Nachttischlampe. Das gelbliche Licht der Glühbirne erhellte die kleine Kammer. Es war ihr, als husche ein Schatten durch den Türspalt, den sie für den Kater offen gelassen hatte. Nun jedenfalls war sie allein im Zimmer. Ohne weiter darüber nachzudenken, warf sie die Decke zurück und sprang aus dem Bett. Barfuß rannte sie auf den Flur hinaus und schaltete auch dort das Licht ein. Dann stieß sie die Tür zum Bad auf, eilte ins Arbeitszimmer und dann die Treppe hinunter, bis das ganze Häuschen erleuchtet war. Natürlich fand sie niemanden. Sie wusste längst, dass ihre Fantasie ihr einen Streich gespielt hatte, und doch kehrte sie in die Küche zurück, löschte das Licht und presste die Nase gegen die Scheibe. War da ein Schatten drüben vor der Scheune?

Eine dunkle Gestalt in einem langen Umhang? Isaura kniff fest die Augen zusammen und riss sie wieder auf. Nun war sie verschwunden. Doch der Wind frischte auf und zerrte an den noch kahlen Zweigen der Bäume. Heulend strich er zwischen Schuppen und Scheune hindurch und fuhr dann mit eisigem Hauch um das Haus. Isaura fröstelte. Die Fenster waren alles andere als dicht, und der kühle Luftzug ließ die Härchen auf ihren Armen sich aufrichten. Oder kam das von dieser kindischen Furcht?

Kindisch? Sie war hier nachts mutterseelenallein in einem baufälligen Häuschen irgendwo in Spanien. Da war ein wenig Angst sicher berechtigt.

Doch nein, sie fürchtete sich nicht vor einem Einbrecher, und sie hielt auch nicht nach einem Kerl in abgerissenen Kleidern mit einer Brechstange in der Hand Ausschau. Sie suchte nach einer schattenhaften Frau in einem langen Gewand, die nicht aus dieser Zeit zu sein schien.

»So ein Unsinn!«, schalt sie sich selbst und zog mit einer energischen Bewegung die Vorhänge zu. Sie überprüfte den vorgeschobenen Riegel an der Haustür und schloss auch die Vorhänge im Wohnzimmer, sodass sie niemand vom dunklen Hof aus im erleuchteten Haus beobachten konnte.

»Es könnte ja ein Hase über den Hof schleichen oder ein Fuchs«, versuchte sie ihre innere Unruhe lächerlich zu machen. Sie lauschte dem Wind und dem Knarren oben im Gebälk. So viele Geräusche. Mit einem Seufzer gestand sie sich ein, dass sie an Schlaf gar nicht zu denken brauchte. So holte sie sich Carmens alten, warmen Bademantel, schlüpfte hinein und zog sich noch ein paar wollene Socken über die nackten Füße. Dann setzte sie sich im Wohnzimmer auf das durchgesessene Sofa und zog die beiden Kartons aus Großtante Carmens Arbeitszimmer zu sich heran, deren Inhalt sie hatte durchsehen wollen – damals, vor zwei Tagen, bevor durch Justus ihre Welt zum zweiten Mal aus den Fugen geraten war.

Ach, wäre er doch nie nach Spanien gekommen. Dann würde sie hier jetzt wohlig und geborgen in ihrem Häuschen sitzen in der hoffnungsfrohen Erwartung, dass alles wieder gut werden würde.

Närrin! Dies Gejammer ist deiner nicht würdig. Du brauchst deine Kräfte für dich und die Aufgaben, die vor dir liegen. Ein Mann wie Justus passt nicht zu deinem Leben. Es ist tragisch, was ihm widerfahren ist, aber alles in allem solltest du froh sein, dass du ihn los bist.

Die Mappe fiel Isaura aus den Händen. Was war das nur für eine Stimme in ihrem Kopf? Sie kannte sie nicht, und dennoch war sie ihr vertraut. Es war die Stimme einer alten Frau, die nicht aufhören wollte, sie zu quälen.

Ich will dich nicht quälen. Ich will dir helfen!

Obgleich die Stimme nun warm und liebevoll klang, ängstigte sich Isaura noch mehr. Vielleicht wurde sie verrückt? Ja, das war die einzig mögliche Erklärung. Sie hatte irgendeine Störung, deshalb wusste sie auch nicht mehr, was sie nach dem Unfall getan hatte. Vermutlich war sie selbst es gewesen, die den Unfall verursacht hatte. Vielleicht hatte sie ihm in ihrem Zorn ins Lenkrad gegriffen oder die Handbremse angezogen und den Wagen damit ins Schleudern gebracht. Und nun weigerte sich ihr Gedächtnis, diese Erinnerung herauszugeben, um ihr die Schuldgefühle zu ersparen. Vielleicht sollte sie einen Therapeuten aufsuchen oder irgendeinen Psychologen.

Du brauchst keinen Seelendoktor, du musst nur endlich aufhören, dich gegen das zu wehren, was du doch längst weißt!

Nun klang die Stimme eindeutig verärgert. Isaura biss die Zähne zusammen und sammelte die Zeitungsausschnitte vom Boden auf, die aus der Mappe gefallen waren. Sie legte sie sauber übereinander, bis ihr eine Überschrift ins Auge fiel. Sie hielt inne und begann zu lesen. Dann überflog sie den nächsten Artikel und noch einen. Auf den ersten Blick schienen sie nichts miteinander zu tun zu haben. Die Ereignisse hatten sich an ganz unterschiedlichen Orten zugetragen, und auch die Erscheinungsdaten lagen oft weit auseinander. Mal ging es um einen Unfall, dann wieder um eine unerwartete Heilung. Doch Isaura kam für ihren Geschmack fast zu schnell dahinter, was diese Geschichten miteinander verband. Mal war von einem Fluch die Rede oder von einem schwerem Schicksal, dann wieder wurde ein Wunder gefeiert oder die Hand Gottes. Aber es ging immer um außergewöhnliche, ja, mit dem normalen Menschenverstand nicht erklärbare Vorfälle. Isaura schloss die Augen. Wieder splitterte das Glas, sie hörte Justus' Schrei und spürte, wie das Auto ins Schleudern geriet.

Das Splittern von Glas.

Dieses Mal nicht in ihren Gedanken, sondern ganz real und sehr nah! Isaura sprang auf, und wieder verteilten sich die Zeitungsausschnitte über den Boden. Woher war das Geräusch gekommen? Sie rannte in die Küche. Die Tür zur Speisekammer stand halb offen. Wieder ein Klirren. Isauras Magen verkrampfte sich in der Furcht, was sich ihr gleich für ein Bild bieten würde, dennoch stürzte sie vor, riss die Tür vollends auf und schaltete das Licht an.

Isaura blieb wie erstarrt im Türrahmen stehen. Dann gaben ihre Knie nach, und sie sank in sich zusammen. Unkontrolliert schluchzend kauerte sie auf dem Boden, bis weiches Fell an ihren nackten Schienbeinen entlangstrich. Der Kater maunzte und leckte ihr mit seiner rauen Zunge die Hände.

»Golondrino, wie kannst du mich nur so erschrecken? Sieh nur, was du angerichtet hast!«

Der Kater richtete seinen Blick ungerührt auf die beiden zerbrochenen Marmeladengläser, deren Inhalt sich weiträumig über dem Steinboden verteilt hatte. Schnurrend begann er, die süße Masse aufzuschlecken. Isaura rappelte sich auf und zog den sich wehrenden Kater weg.

»Nein, das ist zu gefährlich. Da sind überall Glassplitter drin«, rief sie und schob ihn aus der Küche. Dann nahm sie sich einen Eimer und warf die größeren Bruchstücke hinein. Mit einem Lappen und viel warmem Wasser machte sie sich daran, die Bescherung zu beseitigen. Es war bereits vier Uhr am Morgen, als sie ins Wohnzimmer zurückkehrte. Der Kater war nicht zu sehen. Vermutlich hatte er sich schmollend durch das schmale Toilettenfenster, das er als eine Art Katzenklappe nutzte, davongemacht.

Isaura überlegte, ob sie es noch einmal mit Schlafen versuchen sollte. Erschöpft genug war sie inzwischen ganz sicher. Vielleicht würde das ja ausreichen, das Gedankenkarussell wenigstens für ein paar Stunden anzuhalten. Mechanisch bückte sie sich und hob die Zeitungsausschnitte ein zweites Mal vom Boden auf, als sie mit einem Stöhnen innehielt. Das war ihr vorhin, als sie die Artikel gelesen hatte, gar nicht aufgefallen. Es waren ein paar wenige aus deutschen Zeitungen dabei und auch aus englischsprachigen, doch die meisten waren spanischen Zeitungen entnommen.

Sie konnte kein Spanisch! Bis auf die wenigen Brocken, die sie sich beigebracht hatte. Wie zum Teufel hatte sie dann diese Artikel lesen können und dabei nicht einmal bemerkt, dass sie in Spanisch geschrieben waren?

Das war alles ein wenig zu viel. Der Stapel entglitt ihren Händen, doch sie machte sich nicht die Mühe, sich noch einmal danach zu bücken. Sie wankte nach oben und fiel auf ihr Bett, wo die Träume nach ihr griffen und sie wie so oft in eine längst vergangene Zeit entführten.

Kapitel 32

Segovia, 1474

Isabel blieb den Sommer und den Herbst über in Segovia. Der König ließ sich nicht wieder blicken. Dafür vergrößerte sich Isabels eigener Hofstaat fast von Tag zu Tag. Nicht nur *Hidalgos*, sogar der ein oder andere Grande scharte sich um sie, und ihre Frauen oder Töchter baten, ihr dienen zu dürfen, was Beatriz mit wachsendem Misstrauen betrachtete. Anderseits wuchs dadurch, dass nun andere Damen sich die Aufgabe teilten, Isabel zu umsorgen, die Freiheit der Freundinnen.

Auch Kirchenmänner machten sich nach Segovia auf, um die Kronprinzessin in Augenschein zu nehmen, auf deren Wohlwollen man ja vielleicht eines Tages angewiesen sein würde. Während es viele gab, denen es geradezu auf der Stirn geschrieben stand, was sie begehrten, gab es zu Jimenas Erleichterung auch manch angenehme Ausnahme. Isabel war auf der Suche nach einem Beichtvater. Zwar wuchsen ihr Vertrauen und ihre Sympathie für Kardinal Mendoza zunehmend, doch sein hohes Kirchenamt forderte einen großen Teil seiner Zeit, und so war er nicht so oft bei Hof, wie sie es sich für einen Beichtvater und persönlichen Berater gewünscht hätte.

Ende November kam überraschender Besuch nach Segovia. Jimena schlief schlecht in dieser Nacht, doch sie ahnte nicht, was der Tag ihr bringen würde, bis die Besucherin vor ihr stand.

»Tía Dominga! Ich wusste nicht…«, stotterte sie fassungslos, »... ich hatte keine Ahnung, dass du kommen würdest. Ich habe es nicht gesehen!«

Dominga umarmte ihre Nichte und ihre Tochter, die nicht so überrascht wirkte.

»Ich wollte nicht, dass es jemand erfährt. Ich muss mit Isabel sprechen. Es ist sehr wichtig!«

Zu Jimenas Bedauern durfte sie selbst bei dem Gespräch nicht mit dabei sein. Ja, Dominga schickte sie sogar ausdrücklich hinaus, und da Isabel ihr nicht widersprach, blieb ihr nichts anderes übrig, als die Tür hinter sich zu schließen. Allerdings blieb sie in der Nähe und ging rastlos auf und ab, ohne die Tür aus den Augen zu lassen. Sie wollte unbedingt einen Blick auf Isabels Miene werfen, solange die Nachricht noch frisch war. Vielleicht würde es ihr gelingen, in ihrem Blick zu lesen, oder möglicherweise drängte es die Freundin auch, sich ihr anzuvertrauen. Denn dass es um etwas sehr Wichtiges gehen musste, war Jimena klar. Warum sonst würde sich Dominga für ein intimes Gespräch mit Isabel hierherbemühen?

»Habt Ihr etwas verloren, Doña Jimena?«

Die Stimme des Kardinals ließ sie hochschrecken. Er sprach sie zwar mit seiner warmen, freundlichen Stimme an, doch seine Augenbrauen zogen sich zusammen.

»Äh, nein, Eminenz, ich warte nur auf Ihre Hoheit.«

»Ist sie hier drin?«, erkundigte sich Kardinal Mendoza und deutete auf die verschlossene Tür.

»Ja«, rief Jimena und rückte unwillkürlich näher, als wolle sie sein unberechtigtes Eindringen verhindern. »Ihr könnt im Augenblick nicht zu ihr. Sie ist nicht allein.«

Die Augenbrauen des Kardinals rückten noch ein Stück höher. »So? Und Ihr habt nun sozusagen als Wächter ihrer Intimität auf dem Gang Posten bezogen?«

Etwas am Klang seiner Stimme irritierte Jimena. »Nein«, widersprach sie etwas unsicher und wurde dann rot, als sie verstand, worauf der Kardinal anspielte.

»Nein!«, wiederholte sie in scharfem Ton. »Ihr liegt falsch, wenn Ihr denkt, Prinzessin Isabel würde gegen ein Gebot Gottes verstoßen! Das würde sie niemals tun. Wisst Ihr nicht, dass sie stets zwei ihrer Damen in ihrem Gemach schlafen lässt, wenn ihr Gatte nicht bei ihr im Palast weilt?«

Kardinal Mendozas Miene entspannte sich. »Ja, das ist sehr lobenswert«, sagte er mit einem, wie Jimena fand, verlegenen Räuspern. »Die Macht der Verlockung sollte man niemals unterschätzen. Die Sünde kommt in so manchem Gewand daher, und ehe man sich's versieht, ist man ihr verfallen.«

Jimena überlegte, ob er jetzt von Isabel sprach oder von sich selbst, als sich die Tür öffnete und Isabel erschien. Hinter ihr konnte sie Dominga sehen, die beim Anblick des Kardinals das Gesicht verzog. Mochte sie ihn nicht? Er war doch nicht wie Carrillo, der noch immer schmollte, seit Isabel Kontakt mit den Mendozas pflegte und er einsehen musste, dass sie nicht die leicht zu lenkende Marionette war, die er sich wünschte.

Auch die Miene des Kardinals verhärtete sich. »So, Ihr seid also der wichtige Besuch unserer jungen Hoheit«, sagte er schneidend. »Und? Werdet Ihr länger in Segovia bleiben?«

Dass das keine Einladung war, konnte Jimena an seinem Ton hören.

»Nein, Ihr könnt Euch entspannen, Eminenz«, gab Dominga ebenso kalt zurück. »Ich kehre noch heute nach Arévalo zurück.«

»Ihr werdet nicht nach Madrid reisen?«, fragte Isabel.

Dominga fuhr herum und starrte sie an. »Nein, das werde ich nicht tun!«

Jimena sah das aufflammende Interesse in der Miene des Kardinals.

Isabel wirkte plötzlich verunsichert. »Oh ja, natürlich nicht.« Sie schien sich für ihre anscheinend dumme Bemerkung zu schämen. Dann straffte sie sich und nahm wieder diese hoheitliche Haltung an, die Jimena stets an ihr bewunderte. Es war klar, dass Isabel wieder etwas gelernt hatte und in Zukunft noch vorsichtiger sein würde, ehe sie etwas sagte. Sie verabschiedete sich von Kardinal Mendoza und Dominga und wandte sich dann an Jimena.

»Gehen wir? Wir wollten doch ausreiten. Die Pferde sind bestimmt schon gesattelt, und Ramón wird draußen stehen und auf uns warten.«

Sie trug, wie auch Jimena, bereits ihr Jagdgewand und schritt nun auf die Treppe zu. Jimena folgte ihr, ohne sie aus den Augen zu lassen.

Isabel wirkte verändert. Etwas Wichtiges musste geschehen sein – oder würde es erst geschehen? Jimena grübelte darüber, als sie den Hof durchschritten, das Tor passierten und die Zugbrücke hinter sich ließen. Ramón stand mit Gutierre de Cárdenas bei den Pferden. Offensichtlich hatte der Don, der erst kürzlich geheiratet hatte, beschlossen, sich ihnen heute anzuschließen. Seine Braut war Teresa Enriquez, eine nicht eheliche Enkeltochter des Admirals, die nun ebenfalls zu Isabels Damen gehörte. Doch keine von denen liebte schnelle Ausritte oder hätte sich überhaupt auf solch ein wildes Jagdpferd gesetzt, wie Isabel es leidenschaftlich gern tat. Jimena war ihre einzige Dame, auf die sie bei solchen Unternehmungen setzen konnte.

Don Gutierre hob die Prinzessin in den Sattel, während Jimena sich von Ramón helfen ließ.

»Was ist?«, fragte er leise.

»Was sollte denn sein?«, gab sie leichthin zurück, doch so einfach ließ sich Ramón nicht abspeisen.

»Du hast wieder diese grüblerischen Linien auf der Stirn. Also sag es mir, denn ich werde nicht lockerlassen. Und glaube ja nicht, du hättest mit deinem Ross eine Chance, meinem Hengst zu entkommen!«

Jimena betrachtete abschätzend Ramóns Jagdpferd und musste ihm im Stillen recht geben.

»Weißt du schon, dass Dominga in Segovia angekommen ist?«, fragte sie, um Zeit zu gewinnen. Sie war sich immer noch nicht sicher, was das alles zu bedeuten hatte. Jimena richtete ihren Blick auf Isabel, und da sah sie es: Sie saß in königlicher Haltung auf ihrem Pferd, den Blick weit in die Ferne gerichtet, einen pelzverbrämten weißen Mantel um ihre Schultern, und auf ihrem Haar schimmerte eine mit Edelsteinen besetzte Krone.

Jimena blinzelte ein wenig ungläubig und rieb sich die Augen. Als sie sie wieder öffnete, waren der weiße Mantel und die Krone verschwunden. Nur die königliche Haltung war noch da, und das geheimnisvolle Lächeln voller Erwartung, das um ihre Lippen spielte.

Da wusste sie es. Das war also die Nachricht, für die Dominga bis nach Segovia geeilt war. Wie üblich hatte sie gesehen, was passieren würde – doch war es klug, davon zu sprechen? Hatte sie nicht stets Jimena beschworen, ihre Visionen für sich zu behalten?

Immerhin war Isabel so weitsichtig, mit niemandem darüber zu sprechen. Es hätte Misstrauen erregen können, wenn andere erfahren hätten, dass sie bereits wusste, was in Kürze geschehen würde. Sie schwieg und wartete, bis die Nachricht aus Madrid eintraf, aber weder sie noch Jimena waren überrascht, vom Leiden des Königs zu hören.

»Es geht ihm nicht gut«, berichtete der Bote. »Wieder diese quälenden Leibschmerzen, die ihn an sein Lager fesseln. Dieses Mal ist es noch schlimmer als letzten Winter.«

Jimena und Isabels Blicke trafen sich.

»Du weißt es«, raunte Isabel und fügte dann hinzu: »Nein, es darf mich nicht überraschen. Dominga und du seid schließlich vom gleichen Blut.«

»Was wirst du tun?«, gab Jimena ebenso leise zurück. »Wirst du Fernando benachrichtigen? Er wird einige Tage brauchen, bis er aus Aragón zurück ist.«

Isabel überlegte. »Nein, das hat Zeit. Was sollte ich ihm schreiben?«

Das Argument war einleuchtend. Einer Magenverstimmung des Königs wegen würde Fernando nicht zurückkommen, und mehr konnte sie nicht schreiben. Zumindest wäre es nicht klug. Und vielleicht wollte sie auch gar nicht, dass er so schnell zurückkehrte, argwöhnte Jimena.

»Wir können nichts weiter tun, als abzuwarten und uns vorzubereiten.«

Beatriz gesellte sich zu ihnen und sah misstrauisch von einer zur anderen. »Habt ihr zwei Geheimnisse?«

Jimena schwieg, während Isabel den Vorwurf, ohne mit der Wimper zu zucken, abstritt.

Es war der zwölfte Dezember um die Mittagsstunde, als ein von Staub und Schweiß bedeckter Reiter sein Pferd durch die Gassen von Segovia trieb. Mit letzten Kräften überwand er die Steigung und ritt in den Hof des *Alcázar,* wo er entkräftet und sichtlich erschöpft vom Pferd glitt. In unglaublichen zehn Stunden hatte er den Weg von Madrid über die Sierra Guadarrama bis nach Segovia zurückgelegt. Nein, es war sicher kein Zufall, dass Jimena in diesem Augenblick den Hof betrat und dem vor Entkräftung zitternden Boten die Zügel aus der Hand nahm.

»Mein Name ist Enrique de Ulloa«, keuchte er. »Ich stehe in den Diensten von Kardinal Mendoza, und ich habe eine dringende Nachricht für Ihre Hoheit Prinzessin Isabel.«

Jimena nickte, und ihr war seltsam feierlich zumute. »Ich werde sie holen. Geht schon einmal in den kleinen Saal und wartet dort. Ich werde Euch eine Erfrischung schicken und anweisen, dass Euer Pferd versorgt wird.«

Der Bote nickte nur, zu müde für weitere Worte.

Dieses Mal wartete Jimena nicht vor der Tür. Sie wusste, welche Nachricht der Mann aus Madrid brachte:

König Enrique IV. war am vergangenen Tag im Alter von neunundvierzig Jahren elendig mit quälenden Leibschmerzen gestorben. Einige seiner Granden – wie der Graf von Palencia – hatten sich in dem armseligen Palast von Madrid versammelt, und Kardinal Mendoza saß an seinem Lager, bis er seinen letzten Atemzug tat und verschied. Dann sandte er seinen Boten über die Berge zu Isabel – zu *Königin Isabel!*

»Was wirst du jetzt tun?«, erkundigte sich Jimena, als ihr Isabel kurz darauf mit gefasster Miene entgegentrat. Sie mimte keine Überraschung. Sie hatte seit Tagen mit dieser Botschaft gerechnet und war bereit.

»Jetzt gilt es schnell zu handeln und Tatsachen zu schaffen, ehe meine Gegner Gelegenheit haben, sich zu formieren.«

Jimena nickte. »Wirst du warten, bis der Kardinal eintrifft? Er wird sich auf die Reise machen, sobald die Beerdigungsfeierlichkeiten es ihm gestatten.«

Isabels Miene verhärtete sich. »Darauf kann ich nicht warten. Es ist leider nicht die Zeit, sich Gefühlen hinzugeben und Rücksicht zu üben. Rufe mir Don Andrés. Er ist der richtige Mann, sich um alles zu kümmern.«

Und so saßen Andrés de Cabreras, seine Frau Beatriz und Jimena bereits eine Stunde später mit Isabel im kleinen Thronsaal und besprachen jedes Detail der nächsten Stunden. Isabel bestand darauf, die Zeremonie bereits am nächsten Tag zu begehen.

»Noch vor der Beerdigung des Königs?«, rief Beatriz entsetzt, verstummte aber bei dem Blick, den ihr Isabel zuwarf. Rasch senkte sie die Lider.

»Ich schweige ja schon, Majestät«, murmelte sie. »Doch was ist mit Eurem Gatten? Sollte er an diesem Tag nicht an Eurer Seite sein?«

Isabels Miene wurde ein wenig weicher. »Du brauchst mich jetzt nicht so anzureden. Und – außergewöhnliche Ereignisse erfordern eben manches Mal außergewöhnliche Reaktionen.

Ich habe auch keine Zeit, auf den Kardinal oder auf die Rückkehr Fernandos zu warten, und – unter uns gesagt – ist das vielleicht auch besser so. Es macht alles nur komplizierter, wenn er mir wieder Vorhaltungen macht und meine Entscheidungen kritisiert.«

»Ja, aber er ist doch dein Gatte«, wagte Beatriz einzuwerfen. »Er hat das Recht dazu.«

Isabel setzte wieder diese verschlossene Miene auf und warf den Kopf zurück. »Das mag vielleicht für gewöhnliche Ehepaare gelten, ich aber werde die Königin von Kastilien sein, und ich allein bestimme, was in diesem Land geschieht. Er ist mein Gemahl, ja, und vielleicht muss ich mich nach seiner Meinung richten, wenn es um ihn und mich und unsere Kinder geht, aber nicht, wenn es das Geschick Kastiliens betrifft.«

Beatriz war schockiert. Hatte sie gedacht, Isabel würde die Macht an Fernando abtreten, damit er einst Kastilien und Aragón zusammen regieren konnte? So naiv war Jimena jedenfalls nicht. Und sie hoffte, dass auch Fernando diesen Punkt klar sah; sonst bestand durchaus die Gefahr, dass es zu einem ernsthaften Zerwürfnis zwischen den Eheleuten kommen würde. Er hatte Isabel inzwischen kennengelernt und genug Zeit mit ihr verbracht, um das zu wissen; dennoch ahnte Jimena, dass ihn dieser Akt zumindest in seiner Ehre als ihr Gemahl kränken würde. Welcher Mann konnte es hinnehmen, von einer Frau derart übergangen zu werden? Jimena spürte einen Kloß im Hals.

Nun gut, an der Tatsache war nichts mehr zu ändern. So würden sie die schwierige Situation, die sich nun ergab, eben im Nachhinein bereinigen müssen.

Noch am Abend ließ Isabel für den verstorbenen König eine Messe lesen, an der sie in einem einfachen, schmucklosen Trauergewand teilnahm, Haar und Gesicht unter einer schwarzen Mantilla verborgen. Gemeinsam mit den Bewohnern der Stadt begab sie sich zu Fuß in die Kirche, während Cabreras draußen auf dem großen Platz vor der Kathedrale bereits ein Podium errichten ließ. Dorthin geleitete sie der Statthalter und königliche Schatzmeister am nächsten Tag. Ihre Trauer hatte sie abgelegt. Stattdessen war Isabel prächtig gekleidet. Ihr golddurchwirktes Kleid schimmerte im Licht der Wintersonne. Ihre Wangen waren entweder vor Anspannung oder vermutlich nur des kalten Winterwindes wegen gerötet – sie sah wunderbar aus. Ihre Damen hatten ganze Arbeit geleistet, und ihre Haltung tat das Ihre: Eine wahre Königin bestieg ihren ebenfalls prächtig herausgeputzten Schimmel. Ja, sie schien geradezu von innen heraus zu leuchten, als habe Gott seine Engel gesandt, um sein Wohlwollen kundzutun.

Don Andrés griff nach den Zügeln und führte das Pferd, während andere Adelsmänner den Thronhimmel und Isabels Schleppe trugen. Ihnen voran schritt Gutierre de Cárdenas, einen unverhüllten Degen in der Rechten, als Symbol der königlichen Macht. Der ganze Hofstaat reihte sich hinter Isabel ein und zog mit ihr durch die Stadt, wo das Volk sie jubelnd empfing. Die Menschen aus dem Palast und die Bürger folgten dem Zug, bis sich alle vor der Kathedrale versammelten, deren Glockengeläut überall in Segovia zu vernehmen war. Isabel ließ sich vom Pferd helfen und stieg die Stufen zum Podium hinauf. Die Glocken schwiegen, und auch die Menschen wurden ganz still, als sie ihre Stimme erhob. Sie klang kräftig und entschlossen, und es gab keinen in Segovia, der ihre Worte nicht vernahm: Isabels kleiner Hofstaat, voran ihr Statthalter und ihre Damen, die Männer des verstorbenen Königs, die den *Alcázar* und den Staatsschatz beschützten, der hier aufbewahrt wurde, Stadträte und einfache Bürger, Juden und arme Handwerker, Mägde und Knechte, aber keine Granden, keine Vertreter des hohen Adels oder der Kirche. Doch das schien Isabel nicht zu stören; zumindest ignorierte sie es und sprach, als würden all die Mächtigen des Landes vor ihr stehen.

Don Andrés trat vor und setzte die Krone Kastiliens, die er aus dem Staatsschatz geholt hatte, auf ihre blonden Locken. Dann ließ er sich auf die Knie sinken und küsste ihre Hand. Wieder erhob Isabel ihre klare Stimme.

»Ich schwöre, die Gebote der Kirche zu achten und die Freiheiten des Adels und der Städte. Ich schwöre, über das Gemeinwohl des Königreichs zu wachen und allen Gerechtigkeit widerfahren zu lassen.« So fuhr sie fort, doch am wichtigsten war das Ende ihrer Rede: »Das schwöre ich. Ich, Isabel, Königin von Kastilien und Besitzerin des Königreichs, und Fernando, ihr rechtmäßiger Gemahl.«

Trompetenstöße bekräftigten ihre Worte, dann wiederholten Herolde ihre Rede in der Stadt, wobei Jimena bezweifelte, dass es auch nur einen Bewohner gab, der nicht ohnehin atemlos ihren Worten gelauscht hatte.

Am Nachmittag berief Isabel einige Sekretäre, die in Windeseile Rundschreiben anfertigten, die Herolde in den nächsten Tagen im ganzen Land verbreiten sollten. Sie mussten sie den Städten überbringen. Die Schreiben enthielten eine Aufforderung, die *Cortes,* die Ständeversammlung, einzuberufen und die Proklamation der Krönung zu verlesen. Natürlich war damit auch der Befehl verbunden, Delegierte nach Segovia zu entsenden, wo sie ihrer Königin ihren Gefolgseid leisten sollten. Ganz im Gegensatz zu den Schreiben König Enriques zu seiner Zeit wurden die Adelsmänner und die *Cortes* nicht höflich gebeten. Isabel bediente sich einer deutlichen Sprache. Sie befahl, in Segovia zu erscheinen!

»Ist das nicht ein wenig hart formuliert?«, wagte dann auch Don Andrés anzumerken, ehe die ersten Boten auf die Reise geschickt wurden.

Isabel sah ihn geradewegs mit einem Blick an, über dessen Härte selbst Jimena staunte.

»Das Land muss wissen, dass die Zeit Enriques vorbei ist, und damit auch die Zeit, in der jeder Adelsmann nur ein wenig um den König herumschleichen musste und schon mit einer dicken Rente nach Hause reiten konnte. Der Adel lebt in Saus und Braus auf dem gebeugten Rücken des Volkes, der jederzeit zu brechen droht. Und der König? War eine Marionette mit einer Krone auf dem Kopf ohne jede Macht! Mir ist sehr wohl bewusst, dass ich ein gefährliches Spiel spiele, doch wenn ich es jetzt nicht schaffe, dann werde ich nur zu einem weiteren Spielball, bis es meinen Gegnern gelingt, mich zu beseitigen und Juana oder jemand anders, der ihnen genehm ist, auf den Thron zu setzen. Nein, es wird ein anderer Wind durch Kastilien wehen, und entweder wird er mich emportragen oder ich werde mit ihm untergehen!«

Jimena musste ihr im Stillen recht geben. Enrique hätte an ihrer Stelle die Granden und die *Cortes* her*gebeten*. Sie hätten lange diskutiert, ob sie nun Isabel oder Juana die Krone aufs Haupt setzen wollten, und vermutlich hätten sie sich für Juana entschieden. Sie war jünger und ganz sicher leichter zu formen. Dieses Risiko war Isabel nicht eingegangen. Sie hatte alle überrascht und vor vollendete Tatsachen gestellt.

»Die Krone ist nichts, worüber der Adel meines Landes diskutieren und bestimmen kann«, sagte sie, als sei sie Jimenas Gedanken gefolgt. »Die Krone steht mir zu! Das ist eine unumstößliche Tatsache, die das Land zur Kenntnis zu nehmen hat. Über einzelne Aufgaben und Rechte kann man reden.«

Die Herolde gingen auf die Reise, und den Getreuen in Segovia blieb nichts anderes übrig, als zu warten, welche Reaktion der Aufruf bringen würde. Wie viele würden kommen, um Isabel den Schwur zu leisten, und wer würde es wagen, sich gegen sie zu stellen?

Eines jedenfalls war bald klar: Das einfache Volk stand auf ihrer Seite und jubelte ihr zu. Kaufleute, Handwerker und Bauern setzten ihre Hoffnung auf die junge Königin. Was hatten sie noch zu verlieren? Jahre voll Gezänk und Bürgerkrieg hatten sie arm und mürbe gemacht. Nein, schlimmer konnte es nicht werden. So griffen sie nach Isabel als ihrem Hoffnungsschimmer.

Doch das war nicht genug. Sie brauchte zumindest einen Teil des Adels und der Kirche hinter sich.

Natürlich kam Kardinal Mendoza, nachdem er den Leichnam des Königs nach Guadalupe zu seinem Begräbnis begleitet hatte. Auch der Admiral von Kastilien schwor ihr die Treue, und dann traf zu Isabels und Jimenas Überraschung auch Erzbischof Carrillo ein, der Isabel zähneknirschend den Schwur leistete.

Und es gab noch einen zweiten Grande, mit dem Jimena – und vermutlich auch Isabel – nicht gerechnet hatte: Don Beltrán de la Cueva, Graf von Ledesma und Herzog von Albuquerque, der so viele Jahre Favorit der Königin gewesen war – und vermutlich auch Juanas Vater. Aber wer außer deren Mutter hätte das schon sicher sagen können? Jedenfalls kam er, um Isabel die Treue zu schwören – sollte sie im Gegenzug so freundlich sein, seine Privilegien zu bestätigen und seine Dotationen ein wenig aufzufrischen. Zähneknirschend gab sie nach, schwor aber, dass diese Verschwendung von dringend benötigtem Geld ein Ende haben würde.

Das waren die erfreulichen Nachrichten. Doch es gab erschreckend viele Männer des Adels, die dem Aufruf fern blieben: natürlich der neue Marquis de Villena, Juan Pachecos Sohn, der Juana in seiner Festung in seiner »Obhut« hatte, aber auch eine Reihe weiterer Granden, lauter mächtige Männer, deren Feindschaft man nicht leichten Herzens ignorieren konnte. Nein, zusammen waren sie eine ernsthafte Gefahr, und das war Isabel bewusst, während sie im *Alcázar* ein Festmahl für ihre Anhänger ausrichten ließ und sich freundlich gab.

Neben der Überzeugungsarbeit, die sie bei vielen Adeligen

noch zu leisten hatte, stand ihr noch eine weitere Schlacht bevor. Fernando war eilig aus Aragón zurückgekehrt, und er war ganz und gar nicht erfreut über den Alleingang seiner Gattin. Mochte sie die Granden ihres Landes überrumpeln, mit ihm hatte sie sich zuvor abzustimmen!

Das sah Isabel ganz anders, und so blieb ein lautstarker Zusammenstoß zwischen den Eheleuten nicht aus.

Jimena hatte den Prinzen noch nie mit einer solchen Miene erlebt. Noch in Reisekleidern und voller Schmutz stürmte er ins Gemach seiner Gattin. Beatriz ergriff sofort die Flucht, und auch die anderen Damen machten sich davon.

»Ihr könnt auch gehen!«, herrschte Fernando sie an, als Jimena unschlüssig mitten im Raum stehen blieb. »Ich habe mit meinem Weib zu sprechen!«

Sie sah, wie die Königin sich straffte und ihre Miene sich ebenfalls verhärtete. Da Isabel sie nicht bat zu bleiben, zog sie die Tür hinter sich zu, blieb aber im Gang davor stehen. Sie brauchte ihr Ohr nicht an das Holz zu legen, um jedes Wort zu verstehen.

»Nun, mein Gemahl, was ist? Hattet Ihr eine gute Reise?«

»Ach, hör auf!«, schrie er. »Was soll dieser Streich? Du hast mich übergangen und dich hinter meinem Rücken auf den Thron gesetzt!«

»Ich habe die Maßnahmen ergriffen, die der Tod des Königs notwendig gemacht haben«, gab Isabel kälter und wesentlich leiser zurück. »Du warst ja wieder einmal nicht da und hast lieber deinem Vater geholfen, sein Land zu retten.«

»Und das machst du mir zum Vorwurf?«

»Nein, es ist lediglich eine Tatsache. Jeder muss das tun, was die Situation erfordert. Hätte ich warten sollen, bis Villena Juana die Krone auf den Kopf setzt?«

»Nein, das nicht, aber mich lediglich als deinen rechtmäßigen Gemahl zu bezeichnen ist infam! Ich bin der König an deiner Seite!«

»Kastilien steht allein mir zu! Ich würde dir auch Aragón nicht streitig machen«, warf Isabel nun ein wenig lauter ein.

»Das ist auch gar nicht möglich. Frauen sind bei uns von der Erbfolge ausgeschlossen.«

»Was hat das denn damit zu tun?«, rief Isabel, nun ebenfalls erzürnt. »Kastilien ist mein Erbe; ich bin die alleinige Herrscherin dieses Landes, und damit basta!«

»Das werden wir ja sehen. Ich bin dein Ehemann und habe das Recht mitzureden!«

Am Ende sollten ausgerechnet Kardinal Mendoza und Erzbischof Carrillo die Wogen glätten und eine rechtsverbindliche Regelung finden.

Es wurde ein zähes Ringen, und Jimena spürte, dass zwischen den Eheleuten viel zu Bruch gegangen war, als sie endlich die Erklärung unterschrieben, die die Rechte beider regelte. Es war nur ein kleiner Sieg für Fernando. Er erreichte immerhin, dass ihm der Titel eines Königs zugestanden wurde und alle Dokumente im Namen der Königin und des Königs unterzeichnet werden mussten – wenn er denn anwesend sei. Doch Isabel blieb unumstößlich alleinige Inhaberin von Kastilien, und es würde ihre Tochter sein – nicht ihr Ehegatte –, die nach ihrem Tod die Krone erbte.

Kapitel 33

Kastilien, 1475

Jimena hatte wieder einmal dieses Gefühl, im Palast ersticken zu müssen, und es drängte sie, hinauszugehen und forsch auszuschreiten. So hüllte sie sich in ihren unauffälligen grauen Wollumhang, zog die Kapuze über den Kopf und verließ den *Alcázar*.

Es war ein kalter Abend, und dennoch sog sie die klare Luft tief in sich ein. Sie streifte durch die Gassen der Stadt am Marktplatz vorbei bis zum unteren Stadttor, über dem sich das römische Aquädukt in den düsteren Abendhimmel erhob. Noch immer waren die bei der Rückeroberung der Stadt zerstörten Bogen mehr schlecht als recht mit Holzbalken abgestützt, dass das Wasser ungehindert in die Stadt fließen konnte. Jimena blieb stehen und betrachtete das verwundete Bauwerk. Sie erinnerte sich wieder, wie sie das Aquädukt als Kind zum ersten Mal gesehen hatte und an das Bild, das in ihr aufgestiegen war. Wenn Isabel einst Königin sein sollte, würde sie die Steinbogen wieder aufrichten lassen!

Ja, bestimmt, doch im Moment hatte die junge Königin andere Probleme. Sie musste ihr zerstrittenes Reich einen, eine Mehrheit des Adels für sich gewinnen, eine schlagkräftige Armee aufbauen, auf die sie sich würde verlassen können, das marode Steuersystem ändern – oder zumindest dafür sorgen, dass mehr als nur ein winziger Bruchteil der Steuern in der Staatskasse landete! Der größte Teil versickerte in den Taschen der Granden, deren raffgierige Familien im Laufe der

Jahrhunderte immer größere Anteile für sich behalten durften – für Dienste, die sie ihrem König geleistet hatten, oder einfach so, damit sie nicht die Seiten wechselten.

Nein, die steinernen Bogen von Segovias Aquädukt würden noch eine Weile warten müssen, doch irgendwann, dachte Jimena voller Zuversicht, sollten sie wieder in ihrer ganzen Pracht erstrahlen können.

Sie machte sich auf den Rückweg und wählte die Gassen durch die Judería. Täuschte sie sich, oder herrschte hier weniger Leben in den Straßen als früher? Die Gemeinde hatte sich von den herben Verlusten noch nicht erholt, und vielleicht zogen sich die Überlebenden nun in den – vermeintlichen – Schutz ihrer Häuser und Synagogen zurück.

Noch in ihre Gedanken versunken, ging Jimena weiter in Richtung Palast. Sie überquerte gerade den Platz vor der Kathedrale, als sie eine Gestalt ausmachte, deren Anblick ihr Herz höher schlagen ließ und ein Lächeln in ihr Gesicht zauberte. Die düsteren Gedanken waren vergessen, als sie auf Ramón zueilte.

»Wie unerwartet und schön, dich hier zu treffen!«, begrüßte sie ihn und griff nach seiner Hand, um sie an ihre kalte Wange zu legen, doch ein Blick in sein Gesicht ließ sie in der Bewegung erstarren.

»Was ist geschehen?«

Ramón hob hilflos die Arme und ließ sie dann wieder fallen. »Ich bin verwirrt und außer mir und weiß mir keinen Rat.« Sein Blick wanderte zu den Türmen der Kathedrale, als erhoffe er sich Hilfe von der Kirche.

»Was ist denn geschehen?«, fragte Jimena noch einmal.

»Das fragst du?«, gab er heftig zurück. »Das müsstest du am allerbesten wissen. Die Schwester des Königs hat sich die Krone aufgesetzt, die ihr nicht zusteht, und Juana um ihr Erbe betrogen!«

Jimena unterdrückte einen Seufzer und bemühte sich, seinen Tonfall nicht aufzunehmen. »Du weißt, dass das so nicht richtig ist. Der König hat seine Schwester als seine Erbin eingesetzt, ehe er Segovia verließ, und dies auf seinem Sterbebett nicht widerrufen.«

»Sagt wer? Kardinal Mendoza?«

Jimena nickte. »Ja, er war bei ihm, bis zu seinem letzten Atemzug.«

»Das ist ja möglich«, gab Ramón scharf zurück, »dennoch heißt das nicht, dass er die Wahrheit spricht. Er will Isabel auf dem Thron sehen – warum auch immer.«

»Kardinal Mendoza fragte den König, ob Juana seine Tochter sei, doch der König schwieg.«

»Da habe ich anderes gehört!«, widersprach Ramón.

»Von wem?«

»Graf Palencia, der ebenfalls im Palast von Madrid weilte. Er sagt, die letzten Worte des Königs waren: ›Ich erkläre meine Tochter zur Erbin des Königreichs!‹«

Jimena und Ramón sahen einander an. Er wirkte müde, ausgelaugt und erschöpft.

»Und was wirst du jetzt tun? Vermutlich werden wir die Wahrheit niemals zweifelsfrei wissen. Aber ist es denn so wichtig? Isabel wird dem Land eine gute Königin sein. Können wir ihr nicht einfach vertrauen und sie dabei unterstützen?«

Ramón wirkte traurig, doch er schüttelte den Kopf. »Ich kann nicht in ihre Dienste treten und ihr Treue schwören.«

»Was willst du dann tun? Zum neuen Marquis de Villena laufen, der keinen Deut besser ist als sein Vater und Juana ganz sicher nicht zu ihrem Schutz in seiner Festung verborgen hält?« Nun klang auch ihre Stimme schärfer.

Noch einmal schüttelte Ramón den Kopf. »Nein, ich kann ihn genauso wenig leiden wie den alten Marquis. Und ich gebe dir recht, dass es ihm nur um seinen eigenen Vorteil und seine Macht geht.«

»Was willst du dann tun?«, fragte Jimena nun wieder sanft.

»Ich dachte mir, ich schließe mich dem Gefolge des Erzbischofs von Toledo an«, sagte Ramón und klang dabei ein wenig verlegen.

»Du willst in Carrillos Dienste treten?«, rief Jimena verblüfft.

»Ja, spricht etwas dagegen?«

Jimena überlegte. »Ich weiß nicht… nein… ich meine, er hat Isabel Treue geschworen, was zumindest für den Moment bedeutet, dass wir nichts von ihm zu befürchten haben. Vielleicht geschieht ja noch ein Wunder, und er söhnt sich mit den Mendozas aus. Jedenfalls ist er ein mächtiger Kirchenmann und ein wichtiger Fürst Kastiliens.«

Plötzlich fiel ihr etwas ein, und der Schreck durchfuhr sie kalt. »Dann wirst du Segovia verlassen?«

Ramón nickte. »Ja, ich werde dem Erzbischof nach Toledo folgen. Ach, schau nicht so traurig, meine Liebste. Komm mit mir, wenn dir die Trennung so schwerfällt.«

Jimena lachte freudlos. »Als was? Als deine Geliebte? Ich denke nicht, dass Carrillo in seinem Bischofspalast irgendeinen Bedarf an Hofdamen hat.«

»Das nicht, aber vielleicht wird er uns helfen, einen Dispens zu erlangen. Dann könnten wir heiraten und für immer zusammen sein.«

Für einen Moment gab sich Jimena diesem süßen Traum hin. Sie legte ihre Hände in seinen Nacken und zog ihn so weit zu sich herunter, dass sich ihre Lippen berührten. Ramón schob sie unter das Tor der Kathedrale, wo sie vor den Blicken später Passanten verborgen waren, und erwiderte den Kuss. Erst sanft, dann immer stürmischer. Er schlang die Arme um sie und presste sie an sich. Sie konnte durch die Stoffschichten seinen vom Reiten und Kampftraining gestählten Körper spüren, und die Erinnerung an ihre erste Liebesnacht wallte zusammen mit dem heißen Begehren in ihr auf. Sie wollte es wieder und wieder spüren! Ihn, seine Küsse, seine Hände, seinen ganzen Körper. Warum nur konnten sie nicht einfach zusammenbleiben? Warum konnte sie nicht mit ihm gehen, ihn jeden Tag sehen, mit ihm sprechen, beim Mahl neben ihm sitzen und nachts sein Lager teilen? Ach, was für ein verführerischer Traum, aber eben nur ein Traum. Jimena löste sich von Ramón und sah ihn traurig an.

»Es geht nicht. Du weißt, dass ich hier bei Isabel bleiben muss.«

»Ja, das habe ich inzwischen begriffen«, seufzte er. »Aber wir werden uns wiedersehen! Bald schon.«

»Ja«, stimmte sie ihm mit der Inbrunst ihrer ganzen Hoffnung zu. »Wir werden beieinander sein, und wir werden uns lieben, wenn du nicht im Gefolge des Erzbischofs eine andere findest, deren Lächeln du erliegst.«

»Nein!«, rief Ramón entrüstet. »Ich liebe dich und werde immer nur dich lieben! Sieh her, ich gehe vor dir auf die Knie und schwöre dir meine Treue bis in den Tod.«

Gerührt, aber auch ein wenig verlegen zog sie ihn hoch.

»Ramón, ich glaube dir doch. Komm bitte einfach nur bald wieder nach Segovia. Ich werde auf dich warten.«

»Hier in Segovia? Ich erwarte nicht, dass die Königin lange hierbleibt. Du wirst vermutlich das rastlosere Leben von uns beiden führen müssen!«

Und damit behielt Ramón recht. Der Erzbischof war noch nicht lange abgereist, da gab auch Isabel den Befehl, die Reisetruhen zu packen.

»Wohin geht es?«, fragte Beatriz ein wenig missmutig. Es war noch immer Winter. In den Bergen lag der Schnee vermutlich zu hoch, um den Pass mit Pferden überqueren zu können, und der eisige Nordwind hatte Kastilien noch fest im Griff.

»Zuerst möchte ich nach Arévalo, um meiner Mutter meine Aufwartung zu machen und meine Tochter endlich wiederzusehen«, sagte sie mit so viel Sehnsucht in der Stimme, dass sich Jimena fragte, wie schwer es ihr fallen musste, von der Kleinen getrennt zu sein. Isabel sprach nicht viel darüber, doch sie schickte regelmäßig Boten, um sich nach der Gesundheit und den Entwicklungsfortschritten ihrer Tochter zu erkundigen.

»Und dann?«, hakte Beatriz misstrauisch nach, der das Wort ›zuerst‹ nicht entgangen war.

»Dann, meine liebe Freundin«, antwortete Isabel übertrieben höflich, denn ihr war Beatriz' Entsetzen nicht entgangen, »dann werden wir durch mein Land reisen und uns des Wohlwollens meines Volkes versichern.«

Beatriz klappte der Mund auf. »Durch ganz Kastilien?«

»Nun, solange der Schnee in den Bergen so hoch liegt, werden wir auf den Süden wohl verzichten müssen«, gab Isabel liebenswürdig zurück.

»Das kann sie nicht ernst meinen«, jammerte Beatriz später, als sie mit Jimena und Teresa allein war. »Ich werde wie in meinen schlimmsten Albträumen Jahr für Jahr rastlos durch die Lande ziehen und mehr Stunden bei Eiseskälte oder glühender Hitze im Sattel als auf einem bequemen Diwan verbringen.«

Jimena schmunzelte. »Ja, das trifft die Sache recht genau.«

Beatriz riss vor Entsetzen die Augen auf. »Denkst du das wirklich?«

Sie wandte sich an Teresa, als Jimena nur mit ernster Miene nickte.

»Und du? Was sagst du dazu?«

Teresa überlegte, dann tat sie so, als würde sie auf einem schwankenden Pferderücken sitzen.

Beatriz stöhnte. »Ich hoffe nur, ihr irrt euch einmal in eurem Leben!«

Doch Jimena und Teresa irrten sich nicht. Isabel gönnte sich nur wenige Tage in Arévalo, um zumindest für diese Stunden das Gefühl einer Mutter zu spüren, dann widmete sie sich wieder ihrer Pflicht und nahm schweren Herzens von der kleinen Isabel Abschied. Das mittlerweile fünfjährige Mädchen nahm es gelassen hin. Es hatte seine Mutter so selten gesehen, dass es verständlicherweise mehr an seiner Amme hing, was Isabel den Abschied erleichterte – zumindest behauptete sie das tapfer, als sie sich auf ihr Pferd heben ließ und durch das Tor hinausritt. Ausnahmsweise war Fernando an ihrer Seite. Die beiden hatten sich versöhnt und waren fest entschlossen, um jeden Gefolgsmann zu kämpfen. Ja, Isabel sah richtig verliebt aus, wenn sie ihren Blick auf ihrem Ehegatten ruhen ließ. Und Fernando? Auch er war seiner Frau zugetan, selbst wenn man nicht so weit gehen konnte zu behaupten, er sei in sie vernarrt. Er schaute durchaus auch andere schöne Frauen an, und Jimena hatte ihn mehr als einmal mit deutlichen Worten abblitzen lassen. Leider waren nicht alle von Isabels Damen so standhaft, und so argwöhnte sie, dass nicht nur eine dem Drängen des Königs nachgegeben hatte.

Wusste Isabel davon? Noch tat sie so, als bemerke sie nichts, doch war da nicht ein tiefer Schmerz, der in ihr wuchs? Zumindest bemühte sich Fernando, diskret zu sein und seine Gemahlin nicht zu brüskieren. Schamlose Tändeleien, wie Jimena sie an Enriques Hof viele Jahre hatte erleben müssen, gab es in Isabels und Fernandos Umfeld nicht, und keine Dame musste mehr fürchten, allein in einem der Paläste ihr Gemach aufzusuchen. Keiner der Höflinge hätte sich getraut, gegen ihren Willen Hand an sie zu legen, denn dass sie das nicht dulden und streng bestrafen würden, das machten Isabel und Fernando deutlich klar.

So in ihre Gedanken versunken, ritt Jimena hinter dem Königspaar her.

Sie ist wieder schwanger, fuhr es ihr plötzlich durch den Sinn.

Wirklich? Jimena betrachtete sie aufmerksam. Es war nichts zu sehen, und auch die üblichen Schwangerschaftsanzeichen hatten sich noch nicht eingestellt. Ja, vermutlich wusste Isabel selbst noch nichts davon, doch Jimena war sich sicher. Mit Schaudern dachte sie, was sich Isabel für die nächsten Monate vorgenommen hatte. Doch es war unmöglich, sich nun für fast ein Jahr in einen Palast zurückzuziehen. Auch ohne Isabel zu fragen, wusste sie, wie ihre Antwort lauten würde. Sie musste handeln, jetzt! Nicht erst im nächsten Jahr, denn dann gab es vermutlich keine Krone mehr, die sie hätte verteidigen können.

Schwangerschaft ist keine Krankheit, würde sie sagen. *Natürlich kann ich reisen!*

Es würde dem Kind schon nicht schaden, hoffte Jimena. Isabel würde im Herbst einem gesunden Kind das Leben schenken – vielleicht sogar einem Sohn. Doch so oft sie diese Gedanken im Stillen formte, es gelang ihr nicht, Zuversicht zu empfinden. Da war ein ungutes Gefühl tief in ihr, und sie war ein paarmal nahe daran, Isabel davon zu erzählen, doch dann verließ sie der Mut. Was konnte sie damit erreichen? Nur, dass Isabel sich schlecht, ja, schuldig fühlte, denn ihre Reise würde sie deswegen nicht abbrechen, da war sich Jimena sicher.

Und so zogen sie von einer Stadt zur nächsten. Isabel und Fernando sprachen vor den Stadträten und den *Hidalgos,* sie besuchten die Landadeligen und hörten sich die Sorgen der Leute an. Sie versprachen, vieles zu ändern und gegen die Missstände anzugehen, und die Menschen glaubten ihrer Königin. Jimena spürte, wie Isabel die Herzen eroberte, vor allem die der einfachen Leute und der Bürger der Städte. Auch der Landadel, der sich von den Granden unterdrückt fühlte, setzte Hoffnungen in die junge Monarchin.

Schwerer dagegen waren die Granden zu überzeugen, die nicht viel von Worten und stolzen Reden hielten. Sie hätten sich gern mit klingender Münze und neuen Privilegien bestechen lassen, doch Isabel war nicht bereit, so leichtfertig wie ihr Bruder die Hand zu öffnen.

So vergingen die Wochen. Sie reisten von einem Ort zum anderen, blieben nur kurz, und schon nach wenigen Tagen ging es weiter. Altkastilien schien mehrheitlich auf Isabels Seite zu stehen, die Grenzgebiete zu Portugal dagegen hielten zu Juana, und – wie man hörte – war man auch im Süden nicht bereit, sich auf die junge Königin einzuschwören. Der ganze Nordwesten bis hinauf nach Galicien zeigte sich ebenfalls störrisch. Dagegen stellte sich das Baskenland hinter Isabel, und Carrillo hatte das Land um Toledo fest im Griff.

Erschöpft und ausgelaugt machte sich die Reisegesellschaft nach Valladolid auf, um sich – wie Beatriz hoffte – im dortigen Palast lange zu erholen. Auch Isabel, die seit ein paar Wochen unter den üblichen Symptomen der frühen Schwangerschaft litt, wirkte müde und stimmte einer Pause zu. Man richtete sich im Palast König Enriques ein, der schon nach wenigen Tagen zu einem Domizil Isabels und Fernandos wurde. Und obgleich die Lage im Reich noch immer ernst war, herrschte eine heitere Stimmung bei Hof.

Im April zog der Herzog von Alba mit großem Gefolge in Valladolid ein. Er war neben den Mendozas eine der stärksten Stützen der jungen Königin, und so scheute sie sich nicht, trotz der angespannten Finanzen ein prächtiges Turnier ausrichten zu lassen, an dem der Herzog und auch König Fernando persönlich teilnahmen. Zu ihrer großen Freude gaben sich auch der Graf von Haro und, was noch wichtiger war, der Marquis de Santillana die Ehre, Kardinal Mendozas älterer Bruder, der nach dem Tod des Vaters den Titel und die Ländereien geerbt hatte. Isabel wusste, wie wichtig es war, ein glanzvolles Bild abzugeben und die Granden zu beeindrucken, daher überließ sie bei den Vorbereitungen für das Turnier nichts dem Zufall.

»Du siehst traumhaft aus«, hauchte Beatriz, als es an ihrer Aufmachung einfach nichts mehr zu verbessern gab. Isabel strahlte. Sie saß in ihrer Brokatrobe auf ihrem Schimmel, den eine mit Goldblumen bestickte Decke und ein silberner Kopfputz zierten. Die Edelsteine ihrer Krone blitzten im Sonnenlicht, als sie, von vierzehn Hofdamen begleitet, langsam auf die Estrade zuritt. Ein Raunen ging durch die Menge, und selbst Fernando rieb sich die Augen. Ja, diesen Anblick würde so schnell keiner vergessen.

Es war ein Fest ungetrübter Freude, zumindest bis zu der Stunde, als Erzbischof Carrillo mit seinem Gefolge dort eintraf.

Zuerst war Jimena nur glücklich, kam doch auch Ramón mit nach Valladolid. Sie flog ihm in die Arme, ohne auf das Getuschel zu achten, das sich erhob. Dann, später, als er seinen Dienst für den Erzbischof beendet hatte, schlichen sie sich unbemerkt davon. Der Palast summte noch wie ein Bienenstock, und so achtete unter den vielen Menschen keiner auf den anderen – hoffte zumindest Jimena, die ihr Gesicht hinter einem dichten Schleier vor den Blicken der Bürger verbarg. Sie spazierten durch die Stadt und sprachen von den aufregenden Wochen, die hinter ihnen lagen. Dann schwiegen sie einfach und gaben sich ihrer Sehnsucht nach dem anderen hin, die so mächtig war, dass sie trotz des kühlen Frühlingsabends zu verbrennen schienen.

Ihre Schritte beschleunigten sich, als sie sich auf den Rückweg zum Palast machten, und als sie durch das Tor geschlüpft waren, mieden sie den Saal, in dem sich die anderen versammelt hatten, um den Neuigkeiten zu lauschen, die Carrillos Begleiter mitgebracht hatten.

Jimena und Ramón sahen einander an.

»Ich habe mich so nach dir gesehnt«, wisperte Jimena und drückte seine Hände.

Ramón sah ihr tief in die Augen. »Ach meine Liebste, warum nur ist uns so wenig Zeit gegönnt. Ich habe jede Stunde an dich gedacht!«

Jimena lächelte. »Das glaube ich nicht. Dafür hast du doch

gar keine Zeit. Du hast doch sicher viele Aufgaben für Carrillo zu erledigen.«

»Nicht so viele, als dass ich nicht an dich denken und mich nach dir sehnen könnte«, widersprach Ramón und küsste ihren Hals, dass sie am ganzen Leib erschauderte.

»Ich begehre dich«, flüsterte er ihr ins Ohr.

Jimena schlang ihre Arme um seinen Hals. »Nicht so sehr, wie ich dich begehre. Lass mich deine Liebe spüren. Ich will dir gehören, und wenn es nur für den Augenblick ist, der uns heute geschenkt wird.«

Die mahnende Stimme, die sich in ihr erhob, brachte Jimena energisch zum Schweigen. Sie wollte jetzt nicht darüber nachdenken, was gut und was richtig war!

Doch es war gar nicht so einfach, einen verschwiegenen Platz im Palast zu finden. Wegen des Turniers waren zu viele Besucher in der Stadt und jedes Gemach voller Gäste. So mussten sie mit einer winzigen Wäschekammer unter dem Dach vorliebnehmen, in der sich alte Linnen und Hemden stapelten, die dringend ausgebessert werden mussten. Doch das machte ihnen nichts. Ramón schob einen der schweren Wäschekörbe vor die Tür, während Jimena ein Lager aus einem Stapel Leintüchern richtete. Da standen sie in der fast völlig dunklen Kammer und versuchten in den Zügen des anderen zu lesen. Doch die Unsicherheit währte nur einen Augenblick, dann fielen sie sich in die Arme, küssten sich und sanken auf das Lager.

Plötzlich schob Jimena Ramón von sich. Widerstrebend ließ er von ihr ab.

»Was ist?«, fragte er verunsichert.

»Lass uns den Moment noch ein wenig auskosten. Dieses Geschenk, uns lieben zu dürfen.«

»Du hast recht«, sagte er beschämt. »Ich habe mich von meiner Leidenschaft mitreißen lassen. Doch glaube mir, es ist nicht allein Leidenschaft, die ich für dich empfinde. Sie ist ein

Teil meiner Liebe, die nicht nur deinen wundervollen Körper begehrt!«

»Ich weiß«, flüsterte sie, während ihre Hände über seinen nackten Körper wanderten. »Ich begehre dich auch, doch ich will dich noch bewusster erfahren. Es liegt so viel Zeit vor uns, in der wir uns wieder nur an unseren Erinnerungen laben können.«

Sie zog ihn wieder ein Stück näher und legte seine Hände auf ihren Bauch. Von dort begannen sie ihre Wanderung über ihren Körper, und bald gesellten sich seine Lippen hinzu, um sie von der Stirn bis hinunter zu ihren Zehen zärtlich zu erkunden. Jeder Augenblick war kostbar, und jeder Moment, den sie die Erfüllung hinauszögerten, steigerte ihre Lust und würde ihre einsamen Nächte erwärmen.

Endlich zog Jimena ihn zu sich und presste sich fordernd an ihn. Ramón stöhnte und umschlang sie so fest, dass sie glaubte, keine Luft mehr zu bekommen. Die Kammer um sie herum löste sich auf. Es gab nur noch sie beide und ihre Liebe, die in ihrer Lust Erlösung suchte.

Als sie endlich wieder zu sich kamen und im Dunkeln nach ihren Kleidern suchten, wussten sie nicht, wie viele Stunden verstrichen waren, doch das war ihnen auch nicht wichtig. Sie halfen sich gegenseitig dabei, sich anzukleiden, und verließen die Kammer. Ramón versuchte im Licht einer Lampe in einem der Gänge Jimenas Frisur zu retten oder die Strähnen zumindest so unter der kleinen Haube mit dem zarten Schleier zu befestigen, dass die Unordnung nicht gleich augenfällig war. Noch ein Kuss, dann trennten sie sich. Ramón kehrte zu seinen Kameraden zurück, während sich Jimena zum großen Saal aufmachte. Auf dem Weg dorthin spürte sie zu ihrer eigenen Überraschung den brennenden Wunsch, Ramón wie selbstverständlich als den Mann an ihrer Seite zu Isabel und den anderen mitnehmen zu können. Warum nur sollte das nicht möglich sein? War ihre Freundin nicht die große Königin, die die Welt in ein goldenes Zeitalter führen würde? Hoffnung keimte in Jimena auf. Irgendwann würde Isabel so mächtig sein, dass auch die größten Kirchenmänner ihr keinen Wunsch mehr abschlagen konnten. Und vielleicht würde sie dann für ihre treue Freundin einen Gefallen erbitten.

Im Palast war es ruhiger als zuvor. Es musste schon spät sein, und viele der Gäste hatten sich bereits in ihre Gemächer zurückgezogen, doch sie fand Beatriz und Teresa noch in einer Ecke des Saals. Keine der beiden erkundigte sich, wo sie gewesen war. Nun, vermutlich ahnten sie den Grund ihrer längeren Abwesenheit.

»Was gibt es Neues?«, erkundigte sich Jimena ein wenig verlegen. »Hat sich Isabel schon zurückgezogen?«

Beatriz schüttelte mit düsterer Miene den Kopf. »Nein, sie und Fernando streiten sich noch mit Carrillo im kleinen Thronsaal.«

»Sie streiten? Was ist denn geschehen?«

Beatriz zog eine Grimasse. »Er hat keine guten Nachrichten im Gepäck. König Alfonso von Portugal sind seine Eroberungen in Nordafrika zu Kopf gestiegen. Er lässt sich jetzt gar Alfonso der Afrikaner nennen!«

Jimena sah Beatriz verwirrt an. »Und was hat das mit Isabel und Kastilien zu tun?«

Teresa lächelte und schüttelte den Kopf. Es war nicht gerade Beatriz' Stärke, Fakten kurz und verständlich zusammenzufassen.

»Also ich denke, sein Erfolg macht ihn maßlos, und daher hat er beschlossen, seine Nichte Juana zu ehelichen. Und nicht nur das! Es geht ihm natürlich nicht nur darum, sich ein hübsches, junges Weib zu nehmen. Derer gibt es viele. König Alfonso hat Juana mit der Ankündigung seiner Heiratsabsichten sogleich zur Königin von Kastilien ernannt und den Adel des Landes aufgefordert, ihr zu folgen und ihr Treue zu schwören! Es wird dich nicht wundern, dass unser junger Marquis de Villena dem Aufruf mit fliegenden Fahnen gefolgt ist. Und, wie Carrillo sagt, nicht nur er!«

Das kam zwar nicht ganz überraschend, war aber dennoch sehr besorgniserregend. Wenn Portugal sich hinter Juana stellte und auch bereit war, ihre Rechte mit Waffengewalt durchzusetzen, dann stand Kastilien ein blutiger Bürgerkrieg bevor!

Jimena dachte an das kleine, blasse Mädchen, das sie in Erinnerung hatte. Wie alt war Juana jetzt? Vierzehn? Und König Alfonso fast vierzig. Ein dicker, bärtiger Mann, der sich seiner Kraft wohl bewusst war. Arme Juana, sie war nur ein Spielball der Macht.

»Außerdem hat er durchblicken lassen, Isabel habe ihren Bruder, den König, vergiftet, um sich seines Throns zu bemächtigen.«

»Aber das ist doch Unsinn«, entgegnete Jimena müde.

Beatriz nickte. Noch immer war ihre Miene abweisend. »Ja, Isabel ist ein guter Mensch. Nicht einmal für eine Krone würde sie einen Mord in Auftrag geben, aber ich frage mich, ob nicht jemand anders nachgeholfen hat. Jemand, den wir beide gut kennen!«

Jimena spürte, wie ihr plötzlich das Atmen schwerfiel. »Da du hoffentlich nicht von mir sprichst, kannst du nur meine Tante Dominga meinen.«

»Und? Würdest du für ihre Unschuld die Hand ins Feuer legen?«, drängte Beatriz.

»Ja, natürlich!«, rief Jimena empört, auch wenn ihr Magen ein wenig zu schlingern begann. Dominga hatte es gewusst und Isabel auf den baldigen Tod ihres Bruders vorbereitet.

Ja, aber das hieß noch lange nicht, dass sie dem nachgeholfen hatte. Sie hatte es gesehen, wie so vieles, das in ihren Visionen auftauchte.

Wirklich nur gesehen?

Jimena hoffte es mit ganzem Herzen, doch Beatriz' Worte hatten Zweifel gesät. Es war ein guter Zeitpunkt gewesen. Enrique hatte sich mit seiner Schwester versöhnt und sie wieder als Erbin eingesetzt.

Nein! Nein, das konnte und wollte sie nicht glauben, und damit basta!

Doch damit waren die schlechten Nachrichten noch nicht zu Ende. Jimena wusste zwar nicht, was Königin und König hinter verschlossenen Türen mit dem Erzbischof besprochen hatten, doch sie ahnte, was ihm so übel aufstieß: deren zunehmende Vertrautheit mit Kardinal Mendoza, zu dem nun auch noch eine schmeichelhafte Einladung seines Bruders, des Marquis de Santillana, nach Guadalajara kam. Jimena wusste nicht genau, warum Carrillo die Mendozas so sehr hasste. Jedenfalls versuchte er vergeblich, einen Keil zwischen die mächtigen Granden und Isabel zu treiben, und genauso vergeblich forderte er ein Mitspracherecht in Regierungsangelegenheiten ein, das er zu haben glaubte, weil er sie von Anfang an unterstützt und damit ihre Ehe mit Fernando und ihre Thronbesteigung erst möglich gemacht habe.

Doch Isabel wollte davon nichts wissen. Sie war die alleinige Herrscherin von Kastilien, und sie allein entschied, wem sie ihr Vertrauen schenkte und wessen Rat sie annahm. Ein Mitspracherecht räumte sie niemandem ein, auch nicht dem Primas von Kastilien und Erzbischof von Toledo!

Beleidigt reiste Carrillo bereits am nächsten Tag in aller Frühe ab. Jimena hatte nicht einmal Gelegenheit, sich von Ramón zu verabschieden. Traurig stand sie am Tor und sah in die Ferne, wo nur noch eine Staubwolke vom Tross des Erzbischofs zu sehen war.

Ihr Herz wurde schwer. Wohin konnte das führen? Es ging nicht nur um sie und Ramón, sagte sie sich. Es ging um die Machtverhältnisse in Kastilien, und da konnte es nur von Vorteil sein, den Erzbischof auf Isabels Seite zu wissen – gerade weil Portugal jetzt unverhohlen drohte. So sprach sie Isabel darauf an, als sie sie am nächsten Abend endlich allein in ihrem Gemach antraf.

»Du hast ja recht. Ich werde mit dem alten beleidigten Mann reden, wenn er sich einsichtig zeigt, doch ich werde keiner seiner unverschämten Forderungen nachgeben.«

Jimena nickte. Sie wusste, dass Isabel richtig handelte. Wenn sie jetzt nachgab, dann würde sie bald zu einer Marionette ohne die Macht zu eigenen Entscheidungen werden. Nein, man durfte weder einem Erzbischof Carrillo noch einem Kardinal Mendoza die Regierung des Landes überlassen. Es würde ein schwieriger Kampf werden, und die Bedrohung rückte von allen Seiten immer näher. Vorbei war das leichte Gefühl von Glück, vorbei die bunten Tage im Trubel des Turniers. Düstere Wolken stiegen am Horizont auf und verdeckten die wärmende Sonne.

Kapitel 34

Valladolid, März 2012

»*Buenos días, Señora Isaura*«, begrüßte sie eine Stimme, als sie am Morgen die Haustür öffnete und in den Hof trat. Zum Glück war es nicht der *Comisario*. Nein, es war eine weibliche Stimme, die sie schon einmal gehört hatte. Isaura beschirmte die Augen mit ihrer Hand und sah eine schlanke Gestalt in einem schlichten Leinenkleid auf sich zukommen. Sie streckte Isaura die Hand entgegen.

»Erinnern Sie sich an mich?«

Isaura nickte. »Ja, Mercedes, nicht wahr? Du wohnst mit deiner Großmutter in der Nachbarschaft, und ihr habt meinen Hühnern und den Hasen Asyl gegeben. Ich hoffe, sie sind wohlauf? Wenn du mir sagst, wo ich das richtige Futter bekomme, dann besorge ich gern eine Ladung.«

Das Mädchen lächelte. »Danke, doch das ist nicht nötig. Wir verbrauchen ja auch Ihre Eier.«

»Was kann ich sonst für dich tun?«, erkundigte sich Isaura. »Möchtest du einen Tee mit mir trinken? Eine Kaffeemaschine habe ich leider noch immer nicht.«

Mercedes wehrte ab. »Nein, danke. Meine Großmutter schickt mich und bittet Sie, zu ihr zu kommen.«

Isaura hörte an ihrem Tonfall, dass etwas nicht in Ordnung war. »Ihr geht es nicht gut, nicht wahr?«

Traurig schüttelte Mercedes den Kopf. »Nein. Der Arzt war da und hat ihr geraten, sich von ihrer Familie zu verabschieden. Er gibt ihr nur noch ein paar Tage, doch meine

Großmutter ist eine starke Frau.« Ein Lächeln huschte über ihre Lippen. »Der Arzt nennt es starrsinnig. Jedenfalls hat sie mich zu Ihnen geschickt und bittet Sie, zu ihr zu kommen.«

»Ja ... äh ... natürlich, ich komme gern«, sagte Isaura etwas zögerlich und einigermaßen verwundert über diese überraschende Bitte. Plötzlich fiel ihr etwas ein. Wie die beiden Frauen sie begrüßt und von Carmens Vermächtnis geredet hatten. Dann die Kräuter und Tinkturen im Haus. Jetzt fiel es ihr wie Schuppen von den Augen: Ihre alte Nachbarin wollte nicht nur einen Besuch, sie erwartete von ihr – nachdem die Ärzte sie aufgegeben hatten – Heilung oder zumindest Linderung ihrer Leiden.

Jetzt wich Isaura ein Stück zurück und machte eine abwehrende Handbewegung. »Ich fürchte, da liegt ein Missverständnis vor. Ich weiß nicht genau, wie es um die Heilkünste oder die Gaben meiner Großtante Carmen bestellt war, aber ich bin ganz sicher keine Heilkundige und kenne mich mit ihren Kräutern und ihrer Medizin nicht aus.«

Ein rätselhaftes Lächeln glitt über das Gesicht des Mädchens. »Ich glaube nicht, dass es Großmutter um einen Kräutertrank geht. Sie will einfach nur wissen, ob der Arzt recht hat.«

»Was?«

»Ob sie dieses Mal sterben wird.«

»Und das soll ich ihr sagen können?«, rief Isaura entsetzt.

»Ja«, sagte das Mädchen schlicht und sah sie mit ernster Miene an. Sie schien tatsächlich daran zu glauben.

»Wie kommst du auf solch einen Einfall?«, fragte Isaura fassungslos.

»Sie wurden nicht umsonst gewählt, ihr Vermächtnis zu übernehmen. Bitte, kommen Sie mit. Versuchen Sie es wenigstens, und enttäuschen Sie meine Großmutter nicht.«

Isaura konnte sich selbst nicht erklären, warum sie dem Flehen des Mädchens nachgab. Wozu sollte das führen? Sollte sie einer alten Frau, die im Sterben lag, etwas vorlügen? Doch vielleicht ging es hier wirklich nur darum, dass sich jemand um sie kümmerte und ihr Trost spendete.

Isaura zog sich ihre derben Wanderschuhe an und schlüpfte in eine Windjacke, ehe sie Mercedes folgte. Sie mussten eine recht weite Strecke über einen unebenen Feldweg zurücklegen, ehe sie das Nachbarhaus erreichten. Das Gehöft war ähnlich dem ihren angelegt und genauso alt und ärmlich. Dafür herrschte hier mehr Leben. Ein struppiger Mischlingshund begrüßte sie kläffend. Hühner stoben gackernd davon, in einem Pferch wühlten ein paar Schweine im Schlamm, und irgendwo musste auch das Gehege mit den Hasen sein. Zwei schwarze Katzen schliefen eng aneinandergekuschelt auf einem Strohballen, wo der Hund sie vermutlich nicht erreichen konnte. Mit einem Gefühl der Beklemmung folgte Isaura dem Mädchen ins Haus, das über einige Zimmer mehr verfügte als ihr eigenes. Schon als sie die Treppe zu den Schlafkammern hinaufstieg, kroch ihr der beklemmende Geruch von Alter und Krankheit in die Nase, den sie von Pflegeheimen kannte, doch hier vermischte er sich mit dem Duft von Lavendel, frischem Knoblauch und anderen appetitlichen Küchendüften. Mercedes nickte ihr aufmunternd zu. Zaghaft klopfte Isaura und trat dann ein.

Von einem Kissenberg gestützt saß die alte Frau in ihrem einfach gezimmerten Bett. Ihr Blick war klar, ihre Hand winkte ihr energisch zu.

»*Venga, venga*«, rief sie. »*Querida Isaura, siéntese!*«

Isaura kam dem Wunsch der Frau nach und nahm auf der Bettkante Platz. Behutsam umschloss sie die mageren, alten Hände, die ihr entgegengestreckt wurden, mit den ihren.

»Ich kann Ihnen nicht helfen«, sagte sie mit einem Gefühl der Verzweiflung, und es rührte sie zu Tränen, so viel Zuversicht und Hoffnung im Blick der alten Frau zu sehen. Maria Pilar schien keinerlei Zweifel an den unglaublichen Fähigkeiten ihrer Besucherin zu haben. Isaura wollte sich schon aus dem Griff befreien, den sie nicht länger zu ertragen glaubte, da erklang Mercedes' leise Stimme von der Tür:

»Carmen sagte stets, man muss es einfach geschehen lassen. Wenn man die Gabe in sich trägt, dann kommt sie im rechten Moment – wenn man es nur zulässt.«

Isaura holte tief Luft und schloss die Augen. Sie konnte noch immer nicht glauben, dass dieser Wahnsinn Wirklichkeit sein sollte, doch wie um den anderen beweisen zu wollen, dass sie einem schrecklichen Irrtum erlegen waren, lauschte sie tief in sich hinein.

Bilder stiegen in ihr auf. Sie sah Maria Pilar als junges Mädchen und dann als heranreifende Frau. Sie konnte sich nicht erklären, wie sie das sehen konnte, und dennoch war Isaura überzeugt, dass es Maria war. Die Frau reifte heran. Schicksalsschläge gruben sich in ihren Gesichtszügen ein, doch sie war stark und sah immer wieder nach vorn. Dann begann die körperliche Kraft zu schwinden. Der Körper wurde gebrechlich, doch die Kraft ihres Geistes und ihres Willens waren ungebrochen. Nein, Maria Pilar würde auch diese Krankheit besiegen. Ihre Zeit war noch nicht abgelaufen. Sie konnte sie sehen. Isaura hätte nicht genau sagen können, in welcher Zeit ihr die greise Maria vor Augen stand, doch es mussten Jahre ins Land gegangen sein, denn neben ihr stand eine erwachsene Mercedes mit einem kleinen Mädchen an der Hand.

Langsam öffnete Isaura die Augen. Sie ließ die Hände der alten Frau los und sah sich ungläubig in der einfachen, bäuerlichen Schlafkammer um.

»Maria Pilar, Sie werden nicht sterben – nicht heute und nicht morgen«, sagte sie mit Staunen in der Stimme, selbst überrascht und verwundert, dass sie mit dieser ungeahnten Sicherheit eine solche Prognose zu geben wagte. »Sie werden wieder gesund. Sie haben noch Jahre vor sich und werden noch ihre Urenkel kennenlernen.«

Die alte Frau strahlte. Sie streckte ihre Arme aus, und Mercedes eilte herbei, um die Großmutter an sich zu drücken.

»*Escucha, mí cariña* – hör nur, meine Liebe!«, rief die alte Frau.

Erstaunt stellte Isaura fest, dass sie spanisch mit ihr gesprochen hatte. Leise erhob sie sich und machte sich auf den Rückweg. Mercedes machte keine Anstalten, ihr zu folgen. Vielleicht verstand sie, dass Isaura nun mit ihren Gedanken allein sein musste, um das Unglaubliche, das hier geschehen war, zu begreifen.

Langsam schritt Isaura dahin, den Blick auf den zerfurchten Weg vor ihren Füßen gerichtet. Wie war das möglich? Sie sprach plötzlich eine Sprache, die sie nie gelernt hatte?

Doch war ihr früher nicht immer wieder Ähnliches widerfahren? Nichts so Großes. Eher kleine Dinge, die sie plötzlich wusste, obwohl sie sich nicht erinnern konnte, jemals davon gehört oder darüber gelesen zu haben? Ihr fiel eine Geschichtsstunde in der neunten Klasse ein. Sie sah sich vor der Klassenarbeit brüten, für die sie nicht gelernt hatte, doch plötzlich sprudelten die Gedanken, und sie schrieb und schrieb bis zum Ende der Stunde. Um welches Thema war es damals nur gegangen?

Isaura stöhnte innerlich.

Um Spanien. Um Spaniens goldenes Zeitalter.

Und hatte sie nicht immer wieder Dinge im Traum gesehen, die dann plötzlich wahr geworden waren? Sie hatte nie mit jemandem darüber gesprochen. Vermutlich hatte sie schon als Kind geahnt, dass man ihr keinen Glauben schenken würde. Oder hatte sie diese wundervolle Gabe ganz allein für sich behalten wollen?

War es denn eine wundervolle Gabe? Isaura war sich nicht sicher. Was, wenn sie den Tod gesehen hätte? Wenn sie der alten Frau ihre Hoffnung hätte stehlen müssen. Hätte sie den Mut aufgebracht, ihr die Wahrheit zu sagen? Isaura wusste es nicht.

Es war bereits Mittag, als Isaura das Krankenhaus erreichte. Sie hatte hin und her überlegt, wie sie nach Valladolid kommen sollte. Den freundlichen Anwalt noch einmal um Hilfe zu bitten scheute sie sich. Und ganz sicher würde sie sich auch nicht an den *Comisario* wenden. Ein Taxi? Nein, auf Dauer wurde das zu teuer. Ein neuer Mietwagen? Doch woher einen nehmen? In Tordesillas gab es vermutlich keine Autovermietung. Wenn, dann musste sie sich in Valladolid umsehen, wobei sie wieder am Anfang ihrer Überlegung angelangt war: Wie kam sie jetzt dorthin?

Isauras Blick blieb an dem Wagenschlüssel hängen, der in einer Keramikschale in der Küche lag. Er gehörte sicher zu dem alten Auto im Schuppen draußen. Ein Oldtimer, der Justus sogar Worte der Anerkennung entlockt hatte – auch wenn der natürlich nicht darauf verzichten konnte, den schlechten Zustand des Sammlerstücks zu bemängeln. Ob dieser Wagen aus den Sechzigerjahren wohl noch fahrtüchtig war?

Nun, das sollte sie doch herausfinden können! Isaura griff sich den Schlüssel und ging zum Schuppen hinüber. Es kostete sie einige Kraftanstrengung, bis sie die beiden Tore offen hatte, die sich nur widerstrebend in ihren verrosteten Angeln bewegen ließen. Mit einem alten Tuch wischte sie den Staub von der Motorhaube und dem Kofferraum des Wagens, dessen Lackfarbe sich daraufhin als dunkelrot entpuppte. Das Stoffverdeck, das zahlreiche schlammige Abdrücke von Katzenpfoten zierte, wirkte brüchig und hatte einen Riss. Isaura beschloss, es lieber gleich zu öffnen, ehe es während der Fahrt zu einem Unglück kam. Nein, von Unglücken hatte sie genug!

Sie rückte auf die Fahrerseite der vorderen Sitzbank, in der sie wie in einem gemütlichen Sofa versank. Irritiert sah sie sich um. Das Auto besaß zwar ein Kupplungspedal, doch wo zum Teufel war der Schalthebel? Ganz dunkel erinnerte sie sich, dass Justus ihr irgendwann etwas von Lenkradschaltung bei Oldtimern erzählt hatte.

»Es ist mein Auto, und ich werde es fahren, wenn es noch funktioniert!«, sagte sie streng zu sich selbst, um sich Mut zu machen. Sie trat auf Bremse und Kupplung und drehte den Schlüssel im Zündschloss. Das Auto hickste und begann protestierend zum Leben zu erwachen. Mit einem Röhren sprang der Motor tatsächlich bereits nach wenigen Sekunden an. Isaura mühte sich ein wenig mit der ungewohnten Gangschaltung ab, dann hatte sie den ersten Gang gefunden und holperte mit heulendem Motor aus dem Schuppen. Langsam tuckerte sie über den Hof und bog dann in den Feldweg Richtung Straße ein. Das konnte ja heiter werden. Mal sehen, ob sie und der Wagen die Fahrt bis Valladolid unbeschadet überstanden!

»Natürlich schaffen wir das«, stieß sie zwischen zusammengebissenen Zähnen hervor und bog auf die Landstraße ein. »Ich kann das, und das Auto ist noch ganz wunderbar in Form. Wenn es die letzten fünfzig Jahre durchgehalten hat, dann kann es auch für mich noch ein wenig funktionieren!«

Und als habe der alte Wagen sie verstanden, glitt er zufrieden schnurrend wie ein Kater auf dem glatten Asphaltband dahin, das vermutlich zu dem Netz neuer, großzügig angelegter Straßen gehörte, die dank EU-Geldern ganz Spanien durchzogen.

Als Isaura am vierten Tag nach dem Unfall das Krankenzimmer betrat, war ihr Stuhl vor dem Bett bereits besetzt. Ein Gefühl von Übelkeit stieg in ihr auf, und sie hätte am liebsten auf dem Absatz kehrtgemacht und wäre davongelaufen, doch sie zwang sich, zu bleiben und die Frau wenigstens mit einem Hauch von Höflichkeit zu begrüßen.

»Guten Tag, Sandy«, sagte sie steif und berührte kurz ihre Hand.

»Isaura, ich habe mich schon gefragt, wann Sie endlich hier

auftauchen«, gab die andere mit einem Hauch von Vorwurf zurück.

Isaura unterdrückte den Impuls, darauf hinzuweisen, dass sie die vergangenen Tage kaum von Justus' Bett gewichen und heute Morgen noch einmal zum Kommissariat in Valladolid beordert worden war. *Comisario* Rafael Martinez Morales hatte sie noch einmal ins Gebet genommen, doch es war ihm nicht gelungen, etwas Neues zu erfahren und das Rätsel zufriedenstellend zu lösen. Dennoch brummte er zum Abschied, der Fall sei für ihn erledigt und sie müsse mit keinen weiteren Konsequenzen rechnen. Isaura spürte, wie schwer ihm diese Worte fielen, und ahnte die Arbeit des Anwalts im Hintergrund, die zu dieser Entscheidung geführt haben musste.

War der alte Mann mächtiger, als sie es gedacht hatte? Oder besaß er die richtigen Verbindungen? Sie sah ihn im Geist bei einem Glas Wein und einer Zigarre mit dem Polizeipräsidenten. Oder waren gar Bestechungsgelder im Spiel? Sie ahnte, dass Señor Campillo es ihr nicht verraten würde. So etwas verstieß gegen den alten Ehrenkodex, dem der Anwalt vermutlich noch anhing.

Isaura richtete ihre Aufmerksamkeit wieder auf die Frau, mit der Justus sie betrogen hatte. Ja, sie kam ihr bekannt vor. Sie hatte Sandy zweimal gesehen. Einmal auf einem Betriebsausflug und dann noch einmal bei einer geselligen Runde mit seinen Kollegen. Sie war vermutlich jünger als Isaura – auch wenn man ihr das nicht unbedingt ansah, dachte sie boshaft, zwang sich dann aber, ihr Gerechtigkeit widerfahren zu lassen. Sie sah aus wie eine verzweifelte Frau, die sich um das Leben des Mannes sorgte, den sie liebte und dessen Kind sie in sich trug. Es wäre ein schlechtes Zeichen gewesen, eine ungerührt strahlende Schönheit vorzufinden.

Isaura fuhr mit ihrer Musterung fort. Vielleicht hätte man sie unter normalen Umständen als schön oder zumindest als attraktiv bezeichnen können. Jetzt aber wirkte ihre Haut ein wenig grau, die hellblauen Augen waren verquollen, das blonde, lange Haar hing strähnig herab. Sie hatte kein Make-up aufgelegt und trug ein einfaches Sommerkleid, das für den kalten Wind draußen viel zu luftig war. Auch Sandy war der irrigen Vorstellung vom milden spanischen Frühling erlegen.

»Wie ich höre, haben Sie dem Arzt verboten, Justus nach München bringen zu lassen, obwohl ich das für dringend notwendig halte!«, hörte sie Sandy in anklagendem Ton sagen.

»Ja, so habe ich entschieden«, gab Isaura kühl zurück.

»Das ist Ihre Rache«, rief sie pathetisch und sprang gestikulierend auf. Tränen schossen ihr in die Augen. »Sie lassen Justus lieber in diesem Loch sterben, als ihn mir zu überlassen. Was sind Sie für ein Scheusal!«

Nun wallte der Zorn in Isaura auf, den sie bislang ganz gut unter Kontrolle gehalten hatte.

»Nun werden Sie aber nicht kindisch! Das eine hat mit dem anderen nichts zu tun, und außerdem ist es völlig daneben, diese Klinik als ein Loch zu bezeichnen. Sie haben die modernste Technik, und Justus wird von einem kompetenten Arzt behandelt. Der hat übrigens in Heidelberg studiert, wie er mir sagte. Der einzige Grund, warum ich darauf bestehe, dass Justus noch einige Tage hierbleibt, ist, dass der Transport noch zu riskant für ihn ist und seinen Zustand verschlechtern oder sogar irreparable Hirnschäden verursachen könnte. Also führen Sie sich nicht so bescheuert auf!«

Die Frau taumelte zurück und ließ sich wieder auf den Stuhl fallen. Sie begann heftig zu schluchzen. Blutstropfen quollen aus ihrer Nase. Sie wühlte hektisch in ihrer Tasche und presste sich ein Papiertaschentuch ins Gesicht, bevor das Blut ihr Kleid ruinieren konnte.

»Sie haben mich völlig durcheinandergebracht«, jammerte sie. »Das ist alles Ihre Schuld. Ich habe sonst nie Nasenbluten.«

Isaura sah sie kalt an. Ihre Wut war verraucht. *Was findet*

Justus nur an diesem Geschöpf, dachte sie traurig. In diesem Moment öffnete sich die Tür, und Dr. Jiménez trat ein. Er streifte Sandy nur mit einem flüchtigen Blick und schaute dann Isaura an. Sein Lächeln war warm.

»Isaura, dürfte ich Sie kurz sprechen?«

Sie bemerkte, dass er sie mit dem Vornamen ansprach, aber das war in Spanien üblich, sobald man sich etwas näher kannte. Sie nickte und ging mit ihm hinaus, ohne der schluchzenden Sandy noch einen Blick zu gönnen.

»Sie wollten mich sprechen Dr. Jiménez?«, erinnerte Isaura ihn, als sie den Garten fast durchquert hatten und er noch immer schwieg. »Gibt es etwas Neues, was den Zustand meines Mannes betrifft? Dann sagen Sie es mir! Es wird dadurch nicht besser, dass es unausgesprochen bleibt.«

»Da haben Sie recht, doch ich kann Sie beruhigen: Es verläuft so, wie ich es mir erhofft habe. Ich denke, wir können das künstliche Koma bald beenden. Und dann werden wir sehen, wie weit er sich wieder erholen kann.«

Isaura nickte.

»Ich muss gestehen, das war nicht der Grund, warum ich ihre … äh … Unterhaltung mit dieser Frau unterbrochen habe. Nehmen Sie es mir nicht übel, doch ich dachte mir, das Gespräch könnte noch unangenehmere Züge annehmen, daher sollte ich Sie vielleicht lieber bitten, mit mir einen Kaffee zu trinken, statt sich weiteren Vorwürfen auszusetzen. Übrigens, danke für das Kompliment und die glühende Verteidigungsrede!«

Isaura starrte ihn an und wusste nicht, ob sie sich freuen oder über die dreiste Einmischung ärgern sollte.

»Herr Doktor, ich bin entsetzt! Sie haben gelauscht?«

»Rein zufällig, und sagen Sie bitte Marco. Wir Spanier haben so lange und viele Nachnamen, das ist viel zu umständlich.«

Isaura wich ein wenig zurück und kniff die Augen zusammen. »Dr. Jiménez Díaz, wenn Sie meinen, nur weil mein Mann und diese Sandy …«

Er fiel ihr ins Wort. »Nein, das meine ich ganz und gar nicht. Was zwischen Ihnen, meinem Patienten und dieser Frau ist, geht mich nichts an. Ich möchte einfach nach einer anstrengenden Schicht einen Kaffee mit Ihnen trinken und Ihnen als der nächsten Angehörigen eines schwer verletzten Patienten ein Arzt sein, dem Sie vertrauen können. Ja, und vielleicht auch ein wenig ein Freund oder auch nur eine Stütze, wie Ihr Anwalt. Wobei ich in meinem Fall mit dem Argument väterlich wohl keine Punkte machen könnte?«

»Wohl kaum«, bestätigte sie mit dem Anflug eines Lächelns.

»Gut, dann eben ohne väterlich. Ich nenne Sie auch gern wieder Señora Thalheim, wenn Sie sich damit wohler fühlen.«

Isaura wehrte ab. »Nein, das ist nicht nötig. Ich möchte nur nicht, dass Sie denken …«

»… dass Sie sich an der Schulter eines Mannes ausweinen müssen oder in dieser Situation schwach werden und zu Dingen bereit sind, die Sie sonst nicht tun würden? Nein, das denke ich nicht! Und da das nun geklärt ist, können wir vielleicht Kaffee trinken. Oder mögen Sie gern Süßes? Ah, ich sehe es am Blitzen Ihrer Augen. Kennen Sie *Churros*? Ein Fettgebackenes, das man in dicke, flüssige Schokolade taucht. Über Kalorien sprechen wir nicht! Ich sage Ihnen, *Churros* müsste es auf Rezept geben, dann bräuchte man keine stimmungsaufhellenden Medikamente.«

»Aber mehr Diätkliniken«, schmunzelte Isaura und folgte ihm in die kleine Bar über die Straße hinüber, wo die Besitzerin ihnen starken Kaffee brühte und herrlich heiße, fettig süße *Churros* servierte. Es war eine Sünde, und über die gesundheitlichen Aspekte dieser Verführung sollte man besser keine Überlegungen anstellen, doch es schmeckte köstlich und war genau das, was Isaura nach dem unerwarteten Überfall im Krankenzimmer brauchte. Und sie war Dr. Jiménez, nein Marco, dankbar, dass er den Vorfall nicht mehr erwähnte. Er erzählte von seiner Studienzeit in Heidelberg und wusste einige komische Anekdoten zu berichten, die die unterschiedliche Mentalität deutscher und spanischer Studenten unterstrichen.

»Ich sage Ihnen, zu Anfang war es nicht leicht, sich an diese Ernsthaftigkeit und vor allem diese schauderhafte Pünktlichkeit zu gewöhnen, aber alles in allem hat es mir nicht zu sehr geschadet.« Er zwinkerte ihr zu. »Nein, ich muss sogar gestehen, es hat auf mich abgefärbt, und ich bin jetzt als der ›deutsche‹ Stationsarzt in der Klinik berüchtigt.«

Isaura lachte herzlich, und als sie sich voneinander verabschiedeten, hatte sich der Knoten in ihrem Innern gelöst. Der Arzt begleitete sie noch zu ihrem Wagen.

»Tolles Auto«, kommentierte er.

Isaura nickte mit einer Grimasse. »Ja, für einen Oldtimerliebhaber sicher. Ich dagegen kann nur hoffen, dass das Wetter hält, denn mit dem Verdeck ist kein Staat mehr zu machen, wenn es nicht bei der ersten Böe ganz zerreißt.«

Sie reichten sich die Hände, und er hielt die ihren ein wenig länger, als es nötig gewesen wäre.

»Wenn ich Ihnen einen Rat geben darf, dann vermeiden Sie es so gut es geht, diese Frau zu treffen. Das wäre für Sie besser und auch für den Patienten, von dem wir nicht wissen, welche Eindrücke er trotz seines Komas mitbekommt.«

»Ach, und da meinen Sie, zwei sich streitende Frauen an seinem Bett wären seiner Gesundheit nicht förderlich?«

Er ignorierte ihren spitzen Ton und lächelte entwaffnend. »Ja, genau das meine ich. Wenn Sie mir erlauben, werde ich in Erfahrung bringen, wie lange diese Frau zu bleiben gedenkt und wann sie vorhat, die Klinik aufzusuchen. Darf ich Sie dann anrufen und es Ihnen mitteilen?«

Isaura nickte. Es fiel ihr auf, dass er Sandy nur »diese Frau«

nannte, was verriet, was er von ihr hielt. Isaura gab ihm ihre Handynummer und stieg in den Wagen.

»Dann auf Wiedersehen«, sagte er förmlich, trat zurück und winkte ihr nach, als sie vom Parkplatz fuhr und in die Hauptstraße einbog.

Als Isaura mit dem Wagen in den Hof fuhr, kam der Kater ihr bereits entgegen und begrüßte sie überschwänglich. Selbst wenn er sich von ihrer Rückkehr in erster Linie etwas zu fressen versprach, rührte sie die Anhänglichkeit des Tieres.

»Ich grüße dich auch, Golondrino. Vielleicht habe ich deinen Namen etwas voreilig gewählt«, gestand sie, ging in die Hocke und kraulte dem Kater den Nacken, was er sich gern gefallen ließ. Maunzend folgte er ihr und ihren Einkaufstüten ins Haus. Zwar verspürte Isaura überhaupt keinen Hunger, doch sie war vernünftig genug, dennoch darauf zu achten, dass sie halbwegs regelmäßig etwas zu sich nahm. In eine Bar oder ein Restaurant zu gehen, dazu hatte sie keine Lust. Nein, es zog sie in die Einsamkeit ihrer kleinen, altmodischen Küche, nur mit dem Kater als Gesellschafter.

Sie richtete sich einen bunten Salatteller mit Schafskäse und Oliven her, schnitt Brot auf und öffnete eine Flasche Wein. Es wurde bereits dunkel, und so zündete sie einige Kerzen an. Obwohl das Gemüse appetitlich frisch aussah, stocherte Isaura lustlos darin herum. Ihr war einfach nicht nach Essen. Stattdessen trank sie ein Glas Wein. Das beruhigte ihre angespannten Nerven.

Am Nachmittag hast du die fettig süßen Churros allerdings geradezu mit Lust heruntergeschlungen!, bemerkte eine innere Stimme fast ein wenig hämisch.

Ob das an der ungesunden Kombination lag oder an der Gesellschaft, darüber dachte sie lieber nicht nach. Anderseits war es besser, den attraktiven Doktor in ihren Gedanken vor sich zu haben, als die tobende Sandy, die auf ihre Rechte, die sie zu haben glaubte, pochte und mit all ihrer Unvernunft darauf bestand, Justus möglichst sofort mit nach München zu nehmen. Eine Trennung von seiner Frau, um deutlich sichtbare Tatsachen zu schaffen, egal zu welchem Preis – so kam es Isaura wenigstens vor. Dass Sandy hinter ihrem Keifen ihre Ängste verbarg, wollte sie nicht recht als Entschuldigung gelten lassen, obgleich ihr klar war, dass die Situation auch für sie nicht leicht sein konnte. Der Erzeuger ihres Kindes im künstlichen Koma und noch keine Entwarnung der Ärzte, dass nicht doch schwere Hirnschäden zurückbleiben würden – wenn er überhaupt überlebte!

Selber schuld! Du hättest dich halt nicht mit einem verheirateten Mann einlassen und dich gleich von ihm schwängern lassen sollen, dachte sie rachsüchtig und schenkte sich das nächste Glas voll.

»Golondrino, ich trinke zu viel«, bemerkte sie mit einem Seufzer.

»Wenn ich so weitermache, dann komme ich als Trinkerin aus dieser Sache raus und habe gleich die nächsten Probleme.«

Dennoch leerte sie das Glas. Sie pickte einige Tomaten- und Paprikastücke aus ihrem Salat und aß ein Stück Brot. Den Rest zerkrümelte sie gedankenverloren auf ihrem Teller. Sie schob die Erinnerung an Sandy energisch beiseite und dachte an Justus, wie er bleich und leblos in seinem Bett lag, durch die Medikamente, die in seine Adern flossen, betäubt und von einer Maschine künstlich zum Atmen gebracht.

Was würde geschehen, wenn er erwachte? Wenn er wieder gesund wäre – oder wenn er es nicht mehr werden würde? Wenn sein Gehirn geschädigt sein würde und er ein Leben als Behinderter vor sich hätte?

Das wäre allein deine Schuld, die du ein Leben lang büßen müsstest!

Sie wollte sich nicht vorstellen, wie es wäre, einen Mann

Jahr um Jahr zu pflegen, für den es keine Aussicht auf Besserung gäbe – und dann auch noch mit der Last der Schuld, dass sie es gewesen war, die sein Leben zerstört hatte.

Nein, er wollte dich verlassen! Er hat euer Leben zerstört!, widersprach eine andere Stimme, die nach der alten Frau klang, die seit sie hier war durch ihre Träume geisterte.

War das Großtante Carmen? So wie Isaura sie sich vorstellte? Wie sie wohl gewesen war? Isaura versuchte sich auf die alte Frau und ihr Leben hier in der Einsamkeit Kastiliens zu konzentrieren, aber so leicht ließ sich ihr Geist nicht überlisten.

Das Splittern von Glas und dann sein Schrei. Sie hatte den Unfall verursacht. Sie war schuld!

Aber wie sollte so etwas möglich sein? Sie hatte schließlich nicht während der Fahrt mit einem Brecheisen oder einem anderen Gegenstand die Scheiben zertrümmert! Wie konnte man allein durch die Kraft seiner Gedanken – nein, seiner Verzweiflung – eine Autoscheibe sprengen? Das war einfach nicht möglich!

Ach nein? Das war wieder die Stimme der alten Frau. *Du weißt es besser! Wie viele zersprungene Gläser hast du in deinem Leben schon zusammengefegt?*

»Ich bin eben ein wenig schusselig.«

Ach, du hast sie fallen lassen oder heruntergestoßen? War es so? Die Stimme ließ nicht locker. Und ehe Isaura zugeben musste, dass sie meist nicht einmal in der Nähe der zerbrochenen Gläser gewesen war, lenkte sie ihre Gedanken lieber in eine andere Bahn.

Mercedes, ihre junge Nachbarin, und ihr seltsames Anliegen kamen ihr in den Sinn. Ihr Besuch bei der alten Frau.

Nein, das war auch nicht gut. Das führte sie in eine noch schlechtere Richtung. Eine vielleicht noch gefährlichere, als zerbrechende Gläser es taten. Noch hatte sie es vermeiden können, darüber nachzudenken, was in der Schlafkammer der alten Nachbarin vorgefallen war.

War denn etwas vorgefallen? Sie hatte die Kranke lediglich beruhigt und ihr neuen Mut gegeben. Isaura hatte behauptet, Maria Pilar müsse noch nicht sterben, obwohl der Arzt genau das prophezeite. Und damit war der Lebenswille der alten Frau gestärkt worden; sie hatte wieder Mut gefasst, um gegen die Schwäche ihres Körpers anzugehen. Das war alles. Gelang es Menschen nicht auch, mit Mut und Zuversicht Krebs und andere Krankheiten zu besiegen, selbst wenn die Ärzte ihnen keine Chancen mehr einräumten?

Ja, so etwas gibt es, doch das ist nicht der entscheidende Punkt. Du hast es gespürt und in ihre Zukunft gesehen! Leugne es nicht. Du warst dir ganz sicher, und das zu Recht. Du wirst es erleben. Es wird so kommen, wie du es erkannt hast.

Isaura leerte das Glas in einem Zug und schenkte sich rasch wieder nach.

Du weißt, dass du mich so nicht vertreiben kannst. Die Stimme schwankte zwischen Ärger und Belustigung.

Die einzige Möglichkeit, die du hast, ist, dich endlich zu öffnen und es zuzulassen. Dann wirst du deinen Frieden finden.

»Ich lasse überhaupt nichts zu!«, knurrte Isaura und hörte selbst, dass der Wein zu wirken begann und ihre Zunge lähmte. Sie würde sich nicht irremachen lassen. Sie würde weder über Justus noch über den Unfall, weder über Sandy noch über ihre Nachbarin weiter nachdenken! Nein, diese Nacht würde sie sich nicht auch noch von ihnen rauben lassen.

Isaura zog das Buch der *Caminata* heran und suchte die Stelle, an der sie das letzte Mal aufgehört hatte. Königin Isabella und ihr Gatte Ferdinand, der Erbfolgekrieg, Verräter und Gefolgsleute. Ja, das war ein ungefährliches Terrain, auf das sie sich mit sicherem Schritt begeben konnte. All das war lange her, hatte sich im fünfzehnten Jahrhundert in Spanien ereignet und konnte daher nichts mit ihr zu tun haben. Und so tauchte sie beherzt in die Vergangenheit ein, während die Stunden verrannen und eine silberne Mondsichel über den wolkenlosen Nachthimmel von Kastilien wanderte.

Kapitel 35

Toledo, 1475

Ihr Besuch beim Marquis de Santillana in Guadalajara ließ noch einmal einen Hauch von Feststimmung aufkommen. Der Marquis empfing Isabel und ihr Gefolge in seinem prächtigen Stadtpalast unweit der Ruinen der alten Maurenfestung, die an die früheren Herrscher erinnerten, aus deren Händen Alfons VI. – nach dem Meuchelmord an seinem Bruder Sancho – die Stadt befreit hatte. Nun gehörte Guadalajara zu den umfangreichen Besitztümern der Mendozas, was der Marquis mit seinem pompösen Empfang eindrucksvoll demonstrierte.

Isabel genoss seine Aufmerksamkeiten, doch es waren nicht die Zeiten, um zu feiern und die Welt zu vergessen, daher mahnte sie nach wenigen Tagen zum Aufbruch. Gegen ihre Überzeugung war sie auch auf Fernandos Drängen hin bereit, den ersten Schritt zu tun und Carrillo auf seinen Gütern zu besuchen, um versöhnlich mit ihm zu sprechen.

Beatriz stöhnte. »Nicht schon wieder packen und in den Sattel. Lange mach ich das nicht mehr mit! Wann kehrt denn endlich Ruhe ein?«

Jimena legte den Arm um sie. »Das wird nicht so schnell geschehen. Isabel steht vielleicht vor ihrer größten Herausforderung, die sie bis an ihre Grenzen führen wird, und niemand kann sagen, ob sie es überstehen wird.«

Beatriz starrte sie erschrocken an. »Was? Nicht einmal du weißt es?«

Jimena schüttelte den Kopf. Ihre Miene war ernst. »Nein,

es ist alles verschwommen. Ihre Zukunft steht auf Messers Schneide.«

»Und die unsere damit auch«, sagte Beatriz leise.

Jimena nickte. »Es kommen harte Zeiten auf uns zu, die unsere ganze Kraft fordern werden. Wenn du also Ruhe brauchst, dann kehre zu deinem Gatten nach Segovia zurück. Isabel würde es verstehen.«

Ein energischer Zug trat in Beatriz' Gesicht. »Nein, ich habe sie einmal verlassen, ich werde es nicht noch einmal tun. Ja, ich liebe Andrés, und ich sehne mich nach ihm, und vielleicht wäre es an der Zeit, ihm Kinder zu schenken. Ich weiß es nicht. Anderseits, wenn du recht behältst – was du leider so gut wie immer tust – und die Zeiten so schwer werden, dann ist es vielleicht besser, jetzt noch nicht schwanger zu werden. Ich könnte das nicht, so wie Isabel, die einfach die Zähne zusammenbeißt und sich in den Sattel setzt. Spürt sie die Beschwerden ihrer Schwangerschaft denn nicht?«

»Doch, das tut sie, aber ihr Wille und die Kraft, die sie antreiben, sind stärker.«

Jimena spürte den Anflug eines schlechten Gewissens, als sie an ihre unreinen Tage dachte, die dieses Mal stärker und schmerzhafter ausgefallen waren. Sie wusste, dass die Kräuter, die sie zu sich genommen hatte, das Blut ausgetrieben hatten. Nur das normale monatliche Blut oder vielleicht noch mehr? Sie dachte an Dominga, die ihr im Traum erschienen war und ihr befohlen hatte, den Kräutersud zu kochen. Jimena hatte es vermieden, über den Grund und über die Folgen nachzudenken, doch nun schoss ihr der Gedanke unvermittelt durch den Kopf und schmerzte sie. Hatte sie Ramóns Kind getötet, ehe es eine Chance gehabt hatte, sich zu entwickeln?

Beatriz hatte recht. Dies war nicht die rechte Zeit, Kinder zu gebären – und schon gar nicht ohne Ehemann! Vielleicht später. Irgendwann. Doch eine Stimme, die sie nicht hören wollte, flüsterte ihr zu, dass es kein Später geben würde.

Nicht für sie und Ramón. Das Herz wurde ihr schwer, und Jimena war froh, sich auf ihr Pferd und den Ritt konzentrieren zu müssen.

Sie verließen Guadalajara und ritten auf Alcalá de Henares zu, das kaum einen Tagesritt entfernt im Südwesten lag. Isabel hatte schon vor einigen Tagen den Konnetabel gebeten, sie bei Carrillo anzumelden, doch am Nachmittag stieß er mit seinen beiden Begleitern auf den Zug der Königin. Seine Miene verhieß nichts Gutes.

»Was ist? Habt Ihr ihn etwa verpasst? Ist der Erzbischof bereits abgereist?«

»Nein, noch hält sich Erzbischof Carrillo in Alcalá auf«, sagte er ein wenig verlegen und gab sich dann einen Ruck. »Doch er bleibt uneinsichtig, obgleich ich ihm den Schrecken des drohenden Bürgerkriegs deutlich ausgemalt habe.«

Isabel beugte sich im Sattel nach vorn und fixierte den Konnetabel.

»Was genau hat Carrillo gesagt?«

Der Konnetabel räusperte sich. Jimena trieb ihr Pferd näher heran, um kein Wort zu verpassen.

»Seine Exzellenz der Erzbischof von Toledo sagte: ›Wenn die Königin die Stadt zum einen Tor betritt, werde ich sie durch das andere Tor verlassen.‹«

Das war ein offener Bruch! Jimena spürte, wie ihr Magen sich verkrampfte. Sie hatten den mächtigen Primas verloren. Sie wollte sich die Folgen gar nicht ausmalen. Stattdessen konzentrierte sie sich auf Isabels Miene, die sich verhärtete.

»So ist das also. Gut, wenn er es nicht anders haben will. Wir reiten weiter und schlagen einen Bogen um die Stadt!«

»Was hast du vor?«, fragte Fernando, als sich der Zug wieder in Bewegung setzte und außer ihnen und Jimena keiner mehr das Gespräch mit anhören konnte.

»Wir reiten weiter bis nach Toledo!«, gab Isabel mit dem kriegerischen Glitzern in den Augen zurück, das ihren Mut und den ungebrochenen Tatendrang erkennen ließ. »Ich werde nicht zulassen, dass mir Carrillo diese wichtige Stadt abspenstig macht. Mal sehen, ob wir sie nicht auf uns einschwören können, ehe er überhaupt ahnt, was wir vorhaben.«

Fernando grinste. »Ja, das ist ein guter Einfall«, lobte er und preschte zur Spitze des Zuges vor, um zur Eile zu mahnen.

Es wurde ein harter Ritt. Obwohl es erst Mai war, brannte die Sonne heiß herab und trocknete die Kehlen aus. Nicht nur Beatriz jammerte, auch die anderen Damen klagten, wurden von Isabel jedoch hart zur Ordnung gerufen. Jimena hatte den Eindruck, dass selbst Teresa erschöpft war. Sie starrte nur noch teilnahmslos vor sich hin, und selbst wenn man sie ansprach, erhielt man kaum ein Lächeln.

»Wir haben es bald geschafft«, versuchte Jimena sie zu trösten. »Wir bleiben sicher ein paar Tage in Toledo, sodass wir uns alle ausruhen können.«

Teresa blickte auf und machte eine wegwerfende Handbewegung.

Was zählt der Schmerz des Einzelnen, wenn es um das große Ganze geht, das zu erreichen wir geschworen haben?

Jimena hörte in ihrem Kopf die Stimme, die sie so lange nicht mehr vernommen hatte.

»Liegt Isabel mit ihrer Hoffnung richtig?«, drängte sie. »Weißt du, wie unser Empfang in Toledo ausfallen wird?«

Doch Teresa lächelte nur geheimnisvoll, und Jimena blieb die Hoffnung, dass dies etwas Gutes bedeutete. Sie selbst war in diesen Tagen nur von Nebel umfangen. Es gelang ihr nicht, einen klaren Blick zu erhaschen, und das, fürchtete sie, würde sie noch in den Wahnsinn treiben.

Jimena hätte sich keine Sorgen machen müssen. Der Empfang, den Toledo seiner Königin bereitete, machte ihren Besuch zu einem Triumphzug. Begeisterte Menschen säumten die Straßen und jubelten Isabel und Fernando zu, als sie die

Stadt mit ihrem Gefolge durch die *Puerta del Sol* betraten. Staunend betrachtete Jimena das Haupttor, das mit seinen arabischen Bogen und seinem kunstvollen Mudéjarbaustil Leichtigkeit und militärische Stärke auf wundervolle Weise vereinte. Gleich dahinter erhob sich eine alte Moschee mit herrlich leichten Säulen und Bogen. Ja, man sah es der Stadt an, dass sie lange eine wichtige Stellung in den wechselnden maurischen Reichen eingenommen hatte, ehe hier die christlichen Könige und ihre Bischöfe wieder Einzug hielten.

Jimena ahnte, dass Isabel ihren Weg absichtlich vorbei an der Kathedrale und am verwaisten Palast des Erzbischofs wählte und nicht der direkten Straße folgte, die in einem Bogen bis zum *Alcázar* anstieg, der – wie in Segovia, allerdings nicht ganz so spektakulär – am höchsten Punkt der Stadt auf der Ostseite errichtet worden war. Von dort fiel der Hang hinter der Stadtmauer steil bis zum Río Tajo ab, der Toledo in einem tief eingeschnittenen Tal von drei Seiten in einer Schleife umfloss.

Erschöpft, aber zufrieden erreichten sie den Palast, wo ob der unerwarteten Ankunft des Königspaars helle Aufregung herrschte. Und so dauerte es Stunden, ehe die Gemächer gerichtet waren, Badewasser erhitzt und ein Mahl aufgetragen war, das einem Königspaar würdig sein mochte.

Sie waren nun schon eine Woche in Toledo, und Jimena rechnete jeden Tag mit ihrer Abreise, auch wenn sie dies lieber nicht zu Beatriz sagte. Die Aussicht darauf, bald weiterziehen zu müssen, hätte deren Laune erheblich getrübt. Jimena gefiel die Stadt, auch wenn sie zu ihrer Enttäuschung Ramón nicht finden konnte. Vermutlich weilte er beim Bischof in Alcalá, und sie wusste nicht, ob sie sich wünschen sollte, dass Carrillo mit seinen Leuten hier eintraf, während Isabel in der Stadt weilte. Vielleicht war es besser, die Gemüter würden sich vor ihrer nächsten Begegnung erst ein wenig abkühlen, denn die Königin hielt mit ihrem Zorn nicht hinterm Berg und drohte, ihm nicht nur seine Stadt wegzunehmen. Aber lag das überhaupt in ihrer Macht? Konnte sie einen Primas von Kastilien und Erzbischof von Toledo absetzen? Es war Sache der Kirche, ihn zu benennen, und damit lag es sicher auch in deren Ermessen, einen Kirchenmann wieder abzusetzen. Sie benötigte also einen guten Fürsprecher beim Papst. Vielleicht den Legaten Rodrigo Borgia, der sich schon für den Kardinalshut Mendozas hatte einspannen lassen und sich im Geheimen beim Papst um einen echten Ehedispens für Isabel und Fernando bemühte.

So in Gedanken betrat Jimena die Kapelle des *Alcázar*. Sie hatte nicht damit gerechnet, jemanden vorzufinden, und war daher überrascht, Isabel mit einem ihr unbekannten Geistlichen zu sehen. Jimena wollte eine Entschuldigung murmeln, erkannte dann aber, dass weder Isabel noch der Geistliche ihr Eindringen bemerkt hatte. Sie wollte sich leise wieder zurückziehen, blieb dann aber in der halb offenen Tür stehen und beobachtete die Szene mit wachsendem Erstaunen.

Sie wusste nicht, ob Isabel nach dem Geistlichen gerufen oder ob er um eine Audienz gebeten hatte, doch ganz gleich, es gab bei Hof im Umgang mit dem Monarchen bestimmte Regeln, die man zu kennen und zu befolgen hatte. Doch davon schien der fremde Kirchenmann nichts zu wissen oder ignorierte sie absichtlich! Isabel saß auf dem etwas erhöhten Platz ihres verstorbenen Bruders und sah dem Besucher erwartungsvoll entgegen. Doch statt sich ihr mit gesenktem Blick zu nähern und vor ihrer Majestät niederzuknien, strebte er auf eine der Bänke zu und setzte sich ebenfalls. Seelenruhig betrachtete er seine Königin, in deren Miene wachsendes Erstaunen geschrieben stand. Während sie sich vermutlich überlegte, was das seltsame Verhalten bedeuten und wie sie darauf reagieren sollte, schwieg er und sah sie mit heiterer Miene an, die Hände locker im Schoß gefaltet.

Neugierig musterte Jimena den ungewöhnlichen Mann in seiner weißen Kutte aus grobem Stoff. Darüber trug er einen schwarzen Überwurf mit einer Kapuze. Vielleicht gehörte er zu den Hieronymiten aus Guadalupe oder Yuste? Jimena wusste nur wenig über diesen Orden, außer, dass die Brüder der Augustinerregel folgten und sich dem strengen Bibelstudium widmeten.

Der Mönch war vermutlich noch keine fünfzig Jahre alt und gehörte sicher nicht zu denen, die ihr Leben im Kloster nutzten, um sich vor der Arbeit zu drücken und sich bei reichlich Speise und Trank dem Müßiggang hinzugeben. Selbst die weite Kutte ließ einen asketischen Körper vermuten, und in seinem schmalen Gesicht glaubte Jimena vor allem Disziplin und Strenge gegen sich selbst lesen zu können. Und doch schien er keinesfalls verbittert oder lebensfeindlich zu sein. Der milde Ausdruck, mit dem er Isabel betrachtete, gefiel ihr. Und auch die Königin schien ihm trotz seines schlechten Verhaltens gewogen zu sein und sagte in freundlichem Ton:

»Fray Hernando de Talavera, ich begrüße Euch. Ich nehme an, Ihr verlasst nicht häufig den Schutz der Mauern Eures Klosters, daher möchte ich Euch darauf hinweisen, dass es hier üblich ist, seine Königin angemessen zu begrüßen.« Sie streckte ihm auffordernd die Hand entgegen, doch der Pater blieb ungerührt sitzen.

»Mir ist durchaus bekannt, dass Eure Untertanen vor Euch niederknien, Majestät«, antwortete der Hieronymitenpater. »Doch Ihr begehrt zu beichten, nicht wahr? Daher bleibe ich sitzen, und Ihr kniet nieder, denn Ihr seid hier vor Gottes Gericht, und ich bin Gottes Vertreter.«

Isabel starrte ihn verblüfft an. Jimena hielt die Luft an. Wie würde die Königin auf diese dreiste Rede reagieren? Konnte sie so etwas durchgehen lassen, oder musste sie hart durchgreifen, um ihre bisher noch längst nicht gefestigte Stellung zu stärken?

Doch Isabels Verblüffung löste sich in einem Lächeln auf. Sie erhob sich mit Eleganz von ihrem Platz, raffte ihr langes Gewand ein wenig und schritt dann auf Fray Hernando zu. Kaum einen Schritt vor ihm blieb sie stehen und fixierte ihn aus ihren hellen Augen. Ohne mit der Wimper zu zucken, hielt er ihrem Blick stand.

»Das ist genau der Beichtvater, den ich brauche!«, sagte Isabel und beugte vor dem Pater die Knie.

Lautlos zog Jimena die Tür zu. Sie wollte keinesfalls Isabels Beichte lauschen, doch der ungewöhnliche Pater ging ihr den ganzen Tag nicht aus dem Kopf. Sie sprach Beatriz am Abend auf ihn an, als sie zusammen auf dem Diwan saßen.

»Fray Hernando de Talavera? Ein seltsamer Kauz, nicht wahr? Ich bin ihm heute Morgen begegnet und fühlte mich unter seinem stechenden Blick wie ein kleines Mädchen, das gerade etwas angestellt hat.«

Jimena fand zwar nicht, dass er einen stechenden Blick hatte, doch sie konnte nachempfinden, was Beatriz meinte.

»Weißt du etwas über ihn?«, hakte Jimena nach.

Beatriz runzelte die Stirn. »Ja, ich weiß, dass sich Isabel über ihn erkundigt hat. Sie hat von ihm viel Gutes gehört und wollte mit ihm sprechen. Ich glaube, sie ist auf der Suche nach einem Beichtvater, der nicht ständig durch ganz Kastilien reist – zumindest nicht ohne sie.« Beatriz zog eine Grimasse. »Mal sehen, ob ich das noch alles zusammenbringe. Jedenfalls stammt er aus dem Kloster Prado in der Nähe von Valladolid und hat an der Universität von Salamanca Theologie studiert. Seine Herkunft ist allerdings weniger glänzend, zumindest wenn man ihn als königlichen Beichtvater sieht. Er spricht wohl nicht so gern über seine Eltern, doch so, wie es aussieht, ist er der illegitime Sohn des Grafen von Oropesa, Fernán Alvarez de Toledo, und einer Jüdin, deren Namen sie nicht in Erfahrung bringen konnte. Jedenfalls war es wohl der Graf, der auf eine christliche Erziehung Wert legte und Talavera zum Studium nach Salamanca schickte.«

Jimena nickte.

»Du hast ihn gesehen, nicht wahr? Meinst du, er bleibt hier bei Hof?«, wollte Beatriz wissen.

Jimena überlegte. »Ja, ich denke schon. Er hat einen guten Eindruck auf Isabel gemacht.«

Beatriz wiegte zweifelnd den Kopf. »Ich weiß nicht. Man sagt, er verhalte sich ein wenig seltsam und würde nicht recht an einen Königshof passen.«

Jimena schmunzelte. »Ja, das ist richtig, und ich sage dir, gerade das ist es, was Isabel anzieht. Er ist kein Speichellecker und keiner, der auf Pfründe aus ist. In ihm wird Isabel einen Ratgeber finden, der ihr stets die Wahrheit sagt, und sei sie auch noch so bitter!«

»Nicht jeder traut sich das«, meinte Beatriz.

Jimena nickte. »Ja, da hast du recht. Aber solche Bedenken oder gar Furcht davor, seine Monarchin zu verstimmen, kennt Fray Hernando nicht!«

Jimena behielt recht. Der Pater blieb. Wie nicht anders zu erwarten, machte er sich mit seiner schonungslos offenen Art nicht gerade bei jedem beliebt, doch Isabel bewunderte und respektierte ihn und wusste, was sie an seinen klugen Ratschlägen hatte. Er war nicht nur in Glaubensfragen ein Mann, der wusste, wovon er sprach, und so war er aus ihrem Hofstaat bald nicht mehr wegzudenken. Auch Jimena mochte ihn und hegte Hochachtung vor seinen klugen Einschätzungen der politischen Lage. Nur Beatriz fühlte sich immer ein wenig unwohl in seiner Gegenwart, obwohl er sie kaum beachtete.

Kapitel 36

Segovia, 1475

Der Hof war seit einigen Tagen wieder in Segovia, wo Isabel mit Andrés de Cabreras die Finanzlage des Landes durchsprechen und den Staatsschatz schätzen lassen wollte, der hier verwahrt wurde. Sie wusste, dass sie jetzt viel Geld brauchte, um im Land weiter um Anhänger zu werben, ehe das Reich in Brand geriet und es notwendig werden würde, Truppen aufzustellen, die man ausrüsten, verpflegen und besolden musste.

Der neue Beichtvater, Fray Hernando de Talavera, der Isabel nicht mehr von der Seite wich, entpuppte sich nicht nur als ein strenger Kirchenmann, der bereit war, die Gebote so zu befolgen, wie sie einst gegeben worden waren, und sich keinerlei Freiheiten herausnahm. Wie Isabel erfreut feststellte, war er auch ein kühler Rechner und ein Mann, der sich mit Zahlen und Geld auskannte und genaue Vorstellungen von Steuern und Kosten hatte. Sie sprachen nächtelang über notwendige Reformen und darüber, wie man sie umsetzen konnte. Eigentlich wurden genügend Steuern erhoben, doch nur ein Bruchteil der Beträge kam bei den königlichen Sekretären wirklich an. Das ganze System hatte schon bei denen, die die Steuern einziehen sollten, seine ersten Schwachstellen, und dann gab es noch so viele Stationen, an denen das Geld wie Regenwasser im Boden zu versickern schien.

Außerdem krankte die Wirtschaft, und der Handel lahmte. Die Wege waren zu gefährlich, die Zölle zu hoch.

Fernando begann meist schon bald zu gähnen und zog sich

zurück, um sich in sein Gemach oder das einer bevorzugten Dame zu begeben, wo er sich trösten ließ, wenn seine schwangere Gattin es schon vorzog, mit einem Kirchenmann stundenlang über Geld zu sprechen!

Es war Ende Mai, als in kurzem Abstand zwei Boten Segovia erreichten, die die schlimmsten Nachrichten brachten.

Der erste kam aus dem kastilisch-portugiesischen Grenzgebiet am Duero.

»Majestät«, keuchte der junge Mann, der noch ganz außer Atem war. »König Alfonso zieht eine Armee zusammen. Eine mächtige Armee! Es sollen zehntausend Infanteristen und noch weitere fünftausend Bewaffnete sein. Er ist schon bald bereit, nach Norden zu marschieren, um in Kastilien einzufallen!«

Isabel und Fernando hatten gerade die ersten Aufrufe zur Mobilmachung an die ihnen ergebenen Adeligen und die Städte gesandt, als eine zweite Hiobsbotschaft einging. Es war gelungen, einen Spion zu fassen, der mit einer Botschaft Alfonsos an den französischen König unterwegs gewesen war. Nun wussten sie auch, warum Alfonso im Norden angreifen wollte und nicht im Süden der Extremadura, wo doch die Mehrheit des Adels mit ihm sympathisierte.

»Ich habe es schon lange geahnt, dass sich die Franzosen am Baskenland vergreifen wollen«, knurrte Fernando.

Entsetzt starrte Isabel auf die Botschaft. Alfonso bat Ludwig XI. um Unterstützung. Einer gemeinsamen Invasion Portugals und Frankreichs hätte das junge kastilische Königspaar nichts entgegenzusetzen, selbst wenn Fernandos Vater ihnen zur Hilfe eilen sollte – was durchaus fraglich war. Juan II. hatte seine eigenen Regeln, die keiner recht durchschaute.

Der lähmende Schrecken hielt nicht lange an. Isabel schüttelte ihn in einer heftigen Bewegung ab und straffte den Rücken.

»Nun, dann naht also der Tag der Entscheidung. Kastilien wird mit Gottes Hilfe bestehen, oder es wird untergehen und von Portugal und Frankreich verschlungen werden. Wir werden alles in die Waagschale werfen, was wir haben, und alles Geld und jeden Mann aufbieten, der bereit ist, für uns und sein Land zu kämpfen.«

Sie nestelte an ihrem Hals, nahm die schwere goldene Kette ab, die sie trug, und legte sie auf den Tisch. Dem folgten ein mit Rubinen verzierter Armreif und zwei wertvolle Ringe. Lediglich ihren Ehering behielt sie an. Dann wandte sie sich an den Pater.

»Fray Hernando, nehmt alles, was an Geschmeide und sonstigen Schätzen vorhanden ist, und macht es zu Geld, mit dem wir unsere Truppen ausrüsten können.«

»Das wird nicht reichen«, sagte der Pater sanft.

»Dann denkt Euch etwas aus, damit es reichen wird«, rief sie erregt. »Wir haben nur ein Land und nur eine Chance, es vor unseren gierigen Nachbarn zu retten!«

Fray Hernando neigte das Haupt. »Ihr werdet Eure Truppen bezahlen können«, sagte er, und der feste Tonfall ließ Jimena glauben, dass er es nicht nur ernst meinte, sondern dass er es auch schaffen würde, selbst wenn sie sich nicht vorstellen konnte, wo er so viel Geld aufzutreiben gedachte. Denn dass es viel, sehr viel Geld sein musste, das war ihr trotz ihrer Unerfahrenheit klar.

Sie waren wieder unterwegs. Doch falls irgendjemand schon zu Anfang des Jahres gedacht hatte, die Königin sei zu rastlos und an ihrer Seite zu leben sei anstrengend, dann sollte er nun erleben, was diese beiden Worte wirklich bedeuteten. Isabel und Fernando hatten beschlossen, getrennt zu reisen, um möglichst viele Orte besuchen zu können. Sie mussten den Menschen klarmachen, wie wichtig es war, jetzt für ihr Land und ihre Königin einzustehen. Anders als im Frühling dieses

Jahres ließen sie einen großen Teil ihres Hofs in Segovia zurück – zur Erleichterung der Damen – und ritten auf schnellen Pferden täglich weite Strecken. Isabel gönnte sich kaum eine Rast. Sobald sie sich sicher war, Gehör bei den Menschen gefunden zu haben, mahnte sie schon wieder zum Aufbruch. Obwohl Isabel es ihren Freundinnen freigestellt hatte, begleiteten Jimena und Teresa sie, und auch Beatriz biss die Zähne zusammen.

»Und wenn es mein Ende ist«, knurrte sie unter Tränen, so sehr schmerzten sie ihre Glieder nach dem langen Tagesritt. Jimena kam sich immer mehr wie die Kräuterfrau der Truppe vor und versorgte alle mit schmerzlindernden Salben gegen verkrampfte Muskeln und mit Tinkturen, die aufgerittene Stellen schneller heilen ließen.

»Wenn das nur nicht so schrecklich wehtun würde«, jammerte Beatriz, während sie sich von Teresa versorgen ließ, die ihr eigenes Leid nur stumm ertragen konnte. Dennoch lächelte sie und versuchte immer wieder, Beatriz aufzumuntern.

»Woher nimmt sie nur diese Kraft?«, fragte sich Beatriz und trocknete beschämt ihre Tränen.

Ja, die Spuren der Strapazen schmerzten, doch Sorgen machte sich Jimena allein um Isabel. Man konnte ihr die Schwangerschaft nun deutlich ansehen. Tag für Tag wuchs mit der Hitze des Sommers auch ihr Leib und bereitete ihr zusätzlich Unbehagen. Doch wenn Jimena sie darauf ansprach, winkte sie nur ab. Sie wollte nicht einmal darüber reden. Weil sie keine Alternative sah. So ritt sie meist stumm dahin, die Zähne fest zusammengebissen. Sie verbot sich, auch nur die kleinste Schwäche zu zeigen, und war trotz der angespannten Lage niemals mürrisch oder ungerecht. Sie behandelte jeden freundlich, und die Bewunderung ihrer Begleiter steigerte sich fast zur Verehrung.

In der Zwischenzeit waren Fernando und ihre Verbündeten ihrerseits nicht untätig. Vor allem die Macht der Mendozas zeigte sich nun an der Stärke der Truppen, die sie Isabel zur Seite stellen konnten. Und der Kardinal war auch bereit, seine Männer persönlich ins Feld zu führen. Das sagte er ihr, als sie sich einige Wochen später wieder in Segovia trafen. Er hatte bereits seinen langen Rock gegen einen glänzenden Harnisch getauscht, um zu zeigen, dass er auch auf einem Schlachtfeld eine gute Figur machen würde.

Dann kehrte auch der König zurück. Hoheitsvoll schritt Isabel auf Fernando zu, der sie mit besorgter Miene beobachtete.

»Wie ist es dir ergangen, meine Liebe?«, fragte er und zog sie in seine Arme. Für einen Moment gab sie der Schwäche nach und schmiegte sich mit geschlossenen Augen an seine Brust. Dann richtete sie sich wieder auf und nahm ein wenig Abstand.

»Ich weiß es nicht«, sagte sie müde. »So viele beunruhigende Nachrichten. Und wie bist du mit dem Ausheben der Truppen vorangekommen?«

Fernando strahlte stolz wie ein kleiner Junge. »Nicht schlecht, würde ich sagen. Die Mendozas und all die anderen waren großartig, doch ich darf in aller Bescheidenheit sagen, dass auch ich nicht untätig war. Die Männer sind bereits unterwegs, sodass wir vermutlich in zwei Wochen nach Norden marschieren können.«

»Mit wie vielen Männern können wir rechnen?«

Jimena sah, wie Fernando den Kopf hin und her wiegte, als müsse er erst rechnen. Er lächelte und zog den Moment absichtlich in die Länge. Dann sah er Isabel in die Augen, vermutlich, damit ihm keine ihrer Regungen entging.

»Ich würde sagen: zweitausend Reiter in Harnisch mit Lanzen, sechstausend Berittene und zwanzigtausend Infanteristen.«

Isabels Augen weiteten sich. Sie brauchte einen Moment, um die Macht der Zahlen zu begreifen. Dann fiel sie ihrem Mann um den Hals.

»Ich habe es gewusst«, stieß sie hervor. »Du bist der König an meiner Seite und wirst uns allen Kastilien auf dem Schlachtfeld erretten!«

Doch ihre Freude war nur von kurzer Dauer. Schon zeigten sich wieder Sorgenfalten auf ihrer Stirn.

»So viele Männer, die wir verpflegen und bezahlen müssen«, sagte sie leise. »Können wir das?« Sie richtete ihren Blick auf Talavera und winkte ihn zu sich.

»Fray Hernando, sagt mir, wie seid Ihr vorangekommen?«

Der Mönch war wie üblich in seine grobe Kutte gekleidet, den Kopf mit der Tonsur unbedeckt. So schritt er auf die Königin zu und verneigte sich vor ihr.

»Ich denke, Ihr werdet zumindest im Augenblick zurechtkommen«, sagte er knapp. Mit den wenigen Steuergeldern, die ihren Weg bis in die Schatzkammer des *Alcázar* von Segovia gefunden hatten, würden sie nicht weit kommen, doch die Schätze des Königshauses und der Schmuck, den Isabel ihm gegeben hatte, waren als Pfand bei den Juden gut genug, um mit dem beträchtlichen Darlehen vorerst auszukommen.

Das waren dann aber auch schon die guten Nachrichten gewesen; alle weiteren Botschaften waren lediglich dazu angetan, Isabel die Zornesröte ins Gesicht zu treiben.

Während Alfonsos Truppen bereits nach Norden vorrückten, forderte er mit einem Schreiben frech die Rechte für seine Braut ein und begab sich seelenruhig nach Plasencia, um dort auf Juana zu warten.

»Er will sie durch ganz Kastilien reisen lassen? Ha! Das werde ich nicht zulassen. Er kann in Plasencia warten, bis er alt und grau ist!«, brauste Isabel auf.

Es fiel Kardinal Mendoza zu, ihr schonend beizubringen, dass es dem Marquis de Villena bereits gelungen war, Juana ungehindert über Madrid und Trujillo bis nach Plasencia zu bringen.

»Er hat die Ehe mit ihr bereits geschlossen.«

»Und sie auch vollzogen?«, entschlüpfte es Jimena entsetzt. Sie schlug sich auf den Mund, als der Kardinal sich zu ihr umdrehte und sie ansah. Doch er schien über den Ausruf nicht verärgert.

»Nein, das wohl nicht. König Alfonso ließ verlautbaren, dass er damit warten wolle, bis er für sich und seine Braut den Dispens aus Rom erhalte.«

»Dann hat der Papst also noch nicht zugestimmt«, knirschte Isabel. »Ich schwöre, ich lasse nichts unversucht, um diese Ehe annullieren zu lassen!«

Außerdem setzte sie sofort ein Schreiben auf, in dem sie jeden, der Alfonso von Portugal in irgendeiner Weise unterstützte, zum Hochverräter erklärte.

»Und? Gibt es noch irgendwelche Hiobsbotschaften?«, erkundigte sich Isabel barsch, doch Jimena hörte die Furcht und die Erschöpfung aus ihren Worten heraus.

Kardinal Mendoza lächelte entschuldigend. »Ja, Majestät, leider kann ich es Euch nicht ersparen.«

Isabel ließ sich auf einen Stuhl sinken und legte die Hände auf die Wölbung ihres Kleides. Fernando trat hinter sie, als wolle er sie und das Kind beschützen.

»Sprecht, Eminenz, es wird durch Unwissenheit sicher nicht besser.«

Der Kardinal neigte das Haupt. »Nein, ganz sicher nicht.« Er holte noch einmal tief Luft, während es im Saal so still war, dass man den Ruf einer Eule von draußen vernahm.

»Euer Kirchenprimas hat beschlossen, sich auf die Seite Portugals zu schlagen.«

Die Stille breitete sich aus. Jimena sah Isabel an, in deren Miene sich Zorn und Enttäuschung, aber auch ein wenig Furcht zeigten.

»So, Carrillo hat also wieder einmal die Seiten gewechselt«, sagte sie schließlich kalt. »Das war nicht anders zu erwarten.

Er hat schon immer seine Fahne in den Wind gehängt, der ihm persönlich vielversprechend erschien.«

Fernando nickte. »Wir haben dem alten Mann zu viel widersprochen. Isabel ist trotz ihrer Jugend eine starke Frau, die ganz genau weiß, was sie will. Damit hat er nicht gerechnet. Er hat sich wohl schon als der König Kastiliens ohne Krone gesehen, der im Hintergrund alle Fäden zieht. Vielleicht denkt er, dass seine Erfolgschancen bei Juana größer sind. Alfonso muss sich schließlich auch um Portugal kümmern. Da wäre ihm ein starker Mann an der Seite seiner jungen, unerfahrenen Frau vielleicht recht.« Seine Stimme troff vor Verachtung.

Kardinal Mendoza nickte. »Ja, und dieses Mal ist es ihm wohl ernst. Er schickt dem Portugiesen Truppen und scheint bereit, sie selbst in die Schlacht zu führen.«

Jimena durchfuhr es eiskalt. Ihre Knie drohten nachzugeben. Sie schwankte und musste sich auf einen Stuhl sinken lassen, um nicht zu fallen.

Ramón! Er gehörte zu Carrillos Männern. Er war in die Dienste des Erzbischofs getreten und hatte ihm Treue geschworen. Nun würde er gezwungen sein, für diesen Herrn in einen Krieg zu ziehen, den er nicht gewollt hatte. Auch wenn er Isabel gegenüber stets skeptisch gewesen war, wollte er sicher nicht das Schwert gegen sie ziehen und für Portugal sein Leben lassen.

In ihrem Kopf begann es zu rauschen. Sie hörte Schreie und konnte Blut riechen.

Nein, nein, nein! Das durfte nicht geschehen. Sie sah ihn vor sich, wie er zwischen all den anderen Männern des Bischofs in Rüstung auf seinem Pferd saß. Befehle erschallten. Das Geräusch der Klingen, die aus der Scheide gezogen wurden, ließ sie erschaudern. Dann preschten sie los, um gegen die Truppen der Königin zu kämpfen. Zu töten. Zu vernichten.

Und Jimena? Sie musste mit all ihrer Kraft hoffen, dass Isabels Männer die Oberhand behielten und dass sie die fremden

Truppen aus Portugal und die Männer des verräterischen Erzbischofs von Toledo vernichtend schlugen.

Während sich der portugiesische König im Rausch seiner Siegesgewissheit noch den prächtigen Hochzeitsfeierlichkeiten hingab, marschierte sein Heer mit den Kanonenkarren und einem bunten Tross am Duero entlang und überschritt ungehindert die Grenze nach Kastilien.

Täglich kamen nun die Boten nach Segovia und berichteten dem Königspaar, das ungeduldig darauf wartete, dass ihre eigenen Truppen marschbereit wären. Doch es wurde Juli, bis sie endlich aufbrechen konnten. Bis dahin hatte Alfonso sich längst von seiner jungen Frau verabschiedet und war zu seinen Truppen geeilt. Ohne auf Widerstand zu stoßen, zog das Heer nach Osten und nahm die Stadt Toro ein, wo sie ihr Lager aufschlugen. Die Bewohner öffneten dem Portugiesen die Tore. Was blieb ihnen anderes übrig, wollten sie nicht riskieren, ihn zu erzürnen? Zwar war Toro nach Süden hin zum Duero gut gesichert. Die Stadt erhob sich direkt über der Kante der roten Felsen, die – steil und brüchig – jeden Versuch, sie zu erklimmen, scheitern lassen mussten. Nach Norden jedoch stand nur die Stadtmauer zwischen dem weiten Land und den eng aneinandergedrängten Häusern, die einem Ansturm dieses Heeres nicht gewachsen sein konnte. Und so genügte die Drohung, die Stadt niederzubrennen, um die Tore für das fremde Heer zu öffnen.

Isabel knirschte mit den Zähnen, als der Bote endlich schwieg. Er warf ihr einen ängstlichen Blick zu, doch die Königin gehörte nicht zu den Herrschern, die ihren Zorn am Überbringer einer schlechten Nachricht ausließen.

»Wir reiten morgen in aller Frühe los«, sagte sie, und keiner widersprach.

»Was, meint Ihr, hat er vor?«, fragte sie an ihre Berater gewandt.

»Ich denke, er will nach Burgos«, antwortete Fernando. »Es ist die wichtigste Handelsstadt im Norden und sympathisiert mit Portugal.«

Isabel nickte. »Gut, dann werden wir ihm mit unserem Heer den Weg dorthin abschneiden.«

Sowohl Fernando als auch Kardinal Mendoza nickten. Sie erhoben sich, um den Hauptleuten der verschiedenen Truppenteile ihre Befehle zu erteilen. Isabel blieb mit ihren Freundinnen allein im Saal zurück. Stille senkte sich herab, bis Isabel murmelte: »Nun geht es also endlich los. Ziehen wir der Entscheidung entgegen, wie auch immer sie ausfallen mag.«

Beatriz hob den Kopf mit einem Ruck. »Du willst also wirklich mit dem Heer ziehen?«

»Natürlich, ich bin ihre Königin! Sie werden mich brauchen. Ich muss für sie da sein, ihnen Mut zusprechen, ihnen Hoffnung geben und sie anspornen, wenn sie die Kraft verlässt.«

Jimena nickte in Gedanken versunken. »Ja, so ist es.«

»Ach, du unterstützt sie auch noch in diesem Wahn, als Feldherrin von einem Schlachtfeld zum nächsten zu hetzen!«, rief Beatriz aufgebracht. »Überlass das dem König und dem Kardinal. Du bist die Mutter des Thronfolgers, und deine Aufgabe ist es, dein Kind zu schützen und gesund zur Welt zu bringen!«

Unwillkürlich legte Isabel die Hände auf ihren Bauch, doch ihre Augen funkelten. »Ach ja? Ich soll mich in einem kühlen Zimmer vergraben und Hemdchen nähen, während mein Land in Blut und Chaos versinkt und meine Männer für mich sterben? Außerdem, woher willst du wissen, dass es ein Knabe wird?«

Sie sah zu Jimena hinüber, die abwesend nickte. »Ja, ein Junge«, murmelte sie.

Betroffenheit trat in Isabels Miene, und für einen Moment

zögerte sie, dann aber erhob sie sich und straffte die Schultern.

»Es gibt keinen anderen Weg. Möge Gott meinen Sohn behüten. Ich werde für ihn beten. Mehr kann ich im Augenblick nicht tun.«

Beatriz lagen noch viele Einwände auf der Zunge, doch sie wusste, wann sie auf verlorenem Posten stand, und schwieg daher.

Jimena erhob sich ebenfalls. Noch immer schien sie in Gedanken weit weg an einem anderen Ort zu weilen. Ihre Stimme klang ihr selbst fremd und fern und wie in den Nebelschwaden eines Traums gefangen.

»Ja, lasst uns gehen. Wir müssen uns beeilen, wenn wir Alfonsos Marsch aufhalten wollen. Aber ich denke, in einem irrt er sich. Die Franzosen, nach denen er so sehnsüchtig seinen Blick nach Norden wendet, werden nicht kommen. Nicht jetzt. Nicht, ehe es zu spät ist.«

»Woher willst du das wissen?«, begehrte Beatriz auf, doch Isabel brachte sie zum Schweigen.

»Sag nichts, lass mich einfach hoffen und glauben, dass Jimena wieder einmal recht behält.«

Kapitel 37

Valladolid, April 2012

Das Klingeln des Telefons riss Isaura aus dem Schlaf. Sie tastete nach ihrem Handy. Helles Sonnenlicht flutete ins Zimmer. Wie spät war es? Schon zehn Uhr? So lange hatte sie schon ewig nicht mehr geschlafen, doch ihr war klar, dass die schlaflosen Nächte nun ihren Tribut gefordert hatten.

»Ja?«, krächzte sie in ihr Telefon.

Auf der anderen Seite war erst einmal Stille.

»Thalheim. Hallo, wer ist denn dran?«

»Marco hier, Jiménez«, fügte er nach einem kurzen Zögern hinzu. »Geht es Ihnen nicht gut? Habe ich Sie etwa geweckt?«

Isaura erwog kurz zu leugnen, doch dann würde er weiterbohren und sie über ihren Zustand ausfragen, und das war vermutlich noch unangenehmer.

»Ja, ich habe die vergangenen Nächte nicht viel geschlafen.«

»Dann tut es mir leid, Sie geweckt zu haben.« In seiner Stimme klang ehrliches Bedauern.

»Macht nichts«, gähnte Isaura, deren Geist langsam seine Arbeit aufnahm. »Was gibt es denn? Ist etwas passiert?«

»Keine Sorge, ganz im Gegenteil, es ist alles bestens. Wir haben uns entschieden, dass wir es jetzt wagen können, Ihren Mann aufzuwecken.«

»Ach, hat Sandy Ihnen die Hölle heißgemacht?«, vermutete Isaura trocken.

Nun war es Marco, der zögerte. »Nein, ja, das hat sie schon.

Ich sage Ihnen, sie war nicht gerade freundlich und für meine Mitarbeiter eine arge Plage. Zum Glück haben die meisten sie gar nicht verstanden. Aber das ist ganz sicher nicht der Grund. Wenn es um meine Patienten geht, dann lasse ich mich in meinen Entscheidungen von keinem Angehörigen oder sonstigen Besucher beeinflussen.«

»Habe ich auch nicht wirklich angenommen«, beschwichtigte ihn Isaura. »Ist sie denn da?«

»Nein, und sie wird auch erst heute Nachmittag wiederkommen. Also, wenn Sie es in den nächsten zwei Stunden in die Klinik schaffen, dann könnten Sie dabei sein, wenn Ihr Mann aufwacht. Ich meine, nur wenn Sie wollen. Ich will Sie keinesfalls zu etwas drängen«, fügte er hinzu, da ihm offensichtlich wieder Sandy und deren Schwangerschaft einfiel, die sie buchstäblich jedem meinte mitteilen zu müssen.

»Natürlich komme ich«, sagte Isaura bestimmt und beendete das Telefonat, um sich rasch anzuziehen. Sie trank nur ein Glas Milch, fütterte den Kater und startete dann den alten Wagen, um wieder einmal nach Valladolid zu fahren.

Mit langen Schritten eilte sie die Krankenhausflure entlang und stieß an einer Ecke beinahe mit Dr. Jiménez zusammen.

»Oh, Entschuldigung!«, rief sie atemlos.

Er legte seine Hand an ihren Arm. »Nun holen Sie erst einmal Luft. Sie haben noch nichts verpasst. Kommen Sie, Isaura, ich begleite Sie.«

Er führte sie in Justus' Krankenzimmer, in dem sich in den vergangenen Tagen nicht viel verändert hatte. Nun allerdings fehlte der Schlauch in seinem Mund, und die Beatmungsmaschine war abgeschaltet. Er atmete selber. In seinem Gesicht lag ein friedlicher Ausdruck, der Isaura die Tränen in die Augen trieb. Marco schob ihr einen Stuhl heran, und sie ließ sich auf das Polster sinken. Vorsichtig nahm sie Justus' Hand.

»Wann wird er aufwachen?«

Dr. Jiménez hob die Schultern. »So genau können wir das

nicht sagen. Atmung, Blutdruck und Puls sind gut. Ich denke, es wird nicht mehr lange dauern. Doch bitte erschrecken Sie nicht, wenn er sich zuerst an nichts mehr erinnern kann. Er könnte unzusammenhängende Dinge sagen, aber das bedeutet in dieser Phase noch gar nichts. Die ersten CT-Untersuchungen waren zufriedenstellend, doch ob sein Gehirn wirklich keine bleibenden Schäden davongetragen hat, können wir erst nach unseren Tests im Laufe der nächsten Tage feststellen.«

Isaura versuchte sich an einer neutralen Miene und nickte, doch so leicht ließ sich der Arzt nicht täuschen. Noch einmal berührte er sie am Arm.

»Das ist nicht leicht! Für niemanden. Und es ist auch kein Anzeichen von Schwäche, in diesen Minuten, die einem so ewig erscheinen können, Angst zu empfinden. Versuchen Sie es auf sich zukommen zu lassen, und treffen Sie keine überstürzten Entscheidungen. Ich weiß, noch ist er Ihr Mann, und Sie fühlen sich verantwortlich. Doch bitte, denken Sie daran: Verantwortung, um zu handeln, ist in Ordnung, Schuldgefühle sind es nicht! Das erzeugt Bitterkeit, und es zerstört am Ende ihn und Sie selbst.«

Er zog seine Hand weg, doch die Berührung brannte noch auf ihrer Haut, selbst nachdem er das Krankenzimmer verlassen hatte.

Verantwortung ja, Schuld nein? Das war leicht gesagt. Wie sollte sie diese Schuld von sich weisen? Sie hatte den Unfall verursacht! Sie war an Justus' Zustand schuld! Und wenn er bleibende Schäden davontrug, dann würde sie die Last dieser Schuld ihr ganzes Leben tragen müssen.

Das ist genau das, wovon der Doktor gesprochen hat!, ereiferte sich wieder die Stimme der alten Frau in ihrem Kopf. *Eine Schuld, die du dein Leben lang abtragen musst? So ein Blödsinn! Du hast ihm schließlich nicht vorsätzlich ein Nudelholz über den Schädel geschlagen, obwohl er das in meinen*

Augen durchaus verdient hätte! Himmel, denk an diese Sandy und daran, was er dir angetan hat. Erinnere dich an deinen *Schmerz! Ja, und an deinen Zorn, der auch etwas Gutes ist, denn er schützt dich.*

Da lag das Ergebnis ihres Zorns. Sie konnte überhaupt nichts Gutes daran finden, und noch weniger gelang es ihr, das alles zu erklären. Aber vielleicht wollte sie das auch gar nicht. Ein Rätsel führte zum nächsten, bis ihr Geist sich weigerte, sich weiter damit zu befassen.

Auch dieses Mal hatte sie Glück und konnte sich ablenken. Die Hand in der ihren begann zu zucken. Isaura beugte sich vor.

»Justus? Kannst du mich hören?«

Der Druck verstärkte sich. Zumindest bildete sie sich das ein. »Wenn du mich hören kannst, dann öffne jetzt die Augen.«

Es war eine solche Kraft in ihren Worten, dass sie selbst die Umklammerung spürte, die sich um den Geist zu legen schien, um ihn zu zwingen, ihrem Befehl Folge zu leisten. Und doch war Isaura überrascht, dass sich seine Lider unvermittelt hoben und er sie ansah.

»Justus! Kannst du mich verstehen?«

Ein zaghaftes Kopfnicken. Er öffnete den Mund, doch nur ein heiseres Krächzen kam heraus. Sie nahm die Schnabeltasse vom Nachttisch und flößte ihm ein wenig lauwarmen Tee ein, ehe sie ihre Frage wiederholte.

Er sah sie mit klarem Blick an und schien sie auch zu erkennen.

»Isaura! Was zum Teufel ist hier los? Wo bin ich, und was ist passiert?«

Nein, dieses Gehirn schien keine bleibenden Schäden abbekommen zu haben, selbst wenn er sich an den Unfall selbst nicht erinnern konnte. Vor Erleichterung rannen ihr Tränen über die Wangen.

»Justus, ich habe … nein, wir hatten einen Unfall, mit dem Auto. Erinnerst du dich an die Fahrt? Du bist nach Madrid geflogen, um mich zu besuchen, und wir waren gerade auf dem Weg zu unserem Hotel, als es passierte.«

Sie fixierte ihn mit angehaltenem Atem. Was war sein Geist bereit preiszugeben?

Justus runzelte die Stirn und schielte an sich herab. »Ein schwerer Unfall«, murmelte er. Isaura nickte.

»Ja, der Wagen ist von der Straße abgekommen und hat sich überschlagen. Du warst eingeklemmt und hattest unter anderem eine Verletzung am Schädel und eine Blutung im Gehirn. Deshalb haben dich die Ärzte hier in ein künstliches Koma versetzt.«

Er riss die Augen auf. »Wann war denn dieser Unfall?«

»Es ist schon fast eine Woche her.«

Er schien zu überlegen, dann sah er sie prüfend an. »Warst du auch dabei? Dir scheint nichts passiert zu sein.«

Isaura nickte, und das Bedürfnis, sich zu entschuldigen, war übermächtig.

»Ja, ich war dabei, und mir ist nichts passiert.«

»Dem Himmel sei Dank!«, stieß er aus. Es klang ehrlich. Er hatte noch mehr Fragen, und Isaura antwortete geduldig. Langsam schien seine Erinnerung zurückzukehren. Dabei sah er sie so zärtlich an wie früher oft und wollte ihre Hand nicht loslassen. Ängstlich wartete Isaura darauf, dass ihm klar werden würde, warum er diese Reise unternommen hatte und worüber sie kurz vor dem Unfall gesprochen hatten.

Sie sah es an seinem Blick. Die Zärtlichkeit wich Verwirrung. Dann sah er an ihr vorbei und ließ den Blick unstet umherirren. Suchte er nach Sandy? Hoffte er, sie irgendwo hier im Zimmer zu finden? Wieder dieser Stich. Das Atmen fiel ihr schwer, als sei plötzlich aller Sauerstoff aus dem Raum gesogen worden, doch sie versuchte ruhig zu bleiben und konzentrierte sich auf jeden Atemzug. Seine Finger öffneten sich. Isaura verstand und zog ihre Hand zurück.

»Ich habe es dir gesagt, nicht wahr?«, murmelte er, ohne ihr in die Augen zu sehen. »Das mit Sandy und mit dem Kind.«

Isaura schwieg.

»Ja, kurz vor dem Unfall. Jetzt erinnere ich mich wieder. Erst hast du geschrien, dann habe ich geschrien. Überall war Glas, und dann hat sich alles gedreht.«

Isaura nickte. »Ja, so war es«, gab sie zu. Sollte sie noch mehr sagen?

Nein! Du wirst dich nun nicht in deiner Schuld baden und ihn um Verzeihung anwinseln! Wie zornig die Stimme klingen konnte. Sie schmerzte richtig in ihrem Kopf. Isaura wollte ihr nicht zuhören und schob sie energisch weg.

»Ja, es tut mir leid. Ich habe die Beherrschung verloren und nicht gewusst, was ich damit anrichten kann, aber das kam so unerwartet. Ich dachte, wir fangen noch einmal von vorn an.«

Er hatte zumindest den Anstand, zerknirscht zu schauen.

»Ja, ich hätte es dir nicht auf diese Weise sagen sollen. Vor allem nicht während der Fahrt. Mein Fehler.«

Dein Fehler war es, fremdzugehen und mit einer anderen ein Kind zu zeugen!

Er überlegte. »Aber was meinst du damit, du hast die Beherrschung verloren?« Misstrauen stieg in seine Miene. »Willst du damit sagen, dass du den Unfall herbeigeführt hast? Hast du ins Lenkrad gegriffen oder die Handbremse angezogen oder so etwas?«

»Nein!«, rief Isaura empört. »Ich war nur außer mir, und dann zerbrachen die Fenster ...«

Er winkte ab. Natürlich. Wenn nicht einmal sie selbst es sehen und akzeptieren konnte. Es war einfach zu fantastisch. Zu unwirklich. Mehr als der Verstand annehmen konnte.

Die Tür ging auf, und ein strahlender Doktor Jiménez steuerte auf seinen Patienten zu. Zwei Schwestern folgten ihm.

»Herr Thalheim, es ist mir eine Freude, Sie wach anzutreffen. Ich würde gern einige Tests machen, um sicherzugehen, dass auch wirklich alles so funktioniert, wie es sollte.«

Isaura erhob sich. »Ich warte dann draußen.«

»Wie Sie wünschen«, sagte der Arzt und musterte sie mit einem prüfenden Blick.

»Er erinnert sich wieder an die letzten Minuten vor dem Unfall«, beantwortete sie die stumme Frage. Er nickte.

»Gut, dann gebe ich Ihnen Bescheid, wenn wir fertig sind.«

Isaura schloss die Tür hinter sich. Sie verließ das Gebäude und ging in den Garten hinunter, in dem sie zum ersten Mal mit Dr. Jiménez gesprochen hatte. Als sie noch bangen musste, ob Justus jemals wieder aufwachen würde und, wenn ja, in was für einem Zustand. Jetzt war er wach und schien geistig völlig gesund, und schon kehrten ihre Gedanken zum Ursprung des ganzen Dramas zurück.

Isaura näherte sich gerade dem Parkplatz, als sie Sandy aus ihrem Wagen steigen sah. Es gelang ihr nicht, ein Aufstöhnen zu unterdrücken. Entweder hatte jemand vom Krankenhaus sie angerufen, oder sie hatte ein gutes Gespür für Timing, dass sie heute so viel früher als sonst auftauchte.

Isaura überlegte noch, was sie tun sollte, als Sandy sie entdeckte und auf sie zusteuerte. So ergab sie sich in ihr Schicksal und wappnete sich so gut es ging gegen jeden möglichen Angriff.

»Hallo Sandy, so früh heute? Hat der Arzt Sie davon in Kenntnis gesetzt, dass sie Justus aus dem Koma holen?«

Das Erstarren zeigte ihr, dass Sandy keine Ahnung gehabt hatte, und Isaura ließ es zu, dass ein Gefühl der Genugtuung in ihr aufstieg.

Sandy antwortete nicht direkt und stieß stattdessen hervor: »Und was ist nun mit ihm?«

Isaura wusste, dass es kindisch war, doch sie genoss in diesem Moment ihre Macht und zog die Antwort in die Länge. »Ja, sie haben die Beatmung vor einiger Zeit ausgeschaltet.«

»Weiter! Was ist passiert?« Ihre Stimme kletterte höher, sodass sie fast ein Kreischen war.

»Er ist aufgewacht«, gab Isaura gnädig zur Antwort und erkannte die gleiche Angst in Sandys Blick, die sie noch vor einer Stunde an Justus' Bett empfunden hatte. Fast schämte sie sich ihrer niederen Rachegelüste.

»Er ist bei Bewusstsein und kann sich an fast alles erinnern, was vorher geschehen ist. Nur an den Unfall selbst nicht mehr, aber das ist normal, dass bei einer Kopfverletzung das Kurzzeitgedächtnis ausfällt und so eine kleine Lücke bleibt. Es geht ihm gut – soweit man das in dieser Lage sagen kann.«

»Gut?«, keifte Sandy. »Ja, er hat ja nur noch ein paar gebrochene Knochen und was weiß ich noch alles! Das ist alles Ihre Schuld, das weiß ich genau!«

Von Sandy ließ sich Isaura das nicht sagen. Sie setzte ihre eisigste Miene auf.

»Ach ja? Sie meinen, weil ich es nicht verhindert habe, dass er Ihnen aus Versehen ein Kind gemacht hat und mit schlechtem Gewissen nach Spanien gejettet ist, um mir das während einer Autofahrt kurz zu sagen? Ja, ich hätte meinem Mann in den zehn Jahren unserer Ehe besseres Benehmen beibringen sollen. Doch jetzt ist es zu spät. Nehmen Sie ihn und versuchen Sie Ihr Glück – und hoffen Sie, dass es Ihnen in ein paar Jahren nicht ebenso geht!«

Und damit machte sie auf dem Absatz kehrt und stürmte davon.

»Ich habe lange gewartet, doch Sie sind nicht zurückgekommen.«

Isaura sah ihn nicht an. »Wundert Sie das?«

Der Arzt seufzte. »Nein. Es hätte mich gewundert, wenn

Sie sich beide an seinem Bett niedergelassen hätten – und vermutlich wäre ich sofort eingeschritten, um die Genesungsfortschritte meines Patienten nicht zu gefährden.«

Nun sah Isaura von ihrem Kaffee hoch und schnitt eine Grimasse. »Ach, Sie meinen, wir wären uns vor Justus an den Hals gegangen?«

Er grinste entwaffnend. »Die Gefahr würde ich zumindest nicht ausschließen. Darf ich mich zu Ihnen setzen?«

»Aber ja«, erlaubte sie mit einem Seufzer.

»Und gestatten Sie mir auch, *Churros* zu bestellen?«

Obgleich ihr nicht zum Lachen zumute war, entschlüpfte ihr ein Auflachen.

»Ist das Ihr Allheilmittel, Herr Doktor?«

»Außer bei Knochenbrüchen und ein paar anderen Lappalien, aber sicher«, behauptete er augenzwinkernd. Isaura gab sich geschlagen.

»Ich nehme an, Sie sind bereits aufeinandergetroffen und haben sich daher zurückgezogen?«

Isaura nickte. »Ich wollte ja nicht die Genesung Ihres Patienten gefährden«, wiederholte sie die Worte des Doktors.

Er nickte. »Es war nicht in meinem Sinn, dass sie so früh kam.«

»Ich weiß«, gab Isaura mit einem leichten Lächeln zu. »Ich darf Sie nicht des Verrats bezichtigen.«

»Nein!«, bestätigte er mit Nachdruck. »Ich hätte diese Diskussion gern noch ein wenig hinausgeschoben.«

Isaura wollte nachfragen, als ihr klar wurde, wovon er sprach.

»Marco, hat Sandy Sie schon wieder wegen Justus' Verlegung gequält?«

Der Arzt nickte und tauchte einen der *Churros* in die dickflüssige Schokolade.

»Und? Wie haben Sie entschieden?«

»Ich habe zum Ärger dieser Frau gar nicht entschieden. *Sie,*

Isaura, werden die Entscheidung treffen. Sie, gemeinsam mit Ihrem Mann«, berichtigte er.

Sie sah ihn schief von der Seite an. »Sie wollen mir doch nicht weismachen, dass Justus das nicht allein entscheiden darf? Oder haben Sie bei Ihrer Untersuchung irgendwelche Defekte festgestellt?«

»Nein, das nicht, doch ehe ich meine medizinisch begründete Erlaubnis erteile, möchte ich wissen, was Sie darüber denken.«

Isaura rührte in der Schokolade. Sie ließ sich Zeit, ehe sie leise sagte: »Lassen Sie ihn gehen. Es ist vorbei. Ich muss ihn so oder so ziehen lassen, also warum nicht jetzt gleich?«

»Gut, dann werde ich die Papiere vorbereiten lassen.« Er stand auf und legte ihr die Hand auf die Schulter. »Es ist schwer loszulassen, doch irgendwann muss man den ersten Schritt tun. Ich muss jetzt leider zurück in die Klinik, aber Sie stehen erst auf, wenn Sie alle *Churros* gegessen haben! Das ist eine medizinische Anweisung.«

»Jawohl, Herr Doktor«, kapitulierte Isaura.

In der Tür drehte er sich noch einmal um. »Darf ich Sie später noch einmal anrufen?«

Isaura nickte stumm.

Isaura saß auf der Bank vor ihrem Häuschen in der Abendsonne. Sie sah auf die Uhr. Jetzt war Justus vermutlich schon in der Luft und auf dem Weg nach Hause in eine Klinik, die Sandy für ihn ausgesucht hatte, um in den Händen der besten Ärzte zu genesen. Nun, sie wünschte ihm Glück.

Tat sie das?

Sie konnte nicht behaupten, dass sie Sandy Glück wünschte, aber Justus? Nachdem sie sich so viele Jahre geliebt hatten?

Und dennoch brodelte noch immer der Zorn in ihr. Die Verletzung schmerzte. Nein – besser, sie dachte nicht weiter an ihn. Es war jetzt nicht mehr ihre Sache. Sie war noch einmal in sein Zimmer zurückgekehrt, hatte sich von ihm verabschiedet und ihm gute Genesung gewünscht. Und Sandy war so liebenswürdig gewesen, sie darauf hinzuweisen, dass sie von seinem Scheidungsanwalt hören würde. Justus hatte nichts dazu gesagt und nur gequält die Augen verdreht, doch widersprochen hatte er nicht, also würde es wohl so kommen.

Würde sie sich wehren? Ihm die Scheidung so richtig schwer machen?

Wozu? Ihr altes Leben und ihre Liebe konnte sie nicht zurückholen. Sie sollte lieber zusehen, dass sie diesen Albtraum rasch hinter sich ließ und sich wieder auf ihr eigenes Leben konzentrieren konnte. Ein Leben ohne Justus.

Isaura schüttelte sich, als könne sie so die Erinnerungen vertreiben. Sie richtete ihren Blick auf die Umgebung und nahm bewusst wahr, wie sich das Land unter dem Atem der Frühlingsluft veränderte. Ein grüner Hauch überzog das Flussufer, und die Frühlingsblumen wetteiferten in ihrer Farbenpracht. Schwalben schossen durch die milde Luft auf der Jagd nach Insekten. Isaura hatte rund um die Scheune zahlreiche alte Nester entdeckt. Sicher würden sich die Paare dort bald zum Brüten niederlassen. Wie schön wäre es, die nächste Generation kleiner Schwalben aufwachsen zu sehen. Wie lange würde es dauern, bis sie das Nest verlassen konnten? Bis Juni vielleicht?

Isaura erwischte sich bei dem sehnsuchtsvollen Gedanken, auch im Juni ihre Abende noch auf der Bank vor ihrem Haus verbringen zu können.

Nein, so ein Unsinn. Sie würde sich zu Tode langweilen. Und im Juni wäre es hier bestimmt unerträglich heiß und staubig. Kein Ort, an dem man sich aufhalten wollte.

Ja, Kastilien war schon immer eine Herausforderung. Im Winter eisig mit Sturm und Schnee und im Sommer flirrende Hitze über der trockenen Ebene, aber ich wollte nie von hier fort. Es war mein Land, in dem meine Mutter und meine Großmutter gelebt haben und so viele große Frauen vor ihnen.

Isaura zuckte kaum noch zusammen. Sie begann sich an die Stimme der alten Frau zu gewöhnen, die in Haus, Scheune und den Gärten noch so präsent zu sein schien, dass sie immer wieder ihren Schatten am Rande ihres Blickfelds zu sehen glaubte.

Isaura schaute auf das Handy in ihrer Hand. Sie hätte in der Redaktion anrufen können. Hätte sagen können, die Geschichte Kastiliens sei so vielschichtig und reichlich, dass es sich lohne, tiefer zu graben. Ja, sie würde eine wundervolle Serie schreiben, doch dafür müsse sie noch eine Weile bleiben. – Zumindest bis die jungen Schwalben flügge seien. Nein, das Letzte würde sie natürlich nicht sagen. Aber die Idee an sich gefiel ihr.

Sie brauchte eine Auszeit – nach alldem, was mit Justus und ihr geschehen war –, und was eignete sich dafür besser, als sich hier in ihrem Haus in die Geschichte dieses Landes zu vergraben, das ihr keine Ruhe mehr ließ?

Sie wollte gerade die Nummer der Redaktion wählen, als der Wind ein Geräusch zu ihr wehte, das an diesem Ort nur selten erklang.

Motorenlärm. Ein Auto näherte sich über den Feldweg. Für einen Moment fürchtete sie, es sei der *Comisario,* dann hoffte sie, Señor Campillo würde sie besuchen. Ja, der alte Anwalt würde ganz prächtig auf ihre Bank vor dem Haus passen, und nachher könnten sie bei Sonnenuntergang ein Glas Wein zusammen trinken.

Doch es waren weder der Kommissar noch der Anwalt. Es war Dr. Jiménez, der aus einem unscheinbaren Kombi stieg und auf sie zukam.

Isaura rührte sich nicht von der Stelle. Sie wusste nicht, was sie denken sollte. Was um alles in der Welt trieb den Arzt aus Valladolid bis hier hinaus in ihre Einsamkeit?

Na, was glaubst du wohl, mein Kind?

Sie ignorierte die Worte in ihrem Kopf, erhob sich und begrüßte ihn mit belegter Stimme.

»Guten Abend, Marco, was für eine Überraschung! Was führt Sie hierher? Und nun sagen Sie nicht, Sie seien rein zufällig hier vorbeigekommen, denn das glaube ich Ihnen nicht.«

Er lächelte und schüttelte den Kopf. »Nein, das würde ich nicht. Ich schwindle nur, wenn ich die Hoffnung hegen kann, damit durchzukommen.«

Isaura lachte. »Das ist ja gut zu wissen. Und wie lautet die wahre Begründung?«

»Muss ich denn eine haben?«, fragte er ein wenig verlegen. »Ich wollte einfach sehen, wie es Ihnen geht. Wie Sie diesen turbulenten Tag überstanden haben.«

Sie setzte sich wieder auf die Bank, und er nahm neben ihr Platz.

Isaura überlegte. »Ich glaube, ganz gut«, sagte sie überrascht. »Es ist fast eine Erleichterung, die Verantwortung loslassen zu dürfen. Es ist jetzt alles Sandys Problem, und ich kann mich um meine Belange kümmern und um mein Wohlbefinden.« Das klang ein wenig trotzig, dennoch erntete sie ein Lob.

»Ja, das fangen Sie richtig an.«

»Ist der Herr Doktor also beruhigt, dass ich mich nicht mit Weinkrämpfen in mein Zimmer einschließe?«

»Der Herr Doktor ist sehr zufrieden, und er hat eigentlich nichts anderes erwartet, denn er weiß, dass Sie eine starke Frau sind.«

»Heißt das, Sie können nun beruhigt nach Hause fahren und den Fall zu den Akten legen?«, erkundigte sie sich fast ein wenig ängstlich.

Marco legte den Kopf schief und sah sie von der Seite an. »Den Fall Justus und Sandy ganz sicher. Den Rest? Hm, nein, es sei denn, Sie schicken mich fort und jagen mich mit dem Besen von Ihrem Hof.«

Isaura gluckste bei dieser Vorstellung. »Ich könnte meinen Kater auf Sie hetzen«, schlug sie vor und deutete auf Golondrino, der sich behaglich zwischen ihren Frühlingsblumen rekelte.

»Ja, der sieht echt gefährlich aus«, bestätigte der Doktor. »Aber noch traue ich mich, ihm zu trotzen. Außerdem dachte ich, ich beweise Ihnen, dass ich mich nicht nur von *Churros* und Schokolade ernähre.«

Wieder musste Isaura lachen. »Ach ja?«

»Ja, ich war auf dem Weg einkaufen und wollte heute Abend kochen – aber allein macht das einfach keinen Spaß.«

»Gibt es keine Señora de Jiménez, die daheim am Herd wartet? Und auch keine kleinen *niños*?«

Marco schüttelte den Kopf. »Nein, keine Kinder. Ich muss zu meiner Schande gestehen, dass ich trotz meines hohen Alters von fünfunddreißig Jahren noch nicht die Richtige gefunden habe. In Heidelberg war ich lange mit einer Studentin liiert, doch sie wollte nicht in Kastilien leben, und so ging die Beziehung in die Brüche, als ich im Krankenhaus von Valladolid anfing.«

Isaura nickte nur und starrte vor sich hin, während die Sonne hinter den Bäumen versank und das Feuer im Fluss erlosch. Endlich erhob sie sich.

»Dann darf ich heute also das Küchenmädchen sein? Nun, dann sollte ich Ihnen jetzt helfen, die Vorräte reinzubringen. Es gibt doch bestimmt etwas zum Kleinschnippeln.«

Gemeinsam trugen sie die beiden Kisten in die Küche und packten all die Köstlichkeiten aus, die Marco auf dem Markt erstanden hatte.

»Sie haben viel vor«, stellte Isaura fest, als sie den Blick über die nun vollgestellte Arbeitsfläche schweifen ließ.

»Ja, fangen wir mit ein paar typischen Tapas an und arbeiten uns dann über ein ordentliches Stück Fleisch mit Gemüse voran«, schlug Marco vor. »Dort drüben in der Tüte ist Brot, und da sind die Kartoffeln, die Sie schon einmal schälen könnten, wenn Sie mir wirklich zur Hand gehen wollen. Ansonsten dürfen Sie sich gern schon einmal bei Oliven, Brot und Wein in diesen gemütlich aussehenden Sessel setzen und mir zusehen.«

»Der Sessel ist gemütlich, aber ich werde Ihnen helfen. Denn sonst bekomme ich ein schlechtes Gewissen …«

»Papperlapapp!«

»… und ich bin vermutlich schon betrunken, noch ehe wir mit dem Essen anfangen, was einerseits bedeuten würde, dass ich Ihr Essen vielleicht nicht mehr richtig würdigen könnte, oder anderseits, dass ich nicht mehr so recht weiß, was ich tue, und womöglich auf dem Tisch tanze oder hier im Sessel einschlafe.«

»Das mit dem Auf-dem-Tisch-Tanzen hört sich nicht schlecht an, das Einschlafen dagegen wäre dann doch ein Risiko«, gab Marco mit einem Grinsen zu und begann, eine Zwiebel in winzige Würfel zu hacken, während sich Isaura die Kartoffeln vornahm. Schon während sie kochten, genehmigten sie sich ein Glas Wein und aßen getrocknete Datteln, die Marco in knusprig angebratene Speckscheiben hüllte. Isaura seufzte wohlig, während sie die Olivencreme durchrührte. Neugierig schnuppernd strich der Kater durch die Küche und ließ sich ein Stück Schinken verehren. Es roch nach gebackenen Zwiebeln, Knoblauch und allerlei Kräutern, und sie war berauscht, noch ehe sie ihr erstes Glas Wein geleert hatte. Nein, heute lag es nicht an der zu großen Menge Alkohol! Längst waren sie zum vertraulichen Du übergegangen und schnippelten, rührten und brutzelten in trauter Harmonie. Und da jedes Gericht auch gleich gründlich probiert werden musste, waren sie beide satt, ehe das Fleisch für den Hauptgang überhaupt in der Pfanne landete.

»Ich kann nicht mehr«, stöhnte Isaura und ließ sich in ihren Sessel fallen. »Sieh nur, wie viele von den leckeren Tapas noch übrig sind. Den Hauptgang müssen wir ausfallen lassen!«

»Das geht nicht!«, protestierte Marco. »Es ist völlig normal, dass man sich ab sieben Uhr in verschiedenen Bars den Bauch mit Tapas vollschlägt und sich ein paar *Copitas* genehmigt, ehe man dann gegen zehn zum richtigen Abendessen übergeht.«

»Um zehn?«, rief Isaura entsetzt.

»Ja, natürlich, so ist es hier in Kastilien üblich. Dann isst und trinkt man noch so zwei Stunden, sitzt noch ein wenig zusammen und geht dann irgendwann weit nach Mitternacht oder auch erst in den frühen Morgenstunden zu Bett.«

»Um dann um acht Uhr morgens am OP-Tisch zu stehen?«

Er zog eine Grimasse. »Das ist ein echter Nachteil, muss ich zugeben. Als Student konnte man es sich leisten, nach dem Essen noch ein wenig durch die Bars und Discos zu ziehen, um die Nacht dann bei *Churros* und Schokolade ausklingen zu lassen und mit dem Hahnenschrei ins Bett zu fallen.«

Isaura lachte. »Aha, ich habe mich schon gefragt, wann wir wieder auf die berühmten *Churros* zurückkommen.«

»Wie ich schon sagte, auch für einen hart arbeitenden Studenten sind sie das Lebenselixier.«

Sie gluckste. »Ja, das hört sich wirklich nach einem sehr eifrigen Studenten an. Ich frage mich, wie du es geschafft hast, dein Examen zu bestehen, wenn du dir immer die Nächte um die Ohren geschlagen hast. Und außerdem, wie du noch so schlank sein kannst, wenn du solche Essgewohnheiten an den Tag legst!«

Marco lud sich noch einmal den Teller mit Tortillas und Chorizo voll und setzte sich zu ihr an den Tisch. Er tauchte sein Brotstück in die Schüssel mit Aioli und seufzte dramatisch. »Das liegt nur an den kargen Jahren in Deutschland. Ich muss noch immer so viel nachholen. Gibst du mir noch ein paar von den Käsebällchen?«

Der Mond stand hoch am sternenklaren Himmel, als sie sich im Hof voneinander verabschiedeten. Er nahm ihre beiden Hände und hauchte einen Kuss auf ihre Finger.

»Es war ein wunderschöner Abend. Ich danke dir.«

»Ich habe dir zu danken, mein Doktor und Gourmetkoch«, gab Isaura zurück.

Er beugte sich vor und küsste ihre Wangen zum Abschied, wie unter Spaniern üblich, doch sie glaubte, eine Zärtlichkeit darin zu spüren, die mehr war.

»Danke. Wenn du wieder einmal eine Küche suchst, um deine Künste entfalten zu können, und auch mit einem ungeübten Küchenmädchen vorliebnimmst, dann weißt du ja jetzt, wo du die Zufahrt zu meinem feudalen Anwesen findest.«

Marco sah sich um. Die Nacht versteckte gnädig die schlimmsten Schäden.

Der Mond strich mit seinem silbernen Licht über das Haus und den Garten und verlieh selbst der Scheune und den Schuppen einen schmeichelhaften Schimmer.

»Ja, ein wunderschönes Anwesen«, sagte er, und Isaura spürte, wie ernst er es meinte. »Ich werde gern wiederkommen.«

Er streichelte Golondrino zum Abschied, der huldvoll neben Isaura saß, stieg in seinen Wagen und fuhr langsam davon.

Kapitel 38

Tordesillas, 1475

Sie zogen nach Norden. Schon nach wenigen Stunden hatte sich das Heer in zwei große Gruppen aufgeteilt. Vornweg ritten der König und Kardinal Mendoza mit ihren Rittern und den Bogenschützen. Ihnen folgten die leicht bewaffneten Fußtruppen, die in geradezu übermenschlicher Anstrengung mit den Reitern Schritt hielten und so mehr als dreißig Meilen an einem Tag zurücklegten. Die schwer bewaffneten Infanteristen mit ihren Spießen und Streitäxten, die wenigen Kanonen auf ihren schweren Karren und der ganze Tross fielen dagegen immer weiter zurück.

Beatriz versuchte nur einmal, Isabel zu überreden, beim Tross zu bleiben. Der Blick, den die Königin ihr daraufhin zuwarf, ließ sie resignierend die Arme heben. Leise vor sich hin schimpfend reihte sie sich mit Jimena und Teresa hinter den Rittern ein. Sie ritten unter der glühenden Sommerhitze über die ausgedörrte Ebene, die keine Gnade kannte: Es gab keinen kühlenden Schatten und kein Wasser, das ein wenig Erfrischung geboten hätte. Normalerweise rastete jeder Wanderer während der heißen Mittagsstunden, doch Fernando und Isabel trieben ihre Männer weiter und ließen sie nur so lange ruhen, wie die Pferde brauchten, um nicht zuschanden geritten zu werden. Wenn dann die Sonne endlich versank, ging es nach einer kurzen Stärkung weiter, manches Mal bis nach Mitternacht. Steifbeinig wankten die Männer umher, aßen ihr karges Mahl und sanken dann erschöpft in tiefen

Schlaf. Eine Nacht verbrachten sie in Valladolid, wo es dem Königspaar und seinen Vertrauten gegönnt war, eine Nacht in einem weichen Bett zu verbringen, und die Männer sich wenigstens noch einmal satt essen konnten und jeder einen Schlauch Wein trinken durfte. Dann, noch vor dem Morgengrauen, ging es schon wieder weiter.

Sie schwenkten nach Nordosten auf Burgos zu. Die Könige schickten noch mehr Kundschafter in alle Richtungen und vernahmen mit Erleichterung, dass das portugiesische Heer noch nicht vorübergezogen war.

»Sie lagern noch immer in Toro«, berichtete einer der Reiter. Der nächste verkündete, das Heer sei dabei, das Lager abzubrechen, um weiterzuziehen.

Isabel und Fernando riefen ihre Hauptleute zusammen.

»Was sollen wir tun?«, fragte Isabel und ließ den Blick über ihre Berater schweifen, deren Meinung sie sich aufmerksam anhörte. Nur Fray Hernando schwieg.

»Wir müssen Burgos in die Knie zwingen«, beharrte Fernando. »Die Stadt ist zu wichtig. Mit ihr steht oder fällt das ganze Umland.«

Isabel war nicht überzeugt. »Ja, aber noch wichtiger ist es, das Heer zu stoppen, ehe es noch tiefer ins Land eindringt.«

»Dann müssen wir unsere Truppen teilen«, schlug der Kardinal vor. »Seine Majestät führt einen kleineren Teil unseres Heeres nach Burgos und lässt die Stadt belagern. Wir haben keine Kanonen, die diese Mauern mit ein paar Schuss brechen könnten. Wir werden sie zermürben und aushungern müssen.«

»Das kann Monate dauern«, warf Isabel ein.

»Ja, das wird es«, bestätigte Kardinal Mendoza. »In der Zwischenzeit führe ich das Hauptheer Alfonso entgegen und stelle mich seinen Truppen in den Weg.«

»Und was für eine Aufgabe habt Ihr mir zugedacht?«, erkundigte sich Isabel ein wenig ungehalten.

Ein Lächeln umspielte die Lippen des Kardinals, als er sich vor ihr verbeugte. »Ihr, meine verehrte Königin, kommt mit mir. Euer Heer braucht Euch.«

Damit war zwar Isabel einverstanden, Fernando dagegen wollte von diesem Vorschlag nichts wissen. Er hatte nichts dagegen, seine Truppen aufzuteilen, doch er wollte auf keinen Fall dem Kardinal sein Hauptheer überlassen.

»Ihr, Eminenz, geht nach Burgos, und ich ziehe mit Isabel nach Toro!«, beharrte er und ließ sich nicht mehr umstimmen. Schließlich gab Mendoza nach und fügte sich in sein Schicksal.

So machten Isabel und Fernando mit dem Hauptheer kehrt und zogen wieder dem Duero zu, um dem portugiesischen König mit seinen Truppen den Weg abzuschneiden. Es gab im Westen des Landes drei wichtige Übergänge über die Fluten des Flusses, der vor allem im Winter und im Frühling anschwoll und zu einem reißenden Ungeheuer werden konnte. So war es entscheidend, die wichtigen Brücken zu kontrollieren. Die erste, die sie von Osten her erreichten, überspannte den Duero vor den Toren der Stadt Tordesillas. Die nächsten beiden Übergänge waren in Toro und in Zamora. Alfonso hatte sich in Toro verschanzt, also sicherten sich Isabel und Fernando zuallererst Tordesillas. Nach einem weiteren Gewaltritt zogen sie nach Einbruch der Dunkelheit über die Brücke, die vielen der Erschöpften wie das Tor zum Paradies erscheinen musste. Unter den steinernen Bogen floss der breite Strom des Duero dahin, über ihnen ragte die ummauerte Stadt mit ihren Türmen und Toren am steilen Ufer auf.

»Dort ist der Palast.« Beatriz stieß einen Seufzer der Erleichterung aus und zeigte auf ein düsteres Gebäude, das sich rechts der Brücke direkt hinter der Ufermauer erhob. Jimena glaubte im Schein einiger Lampen die Spitzen von Spießen aufblitzen zu sehen. Gemessenen Schrittes bewegten sich die Wächter auf dem zum Fluss ausgerichteten Wehrgang auf und ab. Sie mussten das Heer längst entdeckt haben. Ja, vermutlich hatte Isabel Boten vorausgeschickt und ihre Ankunft gemeldet. Wannen mit frischem Wasser standen bereit, in denen sie sich den Staub von der Haut waschen konnten, weiche Betten waren mit frischem Linnen bedeckt, und eine Tafel bog sich unter den vielen Köstlichkeiten. Nur noch ein kleines Stück die Straße hoch, durch das Tor und dann hinüber zum Palast, wo sie ihre geschundenen Glieder aus dem Sattel gleiten lassen konnten.

Jimena war sogar zu erschöpft, um sich selbst für diese sehnsuchtsvollen Gedanken zu rügen. Sie war einfach nur erleichtert, sich in dieser Nacht erholen zu können. Und damit stand sie nicht allein. Auch die *Hidalgos* und hohen Adelsmänner, die im Palast unterkamen, zogen sich erstaunlich früh in ihre Betten zurück. Selbst im Lager des Heeres vor der Stadt kehrte schon bald Ruhe ein.

Jimena schlief tief und traumlos in dieser Nacht. Erst in den frühen Morgenstunden begannen sie wieder die Ahnungen zu quälen. Sie warf sich unruhig von einer Seite auf die andere, bemerkte aber nicht, dass sich Teresa aufsetzte und die Decke zurückschlug, nach ihren Schuhen angelte, sich ein einfaches Gewand überwarf und hinaushuschte. Jimena stöhnte. Sie träumte von Schmerzen. Krämpfe schienen ihren Leib zerreißen zu wollen. Blut lief an ihren Beinen herab. Sie bäumte sich auf und schrie vor Pein und Entsetzen. Das Unglück brach ihr das Herz. Sie lief durch Nebel auf der Suche nach etwas, das sie nicht benennen konnte. Sie wollte es festhalten, auch wenn sie wusste, dass sie es für immer verloren hatte. Gott hatte es ihr genommen. Nein, sie selbst hatte die Entscheidung gefasst, mit der sie nun nicht mehr leben zu können glaubte.

Plötzlich wurde Jimena bewusst, dass es nicht *ihr* Schmerz war. Nicht ihr Blut und auch nicht ihr Verlust. Sie fuhr hoch und rieb sich verwirrt die Augen. Was würde geschehen?

Oder war es schon passiert? Ihr Blick blieb an der leeren Betthälfte hängen.

Teresa? Hatte auch sie das Beben gespürt? Aber ja, doch im Gegensatz zu ihr hatte Teresa gleich verstanden, was die Träume ihr sagen wollten. Mit einem Satz war Jimena aus dem Bett. Im Hinauslaufen zog sie sich ihr Gewand über und stürmte dann, ohne anzuklopfen, in Isabels Gemach. Erst als sie schon mitten im Zimmer stand, wurde ihr bewusst, wie ungehörig ihr Verhalten war. Ihre Augen brauchten noch einige Augenblicke, bis sie sich an die Dunkelheit gewöhnt hatten. Das Bett war leer! Obgleich leise Schnarchtöne durch das Gemach hallten, waren weder Fernando noch Isabel hier. Jimena entdeckte Beatriz in einem schmalen Bett an der Wand. Sie lag auf dem Rücken, den Mund leicht geöffnet, und schlief fest. Für einen Moment erwog Jimena, sie zu wecken, doch sie ließ es. Beatriz war erschöpfter als sie alle und brauchte die Erholung.

Leise zog sich Jimena wieder auf den Gang zurück. Was jetzt? Wo war Isabel? Hatte sie sich getäuscht? Wollten ihre Träume sie nur warnen?

Nein, sie konnte ein Ziehen spüren, das sich zu einem unangenehmen Schmerz auswuchs, der ihren Körper und ihren Geist zu beherrschen drohte.

Sie litt, ohne Zweifel. Aber wo war sie?

Jimena versuchte sich in ihren Geist zu versenken, wie es Dominga ihr einst beigebracht hatte. Die Mauern des Palasts um sie wichen zurück. Sie gab sich ganz ihrer Vision hin.

Wo war Isabel? Was geschah mit ihr?

Ihre Füße setzten sich in Bewegung. Erst langsam, dann immer schneller. Jimena rannte zum Tor.

»Doña, was wollt Ihr zu dieser Stunde?«, sprach sie einer der Wächter an.

»Die Königin«, keuchte Jimena. »Hat sie den Palast verlassen?«

Der Wächter nickte. »Ja, aber das war schon kurz nach Mitternacht. Ihre Majestät ließ sich von zwei Bewaffneten begleiten, die aber schon bald zurückkamen. Ich weiß nicht, wohin sie gegangen ist. Und dann hat kurz danach das stumme Fräulein den Palast verlassen und ist ebenfalls noch nicht zurückgekehrt«, fügte er hinzu und schnalzte mit der Zunge, um seinen Unmut auszudrücken.

Jimena hörte ihm schon gar nicht mehr zu. Sie drückte sich durch die Pforte und rannte weiter. Ihr Geist wusste, wohin sie sich wenden musste. Sie folgte der Straße, die entlang der Ufermauer nach Osten verlief, die sie vor die Tore des *Convento de Santa Clara* führte. Mit den Fäusten hämmerte Jimena gegen die Tür, bis die Portnerin sie endlich einließ.

»Wo ist die Königin?«, rief sie, ohne sich mit irgendwelchen Höflichkeiten aufzuhalten.

Stumm winkte die Schwester ihr zu folgen.

»Wie steht es um sie?«, wollte Jimena wissen und spürte, wie ihr bei dem Blick, den die Klarisse ihr zuwarf, bang wurde.

»Man darf die Hoffnung niemals aufgeben; alles liegt in Gottes Hand«, sagte sie, was nicht gerade dazu beitrug, Jimena zu beruhigen.

Sie folgte der Schwester durch einen zweiten Hof und eilte neben ihr einen Kreuzgang entlang, wo sie bereits die Schreie vernahm. Jimena wartete nicht auf die Portnerin, sie stürzte los und lief in die Kammer, wo Isabel auf einem spartanischen Lager kauerte. Zwei Nonnen versuchten sie zum Aufstehen zu bewegen, doch die Krämpfe waren zu stark, als dass sie sich auf den Beinen hätte halten können. Das Laken war von Blut durchtränkt, und sie schrie von Schmerzen gepeinigt. Nein, es überraschte Jimena nicht, Teresa an ihrer Seite zu finden. Die warf Jimena einen Blick zu, in dem all ihre Besorgnis geschrieben stand, dann wandte sie sich an Isabel und umfasste ihre Handgelenke. Sie versuchte ihr den Schmerz zu nehmen und ihre Angst zu besänftigen. Die Schreie erstarben, und für einen Moment lösten sich die Krämpfe.

»Nehmt sie hoch«, befahl Jimena und schob eine der Schwestern weg, um unter Isabels Arm greifen zu können. »Ja, und nun geh in die Hocke«, wies sie die Königin an. »Du musst pressen. Gib nicht nach! Wenn du leben willst, muss das Kind jetzt raus!«

Isabel wimmerte nur, als die nächste Welle von Wehen sie erfasste.

»Wie lange hat sie schon diese starken Wehen?«, erkundigte sich Jimena.

»Das geht seit dem ersten Stundengesang so«, rief eine der Schwestern über Isabels Schreie hinweg. Teresa und Jimena wechselten Blicke. Sie wussten beide, dass es schlecht um Mutter und Kind stand. Dass man das Leben des Prinzen nicht mehr retten konnte, hatten sie bereits in ihren Träumen gesehen, doch um die Königin mussten sie kämpfen. Jimena verstand, warum sich ihre Visionen verdüstert hatten und die Bilder im Nebel verschwammen. Jetzt lag es in ihren Händen, welchen Weg das Schicksal nehmen würde, ob Königin Isabel ihr Land in eine goldene Zeit würde führen können oder ob sie hier mit dem toten Prinzen in ihrem Leib elendig sterben musste.

Isabel ahnte, wie es um sie stand. Für einen Moment ließ der Schmerz der Wehen nach, und sie sah Jimena an.

»Ich werde nicht sterben«, keuchte sie. »Mein Land braucht mich!«

»Ja, du musst kämpfen!«, gab Jimena zurück.

Und es wurde ein Kampf. Vielleicht der härteste, den Isabel bis dahin in ihrem Leben auszufechten hatte. Es dauerte noch Stunden, bis Teresa den toten Knaben in ihren Armen hielt und Isabel zu Tode erschöpft ohnmächtig zusammenbrach.

Am Abend, als sie zum ersten Mal die Augen öffnete und sich einige Schlucke heißen Kräutersud mit Honig einflößen ließ, brachte man Fernando zu ihr. Er war bleich, und seine Sorge ließ ihn wie einen alten Mann wirken.

»Wie geht es ihr?«, flüsterte er und suchte in Jimenas Miene nach Hoffnung. »Was ist mit dem Kind?«

Jimena ließ es zu, dass er nach ihren Händen griff und sie drückte, als seien sie der einzige Halt, der ihm noch blieb.

»Der Prinz ist bereits in ihrem Leib gestorben«, sagte sie sanft. »Die Strapazen der vergangenen Wochen waren zu viel für ihn.«

»Und für Isabel«, stieß Fernando hervor. »Ach, warum ist sie nicht in Segovia geblieben?«

»Weil sie die Königin ist und das Land sie braucht, das weiß sie«, gab Jimena zurück.

»Ja, und ich brauche sie auch, doch wird sie sich davon erholen können?«

Er starrte auf das bleiche Gesicht seiner Frau herab, das so schmal und zerbrechlich wirkte. Ihre Augen waren geschlossen. Sie hatte wieder das Bewusstsein verloren. Was war aus der Königin geworden, die so viel Kraft und Energie ausgestrahlt hatte, dass sie selbst die Verzagten und Erschöpften mitriss und ihnen neuen Mut gab?

»Ich werde alles tun«, sagte Jimena wild entschlossen. Sie kämpfte gegen den Nebel, der noch immer nicht weichen wollte. »Lasst sie hier. Bei den Klarissen ist sie in guten Händen. Und nun geht, Majestät, und sorgt dafür, dass die Königin noch ein Land hat, wenn sie sich von ihrem Lager erhebt.«

Fernando trat ans Bett und hauchte einen Kuss auf die fiebrigen Wangen, dann drehte er sich wieder zu Jimena um.

»Ich verlasse mich auf Euch, Doña Jimena. Wie Ihr schon sagtet, ihr Land und ihr Volk brauchen sie, und ich brauche sie auch! Enttäuscht mich nicht. Ich könnte es nicht ertragen.«

»Ich weiß«, sagte sie, und dieses Mal griff sie nach seinen

Händen. Der König zog sie mit einer heftigen Geste an seine Brust und drückte sie für einige Momente an sich, dass ihr die Luft wegblieb. Dann ließ er sie los und stürmte davon, um das Heer zum Aufbruch zu rufen. Nur eine Stunde später marschierten die Männer davon, während Isabel im *Convento de Santa Clara* mit dem Tode rang.

Während Jimenas Füße sich lediglich auf die Wanderschaft um den inmitten des Klosters angelegten Kreuzgang machten, den die Gäste außerhalb der Klausur betreten durften, flogen ihre Gedanken davon. Sie schritt durch den schattigen Arkadengang des ehemaligen Königspalasts, den Alfonso XI. für seine Favoritin Leonor de Guzman hatte erbauen lassen, mit der er einige Kinder zeugte. Hier an dieser Stelle hatte sie gelebt, ihre Kinder zur Welt gebracht und zwei von ihnen in jungen Jahren wieder begraben. Das Leid der Mutter schien sich in die Wände eingegraben zu haben. Und wieder musste eine Mutter um ihr totes Kind weinen und um ihr Leben bangen.

Isabel fieberte noch immer. Jimena tat, was sie konnte, bis die Temperatur endlich sank und die Königin in einen tiefen Schlaf fiel. Würde sie nun genesen?

Jimena ging weiter unter arabisch anmutenden Bogen und Gewölben hindurch, deren verschlungene Muster in einem christlichen Kloster ein wenig seltsam anmuteten.

Nach dem Tod König Alfonsos bestieg Pedro I., den man auch den Grausamen nannte, den Thron. Leonor wurde gefangen genommen und dann in Talavera de la Reina hingerichtet. Zwei Tage nach seiner Hochzeit ließ Pedro seine Gemahlin Blanca de Borbón nach Tordesillas bringen, um sich ungestört seiner Geliebten widmen zu können. Später vermachte er die Stadt seiner Tochter Beatriz, die den Palast den Klarissen übergab, damit sie ihn in ein Kloster umwandelten.

Jimena wanderte weiter zur Kirche, die die Klarissen an den Palast angebaut hatten, während ihr Geist nach Westen flog und dem Heer folgte, das Fernando nach Toro führte. In Sichtweite der Stadt ließ er haltmachen und ein befestigtes Lager errichten. Boten wurden ausgesandt, doch die konnten nur zusehen, wie sich ein Teil des portugiesischen Heeres nach Westen wandte und vor den Toren der Stadt Zamora Aufstellung nahm. Fernando tat noch immer nichts, als Zamora den Belagerern die Tore öffnete und sie in die Stadt marschieren ließ. Jimena stöhnte.

Warum tut er nichts? Warum greift er nicht an?

Nun war der Moment verpasst, und Alfonso hatte jetzt zwei gut befestigte Städte unter seinem Befehl, während Fernando in seinem Feldlager rastlos auf und ab ging. Er sandte mehr Boten nach Tordesillas als Späher nach Toro oder Zamora, wo es den Feind auszukundschaften galt. Jimena wusste, dass Isabels Kampf mit dem Tod ihn lähmte und ihm seine Entschlusskraft raubte. Und Kardinal Mendoza war auf dem Weg nach Burgos!

Etwas musste geschehen. Jimena ahnte, dass nichts zermürbender für ein Heer war, als stillzustehen und zu warten, vor allem, wenn die Versorgung kaum mehr als ein kärgliches Mahl am Tag hergab und auch die Zahlung eines Solds auf sich warten ließ. So konnte man auch ohne eine einzige Schlacht ein Land verlieren.

Am Nachmittag erwachte Isabel. Das Fieber war so weit gesunken, dass sie sich aufsetzen und ein wenig Suppe essen konnte. Tiefe Trauer hatte sich in ihre Züge eingegraben, und Jimena spürte den inneren Kampf, den die Königin mit sich führte. Ihre Entscheidung hatte das Leben des ungeborenen Prinzen gekostet!

»Sei nicht so hart mit dir«, sagte sie und streichelte ihre Hände. Mit einem Ruck zog Isabel sie zurück, so als habe sie diese zärtliche Berührung nicht verdient.

»Am Ende war es Gottes Entscheidung, ihn zu sich zu rufen.«

»Ja, um mich zu bestrafen!«

»Weil du alles tust, um das Land zu bewahren? Um es in eine bessere Zukunft zu führen? Nein!«, widersprach Jimena. »Es war einfach noch nicht der rechte Zeitpunkt für den Prinzen. Du wirst noch mehr Kinder bekommen, wenn die Zeit gekommen ist und du ihnen ein friedliches Land geben kannst, um frei und ohne Angst darin aufzuwachsen.«

Nun griff Isabel nach Jimenas Hand und klammerte sich an ihr fest. »Bist du sicher? Hast du das gesehen?«

Jimena schloss die Augen. Für einige Augenblicke konnte sie nur ihrer beider Herzschlag hören, dann sagte sie mit einer Stimme, die aus der Ferne zu kommen schien:

»Ja, ich sehe einen hübschen, fröhlichen Knaben. Und ich sehe eine Prinzessin – Juana – hier in Tordesillas. Ihr ist ein langes Leben beschert.« Auf Isabels Miene breitete sich ein Lächeln aus, das den tiefen Kummer vertrieb, und es war ein Glück, dass sie nicht bemerkte, wie jäh Jimena verstummte.

Sie sah eine dunkle Gestalt durch den Palast von Tordesillas geistern. Eingesperrt und gedemütigt, einsam und verzweifelt. Sie konnte sie sehen und ihr Leid spüren. Dann fiel das Licht einer Lampe auf ihr Gesicht, und Jimena glaubte in Isabels Züge zu blicken, so ähnlich sah sie ihrer Tochter. Ihrer unglücklichen Tochter Juana. Seit Wochen, Monaten, Jahren schon war ein finsteres Gemach ohne Fenster ihre Hölle, aus der sie erst ihr Vater und dann ihr Sohn nicht wieder entlassen wollte, bis der Tod sie als alte Frau endlich erlöste und ihr Leib hier in der Kirche des Klosters aufgebahrt wurde.

Tränen stiegen Jimena in die Augen, und sie verabschiedete sich hastig von Isabel, ehe die etwas bemerkte und eine Erklärung forderte. Um nichts in der Welt würde sie ihr von dieser Vision erzählen! Isabel würde leben, sie würde ihr Land retten, und sie würde Kinder bekommen. Das war alles, was sie und ihr Gatte im Moment wissen mussten!

Jimena ging zum Palast zurück und ließ sich ihr Pferd bringen. Sie bestand darauf, den sechsten Boten dieses Tages, den Fernando zum Kloster Santa Clara geschickt hatte, zum König zurückzubegleiten, um mit ihm zu sprechen. Sie musste ihm Mut machen, damit er endlich die Initiative ergriff und Alfonso zeigte, dass dessen Platz jenseits der Grenze in Portugal war!

Kapitel 39

Von Tordesillas nach Burgos, 1476

»Ich kann diese Städte nicht im Sturm nehmen!«, rief Fernando und nahm seine rastlosen Runden durch das Zelt wieder auf.

»Dann müssen wir sie eben belagern«, meinte Gutierre de Cárdenas.

»Ja, wenn wir es schaffen, die Brücken zu besetzen, haben wir schon halb gewonnen«, stimmte ihm Alonso de Palencia zu.

»Das dauert zu lange«, widersprach Gómez Manrique. »Das Heer wird unruhig. Die Männer wollen etwas tun. Oder wir müssen die Moral auf andere Weise heben.«

Dass das mit Geld zu tun haben würde, das sie nicht hatten, war allen im Zelt klar.

Jimena saß auf einem Scherenstuhl nahe dem Eingang und schwieg seit mehr als einer Stunde. Die Sonne war inzwischen untergegangen, und die glühende Hitze ließ langsam nach, doch noch immer war es in dem Zelt so stickig, dass ihr jeder Atemzug schwerfiel. Auch die Gesichter der Männer waren rot und von Schweiß bedeckt, doch das lag sicher nicht nur an der Hitze des Tages. Jimena war sich sicher, dass die Männer ihre Anwesenheit vergessen hatten, sonst hätte der König sie ganz gewiss weggeschickt. Doch sie drehten sich im Kreis, und keiner schien eine Lösung zu finden oder auch nur einen Versuch wagen zu wollen. Es schien, als sei ihnen mit dem Zusammenbruch der Königin auch ihre Kraft geraubt worden.

Jimena beschloss, es zu wagen, und erhob ihre Stimme. »Man könnte König Alfonso zu einem Zweikampf fordern«, schlug sie vor. »Früher war dies oft das Mittel der Wahl, um Zwistigkeiten beizulegen und viele Menschenleben zu schonen, deren Kraft auf Feldern und in Handwerksstuben besser eingesetzt werden könnte.«

Die Männer fuhren herum und starrten Jimena an, als sei sie eine Erscheinung.

»Ein Zweikampf«, wiederholte Gómez Manrique, den es anscheinend nicht störte, dass der Vorschlag aus dem Mund einer Frau kam, die hier nichts zu suchen hatte. »Warum eigentlich nicht?«

Er sah den König an und ließ seinen Blick kritisch an ihm herunterwandern. Jimena ahnte, dass er dessen Chancen gegen den Portugiesen abschätzte. Es war ein Risiko, ja, die beiden Herrscher würden mit dem Schwert gegeneinander kämpfen, bis einer von ihnen den Sieg davontrug. Dabei war es möglich, dass einer der Herrscher zu Tode kam, doch konnten sie nicht ebenso leicht mit Tausenden ihrer Männer auf dem Schlachtfeld sterben?

Jimena hatte Fernando häufig bei seinen Übungskämpfen gesehen, die er regelmäßig mit seinen Männern ausfocht, um in Form zu bleiben. Sie kannte zwar den Portugiesen nicht, doch Fernando war deutlich jünger, und sie vertraute ihm.

Fernando starrte Jimena noch immer sprachlos an, dann lächelte er. »Ein ungewöhnlicher Vorschlag, doch warum sollten wir es nicht versuchen?«

»Ich reite, Majestät, um die Bedingungen auszuhandeln«, bot Gómez Manrique an. Er war ein echter Ritter, keiner dieser verweichlichten Adelssöhne, die sich nur mit Frauen, Wein und Festmählern amüsierten. Er machte in seiner Rüstung einen vertrauenerweckenden Eindruck und strahlte die Härte und Entschlossenheit aus, die man von solch einem Unterhändler erwarten konnte.

Fernando nickte und ließ Don Gómez' Schlachtross kommen. Mit sechs leicht bewaffneten Reitern stob er davon.

»Und, wie hat sich Alfonso entschieden?«, erkundigte sich Isabel voller Ungeduld, als der Bote eintrat und verkündete, Don Gómez sei zurück.

Die Verhandlungen hatten sich über Tage hingezogen. Isabel war inzwischen so weit genesen, dass sie sich morgens mit allen anderen von ihrem Lager erhob. Ihre Gedanken kreisten um die Vorgänge im Feldlager vor den Toren Toros, während sie sich noch immer im Kloster der Klarissen aufhielt und deren Stundengebeten lauschte, sooft es ihr möglich war.

Zu aller Überraschung trat nun Don Gómez selbst in den Vorraum vor der eigentlichen Klausur, zu dem auch Männer Zutritt hatten, verbeugte sich vor der Königin und erkundigte sich nach ihrem Befinden.

»Mir geht es gut«, gab sie schroff zurück. »Sagt, was habt Ihr erreicht?«

Don Gómez schüttelte den Kopf. »Es wird keinen Zweikampf geben. Zwar war König Alfonso grundsätzlich dazu bereit, doch die Bedingungen, die er an diesen Kampf knüpfte, sind für Euren Gatten den König unannehmbar.«

»Was hat er denn gefordert?«, hakte Isabel mit gerunzelter Stirn nach.

»Euch, Majestät«, gab Gómez Manrique zurück. »Der Einsatz für diesen Kampf solltet Ihr und Juana sein, und der Portugiese forderte, dass Ihr Euch, bis der Kampf entschieden sei, als seine Geisel zu ihm begebt. Daher hat Euer Gatte abgelehnt.«

Isabel wusste nicht, ob sie erfreut oder verärgert sein sollte. »Und wie soll es nun weitergehen?«

Don Gómez hob die Schultern. »Der König hat noch nicht entschieden. Es kam zu einem kleinen Scharmützel mit einigen Bürgern aus Toro, die zu ihren Feldern wollten, ansonsten scheinen beide Heere abzuwarten.«

Isabel nickte mit grimmiger Miene. »Ich weiß ganz genau, worauf der Portugiese wartet, aber Ludwig wird nicht kommen.« Sie warf einen Blick zu Jimena, die voller Zuversicht nickte. Nein, der französische König war weit weg und mit anderen Dingen beschäftigt. Zumindest hoffte sie, dass ihre Träume sie nicht trogen.

Isabel konzentrierte sich wieder auf den Boten. »Wir müssen eine Entscheidung herbeiführen! Je früher, desto besser.«

»Unsere Gegner sind aber in der besseren Position«, wagte Don Gómez einzuwenden. »Sie sitzen hinter ihren schützenden Mauern, während wir in ihrem Pfeilhagel gegen sie anrennen müssten. Und über mauerbrechende Kanonen verfügt Ihr nicht, Majestät, obgleich ich gehört habe, dass die deutschen Kanonengießer inzwischen über so große Kaliber verfügen.«

»Dann müssen wir sie eben irgendwie herauslocken und zu einer offenen Feldschlacht zwingen«, rief Isabel ungeduldig, doch wie man das bewerkstelligen sollte, sagte sie nicht, und so ritt der Bote wieder zurück zum Lager, um mit den anderen weiter abzuwarten.

»Wir brauchen Geld! Viel Geld!«, forderte Isabel in barschem Ton, hinter dem sich Verzweiflung verbarg, was vermutlich auch der Pater ahnte. Jedenfalls ließ er sich nicht aus der Ruhe bringen. Er neigte den Kopf vor der Königin, die nun wieder in den Palast am Ufer des Duero übergesiedelt war. Die körperliche Schwäche und die Schmerzen der Geburt schienen überwunden, das Fieber besiegt, doch die sich immer mehr zuspitzende Lage des Landes bedrückte sie und schien ihr die Luft zum Atmen zu rauben. Wochen glühender Sommerhitze waren verstrichen, und noch immer lagerten die Heere in Sichtweite zueinander am Duero – Alfonso hinter den Mauern und Fernando davor. Aber bis auf den einen oder anderen kleinen Schlagabtausch war nichts geschehen. Dennoch waren die Nachrichten von der Front alarmierend. Viele der *Hidalgos* hatten genug von der Warterei im Feldlager und wollten wieder zu ihren Burgen zurückkehren. Manche ritten ganz einfach davon, was auch den einfachen Männern nicht verborgen blieb. Sie murrten und forderten ihren Sold, ansonsten würden auch sie ihren Dienst quittieren und nach Hause gehen. Fernando redete auf sie ein, doch alle wussten, dass es nur noch eine Frage der Zeit war, bis sein Heer auseinanderbrach.

Allerdings geriet auch der Portugiese langsam in Schwierigkeiten. Auch er hatte ein Heer zu versorgen, was mit dem Gegner vor den Toren immer schwieriger wurde. Und so langsam musste Alfonso einsehen, dass der Franzosenkönig nicht kommen würde.

»Ich werde Euch Geld besorgen«, versprach Fray Hernando und machte sich sogleich auf den Weg. Aus dem Lager kam wieder ein Bote mit einem Schreiben des Königs. Hastig brach Isabel das Siegel und faltete den Brief auf.

»Gibt es etwas Neues?«, wagte Jimena zu fragen, als sie den sich wandelnden Ausdruck in Isabels Gesicht sah.

»Fernando will mit Alfonso verhandeln! Der Portugiese hat ihm einen Vertrag vorgeschlagen, den er für annehmbar hält.« Ihre Wangen wurden abwechselnd rot und blass. »Alfonso fordert Toro, Zamora und ganz Galicien! Ich muss sofort losreiten! Sattelt mir mein Pferd!«, rief Isabel und rannte mit gerafften Röcken in ihr Gemach, um sich umzuziehen.

»Ich werde dich begleiten«, sagte Jimena bestimmt, und Isabel nickte.

Nur kurze Zeit später sprengten die beiden Frauen durch das Stadttor hinaus; ein halbes Dutzend Bewaffneter folgte ihnen. In fast mörderischem Tempo trieb Isabel das große Schlachtross an, bis sie das Feldlager erreichten. Sie ritt bis vor das Zelt des Königs und sprang dann aus dem Sattel, ohne auf Hilfe zu warten. Jimena folgte ihr und überließ es den Männern, sich um die verschwitzten Pferde zu kümmern. Isabel und Jimena stürmten in das Zelt. Sie brauchten nur einen Augenblick, um die Situation zu erfassen. Auf der einen Seite des Tisches saßen König Fernando und seine engsten Vertrauten, auf der anderen drei Ritter, deren Wappen Jimena nicht kannte. Es mussten die Abgesandten des portugiesischen Königs sein. In der Mitte des Tisches lag ein Dokument mit mehreren Siegeln, daneben stand ein Tintenfass. Fernando hielt die Feder in der Hand, bereit, seine Unterschrift unter den Vertrag zu setzen, als Isabel an seine Seite stürmte und ihm die Feder aus der Hand nahm.

»Nicht eine Zinne!«, schrie sie empört. »Sagt das Eurem König! Nicht eine kastilische Zinne bekommt er!«

Jimena sah, wie Fernando rot anlief. Seine Frau hatte ihn vor den versammelten Adelsmännern gedemütigt, doch er beherrschte sich meisterhaft und sagte nur: »Ihr habt es gehört. Die Königin hat entschieden.«

Einfach hinnehmen würde er diesen Auftritt allerdings nicht, dafür kannte ihn Jimena inzwischen zu gut. Er würde warten, bis er den Streit mit seiner Frau und Königin unter vier Augen ausfechten konnte.

Vor ihrem Ritt zurück nach Tordesillas sprach Isabel noch einmal im Lager zu den Männern, was die Moral wieder für zwei Wochen stärkte, aber danach ging der besorgniserregende Schwund der kastilischen Truppen weiter. Nun setzten auch noch die ersten Herbststürme ein, und die Truppen mussten manche Nacht durchnässt und mit knurrendem Magen zubringen.

»Ich befürchte das Schlimmste«, raunte Jimena Beatriz zu. Sie standen in ihre Wollumhänge gehüllt am Fenster und starrten in den Regen hinaus, der die Konturen der Landschaft jenseits des Flusses verschwimmen ließ.

Beatriz nickte. »Ja, und es gibt nichts und niemanden, der uns helfen kann.«

Das zumindest erwies sich als falsch, denn am Nachmittag wurde die Ankunft von Fray Hernando de Talavera gemeldet. Neugierig folgten Jimena, Teresa und Beatriz der Königin in die Halle, wo rasch eine wärmende Mahlzeit für den Pater aufgetischt wurde. Es wunderte keinen, dass er weder den heißen Wein noch eine der Rebhuhnkeulen nahm, sondern sich lediglich an Brot, Gemüse und Wasser hielt.

Isabel begrüßte ihn erfreut und nahm seine Hände. »Wie gut, dass Ihr zurück seid. Ich hoffe, Ihr kommt mit guten Nachrichten. Wir könnten sie wirklich gebrauchen!«

Jimena sah erleichtert, wie ein Lächeln über das asketische Gesicht des Mönchs huschte. Er kam nicht mit leeren Händen.

Fray Hernando winkte den beiden Männern, die ihn begleitet hatten. Sie verließen die Halle und kamen kurz darauf mit einer sichtlich schweren Truhe zurück, die sie vor Isabel auf den Boden stellen. Isabel erhob sich und sah den Pater fragend an.

»Ja, macht sie auf, wenn Ihr möchtet.«

Auch die anderen, die sich im Saal versammelt hatten, rückten neugierig näher, als Isabel sich vorbeugte und den Deckel anhob.

Goldmünzen funkelten im Kerzenschein. Tausende von Goldmünzen. Ein Raunen lief durch den Saal, und Isabel sah den Pater mit feuchten Augen an.

»Woher habt Ihr diesen Schatz?«

»Das ist das Geld, das die Kirchen Kastiliens bereit waren, als Anleihe zu geben.«

Isabel schüttelte den Kopf. »Wie das? Verfügen die Kirchen über so viel Geld?«

»Nicht ganz«, gab Talavera zu. »Ich habe sie überredet, ihre sakralen Gefäße als Sicherheit zu geben, um bei den Juden weitere Anleihen zu bekommen. Und ich versprach, Ihr werdet die heiligen Gefäße wieder auslösen, sollte es Euch möglich sein.«

Isabel wusste nicht, was sie sagen sollte, doch dann verlangte sie zu wissen, wie genau der Pater die Hüter der Kirchen dazu gebracht hatte, ihr Heiligstes herauszurücken.

»Das, Majestät, kann nur Gottes flammendes Wort durch den Mund eines einfachen Sünders auf Erden«, antwortete der Mönch, und in seinen Augen blitzte es.

»Na, diese flammenden Worte hätte ich zu gern gehört«, raunte Jimena Beatriz zu, die amüsiert nickte.

Sie hatten Zeit gewonnen, mehr nicht. Der Sold und einige Tage Wein und reichlich zu essen hoben den Mut der Truppe, und sie schworen ihrer Königin erneut ihre Treue. Zumindest an diesem Tag waren sie bereit, ihr bis zum bitteren Ende – wann immer das auch sein mochte – zu folgen.

Der Herbst ging in den Winter über, und ein eisiger Sturmwind trieb den ersten Schnee vor sich her, doch noch immer war keine Entscheidung in Sicht. Isabel lief wie ein gefangenes Raubtier im Palast auf und ab und schien nahe daran zu sein, den Verstand zu verlieren, als Kardinal Mendoza zu Besuch kam und die ersten guten Nachrichten brachte, seit Fray Hernandos Goldtruhen in Tordesillas angekommen waren.

»Was tut Ihr hier?«, rief Isabel statt einer Begrüßung und vergaß ganz, seinen Ring zu küssen, doch der Kardinal sah darüber hinweg.

»Wie steht es in Burgos?«, drängte sie und sah ihn mit bangem Blick an.

»Keine Sorge, Majestät«, beruhigte er sie. »Ich habe das Kommando in fähigen Händen zurückgelassen.« Fragend runzelte Isabel die Stirn.

»Euer Schwiegervater Juan hat sich nun doch entschieden, dass es nicht schlecht wäre, Euch und seinem Sohn ein wenig zu helfen. Er hat nicht nur seine Truppen geschickt, so weit er sie entbehren konnte. Unter dem Befehl seines natürlichen

Sohns Alfonso von Aragón sandte er auch mauerbrechende Geschütze!« Isabels Augen wurden groß.

»Ihr habt das Kommando diesem illegitimen Sohn überlassen?«

Der Kardinal nickte. »Ja, denn er hat mich in nur wenigen Tagen von seinem Geschick als Kommandant überzeugt. Ich sage Euch, Majestät, Burgos ist in wenigen Tagen sturmreif!«

Isabel begann zu strahlen. Endlich ein Erfolg! Endlich kam Bewegung in die Sache, und – wer konnte es schon sagen? – vielleicht würde der Fall von Burgos auch die Selbstsicherheit des Portugiesen ins Wanken bringen.

»Das wollte ich Euch persönlich sagen, ehe ich mich wieder auf den Weg nach Norden begebe«, schloss Kardinal Mendoza mit einem väterlichen Lächeln.

»Ja, ruht Euch ein wenig aus, ehe wir aufbrechen!«, sagte Isabel, die seit Wochen zum ersten Mal wieder diese Kraft und dieses Strahlen zeigte, das jeden, der sie sah, so in seinen Bann zog.

»Hat sie *wir* gesagt?«, erkundigte sich Beatriz leise, und der Schreck stand ihr ins Gesicht geschrieben, als Jimena nickte.

»Sie will mit nach Burgos? Mitten im Winter bei diesem Wetter?«

»Aber ja, sie wird als die siegreiche Königin in ihre abtrünnige Stadt einziehen, die ihr niemals wieder die Treue brechen wird!«

»Dazu muss sie erst einmal dort hinkommen«, brummte Beatriz. »Es sind bestimmt mehr als fünf Tagesritte!«

Es wurden sechs. Isabel brach sogleich am nächsten Tag zusammen mit Kardinal Mendoza und seinen Männern auf. Jimena bestand darauf, sie zu begleiten, während Beatriz gern dem Befehl folgte, in Tordesillas zu bleiben. Auch Teresa blieb zurück, was Jimena allerdings viel Überredungskunst abverlangte. Nur die Tatsache, dass sie sich ein wenig schwach und fiebrig fühlte und gar die Gefahr bestand, sie würde den

Ritt der Königin aufhalten, ließ sie unter Tränen zustimmen. Jimena umarmte sie zum Abschied und versprach, bald mit der siegreichen Königin zurück zu sein.

Falls Jimena gedacht hatte, ihre bisherigen Reisen mit Isabel hätten bereits das Äußerste von ihr gefordert, so wurde sie nun eines Besseren belehrt. Am ersten Tag war es nur kalt und schneite leicht, dennoch war sie am Abend so durchgefroren, dass sie Stunden brauchte, ehe das Gefühl in ihre Glieder zurückkehrte und sie wenigstens ein bisschen Schlaf fand. Als sie sich am nächsten Tag erhoben, war es noch dunkel, doch sie konnten das Pfeifen des Windes hören, der sich in der Nacht zu einem Sturm ausgewachsen hatte. Die Männer wechselten Blicke voller Unbehagen. Ihnen war bewusst, was eine Reise über Land bei diesem Wetter bedeutete. Den direkten Weg über die Ebene wollte keiner nehmen, zu schwer würde der ungebremste Wind Mensch und Tier zu schaffen machen. Wie schnell konnte man so stark auskühlen, dass es keine Rettung mehr gab! So zogen sie ins Tal des Río Pisuerga und folgten seinem Lauf in einem Bogen nach Nordosten bis zum Zufluss des Río Arlanzón, an dessen Ufer sich drei Tagesreisen weiter Burgos mit seinen mächtigen Mauern erhob, denen die Geschütze des Aragoniers bereits mächtig zugesetzt hatten.

Sie ritten das Tal entlang, eifrig darauf bedacht, sich an der Hangschulter ein wenig vor dem eisigen Wind zu schützen, der sie zu verhöhnen schien und mal von dieser, mal von der anderen Seite auf sie herunterfuhr, um an ihren Umhängen zu zerren. Er wirbelte den frischen Schnee wieder auf und schob ihn hier und da zusammen, sodass die weiche Schneedecke immer wieder unvermittelt unter den Hufen ihrer Pferde nachgab und die Tiere manches Mal fast bis zum Bauch einsanken. Dieser Januar brachte ungewöhnlich viel Schnee für die Hochebene von Kastilien, wie der Kardinal nun schon zum dritten Mal bemerkte, was Jimena nicht wirklich trösten konnte, als ihre Fuchsstute wieder einmal mit einem kläglichen Wiehern im Schnee versackte. Jimena seufzte und spürte, wie Tränen in ihr aufstiegen. Sie war erschöpft und fühlte sich halb erfroren, sodass sie Hunger und Durst schon nicht mehr spürte. Doch allein der Gedanke an die Anstrengung, vom Pferd zu steigen, es aus dem Schnee zu befreien und sich wieder in den Sattel zu kämpfen, schien über ihre Kräfte zu gehen.

»Bleibt sitzen«, sagte der Kardinal sanft, der sein Pferd angehalten hatte und sich zu ihr herumdrehte. »Einer meiner Männer wird Euch helfen.«

»Danke, ich schaff das schon«, erwiderte sie kraftlos und ließ sich vom Pferd gleiten, doch sie spürte nicht einmal mehr, wie ihre Füße den Boden berührten. Mit einem stechenden Schmerz gaben ihre Knie nach, und sie fiel der Länge nach mit dem Gesicht voran in den Schnee. Noch ehe sie ihre Gedanken gesammelt und sich aufgerappelt hatte, griffen starke Hände nach ihren Schultern und halfen ihr, sich umzudrehen. Ja, sie hoben sie mühelos auf und stellten sie auf die Füße. Jimena schwankte, doch der Mann ließ sie erst los, als sie ihr Gleichgewicht wiedergefunden hatte.

»Danke«, seufzte sie. Der bärtige Riese, von dem sie nicht einmal den Namen wusste, nickte ihr zu und half dann der Stute aus der Schneewehe. Dann fasste er Jimena an den Hüften und warf sie geradezu in den Sattel. Fast wäre sie auf der anderen Seite wieder heruntergefallen, so träge bewegten sich ihre ausgekühlten Arme. Und jetzt hatte sie auch noch jede Menge Schnee zwischen ihren bis zum Knie gefrorenen Röcken.

»Eine Meile flussaufwärts kommen wir zu einem Kloster der Franziskaner, dort sollten wir rasten und uns aufwärmen«, schlug der Kardinal vor, und selbst Isabel war zu erschöpft, um ihm zu widersprechen.

Er trieb sein Schlachtross an ihre Seite. »Kopf hoch, Majestät. In zwei Tagen sind wir in Burgos. Es wartet nur darauf,

Euch wie eine reife Frucht in den Schoß zu fallen. Und dann wird seine Königin im Triumphmarsch durch das Tor reiten.«

»Wollen wir es hoffen«, stieß Isabel durch die Zähne hervor.

Vielleicht verfügte auch der Kardinal über hellsichtige Träume. Jedenfalls kam es so, wie er es vorhergesagt hatte.

Sie erreichten den Belagerungsring um Burgos am Nachmittag des 18. Januar und wurden sofort zum Zelt des befehlenden Kommandanten geführt. Alfonso von Aragón verneigte sich tief vor der Königin und ließ ihr und ihrer Begleitung sogleich ein kleines Haus im nächsten Dorf herrichten. Wer für seine Königin sein warmes Quartier räumen musste, erfuhren sie nicht. Doch ehe Isabel bereit war, sich an ein Kaminfeuer zu setzen und sich auszuruhen, verlangte sie zu wissen, wie es um die Stadt stand.

Jimena betrachtete den Kommandanten verstohlen. Er sah seinem Halbbruder ähnlich, auch wenn sein Haar von einem helleren Ton war. Wie Fernando wohl zu dem unehelichen Spross der Familie stand? Ärgerte oder freute es ihn, dass sein Vater ausgerechnet ihn gewählt hatte? Oder kam es nur darauf an, dass er ein guter Feldherr war? Isabel ließ sich jedenfalls nichts anmerken. Wenn König Juan von Aragón seine uneheliche Geburt nicht störte, dann nahm auch die Königin von Kastilien keinen Anstoß daran.

»Nun sagt mir, Don Alfonso, wie steht es um die Stadt?«

Er neigte den Kopf und lächelte ihr zu. »Wir haben nicht mit so hohem Besuch gerechnet, doch ich würde sagen, Euch gebührt die Ehre, schon morgen durch das Tor in die Stadt einzureiten.«

»Ich werde rechtzeitig bereit sein, wenn der Sturm auf die Mauern beginnt«, versprach sie mit blitzenden Augen.

Kardinal Mendoza brachte sie noch zu ihrem Quartier und ließ zwei seiner Bewaffneten zu ihrem Schutz zurück.

Dann suchte auch er sein Lager auf, das sicher nicht weniger angenehm war als das der Königin. Man hatte die kleine Stube ordentlich eingeheizt, die Bettdecken waren gewärmt, es stand ein großer Kessel heißes Wasser bereit und ein kleinerer mit einem kräftigen Fleischtopf. Dazu gab es frisches Brot. Jimena seufzte. Erst half sie Isabel, dann wechselte auch sie rasch die Kleider und wusch sich.

»So muss man sich fühlen, wenn man in den Himmel kommt«, meinte Isabel mit einem feinen Lächeln, als die beiden Frauen zusammen vor dem Feuer saßen und einen Teller nach dem anderen leerten.

Jimena erwiderte das Lächeln. »Ach, dann ist es dir also nicht entgangen, dass der Ritt ein wenig anstrengend und das Wetter etwas frisch war?«

Isabel schüttelte den Kopf. »Hältst du mich für gefühllos?«

»Nein, für ungewöhnlich stark.«

Isabel überlegte. »Vielleicht hast du recht, aber auch ich dachte ein paarmal, dass mich meine Kräfte im Stich lassen. Mein Wille ist es, der stark bleibt.«

»Wie auch immer«, gähnte Jimena, die nun nichts mehr begehrte als ein warmes Bett und viele Stunden ungestörten Schlaf.

Die Männer des Kardinals weckten sie mit lautem Gepolter an der Tür, noch ehe das erste Licht des Morgens den Himmel erhellte. Isabel war sofort auf den Beinen und hatte sich schon fast angekleidet, bis Jimena Holz nachgelegt und die Glut wieder in Gang gebracht hatte. Eine Magd brachte ihnen heiße Milch und Grütze, die sie schnell herunterschlangen. Dann hüllten sie sich in ihre Mäntel und traten in den eisigen Morgen. Der Kardinal wartete schon auf seinem Streitross. Er trug eine schwere Rüstung mit Brustpanzer und Helm, sodass ihn Jimena im ersten Moment fast nicht erkannt hätte. Der bärtige Riese, der mit ihnen von Tordesillas hergereist war und von dem sie inzwischen wusste, dass er Don Miguel hieß und aus Zamora stammte, hielt die Pferde der Frauen und half ihnen in den Sattel.

»Einen guten Morgen, Majestät, und Gottes Segen – und Euch natürlich auch, Doña Jimena«, begrüßte sie der Kardinal überschwänglich. Auch ihn schien dieses aufgeregte Kribbeln erfasst zu haben, das Jimena nicht ruhig im Sattel sitzen ließ. Selbst Isabel wirkte ungewohnt aufgewühlt.

»Euch auch einen guten Morgen, Eminenz. Möge es auch ein guter für ganz Kastilien werden!«

»Amen! Dann lasst uns losreiten.«

Natürlich waren die Männer schon auf den Beinen, und der Halbbruder des Königs begrüßte sie knapp. Er war nicht unfreundlich, doch für lange Höflichkeitsbezeugungen war jetzt nicht die rechte Zeit. Für Isabel schien dies in Ordnung zu sein. Er gab den Männern an den Kanonen letzte Anweisungen und befahl den Reitern, in ihren Gruppen Aufstellung zu nehmen und sich bereitzuhalten. Kardinal Mendoza persönlich würde die Gruppe der schwer gepanzerten Ritter auf ihren Schlachtrössern anführen.

Es war kurz vor Sonnenaufgang, als sich eine ungewöhnliche Stille über das Lager senkte. Die Vorbereitungen waren abgeschlossen. Die Männer waren bereit. Erwartungsvoll richteten sich alle Augen auf die Stadtmauer, deren Schäden nun unbarmherzig in Sonnenlicht getaucht wurden. Heute endlich würden sie – mit Gottes Hilfe – den Lohn für die Entbehrungen der Belagerungszeit erhalten. Wobei die Entbehrungen hinter der Stadtmauer in den vergangenen Wochen vermutlich noch größer gewesen sein mussten. Die Nahrungsmittel waren zu Ende und an Kochen oder Heizen gar nicht mehr zu denken. Vermutlich war auch das Wasser knapp geworden, und so mancher Bürger hoffte im Stillen, es möge endlich zu Ende gehen und eine gnädige Königin ihnen ihre Rebellion verzeihen.

»Wir feuern noch einmal eine Salve aus allen Rohren auf diese Stelle neben dem Tor«, erläuterte Alfonso von Aragón der Königin. »Dann lass ich – noch ehe sich der Pulverdampf verzogen hat – die erste Gruppe der Reiterei durch die Bresche eindringen. Sie sind gut gepanzert, und ich hoffe, die meisten werden den Pfeilhagel überstehen, der sie erwartet. Sie haben nur eine Aufgabe: dem Hauptheer das Tor zu öffnen.«

Isabel nickte. Sie saß hoch aufgerichtet auf ihrem Pferd und beobachtete jede seiner Bewegungen. Jimena, die respektvoll ein wenig im Hintergrund blieb, folgte ihrem Beispiel. Ja, der alte Fuchs aus Aragón hatte klug gehandelt, als er ihnen seinen Sohn schickte.

Alfonso gab den Feuerbefehl, und der Boden erzitterte unter der Gewalt der schweren Geschütze. Jimena konnte nicht sehen, ob sie ihr Ziel getroffen hatten, doch der Angriffsbefehl erscholl, und Kardinal Mendoza setzte sich mit seinen Rittern in Bewegung. Noch einmal bebte der Boden, als die Hufe der schweren Rösser über den hart gefrorenen Boden trommelten. Sie hatten die Stadtmauer schon fast erreicht, als sich der Pulverdampf so weit verzog, dass sie etwas erkennen konnten. Ja, die Geschütze hatten ihr Ziel getroffen und der Mauer den Todesstoß verpasst. Obgleich die Eingeschlossenen sich alle Mühe gegeben hatten, jeden Schaden so schnell wie möglich notdürftig zu reparieren, hatte die Mauer an dieser Stelle nun nachgegeben und war auf einige Schritt Länge in sich zusammengesackt. Nun, da auch die Bogenschützen wieder etwas sehen konnten, prasselten Pfeile auf die Angreifer nieder, doch schon erklommen die ersten Rösser den Haufen loser Gesteinstrümmer. Jimena sah, wie die Ritter mit ihren Schwertern nach allen Seiten hieben, um den Ring der Verteidiger zu durchbrechen. Blut floss über die Steine der eingestürzten Mauer, und immer mehr drängten nach.

Für einige Minuten war nicht zu sehen, ob den Rittern der Durchbruch gelingen würde. Jimena sah einen nach dem anderen tödlich verwundet von seinem Pferd stürzen. Einige der reiterlosen Rösser machten kehrt und jagten über das eisige Feld davon. Jimena war von dem grausigen Bild so gefesselt, dass sie das Tor aus den Augen ließ, bis Isabel einen Schrei ausstieß. Die mächtigen Torflügel schwangen zurück. Sie hatten es geschafft! Sofort ließ Alfonso den Rest der Reiterei nachrücken und setzte auch seine Fußtruppen in Marsch. Mit Spießen und Äxten waren sie bewaffnet, und Jimena erschauderte, als sie mit wildem Gebrüll auf die Stadt zustürmten. Doch noch ehe sie die Mauern auch nur erreichten, war es vorbei. Die Fahne der reichen und stolzen Stadt Burgos sank, und seine Bürger ergaben sich auf Gedeih und Verderben ihrer Königin.

Kardinal Mendoza kam mit einigen seiner Ritter zurück. Er hielt sein Ross vor Isabel an und klappte das Visier hoch.

»Majestät, darf ich bitten? Burgos ist bereit, sich Euch zu Füßen zu werfen.«

Und so ritt Isabel an seiner Seite durch das Tor, gefolgt vom siegreichen Halbbruder ihres Gatten und seinen Männern, bereit, die Stadt in ihren Besitz zu nehmen.

Kapitel 40

Tordesillas, April 2012

Isaura stand wieder einmal im Hof und sah zu, wie die Sonne in feurigen Farben versank. Schon allein diese Sonnenuntergänge waren Grund genug, in Kastilien zu bleiben, dachte sie ein wenig spöttisch.

Er war weg. Justus war längst in der exzellenten Klinik in München angekommen, die Sandy für ihn ausgesucht hatte, um dort von all dem Leid, das ihm in Kastilien widerfahren war, zu genesen. Mit Sandy an seiner Seite, die ihr deutlich zu verstehen gegeben hatte, dass sie Justus nicht mehr aus ihren Krallen lassen würde. Ihr Kind brauchte einen Vater!

Lass ihn los.

Isaura war zu erschöpft, um sich weiter gegen die fremde Stimme zu wehren. Außerdem klang sie dieses Mal sanft und tröstlich. Sie stellte sich vor, dass ihre Großtante Carmen hinter ihr stand. Die alte Frau in den altmodisch langen schwarzen Gewändern. Sie würde ihre schmale, faltige Hand heben und ihr über den Rücken streichen.

Du bist nicht allein, mein Kind. Gemeinsam werden wir durch dieses Tal schreiten. Noch greifst du nach einer helfenden Hand, doch du wirst deine Kraft bald wiederfinden und beherzt auf deinem Lebensweg voranschreiten. Eine Liebe zu verlieren ist hart, das will ich nicht bestreiten, doch es bedeutet nicht das Ende!

Isaura schloss die Augen. Ja, sie konnte die Hand spüren und die Wärme, die von ihrem Körper ausging. Es war Unsinn, dennoch fuhr sie herum. Natürlich war dort niemand. Nur ein Schatten huschte am Rand ihrer Wahrnehmung davon.

Sie war übermüdet. Es wurde dunkel, und am Horizont zogen düstere Wolken auf. Es wurde Zeit, hineinzugehen und ihren inzwischen schon vertrauten Platz auf der Küchenbank aufzusuchen. Isaura sah sich nach Golondrino um, der mit erhobenem Schwanz über den Hof geschlendert kam.

»Gehen wir hinein? Da braut sich ein Unwetter zusammen.« Der Kater schien sie zu verstehen. Er strich ihr einmal um die Beine und ging ihr dann voran ins Haus. Die ersten Windböen rüttelten an den Ästen der Obstbäume, die nach den Wiesen am Flussufer nun ebenfalls endlich einen Hauch von Frühlingsgrün zeigten.

Während es zunehmend dunkler wurde und der Wind auffrischte, kochte Isaura sich Pasta mit Oliven, getrockneten Tomaten, Parmesan und etwas Thunfisch aus der Dose, den sie brüderlich mit Golondrino teilte. Das war zwar im Vergleich zu dem kulinarischen Feuerwerk, das Marco zwei Abende vorher für sie gezaubert hatte, eine armselige Leistung, aber immerhin besser als ihre kalten Salate all die Abende zuvor. Leider hatte sie gestern alle Reste des Festmahls vertilgt, sodass sie nun eben auf ihre eigenen Vorräte zurückgreifen musste.

Isaura betrachtete die leere Thunfischdose in ihrer Hand. »Eigentlich sollte man so etwas gar nicht mehr kaufen«, sagte sie zu dem Kater. »Die Meere werden immer mehr überfischt, und der Thunfisch gehört zu den bedrohten Arten.«

Den Kater schien das nicht zu stören. Er ließ sich seine Portion schmecken und bedankte sich mit einem lauten Schnurren.

»Morgen fahre ich auf den Markt und kaufe frische Zutaten, die es hier in der Region gibt«, kündete sie an, während sie noch ein wenig Sahne unterrührte.

Ja, morgen, wenn sie alle Zeit der Welt zum Einkaufen haben würde. Keine Fahrten mehr ins Krankenhaus. Keine Streitereien mit Sandy. Sie würde sich Zeit für sich selbst und ihre Gedanken nehmen.

Die Aussicht lockte und erschreckte sie gleichermaßen, und sie fragte sich, was sie vorher gemacht hatte, im Leben vor dem Unfall und vor dem endgültigen Aus ihrer Ehe.

Sie lauschte in sich hinein. Vielleicht würde der Schmerz irgendwann verschwinden. Er fühlte sich nicht mehr ganz so übermächtig an. Zufrieden stellte sie fest, dass ihr das Essen und der Wein schmeckten.

»Ich werde noch zur Alkoholikerin, wenn ich hier so weitermache«, prophezeite sie und prostete dem Kater zu.

»Ich werde mich umstellen müssen, wenn ich wieder zurück bin.« Sie hatte ›daheim‹ sagen wollen, doch das Wort kam ihr nicht über die Lippen. War sie in München denn noch daheim? – Ja, natürlich! Dort war sie aufgewachsen. Dort gehörte sie hin.

Aber waren dort wirklich ihre Wurzeln?

Sie sah den Kater an. Was würde mit ihm geschehen? Sie konnte ihn doch nicht einfach hier zurücklassen. Aber ihn nach München mitnehmen? Was wäre das für ein Leben für ihn mitten in der Stadt?

Er sprang zu ihr auf die Bank und sah sie aus seinen schimmernden grünen Augen an. Vielleicht würden sich ihre Nachbarinnen zu Hühnern und Hasen auch noch des Katers annehmen? Wie sie gehört hatte, hatte Maria Pilar das Bett wieder verlassen und erfreute sich zum Erstaunen ihres Arztes bester Gesundheit.

Isaura beschloss, das Problem auf später zu verschieben. Genauso wie die Überlegung, wie lange sie noch in Kastilien bleiben wollte. Auf ihrer Mailbox waren wieder neue Nachrichten, und sie ahnte, dass auch einige E-Mails aus der Redaktion auf Antwort warteten, doch sie rief sie nicht auf.

Was hätte sie denn schreiben sollen? Dass sie noch nichts gemacht hatte, außer ihren Mann – oder eher Exmann – beinahe umzubringen? Und auch die Sache mit der großartigen Geschichte, in deren Recherche sie tiefer eintauchen musste, konnte sie der Chefredakteurin noch nicht so recht verkaufen. Sie musste erst mehr in Erfahrung bringen.

Isaura zog das Buch heran, das sie aus der Redaktion hatte mitgehen lassen. Sie hatte das Bild einige Tage lang nicht mehr betrachtet, und so kam es ihr vor, als würde sie eine Freundin treffen, die sie längere Zeit vernachlässigt hatte. Sie strich mit den Fingern über das glatte, glänzende Papier, doch es war ihr, als könne sie den samtigen Stoff und die Stickereien fühlen. Ihre Hand wanderte zu dem Geschmeide um den Hals der Unbekannten. Wie kühl sich die kunstvoll geschliffenen Steine anfühlten und wie wunderbar seidig glatt die tropfenförmigen Perlen.

Es war nur ein Bild! Ihre Einbildungskraft ging mal wieder mit ihr durch. Und doch fühlte es sich wie eine Erinnerung aus längst vergangenen Tagen an.

Isaura öffnete das Kästchen mit Großtante Carmens Schmuckstücken und holte das Collier hervor. Sie band ihr Haar zu einem Knoten zusammen. Dann zog sie ihren Pullover aus, sodass sie nur noch das schwarze Trägertop zu ihrer Jeans trug. Mit zitternden Händen legte sie sich das Collier um den Hals. Es war recht schwer, doch es fühlte sich gut an. Isaura schloss die Augen und tastete über die geschliffenen Steine und Perlen. Ja, genauso fühlte es sich an. Genauso musste es sich anfühlen!

Sie ging ins Bad und betrachtete ihr Gesicht im trüben Licht der Lampe in dem kleinen Spiegel über dem Waschbecken, doch sie sah nicht sich selbst. Sie sah die Frau aus dem Gemälde, in deren Blick so viel Schmerz stand. Sie blickte Isaura aus dem Spiegelglas heraus an, ohne zu blinzeln oder den Blick von ihr abzuwenden. Isaura zuckte zurück und rannte in die Küche. Mit klopfendem Herzen ließ sie sich auf die Bank fallen. Sie hatte nicht nur das gesehen, was auf dem Gemälde zu erkennen war, sondern auch den Rest des Raumes, der fast in den düsteren Schatten verschwand, und den Maler, der mit gerunzelter Stirn hinter seiner Staffelei stand.

Das ging nun echt zu weit! Sie musste ihre Fantasie zügeln. Energisch schlug Isaura das Buch zu und legte das Collier in seine Schachtel zurück. Sie wollte auch nicht weiter der *Caminata* durch ihre Zeit folgen – zu sehr fürchtete sie, ihre Beschreibungen könnten ihre Fantasie wieder zu lebendig werden lassen. Aber was sollte sie dann mit dem Abend beginnen? Zum Ausgehen verspürte sie keine Lust, und die Chance, dass Marco um diese Zeit noch vorbeikommen würde, schätzte sie gegen null. Außerdem würde er sicher nicht so schnell wieder bei ihr aufkreuzen. Das würde zu aufdringlich wirken und konnte sie in eine Abwehrhaltung drängen. Zu frisch waren noch das Aus ihrer Ehe und all die Dramen um Justus und den Unfall. Ja, genauso war es. Marco schien die Gabe zu haben, Menschen und ihre Reaktionen einschätzen zu können. Zumindest bei Isaura gelang ihm das erstaunlich gut.

Was also dann?

Die Kammer! Sie hatte schon vor Tagen eine niedrige, hinter einem Schränkchen versteckte Tür an der hinteren Wand des Arbeitszimmers entdeckt, hinter der sich – da war sie sich nach genauer Betrachtung der Baulichkeiten sicher – eine kleine Kammer verbergen musste. Keiner der Schlüssel am Bund, den der Anwalt ihr gegeben hatte, passte zu dem winzigen Schloss in dieser Tür. Die Kammer konnte kaum mehr als vier oder fünf Quadratmeter groß sein, doch vielleicht hatte Großtante Carmen dort etwas aufbewahrt, das Isaura interessieren und ihr den einsamen Abend vertreiben konnte. Irgendwie würde es ihr schon gelingen, das Schloss zu öffnen. Entschlossen machte sich Isaura auf den Weg die Treppe hoch. Obwohl die Sachen aus der kleinen Kammer ihr jetzt ebenfalls gehörten, verspürte sie einen Anflug von schlechtem Gewissen.

In der Ferne erleuchtete ein Blitz die Wolkendecke, der Donner ließ aber auf sich warten. Isaura blieb stehen und sah aus dem Fenster ihrer Schlafkammer, wie ein Zucken und Flackern die bauchigen Wolken immer wieder für einen Wimpernschlag lang voneinander schied. Ein Schauder rann über ihren Rücken, und sie spürte die Spannung in der Luft, wie damals auf dem Platz in Tordesillas, dem *Jardín de Palacio*. Isaura spürte, wie sich die Härchen auf ihren Armen aufrichteten. Die Erinnerung kroch mit klebrigen Fingern an ihr herauf, doch sie schüttelte sie ab und griff nach dem Schlüsselbund. Sie wollte es noch einmal mit den Schlüsseln versuchen, ehe sie wie ein Einbrecher mit einem provisorischen Dietrich oder sogar einem Brecheisen hantierte, womit sie in beiden Fällen keinerlei Erfahrung besaß.

Isaura versuchte einen Schlüssel nach dem anderen, doch keiner passte in das kleine Schloss. Draußen donnerte es wieder. Die Abstände zwischen den Blitzen und dem Schall verringerten sich rasch. Das Gewitter schien direkt auf das Landgut am Duero zuzustreben. Das Licht der Deckenlampe flackerte. Isaura versuchte den letzten Schlüssel. Er ließ sich ins Schloss schieben und schien auch von der Art zu ihm zu passen, doch es gelang ihr trotz aller Anstrengung nicht, ihn zu drehen. Enttäuscht zog sie ihn wieder heraus.

»So ein Mist! Ich will da aber jetzt rein!« Frustriert schlug sie mit der flachen Hand gegen das Holz.

Mit einem leisen Knarren schwang die Tür zurück. Es war ihr, als könnte sie den Schatten einer Hand sehen. Eine alte, ausgemergelte Hand, die in einen schwarzen Ärmel überging. Isaura machte vor Schreck einen Satz zurück. Ein kalter Luftzug strich ihr über das Gesicht. Dann donnerte es, dass das ganze Haus erzitterte. Wieder flackerte die Deckenlampe, erlosch kurz, erholte sich dann aber wieder und erhellte mit ihrem gelblichen Schein die halb offene niedrige Tür, die sich mit einem Seufzen Stück für Stück weiter öffnete.

Fast ein wenig furchtsam trat Isaura näher und tastete nach einem Lichtschalter. Es war zwar einer da, doch es tat sich nichts, als sie ihn betätigte. So schob sie die Tür vollends auf, sodass das Licht aus dem Arbeitszimmer den kleinen Raum erhellte. Sie musste sich bücken, um durch die niedrige Tür zu treten. Zaghaft sah sie sich um. Natürlich war niemand zu sehen. Das hatte sie auch nicht erwartet. Sie begann sich an die Streiche ihrer Fantasie zu gewöhnen. Aber warum war die Tür so unvermittelt aufgegangen? War sie von Anfang an nicht verschlossen gewesen? Nein, das konnte nicht sein. Sie war sich sicher, schon vorher fest dagegengedrückt zu haben.

Dann hat sie einfach nur geklemmt, schloss Isaura. Der Wetterwechsel hat das Holz nachgiebig gemacht, und nun geht die Tür eben wieder auf.

Über das Ausdehnen und Zusammenziehen bei Trockenheit oder Feuchtigkeit machte sie sich keine Gedanken. Es fügte sich eben alles einfach gut zueinander.

Neugierig betrat Isaura die winzige Kammer. An der einen Seite standen einige Kartons, an der anderen konnte sie eine Kleiderstange mit verschiedenen historischen Kostümen sehen. Einst waren es sicher prächtige Gewänder gewesen, mit Rüschen und Stickereien aus schweren Samt- oder Brokatstoffen, doch jetzt waren die Farben verblasst, die Stoffe brüchig geworden. Vorsichtig schob Isaura sie auseinander. Es waren alles Frauengewänder, und sie erinnerten sie an die Bilder, die sie aus Spaniens goldenem Jahrhundert gesehen hatte. Die älteren Gewänder noch ein wenig bunter und fließender, wie man sie in Italien während der Renaissance getragen hatte, doch dann die Stoffe zunehmend fester, die Farben dunkler, die Schnitte steifer, bis die verführerischen Dekolletés der Damen verschwanden und von hohen, steifen Kragen oder gefältelten

Halskrausen abgelöst wurden, über deren Rand man kaum noch auf seinen Teller hinabsehen konnte!

Isaura wunderte sich, woher sie das alles wusste. Es war doch erstaunlich, wie viele verborgene Schätze vergessen in einem Geist schlummern konnten, nur um im rechten Moment wieder preisgegeben zu werden.

Da entdeckte sie es.

Nein, eigentlich schlug ihr Herz bereits schneller, ehe sie es sah. Es war das Kleid! Nein, das konnte nicht sein. Es *sah aus* wie das Kleid, das die Frau auf dem Gemälde trug, verbesserte sie sich. Wie der Schmuck. Großtante Carmen oder jemand anderes hatte es nach diesem Bild nachschneidern lassen. Vorsichtig strich Isaura über den Stoff, der sich alt anfühlte. Verdammt alt!

Ein Donnerschlag ließ sie zurückzucken. Dann erlosch die Lampe im Arbeitszimmer. Mit einem Mal war es stockdunkel. Sie wartete kurz, ob sie wieder angehen würde, doch dieses Mal blieb das Licht aus. So dunkel, wie es war, musste im ganzen Haus der Strom ausgefallen sein. Fluchend tastete sich Isaura zur Tür und die Treppe hinunter in die Küche, wo auf dem Tisch der Leuchter mit den beiden Kerzen stand und auch Streichhölzer zu finden waren. Sie entzündete die beiden Dochte und kehrte mit dem Kerzenhalter in der Hand in den oberen Stock zurück. Isaura zog einen Hocker heran, auf dem die Kerzen sicher standen. Schließlich wollte sie nicht riskieren, durch Unachtsamkeit ihr Häuschen abzufackeln, was zwischen all den alten Stoffen und Kartons durchaus passieren konnte.

Isaura ließ von den alten Gewändern ab und wandte sich den Kartons zu, die aus verschiedenen Jahrzehnten zu stammen schienen, zumindest deutete der zunehmend verstaubte und fleckige Zustand der welligen Pappe darauf hin. Wahllos nahm sie sich eine Kiste vom Stapel und öffnete sie.

Briefe, so wie es aussah. Sie schienen in Spanisch geschrieben, doch in einer seltsamen, alten Schrift, und dennoch kam es ihr so vor, als könne sie verstehen, was dort geschrieben stand.

Damit konnte sie sich später befassen. Auch in der zweiten schienen Berge von Briefen gesammelt zu sein. Sie öffnete die nächste Kiste.

Bücher. Sehr alte Bücher, das sagten ihr schon die ledernen Einbände und die vergilbten Seiten, noch ehe sie das Druckbild sah. In einer kleineren Schachtel fand sie hölzerne Kistchen, die Schmuckstücke enthielten. Einige davon kunstvoller Silberschmuck aus der Gegend von Toledo – zumindest kam Isaura dieser Gedanke, auch wenn sie sich nicht rühmte, sich damit auszukennen. Der Schmuck wirkte auf sie außergewöhnlich, nicht so wie das, was man heutzutage an Touristen verkaufte, allerdings war er schwarz angelaufen und musste gereinigt werden. Sie begutachtete jedes Stück und packte es dann sorgfältig wieder ein. Dann hob sie eine Kette aus massiven, goldenen Gliedern aus ihrem Samtbett. Edelsteine schimmerten in verschiedenen Farben. Ein schwerer Armreif folgte. Konnten das Diamanten sein? Sie waren verdammt groß!

Weitere Schmuckstücke folgten. Sie mussten alle sehr alt sein, schienen aus massivem Gold zu sein und waren mit verschiedenen Edelsteinen besetzt. Isaura starrte auf das Vermögen vor ihr herab.

War das möglich? Hatte ihre Großtante Carmen all diese Schätze besessen und dennoch so bescheiden hier auf dem Land gelebt? Isaura sah Justus in ihrem Geist, der fassungslos den Kopf schüttelte. Für ihn würde das keinen Sinn ergeben. Und er würde sich darüber aufregen, wie leichtsinnig Carmen gewesen war, diesen Schatz in einer Schachtel in ihrer Kammer aufzubewahren! Doch Isaura verstand. Oder zumindest stieg in ihr eine Ahnung auf, wie Carmen es gesehen hatte. Für sie waren das keine Werte, die man in Geldbeträgen ausdrückte. Das war Carmens Vergangenheit, ihre Identität, ihre Familiengeschichte.

Ja, so ist es. Meine und deine Geschichte, hallte es mit geradezu zärtlicher Stimme durch ihren Geist.

Fast widerstrebend verstaute Isaura den Schmuck wieder in seinen Behältern und stapelte diese in der Kiste.

Was sollte sie nun damit anfangen? Es schien ihr unmöglich, diese Werte hier ungesichert in dem Häuschen mitten im Nirgendwo zu lassen, und genauso erschien es ihr als ein Sakrileg, sie aus dem Haus zu entfernen, um sie vielleicht in irgendeinem kalten Schließfach einer Münchner Bank einzusperren oder sie gar zu verkaufen.

Sie würde sich mit Señor Campillo besprechen. Der alte Anwalt wusste bestimmt Rat. Morgen. Jetzt, so beschloss sie, würde sie ihre Schatzsuche erst einmal fortsetzen.

Isaura öffnete noch mehr Kartons, und überall stieß sie auf Dinge, die Hunderte von Jahren alt zu sein schienen. Nichts von dem wertlosen Trödel, den man sonst auf Dachböden oder in solchen Kammern fand. Im Grunde war es wie ein kleines Museum, in dem ein längst vergangenes Jahrhundert im Schatten der Vergessenheit weiterlebte.

Ein Flüstern und Rascheln schien aus der Ecke zwischen den Kleidern und den letzten verschlossenen Kisten aufzusteigen. Isaura hob den Kerzenleuchter hoch, bis die Schatten bereit waren zu weichen. Vielleicht hatten sich dort Mäuse eingenistet. Das war in einem solch alten Haus mehr als nur wahrscheinlich, doch sie konnte nichts entdecken. Außerdem sahen weder die Kisten noch die Gewänder angenagt aus, und Kot war auch nicht zu sehen. Was für ein Glück!

Isaura wandte sich der nächsten Kiste zu. Sie war länger und flacher als die anderen. Neugierig zog sie sie näher ins Licht. Was war denn das? Leinwandrollen. Vorsichtig nahm sie eine heraus und entrollte sie. Das Gesicht, das ihr entgegenstarrte, ließ sie die Luft scharf einziehen. Erst Augenblicke später erkannte sie ihren Irrtum. Nein, das war nicht sie selbst, die ihr entgegenblickte, auch wenn Gesichtszüge,

Augen und Haar zu stimmen schienen. Das war wieder die unbekannte Schöne von dem Gemälde aus dem Buch der Redaktion. Endlich klärte sich das Rätsel, und es war ihr, als fiele ihr ein Stein vom Herzen. Das erklärte auch die Sache mit dem Schmuck.

So unglaublich es schien, doch diese Frau musste eine Ahnin von Großtante Carmen gewesen sein. Und sie war damit auch eine ihrer eigenen Vorfahrinnen. Mit einem verzückten Lächeln sah sie auf die Frau herab, die in diesem Bild nicht ganz so ernst blickte. Sie war jünger als auf dem Gemälde in dem Buch, stellte Isaura fest. Die tiefe Trauer spiegelte sich noch nicht in ihrem Blick.

Was war wohl in der Zeit geschehen, die zwischen den Entstehungsphasen der beiden Bilder gelegen hatte? Ein Schicksalsschlag, ohne Zweifel. Was konnte das gewesen sein?

Sie dachte darüber nach, während sie ein Bildnis nach dem anderen entrollte. Sie fand noch die Konterfeis anderer Frauen und ein paar Skizzen von Kindern. Zwei stellten wohl die inzwischen so vertraute Unbekannte dar, doch es gab kein einziges Bild, auf dem ein Mann zu sehen gewesen wäre.

Warum nur? Diese Frauen konnten ja nicht alle unverheiratet geblieben sein. Nein, wenn es hier wirklich um Carmens Familie ging, dann musste es Ehemänner gegeben haben und auch Söhne. Hatten sie in dieser von Männern dominierten Welt bewusst nur die Linie der Frauen überliefert?

Na, wenn ihre Männer und Söhne das wüssten, dachte Isaura und schmunzelte, während sie die nächste Kiste heranzog, um ihr ihre wohlgehüteten Geheimnisse zu entlocken.

Bücher. Ja, und ungebundene Blätter. Wieder Briefe? Nein, das sah nach etwas Längerem aus. Manuskripte? Reisebeschreibungen?

Sie nahm ein Bündel heraus, das auf der ersten Seite eine Skizze trug. War das nicht eine Ansicht von Tordesillas?

Das Gewitter zog langsam ab, doch es schien bereits das

nächste nachzurücken, und es gab noch immer keinen Strom. Isaura rückte näher zur Kerze heran.

Aber ja. Das Bild musste sehr alt sein, doch das war unzweifelhaft Tordesillas. Es war die Ansicht von der Brücke über den Duero her, die sie schon so oft genossen hatte. Dort rechts am Rand war der *Convento de Santa Clara* und hier der Turm der Kirche von San Antolín, wo heute das Museum untergebracht war. Aber was war das? Sie beugte sich tiefer über das Bild. Ein Schauder rann über ihren Rücken. Ein Blitz erhellte die Kammer, der Donner folgte nach kaum zwei Sekunden.

Dieses große Gebäude – das gab es heute nicht mehr. Eine hohe Mauer mit einer Art Wehrgang. Heute befanden sich hier die schön gepflegten *Jardines del Palacio*. Das war also der Königspalast von Tordesillas gewesen, nachdem der ursprüngliche *Alcázar* den Schwestern vom Orden der Klarissen überlassen worden war.

Isaura sah die dunkle Königin vor sich, wie sie den Wehrgang entlangschritt, den Blick sehnsuchtsvoll auf das weite Flusstal gerichtet. War das der Ort ihres Leidens gewesen? Ja, warum nicht? Aber wie kam Isaura dazu, von diesem fernen Palast in Kastilien zu träumen?

So viele Rätsel. So viele Geheimnisse.

Isaura blätterte weiter. Sie las ein paar Sätze, die ihr von der Art der Formulierungen vertraut erschienen. Sie blätterte wieder und wieder um, versunken in eine vergessene Welt. Halb bewusst bemerkte sie, dass das Manuskript in Spanisch verfasst war, in einer alten Handschrift mit verblassender Tinte, und dennoch verstand sie alles, was dort stand. Sie las einfach weiter, saugte die Worte regelrecht in sich ein wie ein Verdurstender das erste Wasser, bis sie am Ende der nächsten Seite angelangt war. Hastig, ja ungestüm blätterte sie um und starrte wieder auf eine Skizze.

Die traurige Unbekannte, ja, wieder sie. Isaura zweifelte

nicht daran, obgleich es nur eine Skizze mit einem Kohlenstift war und sie keinen Schmuck und keine wertvolle Robe trug. Dann fiel ihr Blick auf das Wort unter dem Bild. Nur ein einziges Wort, doch es ließ mit einem Stöhnen alle Luft aus ihrer Lunge entweichen.

Caminata.

Das war *la Caminata*? Die Worte. Die ihr so vertraute Art zu formulieren. Fieberhaft blätterte sie bis zum Ende und starrte auf die letzten beiden Worte unter dem Text:

La Caminata.

Isaura stürzte zu der Kiste mit den Büchern, die sie als erste geöffnet hatte, und nahm das oberste heraus. Ihre Augen huschten über den Einband und fanden den Autorennamen:

La Caminata.

Und sie fand noch mehr Bücher, halb fertige Manuskripte, Notizen, Briefe, Sammlungen von losen Zetteln. In ihrem Kopf begann es zu rauschen. Der Raum schien von *La Caminata* beherrscht, von der unbekannten Frau, die nun einen Namen bekommen hatte – wenn auch nicht ihren richtigen, so doch zumindest ein Pseudonym, unter dem sie so viel niedergeschrieben hatte. Es bestand kein Zweifel mehr, dass die Frau auf dem Gemälde *La Caminata* darstellte und dass sie irgendwie mit diesem Haus und mit Großtante Carmen in Verbindung stand.

Du bist auf dem richtigen Weg, mein Kind! Ziehe die Verbindungen, verknüpfe die losen Enden und lass es zu, dass dein Verstand begreift. Dein Herz ist längst dazu bereit.

Isaura wurde es schwindelig, und sie musste sich setzen. Von überall schien nun das Flüstern hervorzukriechen. Aus jeder Ecke, jeder Kiste, aus den Büchern und Manuskripten, aus den verborgenen Schatten, die wuchsen, sich ausdehnten und sich erhoben, um sich zu düsteren Gestalten zusammenzuziehen. Isaura sprang auf, doch ihre Beine zitterten. Sie wich zurück, bis ihr Rücken gegen die Wand stieß.

Die schattenhaften Gestalten kamen auf sie zu. Das Flüstern wurde lauter, doch sie konnte nicht verstehen, was sie sagten. Eine eisige Böe fuhr durch die Kammer und zerrte an den Flammen der beiden Kerzen, bis sie in einem letzten Aufglühen erloschen. Das Flüstern umringte sie von allen Seiten.

Isaura stieß einen Schrei aus. Ihre Knie gaben nach, und sie kauerte sich auf dem Boden zusammen, die Arme schützend um den Kopf geschlungen. Wieder fuhr ein Blitz ganz in der Nähe herunter, und der gleißende Schein war noch nicht erloschen, als das Dröhnen die Grundfesten des Hauses erschütterte. Noch immer konnte Isaura die Gestalten um sich herum spüren. Mit eisigen Fingern schienen sie nach ihr zu greifen. Da war die dunkle Königin aus ihrem Palastgefängnis und das Mädchen mit dem tieftraurigen Blick, da war aber auch eine andere Gestalt, nicht wirklich schön mit blasser Haut und flachsfarbenem Haar, doch einer Haltung und einem Ausdruck in ihrem Blick, der selbst ihr prächtiges Gewand noch an königlicher Würde überstrahlte. Noch mehr Frauen umdrängten sie und flüsterten auf sie ein. Eine davon sah ihr verblüffend ähnlich – oder war es die Unbekannte aus dem Gemälde? War es die *Caminata*?

Isaura wusste es nicht, und sie wollte im Augenblick auch nichts mehr wissen. Das war mehr, als sie ertragen konnte. Sie war dabei, verrückt zu werden! Ganz klar. Tränen rannen ihr über die Wangen. Eine andere Erklärung konnte es nicht geben. Sie hatte ihren Mann fast umgebracht und sich dann in einem Häuschen am Ende der Zivilisation in der Einsamkeit vergraben. Wie konnte das anders enden?

Vielleicht sollte sie von hier fortgehen, an einen Ort, wo sie Hilfe und Heilung vor den bedrückenden Visionen und Träumen finden konnte.

Isaura bückte sich unter dem Türrahmen durch und tastete sich an der Wand entlang bis zur Treppe und dann weiter hinunter in die Küche. Sie schrie auf, als plötzlich etwas ihre

Beine berührte. Mit einem Schluchzen sank sie in die Knie, als ihr bewusst wurde, dass es der Kater war, der tröstend um ihre Beine strich.

»Golondrino, komm zu mir«, lockte sie mit brüchiger Stimme. »Sag mir, was ist mit mir los? Werde ich wirklich verrückt?«

Das Maunzen des Katers ging in einem weiteren Donnerschlag unter. Sie spürte den Fliesenboden unter ihren Füßen vibrieren. Nein, keine Minute länger würde sie in diesem Haus bleiben! Es war verflucht, und es wollte sie in den Wahnsinn treiben mit seinen Schatten und flüsternden Stimmen. Sie musste sich in Sicherheit bringen. Jetzt! Sofort!

Isaura klemmte sich den protestierenden Kater unter den Arm. Obgleich es stockdunkel um sie war, lief sie zu der Kommode im Windfang und ergriff den Autoschlüssel. Sie riss die Haustür auf und stürzte hinaus. Im Flackern der Blitze rannte sie zum Schuppen hinüber. Der Regen prasselte wie mit eisigen Nadeln auf sie herab, und noch ehe sie den Hof zur Hälfte überquert hatten, waren sie und der Kater durchweicht.

»Halt still!«, herrschte sie das sich wehrende Tier an, das lautstark protestierte und – als das nicht half, den Griff zu lockern – die Krallen ausfuhr. Doch Isaura bemerkte es kaum. Mit fahrigen Bewegungen öffnete sie die Wagentür und rutschte mit dem Kater auf die vordere Sitzbank. Wie in Trance zerrte sie an dem Verdeck und startete dann den Motor des alten Autos. Es heulte protestierend auf, als sie hart den Gang einlegte und das Gaspedal durchdrückte. Mit einem Satz sprang der Wagen aus dem Schuppen und schlingerte über den Hof. Den Scheinwerfern gelang es kaum, die Fluten, die vom Himmel stürzten, zu durchdringen. Der Scheibenwischer ruckelte ächzend über das Glas, ohne ihr wirklich Sicht zu verschaffen, doch Isaura fuhr weiter. Schnell. Viel zu schnell. Die Reifen drohten mal in den vollgelaufenen Schlaglöchern des Weges zu versacken, mal glitten sie über schlammigem Grund zur Seite. Isaura wurde auf ihrem Sitz herumgeschleudert. Der Kater krallte sich maunzend in das Polster, doch Isaura gab nicht nach, obwohl sie kaum sah, wohin sie den Wagen steuerte. Endlich schoss er an dem abgestorbenen Baum vorbei, der im Licht eines Blitzes wie ein Riese vor ihr aufragte. Isaura folgte der Landstraße nach Tordesillas und dann am Ufer des Duero entlang.

Ihr Fuß trat auf die Bremse, ohne dass sie das beabsichtigt hätte. Der Wagen geriet ins Schleudern. Sie konnte ihren Schrei hören, das Splittern von Glas und Justus' entsetzten Ausruf, ehe sich das Auto überschlug. Würde sich die Geschichte wiederholen? Würde sie nun in den Trümmern eines Wagens sterben? Hätte sie bei diesem Unfall nicht sterben oder zumindest ebenfalls schwer verletzt werden müssen? War das jetzt nur die Korrektur eines Fehlers?

Wessen Fehler? Gottes? Der das nun korrigieren wollte? Das hörte sich verdammt nach einem schlechten Hollywoodfilm an.

Mit einem Ruck kam der Wagen zum Stehen, und durch die Wasserfäden, die an der Scheibe herabrannen, starrte Isaura auf das Straßenschild: *Paseo Juana I.*

Die dunkle Königin!

Isaura riss die Wagentür auf, packte den Kater und rannte los. Über ihr erhoben sich die düsteren Mauern des Klosters. Der Klang der Glocken durchdrang das Rauschen des Windes und das Prasseln des Regens. Sie waren wie der Leuchtturm an der Zufahrt zum Hafen für ein Schiff auf stürmischer See, das sich nach Ruhe und Sicherheit sehnte.

Isaura stürzte auf das Tor zu. Groß und mächtig wuchs es über ihr empor. Dahinter würde sie in Sicherheit sein! Nur noch wenige Schritte. Nun konnte ihr der Sturm nichts mehr anhaben. Weder der Gewittersturm mit seinem Regen noch der Sturm ihrer wirren Gedanken. Schwer atmend hielt sie inne und blieb stehen. Es war Mitternacht. Die schweren Flügel waren geschlossen. Natürlich. Was hatte sie erwartet?

Da öffnete sich eine schmale Nebenpforte, und eine Gestalt in einer schwarzen Kutte trat in den Sturm hinaus. Ein Schleier verhüllte ihr Haupt. Isaura wollte schreien. Waren ihr die Schatten bis hierher gefolgt? Würde sie ihnen niemals entfliehen können?

Da legten sich schmale Finger um ihr Handgelenk. Menschliche Finger, ganz ohne Zweifel. Sie waren zwar kalt, doch sicher nicht geisterhaft.

»Isaura, kommen Sie rasch herein. Ich habe Sie erwartet«, sagte die Stimme von Schwester Maria Anna.

Wie betäubt ließ sich Isaura durch die Pforte ziehen. Das ging über ihren Verstand. Wie hatte die junge Schwester wissen können, was sie gerade umtrieb? Wie sie um diese Zeit erwarten? Fragen über Fragen.

Die Tür schwang hinter ihnen zu und verbannte den Gewittersturm nach draußen.

Kapitel 41

Zamora, 1476

Eine Woche ließ sich Isabel Zeit, um ihre Belange in Burgos zu regeln, um die Adelsmänner und die Bürgerschaft der reichen Handelsstadt auf sich einzuschwören. Natürlich gab es für das Belagerungsheer eine Siegesfeier, doch die Königin achtete darauf, die Besiegten nicht zu sehr zu demütigen. Sie untersagte Plünderungen und verkündete, jeden Übergriff auf Frauen der Stadt scharf zu bestrafen. Dennoch würde die Rebellion die Stadt etwas kosten! Die Truppe verlangte ihren Sold, und schließlich sollte die Kaufmannschaft der Stadt nicht so schnell vergessen, dass sie Untreue gegen ihre Königin teuer zu stehen kommen konnte.

Dann brachen sie wieder auf und machten sich auf den Rückweg nach Tordesillas. Eine kleine Besatzungstruppe ließen sie zurück, um die Stadt an ihre Versprechen zu erinnern, der Rest sollte das Heer vor Toro verstärken.

Ihre Rückreise gestaltete sich deutlich weniger anstrengend. Es war zwar immer noch kalt, doch es schneite nicht mehr, und die Wege wurden mit jedem Tag besser. Bald löste das Braun der Erde den festgetretenen Schnee ab. Außerdem legten sie nun jeden Tag kaum mehr als die Hälfte der Strecke zurück, die sie durch den Schneesturm geritten waren. Die meisten der Männer waren zu Fuß und trugen schwere Waffen und Marschgepäck mit sich, und so war der Februar bereits fast zur Hälfte verronnen, ehe Beatriz und Teresa die Rückkehrer mit Freudentränen in den Augen in ihre Arme schließen konnten. Isabel drückte sie beide kurz an sich, trat dann aber einen Schritt zurück.

»Was gibt es hier Neues?«, wollte sie wissen.

Beatriz seufzte. »Bist du schon wieder die Königin? Kannst du nicht wenigstens für ein paar Stunden nur Isabel die Freundin sein, die von einer abenteuerlichen Reise zurückkehrt und uns Zurückgebliebenen von ihren spannenden Erlebnissen berichtet?«

Die Königin sah sie ernst an. »Glaube mir, liebste Freundin, ich wäre gern für eine Weile nur Isabel, doch du verkennst die Lage. Wir sind im Krieg, und Burgos war nur ein Stein von vielen, den wir mit unserem Blut verteidigen müssen, wenn nicht alles verloren gehen soll. Noch können wir nicht aufatmen, und je länger sich dieser Zustand ohne eine Entscheidung hinschleppt, desto größer ist die Gefahr, dass der Franzosenkönig doch noch eingreift. Das dürfen wir auf keinen Fall riskieren!«, sagte sie hart, doch dann wurde ihre Stimme weicher, und ihre Augen schimmerten, als wären sie feucht.

»Wenn ich das Land in Sicherheit wüsste, dann wäre ich gern eure Freundin Isabel und die Mutter, die ihr Kind in den Armen hält, und die Gattin, die für ihren Mann da ist, damit er keinen Trost in fremden Betten suchen muss.«

Beatriz schwieg ein wenig betreten, dann räusperte sie sich. »Ich bin sicher nicht die Richtige, dir von den Vorgängen im Heerlager zu berichten, doch soviel ich von Fray Hernando gehört habe, hat sich nichts ereignet, das sich zu berichten lohnte – außer vielleicht, dass es mit jeder Woche ein wenig kleiner wird, obgleich sich der König und seine Hauptleute bemühen, den Männern das Warten angenehm zu gestalten.«

»Die Männer wollen aber nicht mehr länger warten«, erklang die Stimme von Kardinal Mendoza hinter ihnen, der unbemerkt eingetreten war.

Isabel nickte. »Ja, die Entscheidung muss endlich fallen,

denn mit jeder Woche, die ungenutzt verstreicht, werden unsere Aussichten schlechter.«

Der Kardinal stimmte ihr zu, und Isabel musste ihn nicht lange drängen, um ihm das Versprechen abzuringen, ins Lager zu reiten und Fernando ins Gewissen zu reden.

»Ich fürchte, er wird eher auf Euch als auf meine Stimme hören«, fügte sie ein wenig verbittert hinzu, doch zu ihrer Überraschung schlug der Kardinal vor, sie solle ihn begleiten.

»Wenn Euch das nicht zu anstrengend ist, nach der langen Reise«, fügte er mit einem seltsamen Lächeln hinzu, das sich vertiefte, als Isabel dies schroff von sich wies.

»Natürlich komme ich mit! Wir können jederzeit aufbrechen!«

»Nein, nein«, wehrte er ab. »Ihr seid ja noch nicht einmal aus Euren Reisekleidern herausgekommen. Ruht Euch aus, und setzt Euch heute Abend mit Euren Getreuen an die Tafel. Morgen ist immer noch Zeit genug, das Zaudern des Königs in Mut zu verwandeln.«

Isabel fügte sich, vielleicht sogar ein wenig erleichtert, selbst wenn sie dies gekonnt verbarg.

Es musste etwas geschehen, so viel war klar. Isabel drängte auf eine Feldschlacht, und vielleicht wäre es ihr auch gelungen, den noch immer zaudernden König dazu zu bewegen, doch Alfonso verschanzte sich noch immer in Toro. Es drohte ihnen wieder eine nervenaufreibende Belagerung. Irgendetwas musste passieren, um den Portugiesen aus der Reserve zu locken.

»Er kann damit doch auch nicht zufrieden sein!«, ereiferte sich Isabel, die wieder einmal wie eine gefangene Raubkatze im Saal auf und ab ging. »Jetzt sitzt er seit Monaten hier fest und kommt nicht vor und nicht zurück, weil unser Heer ihm den Weg versperrt.«

»Er hofft halt noch immer, dass wir den ersten fatalen

Schritt tun und ihm damit einen Vorteil bieten«, meinte Beatriz.

»Und wenn schon«, rief Isabel und ballte die Fäuste. »Immer noch besser, als gar nichts zu tun außer zuzusehen, wie sich die Truppe mehr und mehr auflöst.«

Jimena, die wieder einmal in ihren Träumen gefangen zu sein schien, hob plötzlich den Kopf und starrte Isabel an.

»Wir müssen den ersten Schritt tun, das ist richtig, aber es darf nicht der falsche sein. Keinen, den er erwartet. Eine List, ja, das wäre die Lösung.«

»Und was sollte das sein?«, erkundigte sich Isabel mit zusammengezogenen Brauen.

»Ich habe vergangene Nacht von Troja geträumt. Erinnert Ihr euch? Wir haben die Heldensage in der Bibliothek in Segovia gelesen.«

Beatriz runzelte die Stirn. »War das die Geschichte mit dem Pferd? Du willst doch nicht etwa, dass Isabel Alfonso ein hölzernes Pferd schickt?«

Jimena verdrehte die Augen. »Nein, ich meine das im übertragenen Sinn. Sie muss eine List anwenden. Die Gefahr muss unvermittelt von innen kommen, wo Alfonso sie nicht erwartet. Das wird ihn aus der Reserve locken, und er wird sich mit heißem Zorn in die Schlacht stürzen.«

Isabel hielt in ihrem Lauf inne. »Das hört sich gut an, aber was sollte das für eine Gefahr aus dem Innern sein?«

Jimena breitete die Arme aus und lächelte ein wenig bitter. »Wie so oft in der Geschichte: Verrat!«

»Verrat durch den Feind im Innern der Mauern«, wiederholte Isabel nachdenklich. »Das ist gut. Was meinst du? Toro selbst oder lieber Zamora?«

»Ich verstehe gar nichts«, maulte Beatriz. »Könnte mir jemand diesen tollen Plan so erklären, dass auch ich weiß, wovon ihr redet?«

»Ich würde Zamora vorschlagen«, sagte Jimena, ohne auf

Beatriz' Zwischenfrage einzugehen. »Anders als Burgos hat sich die Stadt nicht aus freien Stücken von seiner Königin abgewandt.«

»Sie haben ihm die Tore geöffnet!«, widersprach Isabel heftig.

»Ja, doch mehr aus Angst denn aus Überzeugung. Die meisten Bürger und *Hidalgos* der Stadt sind keine Anhänger Juanas und der portugiesischen Sache!«

»Woher willst du das wissen?«

Jimena lächelte. »Ich habe mich auf unserem Ritt von Burgos her ein wenig mit Don Miguel unterhalten. Seine Familie ist noch in Zamora, und er meint, dass die meisten dort – zumindest im Geheimen – zu ihrer Königin halten würden.«

»Im Geheimen!«, empörte sich Isabel. »Was nützt das? Sie müssen zu den Waffen greifen und die Portugiesen hinauswerfen!«

»Vielleicht werden sie das tun, wenn einer die Initiative ergreift und sich vor sie stellt – und wenn sie wissen, dass draußen in der Nacht verborgen die Männer der Königin nur darauf warten, sie zu unterstützen!«

»Hm.« Isabel kaute auf ihrer Lippe und nahm ihren Marsch durch die Halle wieder auf. »Und Don Miguel wäre der Mann?«

»Ich denke schon, und er hat auch eine Idee, wie wir unbemerkt in die Stadt gelangen.«

»Wir?«, riefen Isabel und Beatriz wie aus einem Munde.

»Ich meine: er und ich. Was könnte unauffälliger sein als ein Mann und eine Frau, die in die Stadt zurückkehren? Schließlich ist sie nicht von einem Belagerungsring umschlossen.«

Es dauerte eine ganze Weile, ehe es Jimena gelang, die Königin von ihrem Plan zu überzeugen, doch schließlich gab sie nach.

»Ich habe es zwar gehofft, aber – ganz ehrlich – ich hätte nicht gedacht, dass es so leicht würde, in die Stadt zu gelangen«, gestand Jimena leise, als sie an Don Miguels Seite hinter der Kirche San Juan in die breite Gasse einbog, die die Stadt in der Mitte wie Kuchenstücke in zwei Hälften teilte. »Die Wächter am Tor haben uns nicht einmal gefragt, wer wir sind und woher wir kommen.«

Der bärtige Riese nickte. »Ja, wie Ihr vermutet habt, richten sie ihr Augenmerk nur auf die offensichtliche Gefahr, die in Rüstung oder auf einem Streitross daherkommt.«

Wie Jimena trug er einen unauffälligen Wollumhang mit Kapuze. Seine einzige Waffe war ein langer Dolch, den er verborgen an seinem Gürtel trug. Auf sein Schwert hatte er schweren Herzens verzichtet.

Die Stadt Zamora erhob sich auf einem felsigen Hügel in Form eines abgerundeten Keils, dessen eine Längsseite sich am Nordufer des Duero entlangzog. Die Spitze zeigte auf den Zufluss des schmalen Flüsschens Arroyo de Valderrey im Westen, wo sich die Kathedrale der Stadt und der Bischofspalast erhoben und – ganz an der Spitze – die Festung mit ihrem breiten Graben und den trutzigen Mauern. Mit leiser Stimme berichtete Don Miguel über die Stadt.

»Ich nehme an, dass der Portugiese die meisten Männer in der Burg oder in der Nähe der Brücke postiert hat. Und natürlich an den Toren, doch wie wir gesehen haben, scheinen diese nicht besonders wachsam zu sein.«

Jimena nickte. Die noch aus der Zeit der großen Könige der Reconquista stammende Brücke schwang sich an der breitesten Stelle des Flusses über das Wasser und war der Schatz der Stadt, der ihr den Handel und damit Waren und Geld brachte.

Dass die Brücke besonders gut bewacht werden würde, hatten sie vorausgesehen und den Duero bereits in Tordesillas überquert. Mit einer Truppe, die Kardinal Mendoza selbst zusammengestellt hatte, waren sie am Nordufer entlanggeritten und hatten Toro in einem weiten Bogen gemieden, um nicht aus Versehen entdeckt zu werden. Noch im Schutz der Dunkelheit hatten sie sich dem nach der einstigen Stadtherrin Königin Urraca benannten Tor im Norden von Zamora so weit genähert, wie sie es noch für sicher hielten. Den Rest des Weges mussten Jimena und Don Miguel allein zurücklegen. Sie schlugen einen Bogen und warteten, bis es hell wurde, die Tore geöffnet und die Gassen mit Leben erfüllt waren, sodass sie nicht so sehr auffielen. Dann schlenderten sie über den Karrenweg auf die Mauer zu und passierten ohne Schwierigkeiten das Tor. Ihr nächstes Ziel war der Stadtpalast des Herzogs von Alba ein Stück die Gasse hinunter. Don Miguel war ein Vetter zweiten Grades der Herzogin und konnte fest damit rechnen, im Palast willkommen geheißen zu werden. Der Herzog selbst weilte nicht in Zamora. Er hatte sich vermutlich in seine Burg in Alba de Tormes in der Nähe von Salamanca zurückgezogen. Zwei seiner Söhne standen allerdings mit einem Kontingent von Rittern und Bogenschützen im Lager König Fernandos unter Kardinal Mendozas Befehl. So war sich Don Miguel sicher, einige Verbündete hier im Palast anzutreffen, die wussten, wer in der Stadt aufseiten der Königin stand und mutig und entschlossen den Plan unterstützen würde.

Erstaunt und gleichermaßen erfreut beobachtete Jimena, wie umsichtig Don Miguel zu Werke ging. Wie schnell sich die von ihm und den beiden anwesenden Abkömmlingen des Hauses Alba ausgewählten Männer im Palast einfanden! Sie waren fest entschlossen, der Königin ihre Stadt zurückzugeben. Am Ende waren es zwei Dutzend kampferfahrene Männer, die im Palast Alba auf den Einbruch der Dunkelheit warteten. Sie trugen dunkle, weite Umhänge, unter denen sie ihre Schwerter verbergen konnten. Die Gesichter mit Kapuzen verhüllt verließen sie den Palast durch eine Nebenpforte. Sie überquerten die breite Marktgasse und huschten dann durch enge Durchlässe und Höfe an der Ruine der Kirche Santa María vorbei, die einst während eines Aufstands schwer beschädigt worden war.

»Da kommt jemand«, zischte Don Miguel und hob warnend die Hand. Die anderen drückten sich an die Mauern des noch intakten Chores. Sie lauschten den sich nähernden Schritten.

»Schnappt ihn euch«, raunte Don Pedro, der ältere der beiden Neffen des Herzogs von Alba. »Wir können es uns nicht leisten, jetzt entdeckt zu werden.«

Don Miguel nickte und schlich lautlos um die Ecke. Die Schritte verstummten unvermittelt. Ein unterdrückter Ausruf des Erstaunens und ein Schlag waren zu hören, dann ein schleifendes Geräusch. Die Silhouette des hünenhaften Dons tauchte wieder auf und näherte sich den anderen, einen erschlafften Körper fest umklammert.

»Wen habt Ihr da erwischt?«, erkundigte sich Don Pedro. Sie zerrten den Gefangenen in die Ruine der Kirche. Der Mond schien durch das zerfallene Dach und strich über ein Antlitz, das Jimena fast einen Schrei entlockt hätte.

»Er trägt das Wappen von Toledo«, stellte Don Miguel fest. »Einer von Carrillos Männern.«

Don Pedro zog seinen Dolch. »Gehen wir kein Risiko ein. Bringen wir ihn zum Schweigen!«

»Nein!«, stieß Jimena aus und fiel ihm in den Arm. »Bitte, ich flehe Euch an, tötet ihn nicht.«

Don Miguels Gefangener hatte das Bewusstsein bereits wiedererlangt. Die Hände des Hünen um seinen Hals verhinderten, dass er einen Laut von sich geben konnte, doch seine Augen waren weit aufgerissen und starrten Jimena an.

Jimena erwiderte seinen Blick. Ihre Lippen formten lautlos seinen Namen.

»Ramón!« Dass sie sich auf diese Weise wiedersehen sollten!

»Was soll das? Dies ist nicht die Stunde für Sentimentalitäten. Er könnte alles verraten«, wandte Don Pedro ärgerlich ein.

»Dann bindet ihn, und lasst ihn hier im Chor zurück, wo niemand ihn finden kann«, bat Jimena.

Don Miguel hob die Schultern. »Wenn Euch so viel daran liegt …«

Geschickt fesselte er Ramón, steckte ihm ein Stück seines eigenen Umhangs als Knebel in den Mund und warf ihn vor dem Steinblock, auf dem vermutlich einst der Altar gestanden hatte, auf den Boden.

»Weiter! Wir haben schon zu viel Zeit verloren.«

Jimena wandte sich noch einmal zu Ramón um, doch in diesem Augenblick verschwand der Mond hinter den Wolken, sodass sie in seinem Gesicht nicht lesen konnte.

Sie hätte sich gern an ihn geschmiegt und ihm versichert: Ich komme wieder und befreie dich, doch jetzt ist es sicherer für dich, hier im Verborgenen zu bleiben. Sonst läufst du Gefahr, zwischen die Fronten zu geraten.

Doch wie hätte sie das vor den Männern tun können? Sie durfte ihnen nicht verraten, dass sie diesen Mann liebte, der ihren Feinden die Treue geschworen hatte. Sie konnte nur versuchen, ihn unversehrt durch diese Nacht zu bringen. Wenn Isabel gesiegt haben würde, wenn sie als rechtmäßige Königin anerkannt werden würde, vielleicht würde dann auch Ramón ihr endlich Treue schwören. Dann könnten Ramón und sie endlich wieder zusammen sein.

Doch dies waren nicht der rechte Ort und die Zeit für ihre Träume. Jetzt hatten sie eine Aufgabe zu erfüllen. Sie mussten Isabel ihre Stadt zurückgeben.

So blieb ihr nur zu hoffen, dass Ramón in ihrem Herzen lesen konnte und dass er verstand, dass dies nur zu seinem Besten geschah. Noch einmal sandte sie ihm einen Blick, in den sie all ihre Liebe legte. Dann wandte sie sich ab und folgte Don Pedro und den anderen.

Sie schlichen weiter bis zum Tor und beobachteten die Männer, bis die Wachablösung nahte. Sie warteten, bis sich die erste Mannschaft entfernt hatte, ehe sie zuschlugen. Schnell und lautlos, das war entscheidend! Wenn es nur einem gelang, Alarm zu schlagen, konnte der Plan misslingen. Doch Don Pedro und sein Bruder hatten die richtigen Männer für diese Aufgabe gewählt. Sie schlichen sich nah an die ahnungslosen Wächter und überwältigten sie alle gleichzeitig auf Don Miguels Zeichen. Es ging erstaunlich schnell und völlig lautlos vonstatten, und ehe es sich Jimena versah, öffnete Don Miguel bereits das Tor. Die Männer des Kardinals drängten in die Stadt. Auch sie hatten sich in dunkle Umhänge gehüllt, unter denen sie nun ihre Schwerter hervorzogen. Im Flüsterton berichtete Don Miguel und teilte sie dann in kleine Gruppen, die sich nach und nach die Mannschaften auf den Türmen und an den anderen Toren vornehmen sollten. So gelang es ihnen, noch weitere Wächter außer Gefecht zu setzen, ehe die ersten Alarmrufe erklangen.

Das nächste dringende Anliegen war die Festung! Don Miguel drängte die Männer, sich zu beeilen. Noch hatten sie die Chance, das Überraschungsmoment auszunutzen, um sie in ihre Hand zu bekommen, doch als sie den Platz vor der Kathedrale erreichten, mussten sie erkennen, dass es bereits zu spät war. Einigen der Wächter musste es gelungen sein, zu entkommen und Alarm zu schlagen, sodass sie sich mit den Männern des Bischofs in die Festung zurückziehen konnten. Die Brücke war hochgezogen, und ein Hagel aus Pfeilen begrüßte die Männer des Kardinals, als sie sich den Mauern zu nähern versuchten. Es war zwar noch zu dunkel, um gut zielen zu können, dennoch schrie Don Miguel den Männern zu, sie sollten sich zurückziehen. Sie waren zu wenige, um hier gegen diese Mauern etwas ausrichten zu können. Nun galt ihre Aufmerksamkeit der Stadt, die sie vollends in ihre Hände bekommen mussten. Der Überraschungseffekt war vorüber.

Jetzt mussten sie mit dem Schwert gegen jeden Mann kämpfen, der sich ihnen entgegenstellte. Zamora wurde lebendig, und Jimena stellte bewundernd fest, wie gut die Brüder aus dem Hause Alba vorgesorgt hatten. Viele der Familien, die auf der Seite der Königin standen, waren im Bilde, und auch einige der Pfarrer und Kapläne, die nun die Glocken läuten ließen und verkündeten, Zamora wäre wieder eine freie Stadt Kastiliens! Bald schon erloschen die Kämpfe. Viele Männer des Bischofs versuchten zu fliehen oder ergaben sich der Übermacht. Es waren kaum zwei Stunden vergangen, seit sie das Tor geöffnet hatten, da wehte wieder das Banner Kastiliens und seiner Königin über Zamora. Die Festung dagegen würden sie nicht so einfach nehmen, jetzt, da die Männer alarmiert waren und die Brücke hochgezogen hatten. Dennoch war es ein Sieg, der dazu angetan war, König Alfonso von Portugal aus der Reserve zu locken.

»Lasst uns zurückreiten«, schlug Don Miguel vor, der sich mit Kardinal Mendozas Männern auf dem Platz vor der Kathedrale so weit zurückgezogen hatte, dass die Pfeile von den Zinnen der Burg sie auch im zunehmenden Licht des neuen Tages nicht erreichen konnten.

Jimena erbat sich einige Minuten Zeit, ehe sie aufbrachen, und lief mit gerafften Röcken zur Ruine der Kirche, wo sie Ramón gefesselt zurückgelassen hatten. Sie überlegte, was sie ihm sagen sollte. Würde sie ihn überreden können, den verräterischen Erzbischof zu verlassen und mit ihr zu kommen? Wie konnte er sein Leben für einen fremden König einsetzen, der in sein Heimatland einfiel?

Sie wusste, was Ramón darauf erwidern würde. Noch immer hielt er Juana für die rechtmäßige Erbin, doch war diese Ehe mit dem Portugiesen nicht eine Farce? Ein Akt der Gewalt, um seinen Überfall zu rechtfertigen, der sicher nicht Juanas Willen entsprach? Wie konnte das junge Mädchen sich wünschen, an den so viele Jahre älteren König gefesselt zu sein, der noch dazu ihr Onkel war! Nicht sie würde Kastilien regieren, sondern ein Fremder aus Portugal, dem das Land nicht am Herzen lag. Es war nicht seine Heimat, die er liebte. Es war nur ein Stück Land, das seine Macht vergrößerte.

Doch keines ihrer Argumente konnte Ramón überzeugen, denn sie fand im Chor der Kirchenruine lediglich die zerschnittenen Stricke, mit denen Ramón gefesselt gewesen war. Mit einem mulmigen Gefühl kehrte Jimena zu Don Miguel und den Männern zurück.

Wer hatte Ramón befreit, und wo war er jetzt? War er in die Kämpfe um die Stadt verwickelt worden und verletzt oder gar tot? Befand er sich unter den Gefangenen? Oder war es ihm gelungen, sich bereits vor dem Ausbruch der Kämpfe selbst zu befreien? So genau hatten die Männer ihn nicht durchsucht. Vielleicht hatte er ein Messer im Stiefel gehabt?

»Seid Ihr bereit, Doña Jimena?«, erkundigte sich Don Miguel höflich, doch sie konnte die Ungeduld spüren. Er wollte aufbrechen, um rechtzeitig zur großen Schlacht zurück zu sein.

Sie hob die Schultern, doch ihre Worte blieben ihr im Hals stecken. Da war er! Jimena riss die Augen auf und blinzelte dann, um sicherzugehen, dass ihre Fantasie ihr keinen Streich spielte. Nein, ohne Zweifel. Dort oben auf der Mauer der Burg stand Ramón und sah zu ihr herüber. Er war zu weit weg, als dass sie seine Miene hätte deuten können, doch sie war sich sicher, dass auch er sie erkannte. Er schien unversehrt und hielt sein blankes Schwert in den Händen.

Plötzlich wusste Jimena, was geschehen war. Ramón war es gelungen, sich selbst zu befreien und zur Burg zu laufen, um Carrillo und seine Männer zu alarmieren! Deshalb hatten sie vor verschlossenen Toren gestanden. Deshalb war die Burg für sie verloren.

Jimena wandte sich brüsk ab. Der Verrat des Mannes, der ihr ewige Liebe geschworen hatte, schmerzte sie tief. »Ja, ich bin bereit, Don Miguel. Reiten wir zurück. Die Königin erwartet uns.«

Sie ließen die Hälfte von Mendozas Männern zurück, um die Bewohner der Stadt zu unterstützen und Carrillos Gefolgsleuten die Lust zu nehmen, einen Ausfall zu wagen. Dann querten sie auf der alten Steinbrücke den Fluss, die in sechzehn kühnen Bogen den Duero überspannte. Das Wasser rauschte unter ihnen hindurch. Der Morgenwind bauschte ihre Mäntel. Jimena lauschte dem Klang der Hufe auf dem Pflaster und spürte, wie etwas wie Stolz in ihr aufstieg. Der wichtige Übergang über den Fluss befand sich wieder in der Hand der kastilischen Könige!

Kapitel 42

Toro, 1476

Es war die Nacht vor der Entscheidung. Vermutlich schlief auf beiden Seiten keiner so recht, außer vielleicht Beatriz, die vor lauter Anspannung am Abend so viel Wein getrunken hatte, dass sie schließlich am Tisch einschlief und in ihr Bett getragen werden musste. Isabel dagegen hatte wie üblich keinen Tropfen angerührt und war nun schon seit den frühen Abendstunden im Kloster der Klarissen, um in der Kirche auf ihren Knien vor dem Altar zu beten. Ob auch Fernando die Nacht im Gebet verbrachte und König Alfonso von Portugal? Jimena wusste es nicht, doch sie ahnte, dass in dieser Nacht viele Gebete gesprochen wurden, und sie fragte sich, nach welchen Kriterien Gott sie wohl erhörte oder verwarf. Oder saß er nur als Zuschauer dort oben auf seinem Wolkenthron und betrachtete mitleidlos, wie unten im fernen Kastilien zwei Heere aufeinander losgingen und Tausende Männer einen grausamen Tod fanden?

Isabel hatte Jimena gebeten, sie zu begleiten, doch ausnahmsweise schlug die Freundin ihr einen Wunsch ab. Diese Nacht in einer weihrauchgeschwängerten Kirche zu verbringen schreckte sie. Sie glaubte nicht so wie Isabel. Jimena konnte sich einfach nicht vertrauensvoll in einem Gebet an die himmlischen Kräfte wenden. Zu viele Fragen quälten sie. Zu viele Zweifel. So hatte Teresa die Königin zum Kloster begleitet, obgleich sich Jimena nicht sicher war, ob auch die stumme Cousine den Herrn im Himmel und die Jungfrau

Maria anflehte oder nicht doch eher die Kräfte der Erde beschwor, wie ihre Mutter Dominga es ihr beigebracht hatte.

Sie selbst zog es hinaus in die Natur. Jimena schlüpfte aus dem Palast und ging zum Flussufer hinunter. Das Wasser des Duero schimmerte silbern im Mondlicht. Pappeln ragten in den Nachthimmel, Weiden badeten ihre noch unbelaubten Zweige im kalten Wasser, doch der Frühling war nicht mehr weit.

Jimena sehnte sich nach der Rückkehr des frischen Grüns und nach der wärmenden Frühlingssonne und fragte sich gleichzeitig bang, was der März ihnen noch mitbringen würde. Tage des Sieges im Taumel der Freude oder Flucht und Verbannung? Gar ein finsterer Kerker auf irgendeiner fernen Burg?

Jimena lauschte dem Rascheln ihrer Schritte im dürren Schilf. Den Blick zum Mond emporgerichtet, ging sie weiter und versuchte, mehr zu sehen als die Nacht, die sie umgab.

Plötzlich bemerkte sie ein Schimmern in den Bäumen am anderen Ufer, das sie zuerst für den Widerschein des Mondes hielt, doch dann formte sich eine Gestalt, die wie sie am Ufer entlangschritt. Das lange, schimmernde Gewand schien das trockene Gras nicht zu berühren. Ja, es war ihr, als schwebten die Füße über den Morast. Jimena blieb stehen und kniff die Augen zusammen, um das Gesicht erkennen zu können. Nein, das war nicht möglich.

Erkennst du mich nicht wieder? Ist so viel Zeit vergangen, seit wir uns das letzte Mal sahen?

»Ja«, flüsterte Jimena in die Nacht. »Viel zu viel. Du hast mich mit all den schweren Entscheidungen allein gelassen! Was willst du in dieser Nacht hier? Mir die Angst nehmen oder sie nur noch mehr schüren? Morgen kommt es zur großen Schlacht. Der Plan ging auf. Die Befreiung Zamoras hat Alfonso gereizt und aus der Reserve gelockt. Nun hetzen sie ihre Heere auf irgendeinem Feld aufeinander, das schon in wenigen Stunden mit Blut getränkt sein wird. Aber das weißt du ja sicher selbst.«

Du bist verbittert, aber das solltest du nicht sein, mein Kind, erklang Domingas Stimme ungewohnt sanft in ihrem Kopf. Noch immer war sich Jimena nicht sicher, ob sie dort am anderen Ufer wirklich jemanden sah oder ob sie sich diese Erscheinung nur einbildete.

»Warum bist du hier?«, verlangte Jimena zu wissen.

Um dir zu sagen, dass du alles sehr gut getan hast. Und um dich daran zu erinnern, dass ich im Geist immer bei dir bin. Ich beobachte dich und Teresa, auch wenn ich nicht in eurer Nähe sein kann. Es wäre zu gefährlich.

»Für dich?«, fragte Jimena ungläubig. Wer hätte der mächtigen, weisen Frau gefährlich werden können?

Nein, für dich und Teresa. Es wäre nicht gut, wenn man euch zu oft in meiner Gesellschaft sieht. Mein Stern ist im Sinken. Bald werden Kräfte in der Kirche Macht gewinnen, die unsereins nicht nur mit Misstrauen beobachten. Es kommen schwere Zeiten auf das Land zu – auf ganz Europa. Überall werden die Feuer brennen und die Schreie der Gequälten nicht mehr verstummen.

Jimena verstand nicht. Sie wollte nicht verstehen. Das, wovon Dominga jetzt sprach, war für sie in dieser Nacht vor der entscheidenden Schlacht unwichtig.

Ja, die große Schlacht auf dem Feld von Peleagonzalo, nahm Dominga den Gedanken auf. *Sie wird die Wende bringen.*

»Kannst du sehen, wie es ausgeht?«, wollte Jimena wissen, aber die Stimme in ihrem Kopf blieb ihr die Antwort schuldig.

Es wird ein großer Tag mit mehr Blut als Ehre, den Tausende nicht überleben werden.

Jimena schluckte. Die Frage, die sie tief in ihrem Innern beschäftigte, wagte sie nicht zu stellen.

»Warum bist du hier?«, wiederholte sie stattdessen.

Weil du etwas tun musst. Etwas Wichtiges.

»Was?«

Das sage ich dir, wenn es so weit ist. Nun ist es erst einmal entscheidend, dass du dich bereithältst. Noch ehe die Sonne morgen untergeht, musst du auf dem Schlachtfeld sein. Reite rechtzeitig, und sieh zu, dass dich niemand aufhält! Du musst allein kommen.

»Aber ich weiß ja nicht einmal genau, wo die Heere aufeinandertreffen!«

Vertraue mir. Ich werde dich führen. Öffne deinen Geist.

Das war das Letzte, was Jimena hörte. Die Gestalt am anderen Ufer war verschwunden, und die Stimme schwieg. Und auch der Mond verbarg sein silbernes Antlitz hinter dichten Wolken, die drohend von Westen herüberzogen, wo sich in wenigen Stunden zwei Heere gegenüberstehen würden, um Blut zu vergießen und Verderben zu säen und dem Tod eine reiche Ernte einzubringen.

Jimena kehrte in den Palast zurück. In ihrem verlassenen Gemach kleidete sie sich um. Durch die nur angelehnte Tür konnte sie Beatriz' leises Schnarchen hören. Sonst war niemand da. Isabel und Teresa waren vermutlich noch bei den Klarissen, und die anderen Damen, die es überhaupt noch in Tordesillas aushielten, teilten sich eine Kammer am Ende des Ganges.

Jimena klappte den Deckel der schweren Truhe auf. Obwohl sie diese Kleidungsstücke schon lange nicht mehr getragen hatte, wusste sie, dass sie ganz unten das finden würde, was sie jetzt brauchte. Sie wählte ein paar lederne Beinkleider, ein grobes Hemd, eine warme Tunika und ein festes Lederwams. Ihre Füße schlüpften in ihre robusten Reisestiefel. Sie warf sich noch den dicken grauen Wollumhang mit der Kapuze über und hastete dann in die Ställe hinunter, wo sie zu dieser Zeit niemanden anzutreffen hoffte. Sie wählte das erfahrene Jagdpferd, das Isabel ihr geschenkt hatte, und mit einiger Mühe schaffte sie es, das Tier zu satteln und aufzuzäumen. Leise führte sie die Rappstute auf das Tor zu, als sich ein Schatten gegen den sich zögerlich erhellenden Nachthimmel abzeichnete. Für einen Moment hielt sie die kleine Gestalt für einen der Stallburschen, doch dann spürte sie, wer sich ihr in den Weg stellte.

Jimena holte tief Luft und sammelte sich, um ihre Argumente gut zu wählen, ohne zu viel zu verraten, doch da trat Teresa auf sie zu und legte ihre Hand auf die ihre, die den Zügel umfasste. Das Pferd schnaubte leise.

Jimena sah dem jungen Mädchen in die Augen. Sie schienen von innen her zu leuchten und sahen sie unbeirrt an, als wollten sie durch ihre Seele dringen.

Nein, Teresa war nicht gekommen, um sie aufzuhalten. Es sollte Jimena nicht wundern, dass sie Bescheid wusste. Vielleicht hatte Dominga auch mit ihr gesprochen. Jedenfalls war sie gekommen, um sie zu verabschieden und vielleicht auch, um ihr eine Art Segen zu schenken. Einen Teil ihrer Kraft, der Jimena auf ihrer Mission begleiten sollte. Es war ihr, als könne sie den Strom von Energie spüren, der von Teresas Hand durch die ihre floss und vielleicht sogar auf die Stute mit überging, die ihren Blick ebenso wachsam auf die zarte Gestalt gerichtet hielt. Dann senkte Teresa den Blick und trat zur Seite. Jimena führte das Pferd zu einem Holzklotz und zog sich in den Sattel hinauf. Nun musste sie nur noch den Palast verlassen, ohne unbequeme Fragen beantworten zu müssen. Zu ihrer Überraschung griff Teresa in die Zügel und führte sie zum Tor. Die beiden Wächter verbeugten sich nur stumm und öffneten ihnen. Teresa begleitete ihre Cousine noch bis zum Stadttor, an dem ebenfalls niemand Fragen stellte, dann blieb sie stehen. Sie legte noch einmal zum Abschied ihre Hand auf ihr Herz, dann wandte sie sich ab, um an Isabels Seite zurückzukehren.

Der erste März des Jahres 1476 zog herauf, und die Sonne schien auf die zwei Heere, die sich in Sichtweite der roten Klippen von Toro auf einem weiten Feld vor dem Südufer des Duero gegenüberstanden. Auf der einen Seite das Heer des Königspaars Isabel und Fernando von Kastilien, auf der anderen die Streitkräfte des Königs von Portugal.

Geier erhoben sich in die Morgenluft und kreisten in der über den Felsen aufsteigenden Luft, so als wüssten sie bereits, dass sie heute reiche Beute machen würden.

Speerspitzen und Schwerter glänzten in der aufgehenden Sonne, als auf beiden Seiten der Befehl zum Angriff gegeben wurde. Hornsignale hallten über das Feld. Die Truppen setzten sich in Bewegung. Vornweg die Berittenen, gefolgt von den Bogenschützen und den Gruppen der einfachen Infanteristen mit ihren Spießen und Äxten, jede Gruppe geführt von einem adeligen Hauptmann.

Ganz vorn stachen zwischen den Reihen ihrer schwer bewaffneten Ritter in beiden Heeren zwei Männer in glänzendem Helm und Harnisch hervor, die man gewöhnlich im prächtigen Gewand der Kirchenfürsten sah. Nun, da der Befehl zum Angriff über das Feld hallte, zogen die beiden Kirchenmänner ihre Schwerter und gaben ihren Streitrössern die Sporen, dass sie wiehernd lospreschten. Sie ließen nicht nach, bis die feindlichen Reiter aufeinanderprallten und auf beiden Seiten das Blut in Strömen zu fließen begann.

Ja, die Schlacht der Könige wurde zu einem persönlichen Kampf zweier erbitterten Feinde: auf der einen Seite Kardinal Mendoza für das kastilische Königspaar, auf der anderen Seite der Primas und Erzbischof von Toledo für den Portugiesen und seine junge Braut Juana. Sie stritten an vorderster Front, und kaum ein Mann fällte an diesem Tag so viele Gegner wie jeder der beiden. Ihr Schwertarm schien niemals ermüden zu wollen.

»Verräter!«, brüllte Kardinal Mendoza, als er in Carrillos

Nähe kam. »Hier ist *der Kardinal von Spanien!* Macht Euch bereit, vor Gott dem Herrn Rechenschaft abzulegen!«

Zorn und Hass hielten sie aufrecht und ließen sie ihre Ritter immer wieder auffordern, sich zu sammeln und in das gegnerische Heer vorzustoßen. Jedes Mal fielen dabei Männer zu Dutzenden auf beiden Seiten, und es war schwer zu beurteilen, wie es um die einzelnen Teile des Heeres stand. Sowohl Fernando als auch Alfonso versuchten vergeblich, den Überblick zu behalten und die einzelnen Verbände geschickt einzusetzen, um jede Schwäche des Gegners auszunutzen. Doch Taktik zählte in dieser Schlacht nicht viel. Es war einfach ein brutales Schlachten, bei dem beide Heere gleichermaßen ausbluteten. Bald war das Feld durchwühlt und von Toten, Verletzten und abgeschlagenen Gliedern übersät. Der Boden tränkte sich mit Blut und ließ die Männer im schlüpfrigen Morast den Halt verlieren. So wogten die Kämpfe den ganzen Tag hin und her, ohne dass eines der Heere die Oberhand gewinnen konnte. Die Sonne ging schon unter, als die Hörner erneut erschallten und die Männer auf beiden Seiten erschöpft die Waffen sinken ließen. Wer noch gehen konnte, schleppte sich in sein Lager zurück, wo sich erschreckend wenige unter der Fahne ihres jeweiligen Feldherrn sammelten. Kardinal Mendoza war einer der Letzten, der vom Kampf zurückkehrte. Sein Umhang in Fetzen, Schwert und Rüstung blutverschmiert. Doch er war am Leben und nahezu unverletzt. Der größere Teil des Heeres dagegen blieb auf dem Feld zurück, und die Geier ließen sich zwischen mehr als zehntausend Gefallenen nieder, um ihr blutiges Mahl zu halten.

Jimena zügelte ihre Stute. Sie blieb im Schutz der Bäume am Flussufer stehen, die Zähne fest zusammengebissen, den Blick gesenkt. Sie konnte, nein, sie wollte nicht sehen, was das letzte Licht des Tages ihr zeigte. Gequält schloss sie die Augen, doch der durchdringende Gestank nach Blut und der beginnenden Verwesung blieb.

Ja, sie hatte gewusst, dass es zur Schlacht kommen würde, und sie hatte es sich schrecklich vorgestellt, doch was sich hier vor ihr auftat, war jenseits schlimmster Albträume.

Das ist wahr, doch jetzt ist nicht die Zeit zu trauern. Du musst weiter. Schnell. Noch sind die letzten Männer nicht über die Brücke gezogen. Folge ihnen hinauf nach Toro, ehe die Tore geschlossen werden.

Wie in Trance gehorchte Jimena der Stimme in ihrem Kopf. Sie konnte später nicht mehr sagen, wie sie in die Stadt gekommen war noch wie sie ohne aufgehalten zu werden in die Nähe des Königs hatte gelangen können.

Was tat sie hier eigentlich mitten im Lager der Feinde? Sie stand an die Wand des Saals gedrückt, in dem sich die erschöpften Ritter des Portugiesen drängten, die Kapuze tief ins Gesicht gezogen, doch keiner nahm von ihr Notiz, ja, keiner schien sie überhaupt zu sehen. Plötzlich durchzuckte sie ein schrecklicher Verdacht.

Was verlangst du von mir? Soll ich ihn mit meinem Messer meucheln?

Nein, du wirst nur mit ihm reden.

Was sollte sie mit dem König von Portugal reden?, fragte sich Jimena, doch da begannen sich ihre Lippen bereits zu bewegen, und obgleich kein Laut aus ihrem Mund kam, schien der König ihre Worte zu hören. Seine Hand fuhr an seinen Kopf, und sein Blick wurde seltsam glasig.

Ihr seid müde, Majestät. So schrecklich müde. Ihr müsst Euch nach dieser Schlacht zurückziehen und Kräfte sammeln. Nehmt Eure Männer und zieht Euch an einen sicheren Ort zurück und dann schlaft, Majestät, schlaft!

Jimena wandte sich ab und verließ die Stadt. Sie hatte die Brücke noch nicht ganz überwunden, als die ersten Männer bereits aus dem Tor quollen. Sie machten sich abmarschbereit.

Sie würden sich zurückziehen, um ihre Wunden zu lecken. Und der König? Er würde, kaum dass sie Castromina erreichten, in tiefen Schlaf fallen, aus dem er zwei Tage nicht wieder erwachen sollte. Zwei Tage, nach denen die Entscheidung gefallen sein würde.

Jimenas zweites Ziel war König Fernandos Lager. Alles in ihr drängte sie, das Schlachtfeld weiträumig zu umreiten, dennoch steuerte sie direkt darauf zu. Sie ritt bis zu den letzten Bäumen und hielt ihr Pferd dort an. Obgleich sie sich fürchtete, ließ sie sich aus dem Sattel gleiten. Sie stieg über die ersten Erschlagenen hinweg. Der Gestank war nun so betäubend, dass es in ihrem Kopf zu rauschen begann und sie nicht mehr klar sehen konnte. Dennoch ging sie zielstrebig weiter. Etwas Tieferes als ihr Bewusstsein führte sie, und obwohl sie ahnte, wonach sie suchte, wollte sie nicht, dass ihr Geist den Gedanken erfasste. Er war zu schmerzlich.

Ihre Füße hielten an. Ihr Blick glitt über den Boden, ohne den unfassbaren Schrecken zu begreifen. Männer und Pferde mit Pfeilen in ihren Leibern, zerhackt und zerstückelt. Sie konnte unmöglich sagen, wer zu welchem Heer gehört hatte, doch war das nun auch nicht mehr wichtig. Der Tod hatte sie alle gleich gemacht.

Da hörte sie das Stöhnen. Sie stieg über einen Mann hinweg, aus dessen Auge ein Pfeil ragte, und umrundete den Kadaver eines Streitrosses, bis sie über ihm stand und die schreckliche Wahrheit nicht mehr verdrängen konnte.

Ein Schrei voller Pein erklang in ihrem Kopf, und sie ahnte, dass es Domingas Klagelaut war, der sich mit ihrem eigenen Schmerz vermischte. Jimena ließ sich auf die Knie sinken. Sie griff nach der blutigen Hand, die sich ihr entgegenstreckte.

»Ramón!«

Seine Lider öffneten sich, und sie spürte, dass er sie erkannte.

»Jimena, ich habe so gebetet, dich noch einmal sehen zu

dürfen und dich um Verzeihung bitten zu können, ehe ich meinem Schöpfer gegenübertrete. Vielleicht darf ich das als Zeichen deuten, dass der Herr mir meine Sünden vergeben wird.«

»Was redest du für einen Unsinn?«, sagte sie rau und versuchte zu erfassen, wie schwer seine Wunden waren. Er hatte eine Schnittwunde im Gesicht, die ihn ein Ohr gekostet hatte, und eine am Arm, die aber ebenfalls nicht tödlich sein würde. Doch woher kam das ganze Blut, das seine Kleidung und das Gras tränkte?

Er protestierte und stöhnte, als sie seinen Harnisch löste und sein Wams mit ihrem Messer aufschnitt. Ihre Lippen zitterten, als sie den blutdurchtränkten Stoff von der Wunde zog. Eine Lanze war unter dem Arm tief in die Seite gedrungen. Noch immer floss viel Blut aus der hässlichen Wunde. Jimena nahm ihren Mantel ab, drehte den Stoff zusammen und drückte ihn auf die Verletzung, auch wenn sie wusste, dass sie ihm nicht mehr helfen konnte. Es war ihr, als könne sie den Tod bereits wittern, der sich mit seinen eisigen Klauen heranschlich.

Jimena schluckte ihre Tränen herunter. Sie setzte sich in das zerwühlte Gras und zog Ramóns Kopf in ihren Schoß. Er sah zu ihr auf, und seine von Schmerzen verkrampfte Miene entspannte sich für einen Augenblick.

»Vielleicht hätte ich auf dich hören sollen«, stieß er flüsternd hervor. »Vielleicht wären wir dann glücklich zusammen, irgendwo weit weg von diesem Wahnsinn.«

»Oder du hättest heute für die andere Seite dein Leben lassen müssen«, widersprach sie. »Das Rad des Schicksals hat so entschieden. Auch ich bedaure, dass wir ihm nicht entgehen konnten. Ach, Ramón, ein paar glückliche Jahre hätte ich mir gewünscht, oder wenigstens ein paar Wochen oder Monate.« Nun rannen ihr Tränen über die Wangen und tropften in sein Gesicht.

»Weine nicht, mein Liebes, ich habe es nicht verdient. Ich habe dich verlassen und verraten. Ich weiß nicht, warum ich erst sterben muss, um endlich zu sehen.«

Seine Hand umklammerte die ihre, er versuchte noch etwas zu sagen, doch er brachte nur noch ein Stöhnen hervor. Dann lief ein Zittern durch seinen Körper, und der Glanz seiner Augen verlosch. Er war tot.

Ein Schluchzen entrann ihrem Mund. Nein, nein, nein! Das durfte nicht sein. Sie konnte ihn doch nicht einfach so verlieren!

Lass ihn los!

»Nein!«

Lass ihn los, wiederholte Domingas Stimme in ihrem Kopf. *Deine Aufgabe für heute ist noch nicht zu Ende.*

»Er ist tot! Dein Sohn liegt hier tot auf dem Schlachtfeld!«

Ja, ich weiß, ich konnte es nicht verhindern. Jimena hörte den Schmerz, doch sie litt selbst zu sehr, um Mitleid mit der Mutter zu empfinden.

Lass ihn los, sagte sie ein drittes Mal. *Du kannst seinen Körper nicht mitnehmen, um ihn zu begraben.*

»Aber ich kann ihn doch nicht den Geiern und Krähen überlassen!«

Es ist nur noch sein Körper. Er wird es nicht spüren. Du musst jetzt Abschied nehmen und dich um die Lebenden kümmern.

Jimena wusste, dass sie recht hatte, und dennoch zürnte sie ihr. Es war leichter, sich auf den Zorn zu konzentrieren als auf ihr Leid. Sie küsste Ramón die blutverschmierten Lippen und breitete dann ihren Mantel über ihn.

»Lebe wohl, mein Geliebter. Ich wünsche so sehr, dass es ein anderes Leben gibt, in dem wir uns wiedersehen.«

Jimena erhob sich und wankte blind vor Tränen zu ihrem Pferd zurück. Es gelang ihr, sich in den Sattel zu ziehen. Die Rappstute trabte an und fiel in den Galopp. Durch den

Schleier ihrer Tränen konnte Jimena nicht sehen, wohin sie sich wandte, doch vielleicht lenkte Dominga ihren Lauf, oder das Tier ahnte selbst, wohin es gehen musste. Jimena gab sich noch immer ihrer Trauer hin, als die ersten Zelte des Feldlagers vor ihr auftauchten. Sie ließ die Stute in den Schritt zurückfallen und ritt zwischen den Zelten hindurch, bis sie ihr Ziel erreichte. Die Stute hielt an und schnaubte leise, so als wolle sie Jimena an ihre Pflicht erinnern. Sie tätschelte die Mähne des treuen Tieres.

»Du hast ja recht«, flüsterte sie, wischte ihre Tränen ab und rutschte aus dem Sattel. Sie trat ins Zelt des Königs, wo sich Fernando mit Kardinal Mendoza und einigen anderen Adelsmännern versammelt hatte. Sie wirkten so erschöpft und entmutigt wie die Führer im Lager der Portugiesen. Keiner fragte, was sie hier zu suchen habe. Fernando hob nur müde den Blick.

»Doña Jimena«, murmelte er, so als wisse er nicht, ob sie echt war oder nur ein Trugbild.

Jimena straffte die Schultern und schritt auf ihn zu. »Majestät, Ihr habt die Schlacht gewonnen! Schickt einen Boten zur Königin, um ihr die freudige Nachricht zu überbringen. Verkündet es im ganzen Land und lasst das Volk Euren Sieg feiern.«

Fernando starrte sie aus blutunterlaufenen Augen an und schüttelte den Kopf. »Wir haben nicht gewonnen. Es war nur ein sinnloses Abschlachten, bei dem keiner den Sieg davongetragen hat. Wir haben alle verloren!«

Jimena griff nach seinem Arm und schüttelte ihn. »Nein, Majestät, König Alfonso zieht sich zurück. Der Sieg gehört Euch! Kastilien ist befreit und wird seiner Königin und seinem König huldigen.«

Fernando blinzelte. »Was sagt Ihr da? Wie wäre das möglich? Wie könntet Ihr davon wissen?«

Auch der Kardinal trat nun herbei und starrte Jimena prüfend an, doch dann nickte er. »Ihr habt recht, Doña Jimena. Lassen wir das Volk wissen, dass Königin Isabel und König Fernando gesiegt haben!«

»Ja, denn nichts ist wichtiger als der Sieg in den Köpfen der Menschen Kastiliens!«

Er ließ ein Pergament und Tinte bringen und verfasste zusammen mit dem König eine Nachricht an Isabel.

»Ich werde sie sogleich überbringen«, bot Jimena an und streckte ihre Hand nach dem versiegelten Schreiben aus. Fernando überreichte es ihr und lächelte ein wenig schief auf sie herab.

»Manche Schlachten werden nicht mit dem Schwert gewonnen«, sagte er.

Jimena nickte und verstaute den Brief unter ihrem Wams. Der König persönlich reichte ihr seinen Mantel und hob sie auf ihr Pferd. Er gab ihr zwei seiner Getreuen mit, auf dass sie Tordesillas sicher erreichen mochte. Jimena hob noch einmal die Hand und ritt dann im Galopp über die vom Mondlicht beschienene Flussebene davon. Die Männer folgten ihr.

Die Glocken läuteten. In diesem Augenblick erst im *Convento de Santa Clara,* doch schon wenige Minuten später fielen die anderen Kirchenglocken von Tordesillas jubelnd ein. Und bald schon sollten die Glocken in ganz Kastilien läuten. Die Schwestern stimmten das Te Deum an, als Isabel barfuß vor den Altar trat, um Gott dem Herrn zu danken und ihn zu preisen, dass er ihr in dieser Nacht Kastilien zum Geschenk gemacht hatte. Sie schwor, zum Dank in Toledo ein Kloster errichten zu lassen: San Juan de los Reyes, um für alle Zeiten an diesen Sieg zu erinnern, von dem bald das ganze Land reden sollte.

Und so war es auch. Allerorts pries man die Königin, und viele, die noch schwankend gewesen waren, folgten nun ihrem Ruf, während sich König Alfonso mit dem kläglichen

Rest seines Heeres hinter die Grenze zurückzog. Nicht nur, dass Tausende seiner Männer gefallen waren – nach dieser Schlacht verließ auch Erzbischof Carrillo den Portugiesen, was so manch anderen Adeligen, der sich Vorteile und Pfründe erhofft hatte, ins Wanken brachte und abtrünnig werden ließ.

Doch das waren nicht die Gedanken, die Jimena bewegten, als sie sich während des Dankgottesdienstes in die Kapelle zurückzog, die Fernán López de Saldaña als Begräbnisplatz für seine Familie hatte erbauen lassen. Er war Schatzmeister von Isabels Vater König Juan II. gewesen. Nun schritt Jimena an seinem Sarg mit der lebensgroßen Statue vorbei, die bleich und kalt auf dem Deckel lag.

Doch es war nicht sein Tod und auch nicht das Leid seiner Familie, die Jimena umtrieben. Sie sah zu Isabel hinüber, die vor dem Altar kniete. Dies war einer ihrer glücklichen Tage, doch dieser Ort sollte noch viel Kummer bereithalten – für sie selbst und vor allem für ihre noch ungeborene Tochter: Königin Juana I.

Und plötzlich sah Jimena die anderen Särge, die hier einst stehen würden, und sie spürte das überwältigende Leid einer Frau, die das Liebste und Wichtigste an den Tod verloren hatte. Ja, hier würde Juana um ihren Mann weinen, doch noch schlimmer als unter diesem Verlust würde sie unter ihrem eigenen Vater und ihrem Sohn leiden müssen, die sie einsperren ließen, um alle Macht, die eigentlich ihr allein als der Königin von Kastilien zustand, in den eigenen Händen zu behalten. Vielleicht waren es dieses Wissen und die drückende Macht der ewig währenden Einsamkeit, an der sie langsam zerbrechen sollte, bis der Name, den man ihr schon lange gegeben hatte, zur Wirklichkeit wurde: Juana la Loca – Johanna die Wahnsinnige –, die schöne Tochter der großen Isabel von Kastilien, die von alldem noch nichts wusste.

Nein, heute war ein Freudentag für die Königin und den

König an ihrer Seite, der bereits auf dem Weg zu ihr war, um sie bei der großen Aufgabe zu unterstützen, die nun vor ihr stand: Kastilien mit seinen Menschen in eine neue, goldene Zeit zu führen.

Kapitel 43

Kloster der Klarissen, April 2012

»Haben Sie gut geschlafen?«

Isaura saß mit einem Tablett auf den Knien in dem schmalen Bett einer der Gästekammern des Klosters, einen Becher Tee in den Händen. Sie begrüßte Schwester Maria Anna, die lächelnd hereinkam.

»Wie geht es Ihnen?«

»Ich weiß es nicht«, bekannte Isaura ehrlich. »Aber der Tee und das süße Gebäck haben meine Lebensgeister wieder geweckt. Es war eine verrückte Nacht.«

In Erinnerung daran schüttelte sie den Kopf. Jetzt im Morgenlicht, das die Klosterzelle erhellte, kam ihr der Schrecken so unwirklich vor, und sie schämte sich ihrer kopflosen Flucht.

»Es tut mir leid«, sagte sie zerknirscht.

»Was denn?«, fragte Maria Anna, die sie aufmerksam betrachtete.

Isaura stellte das Tablett zur Seite und hob die Arme. »Die ganze Aufregung, die ich unnötig verursacht habe. Hier mitten in der Nacht einfach reinzuplatzen.« Sie seufzte.

Maria Anna zog sich einen Stuhl heran und setzte sich. »Unsere Türen stehen für jeden offen, der unsere Zuflucht braucht«, sagte sie, »ganz egal zu welcher Tages- oder Nachtzeit. Und Sie hatten gestern das Bedürfnis, zu uns zu kommen. Das ist gut so. Es war die richtige Entscheidung. Ich hatte Ihnen bereits gesagt, dass Sie wiederkommen würden, denn hier können Sie zu sich finden, und ich werde Ihnen dabei helfen.«

Isaura fühlte sich nur noch verwirrter. »Wie das? Und woher wussten Sie das alles? Warum waren Sie mitten in der Nacht am Tor und haben mir geöffnet, noch ehe ich anklopfen konnte? Gehen Nonnen nicht früh zu Bett?«

Maria Anna schmunzelte. »Ja, das ist richtig. Doch nur weil wir uns normalerweise früh zu Bett begeben, kann ich doch nicht einen Hilferuf überhören. Das wäre sehr unchristlich!«

»Habe ich Sie denn gerufen?«, fragte Isaura leise, der die Frage dumm vorkam, doch Maria Anna nickte ernst.

»Wie?«

»Das werden Sie alles erfahren. Ich verspreche es Ihnen. Nur würde ich vorschlagen, dass Sie sich erst einmal frisch machen und eines unserer wundervoll modischen Gewänder anziehen, und dann machen wir beide uns auf, die Fragen zu beantworten und die Geheimnisse zu lüften, die sie so umtreiben.«

Isaura wollte sie bestürmen, woher sie davon zu wissen glaubte und wie sie in der Lage sein sollte, Antworten für sie zu finden, doch Maria Anna verließ die Kammer und schloss die Tür hinter sich. Sie ließ nur das graue Kleid zurück, das Isaura schon einmal getragen hatte, und ein Paar Sandalen. So blieb ihr also nichts anderes übrig, als die Anweisungen der Nonne zu befolgen.

Isaura kam gerade angekleidet aus dem Badezimmer, als Maria Anna ihr den Gang entlang entgegenkam, einen sichtlich satten und wohlig schnurrenden Kater in den Armen.

»Hier möchte Ihnen noch jemand einen guten Morgen wünschen«, sagte sie.

»Golondrino!«, begrüßte Isaura das Tier mit einem Anflug von schlechtem Gewissen. »Was habe ich nur wieder angestellt? Doch so, wie du aussiehst, hast du unser nächtliches Abenteuer gut überstanden.«

Maria Anna nickte und setzte ihn auf den Boden. »Ja, das

hat er, und ich denke, er kann sich noch ein wenig an unseren Klostermäusen gütlich tun, falls er noch Appetit verspürt, was ich leider bezweifeln muss. Ich habe den Eindruck, er wurde in der Küche bereits ordentlich gemästet.«

»Ich bringe hier Ihr ganzes geordnetes Leben durcheinander«, sagte Isaura zerknirscht und streichelte den noch immer schnurrenden Kater.

In den Augen der Nonne schimmerte der Schalk. »Ach, wenn es nur ein hungriger Kater ist, der den Schwestern ein wenig Abwechslung beschert, kann das keine so große Sünde sein. Und nun kommen Sie mit. Wir werden eine Reise in die Vergangenheit machen – zumindest im Geiste.«

Sie setzte den Kater auf den Boden, der in Richtung Kreuzgang davonschlenderte, während Isaura der Schwester folgte, mit klopfendem Herzen und unzähligen Fragen im Kopf.

Maria Anna führte Isaura in die Kirche. Genauer gesagt in die Familienkapelle Saldaña, die bei ihr solch beklemmende Gefühle heraufbeschworen hatte. Dass gerade dies der Grund ihres Hierseins war, gab die Nonne frei zu.

»Ich will Sie nicht drängen, Ihre Träume oder Visionen zu beschreiben, von denen Sie an diesem Ort überfallen wurden«, wehrte sie ab. »Das ist im Moment nicht von Interesse. Wichtig ist nur, dass dies überhaupt geschah – wie schon zuvor auf dem Platz oben, wo einst der Palast stand.«

Isaura mochte ihre verwirrenden Erlebnisse gar nicht erst leugnen. Sie spürte, dass Maria Anna ihr nicht glauben würde. Dagegen schien die Nonne keine Schwierigkeiten mit diesen seltsamen Empfindungen an sich zu haben, die Isaura immer öfter überfielen.

»Habe ich Ihnen schon erzählt, warum mein Vater mich ins Kloster schickte und warum er ausgerechnet einen Orden mit strenger Klausur für mich wählte?«, fragte sie scheinbar zusammenhanglos.

Isaura schüttelte den Kopf. »Nein, das letzte Mal wollten Sie nicht darüber sprechen.«

Maria Anna nickte. »Ja, das ist kein Thema, über das ich mit anderen rede, doch heute muss ich es Ihnen erzählen, damit Sie anfangen zu verstehen, was mit Ihnen vor sich geht.«

Sie kehrte in das Hauptschiff zurück und ließ sich am Rand einer der Kirchenbänke nieder. Isaura setzte sich neben sie.

»Wann haben Sie zum ersten Mal gemerkt, dass Ihr Körper zwar so funktioniert wie der aller anderen, nicht aber Ihr Geist? Oder anders gefragt: dass Sie über Kräfte verfügen, die all die anderen nicht haben?«

Isaura holte tief Luft und wusste nicht, was sie sagen sollte, doch Schwester Maria Anna schien keine Antwort zu erwarten. Sie sah nachdenklich in die Ferne, wo sie etwas erkennen konnte, das kein anderer sah.

»Ich war noch recht jung. Sechs oder sieben Jahre. Zuerst hielten mich meine Eltern nur für sehr ungestüm und schusselig, und ich glaubte ihnen. Zwar habe ich zwei Geschwister, aber meist gingen in meiner Nähe Dinge kaputt, fielen herunter oder zerbarsten in tausend Scherben.« Sie lächelte Isaura wehmütig an. »Das hat mir viel Ärger eingebracht und so manche Tracht Prügel.«

Obwohl sie sich gegen die Worte der Nonne innerlich wehrte, wanderten ihre Gedanken zu den vielen Gläsern und Tassen, die sie schon in ihrem Leben gekauft hatte, weil wieder etwas zerbrochen war. Justus hatte manches Mal gescherzt, bei so vielen Scherben in ihrem Haushalt müssten sie vom Glück geradezu verfolgt sein. Doch manches Mal war er auch ärgerlich geworden. Seine schönen Weingläser! Wie konnte man nur so tollpatschig sein? Und wenn Isaura beteuerte, sie sei nicht einmal in der Nähe der Gläser gewesen, sah er sie mit diesem überheblichen Blick an:

»Ach, und kannst du mir dann erklären, wie sie herunterfallen konnten?« Nein, das konnte sie nicht. »Ein plötzliches Erdbeben in München, das nur unser Wohnzimmer betraf?« Isaura schwieg und verdrängte. Wieder und wieder.

Maria Anna sprach weiter. »Es hat bei mir nicht allzu lange gedauert, bis ich verstand. Ja, ich zerstörte all diese Sachen, aber nicht, weil ich zu unachtsam war oder sie aus Wut herunterwarf, wie man mir unterstellte. Wobei meine Wut durchaus etwas damit zu tun hatte. Große Emotionen, muss man genauer sagen, wirken auf die Umwelt.«

»Wie sollte das möglich sein?«, hauchte Isaura.

Maria Anna hob die Schultern. »Ich weiß es nicht. Niemand kann das sagen, denn nach der Lehre unserer Wissenschaften dürfte es dieses Phänomen nicht geben. Dieses nicht und viele andere, die ich erst später entdeckte. Nun, jedenfalls kam dies – zusammen mit anderen Dingen, die man sich nicht so leicht erklären kann – meinen Eltern irgendwann so seltsam vor, dass sie es nicht länger übersehen konnten.« Sie hielt kurz inne, und Isaura spürte eine Welle von Schmerz, die sie schaudern ließ.

»Habe ich Ihnen schon gesagt, dass mein Vater ein sehr guter Katholik ist?« Die Betonung machte deutlich, was sie davon hielt. »Er ließ also einen Priester kommen, der sich mit dem seltsamen Kind befassen sollte, und bald stand die Diagnose: Ich sei vom Teufel oder einem seiner Dämonen besessen, und man könne mich nur auf eine Art retten!«

Isaura begann zu ahnen, was nun kommen würde. »Ein Exorzismus?«

Maria Anna nickte. »Ja, und ich sage Ihnen, das war kein Spaß.«

»Das ist ja wie im finstersten Mittelalter!« Isaura konnte es nicht fassen.

»Schlimmer«, sagte Maria Anna düster. »Damals hat man die Kräfte der Erde und ihre Magie noch akzeptiert – auch wenn es später Zeiten gab, in denen Männer und Frauen mit dieser Gabe hart verfolgt wurden. Und nicht nur sie! Es war ein Flächenbrand der Intoleranz.«

»Sprechen Sie von der Hexenverfolgung?« Isaura kam das Wort kaum über die Lippen.

»Aber ja.« Mehr sagte sie nicht. Sie sah Isaura nur aufmerksam an, die nicht mehr verhindern konnte, dass die Worte und deren Bedeutung in ihrem Geist Fuß fassten.

»Was geschah dann?«, fragte sie mit belegter Stimme.

»Oh, die Dämonen ließen sich nicht austreiben, doch ich lernte meine Kräfte besser zu beherrschen und sie vor der Welt zu verbergen. Doch mein Vater blieb misstrauisch. Das Ende vom Lied kennen Sie. Er brachte mich bei den Klarissen in Brixen unter, wo er hoffte, die lebende Sünde seiner Familie würde für immer hinter Klostermauern verschwinden.«

»Sie waren volljährig! Er konnte nicht einfach so über Sie verfügen«, protestierte Isaura.

Maria Anna nickte. »Rechtlich gesehen ja, doch Sie dürfen nicht unterschätzen, dass die Jahre in meinem Elternhaus und unter der strengen Überwachung der Geistlichen auch Zweifel in mir gesät haben. Am Ende dachte auch ich, dass dies der einzige Weg wäre, meine Seele zu retten. Daher wurde ich in Brixen Novizin.«

»Und heute? Was denken Sie heute?«

»Ich glaube an den Allmächtigen im Himmel und an die Kräfte der Mutter Erde und daran, dass sie es nicht zulassen würden, dass irgendein Dämon von der Seele eines seiner Kinder Besitz ergreift. Nein, wenn ich diese Kräfte von Gott oder der Mutter Erde bekommen habe, dann deshalb, weil sie gut sind. Ich kann sie beherrschen und einsetzen. Natürlich muss ich mich jedes Mal fragen: Ist das jetzt gut? Aber ist das nicht so mit allem in unserem Leben, was wir sagen oder tun? Das eine ist das Werkzeug, das helfen oder vernichten kann, das andere ist unser Wesen, das entscheidet, was es mit den Kräften, die ihm gegeben sind, anfängt.«

Isaura nickte stumm. In ihrem Geist hallte noch immer ein einziges Wort nach: Hexe!

Es war einfach irrwitzig, völlig absurd. Unmöglich!

Und doch schien es plötzlich dazu zu taugen, all die Rätsel und Widersprüche zu erklären.

»Wollen Sie ernsthaft behaupten, wir seien Hexen?«, protestierte sie und starrte die Nonne an. Diese zuckte noch einmal mit den Schultern.

»Nennen Sie es, wie Sie wollen. Im Mittelalter wurden sie auch Zauberinnen oder weise Frauen genannt, wobei ursprünglich auch manche Männer die Gabe besessen haben. Doch sie ging ihnen verloren. Vielleicht waren sie zu sehr mit ihrem Kampf ums Überleben und ihren Kriegen auf den Schlachtfeldern dieser Welt beschäftigt, um sich mit den Kräften ihres Geistes zu beschäftigen, sie zu fördern und zu beherrschen.«

»Was nützt es, wenn ich diese Kraft zu zerstören beherrsche?«, wollte Isaura wissen, und Bitterkeit klang in ihrer Stimme. »Damit ich sie in voller Absicht einsetzen kann, wenn ich mal wieder eine Glasscheibe zum Zerspringen bringen möchte, um mich eines untreuen Ehemanns zu entledigen?«

Maria Anna sah sie erschrocken an. »Aber nein! Das ist doch nur ein Ausdruck unserer Kraft, der sich in unbeherrschten Momenten äußert. Die Kraft kann viel mehr! Haben Sie das noch nicht bemerkt? Versuchen Sie sich zu erinnern. Sie sehen Dinge, die noch nicht geschehen sind, nicht wahr?«

Isaura wollte dies abstreiten, doch da fiel ihr der Besuch am Krankenlager der alten Nachbarin ein. Sie hatte gesehen, dass Maria Pilar wieder gesund werden würde und dass sie noch die Geburt ihres Enkels miterleben werde.

Maria Anna, die den Gedanken mitzuverfolgen schien, nickte. »Sehen Sie!«

Isaura erzählte ihr von der Begegnung. »Ich war mir ganz sicher, dass es so sein wird, wie ich es sehe, und dann ist sie – gegen die Prognose des Arztes – wieder gesund geworden.« Sie stutzte. »Aber dann müssen Mercedes und Maria Pilar davon gewusst haben, von dieser – Gabe, oder wie man es nennen soll. Warum sonst haben sie darauf bestanden, dass ich an das vermeintliche Sterbebett kam?«

»Gewusst oder gehofft«, stimmte ihr Maria Anna zu. »Sie sahen Sie als Erbin ihrer Großtante.«

Isaura stöhnte. Natürlich! Daher diese seltsame Begrüßung und das Gerede über das Vermächtnis, das sie nicht verstanden hatte.

»Dann war Großtante Carmen also auch eine …« Sie scheute sich, das Wort Hexe auszusprechen.

»Eine weise Frau, ja«, ergänzte Maria Anna. »Eine der ganz großen, die in der Zukunft zu Hause war und auch in der Vergangenheit.«

Das war für Isaura alles ein wenig viel. Sie schüttelte den Kopf, so als hoffte sie, aus einem verwirrenden Traum zu erwachen.

»Sie denken an den Traum, den Sie in der Kapelle hatten?«, fragte die Nonne.

Was konnte sie darüber wissen? Es war geradezu unheimlich.

»Sie haben Juana am Sarg ihres Mannes gesehen und dann die Königin selbst in ihrem Grab. Sie haben sich bei dem Gewitter oben an dem Platz, an dem einst ihr Gefängnis stand, an irgendetwas erinnert, das dort einst passiert ist. Wie sollte man das sonst erklären?«

»Die dunkle Königin«, hauchte Isaura. »Juana?«

»Ja, Juana I., Tochter von Königin Isabella der Katholischen und Ferdinand von Aragon, genannt *La Loca.*«

»Johanna die Wahnsinnige«, wiederholte Isaura, auf die so viele Gedanken einstürmten. Sie war die dunkle Königin ihrer

Träume. Aber ja, sie fühlte keinen Zweifel mehr, nur Erleichterung darüber, der Gestalt endlich einen Namen gegeben zu haben. Sie nickte und ließ Juanas Gesicht vor sich aufsteigen, das in so vielen langen Nächten zu ihrer Begleitung geworden war.

Die Erleichterung war nicht von langer Dauer. Eine neue Frage drängte sich ihr auf. Warum sie? Warum ausgerechnet eine unglückliche Königin, die vor fünfhundert Jahren in einem kleinen, unbedeutenden Ort in Spanien gelebt hatte? Nun gut, vielleicht war Tordesillas damals bedeutender gewesen, heute jedoch war es nur noch eine verschlafene Kleinstadt. Ein Fleck auf der Landkarte, zu dem einen nur der Zufall führen würde.

»Zufall?« Maria Anna schüttelte energisch den Kopf. »Ich habe vor langer Zeit aufgehört, daran zu glauben. Wir neigen dazu, alldem den Namen Zufall zu geben, das wir nicht verstehen können. Warum sollten wir auch? Es gibt so vieles, das größer ist als unser Verstand, und nur ab und zu wird uns die Gnade zuteil, ein Stück über unseren Horizont hinauszusehen und zu verstehen. Nein, ich glaube an Bestimmung und an das Schicksal, das uns als ein Werkzeug einsetzt, um seine Pläne zu erfüllen.«

»Warum gerade Juana?«, wiederholte Isaura.

»Es gibt für mich nur eine Erklärung«, sagte Maria Anna und sah sie eindringlich an. »Königin Juana hat für Ihre Seele irgendwann im Laufe der Zeit eine wichtige Rolle gespielt.«

»Ach ja, und wie sollte das möglich sein?«

Maria Anna lehnte sich in der Kirchenbank zurück, als fühle sie sich plötzlich müde. »Wissen Sie, was *Caminata* bedeutet?

»*La Caminata*«, stöhnte Isaura auf.

»*Caminata* nennt man in Spanien eine beschwerliche Reise. Daher nennen wir die Frauen so, deren Seelen nicht an die Zeit gebunden sind. Ihre Großtante war eine *Caminata*.«

Isaura wurde es schwindelig. »Ich verstehe nicht.«

»Carmen hat nicht nur unglaubliche Kräfte, sie ist eine der wenigen, deren Seele so stark ist, dass sie die Grenzen der Zeit durchbrechen kann. In ihrem eigentlichen Leben werden diese Frauen sehr alt, doch ihre Seele ist noch älter und hat schon viel erlebt. Nicht immer ist die Trägerin sich dessen voll bewusst.«

»Das ist alles sehr viel und so unglaublich«, stieß Isaura hervor.

Maria Anna nickte. »Ja, und nach dem, was ich hier in der Kapelle mit Ihnen erlebte, bin ich überzeugt, dass auch Ihre Seele durch die Zeit wandert.«

Isaura protestierte, doch die Nonne widersprach ihr.

»Was für eine andere Erklärung haben Sie für Ihre Träume? Warum sind Sie heute hier an diesem Ort, den eine lange Geschichte mit Juana verbindet? Sie, die viele Jahrzehnte offiziell Königin war und doch nur von den Händen eines Gefängniswärters in die des nächsten wanderte. Eine lange und sehr traurige Geschichte, doch das wissen Sie, nicht wahr?«

Isaura, die sich innerlich noch immer gegen diese Ungeheuerlichkeit sträubte, schüttelte den Kopf. »Wissen ist zu viel gesagt. Ich werde immer wieder von diesen Träumen heimgesucht, in denen ich Juana sehe, in ihrem Gefängnis und auf dem Wehrgang draußen, wie sie voller Sehnsucht über den Fluss sieht. Doch bisher wusste ich nicht einmal, wer diese Person ist, oder besser gesagt, wer sie war.«

»Möchten Sie mehr über Juana erfahren?«

Isaura durchrieselte ein warmer Schauer. »Oh ja! Bitte, erzählen Sie mir, was Sie über sie wissen.«

»Nicht genug, muss ich zu meiner Schande gestehen, doch es gibt einen Ort, an dem wir alle Antworten finden.«

Sie brauchte nicht weiter zu fragen. Sie konnte es an Isauras leuchtendem Blick sehen, dass diese nichts mehr begehrte. Endlich würden sich die Schleier lüften. Endlich würde die quälende Frage nach dem Grund und dem Sinn ihrer immer wiederkehrenden Träume beantwortet.

Sie verließen die Kirche auf der Flussseite, um sich den maurischen Bädern zuzuwenden, wie Isaura dachte, doch dann betraten sie ein anderes Gebäude, in dem eine Treppe in die Tiefe führte. In einem kleinen Vorraum vor einer mit starken Eisenbändern gesicherten Tür blieb Maria Anna stehen.

»Diese Kellergewölbe gehören noch zum ersten Palast. Vermutlich habe man hier im Mittelalter Wein gelagert oder Bier gekühlt – falls man das hier in der Gegend getrunken hat. Ich weiß es nicht. Heute jedenfalls sind dort unten einige Kammern, in die nur noch wenige Menschen hinabsteigen.«

»Und Sie dürfen dort hinunter?«, erkundigte sich Isaura.

»Das muss Sie nicht kümmern. Sie haben das Recht, mit mir dort hinunter zu gehen.«

Maria Anna entzündete eine Petroleumlampe und reichte auch Isaura eine. »Es gibt dort unten kein elektrisches Licht.«

»Warum?«

»Weil kein Außenstehender Zutritt haben soll«, meinte Maria Anna, vor der sich die Tür bereitwillig öffnete. Eine schmale, steinerne Treppe verschwand in der Schwärze zu ihren Füßen. Isaura nahm die Lampe entgegen und folgte in deren schwachem Lichtschein dem schwarzen Gewand der Nonne in die Tiefe, die keiner Zeit mehr anzugehören schien. War das nun wahrlich eine Reise in die Vergangenheit? Würde sie am Ende dieser Finsternis der alte Palast erwarten mit Juana, der dunklen Königin?

Isaura wusste nicht mehr, was sie denken sollte. Endlich erreichten sie das Ende der Treppe, und eine weitere Tür versperrte ihnen den Weg, doch auch sie war geneigt, die beiden Frauen passieren zu lassen.

Die Tür war geneigt … Nur gut, dass sie so eine Formulierung nie in einem ihrer Artikel verwenden würde. Ihre Chefredakteurin hätte sie vermutlich für verrückt gehalten oder sie gleich gefeuert.

Ein kurzer Gang öffnete sich plötzlich zu einem Gewölbe, das das Licht ihrer Lampen nicht ganz durchmessen konnte, so weit gespannt war die Decke über den steinernen Wänden, die sich zu einem Oktogon zusammenfügten. Was waren das für seltsame Muster, die die Säulen und Bogen zierten? Waren sie maurisch oder vielleicht noch älter? Sie schienen das Auge verwirren zu wollen und narrten den Geist des Betrachters. Was war dies für eine fremde, geheimnisvolle Welt? Eine mystische, ein längst vergessener Ort der Magie? Der weisen Frauen? Der Hexen?

Nein, ihr Geist wehrte sich noch immer gegen dieses Wort. Zu lange hatte er sich beruhigt der Überzeugung hingegeben, dass es so etwas wie Hexen nur in Kindergeschichten und Fantasyromanen gab. Die Hexenverfolgung war eine Ausgeburt der Intoleranz der frühen Neuzeit gewesen, die einen Sündenbock suchte und die Einheit einer Nation durch jeden abweichenden Gedanken gefährdet sah. Es gab nur eine Religion, nur eine strenge Lehre, die das Band war, das alle Menschen eines Landes zusammenhielt und sie dazu brachte, sich in Treue hinter ihren Fürsten zu scharen. Dass Menschen in der Vielfalt freier Meinungen und unterschiedlicher Religionen ein Gefühl für ihre Nation entwickeln könnten, das sie vielleicht sogar noch fester mit ihrem Land und ihrer Heimat zusammenschweißt, konnte man sich damals nicht vorstellen.

»Kommen Sie!«, rief die Nonne, deren Stimme vor unterdrückter Anspannung ein wenig zitterte. »Ich möchte Ihnen etwas zeigen.«

Sie führte Isaura in ein weiteres, kleineres Gewölbe und entzündete das Öl in zwei großen Messingschalen, sodass der

Raum hell in flackerndes Licht getaucht wurde. Dann ging sie zur gegenüberliegenden Wand und zog an einem schwarzen Tuch, das ein Gemälde verhüllte. Der Stoff glitt herab und enthüllte eine Figurengruppe, die ein Maler in Öl auf der Leinwand festgehalten hatte.

Isaura erkannte sie sofort. »Die dunkle Königin!«, hauchte sie.

»Juana I. von Kastilien«, bestätigte die Schwester.

Der Maler hatte sie gut getroffen. In ihrem kostbaren Gewand, das – typisch für die spanische Mode bei Hof – die Körperformen einengte, statt sie zu umschmeicheln und natürlich zur Geltung zu bringen. Wie immer trug sie Schwarz, und der schwere Stoff ließ ihr Gesicht noch bleicher, noch durchscheinender wirken. Doch am erstaunlichsten war, wie es dem Maler gelungen war, ihren Blick einzufangen. Der tiefe Schmerz, die Verzweiflung und vielleicht auch der beginnende Wahnsinn, der nach so vielen Jahren in Gefangenschaft kaum verwundern konnte.

Isaura betrachtete die anderen Figuren im Vordergrund. Es war ihr, als müsse sie sich an diese Begebenheit erinnern. Es war etwas Wichtiges, etwas ganz Entscheidendes im Leben der dunklen Königin gewesen. Fragend sah sie zu Maria Anna. Die Nonne trat vor und deutete auf den prächtig gekleideten jungen Mann am Rand des Bildes.

»Das hier ist Kaiser Karl V. – oder hier in Spanien Carlos I., Juanas Sohn. Er hat sich zu Lebzeiten seiner Mutter in Kastilien zum König ausrufen lassen. Ein klarer Staatsstreich, doch wie hätte sie sich wehren können? Um den Schein zu wahren, unterzeichnete er alle Dokumente in ihrem und in seinem Namen, so als habe er sich mit ihr abgesprochen. Das junge Mädchen, das halb vor ihm steht und diesen Blick voller Sehnsucht mit Juana tauscht, ist ihre jüngste Tochter Catalina. Sie wurde erst nach dem Tod ihres Vaters Felipe *el hermoso* geboren und wuchs in den beiden dunklen Gefängnisräumen auf, die sie mit ihrer Mutter teilte.«

»Ja, ich erinnere mich«, hauchte Isaura und trat näher, sodass sie das Gesicht des jungen Mädchens fast berührte. »Das arme, traurige Kind in der ewigen Dunkelheit. Wir haben im Ankleidezimmer ein paar Steine aus der Wand gebrochen, damit sie wenigstens den Kindern draußen beim Spielen zusehen kann.«

Als sie bemerkte, was sie gerade gesagt hatte, schlug sie sich vor Schreck die Hand vor den Mund. Sie hatte von etwas gesprochen, das nur jemand wissen konnte, der dabei gewesen war.

»Das muss ich irgendwo gelesen haben«, behauptete sie dennoch, aber sie konnte weder die Nonne noch sich selbst damit überzeugen.

»Catalina«, sagte sie und lauschte dem Klang des Namens. »Man hat sie von ihrer Mutter weggeholt.«

Maria Anna nickte. »Ja, Carlos hat für seine jüngere Schwester eine Ehe mit Juan III. von Portugal arrangiert, und so wurde Catalina, das Kind aus dem Dunkeln, Königin von Portugal.«

»... und musste ihre Mutter, deren einziger Halt sie war, in ihrem Gefängnis in Tordesillas allein zurücklassen«, ergänzte Isaura.

»Das ist nicht ganz richtig«, widersprach die Nonne mit leiser Stimme und sah Isaura eindringlich an. »Sie hatte noch ihre treue Hofdame, die ihr all die Jahre nicht von der Seite wich und ihr schweres Schicksal mit ihr teilte.« Sie deutete auf eine weitere weibliche Gestalt, die schräg hinter der Königin ein wenig dunkler dargestellt war, so als halte sie sich außerhalb des Lichtscheins auf, sich, ihrer Stellung bewusst, nicht in den Vordergrund drängend. Maria Anna rückte die beiden Feuerschalen näher, sodass Isaura die Gestalt besser erkennen konnte, doch ihr Herz hatte längst einen Satz gemacht, und ihr Magen schlingerte und krampfte sich zusammen. Es war ihr, als hätte sie sich selbst ins Gesicht gesehen.

»Das ist eine Täuschung«, hauchte sie. »Ein Zufall. Eine Ähnlichkeit, ja, ich habe bereits ein Gemälde dieser Frau gesehen.«

Sie schluckte, als sie den Schmuck erkannte, den die Hofdame um den Hals trug. Das Collier mit den Rubinen und den tropfenförmigen Perlen. Das Geschmeide, das in einer kleinen Holzschachtel in ihrem Häuschen lag.

Plötzlich fuhr sie herum und sah die Nonne eindringlich an. »Gibt es denn einen Namen? Weiß man, wer diese Hofdame war?«

Maria Anna nickte. »Ja, sie wird in mehreren Unterlagen erwähnt, und auch der Maler hat ihren Namen festgehalten. Sie hieß Teresa de Lucena.«

»Teresa de Lucena.« Isaura wiederholte den Namen. »Sehen Sie, das ist die Erklärung. Vermutlich eine Ahnin, deren Vermächtnis meine Großtante Carmen aufbewahrt hat.«

Maria Anna legte den Kopf schief. »Vielleicht.«

Sie musste nicht wiederholen, dass das nicht die Träume und auch nicht die vermeintlichen Erinnerungen erklärte, die Isaura immer häufiger überfielen.

Sie nahm das schwarze Tuch und verhüllte das Gemälde wieder sorgfältig. Dann löschten sie das Feuer in den Schalen. Der Raum fiel zurück in seinen Dämmerschlaf, in dem er wer weiß wie viele Jahre geruht hatte.

Die beiden Frauen kehrten schweigend in das Oktogon zurück. Nun erst sah Isaura die vielen Regale und Schränke mit Büchern und Pergamentstapeln.

»Ist das alles über Juana?«, fragte sie beeindruckt.

»Über sie und über ihre Mutter Isabel. Damit beginnt alles.«

Isaura griff sich ein dickes Buch und war nicht erstaunt, *La Caminata* auf dem Einband zu lesen. Sie schlug es auf und rückte ihre Lampe zurecht. Und dann las sie über Teresa de

Lucena und ihre Mutter Dominga, die zusammen mit ihrer Cousine Jimena de Morón nach Arévalo gekommen waren, um der Stiefmutter des Königs zu dienen und ihrer kleinen Tochter Isabel, von der damals noch keiner ahnte, dass sie einst die größte Herrscherin Spaniens werden würde.

Nachwort der Autorin: Dichtung und Wahrheit

Isaura Thalheim und ihre Geschichte habe ich erfunden. Sie und die Personen, die um sie herum auftreten, gibt es nicht, genauso wenig wie ihre Vorfahren Jimena, Dominga, Teresa und Ramón. Das katholische Königspaar hingegen hat es gegeben, und dessen Geschichte hat sich so, wie ich es berichte, zugetragen. Zumindest werden die Ereignisse von den Autoren Ladero, Leicht und Pérez so dargestellt. Unter der Rubrik »Wichtige Personen« auf den Schlussseiten dieses Buches sind alle historischen Persönlichkeiten mit »*« gekennzeichnet. Sowohl die Kirchenmänner Carrillo, Mendoza und Talavera haben also gelebt und in Königin Isabels Leben auf die eine oder andere Weise eingegriffen wie auch ihre Hofdame Beatriz und ihr Mann Andrés de Cabrera und die Dons Juan de Vivero, Gutierre de Cárdenas, Gonzalez de Chacón, Gómez Manrique und Alonso de Palencia. Ich habe mich bei der Erzählung von Isabels Geschichte und der ihrer Tochter Juana, die man »La Loca« nannte, sehr eng an die historischen Überlieferungen gehalten. So hat Fernandos abenteuerliche Reise, bei der er als Maultiertreiber verkleidet war, tatsächlich so stattgefunden, und er wurde, als man seine abgerissene Reisegruppe mit Steinen bewarf, beinahe schwer verletzt. Selbst manche Episode, bei der ich Dominga oder Jimena eingreifen ließ, hat sich so ereignet, und es sind längst nicht alle Fragen zufriedenstellend geklärt. Als Isabels Bruder Enrique seiner Schwester erklärte, sie müsse Don Pedro aus dem Hause Pacheco heiraten, soll Beatriz tatsächlich gedroht haben, ihn mit ihrem Dolch zu erstechen, ehe sie so eine Hochzeit zugelassen hätte, doch er starb unerwartet auf der Reise zu seiner Braut. Und auch die Umstände manches anderen Todesfalls sind nicht geklärt.

Isabels anstrengende Reisen über die Berge und kreuz und quer durch das Land habe ich so übernommen, wie die Biografen sie beschreiben. Isabel hat sich Unglaubliches zugemutet, und selbst ihr Kampf gegen die Unbill der Witterung bei ihrer beschwerlichen sechstägigen Reise nach Burgos über verschneite Berge und durch den Schneesturm ist überliefert.

Interessant ist auch das Ende der Schlacht bei Toro, das sich – ganz ohne das Eingreifen einer Jimena – so ergeben hat. Es war für keine Seite ein Sieg, doch aus irgendeinem Grund zog sich König Alfonso von Portugal nach Castromina zurück und schlief zwei Tage wie ein Toter, während Isabel überall die Glocken läuten ließ und ihren Sieg verkündete. So schaffte sie Tatsachen und brachte wieder Bewegung in die ständig wechselnden Bündnisse – ganz ohne übernatürliche Kräfte.

Wichtige Personen

2012

Isaura Thalheim	Journalistin aus München mit kastilischen Wurzeln, von denen sie nie etwas ahnte, und einem außergewöhnlichen Erbe
Justus Thalheim	Isauras Ehemann
Sandy	Justus' Geliebte
Carmen Rodriguez de Sola	Isauras Großtante, die ihr das kastilische Erbe hinterlässt
Marco Jiménez Díaz	Arzt am Krankenhaus in Valladolid
Campillo Fernandéz	Carmen Rodriguez' Anwalt in Segovia
Rafael Martinez Morales	Kriminalkommissar in Valladolid

15. Jahrhundert

Jimena de Morón	Domingas Nichte, Isabels Freundin und Hofdame, ein Mädchen, das sich zu einer Frau mit außergewöhnlichen Kräften entwickelt
Dominga de Lucena	Tochter eines einfachen *Hidalgos;* eine weise Frau mit ungewöhnlichen Kräften

Ramón de Lucena	Domingas Sohn und Jimenas große Liebe
Teresa de Lucena	Domingas stumme Tochter, die ebenfalls die Kräfte ihrer Mutter in sich trägt; Freundin und Vertraute von Isabel
*Isabel Trastámara von Kastilien	Tochter von König Juan II. von Kastilien und Isabel von Portugal, ab 1474 Königin von Kastilien. Den Ehrentitel des Papstes »die Katholische« erhielt sie erst später.
*Isabel von Portugal	Zweite Ehefrau von König Juan II. von Kastilien und Mutter von Isabel und Alfonso.
*Enrique IV. Trastámara von Kastilien	König von Kastilien, Sohn von König Juan II. von Kastilien und seiner ersten Frau Maria von Aragón
*Juana von Kastilien	Tochter von König Enrique IV. von Kastilien und seiner Frau Juana von Portugal (möglicherweise war der Favorit der Königin, Beltrán de la Cueva, ihr Vater; daher ihr Beiname »La Beltraneja«)
*Alfonso Trastámara von Kastilien	Isabels jüngerer Bruder, Sohn von König Juan II. von Kastilien und dessen zweiter Frau Isabel von Portugal
*Fernando von Aragón	Sohn und Thronerbe von König Juan II. von Aragón, Isabels Ehemann
*Alfonso von Aragón	Unehelicher Sohn von König Juan II. von Aragón, Feldherr, der für Isabel und Fernando kämpft

*Juan II. von Aragón	König von Aragón, Fernandos Vater
*Alfonso V. von Portugal	König von Portugal, nach seinen Eroberungen in Nordafrika mit dem Beinamen »der Afrikaner« versehen, Cousin von Isabel und Onkel von Juana; heiratet seine Nichte Juana (»La Beltraneja«)

Adelige in Isabels Umfeld

*Beatriz de Bobadilla	Älteste Freundin und Hofdame Isabels; ihr Vater war Burgvogt in Arévalo
*Andrés de Cabrera	Statthalter des königlichen *Alcázar* von Segovia, Konvertit, Ehemann von Beatriz de Bobadilla
*Juan Pacheco	Marquis de Villena, Neffe von Erzbischof Carrillo und Isabels Gegner bis in den Tod
*Beltrán de la Cueva	Graf von Ledesma, Favorit von König Enrique und Königin Juana von Portugal, vielleicht Vater von Juana »La Beltraneja«, der Tochter der Königin
*Fadriquez Enriquez	Admiral von Kastilien, Vater von Juana Enriquez, der zweiten Ehefrau Königs Juan II. von Aragón; Großvater von Fernando von Aragón. Unterstützt Isabel und Fernando

*Juan de Vivero	Adeliger aus Valladolid, der Isabel unterstützt
*Gutierre de Cárdenas	Adeliger, der Isabel unterstützt, später Oberbefehlshaber von León
*Gonzalez de Chacón	Adeliger, der Isabel unterstützt, früher Komtur des Santiago-Ordens, Erzieher Isabels und ihres Bruders Alfonso, später Großmajordomus, d.h. oberster Finanzbeamter
*Alonso de Palencia	Einfacher Adeliger, der Isabel unterstützt
*Gómez Manrique	Hofmeister von Isabels Mutter in Arévalo, adeliger Anhänger auf Isabels Seite
Don Angelo	Zweitgeborener Sohn des Grafen von Benavente
Don Miguel	Adeliger aus Zamora, verwandt mit dem Herzog von Alba

Kirchenleute in Isabels Umfeld

*Alfonso Carrillo de Acuña	Primas und Erzbischof von Toledo, wechselt öfter die Seiten, ist zuerst Isabels Unterstützer, zieht sich aber dann enttäuscht zurück, als seine Machtansprüche zurückgewiesen werden; erbitterter Feind der Mendozas
*Hernando de Talavera	Hieronymitenpater, Isabels Beichtvater und Finanzgenie

*Pedro Gonzáles de Mendoza	Erzbischof von Sigüenza, später Kardinal, erst Anhänger von Enrique und Juana und für ein starkes Königtum, dann auf Isabels Seite

Danksagung

Vor einigen Jahren habe ich mit »Das Siegel des Templers« zum ersten Mal den Weg über die Pyrenäen nach Spanien gewagt. Was ich dort gefunden habe, hat mir gefallen und mich sehr beeindruckt. Nun zieht mich die Geschichte Spaniens wieder in ihren Bann. Dieses Mal bin ich mit meinem Mann Peter Speemann bis ins Hochland von Kastilien vorgedrungen, und er hat sich auf dem Weg von einer Burg zur anderen als unermüdlicher Recherchehelfer bewährt. Herzlichen Dank ihm und den vielen Menschen dort, die mir in Museen und bei Führungen durch alte Gemäuer so geduldig meine Fragen beantwortet haben. Vielen Dank auch meiner Spanischlehrerin Sabine Janzen, die mich nun schon einige Jahre in die Mangel nimmt, damit ich mich vor Ort verständigen kann. Danken möchte ich auch meiner Verlagsleiterin Nicola Bartels bei Blanvalet und meiner neuen Lektorin Wiebke Rossa, mit der die Zusammenarbeit ganz wunderbar geklappt hat. Und natürlich auch vielen Dank an meine Agenten Mariam und Thomas Montasser, die mir den Rahmen geben, in dem ich in Ruhe meine Fantasie ausleben und mir immer neue Geschichten ausdenken kann.